文科

准考证

编号: № 0006165

姓名: 黄健荣　考区: 柳州

性别: 男　考场: 二中

年龄: 　试场: 124

上: 1977 年 12 月, 中国恢复中断十年之久的高校招生考试。这是作者当年参加高考的准考证。

下: 柳州市五七干校第 7 期干部轮训班财贸组学员 (1977 年 3-7 月)。前排右起第一人是作者。

上：姜秀珍（前左一）入职之初，参加单位组织的民兵训练（1971年10月）。

下左：参加市委工作队到市郊长塘人民公社蹲点。工作队任务是动员和督战大割资本主义尾巴（1974年4—10月）。左为作者，右为队友小邱，团市委宣传部部长。

下右：任公司团委书记时期的姜秀珍（1979）。

上：在北大学习时，与父亲在天安门（1985年元旦）。

下左：1991年12月，在利物浦大学获公共管理硕士学位。

下右：在伦敦出席中国驻英使馆春节招待会。左二为作者。右为马毓真大使夫妇（1995年2月10日）。作者以纽卡斯尔中国留学生学者联谊会主席身份参加招待会。

上左：博士研究生与导师。在导师迈克·希尔教授的办公室。（1995 年 12 月 19 日）

上右：1998 年 12 月，在纽卡斯尔大学获哲学博士学位。

中：离开纽卡斯尔回国前，社会政策系前后两任系主任和我的第二导师一起设宴为我们践行。（2000 年 11 月。当时我的第一导师正在国外讲学）

下：任职南京大学时我的美国学生。（2004 年 6 月 9 日）我为美国学生讲授"当代中国政治制度"课程，英语授课。

上：父亲在市人大会议上投票。
（1985 年 2 月）

下：柳州市第八届人大常委会的主任与副主任（左起第一人是我父亲黄炳燊先生）。

恩师黄健荣教授六十
福如东海长流水
寿比南山不老松
壽

上：我的博硕研究生为我庆贺生日。

下：迟到的婚纱照。当年结婚时还是大三学生，匆忙中一张合影未拍，遑论婚纱照。2020年10月，在纪念红宝石婚庆时，我们补拍一组照片，稍补这一遗憾。

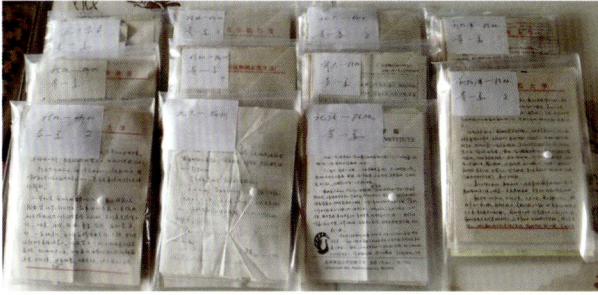

不同年代黄健荣写给姜秀珍的信函。

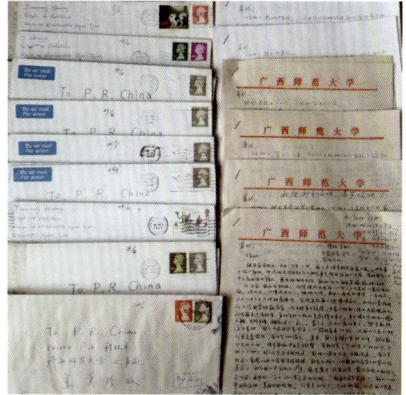

在利物浦大学留学期间，黄健荣写给姜秀珍的部分信件。

不同时期姜秀珍写给黄健荣的信函。

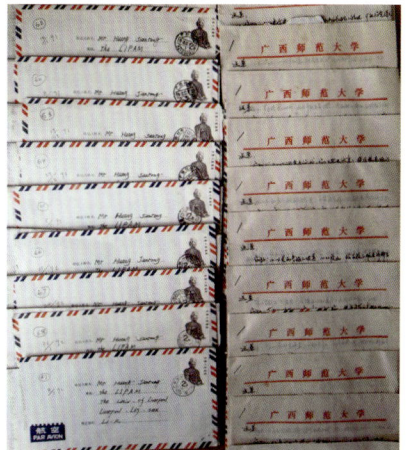

姜秀珍寄往英国的部分家书。

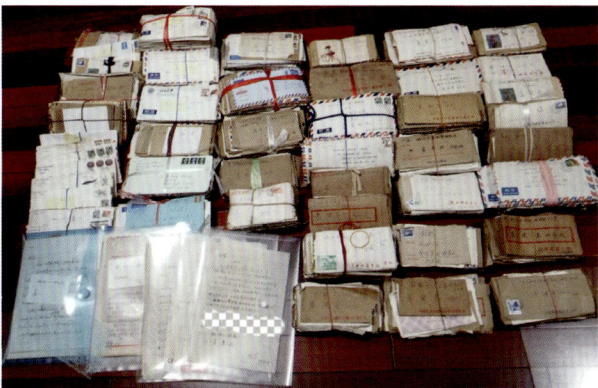

在利物浦大学留学期间，姜秀珍写给黄健荣的部分信件。

待整理的家书。

七地書

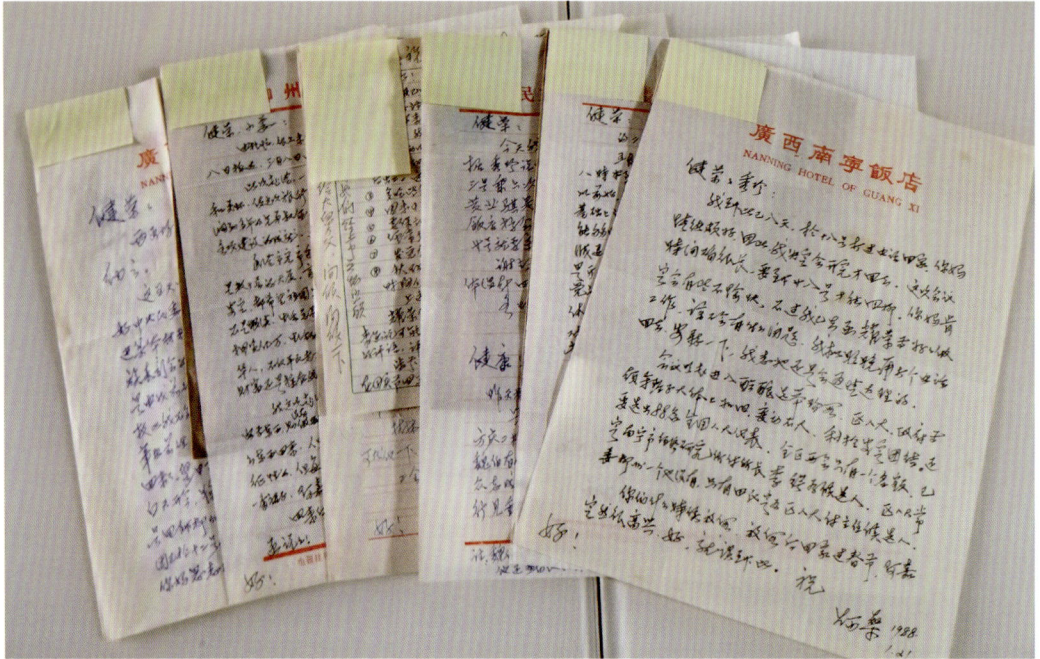

父亲在各时期给我的部分信函。

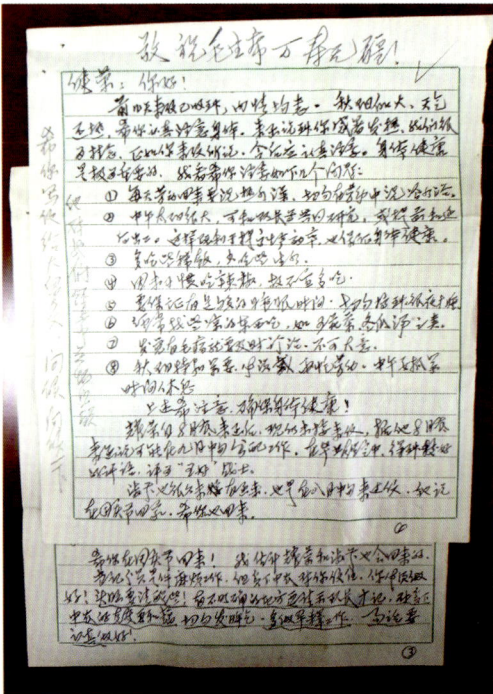

我下乡插队期间，父亲于 1969 年 9 月 13 日寄往柳城沙埔人民公社的信。

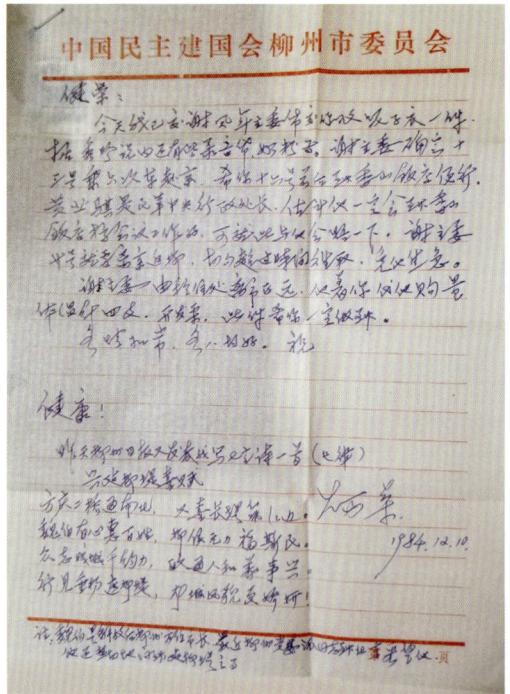

1984 年 12 月 10 日，父亲寄往北大的一封信。

七地书

20 世纪 70—90 年代
社会变迁岁月中的青年学人家书

黄健荣 著

中国大百科全书出版社

图书在版编目（CIP）数据

七地书：20世纪70—90年代社会变迁岁月中的青年学人家书 / 黄健荣著. —北京：中国大百科全书出版社，2022.8

ISBN 978-7-5202-1165-9

Ⅰ. ①七… Ⅱ. ①黄… Ⅲ. ①书信集—中国—当代 Ⅳ. ①I267.5

中国版本图书馆CIP数据核字（2022）第124665号

作　　者　黄健荣
书名题写　朱　江

出 版 人　刘祚臣
策　　划　胡春玲
责仼编辑　陈　光
责任印制　邹景峰
装帧设计　博越创想·程然
出版发行　中国大百科全书出版社
地　　址　北京阜成门北大街 17 号
邮　　编　100037
网　　址　http：//www.ecph.com.cn
印　　刷　北京九天鸿程印刷有限责任公司
开　　本　710 毫米 ×1000 毫米　1/16
字　　数　608 千字
印　　张　31
版　　次　2022 年 8 月第 1 版
印　　次　2022 年 8 月第 1 次印刷
定　　价　88.00 元

本书如有印装质量问题，请与出版社联系调换　电话：010-88390677

谨以此书

致敬给中国带来沧桑巨变的改革开放的时代洪流！

致敬高耸于 1977 年岁末的历史丰碑——中国在十年浩劫后恢复高考！

致敬所有历经坎坷依然自强不息奋力前行的同龄人与同代人！

目录

序言

此心安处是吾乡

　　书信者，乃是一种以文字传递信息表达情感之通讯载体。在前互联网时代，书信指向以纸质为主的一切非电子文本的书简。书信文本是一种重要的原初信息的记录和表达。展笺援笔之时，使人进入一个相对平静的时空维度，俾能沉淀和整理心情，梳理思绪，深化对问题的思考与判断，进而记述书信者所观察到的现象或形相，表达所思所想，申明意愿或倾诉情感。因此，书信所记录的信息历来受到研究者和读史者的重视。

　　《七地书》所编选的，是青年学人恋人夫妻之间的往来书简和父亲给儿子的家书。书信选辑从家书的界面记录所观察和经历的数十年间国内外社会环境的变迁、国家政策和经济社会生活发生的变化，这些改变给家庭和个人生活与工作带来的各种影响，以及书信人对这些世事演变的认知、思考与感悟。因此，这些家书实际上记载描述了在一个较长历史时段内变动不居的中国现实社会生活的一个微观切面。虽是些许雪泥鸿爪，却是不可多得的一幕幕历史原生态场景的生动记录。

　　从 20 世纪 70 年代初到 90 年代初，在中国发生时代大变动的格局下，由于我和妻子各自所处的学习工作空间坐标点所具有的特点及形势的持续变化，这些信件的内容不仅成为彼时社会运行状态与社会变革事件在一个特定界面上的真实记录，而且由于不同地域和视角的折射而更具特别的意义。此外，由于这些家书的时间跨度，其所记录的社会流变在微观层面之具象更有其观察与思考的价值。

在数十年内，这些家书的主要书写者或受信者在国内外漂移辗转，萍踪浪迹，居处迁移成为常态。在这样不断出现时空转换的岁月流淌之中，这些信件竟然大都得以留存，实为幸事。在整理这些信件时，编选者常常被其中许多早已尘封的内容和大量具体而微的细节所触动，引发无尽的感慨与感怀。感叹往事并不如烟；感慨滔滔历史长河皆由涓涓细流所汇聚，历史大潮巨变皆起于青萍之末，社会流变的出现皆有细微之因由可究与征兆可察；感悟人生舞台从未有过带妆彩排，任何时候皆为无妆实景演出。在信件整理编选过程中，常令人有重生再造的生命体验和历史场景再现的感觉，因而倍觉这些书简弥足珍贵！

1975—1994年，我与妻子和在她作为女友时期的往来信件共存762封，平均每年来往信件38.1封，平均每人每年写信19封。这些书信可分为七个时期，其所通联处主要为七地，即英国的利物浦和纽卡斯尔，中国的北京、桂林、武汉、柳州和柳江县（今广西柳州柳江区）等七个城市或县域，故谓之《七地书》。这些书简，主要写于我们的青年时期。

由于十年动乱岁月中断高考，如同大多数77、78级的考生一样，我上大学的年龄比常态入学年纪足足晚了十年，上大三时才成婚。之后在异地攻读硕博学业，又展延数年。这使得我们的生活节奏不断受到冲击，也是我们的小家庭长期分离的重要原因之一。

求学与工作使我们长期分居两地。唯将往来信，遥慰别离颜。对鱼雁往来的守望与尺笺寄情作业的完成，已然成为我们生活的一种常态。为了学习和工作不得不长别厮守，同时又在分离的煎熬中翘盼相聚。因而，《七地书》以"20世纪70—90年代社会变迁岁月中的青年学人家书"为副题。正是这些以恋人夫妻长时期日东月西异地相望的遗憾为代价完成的书简，从一个特定的视界记录了一幕幕社会生活和家庭生活的生动场景——从南方到北方，从乡村到都市，从国内到国外。这些生动翔实的记录，虽然是家书的界面，读来亦有读史之韵味，因其是对不同时期不同领域社会生活运行情状的记述，是真实的历史见证，阅之可有窥斑见豹一叶知秋之效用。这正是这些不可多得的经年积存的家书所蕴含的社会价值和历史价值之所在。《七地书》从所存各时期我们的往来书简中，收入490封。

1977年我参加高考之前，经历了下乡插队务农，返城后在F公司担纲主要文牍写手两个阶段，并在第二阶段后期到五七干校学习。77级本科毕业后留校任教，其间曾在北京大学和武汉大学学习，之后赴英国利物浦大学和纽卡斯尔大学攻读硕士和博士。其后应聘到南京大学执教。纽卡斯尔大学读博期间，曾任纽卡斯尔中国留学生学者联谊会主席。内子参加工作后先是与我供职于同一公司，任公司团委书记和中共 F 公司党委常委，其间曾到农村担任下乡插队知识青年带队干部；之后到柳州市委组织部任职，参与市"文革"遗留问题处理工作；其后调到我当时任教的广西师范大学人事处，先后担任学校人事科副科长、科长、学校对外联络委员会办公室副主任等职。再后来则是与我一起入职南京大学。我与内子的经历，既有平行，亦有交叠。我们的往来书简留下了时代变迁的涛声浪迹，也记录了在特定历史时期青年对爱情的苦涩追求及波折不断的遭际；既保存了大潮奔涌岁月中社会不同领域生活的各种生动切面和缤纷场景的记录文本，又录下了在激情燃烧时代与书信者相关或交往的各色人等的各种活动与行为方式。

在那个特殊的年代，与我们的青春不期而遇的爱情既有欢乐与憧憬，亦有苦闷与忧郁，更有难以抗争的压力和愁肠百结之窘迫。由于时代局限之形格势禁，我们的恋爱曾受到来自所在单位、上级部门和家庭的重重阻碍，引发轩然大波，历经坎坷。然而，在我已上大二，中国改革开放已进入第二年，我们的恋爱已渡过难关终于迎来曙光之时，却又因教育部关于在校大学生是否可以结婚问题的政策的变化再度陷入困惑。去年，是我们结婚四十周年的红宝石婚庆，我赋诗《红宝石婚庆感怀》一首，回顾这段不能忘怀的人生风波曲折。诗曰：

> 四十寒暑似流云，红叶誓盟忆犹新。
> 历经风雨成往事，守得清心待月明。
> 诗咏关雎和鸣意，赋歌鹣鲽兰桂馨。
> 春花秋月何须叹，俯仰无愧当欣庆。

在那个时期我们的往来信件中，这些情况与当时的心情感受都有如实的生动记述。

信件中还有许多烙下鲜明时代印记的特殊的政治社会活动的回放。譬如，我在五七干校的学习劳动经历，以及当时还是我恋人的内子作为知青带队干部和作为市委组织部"处遗"办公室人员工作经历的记录。此外，在我长达十年的留学岁月中，点染欧亚大陆万里邮路风霜雨雪的往来信件，也从一个侧面记录了英中两国在教育文化领域交流与合作的概况，国家留学生政策实施状况，以及在相关政策影响下来自不同省市、不同高校或政府机关部门的中国留学生的思想、学习与生活等方面的原生态状况。留学所在地缤纷多彩的风物人情，以及我们与英国各阶层人士的交往，在书信中亦有许多清晰生动的记载。

《七地书》的第五部分是父亲写给我的家书。舐犊之情，乃天下父母之共情。在我成长前行的不同时期，几乎都是远离家乡。从我未及弱冠下乡插队务农开始，在我离开故乡的数十年间，父亲一直持续不断地通过家书给我传送温暖，给我殷殷关爱与谆谆教诲。这些信件数量相当可观。遗憾的是，在岁月流逝、居住地不断迁移的过程中，许多信件都已散失。现在得以幸存的父亲书简共164封，其中在我下乡插队与在北京语言学院学习时期的都是仅存两封。这些家书的时间跨度是20世纪60年代末至1990年夏。从所存各时期父亲的书简中，选取了78封编入书信集。

我父亲的身份有其特殊性。他原是柳州市有较大影响的工商业者，中华人民共和国建立后曾担任柳州市工商联副主委、柳州市民建主委、柳州市政协副秘书长、柳州市人大常委会副主任，广西壮族自治区人大代表、自治区政协常委，自治区民建常委，全国工商联中央委员等职。他热爱祖国，敬业担责，竭其所能为国家社会发展奉献绵薄之力。他作为工商界和民主党派人士参与地方政权，以极大的热情为促进地方经济建设和社会发展努力工作。这些活动在其信件中有许多翔实的记录。

父爱如山，父爱如泉。父亲在不同时期写给我的信件既留下许多时代的痕印，也给我留下弥足珍贵的教导。在我的成长过程中，他一直给我关爱和激励；在我受到挫折信心不足的时候，他给我鼓劲打气；在我面临人生重要关头的时候，他更是给我提点和建议。他阅历丰富，豁达大度，视野开阔，有思想深度，信件中有许多真知灼见。他的文字很有功力，书简中常常广征博引，用典用谚信手拈来。其书信行文晓畅，文笔生动，内容丰富，很有可读性。

概而言之，本书信集所选取的书简具有信息含量较大、内容丰富生动、可读性较强的特点。展卷阅之，即是按下那个时代社会生活和家庭生活一个切面的重播键，读者可从一个家庭的界面回望那个时代社会变迁的潮起潮落，感受到那一代青年心灵成长的律动与足音。因此，这部《七地书》不仅对于有兴趣了解中国社会那一段历史的人们是有益的读物，而且对于当代中国改革开放史、中国高等教育发展史和中国留学生史的研究者也不无参考价值。进而言之，这些在数十年后还有幸留存的家书是我们走过的那个年代的历史痕印，把它们整理出来留给历史，不仅是希望有需要的人们能从中获得相关信息，也是希望它们能从一个特别的界面启示人们：不断推动改革开放和经济社会健康发展，不断推动政治文明和社会文明发展进步，符合中国人民的根本利益，停滞和倒退不符合人民的选择。这正是我们愿意编选这些书简与读者分享之初衷。

书信选辑的这些书简，写于20世纪60年代末至90年代初。因此，信件文本的思想观点与用词用句，不可避免地会打上岁月的印记，体现不同时代的特征。为保持历史原貌，还原历史，真实回放历史，信件选编时对文本中的这些语词或用法不作改动，即不按人们今天的观念和用语习惯来修正，以便让人们看到那个时代人们真实剀切原汁原味的所思所想、言语行为与社会风貌。

最后，我们要肃然致敬这些已然完成其历史使命的家书。数十年来之鱼雁传书，是我们互通信息增进互信的桥梁，是我们传递和维系亲情的纽带，亦是我们互相砥砺奋力前行的加油站。如清泉般汩汩长流的家书，对建构、夯实和维护我们的心理平衡不可或缺。驻足回眸，在我们漂移不定与分聚离合长相伴的人生行旅中，正是这些往来书信给予我们力量与信心，帮助我们建构和维护心理的和现实生活的动态平衡，包括精神之平衡、事业之平衡与家庭之平衡。悠悠岁月，在动态平衡中奋力前行，在前行中不断建构新的平衡，吾侪心有安放之处矣！子瞻曰，"此心安处是吾乡"。诚哉斯言！无论时空变化，无论身处顺境或逆境，无论坎坷之际或放歌之时，心安则神清，心安则气定，心安则气可鼓，心安则可从容行走于江湖。数十年来风雨兼程，无问西东，虽不能"万里归来颜愈少"，然历尽千帆人未老也！在此过程中，不能不说，这些书信居功至伟矣！

是为序。

黄健荣　谨识
2022 年 2 月 22 日
于金陵秦淮亦柳斋

七地書

一 青涩时代

——前大学时期

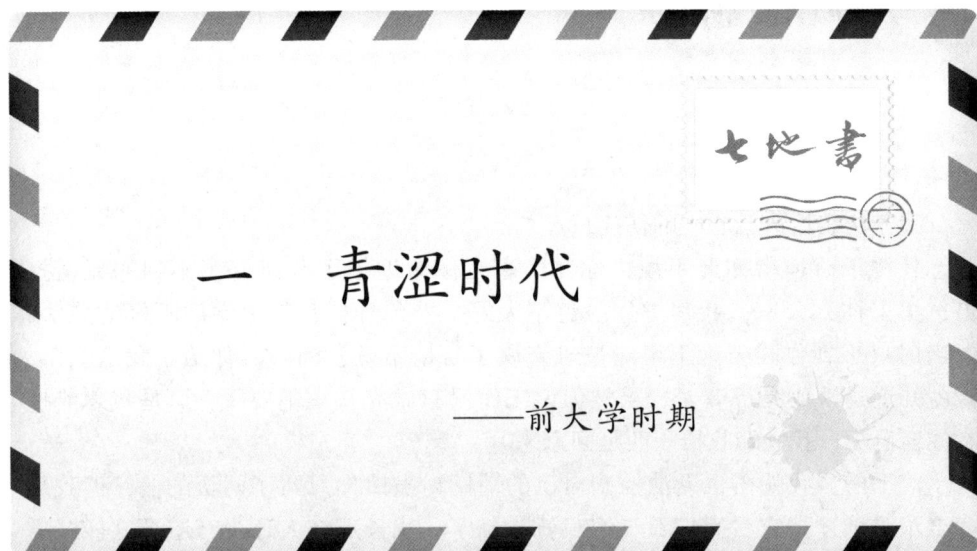

人生若只如初见，何事秋风悲画扇。

【清】 纳兰性德

（一）柳州—柳江

秀珍：

我无法表达自己心中的伤痛！

我终于碰撞得如此不堪！你竟然毫无保留地给了我万万想不到的无情打击！早上在办公室，我察觉你脸色不大好，神色异样，就感觉到不好的兆头。但当时只想到你昨天晚上可能被母亲说了心情不好，而一当你给了我这纸条，我就知道这决不是福音了！虽然你说工作没有做完就先不要看，可是我怎能控制住自己呢！我立即收拾东西赶回家来。

读了信，我就再也无法控制自己的情感！虽然你只写了两页的信，但我是多么艰难地才把它看完！看一遍我就头晕了，我长那么大还没有遭受这样沉重的打击！再看来信，心如刀绞。我不知我在想什么，也不知我该想什么！我感到茫然无助！两页信纸是那样的菲薄，但你知道它压在我心头的分量吗？我在想什么？我该想什么？心乱如麻。

我想不到你会这样做，我想不到你会这么快就改变了主意！我想不到，昨天晚上的相会时我们还那样亲密友好，那样真诚互信，然而一夜之间你就把事情完全颠倒过来了！

我不明白，你是怎样想的！我不明白，你为什么那样没有主见！我不明白，像你这样的青年为什么竟然还屈从于家庭的压力！

我不明白，你的心，是这样的多变！

我长那么大，还从来没有把自己的全部感情像跟你一样向别人倾诉过，甚至和自己任何其他的知心朋友同学也没有这样诉说过！我把这样的真诚真挚的友情毫无保留地献给了你，你接受了，你把我当作最知心的朋友。我感激你，尊重你，信任你，爱护你。你也同样珍惜这样的友情。正是在我们双方真心诚意地共同培育下，这朵友情友爱之花才生长到含苞待放的今天！可是今天啊今天，今天你怎么忍心将她一朝毁弃？你这样做，怎能不叫人心碎，怎能不叫人……我不说了！

如果你不是曾经认可过我们的友情，如果你不是曾经表露过这样的心愿，如果你不是曾经明确地告诉他对他的喜欢，如果你不是曾经真心实意地接受了这种友情，他怎么会自作多情呢？！又怎么会不知进退地去找麻烦呢？！

秀珍，你想想，在你和他相识以来在友情发展的过程中，他有什么对不住你吗？有什么事给你添麻烦吗？有什么时候使你不愉快吗？有什么地方使你失面子吗？有什么地方伤害了你的自尊心吗？如果都没有，你为何又如此决绝地把这样来之不易的友情毁于一旦呢？！

你是个固执的女孩，我了解你，但我更尊重你。坦率地说，我喜欢你，喜欢你的性格，你的热情淳朴，喜欢你的气质，你的朝气和谦逊。自从遇见你，你给我的印象就越来越深刻，越来越清晰，越来越鲜明，越来越不能离开心扉。虽然你固执，还有一点任性，但我理解你，你是真诚和纯洁的。

我不能理解的是，你为什么在不到十小时内就忍心将这美好的一切一概划平，就忍心将这不是一朝一夕，也不是他人拉纤作伐，而是由我们自己经过长时间的共同努力建立起来的友情全部推翻！

秀珍，你难道真是这样忍心吗？

秀珍，你已经是 21 岁的姑娘，是一个有见识、有魄力、有抱负的青年，为什么在自己的恋爱问题不能自主？为什么不敢打破你家庭的桎梏？为什么要违心地屈就家人的意愿？事实上，我认为这件事你也许从来没有开诚布公地和母亲讲过。一旦她对你的朋友的情况得以真实全面地了解，这种阻碍很可能就会烟消云散了！正如你常说的，你在家里常和她顶撞，确实是使她恼火的，她限制你的自由也正是为了维护她的权威。特别是在这种事情上，她要显示她的威慑力。然而，在此之下你害怕了，退缩了！对长辈的尊重是无可非议的，但你这种尊重应是听从正确的指导、正确的教诲，而不是百依百顺，更不是逆来顺受！爱护父母，尊重父母，是要使父母理解儿女，体谅儿女的心情，懂得你们的所作所为的正确性，使其知道儿女明白事理，可以少些操心。而不是唯父母之命是从，曲意迎合。如果这样做，正是迷惑父母，不尊重父母，使父母陷于专横失察之境，使父母陷入不慈不仁之地。虽然，在一时一事一地，父母得以遂意顺心，但从长远来看，则无论是对于儿女前途幸福，还是对于家庭和睦，对于维护父母仁德形象都是不利的。

如果你的父母不让你这样早谈个人问题，那可以，我们可以保持关系。但是，如果你父母横出一刀，断然干涉阻碍，则是于理不容了！你为什么要违心地迁就他们的意思呢？为什么不能慢慢地耐心地说服他们呢？你为什么不相信自己？不相信自己的父母，为什么不相信他们也可以明白事理呢？

昨天晚上的事，我应该向你道歉。使你父母得以爆火的机会，责任在我。我想，这样也用不着自己紧张，她看着夜那么深两人还在谈话，当然会不高兴的。这种恼火是会渐渐消逝的。我和你站在你们宿舍后面谈话，又是晚上，是第一次。我也考虑到会给你带来影响。十点以后，我几次问你，站累了吗？想休息了吗？你都说没有。我的意思，是想让你回去了。我的表是自己停的，我没有拨。发现手表停以后我上发条，但没有表来对，所以慢了。但你好像没有理解我的意思，我也不好再催促。这是我的错，我怕再多催促使你不快。这样，就造成使你母亲目睹的结果。再说一句，这又有什么呢？这还是旧社会吗？

我讲了许多话，但我还要再告诉你，如果你真正不喜欢他，你就直说好了。你明确拒绝就行了。他只能怪自己的眼睛看错了人。如果你喜欢他，但又屈从家庭的阻力，他是永远也不能原谅你的，你不能这样做，你不应该这样做。

秀珍，我希望你能再想一想，希望你回心转意，盼望你回心转意，我等你。

你的健荣
1975 年 12 月 5 日中午

****

愿你的心灵永远是春天
——写给小珍

愿你收到这封信之时
正是周末的晚间
璀璨的星斗缀满夜空
又是一个
美好的仲夏之夜

习习凉风
拂去昼间的余热
也带走你一星期
忙碌的疲倦
你是在熙熙攘攘的街头漫步
还是和好友小聚聊天？

亲爱的朋友啊
你定然也在
把你的挚友思念
请倾听
他真诚的祝愿
愿你勇敢热情的性格更加鲜明
愿你的思想更深沉更明澈

　　　　愿你的心灵永远是春天

你的荣

1976 年 6 月 15 日赴邕前夜

　　　　　　　＊　＊　＊　＊　＊　＊　＊　＊　＊　＊

秀珍：

　　我很不愿意写这封信，确实是很不情愿的。但这又有什么办法呢？

　　当我写下这熟悉亲切的名字时，感情的波涛就翻腾不息，她那熟悉的笑貌面容就瞬间浮现在眼前。往事依然历历在目。记忆的潮水从已经远去的 1975 年初，不，1974 年夏，缓缓漫流而来……一切都像刚刚经历那样美好和真切，那样令人怀想。我仿佛看到一颗友情的种子曾在丽日春风中，滋润着雨露，破土出芽。然而它的生长，却经过了多少艰难曲折啊！这些令人伤怀的往事，现在就更不愿意回想了。这颗友情的幼苗在双方心血的浇灌培育下，毕竟在艰难的努力中生长起来，就像在峭岩石缝中顽强地挺立的一棵小松树。本来，它可以继续成长，长成能够傲霜斗雪的劲松，根深叶茂，虬枝峥嵘。但如今，它夭折了！往昔爱护和培育它的园丁之一，把她拦腰斩断了。

　　这是你的第四次动摇，你已经没有勇气当面回答我的问题了。

　　我不想再责怪你。关于我们这件事的前景，以及所必须处理的问题与处理的方法，我已经耐心地讲过多少次了，我所能给你的鼓励、支持和帮助，我都尽力给了你。如果你的记忆力还好的话，如果在我说这些问题的时候，你注意听了的话，你应该不会忘记，在这里我就不多解释了。这种解释在对方已经抵触且固执己见的时候，是完全失掉意义的。

　　爱情是人类精神生活中的一个高尚的组成部分，是人类文明的一朵绚丽的鲜花。她是庄严的、圣洁的、严肃的。每当触碰到这个语词都会激起我们美好的憧憬与庄敬之情。我想，正直善良的人们是不会允许谁去亵渎她的。

　　基于这样的理解，当我们的爱情无法推进下去的时候，也就是说要结束的时候，我本能地回首以往，小心翼翼地检查，看看我的言行是否有玷污和破坏这种感情的地方。我仔细地在茫茫往事中搜索，我觉得，我没有对不起她的地方，我没有勉强过她，我问心无愧！

　　如果你把初二傍晚的那种态度作为反驳我的依据的话，我不再解释，只是再请你想想你当时的固执的态度，以及你那种对知心朋友的不信任态度。

　　过去，我十分尊重你，在处理我们之间的问题时候，几乎都是按你的意见办的，宁愿我受指责，这是你的女友们都有目共睹的。

　　今天，我也不想斥责你，尽管你把多少次讲过的诺言一概撇开，化为乌有。

一　青涩时代

我也不愿重述那令人心酸的话语。过去，我相信你的话是因为我相信你的人格，相信社会道德对我们影响和规约。现在，你变了心，顺从了你的父母的意志，这已经无法从事理道义上解释，已经超越了人们的常识所能解释的范围，我就不再为难你了！

过去的事，就像一场梦，今天幻灭了！让过去的事过去吧！在这里我深切地感谢曾经给我真诚帮助的朋友们。我永远感激她们！在今后漫长的人生道路上，当她们需要我帮助的时候，我将毫不吝惜自己的一切付出，我会对得起她们。你放心好了！我懂得怎样对待自己的朋友。

这件事结束了，让我们把同志间的感情继续发展起来吧！我们共事多年，以后也许还会在一起工作，我相信我们还会互相帮助的。

我将继续尊重你，从团委书记、同事、朋友和小妹妹几种角度来尊重你。让我们共同努力，把我们各自的工作做好，为革命作出自己应有的贡献，

衷心祝愿你幸福，祝愿你父母家人幸福！

黄健荣

1977 年春节初四（2 月 21 日）傍晚

＊ ＊ ＊ ＊ ＊ ＊ ＊ ＊

秀珍，你好！

昨天晚上发生的事使我感到太突然了！由于客观的原因，我们的爱情关系已经不可能破镜重圆。为了不再使你为难，为了让你家人少操心，为了让你能更好地集中精力搞好工作，也为了使我减少精神负担，我们的事就到这里结束吧！我相信我们会互相谅解的。我们过去这种关系是光明磊落的，双方都是互相尊重的，我相信你也会这样认为。

今后，希望我们仍然会互相尊重，会保持同志式的互相帮助和支持，我仍然愿意相信你是一个热情诚恳的同志。

请你好好安慰你的父母，请他们不要再为你操这份心了。

也请你放宽心，想开些，保重身体。

其他，我就不多解释了！

听说你明天就要返回进德①，不送了！

---

① 即柳江县进德人民公社。当时姜秀珍由所在公司派出到那里担任管理本公司子弟下乡插队务农知识青年的带队干部。

祝你顺利，祝你幸福！

你的同志 健荣

1977 年春节初四（2 月 21 日）晚上 8：35

＊ ＊ ＊ ＊ ＊ ＊ ＊ ＊ ＊

秀珍：

你好！

事情确实太突然了！昨晚上我们还一起到小柏家里玩，稍后散步回到我家，随后又到了小程宿舍和朋友们会面。这是一个安静祥和与快乐的晚上。时隔一天，就发生了这样的情况，太意外了。

发生这样的事，我们心里都很难受。寄出那封信后，我再想了想，这事确实很难办的，你也是很为难的。

我们交往了那么久，感情是真挚的。过去，你家里也反对，但你对我的感情还是一如既往，我也很尊重和爱护这样的友情。由于我们双方的共同努力，才使得这种感情发展起来。可是现在情况更复杂了。家里还是激烈反对，还有其他的因素使得你精神负担很大，感到很痛苦。你的心情不难理解，你比我难受多了，难处理的事更多。

那天晚上，你不能直接回答问题，你心里想必是很难受的，我没有理由责怪你。这不是由于你的原因，而是因为环境和条件等因素起的作用太大。现在，你就按照你父母的意思处理这件事吧，不要使他们太操心了！因为，他们的思想一下子是转不过弯的。老人家的心情我是理解的，不要再使他们为难了。你一向对我很好，很有感情，而且是很真诚的。我对此是深有感受的，并同样以这样的热情对待你爱护你。你为了维护我们的友情，确实顶住了很大的压力，受了很多委屈，伤了很多心，你对我的感情是真诚的。今天，事情这样了，我不怪你，你太难了！那天（初四）出事，晚上我和你的几位朋友讲的话，是在气头上。如果这使你太难受，我就收回吧！请向她们解释一下。我从心里感到不能，也不忍心再让你为难，为我受气，这样我确实过意不去。

我也许不应该责怪你父母。他们为你考虑，其本意是为了你好，你就从他们的角度出发理解他们的心情吧！天下做父母的哪有不为儿女着想的呢？

这件事结束了！这对你，对你家里都是好的，就请你不要介意了。重复一遍说，因为不是由于我们双方的原因，我们双方都无成见，都是曾经为了友情而竭尽努力的。客观原因存在，毕竟是一个事实。

还有一个问题，我想提一下，初三晚上你家里人对我这样的态度，是我意料不到的。你父母的心情我可以理解，但这样做也许不太礼貌吧！我想，你也

一 青涩时代

007

会为此感到难过和惭愧。老人家固执，我不怪他们。至今。我对他们仍无成见。我们青年人受教育多一些，应该比他们懂一些。我只是想，这样的行为对你们家庭影响不好。你想想，他做了什么错事呢，对不对？他受到这样的非难！我就不用讲了，你难道不为他难受？对待这样一位已经有两年感情的朋友，第二天也不做任何解释。我对此事是感觉很遗憾的！顺便提一下，事情过了就算了。

有一些事，我想当面和你讲一讲，看你什么时候抽个时间吧！最好是本周。

事情过了，希望你不要分心，一心一意好好工作。经常一个人往来，要注意安全，保重身体。

我完全相信，在今后的工作中，我们之间还会有同志式的互相关心和帮助。致以革命敬礼！

健荣
1977年春节，初五（2月22日）晚上12：45

今天过河南①办事，回来步行。天气很好，旭日初照，微风拂煦，江水缓流，碧波荡漾，春意盎然。眺望天水相接处，目光无意触及东门沙角，往事萦回脑际。那是一个月色皎洁的晚上，他俩曾在沙滩边赏景，知心的话语说不尽……还有一次，在晚霞辉映天际的暮色中，他们和小柏、小程一起沿江边而下，踏着江岸细碎的卵石漫步，一路欢声笑语，其乐融融……这一切，都已成为历史。日后，让小说家再去描述这样的场景吧！

初六晨，发信前又及

＊＊＊＊＊＊＊＊＊＊

秀珍：

你好！

知青陆续回队了吧！你的工作也算真正开始了。因为年前那段时间你初来乍到，只是熟悉情况，与小徐交接工作而已。我完全相信你所讲过的话，有信心把工作搞好，真诚地预祝你在大治之年抓纲带队②，锻炼思想，做好工作，取

①　是柳州市以柳江河为界区分的河南与河北，是本地居民的习惯用法，并不是柳州正式的行政区划名。
②　"抓纲治国"是粉碎"四人帮"后仍然严重"左"倾的政治纲领。1977年1月1日，《人民日报》发表的两报一刊元旦社论《乘胜前进》说："华主席号召我们：'在新的一年里，抓住阶级斗争这个纲，努力作战，去夺取更大的胜利！'""抓纲治国"纲领的正式形成，是在同年2月7日两报一刊社论《学好文件抓住纲》当中。此后，"抓纲治国"成为当时最时髦的政治口号，"抓纲××"的各种类似的四字组合词层出不穷。

得好成绩。

在送你回柳江县半道分手后，心乱如麻，蹬上自行车飞车返回，竟比原来缩短近一半时间抵家。昨夜失眠，半夜3：30就醒了，一直挨到天亮，也不知想些什么，茫茫然。今早上头晕脑涨，好在今天星期四，是各人积肥①。到办公室后，和几位同事一起搞了个速决战，不到9点就完成了任务。这时候，李主任来到公司，和XX商量事情。他们谈完后，我就找李主任汇报思想。我一找他，他就知道我要谈什么事了。我简略地回顾我们关系发展的过程，他说这些已清楚，叫我谈观点。我说我们俩都很矛盾很苦恼，欲继续很为难，欲罢则不忍。他说，这些你们自己决定，并重申组织的三点意见。他说这三点已和你说过。第一，说你的年纪太轻，正在增长知识锻炼工作的时候，谈恋爱为时太早了。第二，你是培养对象，几经挑选，正在教育锻炼，影响不一般。第三，你的职务，身为青年的头头，自己早恋，就难以开展工作，也难以给别人做思想工作。我表示同意他的意见。他还说，不管你们恋爱是否成功都不能影响工作、影响进步，如何处理这件事你们自己决定。最近发生的事我没有和他讲，我只是想听听他对这种关系本身的看法。

正谈着，行政科的老黄递条子来说，有人找李主任，不久又有他人进来。我和李主任是在我们业务科谈的，这时我只好匆匆结束了话题，而后出外一看，等待和李主任见面的人竟然是你父亲！他果然来了。我怕见面难堪，就改从办公室侧门走了。后来你父亲和李主任谈话，是在他的办公室。

下午两点，头仍然很晕，心又烦，如何处理这些问题呢？两点之前，我在你的同学小柏那里和她谈了一个多小时。

我感到，初二、初三两个晚上的事，也许是我处理不好，是我头脑发热莽撞无礼，把本来可以办好的事办糟了。首先，年初二晚上不应该追问你家里发生争吵的事，本来你父母同意我去那里，这已经是不容易了，去到那里即便看到你们争吵，也要劝慰一番，拜年寒暄，把气氛活跃起来。这是完全可以做到的。但我却一再追问你，而且是当着你父母和兄妹的面，这很不礼貌。你们争论的事，确实是你们的家事，又没有当我的面吵，我不应该干涉内政。以后这事你能否告诉我，也是由你自己决定。所以，我的做法确实是有些失礼，很不尊重你的父母，特别又是在你家里。但你父母处理得很好，一再忍住，几次招呼我入座，而我却一意孤行，还在追问，导致后面的不愉快。其间，你父母按捺住不满，仍然热情招呼我用餐，多少挽回了一些节日的气氛。

我的确是太冲动了，确实太无礼了！感情冲动使得头脑发热，连起码的礼节常识都忘了。更不用说，本来可以争取局势好转的条件和可能性也破坏了，

———————

① 即为农作物收集肥料。那个年代强调人人皆需学工、学农、学军、学商，各单位大都有自己的农场。

一　青涩时代

我当时真是无知无畏啊！

初四又是我的错！你心情不好，很苦恼，我却一再要求你表明态度，使你很为难。这是一不该。晚上在柳高门前那里我们赌气分手后，已快12点了，本来不该再回头，但我怕你难受，又赶了回去。这是二不该。到了你家门口，你已准备上楼，又叫你出来，使你家人不安。这是三不该。你父亲出来叫你回去，我本来就应该走了，但又担心你被父母责罚，又回去看看，造成他们误解，使他们火上加油。这是四不该。你母亲出来后斥责我，我本来不应该回嘴，劝她休息，自己走了就行。这是五不该。最不该的是，我一时冲动，对你母亲说了"如果你对我不礼貌，对大家都不好"这句冲话，使矛盾更尖锐，误解更加剧，导致了后来的麻烦。唉！我真是恨我！平时脑子也没这样简单，怎么一下子就那么冲动那么糊涂呢？！

这六不该表明，这些事我确实处理错了，我应该受到谴责，应该接受你的批评，应该向你父母承认错误。

小柏也同意我的看法，我确实要找一个合适的时候，当面向你父母检查认错。但目前是不可能的，你父母对我已经反感，不愿见面也不愿听，只有看以后吧！

想到这些错，我感到很对不起你，越想心里就越难过。我相信你了解我，我的这些心情，你是能够理解的。我们的事你父母有看法是正常的，是可以理解的，思想转变也要有个过程，哪能那么急呢？哪能一蹴而就呢？

和小柏谈着，心里很不是滋味。想起今天上午你父亲去找了李主任，也许会有些什么事我应该去问一问，于是我告诉小柏，我要到李主任家。

李主任也正想找我。于是我向他如实谈了初二初三的情况，李主任说这跟你父亲讲的是一致的。李主任同意我的看法，认为确实是我处理不好，太毛躁，太简单，搞坏事情。李主任还说，你父亲也承认初三晚上他的态度也不大好，后来两个小弟的态度也不好。李主任还告诉你父亲，小黄本质上是个好青年，工作学习都是很好的，当时说的话是气头话，不要计较，并安慰了你父亲。

谈到如何处理这种关系的问题，李主任说你父亲的态度还是反对。原因一是太早，二是家庭成份问题。李主任说，他同意太早这个意见，但对于成份问题，他强调党的政策和婚姻法，指出作为处理问题的决定权在当事人本人，父母亲可以提意见，但不能强加裁决。你父亲希望组织说服你。

李主任很关心我们的问题，他以满腔热情、诚恳认真和负责任的态度谈了他的看法。像他这样作为领导，作为革命前辈和长辈对我们的关心和爱护，使我感到很温暖，头脑也清醒多了。他的看法上面基本上都叙述了，他也认为我要在合适的时候找你父母谈一谈，承认错误。

他还谈到，我们在谈恋爱以后对工作确实有了影响，干劲不如过去大了，甚至是有退坡。他特别讲了你，说以后要找你好好谈一谈。他的话虽然是批评，但我心里感到舒坦。我相信，我们都是愿意把工作搞好的。

最后李主任希望我们处理好这个问题，不管成不成，都要振奋精神把工作搞好，不断进步。我表示了自己的决心，请组织放心，决不辜负组织的教育和培养。

秀珍，我没有把我已给你和你家里写的那两封信的事告诉李主任。我没有权利这样告诉他，这是两个人的事情。

我当初写那两封信也是草率的，因为初三晚上我们并没有矛盾，只是和家里发生了一些冲突，但我在一时激愤（这种激愤也是由于自己处理不好而产生的）的情绪中，匆匆忙忙写了宣布结束的信，这是不应该的。实际上我们的感情并没有恶化，更没有破裂，我相信你也会这样认为。因为没有这样的事实，对吗？

所以，我在信中用上破裂两个字是不科学的、不实在的。这是我们都不愿意承认的，是生造出来的。当然，你在信上写上这两字也是从我所说的"破镜"引申出来的，责任还是在我。

秀珍，我先发的两封信是不冷静的，在我们俩都没有商量决定之前，我不能单方面决定这件事。因为感情的纽带一旦联结，就不是一个人的事，我没有权利单方面做出决定。

我尊重我们之间的感情，珍惜我们的友情和友谊。因此，如何处理这个问题呢？我想还是按照李主任的意思，我们商量后正确处理。这就得请你来一起认真地交换意见了。

不管结局如何，两人一起认真商量是必须的，我们之间的感情关系需要我们这样做。初四这样结束太草率、太马虎、太不负责任了！

秀珍，你愿意这样再商量吗？我总觉得，目前这样的处理方式不合乎我们之间已然存在的友情的要求，对不住我们往昔的感情，你说是吗？

我希望你答复这个问题，即是否用再商量。秀珍，你留在小柏家里的那封信真厉害啊！难怪你说看了会气愤，果然都是些刺话。你还说，这些话是讲自己的，不是挖苦别人的，你什么时候学会这样做呢？当然，我在小程家里讲那些话是不对的，确实是不应该的，是对不起朋友的，但你也很会反击了！

你送给我台灯，我尊重你的心意，那就同意收下吧！但我昨天晚上到小柏那里并没有拿走，因为我不能这样拿走礼物，而且还是到别人家里去拿。如果她是诚心诚意送给我的话，那就请她亲自送吧！小柏她们最后也同意我的意见，不勉强我带走。

话讲了很多，最终目的是想使你了解他的心，使你心境开朗，振作精神，共同处理好这件事，共同把工作搞好，今后争取多一些进步，把过去由于事情处理不好，造成的损失补回来。

秀珍，说到这事，使我想到，过去对工作有影响，不是由于我们贪玩，我们很少去哪里玩，约会的时间也很有限。主要是由于事情处理不好，经常烦恼忧愁，分了心，如果能够统一认识，头脑清醒，轻装上阵，就不会有那么多的干扰了，你说对吗？

越写越长了，我希望你首先尽一切可能把我对初二、初三前后事情的看法转告你父母，其他下次再谈。等待你的回复。

祝愉快顺利！

你的鲁莽无礼的朋友 健荣

1977 年春节 初七（2 月 24 日）晚 8 时

* * * * * * * * * *

秀珍：

你好！

分手转眼又是一个星期了，现在我是在羊角山五七干校的宿舍里给你写信，你一定感到很奇怪吧！

今天是柳州市五七干校① 第 7 期干部轮训班开学的第 2 天。昨天下午已经举行开学典礼，今天早上校长来给我们讲本期学习班的学习计划，下午和晚上将是学员分组讨论，端正态度，提高认识。新的生活已经开始了。

这期学习班计划为期 4 个半月，7 月底结束。学员共 70 名，市委和市革委② 直属机关各科局，工、青、妇等单位占 2/3，其余 1/3 是各公司厂矿人员。全体学员按系统临时编组，我们组有财政局、工商局、税局、人行、建行和饮食、服务、百货、食品、蔬菜公司等单位，每单位一人，共 11 人。以后还要分作业组，按干校的生产需要分为园艺、蔬菜、木工和饲养等组。看来，这样做很能锻炼人。进干校学习内容有三个，也可以说是三种途径：学马列，参加生产劳动和下乡插队锻炼。计划已经发下来，学习 48 天，干校的生产劳动 48 天，下乡插队 15 天，节假日照样休息。三个途径是为了一个目的，提高思想觉悟，

---

① 这是在"文革"期间贯彻毛泽东"五七指示"，将党政机关干部、教育科研文艺单位人员下放到农村锻炼学习的非常态机构。1966 年 5 月 7 日，毛泽东在给林彪的信中提出，各行各业都应以一业为主，兼学别样，从事农副业生产，批判资产阶级。1968 年 5 月，黑龙江省革命委员会根据"五七指示"，组织大批机关干部下放劳动，在庆安县的柳河办了一所农场，冠名为"五七干校"。《人民日报》报道了这一全国第一所五七干校的情况，并在"编者按"中公开发表毛泽东的指示："广大干部下放劳动，这对干部是一种重新学习的极好机会，除老弱病残者外都应这样做。在职干部也应分批下放劳动。"此后，各地纷纷办起五七干校。"文革"结束后，1979 年 2 月，国务院发出《关于停办"五七"干校有关问题的通知》，各地五七干校陆续停办。

② 即市革命委员会。这是"文革"期间中国各级政权的组织形式，简称"革委会"。1967 年，上海首先发起"一月风暴"夺权运动，由群众组织夺取中共上海市委和上海市各级政府的权力，并组织起效法巴黎公社的大民主政权机构，由张春桥命名为上海人民公社。以后在毛泽东的支持下，全国各地纷纷效仿夺权，但各地组织的新政权名称并不统一。毛泽东认为上海公社的名称不好，发出指示，"还是叫革命委员会好"。于是，全国各地各级新建的政权组织，乃至高等院校、企事业单位新建的领导机构全部改称为革命委员会。

改造世界观。也许这是一个很好的学习机会。

这次来五七干校很匆忙，星期六上午公司才通知我，星期一就要报到。我赶忙移交工作，交代团支部的工作，开了个支委会。

原本想在星期天告诉你的，但你一直没有回来，星期六下午在街上遇见你妹妹秀华，她说你准备明天也就是星期天回来，然后和她一起去一趟柳城太平。如果你不回，她就先走了。结果，她确实第二天一早就走了。小程和小柏星期二晚上特地到了你家，奈何没有等到你。我等到下午近 3 点还没有见你回，就赶往进德一趟，想找你却未遇。可能公社管知青的那位姓秦的女同志已经告诉你了吧！我是 3：55 到进德的，结果扑了个空，想下队去找，但是时间太晚了，考虑到我去五七干校的行李还没准备，二来没有方向也难找。于是，4：10 我就踏上归途。从拉堡到公社的路真不好走，虽是公路但却坎坷不平，骑车颠簸得厉害。汽车一过，尘土飞扬，很是难受。可想你平时工作出行是很辛苦的，以后你往返大队、公社和县城要尽可能把时间留充裕些，不要弄得太匆忙，那是很累人的。

很凑巧，我来干校学习，小程也来参加团市委在这里举办的学习班，学习时间是 15 天。你知道的，市五七干校同时也是市委党校，是一个系统两块牌子。我们公司是小曾来，听他说小佘、小徐都很忙，所以最后叫他来的。曾主任回来了，正在抓贯彻全区工业学大庆会议精神，工作是很紧的。来干校之前本想找他谈谈，请他提些要求，但他太忙了，星期天晚上找不见他，星期一上午临行前找他，他又要开会，所以只是简单说，叫我好好学习，有什么事以后再谈。

秀珍，这次来干校感觉还比较好。我觉得这是组织上对自己的关心和爱护，给自己学习机会，你说是吗？我一定抓紧这段时间，认真学习，努力锻炼自己。要虚心向同志们学习，使自己能有更多的收获。

这里的条件还是很不错的，风景优美，环境幽静。你来过这里学习，一定很有印象。特别是到了晚上，万籁俱寂，真可以说掉根针在地上也能听到，这是很理想的学习环境。昨天晚上同寝室的两位同志回家去要一些东西，还有一位没来，我一人守宿舍。入夜后真是安静极了，但确实又有很寂寞的感觉。看下书，10：30 入睡，只听到手表在滴答滴答地响，真是静得出奇。

我星期一到星期五晚上都在干校学习，星期六晚上可以回家过周末。

你在那里工作比较辛苦，一定要注意劳逸结合，保持精神愉快，把身体搞好，其他不赘述。再谈。

顺颂

春安

健荣

1977 年 3 月 15 日中午

于柳州市羊角山五七干校

*　*　*　*　*　*　*　*

秀珍：

　　今天星期天，回家休息。昨天晚上就回来了，估计你会回来，但空等了。想了想，也许是你这星期回家多了的缘故，不好再回。听小柏说，你星期一、三回了两次，遗憾是没能见面。

　　星期二晚上我回家取物，随即又返校。顺带给你寄信，想你已经收到。寄信的地址，仍然是谭村三队。信发出后才想起，你说过搬到了新队，但具体的地址却没有告诉我，寄这封信只得又写老地址，这样虽然能收到，就会慢些了。

　　我想起一件事，你现在如果还是在原单位工作的话，这次团市委办班，你必定要来，那我们就可以在这里相会。如果是这样，那是很凑巧的事呢！

　　来干校以后，集体生活还是很愉快的。早晨起来跑跑步，拉拉单杠，早饭后学习或劳动，晚饭后往龙潭边散散步。那里风景优美，空气清新，是很惬意的。学员之间很融洽，几天就很熟了。大家在一起互相尊重，互相帮助，有说有笑，很活跃，心情是比较好的。但静下来的时候常常想你，晚上睡下后更是如此。在那静谧的环境中，白天抑制在心扉里的思念就会展翅高飞，漫无边际地飞到遥远的地方。这是欢乐也是痛苦，痛苦则更多些。说起来好笑，昨晚我做了一个奇怪的梦，梦见有一天晚上你约我到你家里，你姐姐待我很亲切热情。可事实上你没有姐姐呀！这个姐姐哪来的？我也搞不清！我们三人在一起谈得很高兴。你父母还是那样，他们不理睬人，但也不为难人，这总算不错了。谈了一会儿，我们就出去散步，大家心情都很好。你看，做梦是多么出奇啊！

　　团市委在党校办的学习班星期五结束。我见了小程，请她如见了你就转告，请你在乡里要注意身体，不要搞得太累。她说我们是互相勉励，我笑了笑。也许是苦笑吧！我告诉她，你是很好的朋友，希望她们能够使你多愉快些。我想，由于双方工作的空间距离，以后见面也不容易了，你说是吗？快6点了，等下还得回校学习，就谈到这里吧！过几天，党校那里还要办个青年干部学习班和理论班，又会给我们宁静的校园增加不少生气。如你在家，你也会去的。我老是这样想。来信还是请寄家里。

　　祝愉快健康！

荣

1977 年 3 月 20 日下午 6：00

　　　　　　　　＊ ＊ ＊ ＊ ＊ ＊ ＊ ＊ ＊

秀珍：

　　你一定不会忘记，今天是你满23周岁的日子，请接受一位朋友的祝贺！对此你也许会感到突然，但总不至于反感吧！

　　你也一定不会忘记，半年多以前，他俩商定在她满23周岁的时候公开这件事。现在，这一天来到了，我们公开了什么呢？

　　我们都不是孩子了，也不是刚踏入社会大门的小青年，彼此都知道，大家都是有一定社会经验和生活经验的人，这样来处理问题，究竟算什么一回事呢？是否和他们的年纪相符呢？

　　有人对我说，她将来会感到很遗憾的。我不会这样想，也不能这样想。因为，他只是千千万万的普通人之一，一个平凡但不平庸的人。

　　但是我却替她惋惜！他过去写过，她是一位淳朴纯洁的姑娘，是可爱的。然而今天，她在她的青春岁月中这样处理了一件事，这样草率地舍弃了自己用心血培育的友情！无论如何，这对于她的精神世界是一个不小的损失，也会对她的形象不可避免地产生负面影响。

　　人生若只如初见，何事秋风悲画扇。她把一些问题看得太复杂，以致似乎失掉了曾经使一位朋友产生初次好感的那种直率、坦诚和勇气，以至于多次的摇摆。

　　过去他写过，她还年轻，对世事还知之较少，不应当使她烦恼和忧愁，而应当使她愉快。今天是她的生日，就更不应该说那么多不愉快的事了。

　　她的生日，作为一位朋友该送些什么礼物呢？想来又想，基于与她一向笃挚的友情，就送一样对她比较有意义的东西吧！

　　这个礼物就是赠言一句：言必信，行必果。

　　这句话也不是完全送给你，他也应该虚心一些，还是共勉吧！

　　愿她保重身体。

　　　　　　　　　　　　　　　　　　　　　　　　　　　　　　　HJR
　　　　　　　　　　　　　　　　　　　　　　　1977 年 4 月 12 日晚 12：58

　　　　　　　　　＊ ＊ ＊ ＊ ＊ ＊ ＊ ＊

秀珍：

　　今晚回家过周末。饭后到小程那里，稍坐会儿，小柏也来了。从她们谈论中知道，你昨天前往秀华处，并准备星期日返柳。这样估计你至少是星期四下午就从柳江回来，我星期三上午寄给你的信也许是收不到了，那真是太不凑巧！

那封信是在你满 23 周岁的生日深夜写的，主要是向你表达祝贺，同时对未能如约在这预定的一天，公开我们曾商定的一件事表示遗憾的心情。此外，还对她这样处理问题表示惋惜，因为他感到这样的处理是与她的性格和向来的行事风格是不相符的，是与几年来给他的深刻印象不相符的。

小程见了他，就说"你变得苗条了"，他唯有苦笑而已。他的身体状况，只有他自己最清楚，其他人至多只能看到外表而已。

有一些事，还想和她谈一下。如果她愿意的话，请她于星期天（17 日）晚7：30 在人民广场中心旗杆处等他。亲爱的朋友，我相信，她也许还是愿意见面的。

JR H

1977 年 4 月 16 日晚 12：00

＊＊＊＊＊＊＊＊

秀珍：

今天已经回队了吧！所买的电线之类都能拉走吗？可惜我时间太紧，不然是很想去送你的。昨天晚上谈了很多，要讲的问题基本上都讲了。如何处理这件事，我相信你会做出正确的决定。

这里想提出的问题是，如果你愿意不违心地解决这个问题，即一如既往地使这种关系发展下去，那就需要按过去（去年 6、7 月间）他俩商定的那个题目办。不要再担心那么多的舆论了！尽管现在已经过去了 6 天（不包括 12 日），仍然是可以按预定的计划办的，否则，她还是有那么多的忧虑的话，以后还是很难处理。

这种关系的发生发展，对双方来说都是不容易的，希望你慎重考虑。

秀珍，世界上没有什么可怕的事情，自己的事应当自己决定！只要你自己认为没有错，拿定了主意就好办了。

希望在五一前告诉他。

祝晚安！

JR H

1977 年 4 月 18 日，夜 10：20

于羊角山干校

* * * * * * * *

秀珍：

昨天晚上写完一页信，准备今天中午拿去寄出，今天午饭后，想起还有一些话，就再写几行。

你那里的工作碰到一些麻烦，这没有什么奇怪的，世界上有什么事情能够一帆风顺呢？社会上的问题是复杂的，各种矛盾很多。如果一切都是风平浪静，那倒是很奇怪了！也不要把责任都放在自己身上，这不符合事实。这样会干扰自己的信心和勇气。对知青的再教育，主要是依靠当地的党支部和贫下中农，你是协助工作的，是起到一种桥梁和纽带的辅助作用。当然，你也要做工作，但你主要是一种锻炼和学习的过程。这样的说法，并不是要否定或削弱你主动工作的责任和积极性，只是客观地分析一下问题。再说，你毕竟是一个新干部，经验还不多。要取得经验，有一个学习和提高的过程。

上面说那些话，是想让你丢掉顾虑，振作精神，大胆地积极慎重地工作。我担心你会由于工作不顺利而失掉信心，但愿这种担忧是多余的。

又回到那个问题，这需要你果断一些，没有什么值得那么多忧虑的。愿你拿出两年前那种勇气和闯劲。

家里的阻力最终挡不住你的决心，你应该有信心和勇气使他们明白你的心。

对于这件事，他做了极大的努力，浇灌了许多心血，但这是应该的。这件事的发生和发展决定了需要和值得这样做。只有这样做，才是慎重和真诚的。希望你能理解他的心，并理解这件事的影响。至于同学朋友那里，你担心议论是没有必要的，他们会理解你，支持你的。

他等你的信，希望五一我们能一起愉快地度过。

祝好！

JR H

1977 年 4 月 19 日中午 12：40 又及

* * * * * * * *

秀珍：

我现在就在你赠送的那盏台灯下给你写信。柔和的灯光照着我展笺挥笔。望着它，我陷入了深思。

6 日中午在公园的那次谈话是坦率和认真的，是真诚的，因而是有益的。正如你所感觉和所说的那样，我讲话的语气从来没有这样重，这样严肃。我也是这样认为。因为，你的那封信对于前景可怕的描绘，极大地伤了他的心，他要把心中的话都说出来，这样讲话的语气和措辞必然是比较尖锐比较冲的。

现在想来，有些话比较过分，有些话太重，但我想，在多年的朋友面前，这是可以得到理解的。交谈后，我觉得心情平静多了，舒畅多了。为什么这样呢？因为坦率的交谈，沟通了双方的思想，疑团打消了，误会解释了，双方都知道对方在考虑什么问题，增进了了解和信任。

在这个基础上，我觉得我们的友情更加深了。也许可以这样说，人们是在愉快中谈恋爱，而我们却是在痛苦和忧郁中交朋友，这样付出的代价是比一般人的要大，但也许其中别有一番滋味吧！

双方栽下的苦果，明知道味道是苦的，但还要去栽，还要去维护它，还要去品尝它。苦果已经嚼了很久，苦得发涩，但是还要尝。为什么呢？也许这是对立统一的规律在起作用吧！苦涩得厉害，回甘也特别馨香特别绵长。是不是这个缘故呢？

关于我们的关系，我清楚地意识到这会对你现在的职位，对你的仕途发展有影响，或多或少都会。这是一般人也都能看到的。我想，如果为了我们的友情而影响你、耽误你，我心里不好受，会感到对不起你，尽管我坚持认为这种影响是暂时的。

从这个考虑出发，我觉得，如果你能坚定地沿着这条路走下去，他当然十分尊重这种友情并十倍地回报。但是，如果你还是认为忍痛割爱对双方有益，那么他也将不埋怨你，并表示理解你的为难，日后也将一如既往地尊重你、爱护你。

再说一遍，由于消除了隔阂，我的心情是比较平静的。因此，我能再认真地考虑这个问题，请你不要为他太担心了。

你说你大概15日返柳。15日是星期天，如果你要回的话，也许是星期六晚上就回了。这样，你就星期六回来吧！他7：30到公园柳侯祠那里等你，听听你的意见。

回来一趟骑自行车得两个多小时，是很辛苦的。天气又热，你一定不要骑得太急。现在阳光已经很灼人了，记得一定要戴帽子。这可不能贪利索省事，你的身体也是不太好的。

祝好！

JR H

1977 年 5 月 8 日 晚 8：30 于家中

＊＊＊＊＊＊＊＊

秀珍：

你好！

星期一（9日）给你的信，想来你已收到了。但为什么一直没有回信呢？而且你6日说可能15日返柳，也没有见你的身影。

按照你可能15日回来的预计，我在信中请你星期六（14日）下午回来并于晚上7：30到6日中午会面的地方（柳侯祠）等我。我去信后，估计你如果时间有冲突或其他原因不能回来的话，会先来信告知，但我本星期六回家没有收到你的信，便认为你同意这个约定了。我于晚上（星期六）7：35到那里，一直等到8点过5分，本来还想等下去，怕你因事未来，但公园的大门已经关上，不让人进了。我想，如果你来了也不能进去，而且这么晚了你回来的可能性是很小的。出了公园我径直往小柏家里，但没有遇见她。她大姑说她已经到小程那里，并说小王来找她也随后去了。原来我想到那里走走，又想了想，你不会在那里，况且那么多女孩子在那里，也不便去打扰她们，于是就没有去。

现在我很担心，不知道你那里有什么情况。因为按我所了解的，你接到这样的信后，不管怎样都会及时复信，而不会使人等得心焦。同时，如果你已是准备如期回来，而不准备再复函的话，那么是否在你准备启程的时候，又碰上了什么意外的事情？这是很容易使人联想到的。

由于这两个原因使我很是担心，本想今天到你那里一趟，又怕碰不上。一是不知你到哪个队，二是恐怕你已经在归途上。到了傍晚7点，遇见小程，她说你一直没有回，这使我更担忧，我想这些天下了不少雨，大概是在抢插秧吧！但也可以复信啊！总之，希望你千万不要有什么意外的事。

为此，请你接信后立即回信，直接寄五七干校，免得我担忧。如果你回来，希望设法告诉我，或是到干校那里找我。我很欢迎你去，早、中、晚均可。我住干校宿舍第2排13号房，都是红砖平房，好找的。

最近我们单位里出了件大事故，你知道了吗？蒋司机和同事老秦在驾车前往南宁运货途中超车，撞死了两个女青年。上星期公司曾副主任和公司科室的两位干部已赶往南宁处理有关事情。这件事太意外了！看来，任何时候驾驶车辆都得小心再小心，一点都不能大意。

上星期六晚我到我的同学小卢那里，他问起我们的事，我支吾说没有联系了。看来他显然不相信，他没有提到你给他去了信，我当然也没有提，不知你后来是否和他说了？

夜深了，下次再谈。盼你复信。

祝顺利愉快！

JR H

1977 年 5 月 15 日晚 11：45 于小荧光灯下

＊＊＊＊＊＊＊＊

秀珍：

你好！

回到大队工作又要忙起来了吧！那次出的问题解决了吗？

星期天晚上是我最后一次征求你的意见，虽然你已经请小卢转告我了，但为了慎重还是想亲自和你谈一谈。确实，我也不愿意把事情再拖下去，这样拖下去会把我们两人的精神和身体都拖垮的。近段时间以来，我的身体是越来越成问题，我已经意识到后果的严重性，我必须振奋起来。我这样说你也许会问，那你为什么前段时间又优柔寡断呢？这个问题我在给你的两位女友的信中已经讲了，这是为了避免爱情的夭折，为了避免历史的误会，为了不使日后再为这件事遗憾。所以，在我意识到自己初四给你和你父母的信（违心的信）是草率和不负责任的做法后，立即承认了自己的错误，并主动接二连三地进行了挽回的努力，其中包括多次给你去信阐明想法，并三次到柳江看你，这都是具体的行动。我尽了很大的努力，花了很多精力。肯定说，这些都是应该的，我真心希望能够恢复我们的关系，再续前缘。为什么要这样做呢？一言以蔽之，就是基于这几年来我们所建立的真挚感情。坦率地说，这种感情是很深的，我想这也是你能够同意的。而且，我们的观念从未有过根本的分歧，我们之间也从未发生过争吵，更没有过面红耳赤互不相让的争执。两年来，尽管由于客观的原因使她发生过动摇但还是坚持下来。并且，她一直以真诚之心真诚之爱对待他。她这样做确实是难能可贵、感人至深的。正是这样，使他对她更疼爱，愿意把他全部的感情和友情都奉献给她，爱她之所爱，忧她之所忧，乐她之所乐。这种感情与日俱增，已经深深地扎根在心中，以至于今天他还对这种感情依然十分珍惜，对她怀着深切的思念。这就是他矢志一心继续努力，希望挽回这种关系的原因所在。

写到这里，我想起了她曾给予的许许多多的友情，往事一幕一幕的又浮现在眼前。我想起了，在他们初次交往以及后来的往来中，她真切、坦诚和信任的话语都使人感到温暖，这使友情在他们心中很快燃烧起来，友情的涓涓溪流不断集聚，最终汇成一江波澜。

我想起了，在谈到他的工作的某些问题，例如争取进步的某些问题时，她心胸宽广，不拘细事，豁达大方，经常热情地给予他安慰，使他打消顾虑，更感友情的可贵和高尚。

我想起了，她对他的一举一动都寄予关切，倾注了她的爱。她上班往来，都注意到他的去向，为他牵挂，一心一意爱护他。一次，仅仅因为半个早上没有见他的自行车停在单位，她就想到可能是他病了，急忙登门探望，为他洗衣，劝慰他开心。

我想起了，她用灵巧的双手，千针万线，把她的心意编织在他的毛衣上。她火热的心，真挚的爱，为他抵御寒风的侵袭，给他带来无限的温暖。

我想起了，她对他的健康总是十分关切，经常嘱咐他注意劳逸结合，注意营养，振奋精神，开朗情绪，给予他浓浓的爱意。

我想起了，在很多次遇到挫折的时候，她虽然有苦恼，有忧虑，但仍然把友情和希望寄托在他身上，信赖他，向他倾诉自己心中的话语。这纯洁的心灵像清泉一样明澈，就像秋天的高空一样宁静而深沉。这一切，深深地感染了他，感动了他。这一切，使他深深地爱着她，使他把这些美好的记忆永远珍藏在心底，永远不会忘怀。

遗憾的是，他在这个问题上竟犯了一系列错误，最终破坏了这种友情。这主要表现在春节期间处理一些问题上的方法方式的失误，虽然也还有其他方面的客观原因。是他因对某些问题的看法比较固执，使他初二傍晚的话语太不顾场合了；是他初三在夜路上的提问太逼迫人了；是他初三在她家门前的行为太冲动了；是他初四的回信太草率了；是他初四前后和她女友的言谈太随意，太不负责任了。这些，都是他的过失。这些错误导致了一系列痛苦的后果，使她伤心，使她愁闷，使她苦恼。这更使他深深感到对不起她，对不起来之不易的友情。

由于这一切，在上星期天的晚上，他带着两种思想准备去约见了她，尽管他做了结束关系（虽是很不愿意）的准备，但是他多么希望她回心转意呀！

他不能再说下去了！无论如何，在说出挽回友情的希望时，感情是真挚的；但在她否定之后，如果再说什么，人们难免就会说这样做太过分了，太勉强了！或是说这样做是别有所图。肯定地说，你不会这样想，但人们却可能会这样议论，以为和你谈恋爱会给自己带来什么好处。

事情就是这样的令人伤感。然而，他还是怀念她，怀念他过去的秀珍。因为那过去的秀珍是使他倾注了全部感情的人，她已经扎根在他心上。为此，希望你把她的一张照片，即去年她和旅社一位女职工合影的那一张，放大三寸给他，请一定办到。因为他经常想看到她——他曾经热爱的过去的秀珍。看到她，就会感到友情的力量，珍惜真正的友谊；看到她，就想起自己的过失；看到她，就会想到该怎样尊重和爱护朋友；看到她，就会想到应该怎样克服自己的缺点，包括那天晚上她提的那一点；看到她，就想到时间的珍贵，更能抓紧时间努力学习和工作，让青春闪耀光芒；看到她，就会使自己以后思考问题更冷静沉着，处理问题更慎重。

你说，今后他无论叫你办什么事你都答应，这第一件事请你办到。补充一个说明，在你生日的时候他赠送你的礼物，听你的女友说你误会了，以为我是讥讽你，非也。实际上他是希望你履行自己的诺言，4月12日如期公开，遗憾的是你误解了。

前几天你拿走了他的挎包，星期一他拿了你编织的尼龙网袋来装东西回干校。这几天又拿来装衣物去大龙潭游泳，细看了几次发现织得挺漂亮，颜色也搭配得好，真是个细心聪明的姑娘。就谈到这里。

祝好！

JR H

1977年6月1日傍晚于羊角山

* * * * * * * *

秀珍：

在羊角山边将要分手的时候，你终于把心里话说出来了。尽管你的语调很激愤，语言很尖锐，这是我从来没有听到过的！但我听了却感觉到很痛快，确是从心里感觉到的。这种直截了当的批评和谴责，比我自己由于自以为是而感到的郁闷和苦恼好受多了。见面的时候，我不是一再说还不理解吗？听了你这些发自肺腑的话语，我终于明白了你的想法。

我确实应该受到谴责。你骂我，我心里也舒服。以前，确实是我的自我批评精神比较少，指责你比较多，而且有许多时候还不分场合地点。这确实是缺乏自省精神和不负责任的。确实，有些事是我对不起你，你应该谴责我。这件事发生后，我曾多次在他人面前埋怨过你，虽然有时候是由于太激动的失言。但你却从未这样做。你忠实地维护友情和尊重朋友，而我却显得太不冷静，比较小气了，比较自以为是了。

你的想法是对的。一是，两人的事没有必要找别人多谈；二是，双方藏在心里的事更没有必要告诉他人；三是，决定事情的发展是双方的意愿。过去，包括这一次见面，我曾多次对你讲过你幼稚，缺乏分析能力。现在看来，你处理事情的态度和方法，在许多方面比我周延，比我细心，比我稳妥。这是真心话，经过这一连串的波折、误会和分歧，使我真正看到了这一点。我为我有这样比自己沉着冷静的朋友感到高兴，我应该向你学习。确实，你比我沉得住气，比我有耐心，比我有毅力。秀珍，过去确实我太自大了，心里想着尊重和爱护你，但在许多言行却没有尊重和爱护你，甚至是伤害了你，我确实对不起你！

我的心情，在留给你的那封信已经表述得很清楚了，希望你原谅。

好，其他不多谈了，你在那里工作忙，要注意劳逸结合，心情开朗一些，衷心祝愿你身体好！我永远爱你。

你的 JR

1977 年 6 月 6 日晚 11：30　于羊角山

* * * * * * * *

在静静的龙潭边
——写给亲爱的秀珍

在静静的龙潭边
他在默默地徘徊流连
微风凌乱了潭中的星影
也掀动了
他记忆的画页

潭水的阵阵涟漪
激起他深切的怀念
皓月的银辉
映照着他忧伤的容颜
流逝的岁月啊
在缄默中把人们的心境磨研

凝眸向明月
明月啊，你可曾记得
何时点燃他们爱情的火焰
你作证
是否在那
月色最明澈之夜
回首向潭边
银波潋滟，深邃莫辨
龙潭啊，你莫自负
你容不下他们
无尽的眷恋

往事像绯红的轻云
飘移在
他浪涌不息的心海天边
你可看到
深情的珊瑚花呀
已迎着彩云绽放在水面

苦涩充盈他的眼帘
痛苦撞击他的心间
伤害了
心爱的姑娘
怎不叫他
悔恨万分羞愧难言

月光如水泻满山间
往昔的友爱滋润心田
小风轻轻过树梢
她的温婉柔情怎不让人思念
峥嵘岁月同心结
说不尽这七百二十天

在静静的龙潭边
他还在
默默地徘徊流连
龙潭夜静万籁寂
此身如梦幻若仙

拂袖乘风展翅飞
穿云破雾到江边 ①
情深似海诉不尽
征途漫漫肩并肩

1977 年 6 月 8 日傍晚

---

① 江边：江与姜谐音。

＊＊＊＊＊＊＊＊＊

亲爱的秀珍：

盼了两个星期还没有得到你的回音，真让人牵挂。

8 日给你去了一封信，不知收到否。信中附有自己抒发感情的一首诗，如果被别人拆了看，那就麻烦了。

昨天星期六回家，遇见何会计，她说你下午 2 点去了公司，问我见了没有。我怎么会见了呢？我笑了笑说，不知道她回来。这样，我估计你今早上会设法通知我，但没有。中午 1：10 我叫我堂弟（工艺玩具厂那位）去你家找你，我在玩具厂等待，但你妈说你已经走了，真是遗憾！我想你是不会走那么快的，昨天才回，怎么一下就走呢？谁知道却估计错了。

我们在干校的学习还有两个星期，7 月 4 日就下乡了，估计 20 日回校总结一下，这一期学习班就基本结束了。

秀珍，亲爱的珍，你现在在哪里呢？你是怎样想的呢？

盼来信。

祝好！

你的 JR

1977 年 6 月 19 日下午 5：30

＊＊＊＊＊＊＊＊

秀珍：

看了你的来信，心里很不是滋味。想马上回信给你，又怕分了你的心，想不写吧，又觉得是非写不可，心情很矛盾，一拖就是好几天。今晚干校包场出来看电影，看完才不到 9 点，匆匆赶回家里，还是拿起了笔。

现在你的心绪不安，烦恼，痛苦，忧愁。我心里同样很难过。反复细看你的来信，细察你的心境，更为你担心。确实像你讲的那样，有些问题你是越想就越是想不开。你的思想很敏感，这是必要的，然而可能一些事情又想得太过头了，恐怕不好，这样人为地使自己陷入很折磨人的思想矛盾之中，对自己的思想、工作和身体都是不利的。我的担心也就在这里。我不愿自己亲爱的朋友受到这样的精神刺激，一丝也不愿。为此，想提出一些看法和你商讨。我写信的时候，就像你在身边一样，以至于对笔下的信纸，也产生了亲切的感情。

公司开展整风，是作为一个先行点，由上级派来的工作组在抓，大概要搞一个月。这个情况，不用说，你比我清楚。既然有工作组在抓，肯定搞得比较

一　青涩时代

025

认真。这不是说，如果没有他们来，公司自己搞就不那么认真了。这只是相对而言。整风中群众一定发动得比较好，提意见反映情况也比较普遍，比较有针对性，是可想而知的。这正是粉碎"四人帮"以后，人们思想大解放，积极性大提高的表现。这些意见，针对你的个人问题而提出的据说还不少。这没有什么奇怪。都是我们曾经预料过的，所以并不是很突然的问题，此为其一。

按照你的说法，你转述他们的话，提的意见挺厉害，好像很不得了，似乎是你犯了大错误，弄得你心情紧张起来。对这个问题，让我们平心静气来看，就好办了。我们的关系对于你来说影响比较大，但却不是什么做了犯错误的事！你想，从你的角度来讲，人们无非是说你处理个人问题早了一些，还有就是对方的家庭出身问题，此外还能讲些什么呢？翁、王没有把具体的意见告诉你，我想你也能够琢磨出来的。我们是在共同的工作和学习中产生和发展这样的恋爱关系，这点我曾多次讲过，是光明正大的，是真诚的。我这样说问心无愧，我相信你也会同意这样的看法。

我们没有去追求所谓的青春的欢乐，去追求吃喝玩乐，我们也没有为此而耽误工作。我们感情很好的时候，大家都在积极工作，以后也是如此。虽然你对自己的工作有些想法，但还是积极地尽了自己的努力。再后来，即是今年年初发生的一点风波。但总体来说，我们还是在认真做好工作的前提下恋爱的。并且，我坚持自己一贯的看法，恋爱对于学习工作虽然由于时间和精力的缘故有一定的影响，但恋爱对精神的鼓舞也是有作用甚至有很大作用的，表现为对工作学习的推动力，这同样是不可否认的。事情就是这样，我们应当正确对待，把那种批评和指责描绘得很厉害很吓人，不是实事求是的态度。此为其二。

客观地说，由于我家庭出身的原因，领导对这件事不大高兴。另外，由于你作为公司团委书记和培养对象的身份，考虑到了为了更好地发挥模范作用，领导认为你处理个人问题年龄偏早。再者，去年下半年以来，由于一些事情处理不好也影响你的情绪，给工作带来一定的影响。对这些问题如何处理？我认为要抱着积极的态度。但你却竟然谈到"悲观失望""彻底丧失勇气""没有意思"等话。我认为这样的想法大可不必！太过分了！秀珍，你是个年轻的新干部，遇到一些挫折就这样，怎么好呢？秀珍，我的好姑娘，你真应了我以前讲的一段话，你参加工作后是一帆风顺走过来的，没有受到什么波折，抗打击能力没有得到锻炼，所以你一旦遇到什么挫折必然很容易悲观。一个人确实要能够经受住一些风浪才好，当然这不是说你应该犯一些错误。秀珍，你想一想，你究竟犯了什么大错误，弄得那么紧张呢？你是个有独立思想的姑娘，这个问题是并不难考虑的。情况就是这样，如何处理，你也不能不想。然而其结果也是可以想到的。没有什么大不了的事！人是要有一点精神的，这个精神就是革命的意志，革命的斗志，顽强的毅力，有了这种精神就能永远朝气蓬勃。受了一些挫折，以后下决心把工作搞好，加快前进步伐就是了。悲观，失望，灰心，这些词语不应该进入我们的字典。此为其三。

主要就讲这些了，匆匆忙忙，恐怕有许多提法不妥当，请批评。如果上面的意见能够使你想开一些，我就开心了。至诚奉上。

总之，人生的道路不会是也不可能是一帆风顺的。历史的，现实的，你身边的，你所了解的种种情况都会证明这一点。但是根本的是要有勇气，要永远朝气蓬勃，不怕困难，不怕挫折，坚定地顽强地前进。

其他就不多谈了。希望你能够冷静、乐观、坚强。

我们还有一个星期的时间在干校，7月4日就离校下乡，20日以后才回校，你来信请注意，最好从现在起就直接寄到家里，以免不凑巧丢在学校，我收不到。

握手

你的 J R
1977 年 6 月 24 日晚 11：30

* * * * * * * *

秀珍：

我星期六下午即可回家，准备行装。星期天休息，星期一出发。

最近领导和你讲了没有？或是你找他们谈了没有？情况如何？

你看是否见面一谈？如认为可以的话，请你即复信，定时间地点，信寄到家里。如果觉得复信来不及，或者你收到我的信比较迟，亦可通过其他方式转告我。顾虑不要那太多，方法就有了。

匆匆草此，余面叙。

祝好！

你的 J R
1977 年 6 月 29 日傍晚

* * * * * * * *

珍：

下乡的时间表已发下来，下星期一（4日）上午出发，18日结束回柳，19、20日补休。下乡地点是沙塘人民公社上垌大队。星期六下午我们即可以回家，做下乡准备工作。

最近你的情况如何？领导找你谈了没有？或是你找他们没有？很是挂怀，因为记起你上次来信的心情。

本月6日会面，转瞬近1月。这次下去又将半月余，想见面一谈，不知你能否回来，同意见面否？如认为有必要的话，请于本星期六晚7：30在公园内柳侯祠旁等，并尽可能事先通知。因时间匆忙，可能等不及你复函，已在那里等你。

匆匆草此，余面叙。

你的 J R

1977 年 6 月 30 日上午

* * * * * * * *

珍：

现在已是晚上将近 11 点了！大约你也未织梦境，就来说几句。今晚本来是准备加班打谷子的，但没有电，只好作罢。9 点多我吃过晚饭（真正的晚饭！今晚还算早，昨天前天晚上都是 9：30 才吃），赶往晒谷场，打了个转。队长说，不干了，我们就班师回朝。说来也比较艰苦呢，现在我是在借助手电筒的光线在床上给你写信。本来是昨天晚上就想写的，但天气太热，蚊子又多，闷在蚊帐里写，稍一动就是一身汗，就搁笔了。今晚天气稍凉，可以在纸上谈谈，赶紧动起笔来。

来到上峒大队，正碰上双抢①，可够忙的。每天下田割禾，田又深，天气又炎热，一身汗水一身泥，确实挺累呢！虽然以前下乡插队当过知青，但这已是六年前的事情。返城时间久了，干起这样紧张的强度很大的劳动也不容易适应。我们年纪还轻，那些年纪大的更不必说了！我想他们会感觉很吃力的。开始几天是这样，相信慢慢就会习惯。农村的生活同城里有很大的区别，用电，用水，生活，文化娱乐各方面条件都比较差，很不方便。再加上时间紧劳动累，很多生活的零星事都得自己干，每天都是在匆匆忙忙中过去的。你在那里是否有这样的感觉？我想，你在那里每日每月奔波，确实不容易，也是很紧张的。但这也是一种锻炼和磨练，还是有益的吧！特别是对于你的意志和毅力的磨练，更是有促进。珍，我希望你在注意锻炼自己的同时，各方面安排得更妥当一些，保证休息，劳逸结合，保持精神愉快。这有益于你身心健康。最近你确实很劳累的，消耗很大。2 日晚上会面，我留意看了你的面容，神色很疲劳，好像也消瘦

---

① 指农村夏收时节抢收庄稼、抢种庄稼。在南方的双季稻种植地区，特指抢收早稻、抢种晚稻的农活。

了一些，真叫人心疼！珍，你确实要重视起来，把身体搞好，把精神振作起来。

今天我想起一个事，7月19日正是你下乡半年纪念日，19、20日是我们回去后的补休日，我们应该在一起好好谈谈，并磋商一些问题。你说如果19日回来的话，好像回得太密了，其实未必。估计你6日回来领工资，到19日已经又过了两星期了。还是请你19日回来，好吗？晚上8：00整，我在2日晚上会面的地方（柳州饭店面前）等你。

这个邀请，你的意见如何？时间是充分的，我等待你的回音。你发函到家里，但你必须15日前发信。

快出工了，准备吃早饭，就此搁笔。

吻你

你的ＪＲ

1977年7月7日早上7点

于沙塘公社上垌大队第三生产队

＊＊＊＊＊＊＊＊

珍：

今天返干校，开始进行学习总结。还有10天就要结束我们的干校生活，想想还颇有些留恋之意呢！

那天去看望你，以为会给你带来快乐和安慰，而实际上却成了像一粒石子投进平静的湖水，倒使你心绪不宁，真令人不安。

现在的问题是很明显的，一个是比较顺利的政治前途，一个是比较曲折的生活道路。如何抉择，请你三思，且明确之。我相信你对我的感情，也希望你能尊重自己的意愿。

为了主动，建议你不要等领导找你，你可主动征求意见，对整风中群众提出的意见谈谈自己的认识。这样姿态就比较高一些，也体现自觉性。在谈话中必然会涉及我们的问题，我想你会有分寸的。你可以在26日就找领导谈一谈。可否，请斟酌。

愿你愉快顺利！

再见！

你的ＪＲ

1977年7月21日傍晚于市五七干校

＊＊＊＊＊＊＊＊

珍：

近好！回到农村后工作一定很忙吧！

那天他和你在一起，并没有生你的气，只是你在后来讲的话伤了他，使他难过。另外，那几天工作很忙，其他的事也多，精神体力都很疲惫，心情一不好就感到很不舒畅。其实是没有什么的。我理解你的心情，你也会理解他的心情，你说对吗？

珍，你下乡后，没有什么东西送给你，现在送你一段话，好吗？

——愿你

像搏击蓝天的雄鹰一样，勇于战斗，壮志凌云；
像浩瀚无际的大海一样，含汇万脉，胸襟宽广；
像傲霜斗雪的红梅一样，纯洁坚贞，蓬勃顽强；
像奔腾不息的江河一样，百折不回，永向东方！

再见！

健荣

1977 年 10 月 25 日晚

＊＊＊＊＊＊＊＊

秀珍：

你好！昨天下午我上了你的当。你在我办公室门口见了我，稍一偏头，好像示意叫我出去。我正在听小曾他们讲话，马上我就出去了。出到外边，看到你又在和老李他们说话，于是我推车出了公司。在五一水果店门口等了很久，也不见你来，只好再回公司。也许是我误解你的意思，是吗？

不过想起来我们都挺费神的，见面不容易，说话也难。我想，这种状况你心里也不会好受的，是吗？所以这两天我的心情不大好，加上工作又比较忙，感觉精神不舒畅。不过没有什么的，过几天又会好起来的。

听曾主任说，我们公司的工资调整经验在市里介绍，效果比较好，与会者都很安静地听。曾说经验介绍写得很成功。我是这份材料的撰写者，这个信息也是对我的一个安慰吧！

现在正忙写总结，今天上午讨论了，要修改一下。星期六公司开大会进行总结。搞完这个总结，我参加工调办公室的工作就算结束了。

请你注意休息，熬夜多会影响身体呢！不要每天都挨到 11 点。没有这个必要吧！

说话也不要太多，讲话多是伤神的，要注意简略，抓住重点。

衷心祝愿你好！

J R

1977 年 11 月 16 日晚

＊ ＊ ＊ ＊ ＊ ＊ ＊ ＊

秀珍：

我决定报名参加高考。因办公室要求 26 日至 28 日报，你没回来，无法征求你的意见，只好先报了。现在告诉你，如有什么看法，请即告知。

我是报文科。如报理科，我已经超过年龄，要有专长，这难以说明。如考文科，专长好像还沾边。几年来写了不少东西，可以凑个数，况且自己也比较爱好，有些基础。这样想想，也就报文科了。另外，原来我和你讲不准备考了，为什么现在又动了心？是这样的，原先我一心想报理科，复习了一段，才发觉中学的理科知识毕竟荒疏了十年，现在时间很紧，工作又多，复习赶不来了。同时年龄超过，又要什么专长，不好办呢！因此，就不打算考了。后来一些同学又劝我，搞文科也可以的，本来又有点底子，多些学习以后也好工作，况且又对应自己现在的工作。要说专长，也容易对上号。想想有道理，于是不再犹豫，来不及和你商量就报名了。

当然，报名是一回事，是否符合报考条件又是一回事，参加考了能不能考上又是一回事。管他吧！闯一闯总是好的。考不上还是在本单位工作，考上了就可以多学些东西。你说是吗？试一试，也算见识一下考场吧！

确实，我很想多学一些东西，我总觉得自己的知识太少了，太不够用了，想趁年轻争取多汲取一些思想营养。我不是好高骛远，心里确是有这样的愿望。时不我待，我们应该抓紧时间多学习，你说对吗？

你还有不到两个月的时间就结束知青带队工作了，我应当祝贺你！像你这样一个从未在外边单独闯过的人，如今能够适应比较艰苦的环境，独立开展工作，而且是有成绩的，这确实不容易。这说明你的思想逐渐成熟，有较强的工作能力，是比较能干的呢！

在你带队的最后这段时间里，相信你会更加朝气蓬勃地工作，认真负责地站好最后一班岗，善始善终，圆满完成组织交给的任务。对此，我是一百个放心。我只希望在你紧张的工作中能注意调节，劳逸结合，保重身体。特别是不要洗冷水澡，不要睡太晚，吃饭不要搞自由主义，不能想什么时候吃就什么时候吃。

快 11 点了，就谈到这里吧！

祝好！

JR

1977 年 11 月 26 日晚

* * * * * * * *

小珍：

如面。我想，你现在也许心情不大好。你走得那样匆忙，有些事想和你讲一下，也来不及，最后只能很别扭地看着你走了。

星期六下午 5 点，你来要麻袋，没有要成，其实那时我已经拿来了，放在我的抽屉，因为下午办公室搞卫生，人很多，不好拿到你说的那个地方放。而你来时匆匆，刚露个面就走了。我很想和你说，约你明天晚上见个面，但想到，一是怕你说你来了我就坐不住；二是怕你说我不安心复习功课，贪玩。想想这，想想那，于是已挪动了脚又收回来，控制了自己。

本来，星期六的晚上，恰好你又在家好几天了，应该陪你去玩玩，不该让你孤单，但由于上述的两个思想包袱捆住了脚，只好作罢。请你多体谅，好吗？珍，我常常想到我们的友情，想到几年来你对我的真挚感情，每当这样想就很希望见你。不知为什么隔一段时间不见，心里就像少一件东西似的，悬得很！但是由于客观条件，我们联系很困难，也很别扭。这是常常使自己感情痛苦的原因。我总在想，为什么人家谈恋爱那么自由、幸福和愉快，而我们却总是这么多的避讳，总得遮遮掩掩，小心谨慎，总是遭遇这样多的麻烦，这样多的波折？这样想想，好像自己是在做着一件错事，一件坏事似的，心里老是不自在。其实，我们并没有错，只是自己折磨自己罢了。当然，原因是大家都知道的。但是，能不能处理得好一些呢？能不能少一些别扭，少一些担心呢？怨我又讲了这些问题，影响你的情绪，使你不高兴了。

今天早上听政工科老韦说，公司同意我报名参加高考，但还要过市高招委这一关，要他们同意才行。管它吧！反正我是两个两手准备：能不能考，两种准备；考上考不上，两种准备。在生活的道路上，人总是要往前走的！

时间很紧，字迹潦草，请谅。我发现你给我找来的复习辅导材料上面都写上 J 这个字母，谢谢你！

如果我能参加高考，那是 12 月 15 、16 日两天的战斗。17 日是星期六，如果你有空，希望见到你。这不是约定，要等你回来再商定。为我祝福吧！

祝你健康，再见！

你的 JR

1977 年 12 月 5 日傍晚疾书

秀珍：

你好！提笔给你写信的时候，是星期天的晚上。今天你去搬运了一天木材，一定很辛苦吧！没有及时去慰劳你，很遗憾！也许，你现在正在小柏那里聊着，想去那里，但考虑到没有征得你的同意，只好作罢。

昨晚，你大概会在心里责怪我：怎么那么久不见面，见了面就老打瞌睡？原因是这样的，这段时间非常累！一方面紧张复习备考，另一方面单位工作又特别忙，平均每天睡眠时间不到 5 小时，我是硬挺过来的啊！两天前刚考完试，很累！精神很疲惫！再者，见了你呢，心情很好，很舒坦，很平静，在这种情况下就很容易放心地自行闭目补觉。心安之时入梦乡啊！虽然没有睡着，你也就不那么高兴了。请你原谅！

写这封信是要告诉你，今天下午我们几个科（业务科、财务科和工、青、妇）继续评比，想把评论你的一些情况告知。

通过讨论，大家把你评上了先进。理由大家摆了很多：第一，你下乡带队服从分配，安心工作；第二，吃苦耐劳，办事扎实；第三，思想工作做得细，做到知青家里去了；第四，组织观念强，经常请示汇报。我知道，你对评先进不感兴趣，我也不是给你评功摆好，我所高兴的是同志们对你称赞有加，特别是好几个同事提到，你比较成熟老练，比较稳重，比其他几个青年干部要强不少。我边听边记录，想想居然那么多人都说你那么能干，确实不简单。谁当了这个未来的姑爷还是挺值的，找了个好人。想着，便在心里好笑。这样说，你不要以为我是笑你，确实你是好人一枚。

同志们也对你提了希望。主要是说你性子比较急，在和大队干部协商安排知青的问题时，发生过争吵。虽然过后没有什么，但人家可有点怕你呢，说你厉害。尽管这不是恶意批评，但也说明了同事的一种想法。往后，你处事要更平心静气一些，更耐心一些，好吗？你工作大胆负责，有魄力，是好的。但也要注意方式，对吗？

同样，我也要改，和小李的纠葛，我就打算讲和了，心胸应该放宽一些。再说，我年纪也比她大。你不要再担心了。

天气渐渐冷了，希望注意身体，不要受凉了。晚上没事早些休息，如果你回来，可以打电话给我，这段时间我是可以放松一下的。如果你有空的话。

再见！

健荣

1977 年 12 月 18 日晚 10 时 17 分

一 青涩时代

＊＊＊＊＊＊＊＊

秀珍：

　　来信收到，今天是星期天，本来我应该休息，但因为领导交了紧急任务，要赶写公司明年实现大庆式企业的规划，就无法休了。

　　下午 3：30 写完，出去散散步，恰好在这段时间公司曾主任到家里找我，问我写完没有，说明天上午公司党委常委会要讨论。他和我父亲聊了一下，我回来时他已经走了。我原来也是计划晚上修改的，也正合适。这种材料涉及面很广，要求也不低，我已经写了两天了，总算搞完了！六七千字，手也写酸了。

　　看来你没有福气，《今天我休息》也许是上映到今天，我上街转了一下，发现 26 日以后都已经安排《十月风云》。算了吧！不看也可以的，我讲你听，也一样，好吗？

　　本来打算今晚把这封信寄出，因为晚上 8：00 邮局还收一次信箱。但现在已经来不及了，晚饭后有两批同学来聊天，一直坐到 9：30，现在上楼来把它写完。明天早上寄，这样也许你收到信的时候已准备启程回柳州了。因为你说是 28 日回来，也许你还不能收到信呢！收不到就留在那里等你吧，我们面谈，不是更好吗？

　　公司准备 27 日至 29 日召开先代会，我们不知是否参加。如果你回来不见我，我就有可能在会场。不过你也可以问问未参会留在办公室的同事，不要紧的。

　　就谈到这里吧，等下我还要修改材料。

　　晚安，再见！

健荣

1977 年 12 月 25 日晚 9：40

＊＊＊＊＊＊＊＊

小珍：

　　上午见你，以为你马上走了，于是给你寄了一封信。

　　小陆说刚见到你回来，就再给你写几个字吧！

　　我已得到高考体检通知，八日（星期天）下午在柳铁中心医院体检。我四妹也得体检通知了，今天上午已在柳江县拉堡体检了。

　　虽然体检了，但也还是要有两种准备。我想，我会有好运眷顾的。

　　你有什么事可告诉小陆，或写个字条给我。

健荣

1978 年 1 月 5 日下午 6：40

* * * * * * * *

珍：

今天是星期天，你也一定在带着准备接手你工作的同事到处转悠，指指点点介绍一番吧！虽然这事不太费神，但跑来跑去也是挺累人的。午饭后我出去办了些事，不想再睡午觉，就给你写几个字，希望能让你在劳碌中调节一下。

昨天上午你们是什么时候走的？我没有见。出去办事回来，才发现汽车开走了。遗憾没能送一下，即使目送也是个心意。下午快3点，司机等人回来了，我看到你的行李箱和一些杂物，帮搬了一下，因为急着和韦司机开车去火车站接我二妹（她大学毕业分配回来了），就没有多搬，也不好意思多插手。但我想，你不回来，这些东西该怎么办呢？谁给送回去呢？操心也没用，又不好意思问他们。[①] 接二妹回来后，已经不见你的行李了，想必你是交代他们送回家去，或是叫你的同学来拉走。

办公室的同事对当时的情况都不出声，显得很平淡，也不开什么玩笑。其实，又有什么好笑呢！这也好，大家心里自然，少些麻烦，你说是吗？

秀珍，那天早上我在老公司旁边遇到你，猛一看，发现你的头发确实是比过去黄了些，特别是额前。你说是农村风大吹得厉害，这是个原因。但我想更主要的是你太辛苦，营养不足。你在那里整天在乡村奔波往返，风尘仆仆，还要操心费神，很辛苦的。虽说工作都是自己安排，可紧可松，但是像你这样的性格，是不会甘于人后的，而总是力图把工作搞得更好一些，哪能够轻松呢？事实上也正是如此。那天晚上你说，你的工作在公社名列前茅，我完全相信。这样的带队工作是挺累人的，你对自己的饮食起居又不注意，搞自由主义，吃饭不定时，又没什么菜吃，甚至青菜也不足，睡眠也是随心所欲，和月亮星星比熬夜，就像贪玩的孩子一样。这怎么能保证足够的营养和休息呢？当时看了，心里很不好受，感到自己对你关心不够不细心。珍，这个问题希望能引起你的注意，不要让他心疼着急。你说要买麦乳精给他，我想你买了就自己吃，尊重他的心意吧！就算帮他做一件事，好吗？我谢谢你！我希望你身体健康，面色红润，精神焕发。现在，我还不方便在你身边关心照顾，就请你自己协助一下，好吗？说真的，我觉得你的睡眠是不足的，每次见你，几乎都看到你下眼圈微黑，神色疲惫。不要以为你胖就是身体好，不见得的。不少女青年在这个时期发胖，但并不见得就是身体好。望你不要自我安慰，搞自由主义。

你很快就要从柳江县回来了，回来后多方面调节一下饮食起居，来一个提

---

① 当时我们的关系虽已恢复，但由于单位领导和她父母都还是持不同看法，为了减少麻烦，我们只能刻意避免在公开场合接触或关心对方。这种尴尬情况一直延续到半年后她父母终于认可这件事。此时我已经离开单位上大学好几个月了。

高生活质量运动，把身体搞上去，好吗？我给你当参谋和助手。

珍，那天晚上你提到的那句话，当时确实是很气人，觉得说话的人太随便了，回来想想也没什么。他说话粗鲁，政策水平就是这样，有什么办法呢？确实，他讲话是很不讲场合的，不注意影响，不考虑前后。算了，让他讲吧，只要我们自己头脑清醒就行了。我确实是不愿再对这段话做什么评论了。

今天已经是 22 日，还有一个星期就发高考录取通知了。我知道，你希望他能被录取，但是也希望你为他做好两种思想准备，如果不取，你可以安慰一下他。现在你要准备好两种话，一是祝贺，二是安慰。对吗？当然，我也要做好两种准备。

这封信写了一个半小时，费你眼神了。不知怎的，拿起笔就写个不停，好像你在身边和你讲话一样。

好，见面再谈！

吻你

你的 J R

1978 年 1 月 22 日下午 4：30

* * * * * * * *

（二）柳江—柳州

健荣：

　　几天的交谈，使我深感万分不安，对不起你。在个人问题上，我真不知为什么，好像是老天爷故意给我安排一道又一道的难关，一次又一次的障碍。一个又一个的矛盾横亘在我们面前，克服了一个又来一个。别人谈恋爱是轻松、自由和快乐的，而我们却相反，是紧张、拘束和烦恼的。正如你同学所说的，我们是秘密恋爱。

　　前几天，曾主任代表组织找我谈了话，再三强调说我现在年龄不大，不能过早考虑个人问题，否则会给组织、给学习和工作带来不好的影响。我也认为考虑这个问题是太早了，过去我也提出来过，就向领导表示了三年内不谈个人问题。

　　爱情不是儿戏，感情不是商品。正如你所说的那样，我们之间的感情不是一两天了。谈了一年多，在不符合双方意愿的情况下自行破裂，我说不出什么滋味，叫我说我也真说不出。如果你真了解我的话，我相信你会知道我的心的。在我们认识和相处的日子里，你一直在热心的帮助我、开导我、关心我、照顾和爱护我。我心里十分明白，但我从没有或者很少说过一句感激你的话，也许你认为我真是一个天生的笨蛋吧！实际上，我并不像木头一样，没有感情，只是把它深藏在心里，心里充满了对你的爱和喜欢。今天，是我再一次亲手将我们长期建立起来的友情和感情划平，心里是不好受的，是于心不忍的，是应该受到良心的谴责，应该受到你全家和你的同学好友的指责。我对不起你，没有脸见你，我不敢看你充满难过的表情！

　　组织上已作出决定，我向组织表了态。我作为一个党员，不能不听组织的。虽然，我并不想当官。

　　你作为我的知心朋友，从我们认识至今，你没有对不起我的地方。我真不知如何是好，心情十分乱，理不出个头绪。虽然你没有责怪我半句，反而劝我。我的心怎么能好受呢？昨天你所说的，我承认都是事实。我没有勇气和领导说。如果你要讲，我没有理由反对。我无法控制自己，我对不起你。

　　至于今后保持什么样的关系，几年后怎么办？如果你欢迎的话，星期六晚我再到你家，不会就这样走的。我不相信我今后会找到像你这样的好人。

写得很乱，请仔细一看。

秀珍

1976 年 10 月 10 日晚

* * * * * * * *

健荣：

你好！工作忙吧！身体可好？你的营养餐活动开始了吗？我想，你一定是比以前胖了吧！

晚上到外散步时，看到农村的月夜十分美丽。月明夜静，倍思远离的你。回到房里，提起笔来，又不知道从何写起。

光阴似箭，一星期又过去了。现在的工作基本有了一点头绪。忙乱一通，总算把知青会开了。会场的纪律也还可以。农村开会总是成问题的，通知 11 点开会，非要等到 1 点才能开，很不习惯。但毫无办法。小徐一星期前已回柳州。本想在她走之前交换意见，谁知她只留下一张字条，就算告辞了。很遗憾！不过，这也好。人走心情舒畅，工作也大胆干，没有什么顾虑。

荣，我在这里很愉快，时间也很快过。虽然工作辛苦点，没有什么休息时间，每餐都是吃大白菜，但这里的贫下中农和知青对我都很好。初来不大习惯，现在也逐渐适应了。说来十分好笑，有一天，我把自行车借给别人，自己步行去一个知青点。为了节省时间，我就从小路走。在一块水田边，碰上了三只很大的鹅，还带着三只小鹅呢！它们看见我走近，以为我要攻击它们，怪叫着伸长脖子追过来。我回头就跑，差一点掉下水沟。远处有一些社员在劳动，看了哈哈大笑，搞得我狼狈不堪，只好躲着鹅走。走了很远，回头看，那些社员还在笑，我也忍不住笑了。要是给知青看见，那还要难堪呢！就在给你写信前几小时，我开完知青会后骑车回住地，中途不小心又被摔下泥坑，滚了一身泥巴，可惜心还没有炼红！哈哈！很多知青看到我这狼狈相，都忍不住大笑起来。还好，没有跌伤。总而言之，我在这里很好，不知你现在如何。如果你烦闷的话，有空请到我这里换换空气，或找同学玩玩，开开心，不要老是窝在房间里看书。想多烦多，你就会变成猴子，那时营养餐就不起效用了！听听朋友的忠告吧！不要固执。

健荣，毛领已经打好。我将于 10 日回柳州，到时带给你，保证你在春节能用上，但不知你是否能满意。好啦！因时间关系，明天还要跑知青点，暂写到此。

晚上没有电，天气又冷，只好点油灯坐在床上写。

祝工作愉快，身体健康！

秀珍

1977 年 2 月 3 日晚

＊＊＊＊＊＊＊＊

健荣：

　　你好！

　　托小程转交的两封信收阅，情况已知。你的态度与行动已令人不能相信是原来的你了！既然事情已经到了不可能破镜重圆的地步，我也没有什么话要讲了。

　　我尊重你，更尊重友谊。我不否认我的无能和你的有能耐。初三的事情发生后，我本来还打算到你家把事情解决好，并向你的父母、哥哥、妹妹做个解释，看了你的来信使我改变了原来的想法。既然如此，事情又到了不可救药的地步，更何况脸已丢尽，今天我第一次失约了！使你久等，再次请你原谅！心情不好，不愿多讲。

　　和你认识到交朋友至今，你对我的帮助支持我是不会忘记的，不会忘情忘义，负心背约。今后还会像以前一样尊重你，也不会在他人面前乱讲一通，借以出心头气，坏人名声。我没有这种心理，也不会这样做。这请你相信。同时，也希望今后仍然能够得到你的帮助。

　　前一段时间，我曾经说过，要送一盏台灯给你。由于没有装好，没有送成。这盏台灯虽然不会给你带来什么光明幸福，或许只能增添你的烦恼和怨恨，但我希望的是这台灯能帮助你更好地看书学习。也希望当你看到这盏灯的时候，就想起这是一位曾经和你交过朋友，给你添过许多的麻烦，没有给你带来半点好处的人送的。这样，你就算恨我一辈子，我也满足了。无论如何，你不能拒绝，一定要收下。这就是这事情破裂后，我的唯一希望。

　　在此，请转告伯父、伯母和耀荣哥[①]，以及你的几个妹妹，感谢他们过去对我的热情接待和对此事的关心操心，并请他们原谅我的无知和不礼貌。到农村后，我一定抽空给他们写信，把事情和他们讲清楚。

　　书暂时不还，下次回来时一定给你。烦帮带一本日记本给小徐。

　　最后，衷心祝你身体健康，工作顺利，精神愉快！

姜秀珍

1977 年 2 月 22 日晚

一 青涩时代

---

　　①　我的大哥。

伯父、伯母、耀荣哥：

你们好！我和健荣的事，你们都知道了吧？本想到府上当面向你们说明情况，只因感到对不起人，无颜见你们，故未去成。在此，我向你们道歉！感谢你们一年来对我的热情接待和对我的关心！

伯父、伯母，耀荣哥，健荣确实是你们的好儿子，好弟弟。有生以来，他是我第一个最知心的朋友。在过去的一年半的工作、学习和生活中，他都给了我很多关心和帮助。也就在这一年多的时间里，苦恼、烦闷、胆小和没有主见，都相继跟我结成了伙伴。虽然健荣经常开导我，终因自己任性固执，不听劝告，导致了初三晚上的悲剧，最终结束了我们的友情。这使你们都为此操心，很对不起！

初二晚上，征得父母同意后，我们请健荣到家里吃饭，在是否收礼的问题上，我因对母亲的意见不满（她不同意接受健荣的礼物），与父母争了起来。就在我们吵得不可开交的时候，健荣到了。健荣问起争吵的原因，我不愿意当着父母的面回答，怕健荣为难。初二的事就这样过去了。初三我一天不出门，父母又对我唠叨了大半天，心情不好。晚上见面健荣问起时，也不愿讲。后来同学又来到，也就没有再讲。在回家的路上。健荣又提出了此事，问我态度如何。我考虑时间已晚，当时已是 11：30 了，又刮大北风，我就叫健荣骑我的自行车回去，第二天再谈。谁知他一句话未讲，转身就走了。看到这个情景，我心里很不好受，本想追上他解释一下，但时间确实是太晚了，又讲不清楚。刚回到家，健荣又把我叫出来，母亲听到不让我出去，但我还是出去了。在宿舍大门前讲了几句话后，父亲从屋里出来把我赶回家。当时父母的态度很坏。以后的情况，你们已经知道。在这里我就不多说了。

事情的经过大体就是这样。对父母的行为我是不满的，对此深感羞愧，觉得没有脸见你们。事情虽已过去，心灵上的创伤却是永远留下来了。我不怨天尤人，只怨自己无能，没有勇气，只怨自己耽误了健荣。

在我和健荣交朋友到你们家时，你们都是热情接待我，关心我的工作、学习和身体健康，这些我都是感激不尽的，也是我一辈子不会忘记的。过去的事情已经成为历史。作为健荣以前的朋友，我只能在信上再次感谢你们的热情接待和关心。希望你们保重身体，不要为此事太操心了。如果是这样，我就更感到对不起你们了。

祝你们身体健康！

姜秀珍

1977 年春节初六晚上（2 月 23 日）

＊ ＊ ＊ ＊ ＊ ＊ ＊ ＊

健荣：

你好！在拉堡的乡间小路上含泪告别后，昏沉沉地回到住地，已是六点多钟了。知青一个也没有回。看着空空荡荡满是尘土的住房，想想自己的处境，心里难过万分，泪水欲止又流，怕别人看到影响不好。趁天色已晚，挑了两担水。心事重重，又把往事回想，心潮就像滚滚长江水，如何能够遏止？！

在归途中，我们共忆过去，往事历历在目。在过去的一年中，你给了我大力支持和帮助，也为我们的事伤透了脑筋，操碎了心，花费了许多精力和心血。谁知你这个不争气的朋友并没有给你带来一丝愉快之感欢乐之心，反而找了一大堆烦恼。事到如今，我确实无能。虽然你没有责怪我，只是强调客观原因，但我心里是明白的，也是难过的，又无力挽回。晚上，一个人守着空荡荡的房间，坐卧不安，十分烦闷，幸好没有人，影响不大。一连两天，饭也不煮。说实话，长这么大，受这样的刺激还是第一次。从来没有可怜过自己的我，也开始可怜起我自己了。因为心烦，写不下去了，只好停笔。

健荣，在回柳州的两次交谈中，以及回村看了你的几封来信，虽有所触动，但实在无能，只好选择了倒退。我知道，这样会恨自己一辈子，带来终身的悔恨。心灵上的创伤，也永远无法修复。我不强调客观，也不怨天尤人，只怨自己无能，没有勇气把事情坚持到底，最终伤了你的心，耽误了你的宝贵的时间。说实话，我想不到在这个问题上自己竟然是这样的无能，我变得越来越胆小，越来越无用、无能、无知、无礼了！自从 1975 年 12 月 5 日第一次被迫中止此事得到缓和之后，我下了很大的决心要冲破家庭的藩篱，不怕舆论的压力，巩固发展我们的友谊。几次动摇之后，我们的友情经受考验更加巩固，彼此之间更增进了解。就在这友情日益加深和巩固发展的今天，这朵友谊之花再次夭折了。作为培育这朵鲜花的园丁之一，我确实无能、无力再继续扶植！但又深深地怀念他，怀念他给的友情，怀念旧情。也许你会说，这是矛盾！的确是矛盾，但又无法，只好如此。

健荣，关于如何处理以后的事，请你相信，我会正确处理好的。虽然，目前情绪工作受到严重影响，但以后会尽力搞好的，请你放心。同时，希望你不要过多地伤心了，工作、学习和休息要合理安排。你的身体已经大大不如以前了。那天晚上望着你消瘦的面容，心里十分不安。是我把你害苦了！望你多多保重！

健荣，在事情结束之后，我再次恳求你把那封信的后半截寄给我。虽然你在第二封信上关于对爱情看法的阐述，深深地刺痛了我，但我还是要看。既然伤心，就伤心个够吧！让我知道一件事，又不让我知道其具体内容，我无论如何也受不了。让我看吧！再大的刺激我都能忍受，好吗？

现在，我的工作基本开展，知青已经回来，工作比较忙。晚上无灯，来往人多，又不敢流露感情，这封信只好一天抽一点时间写。初六在拉堡分手后，给你父母写了一封信，时间已过了 10 天，这次一同寄往。让过去的事情过去吧！今后我们仍然是好朋友。

说来又好气又好笑，一波未平，一波又起。自己的事情还没处理好，知青又接二连三出事，打架，作风问题，与家长吵架，等等。原来，自己对工作充满信心，也很自信，可是现在我第一次发现我的路不知该怎么走！我矛盾彷徨，心烦意乱，觉得自己到头来什么都搞不好。

因时间关系，暂且到此吧！

祝工作愉快，学习进步，身体健康！

姜秀珍

1977 年 3 月 5 日中午

＊＊＊＊＊＊＊＊

健荣：

你好！近来工作可好？身体如何？

22 日去宾阳，上车前给你寄的信收到了吗？我按你来信提示，直接寄到干校，不知你能收到否。你的信我在 20 日到邮政所才收到的。因为邮递员要顶班，一连几天都没有下队送信。20 日在公社开会时，饮食公司的知青带队小董告知我有信，才到邮所去领。那几天忙得要命，一面开会一面处理问题，最后会没开完，我就启程到宾阳找知青去了。迟迟没有给你回信，请你不要见怪。

我是 15 日回柳州的，晚上 8 点左右出来，9 点多才见到小程。她转告了你的意思。16 日我给你挂了个电话，无奈没人接。去公司怕遇见熟人，担心影响不好，故未去成。16 日下午小卢找到我家，我已外出，晚上他又来了一次，刚好小柏也在。第二天我到小卢家，就我俩的问题和他交换了意见。时间虽然不长，但很有启发。小卢很善解人意，很体谅我们的心情。他办事很热心。你有这样的同学，真好！

在与小卢的交谈中，我把自己的想法和我们的事情的前后都告诉了他，小卢也谈了他的看法。他知道我的心情很乱，处理这件事很为难。但他说，如果要坚持下去就要有决心，如果决心不大就要把事情讲清楚，不要再拖下去。藕断丝连不好，对双方的学习工作都有影响。我同意他的看法，并谈了我最后的意见，请他转告给你。今天是 27 日了，我想可能小卢已经找到你，告知那天我们谈话的情况。

6 日中午，我们在公园里坦率地交换了意见，消除了某些误解，分手时双方的心情还是比较愉快的。尽管事情还没有完全讲清楚，有些问题还悬在空中。

那天的谈话是坦率的，也是刺痛人心的。我长那么大，无论在家在学校还是到工作单位，从来没有一个人对我讲过这么严厉的话。要是在别的场合或是以前，也许我早就按捺不住，要和别人争辩了。但是这次，我基本上是服了。那天的谈话，你的语言虽然重一些，但我受到责备也是应该的。在这件事情上，我是主要矛盾，事情的成败取决于我。因为我的退却造成了事情的流产，我应负主要责任。听到了这样前所未有的责备话，虽然受不了，但总比听敷衍的好话要好受些。

人往往是这样，当两人两情相悦之时，倒不怎么感到这种友情的重要。可是一旦要失去这样的友情时，就会痛感这种友情的可贵与失去的不可承受。随着时间的流逝，那种怀念的情绪就会愈来愈强烈地延续下去。我认为，这就是三个月来事情反反复复，一直是悬而未定的主要原因。再者，双方的心情都是这样的，双方互相了解而又都恋旧情，因此尽管多次商量处理善后事情，但结果每次都相反。双方都听不进他人的劝告，都感情用事，把将要结束的事情又重新勾起。

秀珍

1977 年 3 月 27 日

* * * * * * * *

健荣：

你好！两封信都早已收阅。近来身体好吗？工作学习忙不忙？回到柳江后整天忙忙碌碌，早出晚归。后来又到县里开会，开完会后又赶回大队召开知青骨干会，今天又到公社开知青工作会，因此一直没能抽空给你回信，请谅为祈。

关于我们俩的事，我认为已基本讲清，如你认为还有什么没讲清的，请你来信。目前春插已经开始，县里要求每个带队干部每年要出 100 天工。这样一来，回家的机会就更少，见面的机会也许就没有了。

事情虽然结束了，但我希望双方都能正确处理好以后的事，今后的学习工作也要求我们这样做。这件事为什么结束，别的我不说了，只谈谈自己一些想法。除了家里反对，组织的暗示以外，其余的应该说是我自己的顾虑。相处的时间也不短了，在工作学习思想生活方面，彼此之间是了解的，因此在事情闹得大时和以往闹矛盾关系要吹时，你所讲的话是让人伤心的，是只图自己讲出心里痛快。虽然事后你也承认这是不对的，但在我心里的不痛快却是留下种子的，让我感到难过。我该不该受到责备？责备是应该的。谈了这么多年，到头来还是吹了。双方的心情都是可以理解的。

秀珍

1977 年 3 月 29 日

* * * * * * * * *

健荣:

你好!

近来身体好吗?学习工作还忙吗?

目前正当春耕时节,农村一派热气腾腾。为了抢上季节,社员们早出晚归,辛勤劳作。柳州军分区副司令带领几位副科长干事,在我们泗浪大队蹲点抓民兵整顿,各项工作都抓得很紧,连我的工作他都要检查过问,见面总少不了一顿批评。这样也好,对我的工作也是一个促进。

近日到县里参加个几天的会议,回来后几乎三两天开一个会,时间非常零乱。5日公社在槎山召开全体党员大会,会后回家休息了两天,8日上午才从家回来。听同学讲,你准备把那封信(以前曾经给过前半部的剩下的)的后半部分寄给我,至今我还没有收到。因为我已经搬到泗浪一队,不知你已寄否?若是还没有,请你给寄来好吗?这封信你迟迟未寄的原因,也许是怕我受不了,但再次请你相信我。在这种关系不存在的时候,我还是像以前一样相信你,如你理解我的心情的话。

你的身体大大不如先前,要注意保护身体,注意休息。确实是我耽误了你,也害了你,请不要认为是虚伪的话。想见你,又怕见你。回去和同学玩,觉得无聊,话也不愿说。难怪同学都说我变了。我是变了,将来变个什么样子的人,我也说不上。因时间关系,暂写到此!给你写信,不知怎样写好,因此迟迟没有去信,请原谅。

祝安康进步!

姜秀珍
1977 年 4 月 10 日

* * * * * * * *

健荣:

十日给你写了一封信,信写好后一直无法寄出。越想心越烦,又无聊,12日找了个借口回来了,忙忙碌碌办了几件事。今天去柳城太平公社秀华那里,临走前,把这封信让同学转给你了。

干校确实是一个好地方,环境、空气对人的工作、学习和身体都是很适宜的,只是离市区远一点,伙食差一些。你要多注意身体,干不了的活不要勉强,想问题不要过度,要让头脑休息。因为我,你就够伤神了。如果你这样身体垮了,我就更对不起人了。作为你以前朋友的我,希望你及早找一个好朋友。不要左思右虑，我相信你，也相信后来人。她是谁，我就不知道了。如果有一位比我好得多、强得多的人来陪伴你，弥补你心灵的创伤，我将一辈子感激她，也就放心了。也许，我是没有资格讲这种话了。事实无可辩驳地证明，是我大大伤害了你，影响了双方的工作学习。在此，我再次请你原谅，务必请你原谅！这就是一个朋友在痛苦之时唯一的希望。

对此事不想是假的，硬着心肠说出的话是伤人的，请你不要生我的气，好吗？

临走前，匆匆写上几句，我到秀华那里，一方面去看看，另外一方面，想去散散心。

姜

1977 年 4 月 14 日早上

* * * * * * * *

健荣：

你好！来信已收阅。

从市里回来后，立即投入了抗旱抢插中。目前旱情十分严重，但贫下中农干劲十足，社会主义劳动竞赛搞得热火朝天。看到这种情景，我很受教育。现在我每天都参加劳动，早上 5：30 起床出工，晚上一般 8：00 到家，吃完晚饭都 10 点多了。而且，我还是每节工都出，这样确实很累，浑身痛得不愿动。更难受的是手脚不知被什么咬了，痒得难以忍受。从旱情和抢插的进度来看，我们公社在全县倒数第 3 名，大队在公社倒数第 4 名。到 21 日止，整个大队才完成了 28% 的插秧任务，离要求还差一大截。看来，五一不能回去了。

关于对这件事的想法，你是能够体谅我的心情的。对我的思想活动你是掌握的。别的我也不愿多言了，只谈对这件事前景的看法。

几天来想了又想，把你的来信，包括以前的信，看了又看，得出的结论如下。这些来信也没有多少新的内容，只是重复说过的话。我感觉，如果我们坚持下去，不顾组织与家里的阻挠，后果是：第一，组织认为这个人不是一个好党员，辜负了党的多年培养，不能再承担党交给的工作，一年后或者今年整风时不点名批评，使其影响逐渐淡化。事实上，在市组织工作会议上，我也出了名，已经有较多的人知道了有这样一个人，这么一件事。以后把我调到什么地方去，然后完事。第二，家里反对，母亲的血压上升，父亲会做出什么样事情，我也不知道。家里没有人同情，最后把我撵出家门，我就成了无家可归的流浪汉。第三，如果以后到了你家，几年以后你对我另有看法或不好，我呼天不应叫地不灵，有谁同情我？我认为我这种想法和担心并非多余，如果以后的事情发展确实如此，我该怎么办呢？

　　我知道你在信上讲得有道理，世界上没有什么可怕的事情，自己的事情应该自己决定。上面的看法也许是片面的，我认为也还有待于商讨。因为时间关系，暂写到此。五一我不准备回去了，25日在公社开完会后我可能回家一趟。有不同意的看法请来信告知。

　　此信将寄出时，我又感到十分不安，因为担心你看后又是一次刺激。我提出的问题仅供参考，如果有时间的话，我一定到羊角山干校找你。

　　祝身体好！

秀珍

1977 年 4 月 22 日早上

＊＊＊＊＊＊＊＊

健荣：

　　你好！来信已收阅。只因工作忙，每天参加劳动，早出晚归，经常是晚上9点以后吃饭，时间很紧，故未及时回信答复你的问题，请原谅。

　　上次在广场时，我曾同意对我们的问题重新考虑。一晃又过了十来天，也是该答复这个问题的时候了。本着对双方负责的意愿，我决定不再谈这个事了。也许你一定会说我没有良心，太冷酷，或当初看错了人，对错了相。对这个问题，我不申辩，半点也不申辩。为什么坚持不下去？以后的事实会做出结论，会证实不谈这个事是对于双方都有好处的。如果硬要坚持下去，则是凶多吉少，最后不知还会弄出什么事来。如不相信，请你再征求家庭与好友的意见，他们会同意我的看法的。

　　健荣，也许你会感到奇怪，时隔不久，为什么我就做出了这样的决定呢？在广场见面时，我同意重新考虑之后，确实也慎重考虑过。试探了父母不行。回到农村翻阅你的多次来信，回想了类似这样的故事，看到你我的处境，特别是你日渐消瘦的身体，我不愿再这样下去了。再这样下去，几年以后组织、家里还是不同意，我们硬把事情办了，到时候组织不要，家里父母也不要，社会舆论，旁人嘲笑，即使我们得到了一点幸福，但这样的人生还有多大意义呢？基于这样的原因，我认为当断则断，事情不成朋友在，双方都应当正确处理好，这件事要用理智克制自己的感情。要振作起来搞好身体，把过去的损失弥补过来，把工作搞得更好。

　　重复过去的话，以前确实是我耽误了你，耽误了时间，从良心道义上是该受到谴责的。因此，再次恳求你原谅，不管你的看法如何，语言多么尖锐，我都忍受。这只能怪我，不能怨天尤人。请你把以前那封信的后半部寄来给我，即便是在精神上的刺激，也是我唯一的安慰。

五一是个快乐的节日，本不该在这个时候给你写信的，又怕你久等回信，只好在五一前夕到县森工站调运知青建房木材出发前给你回信。我想，你看完信后一定很生气。但事实就是这样，不容你我争辩的，只好如此吧！请你不要再想她了！请你原谅，多多保重，这是一个朋友最后的希望。

在这件事情上，你父母兄妹操了不少心，请你替我转告一声，我感谢他们！27日临时回柳江时，在小柏家门前无意遇到你母亲，没有打招呼，很难为情，没有脸。好了，啰啰唆唆乱写一通，就写到这里吧！

最后，祝你早日恢复健康！

姜秀珍

1977 年 4 月 30 日早上

* * * * * * * *

健荣：

你好！两封来信已收到，我一切都很好。由于我的过失造成了你的担心，请原谅。

14 日是星期六，要办的事情很多。下午又下了一场大雨，雨后刚想外出办事，知青又出了一件事，忙着调查处理。第二天又要到公社开会，故未能回柳州，使你久等了。

15 日的来信，我一直到 20 日到公社开会时（会期三天）到邮所查找才收到。邮所的工作人员和我们几个带队干部都很熟。几天会议很紧，本想给你及时回信，无奈人太多，没有地方写，所以迟迟未能给你去信。

看了你的来信，你的心情我是理解的。16 日回去后给你挂了个电话，等了 10 多分钟一直无人接。17 日我找了小卢，就我们的事征求了他的意见。我想，当你接到这封信时，小卢已经把我和他的谈话告诉你了。这样，你就再听听同学的意见吧！希望你想远一点，注意保重身体，别的我就不多说了。等我办完事后，再给你回信吧！

这封信是在上火车前写的。因有一个知青出事要到宾阳处理，临时决定急急忙忙走的，可能要去几天。

祝好！

姜

1977 年 5 月 22 日

健荣：

你好！两封来信都已收阅。第一封信到时，刚好我们在公社召开组长会议，知青给我信时开了个玩笑。第二封信是我自己到邮所领的。现在情况不妙，心情十分不好，故迟迟不能给你回信，使你久等挂心了。

6日在干校羊角山分手后，头脑很乱，不知是我想问题的方法不对呢，还是别的原因，反正很不舒服。对于你，我是相信的，同时也相信我的同学。不愿对任何一方采取怀疑态度，伤害任何一方。在收到你的来信后想了很久，很想找个时间和领导谈谈，然后再给你回信。但事不如愿，一直没有找到领导。因党委整风太忙，没有时间。15日是群众给党委成员提意见。我14日上午11点多回到公司，请保卫科王科长到大队给知青上法纪课。临走时遇到翁大姐，顺便问了一下整风情况。不听还罢，一听就上火了。下面群众着重提了我的个人问题，具体什么我还不很清楚，但从翁主任的口气看，问题不小。她一直没有正面回答我提出的问题，只是说以后书记会转达的。从15日早上到现在，我的心情一直很坏。王科长来上课时，我也谈到这个问题，他只是说要我正确对待这个事，要有思想准备，而且议论不会是小的。在这个问题上，无论如何我是冷静不下的。他走后，我越想越想不开，联想到一些问题，无名火又起了。我不知道怪谁，不知向谁诉说心中的悲伤。在人生的道路上，我到处碰壁，接二连三的挫折，使我几乎彻底失掉了勇气，对什么事情都看淡了（包括个人问题）。本来工作对我来说还是安慰，现在什么也安慰不了我。我感到自己的前途没有出路，在工作上得不到支持，在精神上得不到安慰，回到单位又得不到温暖。这件事要是在知青中传开，非同小可，影响不知多大。本来知青中出的事情就够多了，我为这种事也够伤神了，现在自己谈恋爱的事在单位又起风波，在党委会上挨一家伙，你想我怎么能受得了！我还能指望什么呢？

17日开了一整天知青会，进行法制教育，谁知晚上知青又出了事情。半夜2点多，民兵把我叫到大队部，搞了一个通宵。第二天清早又赶回市里，下午到公司和王主任讲了一下，他又要去开会了。看看这种情景，想想自己的处境，有谁同情，有谁可怜？我很伤感很难过！除了向领导提出要求回来外，回到家里又朝母亲发了一阵火，晚上8点不到就睡觉了。第二天清晨7:00，我就骑车回进德了。

健荣，你的心情我是理解的，你的处境我也是知道的。本来想叫你来这里玩，又怕造成更不好的影响，回到市里我又不愿找你，也不敢通过什么关系找你。18日下午5点左右，在路上遇到你父亲，难堪极了。叫了一声你父亲，头也不敢抬，急急忙忙走了。处在这种地步，确实不知如何是好。关于我们的事很多人都知道，不但本公司下面的职工，外单位的人也都知道。看来王科长要

七地书

20世纪70—90年代社会变迁岁月中的青年学人家书

我在思想上做好准备，是有道理的。

现在我是不愿回单位了，除非是非回不可，一律不回。关于我的想法，除了当面与我们科长讲以外，同时也请王科长转达领导。听说你还有半个月就回单位了，望你好好学习，不要让外事干扰太多了。这件事我有机会一定找领导谈。

深夜 12 点多了，暂写到此。

祝安康快乐！

秀珍

1977 年 6 月 20 日

* * * * * * * *

健荣：

你的来信于 7 月 12 日收阅，近况知悉。

看来，你们这次到农村参加双抢，对你是比较艰苦的磨练。这一点你就不能和我比啦！你是干校学员，而我是知青的带队干部，你们到农村就一定得跟着农民干活，而我却可以根据需要安排自己的工作，没有人管我。所以说，我的劳动强度不大。你刚到农村，一下干得太猛，会累出病的。要干也得有个过程，望你自己多多注意。至于我，你不用担心，我会照顾好自己，会正确处理工作与休息的关系的。

健荣，我不能接受你约我 18 日见面的理由如下。7 月 5 日晚上我就回家了，到 12 日下午才回到农村。这 7 天一直到小南路码头运木材，几乎天天回公司一趟，因为中午要陪司机到柳江饭店用餐，露面太多影响不好。我们几个带队的学习时间是每月 5 日、15 日和 25 日。每次学习完就一定骑车回家，明天又是我们的学习日。16 日全市渡江游泳，我们 17 日才从市里回。因此，18 日就不能再回了，回多了影响更不好。你同意我的理由吗？以后还有见面的机会呢！

7 月 6 日我到公司领工资，顺便等柳拖的汽车，在公司门外碰上市政府财办的梁主任。我和她谈了整风的事，被她批评了一顿。我把我对整风的看法也提了出来，她解释了一些问题，同时也提出一些问题。关于我们俩的事，早在去年李主任就已经告诉了她。我们站在公司门口竟然谈了近两个小时。因为她还要开会，最后没有说完她就走了。虽说是挨了一顿批评，气出了心里就好受一点。6 月 17 日王科长来大队给知青上课的时候，我曾请他向组织转告我不愿再做带队工作，要求换人的意见。这一次又向梁主任提起这个要求，被梁老太婆严厉批评，说不能打退堂鼓，工作只准干好，不能半途而废。还说了现在是培养使用期，要我好好锻炼，谈了领导的希望等等。这些，以后见面再告诉你。

现在双抢大忙到了，知青的劳动十分辛苦。我驻地所在生产队的全部知青都到水利工地去了，剩下我一人守一排房子。幸亏水利工地指挥部设在我们队，才解决了吃饭问题。我这个人是比较懒的，没得吃也不愿煮，以后也成问题。这次到小南路码头运木材，走了近半年不去的小南路，很不是滋味，真怕遇到熟人。以前我和朋友说过已经和西门①断交，不敢往你们家那边走，现在小董笑我要与西门恢复外交关系了。笑归笑，其实以后的麻烦事也会不少的。说实话，写信到你家我还不太敢，你父母兄妹的看法，到如今我还不知道。他们要知道了，还不知会怎么说我呢？5日晚上。我和我妈说了这件事，我妈还是反对，但以后一直没有问这个事。我爸对我也特别好，我摸不透他们是什么意思。你说呢？

今天下大雨，我不想出门。做完一些零星事，到指挥部吃了早点，午饭也不吃了，就提笔给你写信。来往的人员不断，信也断断续续地写，想到哪里就写到哪里，十分凌乱，请你不要见笑。写到这里又要下队了，等我重新提笔的时候，已是晚上11：00。还可以写些什么呢？对了，现在我白天黑夜都被蚊子咬，点蚊香都不起作用，痒得难受，清凉油又没有。你能否帮我找一盒？今天下午去劳动，很久不劳动了，一干起来确实很吃力，手痛得很，差一点就要起泡了，可想而知你们的劳动量是何等的大了。其实，我讲了要你劳动时注意不要过量的话，可能已经过时，因为你接到我的信的时候，你已经回来了。

时间关系，搁笔。

秀珍

1977 年 7 月 14 日

＊＊＊＊＊＊＊＊＊

健荣：

你好！先给你抄一首叶帅的诗《攻关》，为你高考复习加油助力。

《攻关》

叶剑英

攻城不怕坚，

攻书不畏难。

---

① 我家恰好住在柳州城的西门，姜秀珍的家在城东门。因此，在我们恋爱频出状况的那个阶段，朋友们经常拿东西门关系来说事开我们的玩笑。

科学有险阻，
苦战能过关。

这首叶剑英的诗，是我到公社开会时无意中在一份报上看到的。因为天下雨，回不了生产队，只好在公社待了一天半。尽管以前看过，但印象不深，这次重看，很有兴趣，于是提笔写了很多遍，顺便给你抄了一份。我想，这可能对你复习功课有帮助吧！人就是要有一股韧劲，无论遇到什么样的困难，就是要不怕苦，不畏难，百折不挠，勇于攻关。就是千难万险，也不在话下。有这样的精神，就能无往而不胜。这些话虽然我会说，但做不来，你可不要说我在教训人呢！

那天晚上，可能是我讲的那句话，伤了你的心，使你很不高兴。看到你的神态，我也很为难，又不知你现在怎样了，心里总觉得有件事放不下。其实，我不是故意这么说的，只是考虑到影响问题，才说了这些伤心话。我知道你现在特别需要一个人来安慰你，为你抚平曾为这件事操碎的心。但她又远离，就是回来也是匆匆数语即分手。这种状态就是放在谁的身上，也是难以忍受的。但为了工作，为了以后，我们都很理智很自觉地这样做了。也怪我这个人讲话不注意，使你难过，请你不要生气了，好吗？

现在我要尽量争取时间学习，努力弄懂一些问题，加强锻炼，力争回去后适应自己的工作。别的不多说了，今天还下雨，走又走不成。其他的知青带队不是打毛线就是打扑克，我一个人无聊得很，提起笔来写仿宋体，费了九牛二虎之力，才学会了几个不成体的字，请你检查指正。这里人很多，不好怎么写，草草几字。今天小董回去，顺请她带回。

祝安康！

秀珍
1977 年 10 月 26 日

＊＊＊＊＊＊＊＊

健荣：

今天分手后在拉堡等人去运木材，顺便看一场《初春》电影。想起一件好笑的事，不知你还记得否，今年初二之后，也就是在我们的事情破裂的时候，你曾对我说过，"你爸就和《初春》里那个女孩的老爷子一样"。当时我没看过这场电影，体会不出。今天看了，觉得有些好笑。原来这老头是如此的厉害！我想，我们家老爷子平时还是蛮好讲的，就是脾气古怪点罢了。当我看到那老头子因自己的女儿和同事们在一起，就拿起木柴打女儿时，我的心就像被刀扎一样，说不出来的难受。看到这个情节，我马上想起了今年初三晚上的事。虽然那天晚上父亲没有打到我，而且事隔近一年了，但一想起这事我还是一身不舒服。算了！别提这件事了。抱歉，我自己又揭起了旧伤疤。

今天本来是运木材，人没等齐，又没有车，运不成了。明天上午又要到公社开会，是关于高考问题，有可能叫我们去监考。要是这样的话，最好不过。我们没有资格考试，却有资格去监考，运气也不坏，进进考场也是件好事。关于你参加高考一事，说实话我有些讲不出的味道，究竟是考上好呢，还是考不上好，我很纠结。如果考取了，一个月后我回来，你又要走，我心里会很难受的。其实，昨天我是跑了不少路去打电话给你的，当我看到还有两分钟就要下班时，很着急，听到你的声音时，心情又阴转晴，高兴起来。现在的心情很怪，有时候想见你又找不见时，心里总想发火。就是找同学玩，也总像挂着一件什么事似的，但见了你又不知说什么好。特别是在办公室，我不愿和你讲些什么，怕别人见了自己又难为情。总而言之，矛盾没有办法解释。这或许是内心还不够强大，或许是处理事情的方法还比较欠缺吧！

关于我们的事，确实很伤神。见一次面也不容易，就是见了也很难讲几句知心的话。不过，也不要紧，如果你考不上的话，我就要回单位了。我想，我回单位后一段时间最好是不要公开我们的事，否则别人会说我不识抬举，不听领导话，自行其是等等。我不愿听这些闲话。

好了，时间已经很晚了，本来我不想给你去信的，回来看到我们的工作还好，知青集体户正在重新组合，我感到比较高兴，就提笔给你写信了。你要知道，整个公社除了我们大队的知青集体户重新组合能做得起来以外，别的大队都还没能组织起来。这封信写完的时候已经是晚上 11：30 了，我想你这个时候也一定坐在灯下复习功课，又在用心记一些什么生产关系、上层建筑之类的名词概念了。关于你的复习，送一句你说过的话，要劳逸结合。如果不听，望你天天复习到夜半三点钟。

祝你高考成功！

秀珍

1977 年 12 月 7 日晚 11：30

＊ ＊ ＊ ＊ ＊ ＊ ＊ ＊

健荣：

你好！

近来复习十分紧张吧！你接到这封信时，一定会怪我打扰你的学习。其实，我不是有意打扰的。今天是星期天，晚上没有什么事，同住的知青小谭回家庆

七地书

20世纪70—90年代社会变迁岁月中的青年学人家书

祝他父亲的生日，我一个人有些无聊，又没有电，点一支蜡烛，拿一张纸乱画。画了一阵，心想倒不如给你写封信好了。写这封信给你，就作为给你复习功课的一个慰劳吧！这样说，可能你又要笑我找借口了。

星期六早上回公司要汽车，来回都很匆忙。心里是很愿意在市里过星期六和星期天的，但工作不允许，连个招呼也没打就走了。我猜你一定会以为我星期天回来过吧，结果又使你失望了！

星期天我连公社都没有去，早上洗了衣服就下工地劳动，顺便解决一些知青问题。星期六晚上，谭村4队的一个男知青打了一个女知青，天一亮，告状的人就上门了。下午广西军区到我们大队检查民兵工作并组织实弹射击训练。当时是下午2：30，我想你一定在复习功课了。可我却在一处荒野地冒着烈日，观看民兵训练和打靶。幸运的是我也打了5枪，成绩良好，不算太差。好笑的是，军分区和县武装部的首长以为我从未打过枪，连装子弹都不会，等我打完以后，他们才知道我还不错。更有意思的是，当我一个人坐在一边观看时，分区的一个副科长走过来，问我为什么不过去参加训练。我说我不是大队的民兵，坐这里看看就行了。他却以为大队不要我去当武装民兵，就说你年纪不大呀，怎么不要你，问了好一会儿。这时，一个知青来叫我时，他才知道我是知青带队干部。在不知道前，他还在翻他的红本本，要查我的姓名。我说，你的本子不会有我的名字的，他还不相信呢！

这次到县里运木材，见了你四妹的新老带队干部，问了一下她的情况，反映都很好。当地农民和带队干部都对她评价不错，说她沉着老练，会待人接物，劳动肯出力。对她这段时间回家复习功课，没有责怪的意思。

上次给你写信，我以为我们得去当监考，谁知要我们做思想保障工作人员。我们这里的考场设备很差，连张像样的桌子都没有。桌面都是坑坑洼洼的，学校的老师提出，桌面不平，考生又没有东西可以垫着写，考卷薄薄的一张纸放在桌面很难写。现在他们提出买厚纸板放在桌面，这也是没办法的事，也只好这么办了。我们的任务是配合公社做思想政治工作，我们也想不出高考的思想政治工作要怎么做，所以都没有去。到15日，我们就一起去看看高考的紧张场面，开开眼界吧！

健荣，信就写到这里！过几天大队打鱼，如果分了鱼，我就送两条给你吃，这就算是对你复习辛劳的慰问吧！如果不得，就算你没福气啰！这个月17日是星期六，你参加高考也结束了，这一天也是我父亲的生日，上星期六我回去时我母亲叫我下周六一定回去。如果没有什么特殊的情况，我一定回家，晚上请你在公园等我。如不回，再另行通知。

这封信你接到后，请一定不要复信。切记。我不希望你回信。写信也是要花时间的，今天已经是11日了，余下的时间已经不多，再不抓紧就不行了。

在科学上面是没有平坦的大道可走的，只有那在崎岖小路上攀登不畏劳苦的人，有希望到达光辉的顶点。

——马克思

赠你一段马克思的语录，用刚学的仿宋体来写。让你见笑了！

秀珍

1977 年 12 月 11 日晚

* * * * * * * *

健荣：

刚接到你的信，可真把我吓了一跳。因为星期六晚上议论时，我们双方都没有底，只是猜想的。星期天早上在公司见到老范（她星期六晚上值班），因老莫在旁边，我想问又不敢问。所以，接到你的信，我以为你从哪里打听到了真实的消息。

星期六晚上回到家后，我对这个问题反复考虑，并对公司目前有可能派去带队的青年干部排了一下序，看来你去的可能性比较大。因此，你还得做好思想准备。当然，我希望你高考成功，如果还在公司工作就得听从领导安排，否则又会吃第二次亏。

如果领导找你谈话，要让你来，你不要有抵触情绪。农村虽然艰苦些，改变一下工作环境对自己也有好处的，在这里工作休息可以自己安排。你不要认为我这里是一副烂摊子，其实还不错的，13 个知青点有 8 个已经办起集体户。你要晓得，我来的时候一个也没有呢！这并不是在摆功劳，想博得你在公司评先进时投我一票，不过谅你也不敢投我的票，对吗？星期天上午老范问我，这几天能否回公司参加评比，我是不愿意回的，再说对评先进我不感兴趣，这次评上也许是托做知青带队的福。你这个憨姑爷，帮我数了几个好，连我自己都脸红，你还真好意思啊！

健荣，市里上映《今天我休息》，放映到什么时候呀？我很想看。只因这次走得匆忙，没有机会看。请你帮看看该电影的映期，我好抽空回去一趟。不过，还得劳你大驾帮我找两张票。得了票你就写信告诉我。注意要提前几天告知，否则票又过期了。这几天我的工作比较忙，公社 23 日召开知青会，有较多的准备工作要做，印奖状，写表扬名单，修改先进知青组的发言和批判稿，等等。

本想今天给你寄信，但还没写完。来往的人比较多，不便动笔。我只好今天接着写，看来可能明天可以寄出。昨天晚上，小谭运水泥回来，和她聊天到半夜。她说昨天回去见了你，并好好地夸了你一番，说你什么都好，还不知道你这次高考如何。我感到奇怪，她怎么和你那么熟。她说你和他母亲关系挺好的，所以对你比较熟悉。我估计，她可能也知道我们的事，就没有和她多谈。

昨天晚上，我可真够倒霉了，做了一个噩梦。到现在，还不知道这个梦是真的还是假的。半夜3：50时，我梦见我的手被蛇咬了一口，钻心地痛，当时就痛醒了。我仿佛看见一条什么东西探头过来，但开灯一看，什么都没有，手指也没有伤痕，就是有点肿。现在一闲下来就痛，不知什么原因，你说怪不怪？

好了，写了一天，挺累的。来农村一年了，还没有提笔写过什么文章，这次动手改一份材料就感到力不从心。可见人老了，精神也不济了！年轻人，就看你的啦！

可能我在28日左右回公司一趟报账，见面再谈。

祝好！

秀珍

1977 年 12 月 21 日晚 10：20

* * * * * * * *

荣：

你好！

来信已收，昨晚小陆到我家找我，刚好我去小余家了。他很机灵的，不见我在家，就和我父亲说他是来问高考的事情。随后他找到公司，当时我和老范在谈最近的工作。我以为你在门口让他进来告知，和老范谈了一下工作后，就和他一起出来了。走到文化馆门口，他把你的字条给我看，我才知道你并没有出来。健荣，你也是的，一点点小事，何必又麻烦小陆跑一趟。你的心我是知道的，不过这样太麻烦人家了。

昨天上午，为了要知青的外调材料我去了公司。去公司时你们劳动刚回，因材料要得很紧，我没有进里面的办公室，就直接上楼了。下楼遇见你，也没有打招呼，很对不起了。当时我想，反正下午我还要到公司，有什么话下午还可以讲。谁知一个下午都没有见你的面，到下班下楼时人都走得差不多了，最后连你一个影子都没见上！生产大队要我当天带材料赶回去，很遗憾了！

说来有点好笑，今天在公司楼上一群科室干部们在学元旦社论，余科长告诉我说公司得了8个调资名额，建新店和科室共一个，让我猜是谁得，但他并不告诉我答案。后来李科长又说起这事，才说是你得的。他们在说的时候都注意看着我，看我有什么反应。但我一点都不露声色，只是当中心店罗书记告诉我将派谁去带队时我紧张了。她说党委已经讨论了，是公司科室的，特别强调说是个男的，年轻的。当时我真想问是不是你。不过还好，可能她看我很不自然，就说了党委还没找他谈话，具体是哪个以后再告诉你。下午我又问了余科长，知道是派小曾去，这才一块石头落地。

健荣，那天晚上你生我的气吧！那天晚上，你着着实实地教育了我一顿，说实话当时我是不大痛快的，很久没有得到你的教育了。对一些事情理解又有疏忽，所以又被教育了。有时在谈话的过程中开玩笑，讲话重一点，又伤了你的心。这些天想想，很不好受，也想和你讲讲，但工作又分不开身，只好作罢。这个缺点以后我一定改过，不让你为我分心太多。今天回公司，我估计你会到车站送我的，谁知你连门都没出。我不怪你，因为你记住我过去讲过的话，不过我还是希望你出来。我把书给你后，又想起，哎呀！我为什么不会在书上留张字条给你呢？真傻，不过后悔也没用了。回到公社，慰问团的部分同志已经到了，忙完后吃了饭，就马上动手给你去信。这里人来人往不便多写，匆匆数言，略表歉意，补回那天的过失，好吗？

今天我从公司出来时，翁大姐告诉我说，她这个月10日去桂林爱民模范连慰问，王东才（原来的连指导员，现任团政委）帮她买了一辆永久式自行车，她愿意让给我。但我现在已是经济危机，没有钱给，你那里还有钱吗？如果有的话，是否能先借点给我？我今天晚上回家告诉母亲，不知道家里是否同意要。9日我一定回去，有什么事到时候我找你。

我的感冒略有好转，不必挂念。现在你高考已过，又得体检了，知青带队也知道是谁接手了，你就好好地休息一下吧！但也不要玩得过度，影响身体呢！

祝一切顺利！

秀珍

1978年元月6日下午

＊ ＊ ＊ ＊ ＊ ＊ ＊ ＊

健荣：

你好！市里召开先代会，可把你这个文人忙坏了吧！今天回公司看见你忙得真够呛，中午12点多还没下班。其实上午搞不完，下午还可以搞的，何必拿自己的健康开玩笑呢！不过，我也知道你迟迟不愿走的一个原因。我看见你推车走的时候，很想和你讲几句话，但看见门口还有不少人，就等了一下，谁知等我出门时，你的影子也不见了！晚饭后，我就和另外两位柳江县的知青带队一起到北站乘火车回公社了。

15日我回市里。我的同学小余结婚，非要我回来不可。晚7时后，我想叫我的同学到你家找你出来，谁知天公不作美，下雨刮大风，只好赶回家了。

这段时间工作还可以，生活也还好。在县里开先代会，伙食不错，每天晚上还有电影看。10 日市里的知青慰问团来了，但我们的会议 14 日才结束。14 日慰问团刚好到我们大队检查，结果还好。他们把整个检查情况做了比较，说我们大队还可以，精神面貌大不相同。我知道，这不过是比较而言，并不是说我的工作就做得很好了，需要自我表扬。当然，问题也是有的，新发现的知青作风问题，现在还没有找当事人谈话。这个问题要解决，也要等到接手我工作的小曾下来了。今天曾主任讲了，明天有车，小曾明天就下来，如果没有就后天去。月底以前我要回去。我现在的心情很平静，不愿年前走，想过完年后才走。李主任同意了，但王主任说我是贪玩，怕年过不好。现在我是看交班的情况再做决定。

荣，现在天气很冷，你的冻疮好了没有？我给你织的一双毛线袜还没有织好，每天都在赶。本来应该赶早的，只是走了好多商店，都找不到合适的毛线，一直买不成。13 日中午下雨，我邀小董和我一起回柳州，专程为你买毛线，总算买到了。以后织好了再给你。

据说，你们的高考录取通知会在元月 28 日至 2 月 3 日左右发送。期待早日听到你金榜题名的好消息！为你祝福！

小曾来后我们要进行工作交接，会比较忙。我什么时候回去再打电话给你。时间很紧，我写信别人又要笑话我。不过，我还是找机会在公社写。好了，暂写到此。

此祝

安好！

秀珍

1978 年元月 18 日下午 4：30

* * * * * * * *

二 扬帆追梦

莫道浮云终蔽日，严冬过尽绽春蕾。

【现代】陈毅

（一）破晓之后

——广西师大历史系77级本科学习与留校任教时期

1. 桂林—柳州

珍：

收到你托小郑带来的各种急需品，谢谢！当然，还要像你所说那样，感谢我们的运输队长小郑同志。你花那么多钱买东西，让你自己的经济紧张怎么办呢？以后，还是不要买那么多东西吧！

小郑的男友小胡是今天早上才告诉我，他昨天找了我一趟没找到。当时，我去银行领工资了[①]。小郑虽然是上星期六就到桂林了，而我今天才见到她。见到小郑很高兴，因为她是你的好朋友，见了她就像见了你一样！她带来关于你的很多信息，都是我所希望知道的。

今天我在小胡家吃晚饭。小胡下午不上学，在家包饺子，我也就沾光了。小郑很体谅人的心情，餐桌上她说起和你在一起的事情，绘声绘色，说得大家都很开心。小郑很热情，确实是好人。我再三感谢她了。

你叫小郑带来的信收到了，里面放的10斤粮票自然少不了。但你来信说，二日你也寄了一封信，里边也放了10斤粮票，而这封信我一直没收到，不知你是寄到哪里？一般来说，柳州至桂林的信件是第二天就可以到的，怎么拖了四天还没影呢？看来，可能是被发现信件夹带粮票，被扣了起来，如果是这样，就可惜了。还不知你信里写了什么私密事没有？我想，下一次你若寄些什么有价值的东西，还是寄挂号信吧！否则还要担心弄丢，你说是吗？

小郑明天早上8点就回柳州。小胡一家人叫她多住几天也不肯，说是工作很忙。我也劝她多玩几天，自然也说服不了。她走得这样匆忙，我给你带些什么东西呢？想起你的挎包还在我这里，你就没有挎包用了，这样不方便。我就把最近我买的一个手提包送给你吧！这个手提包质量还是不错的，但是对我来

---

① 1977年恢复中断十年的高考后，77、78级所录取的学生年龄都比较大，不少人已工作多年，有些已组建家庭。当时国家政策规定，被录取的大学生工龄满五年可以带薪读书。工资由原单位按月汇到学校所在地银行，学生自行领取。这一政策执行两年后终止，已经带薪读书的77、78级学生则按原来的待遇不变。

说小了些。我姐夫说这是女士用的，大男子汉拿这个小包不合适，叫我送给你用。恰好小郑来，就叫她带回给你好了。至于我，用你的挎包就很好了，也像个学生。再说，背起这个包就想起你了，一举两得。如果你妈问起，那你就说是你自己买的。另外买了一双丝袜和一支毛笔给你。不知你缺什么，匆匆忙忙去商店转了一下就买了，也算一份心意吧！想买件衣服，太匆忙，来不及挑了。这毛笔也还是不错的，上次给你那支是狼毫，这支是羊毫，各有所长。愿你练字有进步。当然，是在休息好的前提下。

我现在身体很好，精神很好，很想看书学习。也就是说，在这里读书学习的欲望越来越强了。你放心好了！我每天早上起来，跑步练拳，锻炼30分钟，精神挺好的。生活很有规律。

这个星期天我洗了被子、床单、毯子、毛线衣和秋衣等一大堆被褥衣物，还要搞宿舍卫生。忙了大半天，我想如果你在身边，我就可以不那么累了。但又想，你来洗，你也要辛苦，我自己洗也是应该的。就是将来一起生活，也要大家一起动手，互相体谅爱护，你说是吗？

晚上我又自己缝被子。这时候缝被子被单里不是放棉胎，而是放毯子，天气太热了。我用你教的方法在床上做，先缝一半，再缝另一半，居然还做得不错。上次在家里，是两个人一起做，我当助手，主力是你。这次自己一人做，还是挺费神的，扯来扯去总算搞好了。我不愿麻烦我姐，她挺忙的。

好了，10：30了，就谈到这里吧！盼来信。

祝愿你身体好，工作好，精神愉快！

荣

1978 年 6 月 6 日晚 10：35

于小胡家中

* * * * * * * * *

珍：

来信收到，感谢你的表扬。由于你的鼓励，现在我又提笔写信了。因为明天是星期三，明天寄出就可以让你星期四收到。

当你收到这封信时，已经是 29 日，还有一个月我们就放假了。时间过得真快呀，这段时间是紧张的日子。中国历史文选课就上到今天，今早布置了下星期二测验，实际上也就是考试。因为不是主课，所以不叫期考。现在同学们都忙了起来，准备争取个好成绩回去过假期。

我是忙里偷闲，来个自我调节，今天中午去看了场电影《李双双》。连同在柳州时和你一起看的那场《空中舞台》，还有早些天在桂林看的《红楼梦》，65

天来我已看了第3场电影。但还没有达到你的要求哦！张瑞芳饰演李双双演得很好，电影很有意思。李双双和喜旺是结了婚再谈恋爱，剧情挺生动。这是他们在共同的思想感情基础上，真心实意地恋爱，很有生活气息。看这场电影能从头笑到尾。不用说，如果让你看，你必是要笑弯腰的。

上次回去时间匆忙，是我安排不好，你不要尽做自我批评了。经一事长一智。你是聪明人，以后一定会很懂安排事情的。

我讲了小郑的事，你还挺虚心，决心也挺大，保证改过。那我就谢谢你了！生活应该是欢乐的，无拘无束的，青年时期更应该如此。如果人们谈恋爱都像戴着脚镣跳舞，那还有什么意思呢？我相信，你也是向往快乐和幸福的，你也不愿戴着桎梏来做事情，而是愿意和他一起共同创造快乐，开辟幸福生活的道路。你说是吗？

还有，我希望你适当做做你双亲的工作。要不放了假我们一起去玩或看电影，走近东门那边时你又怕遇上你父母。不用说，这不仅对你，对我也是一个很大的精神负担。你说是吗？

你叫我注意休息，你自己也得注意呢。生活的各方面都要注意，吃东西不要太挑剔，否则营养就很单调。还是希望你不吃辣椒，希望罢了。来的时候你说要剪辫子，我看还是不要剪，你不适合剪短的，好吗？

你还是得锻炼。活动一下，总是有益的。还有，现在天气很热，你一定要睡午觉，否则精神不好呢！

等下还要复习，就说到这里吧！

祝健康愉快！

荣

1978年6月27日晚9：00

＊＊＊＊＊＊＊＊

珍：

来信收阅。星期六上午的哲学课分组讨论，我们小组的讨论地点是在教学楼下的草坪上。大家正讨论得热烈时，学习委员拿着一沓报刊邮件走过来，我马上说，肯定有我的信，果不其然。看来，我们两人虽不在一起，但却有心灵感应，很默契的。

历史文选考试今天早上进行，考得还可以，估计90分左右。本来还可以考好一些，但我发现人总是难免粗心和疏忽的。可能这只是我，别人不是，就像我给你买布鞋一样。一笑。

考完这一科，再考中国古代史，这学期的期考就结束了。这个学期哲学不再考了，因为前段时间测验了一次。中国古代史大约是下旬考。现在虽然还上课，但准备时间还是充分的。我再用功加点油，争取考得更理想一点。

前两天我给班里写了一篇墙报稿，是学习新宪法感怀，现抄录如下，请批评。

标题是：登攀不畏难，史苑竞芬芳——学习新宪法感怀。

粉碎四人帮，
历史掀新章。
祖国展宏图，
前程何辉煌！

学习新宪法，
春风暖心房。
细思总任务，
更喜天地广。

万事争朝夕，
奋发斗志昂。
登攀岂畏难，
雄心越太苍。

学生重在学，
勤勉当自强。
孜孜不释卷，
驰骋有方向。

专业定须专，
莫怠作浅尝。
基础打深桩，
谦虚多进长。

同窗有八十，
风采正鹰扬。
今日苦钻研，
他年竞芬芳！

奔向两千年，
征途非寻常。
敢有鲲鹏志，
展翅万里翔。

十月战旗红，
魑魅已涤荡。
紧跟华主席，
高歌向前方。

1978 年 7 月 2 日于独秀峰下

来信说，你准备做父母的思想工作。我想补充两句。你我都不小了，不能再在这件事上面磨时间。你既然决定了自己的事，就不要把希望寄托在别人身上，不要有侥幸心理。请你直截了当地和你父亲说：第一，这件事是我们自己的事，我已经做了决定，希望你们就不要再操心了！第二，党的政策，国家的婚姻法是很清楚的，父母如果继续阻拦，对大家都非常不好。请不要把女儿管得太过分了！当然，我不希望你和他们争吵，言语可以很婉转，但态度要很明确，不留余地。记得在柳州时，和你一起外出，你总是怕碰到你父亲，这说明你胆子还不够大。现在，是你拿出勇气的时候了。古代柔弱的深宅闺秀尚有勇气反抗旧礼教，现在是 20 世纪 70 年代末了，你还不该有自己的决心和勇气吗？这个问题，本不想多讲，怕你心烦。但是，看到你这样长期担惊受怕，心里很不是滋味！难道我们在担忧顾虑中谈恋爱是愉快的吗？我希望你和他们讲清楚，不要再担心那么多了！你做了那么多年的行政工作和管理工作，我相信你有充分的信心和能力和他们讲道理。

说些愉快的事吧！你能睡午觉，很好呀！这说明你能重视我的意见，其实这也是为了你好，你说对吗？刚睡起来精神不大好，不大振作，是正常现象，洗个脸，活动一下就好了。久而久之就会习惯的。坚持吧！祝愿你身体好！你明白我的心意就好。最近还常去我们家吗？有空常去看看。

我身体很好。也许是最近锻炼的缘故，这两个月来，胃痛症状都没有了。我想，你知道这个情况一定会很高兴。等下要复习，就谈到这里吧！

愿早日见到你！

你的荣
1978 年 7 月 4 日晚

****** ***

珍：

　　你好！我已经有三个星期没有给你去信。因为这是你的要求，不应违背的。

　　然而，你也两个星期没有来信了。看来，你是理解错了我的意思，需要解释一下。原来我说好考完再复信，是说我考完再给你去信，而不是让你在此期间也不来信呢！不过也好的。你节省了一些时间，可以多休息一下。我呢，周末翻出你以前的来信看看，也可稍解一些思念之苦。

　　随着时间的推移，我们重逢的日子一天天近了。当你接到这封信的时候，还有两天你就可以到车站为我接车了。

　　今天早上考了中国古代史，我考得还可以，大约 90 分。这一科考完标志着我们 77 级的第 1 个学期结束。我们从下星期一，即 7 月 31 日开始，劳动三天。任务是到农场劳动，给红薯培土，这不会很辛苦的。星期四（8 月 3 日）小结一下，下午可以自行安排。做小结是在学校，如果你星期二上午寄信，我还可以收到。

　　明天是星期天，我打算拆洗蚊帐、床单。9：30 前洗完，再出去给你寄信，并到小胡家走走，要不下星期劳动，就没有时间去了。

　　好了，见面再说吧！

　　愿早日见到我亲爱的珍！

你的荣

1978 年 7 月 29 日晚 9：00

****** ***

XZ：

　　返校的前一天，我们一起去看电影《李双双》，结果是看了场新片《女交通员》，可说是碰上了一个好事。当时你说，这是好兆头，果然如此。回来后小胡的母亲说，最近在师院大门附近给小胡找了一套房，是电视台的宿舍，原来住的那家人 10 日就可以搬走。这是一栋两层楼的砖木结构房，他们说是可以的，我没有去看过。房租是每月 2.90 元，不算贵。能住上是挺不错的。小郑即使结婚，也要等到春节。再说，他们结婚后也许小郑也要过一年半载才能调来。这样，我就可能沾光和小胡一起住进去一段时间。

二　扬帆追梦

065

　　另外，前几天听我们系的总支书记说，我们班住得最远的几个走读生^①搬进学校住宿的问题，正在研究解决。我问她，本学期可以解决吗？她说不用的，这几天就可以了。走读生住得远的困难我算是首当其冲，如果最近一两个星期内可望解决，真是太好了！能住进校内好处自然很多了，不用说你也知道的。常言道，福不双降。但现在竟然如此凑巧，两件好事都一起来到。你一定很高兴吧！

　　回来以后精神很好，劲头很大，信心很足。我想，我应当为我们的老初三学生争光，争取更好的学习成绩。不能让往后的三年半时间轻易过去。一句话，就是要下功夫。如果最近能解决住宿问题，不用再栉风沐雨奔波于上学之路，无疑是乘风扬帆，更为有利了。一切不用担心。

　　你一定要好好休息，假期里你是挺辛苦的，希望能够自觉补回。晚上10：30之前一定要休息。晚上最好不要经常外出，安心看些书，好吗？

　　请代我向你父母问好！向小郑、小董、小柏和小程等问好。

　　祝健康愉快！

J R.

1978 年 9 月 4 日中午 12：30

＊＊＊＊＊＊＊＊

珍：

　　来信收到。这封信本想晚些时候写的，但想到你现在手痛，又未说明是什么原因，牵挂之心，何能免之？究竟是因何故手痛呢？痛得厉害吗？希望来信告知，并赶快治疗，早愈为盼。

　　能去自治区团校学习，是个好机会，应尽量争取。到区里和各地的同行在一起，本身也是个学习。你是否和李主任说一下，相信他是支持你学习的。而且，这个时间也比较合适。你 10 月 9 日去，明年 1 月 10 日结束，你回来不久，我也放假了。

　　小胡帮我找的房间，原来的住户已经搬走了，我和他去看了一下，还是比

---

　　① 走读是一个特定年代的产物。1977 年中国恢复高考，但有关政策还有很多局限性，例如录取工作仍然强调家庭成分，对考生年龄限制也比较大。因此，在第一批招生录取中许多考得很好的考生由于各种原因并没有被录取。后来，由于民意呼吁，国家做了一些调整，又从这些考生中补录了一部分。这部分后来录取的学生学校不安排住宿，由各人自行在校外投亲靠友解决问题，故名之为走读生。走读生所占比例不小，例如当时广西师大历史系 77 级 83 人中就有走读生 21 人。至当年秋季，通过校舍调整，大部分走读生都已被安排入校住宿。

较宽敞的。我和他说，还是再等一下，如果我能住学校，这个房子就不需要了。学校的学生宿舍已经在调整，乐观估计最迟国庆节前应能解决。

昨天收到父亲从长沙寄来的信。他们参观团七日从柳州出发，在长沙参观了第一师范、爱晚亭和韶山等地。长沙之后参观还将继续，预计 19 日可以返回柳州。

后天是中秋。这是团圆节，思念亲人，自是不必说。我祝你愉快健康，并向你父母问好。

织毛线衣不用太赶，离天冷还远呢！做什么式样的领口，由你决定。织毛衣以不影响你休息为前提。我一切都好，勿念。

再谈。

健荣

1978 年 9 月 15 日

＊＊＊＊＊＊＊＊

珍：

现在是周末晚上，我还是住在风动工具厂的宿舍里。原来我写信告诉你，说是本月中旬就可以搬进学校，那是根据系总支书记的话说的，但至今还未能兑现，不知什么原因。想问问书记，但她去招生，要过几天才回来。

这件事先不管它吧！迟早是能解决的，急也急不来，你说是吗？

今天晚上我给自己放假，不看书了，明天再看。上次给你的信很短，你说我写得很匆忙。确实，那封信是上午下课后 20 分钟写完的，写完就赶着去寄，所以匆忙了。这一次慢慢说，不着急。

中秋节得到你的慰问自然高兴，遗憾是不能在一起。团圆节应该是让情侣、爱人、亲人们都相聚，团圆才有意思。你说是吗？这已经是我们开始恋爱之后的第 4 个中秋节了。然而，这 4 个中秋都没有在一起！第一个中秋是 1975 年。那年我们两人都参加市委宣传队去基层蹲点，从那时起我们开始互相了解和互相帮助，逐步产生了感情。到 9 月，我们大部分队员都要回单位了，你和梁队长、陈科长他们几个人还留在那里。分手那天，大家提议到照相馆合影留念。照完相以后，你还不想走，在和梁主任他们聊天。我知道你的心，邀请你中秋节到家玩，但你说已约好和小程她们去公园看电影，但答应第二天晚上来。你来的那天晚上，大家都挺拘谨的。你也太讲礼节，让吃什么也不肯吃。我费了许多口舌，你才勉强吃了 1/4 块月饼和一个梨子。当时我想，这位女孩可真难招呼呀！

第二次中秋是 1976 年。那次你也够倔的了。明明是中秋节，我们该有个约会。可是你偏穿上运动衣白网鞋，说是要到公园练拳，我拦也拦不住。还好，你送了4个月饼来。好歹你还记得是中秋。

第三次中秋是1977年。那时正是我们闹矛盾，一地鸡毛的时候。我从干校回来，你又将了我一军……中秋的第二天，我在办公室见你了，给了你一个纸条，上面是我写的一首诗。那个中秋，是在苦恼中度过的。

今年是第四个中秋。本来，事情正在好转的时候，花好月圆，应该在一起赏月，但又不凑巧，我来桂林读书。你说多令人遗憾呀！看来，要到1982年毕业，我们才能一起在一起过中秋呢！这样算起来，还得有三个中秋节是两地分离中度过的。前后加起来就一共是7个分离的中秋了！真令人遗憾！

今年在桂林的中秋，我过得还好。在我姐那里赏月之后，吃了不少东西。除了月饼、梨子，还有花生。你也过得很好吧！一定又是和那些女友在一起逛公园赏月，玩到深夜。

昨晚上停电，我8：30就上床休息了。后来在梦里回柳州，我回原单位看看，你正在开会，讲着话，一抬眼看见我又惊又喜，眼睛都闪着光。于是我就回家等你，等啊等啊，一直没有见你回来，我焦急得不行。心一急，一翻身，才知道自己在床上，而且是在桂林！这一醒，发现天大亮了，已经6：30，赶紧起床。好梦一场，却没有相会，真是遗憾！连在梦里也不能多见一次。

你的手痛好了没有？到区团校学习的事情还有希望吗？近来工作如何？望来信说说。估计，明天会收到你的信。这次就先写到这里吧！

晚安

荣

1978年9月23日晚8点40分

＊＊＊＊＊＊＊＊

秀珍：

我原想提前几天回柳州，为大哥办婚事出点力，但实在请不了假。和班主任系主任说了老半天，嘴皮都磨破了，他们仍然坚持说，这是可去可不去的事，不算特殊理由。现把请假条附上，上面签字的是班主任，请你给大哥他们看看，免得他们责怪。

为请个假申辩了半天，我自己也觉得没意思了！本来我是应该回去给他帮帮忙的，但现在是鞭长莫及、爱莫能助了。你们就多辛苦些吧！

这样我只好在9月30日晚上再和小俞一起回去，请你到车站接车。我想你去接的时候大哥的婚礼已经开席，可以带些喜糖来给小俞两口子。当日晚上的车是353次。在车站你会碰上小龙，她也来接车。

其他不多谈，再见。

健荣

1978 年 9 月 27 日中午

* * * * * * * *

秀珍：

你好！该是给你回信的时候了。

今天早上，经过近 4 个小时的战斗，终于结束了哲学期考。考试比较顺利，虽然时间比较紧，几乎是连续不停地写，16 开的空白考试卷就写了 8 页。估计答得比较好，我是第二个交卷的。考完以后，心情很舒畅。

至此，这个学期的考试就结束了。

也许你已从《广西日报》上已看到，我们学校更名为广西师范大学。同时，把原来的位于南宁的广西教育学院的师训部扩充为广西师范学院，也就是接用我们学校原来的校名。这样，我们学校的地位就提升了一个层次，同学们都挺高兴。因为，师范大学主要是为大学培养师资，而师范学院则为中学培养师资。相信更名之后，学校各方面的条件会好一些的。

这些天复习考试虽然比较紧张，但是由于自己注意调节，身体状况还是挺好的，精神很好。家里来信了，说你最近给家里送来水果，并且说你身体很好。甚慰。

快 1：30 了，已睡不成午觉，我就出去寄信，顺便再搞一些营养运动。晚上再补休息。其余面谈。

再见！

荣

1979 年 1 月 17 日中午 1：30

* * * * * * * *

秀珍：

现在已是上课的第二天，一切都已进入正轨。大学不像中小学，开学直截了当，没有什么开学的暖场活动的。周六返桂林后，周日洗洗衣物，整理一下书籍，预习一下新课，第二天就上课了。所以说，周六回来还是比较合适的。

回桂林那天，坐火车太拥挤了，那种情况简直就像是"文革"时期的大串联。我是一直站到鹿寨才得坐下，站了一个小时，而很多人则是一直站到桂林。

回到学校，很热闹，同学们都还带着过年的喜气，见了面互道问候，互致

二 扬帆追梦

069

祝贺，如同大年初一。在新的时代，大家心里都充满了希望，焕发着朝气。在宿舍里，同学们各自拿出带来的家乡年货和水果，互通有无，交流一番，共贺春节，气氛十分融洽欢乐。

这段时间，你是够累的啦！白天要工作，晚上活动又比较多，睡眠不足。而我，却是每天都可以睡懒觉，过了一个轻松的春节，人也胖了。回到学校，同学们说我的脸都圆了些。你说是吗？

你的工作要做好计划，多请示报告。敢想敢做是好的，但要尽可能征得领导的同意。做事情也不要揽得太多，让副书记、委员们都分工抓一些，这样你才有精力和时间考虑全面工作，也不至于太紧张。

原来和你说的生活上的一些问题，希望你能注意。养生之道，还是要讲究一下的，舍此不能保证充沛的精力。

车票附上，请转交财务科大梁报账。再谈。

祝好！

荣

1979 年 2 月 13 日 1：00

＊ ＊ ＊ ＊ ＊ ＊ ＊ ＊

珍：

来信收到。40 元汇款早就收到了，因想等你汇到另外 10 元后再复信，所以拖了几天。你说 6 日汇 10 元来，按理今天应到。但现在已经过午尚未收到，看来今天是没有希望了。那就先回信，免你牵挂。

你希望我到快放假时才到学校办结婚证明的事，不妥呢！我想，如果拖延那么久，谁知到那时候原来的规定是否又改变呢？同时，先写好证明也不碍事。因为证明没有时间的限制，主动权在手，什么时候去登记都可以。班主任既然为此事问到我，倘若我还拖着不写报告，那么他就会觉得我们并没有要办事情的迫切愿望。这样反而不好。五一是星期二，如若系里没有什么特别的事，我想请一天假回去一趟。这样连同周日就有三天时间，回柳州可以处理一些事情，办些手续。你看好吗？

最近你看了电影《流浪者》吗？我看了深受感动。为丽达的真诚和纯洁所感动，为拉兹的正义感和勇敢所感动。同时，也深受教益。这部电影揭示了一个重大的社会问题，很有现实意义。电影的内容是深刻的。此外，其文学美、艺术美、音乐美和演技美都令人赞赏。在这几年的进口片和国产片中，最好的也就是这部了。相信这部电影对你也会有启发。看这部电影，使我想到很多问题，想到这些年我们不断被折腾的经历，我心中掀起了难以平复的波澜。我打算再看一两次。

关于跳舞问题，你把我估计得太先进了。到目前为止，这种青年舞还是班里少数比较开放的骨干分子在跳，大约只是十几个人。我从上学期到现在只参加过两次。这是很简单的舞蹈，比起以往我们宣传队的舞蹈，简单多了。上学期学校的舞会，是叫我们去伴奏。明天晚上又有以纪念三八节和学雷锋活动为主题的联欢会，最后又是舞会。我们还是要去伴奏，这事看来是躲不了的。这个问题你放心好了，我没有多大兴趣。如果学校硬性规定要去参加，那也只是应付一下。

你工作忙，希望注意休息。我现在身体很好，我买有奶粉、菊花精、饼干等，储备物资是充足的，营养不会差，请你放心好了。

吻你

你的荣
1979 年 3 月 8 日中午 1：15

＊ ＊ ＊ ＊ ＊ ＊ ＊ ＊

珍：

你好！来信收到。

今天早上我已经写好结婚申请报告，准备明天交上去。这是人生的一件大事，写的时候心里很不平静。对于个人而言，这可以说是件神圣庄严的事情吧！我起草后修改了两次，文字力求简洁明确，抄了两次才满意。

交上报告后，估计很快就能批下来。现在，你在那里也要做一些工作了。要和王科长及老范讲一讲，告知我们很快就要办事，请王科长安排房子，老范也可以帮帮忙的。你不要以为明年才办事，房子的问题不用急。这个问题很重要，因为房子不是一下就能调剂过来的。你要提前请王科长考虑安排，太晚了，事情就很被动呢！你还要和李主任讲，请他也帮帮忙。在和他们说的时候，把最近我谈到的学校有关情况有关政策精神告诉他们。这件事，希望你一定要尽快办好。关于房子的位置，我们原来商量设想，一是在河北，二是离家近一些。五一路那一栋宿舍建好没有？年前有没有可能竣工？如果能，在那里是很不错的，但不知那里的房间结构和装修如何。当然，如果你有办法在房产局要到房子那就更好。这些事本来是应由我来考虑，但我在外边，只能提些建议了。

上个星期天我到了桂林医学院看小陈。此前，他来找过我未遇。小陈周末还在教室里用功，精神很好。方便时你可以告知他女友小方，转告这样的信息。小陈也准备五一回柳州，如果可能我们就一起走。

现在学习还不算太紧。我身体还是很好的。也许像你所说的，是心情愉快的缘故吧。这段时间，我很注意锻炼和休息，可能也是个主要原因。身体是搞好学习的重要条件，我会很注意的。

当然，我正在抓紧时间学习。时间过得很快，如果不抓紧机会学习，几年光阴一晃就过了，那就后悔莫及了。

就谈到这里。

祝愉快顺利！

荣

1979 年 3 月 25 日晚

* * * * * * * *

我亲爱的珍：

收到 26 日来信，是在我正准备去给你寄信的时候。让你久等了，请谅！

今天上午把结婚报告交到系里，算是做完了一件事，只等他们批复和出具证明了。你那边也开始着手准备吧！

现在有一件事想和你商量。昨天收到四妹来信，她说由于试验和学习的需要，想买一块手表，希望我们 5 位哥姐每人能够支援十几元钱，她自己大约也有一点积蓄。我是想支持她的，但从哪里抽得出钱呢？我们要准备办事，你又刚刚寄来 50 元，你看怎么办好。我还没有给四妹回信，等你的意见来了再复。手头紧，我这个做哥哥的真是无能。

最近你身体如何？工作忙吗？你一定得注意身体，别累坏了。伯父伯母都好吧？我们准备结婚的事，你是否准备和他们说？我觉得，如果你现在说，就使他们有个思想准备，这样会好一些。由你决定吧！

收到你夹在信中的 2 元"困难补助金"，谢谢！

邮局中午 1：30 收信箱，先写到这里。

吻你

你的荣

Thursday，March 27，1979

* * * * * * * *

珍：

27 日寄出的信谅已收到，不再担心了吧？

我二妹很有心的，她从武汉参观回来，特地在桂林下车到学校看我。现在，我是在桂林饭店南楼给你写信。她住在这里。

今晚她在饭店招待我。菜肴挺丰盛的，一盘炒猪肝，一盘甜酸排骨，一盘炸鱼块，还有两个汤，但总共才花了 1 块 5。很便宜呢！这是我回校 50 天来最丰盛的一餐。我应当谢谢她！当然，晚餐是在桂林饭店，如果在外边，也许不会这样便宜。

妹妹还给我带来 20 多个鸡蛋，这是她从武汉带来的。不算贵，一块钱 11 个。这样，我又可以补充一下营养了。吃鸡蛋还是挺方便的，放上白糖用开水一冲就可以了。

你现在工作忙吗？希望你能把事情安排好，不要太累。要注意发动群众，调动大家的积极性；要有计划有条理地工作；多请示汇报；做事要有魄力。我相信你一定能把工作做好。

暂写到这里。向伯父伯母问好。

此祝顺利健康！

健荣

1979 年 3 月 30 日晚 7：30

于桂林饭店南 3 楼

* * * * * * * *

珍：

信悉。既然我们公司有人来这里参观，那就辛苦他们帮带些东西来吧！要带的东西主要是：1. 我的小提琴肩垫，要有松紧带的那个，木质外包紫色丝绒的。有时乐队有活动，或是自己娱乐消遣，没有肩垫不舒服。2. 煤油炉，我记得家里有一个，是二妹以前上大学时用的。拿来这里可以方便做些营养活动。3. 印刷厂切出来的边角纸头，我做草稿或卡片用。我记得你那里好像有。

四妹买表的事，既然你同意，那就支持她吧！目前，我们的经济还是比较紧张的，特别是又在准备办事情。但还是像你所说的，不让她失望吧！我们给她 15 块钱，算是一个支持，好吗？你就直接给她好了。我们还没有结婚在一起生活的时候，就从你那里提取资金，我真是过意不去。

房子问题，相信你会解决好的，我很放心。但未能出力，颇觉惭愧。

你工作忙，望你保重身体。

我交上结婚报告后，还没有去问结果，打算过几天再去。这段时间系里在忙着一件大事。

吻你，我的小珍。

你的荣

1979 年 4 月 6 日中午 1：00

* * * * * * * *

珍：

你好！今天是星期天。早上看电影《扬眉剑出鞘》和《奋起还击》。

前几天功课比较紧，忙于作业和准备测验，所以写信比较潦草，请谅。

公司李主任等到桂林后，我去看过他们两次，他们都很热情，可惜时间有限，不能谈个痛快。

我交了结婚申请报告后，系里已经同意，下星期可以办理出具证明等手续。我为此感到高兴，但祈不再有变卦。

老莫等同事来桂林时，我和他聊天，他说了你的学习情况。他说你学习热情很高，很认真。但他认为，你应该以学习社会科学为主，比如文法修辞、逻辑、历史等等，这是从你现在和今后的工作考虑的。我觉得他的看法是对的，也希望你如此。你是从事管理和行政工作的，学外语虽不无好处，但不应该是你主要精力所在。如果你在人文社会科学方面能有较大提高，对你的工作当大有益处。莫兄所言甚是。

暂谈到此。吻你。

祝愉快健康

你的荣

1979 年 4 月 15 日午

* * * * * * * *

珍：

这封信本来可以晚些时候再写。因为牵挂着你的输血问题，使我现在就要提笔。正像你所说那样，前方将士正在为祖国浴血战斗，我们在后方输血奉献是应该的。但考虑到你的身体，又让我颇为担心。你虽然没有什么病，身体也还不错，但并不强壮，因此特别挂心。

如果是输了血，一定要尽快补回。请立即搞一下营养运动。此外，还要注意休息。团委的工作，可以让副书记和其他常委多抓一下。

我们学校没有提到输血的事，一直没讲过。

你说要借《曹禺选集》，上星期我借了，但里边全是剧本，比如《雷雨》《日出》和《北京人》等，不知你是否要看这些。我特意问了图书管理员，他们说曹禺的文章选集没有，只有这种剧本的《曹禺选集》。你看如何，即告知。

五一节我虽很想回去，但考虑到往返车费要 6 元 4 角，开支太大，而现在我们正准备办事，担心花费太多，所以比较矛盾。你的意见如何？

亲你，我的珍。

祝健康愉快！

荣

1979 年 4 月 23 日 11 时 30 分

* * * * * * * *

秀珍：

你现在很忙吧！回校半个月才收到你的信。我不怪你，但这种牵挂的心情你是可以理解的。说实话，我真担心你病了呢！

和李主任争吵，不好！虽然很快和解，但毕竟不好。你是晚辈，有不同意见可以另找时间向他反映。在人多场合和他争长论短，让他怎么下台呢？以他的资历、职位和年龄，在大庭广众之下和你这样的小辈青年争论，一般来说，他是很难会让你的。你工作也很多年了，要讲究方法呢！在什么时间，什么场合，适合做什么样的事，要认真考虑。虽然领导不一定会计较，但你这种习惯不妥。希望改一改。

珍，我觉得一直以来你对我都很好。自 1978 年念书以来，心里常常有这样的感受。无论是在学校，还是回家度假，你都从各方面体贴我、爱护我，而且很细心、很尽心，使我感到很温暖。对此，常常产生一种感激的心情。但我在外面，不能给你什么帮助和照顾，就像你现在输了血，我也不能为你尽快恢复身体做些实事，比如协助你补充营养等等。这使我很觉内疚。

你年纪比我小，我应该多帮助你、爱护你，但现在是反过来了，我很过意不去。虽然，你根本没有想过这些事，而且把这些都认为是本分的事情，尽心尽力去做，但我对此事感到内疚的。我想，今后我一定向你学习，像你对我一样待你，体贴你，特别是在我们一起生活后。遗憾的是，现在我鞭长莫及。紧张的学习使我对很多问题都考虑不周，请你原谅！

你叫我写你在公司申请结婚和要求分房的报告样本，我就写在下面（略）。

如果单位领导问及在校大学生能否结婚，你就把教育部和学校的政策告诉他们。如果不问，就不用提了。

好，就写到这里。

祝身体好，工作愉快！

荣

1979 年 5 月 15 日傍晚 7：10

二　扬帆追梦

* * * * * * * *

珍：

来信收到，知道你恢复精神，又开始坚持锻炼，很高兴。

你的来信旧事重提，做了自我批评。其实，这已经没有必要。你的行动已经表明了你的心，就像你所说的那样，你是在把过去所没有给他的温暖通通给他。这一点我是很清楚的。如同你对我的了解一样，我也是深知你心的。这种互相了解和互相信任是我们共同感情的基础，也是未来幸福生活的前提和基础。我们都期待我们的幸福生活能早些到来。愿我们的爱情像朝霞一样绚丽，像翠竹一样永远年轻，像寒梅一样经得起严冬霜雪！

收音机问题，你说如果十分需要就来信告知，还在十分两个字下面加了着重号。我知道你的意思，由于我们的经济状况，你希望能省就省一些。而且，将来我们是要买大一些的交流收音机的，半导体收音机听不了多久。我想，我在大学的学习还有几年的时间，半导体收音机还是有作用的，不仅对于学外语，而且对于学习时事政治、丰富文化生活都有益。但是，这要增加开支25元，这对我们的婚事筹备工作是一个很大的影响。这使我很是踌躇。这件事还是由你这位准夫人来决定吧！如果你认为不符合我们的经济计划，那就把它砍掉吧！我不会有意见的。你这位还有半年预备期的妻子——是预备期不是考察期，完全有权决定。

再次提醒，希望你在工作中多尊重领导，团结同志。

祝健康快乐！

你的荣

1979 年 5 月 25 日傍晚

* * * * * * * *

珍：

你一定很奇怪，为何星期六来了信，现在又来一封呢？怎么积极性一下就那么高，前所未有呢！

坦率地说吧，我是向你求援来了！这个月订杂志花了 4 元多，买书又用了 3 元，一下就搞得山穷水尽，身上还剩三毛钱。请你接信后，立即汇 5 元来救急！这是我第 1 次向女友伸手，很不好意思的。再想想，你是谁呢？将来不就是一家人吗？还有什么客气呢？你说是吗？看来，你和我谈恋爱注定是要吃亏的，我什么礼物都还没有给你，反而是你从现在起就得提供资助，亏大了！以后我再补偿吧！

最近我看了电影《一江春水向东流》和《早春二月》，颇有益处。其中一个方面，就是使人更懂得什么是真正的爱情，怎么样才能获得真正的爱情。这些都使我很受教育。

你现在工作忙吗？身体好吗？暂且搁笔。

祝健康顺利！

健荣

1979 年 5 月 27 日晚

* * * * * * * *

珍：

　　你好！

　　现在是星期六的晚上，宿舍里一片喧哗。因为今天早上考了政治经济学，一星期的紧张可以放松一下，以便恢复精神，迎接新的考试。早上的考试我答题比较顺利。这是本学期期终考试的第一场战斗，看来是个好的开头。

　　从你 2 日的来信，知道一些我所关心的事情，很高兴。看来婚房只能在公司要了。这也好，自来水厂后面那栋宿舍的位置是不错的，附近有菜场、食品站、煤店、百货商店和水产公司等等，还是挺方便的，是一个很好的居住环境。

　　目前你的工作还未调动，你就不要再去要求了。以前我和你说过，领导要留你下来，你却坚持要求下去，是不好的。这容易使人产生其他的想法。你说，在上面工作不能学到什么东西，不能增长才干，这点我很不同意。在上面做管理工作也是一种重要工作，同样能够锻炼人，能够培养人分析判断能力、处理事情的能力、统筹计划能力和组织协调能力。我这样说，不是说非要你在上面不可。领导留你下来自有他们的想法，你就不要再固执己见，勉强要求下去了。以后若再有什么安排，各方面的条件比较成熟了，自然好处理。事缓则圆，勉强的事一定要办都是很不妥的。

　　另外，你告诉公司财务科大梁，8 月份的工资不用汇来。因为我们 8 月 4 日放假，已经收不到。

　　关于学校的洗澡问题，请你放心。现在天热了，供水比较充分，我是每天都能洗温水澡。我不大适应洗冷水澡。

　　这几天小妹高考，请你方便时抽空去看看她，鼓励一下。

　　亲吻我的珍。

荣

1979 年 6 月 7 日晚 12：00

* * * * * * * *

秀珍：

你好！这本书是学校订购的，书店里暂时还没有卖，我多订了一本寄给你。

星期一我就得书了，本来想马上寄出，又估计你会有信来，想收了信再寄，于是就等了两天。

这是一本好书。《名篇集》，顾名思义，是文学名篇之辑。正如本书的编者在前言所说的，它像一个小小窗口，读者透过它，可以看到文学海洋中的一组俏丽的浪花；透过它，可以欣赏到文学百花园里选取的一簇美丽的鲜花。

确实，这本书里所选集的都是很精彩的一些中外名篇。虽然数量不是很多，但也体现了多种的艺术流派和风格，可谓姹紫嫣红、绚丽多姿。有的辉煌壮丽，有的委婉动人，有的气势磅礴，有的细腻入微，有的清新隽永，有的精巧优雅。名家们的神来之笔，有的像流水行云一样轻盈晓畅，有的像大海波涛一样起伏跌宕，有的像深山清泉一样灵动神奇，有的像霜风雪刃一样犀利无比，有的像春花秋月一样让人陶醉……其描写之生动，情景之感人，刻画之细微，形象之传神，语言之凝练，想象之丰富，思想之深邃，令人击节赞赏。

他们如醇酒，如仙乐，如警钟，如战鼓，如投枪，如匕首，如清风，如春雨，体现了不同的艺术神奇和魅力。这些文章虽然短，基本上都是原著的节选，但都是值得反复欣赏、细细领略的。我相信，你看了一定会有我同样的感受。

还有，任何真正的文学艺术品，同时也是深刻的生活教科书。看了这些作品，你会在得到艺术享受文学熏陶的同时，还可以了解不少各方面的社会知识和历史知识。这些作品产生于不同的国度与不同历史时期，所反映的是历史发展进程中不同社会形态不同地域的社会生活的切面，是社会生活的缩影。仔细地体会它们，定当大有裨益。

这些作品的原著在学校一般都可以借到，但是把它们选编在一起，方便阅读，确是难得。暑假快到了，我帮你借的《曹禺选集》看完了吗？现在要还了，可请小郑让她的朋友带回桂林给我。

近况如何？望来信告知。

健荣

1979 年 6 月 12 日午 1：30

珍：

你好！来信收到。上次给你的信你看错了，这学期我们不是考三科，而是考四科。今天早上又考了古代汉语，比较顺利，估计应该有90分左右。这次考试的难度比过去大，但看来错得不多。

上次考政治经济学，情况和我估计的差不多，成绩虽然没有公布，但是任课老师见到我时说我分析得好，看来他对我的答卷很有印象。班主任到宿舍来也提到这件事，这应该是那位任课老师告诉了他。这一科考试的主要题目是：一，谈谈对帝国主义历史地位的认识；二，简述马克思关于再生产的原理，并用此原理分析我国当前进行国民经济调整的必要性。分析第二个问题比较费神，所幸我过去在干校学习时曾比较系统地学习过《论十大关系》，因此能够较好地打开思路。

上面比较详细地说了我考试的情况，是要让你知道，为了支持我的学习，你从各方面都付出很多努力，我不会辜负你的辛劳，你对我的体贴爱护和期望。因此，回答你的支持，是要让你知道你所付出的回报。我们还有两科要考，从下午起又要投入新的战斗。

有件事要告诉你，如果你不按时写信给我，我牵挂的时间比平时要多好几倍，更耽误时间。所以，希望你每星期能来一封，哪怕几个字也好。这样的盼信心情，我想你是能理解的。

此祝一切好！

健荣

1979 年 7 月 18 日下午 1：30

珍：

今天是中秋节，这封信带着他的一颗心，飞到你的身边，和你团聚。每逢佳节倍思亲，此乃人之常情。而在这团圆节之时，就更让人思念亲人了！

这是第5个中秋节了。令人感叹的是，从1975年到现在，由于种种原因，我们没有一个中秋节是两人在一起度过的。照这样的情况看，我们还将有两年的中秋节是这样的。也就是说，我们要过7个分离的中秋，到1982年我毕业后，才能真正在一起过一个团圆节！到那时候，也许有一个小宝宝和我们一起共赏中秋明月呢！你说是吗？

值此佳节，我向我亲爱的小珍致以最亲切的问候和最美好的祝愿。

同时，也请你代我向你父母致以亲切的问候和节日的祝贺！

二　扬帆追梦

国庆节这几天，由于我这个不速之客的出现，增加了你的工作量，真是抱歉！这几天商量了一些事，还是有价值的。现在，不知你和李主任讲了没有？我希望能早日听到落实的好消息。此外，请你一定要注意身体，注意锻炼，注意休息和营养。

祝健康愉快！

荣

1979 年 10 月 4 日下午

* * * * * * * *

珍：

昨天的来信收到了，很高兴。之所以是很高兴，而不是非常高兴，因为事情只是有了眉目，有了可能，但还没有落实。因此，还得赶紧给你再写一封信，添一把火，让你再加把劲。

中秋节我没有到小郑那里。因考虑一来打扰她们小两口太多不好，二来刚好那天晚上党支部书记召集积极分子开会。中秋早上，食堂给每个学生发了一个月饼，也算是过节了。晚上会议结束后独自在校园里散步赏月，之后再回宿舍和同学聊聊天，也是很愉快的。

这学期我们增开了一门写作课，每周讲课两节。连同期末考试，要求写三篇作文。国庆节前写了一篇记叙文，现在发下来，我得了优秀。全班 83 位同学，有 5 人获优秀成绩。这 5 篇优秀作文和另外选出来的成绩两篇良好的作文，老师都在课堂上念了，并作讲评。这对我们是一个鼓励和鞭策。

我写的作文题是《海恋》，是自选题。这篇散文，通过描述 11 年前我们的文艺宣传队在湛江硇洲岛演出时所欣赏的海岛美景和感受，抒发对大海、对生活、对祖国的热爱。全文分为三小节，小标题分别是晨曲、夕阳无限好和海岛月夜。下面摘录第三小节"海岛月夜"里的一部分，请批评。

无穷碧波与天接，不断海风送月来！这句诗把海上生明月的迷人景色活画了出来。

这时风儿是温馨的，轻柔的，一阵一阵地轻拂，月儿呢，就像一位羞涩的少女，在清风的伴随下姗姗移步，渐渐让人们看到她的曼妙姿容……

海阔天高，皓月千里。环绕小岛的椰林，错落有致的渔村，浮光耀金的大海，仿佛全被一张硕大无朋的轻纱罩住了。而这美妙的轻纱，就是夜色的主宰——那柔媚娇俏的月神撒开下来的。明月皎洁，独步苍穹，她是那么矜持地俯视着大地。不知多少世代以来，她就一直这样悄悄地窥视着我们，关注着我们这颗星球上万物生生息息。人世沧桑，地覆天翻，她不是都看到了吗？今月曾经照古人，古人不曾见今月。千百年来，骚人墨客叹息光阴之流逝，人生之短促，忧心难解，愁肠万种。更有感叹"前不见古人，后不见来者，念天地之悠悠，独怆然而涕下"者。然而，这种忧心惆怅连同产生它的那种不知使多少人彷徨无向甚至一生穷愁潦倒的旧时代，已经一去不复返！对此明月，我们更加向往无限美好的未来！我们能够掌握客观事物的发展规律，能够掌握人类的命运，我们的力量是无穷的！灰心丧气不属于我们！怨天尤人不属于我们！我们已经并且还将继续创造可与日月同辉的业绩！眼前，这明月映照下的幸福海岛，不就是一个很好的见证么？

……

海岛月夜是柔和的，静谧的，诗一样的情，梦一样的美……

好了，就抄下这些吧！这次老师把我的作文拿到班上念，于我个人而言，是一件颇具里程碑意义的事情。因为，这使我完成了一个特别的记录：即从小学、中学到大学，我的作文都曾被老师拿到班上去朗读，作为范文讲评。

申请分配住房事宜，望继续努力，争取早日落实。辛苦你了！你的工作忙，务必注意身体，注意营养和休息。可买些蜂乳或鱼肝油来补充一下。那种大瓶的乳白鱼肝油很好，你可以请小程帮买。

信写长了，就此搁笔。期待好消息。

祝一切顺利！

荣

1979 年 10 月 9 日午

* * * * * * * *

珍：

你好！来信前天就收到了，你带给我的好消息，让我高兴了几天。非常感谢你在这件事上立了大功！这个令人焦虑忧心的大问题，终于能够圆满解决，让人喜出望外呢！这段时间，你为这件事操心奔波，够辛苦了！虽然这是领导和组织上对我们的关心和照顾，但确实是你积极努力的结果。正如你所说，在公司房源如此紧张的情况下，我们的申请能够得到顺利解决，诚非易事啊！谢谢你！

能够分到新三楼的一间房，确实令人高兴，这种单间厨卫齐全，还有一个小阳台，很不错了！而且房间南北向，空气对流，很是宜人。

还有，我们的房间是在楼道的末端，这样受干扰就比较少。小阳台既可以晾晒衣物，还可以种些花草。哦！对了，我们的邻居是谁呢？但愿是一家安静和气的人。

还有一百天左右就要办事了，我想得很多的是对未来生活的憧憬。我相信我们未来的生活一定会是很美满的，你说是吗？等我们在那里建立起小家庭后，再把我的设想慢慢和你说，好吗？

向学校打报告之事，我打算下个月再做，因为开学时系领导是让我到年底再打报告。此事请你放心，我一定圆满解决，就像你圆满解决婚房问题一样。我相信应该是没有问题的。

最近调整工资的情况如何？听说要加什么物价差和地区差，是怎么回事？有空来信说说。好了，快到邮局收信箱的时间了，暂此搁笔。

吻你，珍。

健荣
1979年10月24日晚8：00

* * * * * * * *

秀珍：

昨天寄出的信收到了吧？今天下午花了20分钟在木工房钉了这个小盒子，晚饭后我就出去给你寄药。希望能有效。

你的工作忙，要注意劳逸结合。陈毅有诗云："志士嗟日短，愁人知夜长，我则异其趣，一闲对百忙。"陈总此诗亦庄亦谐，体现了他举重若轻、从容淡定的气魄，也揭示了只有善于调适、善于休息和娱乐放松、张弛有度，才能提高工作效率的道理。

星期天下午，我乘162次车顺利返回桂林。这几天忙于复习英语，今早上考了，现在才给你回信。

那件事你和李主任说了没有？如果还没有说，那就赶快吧！等他来找你就被动了。要说的内容除了那天我们商量之外，你看是否还可以表示，公司团的工作你是希望搞好的，组织上既然分配自己下去，也一定能够努力做好工作，这样可以弥补你过去整天要求下去，给领导留下的不好印象。另外，这样做也留有余地。如果工作已经移交，这些话也还是可以说的，相信你一定能够理智地妥善地处理好这件事。如果已经下去，一定要振奋精神，愉快地工作。要增强自己的事业心，通过自己的努力工作，使领导更加信任你。你年纪这样轻，工作是大有前途的。

看了我们的新居照片，很高兴。你为这件事费了很多心，应该感谢你。你住在那里要注意安全，出门要关好门窗。

你剪了短发，很精神。但是我觉得，你可能还是扎起短辫更合适。你说是吗？希望你注意锻炼，注意休息。

祝愉快顺利！

荣

1979 年 11 月 21 日晚 7：30

* * * * * * * *

亲爱的珍：

你好，来信收到，各情均悉，甚慰。

新的工作岗位头绪比较多，有个逐步适应的过程。我相信，如你所说那样，你将能较快地摸出工作规律，从而把工作做好。

我支持你去市商业局的经营管理学习班学习。你是有条件去的，第二期学习班不是明年 1 月份开始吗？在经过一段时间的实践以后，再去学一学理论是有益处的。这件事你可以主动向李主任提出，相信他会同意。这里提醒你，如果他认为工作需要暂时不能去，你也不要埋怨，不要重犯个性太强、爱顶撞人的毛病。

现在已经是本学期的第 15 周了，学习逐渐比较紧。最近，学校做了一次教学检查，前几天班主任在班上表扬了我们年级 12 名学习比较努力成绩比较好的同学，我也在其中。我们 77 级一共有 83 名同学，一个年级就是一个班。当然，这样的表扬不是什么了不起的事情，我不会因此而满足，而是将更加努力。

知道你的小弟参军了，很高兴！请代我祝贺他。

请向你父母致意，祝他们身体健康。

暂此搁笔。

祝愉快顺利！

荣

1979 年 12 月 12 日傍晚

* * * * * * * *

珍：

你好！来信收到。这次来信又超过了好几天！虽然我知道你工作很忙，但总盼你早点来信。心里面原谅你，但感情却难控制。人的思想真是很奇怪。

最近公司开始工资调整了吧？按照中央的精神，带薪的大学生也参评。早

二 扬帆追梦

几天一位同班同学原单位来函，要系里把他的学习情况做一个鉴定函寄，作为评工资的参考。不知我们单位是否会这样做。当然，我自知能调的希望不大。如果我在单位则有可能，因为工龄也不短了，工作也还过得去。不知你是否有可能？

关于结婚证明的事，我明天晚上就去找学校领导，也许可能性不很大①。我将尽最大努力。现在你必须把最后的准备工作做好，如果办的话就在2月5—7日之间。这是完全可能的。你就按这个时间做准备吧！先不要和别人说确定的时间，就说大概在这段时间。同时我也请你考虑，如果我向学校再三要求不行，怎么办呢？你还有什么办法呢？告诉家里吗？如果让他们知道，大家都会很失望。我知道你的工作很忙，很不忍心让你烦恼。但目前的情况，使我不得不请你为我分担一下思虑。

我想，如果这里不同意，是要告诉你父母的。请他们也考虑一下如何是好。我现在很为难，也知道你的心境。当然，如果不办事情，的确是很多麻烦，很令人不快。因为，一切准备工作都已经做好，特别是新房。我们好不容易向单位申请到结婚住房，而又迟迟无法结婚，你在单位也是不好交代的。

总之，我打算尽最大努力，争取打通学校这一关。我的理由是充分的，而我们系在今年3月份也早就同意过。我希望有福音出现！

另外，我也在告诉你，我父亲已于本月20日致信我校领导，申诉我们按期办事的理由，敦请校方信守诺言批准我们春节结婚。我父亲也希望我再去找校领导谈谈。

我们的事情，真是太多波折了……奈何？

告诉你这些麻烦，你也不要太忧虑，我们都要想些积极的办法去解决问题。

元旦我们学校搞歌咏比赛，大约是在12月29日晚上。星期天照常上课，31日和元旦一起休。若是这样，30日晚上我还是有可能回去的。因为我是系乐队成员，如果是在29日晚演出，就没有问题。回去与否，30日前再去信告诉你。你工作忙，希望一定注意身体。

祝愉快顺利！

荣

1979年12月24日晚②

---

① 这件事又是一波三折！年初班主任找我谈话，说教育部有新精神，允许年龄较大的在读大学生申请结婚，让我提出申请并允诺校方将予以批准。我确认我们有此愿望并在稍后即提出申请。我和未婚妻及双方家里商量妥后，定于翌年春节举行婚礼。但到国庆后，教育部的相关政策即发生变化，我多次向系里提出申请均被拒绝。而此时，双方家的婚事筹办早已一应具妥。此后，我多次向学校和系里申诉无果。无奈，此事又拖了一年多，直至1981年春节我们才获批结婚。

② 这是1979年的最后一封信。不知何故，1980年由我发出的信件可能已经遗失，下一封信已是1981年的。

*　*　*　*　*　*　*　*

秀珍：

　　你好！来信收到。今天星期六，下午种树，比较累。晚上就先不看书，给你写信吧！你知道，给你写信是一件很愉快的事，就像我们在一起促膝而谈，这是一种美妙的享受。

　　看你的信，既高兴又担心。高兴的是反应期如期出现，说明我们的爱情之花已经绽放，爱情之果已然诞生，正在母亲温暖的怀里悄然成长。担心的是，你得不到很好的照顾。

　　珍，婚后这么快就怀上孩子，这是我们的幸福，是我们的欢乐！祝贺你，恭喜你！为我们的幸福，为我们小宝贝的幸福，亲你，吻你。珍，你一定要清醒地意识到，这个小生命是我们幸福结合而生长的第一枚幼芽，是我们爱情的结晶。在他身上，凝聚着我们无限的爱，寄托着我们无限的希望。在他身上，跳动着我们共同为他创造的心脏，流动着我们共同的血液。珍，未来的母亲，我的亲人，你高兴吧！事情如此顺利，迅速降临的幸福真是使人有些惶惑！我们真的要做父母了吗？！我盼望的那一天顺利到来！

　　使我担心的是，你现在的反应越来越严重，我又不在你身边，你怎么办呢？读着你的信，我完全可以想象到你在反应时难受的情景。我真愿化作春风飞到你的身边，给你温暖，给你爱抚。珍，你一定要注意保重啊，工作上能做的就做，忙不过来的就不要勉强。午休和晚上睡眠一定要保证，要有规律。

　　珍，前几天，我做了一个非常奇怪的梦，梦见你生孩子了，是一个小男孩！这孩子非常可爱，又特别与众不同，生下来第2天就能坐，第3天就能站，第4天就能走，能叫爸爸妈妈了。家里人都非常诧异，欢喜得不得了，亲戚朋友闻讯都赶来看望。正在高兴时，清晨学校的广播把我的美梦惊醒了！醒过来我也非常惊讶，又不好意思和别人讲，整天都在心里想着这件事。我想，这真是一个好兆头！我们的孩子一定很漂亮聪明的。你不要笑我，也许是我想孩子想多了吧！日有所思夜有所梦，信不谬也！

　　还告诉你一个高兴的事，上学期的世界现代史期考成绩早两天公布了，我又得了优秀。为什么上学期的考试成绩会拖到现在才宣布呢？因为有一个同学考得很差，要不要给他及格，任课老师和领导商量了很久才决定下来。这门考试，全班有20个优秀，三个及格，56个良好。这样，上学期两科的期末考试我都得了优秀成绩。两科优秀的同学在全班不超过10人。当然，我不会为这样的成绩沾沾自喜。作为我们这样的大龄学生。取得好一些的成绩是应该的。我感到有些安慰的是，上学期期末考试阶段，我一直在为筹办婚事分心，还回了两次家。12月7日一次，1月7日一次。尽管如此，还能坚持考好试，成绩没有降低，得了两个优秀。这需要精力集中和意志集中，对于这一点我颇感欣慰。

二

扬帆追梦

085

这说明我在紧张状态下也能保持足够的自信、定力和自制力。

从 1978 年初入校以来，6 个学期我们共进行了 12 次考试，考查有多次不计在内。在 12 次考试成绩中，我得了 9 次优秀、3 次良好。这 3 次良好大约是在第二、第三个学期得的。像这样的成绩，估计全班不超过 10 人。当然，仅仅是考试的成绩，并不能完全反映学习的情况，但是这也在一定程度上说明问题。能取得这样的成绩，是要下些功夫的。说这些，不是为了给自己贴金，是让你知道我的学习情况。同时，借此机会，再次感谢你在后方的全力支持！

关于你要求暂不要把你怀孕之事告诉家里的问题，我考虑再三，认为在这件事情要采取实事求是的做法。也就是说，不同意你的意见。与此同时，我也给家里去了一封信，说明你的情况。理由是，你反应起来很难受，强制忍一忍，倒还不十分需要特别照顾。但你胃口不好，不想吃东西，饭又吃不下，这就不行了！这会影响两个人的营养。每餐只吃一碗饭是不行的。你这个时候，正需要大量增强营养，不能这样随意为之。为了你的健康，为了孩子的健康，我必须把这些情况告诉家里。你想吃什么，就直接和他们说吧！不麻烦的。如果不告诉家里，我实在放心不了，会影响我学习的。

秀珍，请原谅我不同意你的做法。为了你的健康，我必须这样做。在你收到这封信的时候，你可以先和家里讲。否则，等他们收到了我的信后再来问你，你就比较被动了。请你不要再分什么彼此了，把这件事告诉母亲和大嫂吧！

四妹回家住，这是暂时的。待父亲从外地开会回来再叫她过去陪你，你现在住在那里，进出要注意安全，晚上不要超过 10：00 回去。

就谈到这里。吻你。

你的荣

1981 年 3 月 7 日晚 9：20

* * * * * * * *

秀珍：

今天还没有收到你的来信，不由得使人担心起来。按惯例，你是星期五给我寄信，我在星期六上午能收到。

我在给家里的信中讲到，叫你少骑自行车，如果要骑就骑那辆小永久吧！你是这样做吗？你现在的身体状况如何？反应还很厉害吗？是轻了一些还是重了？不能在你身边照顾你，心里很是不安。

下个星期天（3 月 22 日）离我返校一个月，我想回家看看你，好吗？现在新增开一列火车 407 次，下午 3 点从桂林出发，晚上 8 点到柳州。这是一趟慢车，还是挺方便的。星期六下午回去，星期天晚上返回。本来如果回去，就可以多待一天的，但星期六和星期一上午都是班主任上的中国现代史，不好请假。我们已决定4月20日出去进行教育实习。我们几个小组是到荔浦县中学，其他的小组分别到平乐和恭城县。到4月份，准备工作会忙一些，可能我就不方便回去了。

希望你每天还是能锻炼一下，做做操，舒缓地打打太极拳，使身体能够强健有力，这样对你生孩子有好处。还有，你现在怀孕了，是否需要到公司申请一个生育指标？

暂且搁笔。盼复。

祝愉快，健康！

健荣

1981 年 3 月 16 日下午

＊＊＊＊＊＊＊＊

秀珍：

你好！星期天晚上乘80次列车平安返回桂林。这趟车挤得厉害，车厢里几乎落脚的地方都没有。我不知道为什么这个时候旅客还如此拥挤，后来听说现在是跑生意的人特别多，他们都想在春暖花开的时候多跑一下，多赚些钱。旅途中好在一位好心的旅客让我挤在他的座位上，即4个人挤一张座椅。

回到桂林已经是晚上11：40，公共汽车没有了。结果走了半个小时才回到学校，真够累的。

回校后听到一件事情。我们系78级一位男生，也是柳州人，前星期六回柳州遭抢劫了。他是乘407次列车回去的，晚上8：00在柳州北站下车。他家就在糖烟公司后面。当他走到人民医院前的路口对面时的八一路人行道时，被两个拿着铁砂枪的歹徒抢劫。结果手表被抢去，还被敲了一棍头。用铁砂枪枪管敲的，弄得满脸鲜血。因为他背着的挎包里还有一部小型三洋收录机，用毛线衣盖着，歹徒一时还看不出。在歹徒搜身要钱的时候，他怕歹徒再抢收录机，就高声喊救命，结果就被打了。他在柳州养伤，过了9天才回来。在市区八一路这么当阳的地方，又是晚上8点多，竟然发生这样的恶性抢劫案，确实令人惊讶！可见柳州的治安还是很成问题。告诉你这件事，是希望能提醒你注意安全，不要麻痹。晚上回宿舍要早一些，不要超过9：00，因为宿舍的楼道很黑，五一路也不见得就太平。请你也把这件事告诉四妹，让她也注意上下班的安全。走路要尽量走大路，最好走在路灯下。

这次回去看到你的精神还不错，很高兴，但是还是要注意坚持锻炼，不要睡懒觉。要注意营养。

请转告你母亲，我星期天回柳州的时候，因为时间匆忙，没有去看她们，请她们原谅。

我现在学习很忙，但我会合理安排时间的。请你放心！

祝健康愉快！

健荣

1981 年 3 月 27 日晨

* * * * * * * *

秀珍：

你好！

你说要到医院检查，已经快五个月了，我想也是时候了。你不妨先去问问大嫂，最好让她陪你去。

最近，我们已经开始准备毕业论文，工作比较忙。老师要求每人考虑三个选题，自己命题，报上去后由系里审定一个。经过几天的思考和查找资料，我初步拟定了三个题目，其中有一个是关于柳州的，明后天我再仔细推敲一下。确定论文选题是很需要用心的一件事情，也是一件很重要的工作。要确定一个好的题目，就必须首先仔细查阅资料，了解你所感兴趣的选题前人是否做过研究，所做的研究达到什么程度，有没有继续研究的价值和余地？自己能否有新的见解？完成这个题目的研究有没有充分的条件？例如史料获得的可能性，相关理论的把握程度，自己的研究能力，等等。所以老师说，确定好的题目可以说是完成了毕业论文的一半任务，这是有道理的。如果选不好题，工作到一半就做不下去，要另起炉灶，那是多大的浪费啊！或者是写完论文发现论点论据站不住脚，要推倒重来，这都是很大的失败。

你全力支持我报考研究生，这使我很感动。原来我们都想着早些毕业回去，开始新的生活。四年来，我们多次为不能在一起过一个中秋节而感到遗憾。实际上。我们没在一起过中秋节已经有 6 年了，前两年是因为其他的原因。现在你又支持我继续求学，实在是难能可贵。如果考上，就意味着再分离三年，这样你要承担很多的困难，而这些困难都不是一般的。固然，你做了充分的估计和充分的准备，而实际上困难的程度也许还要大一些。因为你是住在外边，而不是跟家人住在一起。想到这些，使我感到很为难。我心里是很不安的。你的支持对我是很大的鼓舞。你这样的志气，这样的见识，这样的心地，使我感到感动和骄傲。

自从我返校以后，父亲一直没有来信，他有这样忙吗？是否在生我们的气呢？你可以问问他，就说我一直没有收到他的来信，他说要发信的，寄出没有？

此祝健康愉快！

健荣

1981 年 6 月 15 日下午

* * * * * * * *

秀珍：

你好！昨天下午 4：30 顺利抵达桂林。回到学校后时间还很充裕，一切事情安排妥当后，还赶上 7：30 去看学校礼堂放映的一场美国纪录片《可爱的动物》。

暑假虽然比较长，每天忙忙碌碌，还是感觉过得太快了。有点遗憾的是，每天学习效率是不够高的。桂林的天气看来比较好，昨天很凉爽，晚寝时盖了条毛巾毯还觉得有点凉，真是好睡。我一觉睡到 6：30 才起床。从现在起，我得抓紧时间做毕业论文了。很多同学都已经写出了初稿，我现在才开始拟提纲。不过，还有两个月，也是可以忙得过来的。而且，在做社会调查阶段，还可以利用晚上的时间来写论文。昨天听系领导说，我们将在本学期第 4 周，即 9 月 20 日左右外出做社会调查。

今天没有课，也不用集中，各人写论文。我看了一下书，就给你写信，也算是一个调节吧！

先写到这里，祝愉快健康！

健荣

1981 年 8 月 27 日

* * * * * * * *

秀珍：

你好！近来忙吗？回来近 10 天还没收到你的信，想念你们。

现在系里已经做了决定，9 月 17 日外出调查，我们小组是到南宁和柳州，至于先到哪里还没有说。我原想，如果是 9 月底出去就好了，可以赶上嘉嘉出生，现在出去早了些，下个月 17 日就要返校了，可能不太凑巧。不过，我想到时候我可以请假在柳州多住几天，共同迎接我们的孩子来到这个世界。

这段时间是各人自己准备论文，每天除了看书做研究外，自己安排些娱乐和锻炼，生活过得很充实。我原来每天傍晚去漓江游泳，今天起改为清晨 6 点去，7 点回来。因为傍晚人太多，水也不太干净。早上就比较清静，主要是我们学校的学生去游。

　　在这里学习，能静下心来，没有其他干扰，效果很好，每天都感到有收获有进展。这其中很有乐趣，当然也比较累。

　　这次就谈到这里。祝健康愉快！

健荣

1981 年 9 月 3 日晚 7：20

＊＊＊＊＊＊＊＊＊

亲爱的秀珍：

　　你好！

　　过两天就是你 28 岁的生日，再过两天，就是我们的小宝贝嘉嘉 6 个月的生日了！我向你祝贺，向嘉嘉祝贺！祝愿你身体好，精神好，学习进步，工作顺利！祝愿我们的孩子健康快乐地成长！为我们全家的幸福干杯！这杯酒，我们五一节补上，好吗？

　　我现在学习正常，可能是前段时间搞得紧张了一些，每晚 12 点睡，中午再补一小时，现在感觉比较累。我感觉，如果长期这样，可能会支持不了，甚至会搞垮身体。所以，从今天起我决定改变作息时间，晚上 11 点以前就寝，早上 6 点起来锻炼，中午再睡个午觉。过去睡得太晚，早上起来连锻炼的时间都没有了。

　　最近系领导告诉我，明年初我可能要外出进修，进修的地点是南京大学。因此，今年我要加把劲，做好准备。青年教师外出进修的时间一般是一年。

　　上个月 26 日至 30 日，我出差经南宁去了北海、钦州和合浦三地，任务是为在那里带 78 级学生毕业实习的老师办理评定职称的手续。因为此项工作的时间要求很紧，所以来回路过柳州都不能下去看看。你知道，我是多么想去看看你和嘉嘉，哪怕只有一个小时！但是，出发前系领导特别交代，叫我中途一定不要下车，以免耽误时间。30 日晚上 9 点多，我乘坐的 6 次特快停靠在柳州南站，我从卧铺上撑起身子。望着熟悉而又亲切的柳州夜景，心里思念着你们。这个时候，你和嘉嘉在干什么呢？我做了种种愉快的假设，浮想联翩，回忆我们在一起的快乐时光。这次没有下车去看你们，请你和嘉嘉原谅！五一节一定回去看你们。

　　再谈。祝你们一切都好！

健荣

1982 年 4 月 10 日

七地书

20 世纪 70—90 年代社会变迁岁月中的青年学人家书

090

* * * * * * * *

秀珍、嘉嘉：

　　你们好！假期里看到嘉嘉健康活泼，感到非常高兴！我注意到，嘉嘉睡觉醒来总是先笑一下，看见没有人在旁边了，再喊一声，这真有意思！我们的小嘉嘉每天的生活都是很快活的。他妈妈那样疼爱的，那样细心地照顾着他，周围的人都是那样喜欢他，他做梦也要笑醒呢！

　　暑期回到家乡，欢聚一月，转瞬即逝。秀珍，你要忙于工作又要照顾孩子，很辛苦，千万要注意休息。在火车站送行时，列车开动的一瞬间，我看见你流泪了，在一旁的站台工作人员和旅客也看到了！我也很难过，眼角也湿了，我也舍不得离开你们！尤其对嘉嘉来说，我们这样分离，他会少得很多应有的父爱。但我相信，分离是暂时的。国庆后你来这里探亲时，我们再仔细商量你的调动问题。

　　再谈。

　　祝一切都好！

健荣

1982 年 8 月 26 日

* * * * * * * *

秀珍：

　　你好！来信收阅。可惜你的信太短了，看了还不够解渴。

　　嘉嘉的照片真神气，让人看了很欢喜。这张照片要比他满 100 天照的那张更好。他的眼睛又大又亮，眉宇清秀。小嘴儿高兴地张开，露出两颗洁白的小牙来，像是在唱歌，又像是在咿呀学语，非常可爱。这张照片如果是我照的，我一定把它投去《广西画报》，很有可能刊载出来。你可以半开玩笑地和洪流照相馆的小佘说，我们把这张照片放到你们照相馆的橱窗吧！可以给你们的橱窗增加光彩呢！而且，这张照片本来就是他们照相馆照的，如果放在橱窗那才有意思呢！看到的人一定会说，这个小男孩多帅气，多漂亮啊！

　　来信讲了嘉嘉的情况，很高兴。我完全可以想象出嘉嘉调皮的模样，在暑假中我已经发现他非常机灵，精力充沛。如果我们从现在起就注意好好教育，他将来会很有出息的，你说是吗？

　　我现在学习比较忙，每星期有 4 个早上要去外语系学习。其他的时间一方面继续搞外语，另一方面是搞专业，下学期我就要下班辅导，现在得认真准备。

　　来桂林探亲的事，你要及早打报告。10 月份还不是年底，不会太忙的。从对我的学习，对你们的工作来说，都是 10 月份来为好。我打算 9 月 30 日回去，

二　扬帆追梦

091

10 月 4 和你一起来。这件事，我已经和系领导说了。再谈。

此祝愉快健康！

健荣

1982 年 9 月 19 日

* * * * * * * *

秀珍、嘉嘉：

非常想念你们！尽管刚刚才分手，这种思念之情却更为强烈。在车站，当南去的列车开动时，我的眼睛湿润了，如果不是极力忍住，泪水早已夺眶而出。

我不知道这是不是儿女情长，多愁善感，我总觉得很难过，甚至很伤心！我们为什么总是要分离呢？为什么总是让妻子承担很多的家庭重负呢？为什么总是让儿子少得到很多应有的父爱呢？为什么我们总是要比别人少得到许多家庭的欢乐呢？为什么总要人为地造成这样的分离呢？我心里很矛盾。未做父母的人不知道做父母的对儿女的慈爱，至少是不能完全知道。人们常说，儿女是爱情的结晶，是父母的希望，是父母生命的延续，是父母的心血凝聚，这是非常确切的。嘉嘉也许还不知道是和他的父亲在车站告别，但他至少知道，他乘坐的列车开动了，而他整天念叨着的爸爸却在车下，没有和他一起回家！

这种难过的心情，很难平复。你们在这里的时候，嘉嘉整天吵吵嚷嚷，有时也确实叫人头痛。但一旦离开了，却又令人难以割舍。回到宿舍，怅然若失。看到周围的东西，感觉你们还没有走。听到门外有脚步声，又以为是你带着孩子回来了，嘉嘉正准备用他的小脚踢门呢！我把昨晚上嘉嘉尿湿的枕巾和秋衣去洗后拿到外面去晾晒，一抬头又好像看见你和嘉嘉从球类馆那边走来，嘉嘉一看见我就咿咿呀呀地唱起来了。可能是一种心理作用，总感觉你们的身影随时都会在我身边。

世界上的事情都是矛盾的。现在，事业和家庭的幸福是发生了矛盾，你和我能有勇气和信心克服困难吗？能有意志和毅力战胜情感的挑战吗？我想，我们是能够做到的，我们是能够战胜挑战的。让我们共同努力，一起开创我们的未来。

你就不要汇款来了。我算了一下，我手头还有两元钱，下星期一我去本部领饭票，再全部退去可得 5 元。这样总共就有 7 元，足以支撑到下个月发薪了。你上班后可以领到上个月的奖金和加班费，你就留着给你和嘉嘉增加营养吧！你们能把身体搞好一些，我就比什么都高兴。

写到这里，心情稍微稳定下来。看看表，已经是下午 2：50，还是补个午觉吧！

健荣

1982 年 10 月 30 日

秀珍、嘉嘉：

你们好！来信收阅，各情均悉。

嘉嘉顺利断奶，你却要辛苦一些，难为你了。现在好些吗？断奶以后饮食受到的制约就少了些，望你能抓住这个机会增加营养，恢复身体。无论什么时候，我对你的希望都是身体第一。嘉嘉也要注意补充营养，他的饮食要多样化。可参照一些书上讲的食谱，从各方面增加营养。嘉嘉现在能四处走动了，要特别注意安全。

发表在我们学校学报的那篇文章，即我的本科毕业论文《论黄宗羲的民主主义思想》，得了稿费 45 元，我今天下午去领了。这是我毕业后发表的第一篇学术论文。本想得了稿费给嘉嘉买些礼物，但帮我带信的这位同学小阮明天就回柳州，来不及了。他是体育系 79 级的，也是柳州人，

托小阮带回去的这份学报，是林老师托我带给同班的朱同学的。你可以把它留在我父母家，请小朱过来要。他的工作单位是柳州八中史地教研组。如果不方便，那就帮他寄出吧！这是小朱问林老师要的。

五一路宿舍的气窗玻璃重装好了吗？有空过去看看。

祝一切好！

健荣

1982 年 11 月 19 日晚

秀珍、嘉嘉：

你们好！

现在是星期六晚上，学校放电影，我想给你们写信，就不去看了。我在邮局给你们写的那封信收到了吧？潦草的几行字可能会使你埋怨我太匆忙了，抱歉！说来凑巧，好在我很快结束那封短信，当我赶回学校时，第一辆开往分部的校车已经开出大门，第二辆校车也开动了，但车门还没有关上，所幸我身手敏捷，立即跳上车去，那个情景真有一点铁道游击队飞车夺机枪的味道！

你已经把独生子女优待证寄来了，我还有什么说的呢？我是很希望嘉嘉有一个妹妹或者弟弟的。要不，他太孤单了。我也很希望能够培养一个女孩子成长起来，做一些有意义的工作。现在既然这样，就先领证吧！三、五年后或许政策会放宽呢！所以，不要做什么手术。待我填好表后，让学校签了字再寄给你。目前，不要让父亲知道，他对此事是反对的。

我的房间里又有了一些变化。增加了一张长桌、两张靠椅，这是体育系 77 级留校的一位柳州老乡弄来的。我又多装了一盏灯，加上新装的窗帘，颇有面貌一新的感觉。一个卧室兼书房的陈设逐渐到位，感觉房里似乎少了些许寒酸。一笑！

好，这次就谈到这里吧！

祝一切都好！

健荣

1982 年 12 月 4 日晚 10：30

＊＊＊＊＊＊＊＊

秀珍、嘉嘉：

你们好！星期一下午平安返校，勿念。

像你所说那样，这去这次回去见了嘉嘉，真是更舍不得离开他了！小嘉嘉活泼可爱，令人极为高兴。

请注意一下他的活动，不要让他再受那么多伤了。你看，现在他在眉梢手指都有了伤痕，真是淘气，请多多留心好吗？不要再强调防不胜防。我们有责任尽最大努力把孩子养育好，对吗？

嘉嘉食欲好，这是很好的。晚上四五点钟，给他再吃点东西，可考虑给好一点的食物，除了牛奶以外是否可以给蛋糕等等，不要光给饼干。

独生子女优待费已经领。奖金 50 元，保健费 2 元。共 52 元。这些优待费只是半个月的。再谈。

健荣

1983 年 1 月 6 日下午

＊＊＊＊＊＊＊＊

小珍、嘉嘉：

你们好！收到来信 8 天了，现在才复信，你们等着急了吧！

我现在很忙，我想你们会原谅我的。昨天上午我在系里试教，也就是试讲课，基本通过了。下星期六，也就是 4 月 2 日，我就要正式去给政治系 80 级上课。这将是我第一次在大学课堂授课，心情之激动可想而知。请为我祝福吧！昨天试教是在教室里，像正式上课一样讲课，只不过听课的对象是我们教研室的老师和系领导。由于这些年的工作经历，我自信是不会紧张的，但毕竟是在领导和自己的老师面前讲课，多少有些拘束。不过，这种情绪，我很快就控制住了。课后大家的评价是基本肯定的，认为我对教材的熟悉和掌握、教态、语音和对挂图的运用都比较好，不足的地方是讲课的内容多了一些，讲稿各部分之间的联系还不够好，有的概念还没有讲透彻。对于第一次在大学上课的人来说，这些欠缺不算多，问题不算大的。这使我多少有些欣慰。对上述问题的改进，要有一个过程。一是要深入钻研吃透教材，二是要逐步掌握大学的教学方法和规律。我有信心争取进步快一些。

我发现，我现在对自己的专业，对上课很感兴趣。在课堂讲课是一种特殊的艺术，这需要知识储备，认知分析能力和表达能力的完美结合，我愿意在这样的舞台上得到锻炼。

寄来的相片非常好！使我能够一解思妻念子之渴！嘉嘉那活泼可爱的模样使我看得不愿放下。嘉嘉的那身打扮很特别呢！小鸭舌帽配上白围裙，非常可爱，小脸胖胖的，十分精神。谢谢你！谢谢你作为母亲付出的辛劳！谢谢你们为照料孩子的所有付出！

现在我们学校的食堂实行承包制，伙食比过去好多了。我近来都是在体育系食堂就餐。食堂的菜肴花色品种很多，价格也不贵。例如，今天中午的菜肴就有七八种：红烧肉，6角；红烧鹅，3角；黄豆炖猪肉，3角；葱花炒蛋，1角5；芙蓉蛋，1角5；豆腐炒肉，1角5；腐竹炒肉，2角；青菜1角5，等等。

我身体很好，工作虽然比较忙，我会注意休息的，不用挂念。

祝好！吻你。

健荣

1983 年 3 月 24 日晚 8：30

* * * * * * * *

秀珍、嘉嘉：

来信收阅。今天上午完成了一份讲稿，现在该给你们复信了。谢谢你们的祝贺！

星期六上午是我第一次正式上课（两小时）。指导老师认为比试讲时要好一些，我也觉得如此。下课后，一些同学反映我的讲课注重理论分析，比较合他们的口味；有的同学说讲得快了一些，笔记跟不上。其实，他们做的笔记太详细了，记太多是没有必要的。总结经验，我相信下次上课会有新的进步。

从下周起，我是每周二、周六上午各上一次课，每次两节，连上6周。我上课时注意不时插进一些有趣的话题或内容，这对调节活跃教室气氛是有益的。系里有一位副教授告诉我，要让同学在轻松的气氛中接受知识和理念。

你的工作这样忙，我很为你担心。你要注意自我调节，各个店的事要放手让它们的负责人去抓，经常检查一下就可以了。

你很理解我的心情，每次来信都详细讲了嘉嘉的情况。我最喜欢看你的这些描述了，嘉嘉聪明好学，令人高兴。希望你注意培养他的性格，不要让他从小就变得急躁任性。

等下要出去把新的讲稿拿给指导老师看，顺便去书店转一下，有合适的书就给我们的儿子买几本。

此祝一切好！

健荣

1983 年 4 月 3 日

＊＊＊＊＊＊＊＊

秀珍、嘉嘉：

你们好！来信收阅，很高兴！又得到一张嘉嘉的照片，照得很神气，很逗人喜爱。我的摄影水平还是可以吧！当然，也是嘉嘉配合得好。我们的小嘉嘉是很大方的，公园人工湖上，游艇来来往往，但我叫嘉嘉站在船中间让我拍照，他就落落大方地站在那里。一副神闲气定的模样，其他船上和桥上的人看着他，他却旁若无人。这张照片可以和你帮他在我们分校图书馆门前和体育馆门前照的那两张媲美了！可能还要好一些。我想请你再放大一张，加上彩色。这张照片给爷爷奶奶看了吗？

嘉嘉的扁桃体消肿了没有？这件事请你一定负责到底，彻底治好。以后要吸取教训。孩子刚刚开始咳嗽就要注意。这次我们是比较大意了，他晚上咳了很长一段时间，近一个星期了，才引起我们重视。

还有，你的左下腹痛好了没有？请赶快到医院看看，以便确诊治好。上述两件事，我要每封信都过问，直到问题解决。请注意，时间不够就请假吧！请假多一些也要把这些问题解决。

现在我比较忙，下星期学校办的教师英语口语班就开始上课了。这个班的学习任务很紧，师资科要求学员在今年 12 月就参加全国 EPT 英语水平考试，这是全国性统考。能通过的，以后有出国机会就免试英语，经过一段时间口语训练就可以出去了。我希望能考过，但这是要下功夫的，因为既考笔试又考听力，比较有难度。如果通过考试，即使不出国，对于提职称也是起作用的，因其算作成绩。再说，我们教世界史的老师，对掌握英语本来就有较高的要求。与此同时，我还要修改抄正我的讲稿。从第 10 周开始，我就要在政治系 83 级上课了。

你带嘉嘉很辛苦，晚上早些休息吧！不要超过 11 点。

祝一切好!

健荣

1983 年 9 月 3 日

         * * * * * * * *

小珍、嘉嘉:

    你们! 我已平安回校,勿念。

    节日回家过了几天家庭生活,让我越来越感觉到你确实很劳累。早中晚你都像打仗一样赶时间,奔波往返,更不用说你每天半夜还得起来三五次。在家几天晚上,我起来几次,都感到很不习惯,很疲劳。直到现在,好像还没有恢复过来。每当我看到你疲惫的眼神,我就感觉很过意不去! 希望你能够尽量科学地安排时间,尽可能争取多一些休息,争取多补充一些营养。

    你为了我的工作付出了很多,承担了很大的牺牲,包括学习、娱乐和休息,我心里是很明白的。但想到既然我们选择了这样一条路,就要走下去,困难总会过去的。我现在正处于创业时期,是爬坡阶段,要付出很多精力和时间,此外我们的分离还要延续一段时间。我相信,在你的支持和帮助下,我能够不断地取得进步,我们也一定能够早日团圆。

    嘉嘉是我们的希望,他应该有而且一定会有更幸福的未来。为了他的未来,我们都应当共同做好对他的抚育和教育工作。另外,你要注意,对孩子的提问要耐心解答,千万不要烦躁。天气渐凉,要给嘉嘉穿布鞋了。

    你的调动问题,我会抓紧的。

    此祝一切都好!

健荣

1983 年 10 月 6 日

         * * * * * * * *

秀珍、嘉嘉:

    你们好! 很想念你们!

    收到来信整整一个星期了。这段时间的确很忙,下个月 10 日就要上课,英语口语班的进度也越来越紧,每天都感到时间不够用。你知道,给亲人写信是一种快乐,是一种享受,因为写信的过程就像是在和亲人面对面谈心一样,现在是星期天的晚上,再忙我也得给你们写信了,很想念你们!

    原来我和你说,EPT 考试定在 12 月 25 日。全国分 6 个考区,我们属于广州考区。昨天我已经报名，要到广州去考。目前的说法是自费，但估计会有一定的补助。这种考试全国每年举行两次，6月和12月各一次，由教育部统一命题阅卷。卷面总分是160，获100分为通过。这是我国目前最正规的出国英语水平测试。考试内容包括语法、听力、词汇、阅读和写作。根据新的规定，今后无论公费和自费出国进修或者攻读学位，一律要通过EPT考试。现在，离考试还有60多天，时间已经比较紧。我尽量争取准备好一些。此次全校45岁以下的中青年教师有四五十人报考，我系有三人。我想，即使这次考过的可能性不大，试一下也好，为明年6月的考试摸一下底。

我在学校的英语口语班经过一段时间的学习，感觉自己的听力和其他方面都有了明显提高。从几天前开始，我每天录下美国之音特别英语节目中的国际新闻，然后在逐段播放录音时，在稿纸上记录下新闻的英语文字。这样做相当于听写练习，每天记一两条新闻，感觉效果不错。录音中的新闻会有听不清楚或拿不准的单词，我就拿上收录机去请外语系的教师听一下，给予帮助。我想，这样的练习只要持之以恒，一定会有收获。

明年春天进修的事情，师资科已经发函帮我联系。据说联系了六七所大学，我还来不及问清楚是哪些学校。

从你上次来校探亲返柳，已经过了三个多月。秋天来了，校园里金风送爽，丹桂飘香。满校园的桂树繁花盛放，香气浓郁，沁人心脾。这是我们师大分校的一大金秋特色。

最近，我们同一栋宿舍的老潘妻子从柳州调来了，国庆后已经上班。据老潘说，他是今年4月才开始联系调动的，9月份就搞定了，这样的速度可以说是很快的了，但愿你的调动也能快一些。

你的工作忙，下班以后更忙，希望能忙里偷闲，注意劳逸结合，保重身体。关于你调动之事，最近我又跑了好几个单位，具体情况下次再告诉你们。

祝一切都好！

健荣

1983 年 10 月 23 日晚 8：00

* * * * * * * *

秀珍、嘉嘉：

你们好！这封信本来是想请外语系的刘老师带回柳州的，但是他走得匆忙，忘了来找我要信。

今天早上听广播，邓小平、胡耀邦、彭真和邓颖超分别接见了在京开会的各民主党代表，并和他们照了相。父亲此时在京正是参加这次会议，我想，合影照片每位代表都应会得到的。这几天收到父亲从北京发来的两封信，但是都来不及回信了，因为他 20 日乘 5 次离京返柳。

我们参加 EPT 考试的考点可能增加桂林，因为广西报考的人也不少。如果是这样，对我们就更方便一些，也省些路费。

这个学期是给 83 级的学生上课。83 年级的学生年纪都比较小，课堂上请同学回答问题，他们大都不够大胆，很腼腆，有的学生一站起来就低着头！我感觉，我们的中学教育有严重缺失，学生综合素质的培养亟待加强。

祝贺你考试取得好成绩！

祝一切都好！

健荣

1983 年 11 月 18 日中午

＊ ＊ ＊ ＊ ＊ ＊ ＊ ＊

秀珍、嘉嘉：

来信收悉，勿念。

我本学期上的世界中世纪史课程，上星期三进行期考，试卷昨天已经改完。后天我自己要参加英语口语班的期考，以后就没事了。如果系领导同意，我可以在 16 日回家。

嘉嘉胆大好动，要注意引导，认真教育。你说管不了他，我很不同意这种说法。你要认真和他讲道理，讲清楚为什么不能乱跳，乱跳会有什么危险。嘉嘉懂事了，他会听的。你还要告诉你母亲，请她也经常提醒嘉嘉，共同把孩子管好。

今天下午系里开会，系领导说我们学校今年要在三里店分校办初中、小学和幼儿园，需要一批干部、教师和职工，有条件的教职工可以推荐自己的亲属报名。我准备明天把你也报上去。在三里店分部虽然离市区有一段距离，但也不算很远。一两年内，周边的建设就会发展起来，各种生活文化设施也会逐渐完善的。更重要的是，两个人同在一个单位，住房分配也会有比较好的条件，福利也会好一些。无论如何，你能早些来总是好事。工作一时不很满意，以后还可以调整的。

最近我才知道，我们学校的托儿所对独生子女是免费的，只需要交伙食费。学校托儿所还是桂林的卫生标兵单位呢！如果把嘉嘉接过来是很好的，只是如果晚上我要带他，那就做不成事情了。真盼望你们能早些来。

寄上两本自学考试大纲，如果你有兴趣就找书来看看。每年 6 月全区组织考试，每考一门及格就发给单科及格证明。规定的 12 门课程考完且及格，就可以得到大专文凭。不知你是否愿意学，是否愿意参加考试？当然，这也不一定是为了文凭，能学多少就算多少，增长知识总是有用的。小郑也问我要了两本大纲。以后有其他科目的我再帮你要。如果你要找书，我也可以设法帮你找。你看看今年1月3日《广西日报》头版关于自学考试的消息，有关情况就更清楚了。

我一切都好，请放心。

祝愉快健康！

健荣

1984年2月29日

＊＊＊＊＊＊＊＊

秀珍：

今天出来学校本部上课，正好收到你的信。下午还要学习，中午就不回去了。现在到邮局给柳州的老白同学寄两本大纲，就顺便在邮局给你复信。

关于自学考试的问题，你不要有这样多的担心。以下简略说明几个问题，以解你的疑虑。

第一，考试没有时间限制，什么时候考完都行。

第二，每年有4月和10月两次考试时间。今年是6月和10月。考一科也行，考两科也行，这次没有通过，下次还可以再考。

第三，12门功课不想考完也可以，想学多少就学多少。全部科目考完且及格就可获得文凭。不想要文凭也可以，学了总是有用的。

第四，如果要学，那就循序渐进，持之以恒。水滴石穿，事在人为。

寄了大纲给你，当然不是叫你光看大纲。下星期二柳州教师进修学校有一位教师从这里回柳州，我请他帮带一批书回去给你。这些书有些是我的，有些是借的，请爱护，不要转借给他人。今年6月的考试是4月1日报名，你想考一科试试吗？我想，你可能来不及准备。如果是这样，那就10月吧！

嘉嘉送托儿所，我很赞成。托儿所的伙食可以吗？晚上要给他增加一些营养。

祝一切都好！

健荣

1984年3月9日中午1：30

于桂林邮局

＊＊＊＊＊＊＊＊

秀珍、嘉嘉：

你们好！

你参加商业局对下属公司的新班子考察组，工作性质变了，要注意多思考，说话注意策略，把握分寸，不该讲不能讲的话一定不要讲。

关于你的工作，我还是希望你和曾局长讲，现在是时候了。既然他提名你参加这项工作，说明他对你的印象是很好的。请你在最近几天找个机会和他讲，到局里或者去他家里都行。你的主要要求，是希望换一个工作，在商业系统内或在系统外都可以。请他想想办法。你提出换工作的主要原因是，你对现在的工作不大适应。一者，行业的工作专业性很强，而且都是个体操作，自己是外行，不大适合。二者，现在自己已不很年轻了，不适合再学这样的专业技术。三者，由于其他的一些原因，不希望继续在原公司工作。

我希望你能很明确地和他讲，不要怕这怕那呢！你说不敢提，你怕什么呢？怕别人说你想当官？怕失去现在的职务？怕将来公司不要你了？都没有必要！怕这怕那，是什么事情也做不成的。等待是等不来的。人总是要努力，总是要闯的。不要过多地瞻前顾后，不要太谨小慎微了。

提出这样的要求，完全没有什么过分的，也没有什么失面子。我相信曾局长是通情达理的，是会帮忙的。如果他说你很快要调走，你就告诉他调桂林这件事不容易，几年内未必办得通。如果他没有提，你自己也不说。到下星期六之前，你究竟是否去找了他，请回复。

建议你和曾诚恳地讲，开诚布公地讲。这是个机会。各单位正在调整，有利于你的调动。相信你有讲话的策略。校车快开了！搁笔。

希望你立即行动！

健荣

1984 年 3 月 26 日

＊＊＊＊＊＊＊＊＊

秀珍、嘉嘉：

你们好！前天请家里转交给你的信和书收到了吧？

现寄上 6 本书。《中共党史》和《哲学》自学指导书两套各两本，《中共党史》讲义一套两本，请查收。自学指导书你可以给何主任一套，我是专为她买的。其他人要你帮买，你就婉拒吧！要买要寄，很花时间的。

党史讲义是刘老师的同学从长春买回来的，他多买了一套就让给我，这真是太凑巧了。所有的书你都要注意爱护，不要丢失，不要外借。我发现你外借的书不易得回，比如《唐诗选注》，下册就没有了。

再过一周，我就可以上完课了，到那时可以稍微松一下。但往后的事情也还是不少，要编写函授指导书，要准备假期去南宁给函授生做面授。面授时间大约是一星期。

我现在一切都好，勿念。

祝一切都好！

健荣

1984 年 3 月 30 日

* * * * * * * *

秀珍、嘉嘉：

你们好！来信收悉。嘉嘉已送托儿所，很好。这样，你就可以有较多的时间学习了。刚开始会舍不得，渐渐就会习惯的。孩子上去托儿所，无论对你还是对他都有好处。

你来信预祝我通过三次考试，现在看来，这三次都不用考了。因为既然已经有了教育部的进修指标，我们就不用再考助教进修班了。原定这是 5 月 27 日要考的。其次，既然下半年起要去进修一年，6 月的 EPT 考试也暂时没有必要考，等进修回来再说吧！再次，4 月 20 日的考试，是学校的组织的一种促进青年教师学习的检查督促考试，跟提职提级没有关系。同时上面规定，如果青年教师一直主讲一门课，可以缓考，实际上就是暂免了。我从上学期 12 周开始一直上课到今年 4 月 20 日（第 9 周），所以我就可以不考了。这样我可以把课上得好一些，时间不用太紧张。当然，外语学习我是要抓住不放的，要能看、能听、能讲、能译，熟练自如，这是我的目标。这个目标我一定要达到，也一定能够达到。

说来也凑巧，去年学校帮我联系了进修事宜，今天又听到新的安排。这是江苏和广西挂钩手拉手的援桂行动。昨天我校一位老师从南宁回来，说他在自治区教育厅高教处的一份进修计划上看到了我的姓名，是安排在南京大学历史系，这就麻烦了！原来我报上去的是教育部的指标，是北大和北师大。会不会因此又不安排了呢？当然，也许是去北大或北师大好一些。究竟去哪儿，那就等上面的批复吧！

如果我下学期去进修，那么你今年的探亲假什么时候用呢？

匆匆此复。明天要上课，我现在还得准备。

祝一切好！

健荣

1984 年 4 月 3 日晚 8：00

＊＊＊＊＊＊＊＊

秀珍、嘉嘉：

你们好！平安返桂，勿念。

今天早上，我系黄老师和我谈了你的调动问题。他说已经和学校人事处负责同志谈过了，他提出如果我们系的行政秘书退休，就把你调来任此职，那位负责人表示同意。黄老师强调说，我是作为系里的专业课接班人来培养的。不解除其后顾之忧就难以让他安心工作。黄老师说，人事处同意事情就好办。他这几天准备和系里的几位领导谈谈，并说在他谈了以后再让我找钟主任谈这件事，看来是很有希望的。黄老师如此热心，真让人感动！黄老师还让我写一份关于你的详细情况的材料交给他。此事你在那边暂不要放风。

你在学习中要注意讲究方法，多思考，多分析，多做联系比较。一是要理清线索。可自己画一个基本线索表，把主要事件、事件过程、事件评价和人物评价等列表或列出大事记，线索清楚了就容易记住。二是学习时不光要看书，看了要思考、回忆，并进行比较分析。在理解的基础上才能把各种理论和知识记得牢。看了一段时间，起来走走，边走边想加以消化。光看不思考是不能消化的。此所谓学而不思则罔，思而不学则殆也。

祝学习顺利！

健荣

1984 年 5 月 4 日

＊＊＊＊＊＊＊＊

秀珍、嘉嘉：

你们好！

来信收悉，知道嘉嘉又有了进步，很高兴。

你要的《政治经济学》一书已经买到，这是高等院校的教材。我看现在还是不用寄吧，因为你正忙于复习党史，考政治经济学是下半年的事了。

今天要跟你谈一件很重要的事，即关于你的调动问题。现在，师大人事处和教务处的领导都点头了，这就是开了绿灯，很不容易呢！黄老师准备去和人事处的领导说，请他们发商调函去柳州市委组织部。只要函件一发出，事情就会很快得到解决。但是，由此会引起一系列相关问题。现将其一一列出，请你仔细考虑。

第一，黄老师请我再仔细考虑是否在最近发商调函。因为我和他讲过柳州市组织部正在了解你的情况，可能会安排新的工作，一旦我校发出商调函，柳州方面可能就不会再考虑你的工作安排。遗憾的是，我们现在还无法弄清柳州方面的意图，很难下决心。

第二，具体工作问题。上次提到的我系那位行政秘书，现在尚未退休。所以目前不能安排接此项工作。现在可以考虑的工作是到图书馆，到系里做实验员和到化学系的化工厂三个去向。图书馆是缺人，但那里的领导说希望要男的，说是他那里女职工已经太多。黄老师说他和这些领导很熟，争取一下是有可能的。当然，如果打算来，还是要做各种思想准备的。

第三，即使是上述三个单位的工作，也不是一成不变的。首先，一旦有合适的条件，你可以安排到我们系。其次，你在工作中表现出的能力，组织部门是不会看不到的，因此日后也会有变动的可能。我们这里就有印刷厂的工人被直接提为副厂长的事例。

第四，因你准备 6 月 6 日来探亲，如果这边最近发函，到了那边也就没有用，无法办手续。如此看来，只有到放假前发比较合适。

第五，我下半年出去进修，如果你暑假要调来，就要在这里先等一年，你愿意吗？如果等我回来再办，那就要等到明年下半年或者后年。但是到那个时候，情况是否又发生变化，这很难说。

第六，黄老师说如果你下个月来探亲，可以先不发函。等你来了以后，具体了解一下有关工作再做决定。你觉得如何？你拿定主意再发函不迟。

第七，现在你如果还有希望在柳州换工作，就要知道上面的意图，如果你觉得还值得在那里干几年，那就等我回来再说。如果组织部可安排的工作比较理想，你愿意干，你可以表示态度。等过几年再考虑调走，你觉得如何？

所有这些问题，请你仔细考虑，也可和双方父母商量。但请他们不要向外讲，以免产生不利影响。

复习考试期间还要坚持工作，是挺累的。希望你注意调节，劳逸结合。

祝考试顺利！

健荣

1984 年 5 月 30 日晚 10：30

* * * * * * * *

秀珍、嘉嘉：

你们好！来信收到。你回去一个星期才来信，我还以为你又有情绪呢！

工作总是做不完的，从 9 日下午到今天上午又为批改期考试卷忙了好几天。我批改的是历史系 83 级的期考卷，是杨老师上的课。因系里要求在今天上午学校放假前让学生知道成绩，所以这几天工作赶得比较紧。这样赶时间改卷，主要是让学生在放假前知道是否有人要补考。杨老师这次期考出题，题量比较大一些，有些同学又答得比较啰唆，有些则是字迹极草，看起来很费劲。昨天晚上改到深夜1：30。今天早上头都疼了，下午睡到3：30，也觉得恢复不起来。

准备函授课的事，看来要在这里完成讲稿，还要比较长的时间。我打算先写好提纲让杨老师看，回柳州再写讲稿。争取在16日前把提纲拟出来，17日洗被褥，第2天就可以离校回柳州。具体日期届时再函告。

目前你在单位的工作还是需要十分认真对待，不能因为可能不久后要调走而自行松懈。特别是对于改革应充满热情，新生事物的出现不可能十全十美，总会有矛盾有问题的。要向前看，从全局考虑。改革是大势所趋，是不可逆转的历史潮流。必须看清方向，认真思考问题。彻底砸烂大锅饭，彻底清除导致人们上班混日子混饭吃的体制条件和社会土壤，才有可能提高劳动生产效率，提高经济效益，社会才有生气有活力，国家才有希望。这是社会发展的必由之路。今后，我们学校也要逐步实行教师聘任制。到那时讲课水平不高、学术研究能力不强、科研成果不突出的教师只能卷铺盖走人。

匆匆草此，顺祝夏安。

健荣

1984 年 7 月 12 日晚 8：40

* * * * * * * *

2. 柳州—桂林

亲爱的未来的老师：

你好！收到你的来信，很高兴。比我估计的提前了一天，太好了！要不老是记挂着。

你现在情况如何？昨天你的信到公司时，我正在家准备五四青年节的团课。今天早上，办公室的人就拿着你的来信开玩笑了。你们科的李科长还对大家说："你们看，这封信是我以前的部下写的。"这也不要紧，反正大家都知道是怎么回事了，他们也不敢当面取笑我的。

送走你后一直不舒服，心里总觉得少了些什么似的，上班也不知干些什么好。星期一开始着手准备五四的团课，到现在还没写好。在办公室写时，好几次眼花把公司的某司机误认为是你，以为你回来了。刚开始的那几天，只要你办公室原来的位置上有人坐，我就会很习惯地张望。现在感觉好些了。

送车那天，我几次都想上车看看，说几句告别的话，无奈不敢。我知道，我很难控制自己的感情，也就没敢上去。在列车开动时，我最后望了你一眼，心一动再也忍不住了……一个下午心里老是挂着，你到什么地方了？从车站出来后我执意要回家，心里不好受不想去玩。小郑很会体谅人，她动员小董、小张陪我去她家玩。一个下午，她们讲了许多开心的话，一个讲完到一个，连小张也劝，搞得我很不好意思。

其实，我的心情你也是能理解的，主要是难分难舍。我想这段时间经常流泪，一定是与你有关的。人们常说，男友送小手帕给女友，以后是要经常擦眼泪的。谁叫你要送小手帕给我呢！所以要怪你。在小郑家里还闹了一个笑话，小郑把小胡的相片给我们看时，小张的外甥女指着小胡的相片说，这是刚才上车的那位叔叔。我们说不是，她坚持说是的，搞得大家都笑个不停。

当天晚上，我心情不好，就没去你家。我知道，你母亲的心情也不大好。第二天下午，办公室的政治学习结束后去了，你几个妹妹都很善解人意，见我来了都来陪我坐。二妹说梦见你了。家里的事你不必担心，有空我会经常去看看。

荣，看了你的来信很担心的，尽管你说不要担心，这是不可能的。因为桂林毕竟不是你家，情况不熟悉，特别是你刚刚去，困难是很多的。现在连午餐和午休问题都没法解决，这样对身体和学习都会有很大的影响。这个问题确实要很好解决。能不能这样，你能否能请小龙的先生（数学系的小余）想办法买饭票，我想买到饭票就可以吃饭了吧！如果能当然好，不然的话，是否可以找桂林饮食服务公司，请他们帮个忙。还有午休问题，一定得解决。我知道，你每天都要睡午觉。午睡的地方不解决，怎么能行呢？希望你能尽快解决。如不解决，思想问题就来了。

你在信上说，最好在三里店分部上课。如果要改系，学校会不会同意？中文系如何我不懂，历史系倒是不错。当然你有想法，认为别人都在为四个现代化贡献力量，钻研新的科学研究项目，而你却相反。别人是往前进，你们是往后看，一头钻进了故纸堆，短时期内也不容易出什么成果。但我想，从长远来看，学历史是大有用处的，而历史是一个冷门，钻进去也是大有搞头的。没有过去就没有今天，温故而知新嘛！这个道理你比我懂。这些是我的一些想法。你认为怎么样好，还是以你方便为好。不过有一点，我还要说你的不是，你的信后面说你有点不大想读了，感觉走读太辛苦，这种想法不好，也不是一个求学上进青年的态度。走读困难再大，也要有决心和信心克服。倘若自己解决不了，你还有组织呀！如果你有什么需要支援的，也还有我。现在才开始上课，一个星期也不到，你就有这种想法，不大好。不论是你在处理工作还是学习中的困难，都要有叶帅所提倡的攻关精神，坚信"苦战能过关"。在这里，送你一段马克思的话，"在科学上是没有平坦的大路可走的，只有那在崎岖小路上攀登不畏劳苦的人，有希望到达光辉的顶点"。

健荣，本来我不该这样说你。一方面，你刚到校很多情况还未掌握；第二，刚离开亲人朋友，心里也是不好受。但想到既然我们是多年的朋友，互相之间是了解的，所以才说了这些话。再说。在你走的中午，你父亲也交代，我们要互相帮助，经常通信，鼓励支持你把学习搞好。今天，我就开始行使这个权利吧！我有什么不对的，你也不要客气就行了。

荣，你有什么困难，不论是哪方面的，请你如实告诉我。只要我能帮忙，一定尽力。你在那里没有一个皮箱，很不方便。过几天，我打听看有没有人去梧州，有的话给你买一个回来。

好啦，时间很匆忙，暂时写到这里吧！还是原来的话，以后没有时间就少写一点信，要不然影响学习和身体，我给你多写点就是了。注意掌握学习时间，保重身体。

另外，你住在瑞莲姐①家，不像以前住在家里，要注意处理好关系，主动帮助做些家务，比如挑水、买煤等等。

祝安康进步！

秀珍

1978 年 4 月 27 日下午

* * * * * * * *

健荣：

今天是五一国际劳动节，也是你在桂林过的第一个节日。你一定过得很愉快吧！

今天中午看了一场电影《暗礁》，晚上值班，顺便看了一下黑板报，其余的时间都待在家里看书写东西，哪里都不愿去。你不在这里，玩也没有意思！

小柏是 28 日下午去桂林的，中午 12：30 才告诉我。她这次去，我很高兴。因为她见到你，能了解你现在的真实情况。还有，好像她一走，我也去了似的，心里老在想，好了，29 日能见到他了！谁知是一场空欢喜，并不是自己去。这种心情，在以往从来没有过这样强烈。只是在分手后，才意识到这一别就要到8 月份才能见面了。这种想法，是在十分想念的情况下产生的。这样写，你也不要见怪，也不要影响你的情绪。我也会克制自己的，这么多年的感情，一下离开那么远，不想是假的。

荣，近来学习忙不忙呀？午饭午休的问题解决了吗？能否适应紧张的学习生活？这些情况请你在以后的来信中，如实告诉我。即使我不能分担这些困难，

---

① 我的堂姐。

至少可以安慰你，在精神上给予鼓励。你说是吗？我想，像你这样求学远离家人，生活又这样艰苦，学习是这样紧张，确实要特别注意。要不然天长日久，你怎么受得了？关于你们的学习情况，我听小郑说了一下。

30日晚上，我去了你家一趟。你父亲对你这个儿子是非常欣赏的，当着我和家人的面，称赞过好几次。说你聪明能干，学习好，接受能力强，等等，搞得我很不好意思。还有一次，就是你走那天中午，我和你父母在房里闲谈。先讲你去读书的事，后又谈起你哥。我问了一句，他可不可以调回柳州呢？我本意思问你哥能否调回柳州，谁知他俩听错了，以为我讲的是几年以后你能不能回柳州，马上说，能的，一定能的。等我想了一下，才知道他们误解了我的意思，搞得我不知说什么好。本想在你走之前告诉你这件事，但当时比较匆忙，就没有说起。

我现在的主要工作是抓运动，几乎每天都有会开，不是市里的就是公司的，要不然就是店里的。这次抓运动，也受到一些锻炼。因为搞运动，店里经常要开会，开会就要讲话，要宣传动员，刚开始有点慌张，后来就习惯了。讲不上来就嗯嗯个半天，想起了又接着说。现在想起来，觉得在这一年下乡做知青带队也还是有收获的，起码能够练了一下胆子吧！不过我并不满足于这一点，也还必须努力，否则你又要批评我骄傲了。

这里，还有个事和你商量一下。最近比较多人传说，我要调到A饭店当主任了，昨天还有人讲。这些传说，也不知是从哪里传出来的。昨天晚上，我把自己最近的一些想法和政工科黎科长谈了。我谈的主要是两个问题，一个是想调走的问题，另一个是个人问题。关于我要调走的事，我想请他帮忙打听一下，是否真实。黎说，他还没有听讲，估计没有。后来又说，就是确有其事，也不能违反组织原则。但他又答应帮忙。他主要是从领导角度来讲话的。下去，我并不感到意外，因为迟早都是要走的。但是去A饭店，我不愿意去，特别是当领导，又是到这样一个店。店主要领导的性子又慢。我没有信心在那里搞好工作。黎科长说不能这样，要服从组织调配，从党的工作出发。我想也是的，如果组织决定了，不论到哪里我都走。我若不去，后果会更糟。处理这个事，你也不要替我担心，我会处理好的，何况在目前这个阶段调动也是不可能。只是做思想准备吧！我也还准备找李主任谈一谈，问问是否有这个事。

小郑有空经常到公司。她很热心帮助人，已经托出差的人在梧州帮我买皮箱，买到了我就托人带给你。小郑说，她本来准备五一去桂林的，但家里没有人，可能5月底她才去，明年初他们就要把婚事办了。这次去是做准备工作和体检的。她听说你住的地方离学校比较远，就让小胡先找明年结婚用的房子，得房后让你和小胡先住，以后再想想办法。我把这些打算和你父母讲了，他们都很赞同，说这样可以减少上学路途上的辛苦，也有利于学习。小郑写信告诉胡家，月底她去桂林时再面商。对于她的关心，我已代你感谢了！

这次小郑托人给小胡带本子去，就顺托给你带去一封信和两包麦片。因想到你晚上复习功课，夜了肚子饿，要吃点东西。我原想买沙琪玛的，小董说这东西留不得，就不带了。中午再到你家转一转，看有什么东西要带给你。

荣，现在天气渐热，太阳很大，你往返学校时要戴草帽。晚上复习功课不要超过 11 点，注意休息。早上出去跑跑步，锻炼好身体。愿你在读书期间做到三好。如果不注意身体，等到毕业时学到了知识，却搞垮了身体，赔了本钱，那就亏了大了！

我现在很好，不必挂念。

祝节日快乐！

秀珍

1978 年 5 月 2 日上午

＊＊＊＊＊＊＊＊

荣：

来信已收到，3 日那天又开了两个会。快下班，老范告诉我说，要我到邮局补款取信件。补什么款又不知道，弄得我一头雾水。于是我拿了邮局的条子赶往邮局，一路走一路想，到底是谁和我开玩笑呢，又是寄些什么东西来呢？怎么也没想到，会是你的来信！你把 4 封信装在一个信封里，怎么会不超重呢！你想我亏不亏？帮你当了邮递员去取信，还要补钱，真是亏本生意啊！

说件高兴的事。我们公司五四青年节的活动，组织得还可以，会场纪律也不错。在会上，我讲了题为"革命青年要为实现新时期的总任务而奋斗"的团课。曾主任、余科长和小全参加了会议。李主任没有参加，但他十分关心。五四早上，中央人民广播电台播发《人民日报》社论《发扬五四传统，走在新长征的前列》一文之后，李主任问我下午的会准备好没有？曾主任的发言要加上社论的内容，等等，并要我和老莫二人 8：30 重新收听广播记录，整理出来给曾主任。我们在收听时，谁要和我讲话，通通都被他赶走。他还叫人把办公室大门、值班室窗帘通通关上，不让街上行人汽车的喧闹声干扰。我开玩笑说，李主任，要是公司领导都像你这样关心我们的青年工作，我就会更有信心了。李主任笑着说，那你就要主动争取我的支持了。总之这些天还是比较愉快的。李主任又像以前一样，可以随便开玩笑了。别人说，我们讲话都很有意思。

在上封信我说过，有人说我要调到 A 饭店当主任。看来这话不可多信，但也不可不信。调整充实各店领导班子确有其事。在 5 月 3 日下午的常委会上，对部分店做了调整充实，这家饭店还缺一个副主任。从我们公司的干部储备情况看，新培养的还没有。如果要我去，也得找一个人来顶我的工作才行啊！所

二 扬帆追梦

109

以在常委会上提到该饭店的时候，几个主任都不出声。不知道是不是见我在场不好说还是怎么的。反正我做好思想准备就是了，不论到哪里都是要干工作的，你说是吗？

荣，现在的功课紧吗？你在信上说，来到桂林读书，生活的空间位置变了，环境变了，每天的日程也变了。是的，很多方面都已经改变！我相信你一定会变得更好、更强，不论哪方面都如此。功课固然要紧，身体更为重要，是本钱呢！看看你的两封信，我发现你不大愿意谈你的情况，特别是生活情况。你越不想谈，我就越想知道。在上封信我已讲了，请你如实告诉我。即使我不能分担你的困难，在精神上也可以安慰鼓励，希望你能体谅我的心情。就是去你家时，也好有个交代。要不然，你父母问起来，一问三不知，他们会怎么想呢！当然这些都不是主要的，主要的是心里在想他，放不下。

我说呀，你们家的几兄妹很有意思的，大的三个都在外面。你哥在上林，你大妹在柳城，你在桂林。但是，你们正在谈的朋友都在柳州。除了父母牵挂着你们，你们的朋友也都在牵挂你们。

你家里的情况还好，不必挂念。2日中午我去时，看到你父亲一人在洗被子，本来想帮忙，但因还有事要找小郑，请她带些钱物给你，坐了一下就走了。你父亲说，他身体很好，可以洗的。可是，你的妹妹她们都不知道到哪里去了！我不是指责他们，主要是洗被子也是件辛苦事，让父亲累坏就麻烦了。不过，你可不要写信责怪他们，以后有时间我会去帮忙的，你放心好了。

公司专案组有一条线索要到桂林榕湖调查，我尽量要求去，看能不能去。如果能去的话，估计下星期启行。这样，就可以顺便去看看你了。

请你有空上街看看，帮我买一本隶书字帖，越快越好。

祝愉快健康！

你的珍

1978年5月7日下午4点

* * * * * * * *

荣：

你好！上次托小郑带给你两包麦片、一卷白纸和一些信封，本来想给你带上些白糖，但我无能，买白糖要购物证，又不敢和你家讲。你看，如果你在桂林买不到，可否请你大妹帮买几斤寄去？她在糖厂工作，也许有这个方便。

家里的自行车已经买到了，运气还真好。原来是一辆有前叉的飞鸽载重车的车票，后来到五金公司换到了一辆65型小凤凰车票。

晚上在你家谈了一些你的情况。原来我以为你不愿对我讲你的情况，一定会告诉家里的，谁知对家里你也没有讲。现在是大家都想知道你的情况，你爸讲，今天他写了封信给你，问一问情况。

你走以后，我几乎都泡在会里去。每天差不多都有一个会，有时候两三个会同时开。今天早上一来又开会，开到一半，偷偷溜出来给你写这段话。

祝一切都好！

珍
1978 年 5 月 8 日上午

* * * * * * * *

尊敬的大学生：

你好！10 日上午组织青年参加新建市少年文化宫的义务劳动，回来就收到了你的来信。劳动组织得很成功，心情本来就挺好的，看到你的来信更加高兴，心情十分愉快！

荣，从 5 月 3 日托小郑把信件等带走后，就一直盼你的来信，谁知一连等了好几天，信的影子也没有，心里很急，估计你可能没有接到小郑所带之物。那几天的工作又比较忙，没有空找小郑问问，就拖过来。谁知今天你的信就来了，有点喜出望外。虽然在你走的时候我再三说不要多来信，不要因为写信影响了学习，但是我心里又想得发慌，总想着你。心想，哪怕能见到你几个字也是好的。你是能体谅我的心情的。现在你们新旧课一起上，一起补课程，在比较紧张的学习里，还抽出时间给我和这么多人写信，时间是够紧的。我不该这样想，更不该提什么要求了，只要你知道我的心情就行了。

12 日中午，我与小董看了一场电影《万紫千红总是春》。影片的内容很好，生动活泼，让人开怀。与电影《李双双》有得一比。不过，人们说李双双翻身翻过了头，我看这部《万紫千红总是春》电影中对这个问题处理得恰如其分，一点也不夸张、不过分，使人看了很受教育。也就是说，在一个家庭里，夫妻双方都要互相尊重，互相体谅，男女平等。谁都不能盛气凌人，高人一等。你来信在谈到你堂姐在家的权威时，说你姐是她家的总调度，姐夫做什么都要靠她指挥。要我以后不要把你调度得没有个停的时候。这个你只管放心好了，我又不是一点事都不会做，还是挺能干的，现在不会做家务，以后也是可以学会的，你说是吗？我还担心你会像电影里的蔡桂珍的丈夫那样，把我管得死死的，那就烦了。不过，我们都是在开玩笑的，你不要当真。久不见你（其实才一个月不到），什么都和想和你说。其实，我们都是能够互相体谅的。建议你一定去看看这部电影，很有意思，顺便活动一下脑子，搞点劳逸结合。

健荣，我发现你的来信，特别是最近这几封来信，都是谈一些开心的事和一些山水风景，而对自己的境况和学习，不说是只字不提，基本是一笔带过。我总觉得你还有话没有和我讲，对家里也是如此。在这个问题上，我可不是盲目乐观者。既然你在三份表里都把我们的关系写明了，我提这些问题和担心也不会是多余的吧！当然，在这个问题上你有你的想法，我有我的看法。我想你现在的生活一定是比较艰苦的。中餐比较奔波，心情也不见得很好。学习忙时可能好一些，稍微闲的时候烦恼就会来，但又怕把这些情况告诉我们引起我们的不安，所以不愿把真实情况告诉我们了，是吗？如果是这样，就不应该了。你不知道，为了弄清楚你为什么不把情况告诉我，我有多少个夜里、中午和工作时间都在想。一连几个晚上都梦见你，梦见你变样了。不如刚刚去时的身体，脸青青的，头发长长的，样子怪可怜的。本来嘛，在梦中见你是好事，你想看到你这个样子，人家能不心疼吗？所以在几封信中我都提到这个问题，希望能够引起你的重视。

我呢，现在很好，一切都好。就是工作生活规律不够。现在我的主要工作除了抓运动之外，团的工作也要兼顾，正在准备迎接全国第 10 次团代会召开，上次讲了传说我要到 A 饭店当主任的事，现在没有结果。领导有调整该饭店领导的想法，但没有物色好人选。看来，公司有从这次的复转军人身上打主意的可能性，而我去那里的可能性只有一点点。

家里的情况也很好，我基本上一个星期去一两次。我想你不在家，家里人有点不习惯，如果我再不去就是不通情理了。10 日晚上我告辞时，你父母的心情都很好，不必挂念。

到桂林外调的事，李主任不同意，去不成了。上班时间已到，要迟到了，暂写到这里。本想明天写，又想明天星期天，你接信也高兴。就动笔了。一写起来又没得完，

祝好！

珍

1978 年 5 月 13 日中午

* * * * * * * *

荣：

字帖和来信都已收到，勿念，本想立即回信，不让你担心，无奈没有空。这几天白天晚上，包括星期天，也没有办法休息。太忙！使得你挂心好几天了。

星期六下午，给你发信后我就一直后悔，我发现我真不懂事，又做错了一件事。后悔也没有用，你的两封信都来了，我只好在这封信里告诉你，向你赔个不是。

事情是这样的，在你走了以后，心里一直想着，看了你的来信，本来是高兴的事，但又不知道你的情况，又担心，一连几封信，情况都不明，家里也不知道，有点不高兴。在给你的信里再三提出了这个问题，使得你分心了。这使我很过意不去。其实，我虽然不在你身边，凭着几年工作的感觉和接触，你的境况我是能够估计得出的。你呢，又不愿把情况告诉我和家里。这种心情我也想过。不过我发现，我不该埋怨你和对你提出别的要求。你看这样行不？那些埋怨的话就取消了，别的没有什么，要求就一个，希望你在学校里身体好，学习好。至于给我来信，不要过多，有事就写，没有事就少写，只要把学习搞好，半个月一个月一封，就可以了。你现在是一个月不到就写了 5 封信，而朋友同事又多，照顾不来的。这是真心实意的心里话。你不要以为我讲气话。我呢，当然不会把你忘记的，保证一个星期给你去一次信，好不好？

　　买皮箱的事已托人去办，日前还没有，可能要过一段时间。你现在经济还是很紧张的。一个月 36 块存 10 块钱互助金，还有 26 元，用于伙食费起码 20元。这样一算，每个月你只剩下 6 元的零用钱。书本费、日常生活用品全都在里面了，实在太紧张了！我知道，在读书期间花费精力很大，不注意营养是不行的。可是钱就只有几元，这样怎么行呢！你看能不能这样办，把你每个月存的互助金改为 5 元就行了。如果行的话，我就告诉出纳大梁，让她改一下。其实，你也用不着急，即使我们要办事情，起码也要等两年时间，还是来得及准备的。我们家买自行车后，就没有什么大的事情要办了。我的钱也是可以存得了的，你就安心读书好了，其他事不要操心。我的经济虽然有点紧张，但我在家住，什么也不用买。就算一分钱没有，我还可以伸手要家里的。可是，你就不能向你堂姐要了，对不？买皮箱的钱我也可以出得了的。总之这些事，凡是你交给的事，你只管放心好了，别的可以一概不管。

　　我看了你的来信，我就放心了。午餐的大问题解决了，我完全相信住宿问题再经过一段时间的努力，也是可以顺利解决的。你真是一个大好人，怕我挂心，一直不把真实情况告诉我，问题解决了才说，而且还附带了 7 点要求，真够厉害，我服了你了。

　　你二妹今天考试结束了，不知成绩如何。她这段时间确实够辛苦的。昨天晚上我冒着倾盆大雨前往你家执行你交代的看望任务，但受到你父母的批评，说这样的天气不应该过来。但如果我昨天晚上不去，这一周就没有其他时间了。现在民兵整组工作连晚上也要去，自由活动的时间也没有。晚上十点二十分我回家时大雨还在下个不停。

　　今天下午，团市委举行了一次全市青年艺术表演。我们公司的节目是旅客向导，由柳江饭店的小刘主演，受到大家欢迎。这次技术表演很成功，全市的青年技术能手大显身手，取得好成绩。小郑参加组装缝纫机的表演，她组装一架缝纫机只用了 5 分 56 秒，得第 2 名的好成绩。如果你见到小胡，就把这个好消息告诉他。我今天在表演会上也出了一下洋相，因为我们公司有一个《活名册》的表演节目，我上台助演，算是陪公子过考吧！

你的来信不必担心，秘书科的老黄工作是很负责的。信件、资料一类的东西他都是要交给本人的。每次你的来信，他都压在我的桌子上。

荣，现在天气不好，你要注意听天气预报，有雨时要带上雨衣，多带一套干衣服，装在背包里。否则被雨淋湿了，不及时换就容易着凉。在路上行走时要注意车辆，不要抢时间，要注意安全。现在柳江河水猛涨，中午去看了一下，柳江江心的萝卜洲都看不见了。我想桂林也差不多吧！你上学往返要注意安全，特别是你来回要经过好几座桥。还有，要加强营养，不要心疼几个钱。

请你切记，要注意身体，要不弄出病来，没人照顾呢！上班时间快到了，暂搁笔。

祝安好！

珍

1978 年 5 月 17 日下午 2：20

＊＊＊＊＊＊＊＊

荣：

你好！昨天在 B 旅社卸大米，辛苦了一天。3 点下班，小谢挂电话说帮我要了两张《冰山上的来客》的电影票，就回公司医务室取票。结果被她们笑了一次，她们告诉我你来信了。这样又得了一封信。本来早几天应该给你去信的，因为有几件事耽搁了。

17、18 日几天连下几场大雨，我一直在担心，不知你怎么办！路好不好走，那么大的雨，打伞、穿雨衣都无济于事。我这里上班那么近，都被淋湿了，你在那里还要骑车 30 分钟，麻烦可想而知。但我在 17 日给你的信中，只说让你带上一套干衣服，以便湿了换，别的也没强调什么，是我考虑不周了！那几天柳州柳江洪水猛涨。早上去上班时路面没有水，中午就差一点回不来了。由于水涨得快涨得猛，柳州郊区遭受很大损失。来势凶猛的柳江洪水把大量上游沿江放流的木排冲积到柳州铁桥下面，直接威胁铁路的安全，情势十分紧张。20 日晚，柳州市领导全部出动应对灾情，市委书记黄云坐镇铁桥指挥。半夜 1 点，他们打电话向 41 军求援。到了凌晨 3 点，41 军来了一个工兵营，准备拆散铁桥下的木排未果。最后，几次装置炸药才把木排炸散。不必说，市里紧张，我们也松不了。又是召开紧急会议，又是去查看灾情，看望受灾的职工，晚上还要在办公室值班。李主任和曾副主任亲自值班，工作很紧张，直到洪水退了才取消值班。这次防洪抗洪的事刚完，满以为可以安心休息一下，星期天民兵整组又开了半天会，我又要去值班。

我不知你是否还记得，我曾和你说过，我家隔壁有一位姓申的婶子，她曾对我们的事表示同情。星期天晚上 11：40 她突发心肌梗死，不幸去世。她在去世前一天，还问起你现在的情况，我如实告诉了她。谁知，她第二天就竟然丢下几个小孩撒手去了。她走后一家处境很艰难，作为邻居的我，也就要去帮很多忙。到现在，总算把后事办完了。22 日晚，我同她的孩子到南站接桂林来的火车，车子到站时我心里一动，想到要是你今晚回来就好了！又空想了一番。

荣，你看我真是的，只和你说了一些其他的事。你每次来信都不愿多谈自己的事，怕我分心，我却一点不懂事，对吗？ 荣，你真是一片好心，每次来信都要我注意休息。这个问题你放心好了，我接受你的意见，会睡午觉的。身体也很好很结实，各方面都挺好。

健荣，前几天没有给你写信，一方面是时间紧工作忙，另一方面想等看皮箱有没有着落。皮箱我原来是托小郑去买，但小郑所托的人又暂时不去梧州了。我就叫小柏托人去办，谁知那人帮别人买了三个皮箱放在船上，被老鼠咬烂两个，就再也不愿帮带了。你去上学将近一个月，连个收纳衣物的箱子都没有，很不方便。可我真是一点用也没有，连这点小事也不能办好。你再耐心等一等吧！我一定想办法解决这个问题。

到 23 日是你走后满一个月，我记得很清楚。但这个月的时间对我而言，好像过了一年。早在你走了两个星期后，我就开始计算，你还要过 100 多天就可以回来了，并经常眼花看错人。现在一个月已经过去，想想还有两个多月就可以见到你了。晚上睡觉前，我经常看着你留下的相片，想着你现在是什么模样，盼着你快快归来。有时候，我们几个同学在一起坐，我靠在她们的肩上，自然我就想起我们在一起的时候。不过也不要紧，用不着多久我们就可以见面了！

我们的事我已告诉母亲，她还是坚持原来的意见，不过态度好了些。秀华①五一后回来了一下。这次她那里招工全要男生，没有希望，就看下半年了。

最后再说上几句，你在那里伙食不好，一定要注意身体加强营养。要不再搞一次营养月，好吗？

祝安好！

珍

1978 年 5 月 26 日下午 3 点

二

扬帆追梦

---

① 姜秀珍的妹妹，此时尚在柳城县东泉人民公社插队务农。

健荣：

　　昨天，我和黄建荣（不是你，是建新旅社的一位女青年。她名字中的"建"不带单人旁）等几个人一同前往柳江县土博公社，找一个知青收缴当地农民杨某私造的一支土枪，直到晚上10：30才平安回到柳州。我们是中午1点出发的，由于蒋司机大意，把车子开下了沟，耽搁了时间。天又下雨，我们又冷又饿，千辛万苦才回到家。说起来又好笑，因为去的人不能全坐车头，我和小黄坐在车后。下午天气突然变化，气温骤降，把我们冻得要命。我们俩只好紧紧相依，互相取暖，好不容易在车上熬过两个小时。在车上，我突然发现，我原来都没有意识到我是和黄建荣在一起，心里暗暗发笑。可惜这个黄建荣不是你，而是一位几乎同名同姓的女职工。如果是你，该多好呀！

　　荣，很开心你的努力得到了回报，对于你取得的好成绩，我从心里感到高兴！你上大学的时间才仅仅是几个月，在学习很紧张的情况下，还要解决自己的衣食住行等问题，但你的学习并未受到影响。可见你是决心很大很用功的，对吗？祝贺你，勇于登攀的心上人！

　　由于复习功课和书信往来占了你的很多课余时间，你的休息一定是很不够的。过去，我一直认为你生活很有规律，现在这个规律可能被改变了吧！希望你从长远着想，妥为安排自己的时间。不要整天埋头书本，要注意适当的休息娱乐。你看，上学一个多月，除了上学的必经之路，你都很少上街，电影一场也没看。从现在起，你自己要积极行动起来努力改进，该休闲娱乐的时候不要委屈自己。我也不要求过高，你半个月看一场电影，好吗？听我的话，一定要去。

　　每当我看电影时，总感觉好像你就在我的身边。看电影《冰山上的来客》时，看到阿米尔伤好回哨所，真古兰丹姆来了，排长让阿米尔唱《花儿为什么这样红》试探古兰丹姆。在古兰丹姆与阿米尔合唱时，两人同时发现了对方是小时的好朋友。排长一推阿米尔，大声喊道："阿米尔，冲！"全场大笑。我呢，就像你想象那样，笑得腰都直不起来。我想，大家都是青年人，而且阿米尔还是在部队，又是一个普普通通的边防军战士，领导能对他的个人问题考虑那么周到，给予大力支持，真是令人感动。当然，让他们举行婚礼，是为了引蛇出洞，将敌人一网打尽。我们的事就大大不同了，经过多少曲折反复，辛酸苦辣，才有了今天啊！而今天我们又分居两地。荣，回想起来，我真对不起你！真正的，以前我还不十分认为自己不对，现在真正分别了，时间越久，越证明自己不对。也许是现在年龄大一些了，比过去懂得想问题吧！荣，不要以为我是没有事找事，又提起这些不高兴的事来说，其实不是的。你在信上也说，想起我都是欢快的，但我也有苦闷的时候，一般说来，为这种事的苦闷是不会有了。作为我来讲，经常想一想是有好处的。在这里就算自我反省吧！对你而言，你就不用想那么多了，都怪我不好。

你走了以后，我也尽力把工作做好，在这一个多月里，工作、学习和与办公室的人相处都可以的。和几个主任的关系也大大改善，可以开点小玩笑。主要是抓运动，工作还比较忙。只要我不下专案组，总还是可以搞本职工作的，也不算辛苦。工作都是按部就班，安全问题也不用担心。关于早操问题，以后照办就是。对于你的指示，我从来都是惟命是从，不敢违反的，不信你回来检查。

你现在晚上复习功课，没有宵夜吃怎么办？给你带麦片又吃不上，给你买麦乳精又吃不饱，那我告诉你一个方法。到粮所买几斤面粉，炒熟，用开水一冲，放点糖就可以吃了。而且营养价值也挺好的，又方便，你试一试吧！我在农村也是这样吃的，就是上火一点，注意吃点清凉药就可以了。

健荣，皮箱可能近几天会得。本来可以早一点得的，因为汛期河水涨得太大，梧州的船上不来，所以推迟了。皮箱买到，就可以放心了，要不然老是牵挂此事。

还有，我发现我也有广西粮票，刚好有 20 斤。不过，我不愿到邮局办理寄粮票手续，就冒险放在信里寄去。分两次寄，一次太多不好。你要粮票的事本来想转告家里的，但转念一想，一来区粮票不好换，二来一下寄那么多粮票，家里会紧张，就不把你的纸条转给他们了。

好了，时间又超过了，暂且搁笔。

祝好！

珍

1978 年 6 月 1 日晚 11：20

* * * * * * * *

荣：

你好！

你看，事情就有这样凑巧，昨天上午给你发信说皮箱过几天才得，下午上班就拿到了。这是一巧，还有第二巧。昨晚过完组织生活，我把皮箱送到你家，让家里人欣赏了一番。大家都发愁，不知怎样把皮箱带给你。你父亲说，你还有两个月就放假回来了，如果没有人去，那就等你回来再拿吧！我是不愁的，反正愁也没办法。今天上午刚上班，小郑就打电话来说，她今天下午要去桂林，带皮箱问题也就解决了。

前次给你带麦片的挎包对你有用，你就留着用吧！你的住地离学校远，每天来回奔忙，确实是需要一个挎包装点零星用品。针线是我有意放进去的，考虑你在那里要拆洗被子，给你备用。

荣，小郑这次去，你可得好好地感谢她，她对你很关心的。此次她去桂林，就托她把你所需的席子、皮箱、本子和麦乳精等一同带去。昨天信里放了 10 斤粮票，这次再带 10 斤，这样也就满足你的要求了。不过昨天发信后，我又很担心放在信里的粮票会不会被发现，如果发现就麻烦了。接到东西后请即给我来信，好吗？

你二妹这次外出参观学习已有半个月了，估计最近会去你那里一趟。你让我带给家里的条子，我没收了，没有给家里，也没有告诉他们。请原谅我这种没有礼貌的行为吧！

现在天气反常，冷热不定，要注意加减衣服。

祝好！

珍
1978 年 6 月 3 日中午

* * * * * * * *

健荣：

你托小郑带的东西和信都已收到，勿念。

本想星期天才给你回信，刚好今晚我值班，过完组织生活就给你回信了。

小郑 7 日从桂林回来，当晚就到了我家。见到小郑自然很开心，相隔了一个多月，有一个人能把你的情况讲给我听。别提心里有多高兴了。这种心情，你在桂林见到小郑时，你是一样的。小郑说你的精神很好，比以前胖了。你父亲也说你的体重增加了，跑步都跑不动了，是吗？但小郑也讲了你的不是，我完全赞同。她说本来你讲好星期天出来和她见面，结果你失约了。不管你说洗东西有多累，既然和别人约好了就要守信用呢！本来可以提前一天见到小郑，能够早一点高兴的，因为不守信，又晚了一天。虽然小郑小胡他们是开玩笑批评你，你也要引起重视才对。我看你以前是挺重视守约的，怎么才离开一个月就变了呢？我说你也是的，离开柳州才一个多月，被子也不会脏得那么快。天气也不是热定下来了，你就急急忙忙地又是拆洗床单被子又是洗毛衣秋裤，那么积极干什么呢？本来可以缓一段时间再搞的事，你却非要赶着做了。这样不好。一方面，功课刚补完，刚刚可以稍微轻松点，本来可以休息一下，结果你又自找辛苦了。另一方面，天气尚未热定，还有冷的时候，过早地把被褥洗好收起，如果天气突然降温，冻着了怎么办？你不怕，也得替整天想着你的人考虑呀！我这样说你，你可不要生我的气，也不要以为在上封信里你讲了我，我就在这封信里报复你，这也是为你好的。

昨天上午我到了你家，把小郑所说的你的情况告诉了你父母，他们也很高兴。由于误会，你母亲还替你紧张了一番。她很牵挂地问你身体是否好，我没有弄懂他的意思，我以为是问小郑身体好不好？我不假思索地回答说，不知怎的小郑越来越瘦，结果你母亲惊讶地睁大了眼睛。马上问你父亲，你不是讲他体重增加了吗？怎么还瘦了？搞了半天才知道，是我听错了，答错了。

　　小郑回来后得到你的第一手材料，也满意放心了，这样我工作就更安心了。

　　我的工作还是比较忙，但有时间我还是和大郁一起去市里听理论课，长点知识。好了，时间又晚了。明天，我还要到市委组织部要介绍信外出。

　　祝你一切都好！

珍

1978 年 6 月 9 日晚 10：35 于公司

＊＊＊＊＊＊＊＊

荣：

　　今天是星期天，早上起床后比较空闲，于是提笔又给你写几个字。6 月 2 日的信，我原来估计是被邮局发现粮票被没收了，是没有指望了的，谁知这封信的命运那么好，还去广州旅行了一番，我连它都不如呢！

　　我的字不好认，我一直没有察觉，还以为蛮好的。往日别人提，包括领导和你在内，我都很不在意。好了，这次邮局惩罚我了。不过话又说回来，字不好不容易认我承认了，但信发出后你接不到，或者被人拆了看是你吃的亏，因为信上有你的姓名，而我的落款就是一个珍字，别人不知道。我呢，最多是丢了 10 斤粮票，你说是吗？其实邮局的人工作也不够认真的，只图快，没看清楚就往广州发，"西"和"州"的笔画差得远呢！既然是这样，我今后写字时力求工整就是，要不然你会说我连中国方块字都写不清楚了。

　　小郑回来后两次把你的情况告诉了我，有的事弄得我真的不好意思。小郑不同，她已经领了结婚证，等于结了婚。所以她不论和谁谈起这个问题，都以老大姐的身份出现，而且她这个人又很热心直爽，她的什么事情都可以告诉和她熟悉的人。我可不行。荣，你可能在这个问题上有点急了吧！我想这件事是急不来的，何况你现在读书，考虑这个问题多了会影响学习，这样不好！我飞不了，你也跑不脱。思想感情基础有了，还要有比较充裕的物质基础。靠家里是行不通的。必要的东西我会考虑到的，你安心读书就是了，不要为这个问题发愁。至于这个事情什么时候办怎么办，准备工作怎样做，等你放假了我们再商议，好吗？

　　本来我明天要到忻城出差，要一份外调材料的，车票都买好了，结果准备工作没有做好，只好把票退了。可能星期二才出发。从忻城回后，还有一个到象州外调的任务，余科长坚持要我去，但曾主任不大同意。现在要等我从忻城回来后再做决定。

荣，你以后不要问我要买什么了，我不缺什么。而且工资比你多，又是在家吃，没有钱了还可以打赖皮问家里要。你呢！离家又远，食堂伙食又差些，与同学朋友亲戚往来都要花点钱，一个月零用钱就那么 10 元，还给我买东西，那就紧的不能再紧了。你的心意我领了，以后不要买什么，如果我有需要我会告诉你的。只要你学习好身体好，我就满足了。

祝好！

你的珍

1978 年 6 月 11 日上午

＊ ＊ ＊ ＊ ＊ ＊ ＊ ＊

荣：

你还是很守信用的，上次批评你现在又表扬你了。星期四准时收到来信，结果又得你教导了一番，还是很有意义的。在生活问题上我认为严肃浪漫各有长处，严肃一点，被别人开玩笑时对方就不能太随意，少点麻烦。浪漫的好处则多一些，生活气息浓一些，人的精神面貌也就不一样。虽然我和小郑的工作职务是一样的，但在处理生活的问题上的做法和结果却是两样。这也许是各人的性格不一样和年龄逐步增大，以及所处环境不一样的缘故吧！好像在这方面我有点未老先衰似的。我知道你要说我不开化，条条框框太多，怕事。不过三年前我也不是现在这个样的，只是受了些挫折之后落伍的，你说是吗？这也好办，我相信这种局面也是可以改变的。事在人为，等你放假回来检查就是了，保证你比较满意，不信你看。说来奇怪，在一般情况下，不论是谁向我提出什么意见和要求，我的反应都是不快的，就是改起来也是不快的，心里总是有点不高兴。而你却是例外。你每次提什么要求，哪怕是无关紧要的一点小事，我都力求改正，使你满意放心，怪不得我们的同学都说我是怕老公。真是难听！还说是服你管，明天肯定是被你管的。但我发现你并不可怕呀！也许是你的话有道理吧！

想不到这次见面使得我几天都心神不宁。原来我想你去读书，肯定要到 8 月份才回，谁知你却在中间回来了一趟，这样大家都高兴。要不然双方都怪想的。这事怪我，多次告诉了你的同学，弄得你的时间都不够用了。

荣，你走的时候以及回信都说了，功课忙，以后来信尽量短些，这我不怪你，早就应该这样做了。只是前一段时间刚分手，双方都是牵挂着，书信往来自然就多一些，要讲的话老是讲不完。现在分手的时长了，而且中途又见了一面，都知道了双方的情况，那么也就可以松一点了。不过我有个想法，你看这样好不好？你没有时间就少写一点，或者半个月一封信，我有时间就多写一点，吃点亏算了。我想，你看信的时间还是可以抽出来的。心情好，我写长一些也没关系，这样对你的学习也可以促进促进。我在这里时间还是有的。我为什么会这样想呢！昨天我帮小冰送信，她说她的男朋友对她写短信很不高兴，三张纸也嫌短，都要六七页纸。你虽然没有这样的要求，但我想，对你学习有好处就主动这样做，你看好不？

　　荣，天气热了，阳光很灼人的。你每天往返路途又远，你得买一顶草帽，不要以为有墨镜就可以了。另外，一定要记住把一套衣物放在学校，如被雨淋湿可以换。而且，有衣服换就不用担心洗澡问题了，星期六你就可以在学校看场电影。荣，这次回来我细看了你几次，发现你很疲劳，也许是学习负担重，休息不足所致，回去后一定要来个恢复期。要适当休息，注意增加营养。

　　哦，还有一个事，我们几个同学都觉得很奇怪，她们经常在街上认错人，总以为是你还在柳州。我也曾产生错觉，也许是太牵挂你的心理作用吧！

　　祝安好！

珍

1978 年 6 月 23 日下午 2 点

＊＊＊＊＊＊＊＊

荣：

　　你明天接到这封信时，刚好是 7 月 1 日。也就是说，离你放暑假回来的时间还有一个月零三天！ 我们还要写 4 封信，就可以见面了。

　　荣，这次你回来走后，不知为什么老是愿你快一点回。几乎每天晚上睡觉前，都在心里算着还有多少天你就回来了。等你回来那天，我还是像这次一样到车站接你。也许是特别想念的缘故，在接到你的来信的前一天中午，我梦见你从桂林回来了。悄悄地没有告诉我就自己回来了，回来后也不打招呼就到我家。也不问我在家的父母就直接上楼找我了。当时我正在午休，你把我叫醒说，我们一起出去玩玩吧！ 而父母没有任何表示。看来这个梦是个好梦，我们在一起父母并不反对，可能是一个好兆头吧！你说是吗？

　　你在信上也谈到，要适当做父母的工作。我想也是，事情不能老是维持现状。17 日你从桂林回来那天，小董到我家，我妈问她，小董劝了一下。我妈随后无可奈何地说，"我讲话不算数，只是他爸不同意"。看来我妈的工作是不难做的，做我爸的工作可能还得靠我哥和我妹。这个事情，过一段时间我找我哥，

二　扬帆追梦

121

请他帮个忙。不过现在家里的关系还是很好的，只是没人提起这件事罢了。

你来信说受我的鼓舞，又给我写信了，这个责任我可不负。当初走的时候我就有言在先，要你在不影响学习的情况下写信，你自己也说要写短信的。问一下好，祝福一下就可以了。你这一来信，又说是受我鼓舞的，这怎么好？我看你写这封信的时间是晚上9点，心想这个人呢，又少学习了一个小时。我算你从8点开始写，虽然时间不长，但对你来说，多一个小时学习思考，取得优良成绩就多一分保证。写信占多少时间，学习就会少多少时间。今后，你的时间会更紧，我不愿你为我多花时间，耽误你的学习，尽管我十分盼望你来信。还是我写给你吧！如果你实在要回信，写一页纸就行了。

暂写到这里吧！下午公司几个常委还要开民主生活会。晚上我还要传达中央30号文件。祝一切都好！

你的珍
1978年6月30日中午

* * * * * * * *

荣：

来信和布鞋收到，勿念！

你的来信出乎我意料。因上封信我说了，你现在功课紧，不要你写了，我给你写信就行了，反正我们不久就可以见面的，可惜你没有听，还是来信了。看了来信，为你的学习感到高兴和骄傲，也为你有一个比较好的体格高兴。不过，我感觉你的体质现在还不是很强，上次你回来时我感觉不见得怎么好。总的来讲，看完信后的心情还是可以的。可能你会认为我这种想法比较勉强吧！不是的，看来信中间一段有一点小想法。不过，你现在学习很忙，我不愿打扰你，等你回来时再告诉你吧！

告诉你一个好消息，上个星期五我在公司党委的民主生活会上挨了一顿严厉的批评。批评主要来自李、曾两位主任，别的几位倒没有什么。可能你会感到奇怪，为什么被批评还当作好消息来说呢？你不要急，听我慢慢讲。事情是这样的，在常委的民主生活会上，每个人先都做一番自我批评，因为我是记录，最后发言。那一段时间我心情十分不好，各方面都受了一点影响，团的工作也不愿意做。在民主生活会上我谈到自己的缺点，说自己能力太差，不适合搞青年工作，等等。我的话还没讲完，李主任就插话说，你不是没有工作能力，主要是背了个人问题的思想包袱不愿干了。李、曾两位主任的讲话都很实际，主要是帮助我正确对待个人问题。你知道我的想法，因为我曾问过他，像我这样还能不能搞青年工作。我注意到，李主任现在不是责备我不该和你谈，只是批评我没有正确处理好，以致工作受影响。他说，照你这么说，我妻子是地主家庭出身，我还要当党委书记呀！李主任说到这里，曾副主任插话说，你现在不要为这个事背包袱了，报纸上对这问题都讲得很清楚了。

这次开会虽然被批评，心情还是愉快的。不管怎样，领导表了态，自己就心定多了，家里的意见还是次要的。这个事，我相信我一定能处理好，请你放心好了。

说实话，你上学后我的工作比较一般，现在我正在努力弥补。一是准备在这个月办一期团干学习班，方案已定，领导也同意了；二是要对全体团员进行一次政治考核，提纲已发下复习；三是在 8 月份在全公司进行一次遵纪守法调查，然后把调查报告上报公司；四是请老范做一次如何正确对待晚婚、晚恋和计划生育的教育。这些工作都做了布置，领导已经批准，还比较满意。不过，我没有因此而自满。我知道过去的工作做得不够好，不费点力气是搞不上去的。这一段时间比较忙，主要是定方案，传达会议精神，还要上一堂党课。在干工作遇到问题时，我常想，要是你在旁边给我出点主意，我就可以更大胆地干了。如果你在这里，我也会愉快得多。又想，为了今后，你还是去读书好。我有依赖思想，不愿做青年工作，应该被批评。李主任要我安心专心干好青年工作，我这回真的是下决心了，一定干好，不让你挂心。

荣，我算了一下，还要 26 天你就回来了，真是高兴！现在每天睡觉前我总在想，那位在桂林的现在能否按时作息呀？学习是否太累呀？我想，你现在学习一定很紧，如果时间不够可能要开夜车。这样不好，一定会影响身体的。现在天气热的要命，睡得少了，吃得少，学习忙，很辛苦，你一定得多注意。不要搞疲劳战术，把自己身体弄垮了。如果是这样，一个假期也补不回来，晚上学习时如果太热，可到外面走走消消汗。蚊子多还要备有万金油。望你多注意。

我现在仍然按照以往的规律，每星期六去你家看望一次，如星期六没有空就星期天去。一星期至少去一次，请你不用挂心。

上封信我叫你把毛衣拿回来拆洗，信发后我就修好了毛衣针。你的毛衣穿了三年，早该拆了重织。是我关心不到，请原谅。

从现在起你不要给我回信，考完试再写。切记，否则我要生你的气。暂且到此。2 点了，下午开会要赶去布置会场。

祝三好，盼早归！

珍

1978 年 7 月 7 日 1：58

荣：

现在你的学习一定很紧张，但我希望你一定不要把自己累坏了！

现在家里情况很好，遵照你的指示。上星期六晚上分别和四妹小妹做了关于高考准备的谈话。这是和你父母一起进行的，并非很正规。从谈话的情况看，四妹的决心比较大，也有一点顾虑，认为如果考不好会被人笑话，说如果复习那么长时间还是考不上，白费力。小妹则不同。不知是我没有真正了解还是有别的原因，她有些信心不足，认为复习和不复习都是考不上的。不过她俩的学习很认真，也很抓紧时间，星期天也不休息。只是各有想法罢了。

我现在还好。本来上封信想告诉你的，上半年我们公司得了个二等功。公司上半年的总结评比基本上搞完。工作我没有干好，居然也得了个先进，这是出乎我意料的。今年的先进评比仍按 4% 的比例来操作，要求在半天时间内评完，结果我被评上了。但是在公司平衡各单位上报名单时，先进个人多了一个。主要问题出在秘书科。几年评比都是他们给支部出难题，现在要拉一个下来，结果谁也不吭声，不知拉谁好，只好由科室党支部决定。这次评比，各科科长和支委除我之外，一个也评不上。在支委会上我谈了看法，认为我下还是比较合适的，不必做思想动员工作。如果拉下别人，被拉下的有情绪以后难以调动积极性。王科长起初不同意，经我摆出理由也就同意了。我认为最后结果就是这样定了。在支委会前，我妹妹用扑克牌帮我算命，说我今年有小难，但有贵人护，还是有福的。结果过了几天，在公司的评委会上，下面的同志一致同意让公司增加先进名额。这样，我又得当先进了。不过，我心中有数的，上半年我的工作并不突出，先进不该我来当，实在是问心有愧。既然如此，我下了决心一定要搞好工作，不负这光荣称号，也不负你的希望。

也许给你去这封信不是时候，考虑到现在这段时间是你学习的双抢大忙季节，时间很紧，但我又怕你因学习紧张而忘了休息，还得提醒一下。现在天气实在热，动一动就一身汗，给学习带来不少的麻烦。特别是，你中午休息又不好，伙食又差，不能不使我担心。你一定要注意，不要自以为身体好，问题不大。晚上睡前用湿布擦擦席子，睡时就舒服点。每天上学骑车，日晒太强烈，记得戴草帽。同时不要骑得太急，以免撞到人。前两天我去 C 旅社，一路骑车一路想事情，结果在宽宽的马路上被撞下自行车！还好，我没有受伤。在路上，你也不要想别的，老老实实骑车。该想的问题，到学校或回家以后再慢慢想。我安排了自己的工作，争取把一些主要的工作在 7 月份办完，等你 8 月份回来时我就可以多一些时间陪你了。你想去游泳吗？柳江河水很清，每天游泳的人很多，等你回来我们也去吧！

听说二伯母去桂林，如她有空，你可否请她帮你把毛衣拆了洗好，等你回来时把洗好的毛线带回就方便了。要不然，等你回来以后再拆洗的话，又要耽误一个星期。如果她没有空就不麻烦了，我织好给你寄去。你一定不要自己动手，免得学习休息时间不够。

不多说了，盼你早归！

你的珍
1978 年 7 月 14 日中午

* * * * * * * * *

荣：

你现在都好吧！紧张的考试把你累坏了吗？为了不分散你的注意力，让你好好考试，我已经很长时间没有给你去信了。我想，这也是对你学习的一个支持吧！上午到市里开会，散会后特地回公司一下，看看有没有我的信，结果白跑了一趟。因不知你最近的信息，心里老是牵挂着，不踏实，放不下心。

荣，上次写信向你报告了我的工作情况，其中有好的消息，也有使人不高兴的事。在这封信里，为了欢迎你回来，我就全部向你报告好消息，而不是你带着半分不高兴归来。抱歉！我要把最好的消息放在最后面才告诉你。第一个好消息是，公司上半年的评比搞完了，我的工作虽然做得一般，却不知怎么评上了先进工作者和三八红旗手。第二，在 6 月底的公司党委民主生活会后，我接受批评，认真开展团的工作，如举办团干学习班，对全公司团员进行政治考试等，有较大的信心搞好工作。团员和青年们高涨的情绪也感染了我，我现在是下了很大决心的，等你回来后帮我出点主意，争取在下半年再有新的起色。

最后一个消息，就是你几乎每次来信都提到的事。你说我们戴着脚镣跳舞，背着包袱谈恋爱的苦头，尝够了。在你走后，我几次试探父母，结果都碰了钉子。经过多方努力和我自己的行动，终于使父母改变了原来的看法，同意我们的恋爱。我们终于等来了冰雪消融、春暖花开的一天！在十几天前，我想把这个终于解冻的好消息告诉你，又怕影响你的学习，就等你考完试后才告诉你。现在，这个问题终于得到解决，我们就没有什么后顾之忧，可以把工作学习搞得更好，争取更大的进步了。对不？等你回来以后，我们就可以比较放松地过一个假期了。不过，也不轻松的，你父亲要你回来以后筹办你哥的婚礼，任务也挺重。要是有用得着我的地方，我一定不辞辛劳。

现在天气很热，学习又紧张，你自己要注意休息，不要过度疲劳，我不希望看到你回来时精神不佳的样子。回来时记得带上换洗衣物，带毛衣回来拆洗。

为了让你在星期六能收到信，这封信就直接寄到你姐的厂里。好了，等下

二　扬帆追梦

125

我还要午休一下。前天值班，昨晚看电影，都到 12 点以后才睡，今天有点累了，要小休一下。下午还要开会，就暂时写到这里吧！你回来以后我们再好好谈吧，我有好多话要和你说呢！

　　盼你早归。

你的珍

1978 年 7 月 29 日中午

＊　＊　＊　＊　＊　＊　＊　＊

荣：

　　事情很不凑巧，我们俩忙起来双方都顾不上写信，一写却又同时写，让邮件又在途中碰头了。

　　看到你的来信，知道你没有接到我 29 日下午发出的信，估计现在收到了。我前一段也是挺忙的，在市里开了四天会，贯彻全国财贸双学会精神①。想给你写信，又怕打扰你学习，就忍住想你的念头不写了。其实，每天我不知望了多少次信箱，心里都有点怪你了，怎么还没考完试呢？这十几天都不见信了。后来又一想，怪你没有用，是我不让你写的，只好怪自己了。

　　昨天你小妹到家里，请我晚上到家里吃饭。可惜我去了也不会下厨做事，比起你大嫂差远啦！你哥还是有福的。谁叫你没有福，找一个不会做事的。你要有思想准备呢，以后大家都不会做饭，只好去天天上街去吃米粉喽，你怕不怕？

　　荣，你快回来吧！烦恼了这么多年，我们从来没能很好地十分愉快地在一起。前几次给你写信时，我就向你发誓，这次回来一定要使你满意，不让你失望，你该高兴了吧？

　　今晚本来是学习，下午下班我没有回公司，不知道当晚的学习已取消，白跑了一趟。不过也好，到公司后我顺便给你写信，要不然让你等信又不是滋味了。三天两封信可以了吧？上封信，忘了交代一个事，你在桂林已有好几个月的时间了，在这段时间里，得到了亲戚朋友的大力支持，这次放假回家之前你一定得好好感谢他们。你到胡家邀请小胡来柳州玩吧！就说小郑很想他，要他早点到，不要等中旬了。因为小郑现在抽出来搞运动，还是比较自由的，可能月底要回公司。

　　好啦，匆匆忙忙写上几句。3 日晚上，我一定提前往火车北站接你，给家里的信我现在就送去。

---

① 即 1978 年 7 月在京召开的全国财贸学大庆学大寨会议。

今天上午开公司党委常委会，一忙又半天。原想赶在 9 点去发信，结果会议中没有小休，只好等会议结束才发。你记错日子了，下午发信你也可以收到的。

祝好！

珍

1978 年 7 月 31 日

* * * * * * * *

Good morning，dear teacher Huang！

今天来上班，想到你来信已经一个星期，该给你去信了。

荣，转眼间你离家就已经 10 天了。放假在家过了一段舒适的生活，又过了一个年，身体比刚回来时好了点，现在又回到学校过艰苦生活，习惯吗？有什么困难请来信如实告知。新的学年学习一定很紧，但也要适当安排时间，不要搞得太紧张，这对学习身体都不好呢！我希望见到你的时候，红光满面，精神焕发，学习身体双丰收。

你大妹的婚事办得不错。只是你和耀荣哥不在家，有点遗憾。耀荣昨天晚上回家，拿了不少木方回来，说是给你准备的。为了我们的事，你哥也操了不少心，你可要好好谢谢他才是。

关于我的工作问题，估计要变动。李主任到市里开会还没回。过几天会议结束了，几个主任和市财办一起商讨公司中层干部的安排问题。估计我去 D 饭店可能性大一点。昨天上午，我向李主任汇报工作时，试探了李主任的口气，并且提名几位候选人接我的班，李主任却一个也不满意。他说要是没有人接，还要我继续做下去。我猜想，这次调动，李主任是不大愿意让我走的。但是财办有要求，像我们这一批干部一定要下去锻炼。具体什么时候动，还不知道。依据惯例，搞青年工作的迟早都是要下的。现在下去学些业务，当第二把手也还是可以的。情况如何，以后再告诉你。

荣，你才走了 10 天，但我觉得好像好久好久了，总想象你现在的模样。不过，我不会使你分心的，以后你半个月来一封信就可以了。我也半个月给你去一封信，因为看信多也要费时间的，好吗？

荣，以后经济危机不要自行处理，有什么困难和需要及时来信，我一定尽力帮助你解决。信是在办公室写的，人来人往的，不好写。暂写到此。再谈。

祝好！

珍

1979 年 2 月 20 日上午

二 扬帆追梦

127

****

荣：

　　你好！可能你一直在盼我的信吧！

　　看了你的来信，得知近况，甚慰。你在信上提到我们领证之事，令人高兴！为你也为我高兴。事情有这样的好结局，也许是命中注定的吧！我想，这件事你看着办就是了。如果学校领导没有什么意见，你就打报告要证明吧！反正事情迟早都是要办的。到现在为止，我还没有和家里打招呼，我想这件事不要过早惊动父母，到时再告诉他们好了。我哥办婚礼前去领证也没有让家里知道。荣，你看这样好吗？

　　不知怎么回事，我看你这封信的时候特别敏感。打开信一看，我就望见了打报告几个字，结果我没有被你的"锻炼一下耐心"的提示所阻碍，就直接往下看了。越看越心跳，幸亏已经下班了，没人看见。看完信后我多么希望你就在我身边，和我共同分享这份快乐呀！唉，真是遗憾！今天公司召开党委扩大会，坐了一天，我很累，会场上就伏着靠椅闭目养神。小徐顺手摸我的头发，恍惚中觉得是你在动我的头发！就像你放假回来我们在一起时那样。可惜好景不长，我也不敢伏椅打盹太久，怕被批评。一场好梦就这样结束了！荣，我真想你！

　　荣，我想你，也怨你！2月20日我给你发信后，晚上就到你家吃饭，因你大妹结婚后要回柳城糖厂。饭后，你父亲十分认真地找我做了一次单独谈话，结果被"教育"一番。事情是你找来的。因为春节期间，你提出你要去公司几个主任家走走，我不愿意你去，怕别人会说你拍马屁。你呢，把我讲的话告诉你父亲。那天晚上你父亲的谈话让我很不好意思，后来我把我的想法讲了以后，父亲也没有多说什么。要是你在的话，我又要责怪你了。

　　我听小郑从桂林回来说，你最近的身体还不错，好像比在家时候还胖了一些。我却不大相信。学校食堂伙食又不好，你手头钱又紧。怎么会胖呢？不过也许是你现在的心情不错，才胖起来的。小郑说，你们学校3月5日跳交谊舞，是吗？跳跳舞也是好的，可以调节一下紧张的学习生活。不过，适当点就好。我们公司是不让跳了，春节那次我们组织大家跳青年舞，结果在行政会和党员会上被领导批评了两次，说共青团跟跳舞风最紧。所以，我再也不搞这样的活动了。你在那里如果学校组织跳，一星期参加一次也就够了，多了会影响学习。

　　在学校办结婚证明的事，你看是不是到快放假前办为好？现在要，你又不能马上回来办结婚证。

　　桂林现在的情况如何？前线正在打仗，你母亲很担心你们要输血。我说不会的，她又不放心。柳州前一段时间比较紧张，生产饼干的任务很重，现在稍好一些。我们现在增加了战备值班时间，科长级的每天24小时不断人，每人值半天，现在还没取消。我今晚值的就是这种战备班。

健荣，接你信后，第 2 天汇了 40 元给你。本来应该如数给你的，因为我把一些钱存在零存整取的存折那里了，取不出来，只好先寄上 40 元给你急用。明天我再汇 10 元给你。你接此信后即给我回信，不要让我挂心。

祝好！

珍

1979 年 3 月 5 日晚 7：30

* * * * * * * *

荣：

你好！3 月 8 日的来信收到，一下就过了十多天，再不给你回信就不该了。

荣，这段时间学习忙不忙？身体好吗？虽然你的来信说身体各方面的情况还可以，但我总不大相信。也许是这次去自治区团校学习，体会到学校生活的原因吧！学校伙食差，学习紧张，自己得多注意呢。虽然你不是孩子，但也得反复讲（当然，这不能像讲阶级斗争那样，天天讲），不断提醒你。

来信说到要结婚证明之事，只要对你的学习各方面没有什么影响的话，你就领吧！一切由你决定好了，我听你的。现在新的婚姻法已发下讨论，男女双方满 22 岁就可以结婚，但不能低于 22 岁。我们俩的年龄都大大超过，要是评晚婚模范，我们都可以当老模范啦！再说，控制人口的办法在于计划生育，而不是晚婚。前几天，我到市人民医院去看一个产妇，她是我同学的妻子。她年龄大了点，28 岁，又是难产。她生小孩时，叫喊声音是很吓人的，医生的态度又不好，搞得家属也紧张，简直是活遭罪。

目前我的工作还没有变动。原来公司讲是 3 月中旬进行中层干部调整，不知是什么原因，至今尚未动。现在的青年工作越来越不好搞，因为现在实行奖金制度，无论是中老年还是青年职工，都不愿多占用自己的时间。根据公司青年的情况，我已宣布把每周一次的组织生活改为两周一次了。3 月 7 日，我组织公司 40 多团员青年到公园搞了一次活动，大家都挺高兴。本来我打算搞完这次活动就暂时停一下，现在看来还得准备五四的活动。市团代会准备在 5 月份召开。本星期还要参加市财办组织的中层干部学习班。

你托小郑带回的《英语 900 句》，我没有给你小妹。在你还没有托人带回这本书前，你父亲已帮她找到一本。我学英语也需要，就拿来用了。现在，我是在市科技局办的英语班里学习，每星期天上午上课，进度不快，还可以跟得上。如果你在家能辅导一下，我一定能学得更好一些。由于形势需要，公司也准备办一个英语班、一个数学班和一个扫盲班。

本想给你寄两袋麦乳精，没有空找人买，给你两元钱补充些营养吧！我把钱放在信里一起去，看能否收到。3月7日晚，给你汇了10元，收到了吗？请来信告知。"五一"如不影响学习的话，你就回来吧！久不见了，很想念。

我等你！

祝好！

珍

1979 年 3 月 19 日中午 1：40

＊＊＊＊＊＊＊＊

我的荣：

你现在一定很忙吧？各方面情况都好吗？

3月20日我给你去了封信，不知你收到否。在信中我放了两元钱，是给你的困难补助金。但20日发信至今，已过了一个星期，还没有回音。我并不是为两元钱丢失担心，而是为我的荣担心。你究竟是学习忙，顾不上给我写信呢，还是身体不好，心情不愉快，或是别的什么原因使你不能及时回信？

一个星期来，每天上午下班前，我总要赶回公司，看一看有没有你的来信。前几天我到你家去了一转，你父亲问起你的情况，我只能说可能蛮好。你父亲说你有十几天没有给家里写信了。在这里我并不责怪你，当初你假期返回学校时，我们约好10天一封信，可是现在已经快20天了，也不见你信的影子。你上封信，是3月8日写的。我想，可能是有什么原因使你不能及时回信。我的心一直放不下，老是挂着你现在怎样啦……这种心情你是能理解的！

今天晚上又是我值班，也许是这几天老想着你吧，有点心神不定。来值班前，我把你以前写给我的信（包括我下乡做知青带队期间，在单位工作和到南宁学习阶段的）几乎全部看了一遍。这些信，如实地记载了我们恋爱过程中的辛酸苦辣，艰难曲折，悲欢离合，更勾起了我对你的思念……你在柳州时，每当我值班你都陪我到夜深才离去。今日虽有同学来陪我，但毕竟不是你了。特别是，近20天不知道你的情况，心情更是不快！

以后你还是按时给我写信吧，好吗？我不愿使你的情绪和学习受到影响，我也不愿给你增加什么麻烦，只希望及时得到你的消息，哪怕写几个字也好。

如果明天你的信还不到，我就马上出发出此信，你接信后请速回信。

祝晚安！

你的珍

1979 年 3 月 27 日晚 11：40

又等了一个上午，仍未收到你的信，这就更增加了我的牵挂。荣，你现在到底怎样啦？是出了什么事，还是怎么了？收信后立即回信，切记。

* * * * * * * *

亲爱的荣：

你好！两封来信收阅。知道了你的近况，总算是一块石头落地了。前一段时间，可能是心情不大好，特别想你，但又迟迟不见你的信来，更增添了一份担心。现在好了，心情也愉快了。

前一封信你说已把报告交到学校，现在情况如何？本来，我打算在这一段时间找领导谈一谈，因为C饭店的部分团员青年给店领导张主任写了几张大字报，公司几个领导都下去解决这件事了。这几天工作也忙些，为大字报的事我也下去参加了青年会，就没有机会找领导了。看下段时间机会合适，我再找李主任谈谈吧！房子现在不大好解决，自来水厂后面已动工的宿舍，我去看了一下，还在打地基，估计今年年底才可能建好。这栋宿舍公司只能占11套房，其他属于L饭店。婚房问题你就别担心了，车到山前必有路，到时候总会有办法的。我会尽我的能力去想办法的。荣，你放心吧！

信刚写到一半，就听李主任说，星期天（4月8日）公司组织部分干部员工到桂林参观，时间大约是4天左右。李主任亲自带队，李科长和老莫等也一同前往。到时你若有空，可去看望他们。估计他们住在杉湖旅社。你看需要带些什么东西去，请速来信告知。

荣，你真是有心人，学习那么忙，还记住我的生日，太感谢你了！你的生活是艰苦的，经济也紧张，我不需要什么礼物，就免了吧！只要你对我好，只要你的学习好，就是最大的礼物了。你还记得吧！去年我24岁生日后的几天，你就去读书了。今年我25岁，你又不在柳州。如果你"五一"能回来，就补一补祝贺吧！

现在的天气不大好，时冷时热的。你要注意添减衣服，注意休息，愿你"五一"精神焕发地归来。

亲你！

珍

1979年4月4日上午11：30

****

荣：

4月3日给你的信，谅已收到。

明天公司赴桂林参观的同事就动身了，因要带一些东西给你，又顺便写上几句。

上一封信因时间紧，办完事回到办公室才提笔，写得匆匆忙忙，字迹比较草，费你眼神了。今天就改过，尽量写工整一点。

可能是因为改革初起，社会管理一时跟不上，近年来柳州的治安形势不大好，社会秩序很差，赌博之风日盛，公开抢劫时有发生，凶杀抢劫和斗殴杀人的恶性案件也不鲜见。出现这样的情况，可能你会感到奇怪吧！其实，这段时间这些在柳州都算不上什么很特别的事了。前些时候，江滨饭店和蔬菜公司的营业款就是被公开抢劫的。江滨饭店的300多元营业款被抢时，保卫人员一直追到C饭店门口，抢劫者才把钱丢下跑掉。蔬菜公司被抢的钱就白丢了。还有，柳州的私人舞会盛行，天天晚上都有。一些歹徒想着趁机捞上一把，持刀枪闯入舞会，逼迫舞厅的人把手表钱物等交出，然后把门锁上逃跑。这样的事情不胜枚举。前几天，我们公司对门的五金商店的橱窗也被人撬了，橱窗里的收音机、电唱机等都被偷走。公安局的同志说，历史上柳州从来没有过这样乱过。这样的形势确使人不安，上班也得担心家里是否被撬被盗。公司王主任家早几天被撬，被偷了100多元和一些粮票。

对此，群众反映很强烈。这段时间，市里正着手抓治安整顿，过几天准备开公判大会，刹刹这股歪风。这样做是很有必要的。上星期在体育场，一位刑警队警员执法时失手打死了一个公开抢钱的歹徒，但市里很多单位都给市公安局写信，为这位警员请功。现在，像这样敢管敢于碰硬的公安人员并不多。总之，柳州的治安情况正在好转，市场管理也正在整顿中。

可能你看了上面这些内容，会觉得我太啰唆吧！其实不是的。我是希望用这些事情提醒你，桂林可能也有这样的情况，你要注意防范。再说，学校也是一个小社会。在学校里虽然大家都是学生，但也难免也会有些手脚不干净的人，所以也得提防一下。钱物要收好，被偷盗也是个麻烦。还有，我听你说几次了，学校洗澡困难，你看是不是给学校提下意见，长期这样，怎么是好？特别是现在天气又不好，时冷时热的，不洗澡很不舒服。要是目前一时解决不了，你就提前点时间，在晚饭前就洗，可能会好一些。记住要勤换洗衣物。

荣，这次公司参观团到桂林，我当然要慰问一下勤奋学习的荣啦！你能猜出我会给你带些什么吗？告诉你吧，有家里给你的15个鸡蛋和白糖，还有5个蛋糕，还有两本英语本子。东西不多，略表心意吧！还有一件事要麻烦你一下，小董的母亲到桂林有几个月了，她买了20瓶蜂乳和其他一些东西请我们公司的人带去桂林。请你抽时间把这些物品送到桂林铁小的小董大姐处，顺便看望其母。黑色手提包所装物品全是小董的。

今晚我把支援四妹买表的钱拿给她。以后你给她回信就说是你给的，不要说是我的，否则她又不愿收。我准备托公司参观团带给你的东西已备齐。今天心情特别好，好像明天就会见到你似的。再谈！

祝好！

秀珍

1979 年 4 月 7 日下午 5 点

* * * * * * * *

荣：

近来学习一定很忙吧！从你托老莫带回信的字里行间，就可以看出你现在是很忙的啦！虽然你来信说你各方面的情况都好，可是我还是有点不放心，现在你一个人在外边，学习紧张也要适当才好。

"五一"快到了，你能回来吗？如果真的回来，再过 11 天就能见到我日想夜盼的人啦！上次在给你的信中，告知你柳州的一些情况。前段时间情况确实不大好，发案率达到历史最高水平，其中凶杀抢劫案 32 起，各种刑事案 367 起；流氓活动大街小巷都时有发生。不过，现在形势正在发生变化。柳州发出整顿治安的六条通告，各单位、各级党群组织都紧急行动起来，全市抽调 1000 多名民兵，配合派出所搞治安整顿工作，情况开始好转。我晚上回家还是比较早的，不会出什么危险，你放心吧！前些时候，也就是在整顿前，我晚上经常出去走，到原来的河南桥头、屏山大道等地看看。我并不是贪玩和好奇心重，主要目的是想实地考察一下柳州的情况。结果看到了很多像电影《铁证如山》描写的那样的场景，社会秩序确实比较乱。看了这些，对自己的工作是有所帮助的，我进一步认识到抓好青年的思想教育的重要性，对自己的工作也比以前抓得紧了。

目前我们的工作还是比较忙的。20 日以前要进行柳州市第 11 次团代会代表的选举；还要调查青年犯错误的情况；下星期要进行一次爱国主义和民主与法制的教育。工作挺多。但我的精力很充沛，心情也好，估计工作会比较顺利。你放心吧！在处理各种问题上我一定会注意方法注意影响的。

今晚又是我值班。值班前我到饮食公司听了一堂技术课，学炒菜。今天是第 1 节课，讲得很好，看了实地操作，很感兴趣。以后每星期三晚上我都去听课，学学厨艺，争取当一名优秀的家庭主妇，使我们的荣回家能吃上可口的饭菜，你说好吗？

健荣，上次我写信问过你，你们学校要不要输血？你没有答复，不知你输了没有？我们今天下午总动员号召输血，估计过几天就要去输了。你不要为我担心，我的身体很好，输血后我一定会注意营养的，家里也会设法给我补充营养。再说，战士们在前方流血舍命，我们输点血也是应该的。何况我现在年轻力壮，又是公司献血领导小组副组长，不带头怎么行呢？不过，我保证见到你的时候，一定是身体很健康的，你放心学习吧！

我现在一切都很好，不必牵挂。五一回来时，能否在学校帮我借一本《曹禺选集》，我想看一看选集里的文章。

夜已深了，暂写到此。见面再谈。

亲你，我的荣。

珍
1979 年 4 月 18 日晚 11：30

＊ ＊ ＊ ＊ ＊ ＊ ＊ ＊

荣：

你一定会怪我不给你及时去信吧！

"五一"两天假实在太短了，什么事也没办成。本来是要告诉你，我们五四活动的内容，结果一高兴起来，只记得你一个人，把别的事给忘了。我现在补汇报还可以吧！

今年的五四活动，我们是去都乐岩风景区进行的，具体项目有新团员宣誓、野炊、拔河、击鼓传球和照相等。这次活动党委很支持，给了两部汽车。原来只打算去 60 人，结果各支部都很踊跃，去了 128 人，大大超过原定人数。就整个活动来讲是成功的，但在组织准备工作上出了一些问题，主要是 L 饭店团支部的野炊出了问题。L 饭店原计划午餐是吃饺子，原来商定其饭店 10：30 开小车送饺子馅和柴火来，因饭店新来的某副主任不同意，物料无法送来，遂使野炊计划受挫。虽然我们做了一些支部的工作，请一部分人到附近小吃店就餐，让出一部分餐饮，勉强解决了他们的吃饭问题，但这个支部的青年情绪却是大受影响。而作为组织者的我，当然也就很不痛快。回单位后又挨李主任一顿批评，说五四活动吃饺子是错误的。他还说，L 饭店的某副主任甚至说出这个主意的不是好人。我想不通，堂堂一个主任竟讲出这种话。我不服气，就和李主任争了起来。我说，如果说吃饺子是错的，难道只有吃忆苦餐才是革命的？当时大家的火气都很大，我也不愿让步。李就说我反对吃忆苦餐，不听领导的话，等等。还有一些话我无论如何也受不了，而我一解释就又挨一顿批，只好跟李干了一仗。其实，这件事主要是 L 饭店的两位副主任挑起的，而李主任竟然偏听偏信，我只好自认倒霉了。

荣，你看了上面这些不要着急，我会处理好的。虽然吵得很凶，但下午我们就讲和了。有人说我在李主任面前特别撒娇。撒娇我是没有的，主要是我们脾气有点相似，而平时关系也还可以，我才敢这样和他争的。

　　本来，我想活动搞完后我就和李主任说我们的事，结果吵完后就有点不好意思了。你父亲也问了我这事，我尽量争取在这段时间办完。为了使你学习不分心，少操点心，我一定努力积极操办，你就放心吧！

　　荣，现在你们学习越来越紧，要多注意休息和锻炼，晚上尽量不要熬夜了。今天我值班，就忙着写信给你。

　　祝好！

珍

1979 年 5 月 13 日下午 3：20

＊＊＊＊＊＊＊＊

荣：

　　上一封信，让你久等了，很对不起。从这封信开始，我一定遵守共同条约，按时发信。

　　荣，你写信也太客气了，既然我们的关系已经确定，就不必过多的客套了。本来嘛，要是你不去读书，一定能给我更多的指导帮助，给我带来更多的快乐，我们在一起工作学习也更愉快。现在你不在我身旁，虽然不能当面指导，可你来的信，不也同样给予我指导帮助，给我带来快乐和幸福吗！你说，自从你去读书后，更感谢我的支持，讲到这里，我想起了自己以前所做的傻事，这只能怪过去不成熟，想问题、办事情太简单，造成了不好的影响。每每想起这些事，心里都是很不好受的。因为这样原因，现在你不在我身旁，我就想把以前所没有给你的温暖，通通都给你，以赎回我以前的过错吧！我这样说，你不会觉得可笑吧？

　　这几天，柳州市正召开第十一次团代会。本来我是不愿意参加的，你父亲说我不该这样，李主任也不同意，只好参加了。不过，这一次也许是最后一次。以后有机会，我还是希望换换工作。你不要以为我又闹情绪了，不是的，这段时间思想还是比较稳定的。虽然和李主任吵了一次，但很快就没有事了。第二天，李主任还把他一张戏票给我去看。小韦见了还说，李主任就是捧我。这件事你不要担心，我不是在公司大厅和他吵的，是在公司的专案组办公室。当时，他在那里找我谈话。可能是双方嗓门都大，政工科的同事也听见了。我也认识到不该与领导当面争执，这样的结果是对我不利的，以后我一定注意就是了。以后你也来信多告诫，使我不再重犯，好吗？

　　健荣，你对我的帮助关心，我是很感激的。我这个人做事，有时确是随意

二　扬帆追梦

135

性比较大，没有一个人来管一管，看来还是不行。而我好像只服你管，你说是不是？你说要我汇报输血后的身体健康情况，我就如实汇报吧！

前几天，可能是与李主任争了一下，情绪不大好，总觉得不舒服，也不愿起早锻炼。看了你的信后，我现在又坚持早起跑步。锻炼与不锻炼确实不一样，在没有跑步以前，一天到晚总感到浑身无力，提不起精神，造成了生活上的反常。现在一切恢复正常，你放心吧！

这段时间，我有点怕去你们家，大概是因你把我们的事全盘告诉了家里，我有点不好意思吧！每次我一去，你父亲一定要问我的。我打算等团代会结束后，把事情告诉李主任。开会时间快到了，暂且到此。

亲你。

珍

1979 年 5 月 22 日下午 1：30

＊ ＊ ＊ ＊ ＊ ＊ ＊ ＊

荣：

来信收到。开完市团代会又参加了三天的党员学习班，幸亏今天我回办公室，要不然就不能收到你的信啦！

随信附上 5 元，以救你囊空如洗之急。我知道，你如果不是十分紧张，是不会求援的。我呢！亏就亏点吧！谁叫我们是这种关系呢！

收音机的事，我还没有去打听。小陆的事正在进行，小黄的调动还没有结果。明晚我再去找找小陆，他的事我一定尽力而为。

因忙着给你寄钱，不多写了。

祝好！

秀珍

1979 年 5 月 30 日下午 5：30

＊ ＊ ＊ ＊ ＊ ＊ ＊ ＊

荣：

你好！5 月 29 日回公司收到你的信，得知你经济危机，急忙提笔写信给你寄款。信寄出后，才想起这样做太冒失了。听邮局的人说，有些邮递员经常偷寄信人装在信封里的钱，而那些夹在信中寄钱的人，也只能是哑巴吃黄连，有苦说不出。

你要买收音机的事我感到比较为难。你看是不是再等几个月？我不是不赞成你买，现在主要是经济问题。上次给你汇了 50 元买书，上个月我们同学出差又带了 40 元帮我们买被面，手头比较紧，又不好到公司借互助金。等过几个月情况好转了，我一定给你买。好吗？我知道你是急需的，而我也希望我们的大学生成绩领先。情况这样，只好委屈你一段时间。过一段时间我一定给你买。

我现在的身体还可以，但好像感冒比以前多了一点，不过也不是什么大问题。以后我加强锻炼，注意休息就是了。你在学校里也要多注意，晚上学习还是按学校规定的作息时间，不要在煤油灯下看书，要不眼睛会坏的。锻炼也不要太激烈，早上跑跑步，做做广播操就行了。

《曹禺选集》已看完，本想托人带去，但一直没有合适机会。过几天小郑要托运家具（她已调桂林，单位未定），我叫她帮带去好了。

珍

1979 年 6 月 10 日下午

* * * * * * * *

亲爱的荣：

很想你！你现在好吗？现在是晚上 9：15，此时你一定在忙着复习功课，准备考试吧？

《曹禺选集》我早在上个星期就给小陆，让小倪带给你了，不知小倪找到你没有。《名篇集》已收到，谢谢你对我的关心和帮助。

工作调动一事，组织上还没有找我谈。估计一是没有人接我的工作。接我工作的要求是党员干部，有发展前途，因为我的位置是与科长平级。二是举棋不定。有可能过一段时间，对 A 饭店、B 旅社和 D 旅社的干部要适当调整，领导还拿不定主意放我在哪里。经过一段时间的考虑，我对调动工作的事也想通了，也没有什么烦恼了。如果不是我再三找领导要求，我的工作是不会变动的。变动也好，可以趁早学一点东西，我不后悔。当然，在办公室是比下面舒服的，但如果没有真才实学，到老了才改变工作，自己还要吃力。为了使自己能适应下面的工作，从现在起，我开始学习业务，先从学报表开始。至于去哪里工作，我想问题不大，别人能干的我也能干好，你说是吗？

你还有 20 多天就回来了。目前功课一定十分紧张。你一定要注意休息，晚上自修，要点上蚊香。

荣，我等你回来。

你的珍

1979 年 7 月 2 日晚 10：25

二
扬
帆
追
梦

137

* * * * * * * *

荣:

你好! 7 日来信收阅。

关于春节我们能否办婚事问题,如果校方能信守年初允诺,同意出具证明,当然是最好不过,如不同意,你也不必再去追问了。我感觉,问多了有害无益的。虽然现在的文件是说"一般不得结婚",而系张书记也表示理解你的心情,并愿意再和校方交涉,但政策条文摆在那里,校方对你网开一面的希望可能较小。你哥的信也是有道理的,不能因小失大。要是校方不同意,我们都不要勉强。过一段时间段办,准备充分一点,也就可以办得从容些。你看如何? 要是不顾文件规定办事,对我们都不好呢! 荣,我一定等着你! 只要以后我们能幸福、快乐地生活在一起,不管你到哪里,我将追随你一辈子,绝不反悔! 当然,校方同意我们春节办的话,我一定努力做好准备,等你这位新郎归来!

你二妹尚未回柳,听说还在上海化工研究所查找资料。小妹考师范的事,据可靠消息已录取,通知估计明天会到。

我现在一切都很好。你走后我的工作比以前紧张了。9 月份是质量月,我参加公司的质量检查组,还当个副组长,时间是一个月。虽然忙点,精神还是很好的,身体也较之过去好。你放心,我一定会很注意的,为了我们的将来,也为了你,对吗?

祝好!

珍

1979 年 9 月 10 日晚

* * * * * * * *

荣:

告诉你一个好消息,我们申请的婚房终于分到了! 上封信告诉你房子基本到手,不是真正得到,要等具体分到哪一套房才算确定。可是因为房子少,申请的人多,如何分配争执很大。我后来找到李主任,话一开口,李主任就满口答应帮忙,结果原来担心的事就可以放心了。这件事落实了,你的心事也就可以放下一大半,就安心你的学业吧!

婚房虽是三楼的一套单间,但有厨卫有阳台,也算是三生有幸了! 具体得房的消息,是星期六下午快下班时大梁告诉我的,因为通知扣房租的单子在她那里。新房的问题算是解决了,你看有合适机会可以问问系领导,看结婚申请报告能不能写，能写就赶快写了。我们若是春节办不了婚事，占房子太久，影响不好，领导面子上也过不去呢！

常言道，人逢喜事精神爽。婚房的难题解决了，心情比较愉快的，工作也顺心。18日到28日这段时间，我到市招生办搞招工的考试工作。工作很忙，晚上还要加班，星期天也不休息，虽然辛苦点，但我感觉很开心。再说，换换工作环境还是很有益的。

荣，新房虽然得了，不知怎么的，我有点心慌。如果没有什么意外的话，还有三个月我们就要办事情了。总盼着你回来，心里老是不踏实，又容易乱想。我长这么大，还没有一个人单独住过一间房，我真愿你现在就在身旁陪伴着我。你看，我又讲傻话了！但愿你不要因为我的情绪影响功课。看了你写的散文，很高兴！我发现你写的东西确实很出彩，不愧为大学生呢！

哦，差点忘了告诉你，我前几天又剪头发了，你能猜的出我剪的是什么头吗？有空我去照张相寄给你看，你肯定会大吃一惊的。时间已晚，暂写到此。

亲你，我的荣。

珍

1979年10月21日晚10：30

* * * * * * * * *

荣：

当你打开信的时候，一定会先看我的照片，对吗？你看了定会大吃一惊，怎么剪了这样的短发呢？这也不要紧的，现在虽然短了一点，过几个月长起来就会好了。公司在10月3日请了两位广州特级的和一级的理发师到柳州，传授烫发与剪发技术。据说这两位师傅的手艺很好，特级理发师在东南亚8个国家的美发比赛中获得第一。本来我不打算剪发的，在大家的鼓动下我就去了，结果就是照片的模样。请你不妨评价一下。

荣，你来信所关心的工调和物价补贴问题，我不能很清楚地告诉你。在传达中央70号文件时，我刚好给法制学习班的辅导员上课，只听了一半，我看与我的关系不大，也就没有仔细打听。

物价差从11月份开始发给，1日开始涨价。今天到街上看了一下，物价调整的通知已贴出，牛奶从原来的0.26元一斤涨到了0.3元。涨价共有8种农副产品，其中有猪、牛、羊、鸡、鸭、禽等。粮食、棉布价格不动。随着肉类价格的变动，肉粉、肉包等也随之涨价。这样一来，增资5元钱也补不回来。

这次工资调整的比例是40%，面比较广，没有年限，符合如下三个标准就行：工作表现突出、贡献大和技术能力强。但是，这三条标准的要求比较空泛，缺乏可操作性。如果按这三条评，是肯定评不下来的。现在南宁正在搞试点，要等南宁拿出经验，柳州才开始动手。据说，工调要在明年春节前搞完。工调的事情我不想多打听，反正我也不会得，不愿为此费神。

得到婚房后，我和母亲、妹妹与她的朋友一起，用了一个晚上和几个中午时间，把房子洗刷干净了。这段时间没有空，等有空了我就搬进去。

荣，最近你是不是很忙？这几次写信都不谈你的情况。最近天气转凉了，你早上锻炼身体时不要穿得太少，小心着凉。学习忙累了就去散步，不要把自己弄得太紧张。荣，平时你都劝我要注意身体，你自己也应该注意才是。时间已晚，暂搁笔。

祝好！

秀珍

1979 年 10 月 31 日晚 11：20

＊　＊　＊　＊　＊　＊　＊　＊

荣：

你好！有 12 天没给你写信了，又违反了我们制定的条约，请原谅！

现在我已到中心店上班，今天是第 4 天。这段时间主要是到各店了解情况，工作不算忙，但还是不大习惯。这也不要紧，时间久了也就会习惯的。"时间可以医治一切"，这话是很有道理的。到中心店后，几个领导分了工，我负责学习、青年工作和掌握营收完成进度等。在公司 5 年多，都是做一些面上的组织管理工作，现在具体业务得从头学。但既然来了，我就必须做好学会经济工作熟悉业务的打算。你说是吗？

你走后的几天，我感到很苦恼。虽然我认为你说的话很有道理，也知道自己错在哪里，但要我去承认错误，总觉得面子上过不去，心里老是不舒服，也不服这口气。我和李主任没有矛盾，没有思想交流的障碍，但对某某太反感了，而他做工作也太简单，太不负责任。也许是我对他的成见太深了，一见他就感到不是味道。我下去工作按道理他应该找我谈话，交代如何开展工作，可是他竟连一声也没吭。

按你的意思，我已与李交谈过。李对我的态度表示高兴，并两次向我道歉，说那天晚上的党委会，他脾气不好，态度太粗暴了。当然，我不会以此向领导讨价还价，在李讲话前我就主动承认了自己的错误，李也很感动。你也知道，我一般不会轻易承认自己的不是。谈话的结果，双方都很满意，李还问了我们的婚事春节能不能确定下来，并让我写信告诉你，最好能定下来。我只笑笑说准备写，这个问题算是解决了，现在我也不背什么思想包袱，心情也比较愉快了。

因为脾气耿直我吃了不少的亏，现在换个环境，我一定下决心改正，正确处理好上下左右的关系，争取在新的单位有一个转变。我记住你说的，"懂得生活的人，到处都是春天"。

快上班了，下午听党课，不能迟到。天气很冷，你上课活动又少，要记得把大衣穿上，不要着凉感冒了。大哥已回来，听你父亲讲，他回队轮训两个月。暂写到此。

祝好！

秀珍

1979 年 11 月 30 日

* * * * * * * *

荣：

你好！近来学习一定紧张吧？

本该按时给你写信，但这段时间实在没有空，只好推迟回信了，请谅。上星期天去你家吃饭，你父亲问了我们的准备情况。你不在这里，要办这些事我总觉得心中没有底，不知该怎么准备才好。你们学校还未表示同意出具结婚证明，我不敢再买什么东西。

荣，你接信后可否找找系领导，把请他们出具结婚证明这件事最后落实下来。我知道，现在已经是期末，你的学习处于紧张阶段，本是不该让你分心的，但不问清楚，准备工作实在是不好做。我并不是急着催你结婚，考虑到准备工作，我真的不知怎么办好。如果准备工作做好了，证明开不出，事情也办不成；如果不准备，证明得了，事情也不能办。真是两难呢！你那边情况如何？一定请系领导给出明确的答复。

这段时间工作很忙，以前在办公室工作时间可由自己掌握，现在则完全不能像以前一样。平时忙不说，每个星期天还都有事，不是开会就是写材料，晚上也很少有空。今天上午，我在家写总结，下午还要到店里要材料，明天一早要交到公司。这封信就是在外出回来时急急忙忙写的。

我现在回家住了，新房空着，有时间我会去看一下。你不要担心，我现在一切都好，也会努力把工作搞好，你放心好了。

现在你的功课很紧，要注意休息。结婚证明一事，无论能否解决，请你在告诉我以后，就不要把心放在这事上了，否则会影响你的学习呢！

荣，元旦你还回来吗？好了，我马上要出去，暂且到此。盼回信。

祝好！

珍

1979 年 12 月 23 日下午 3 点

＊ ＊ ＊ ＊ ＊ ＊ ＊ ＊

荣：

你好，来信收阅，各情均悉。

看了你的来信，我感到很担心，十分不安，连续两天晚上睡不好。我并不是为未能得到校方的结婚证明感到不安，而是你在信上措辞和你的情绪使我深为不安。即便事情的可能性不大，这也不要紧的。我等你！亲戚朋友和双方父母也都是能体谅我们的难处的。如果校方同意，当然是好，如果暂时不同意，我们就可以准备得更充分一些，以后也就能把事情办得更好一些。你把理由与校领导讲以后，不管结果如何，就不要再找他们了。虽然我们的理由是充分的，是合情合理的，但我担心去找多了，领导不耐烦，造成不利的影响，以后的事就更不好办。荣，这主要是怪我不好，我不该写信催你，搞得你现在要忙考试，又要操心要结婚证明的事，并为此花费许多精力和时间。

我接到你的信已是下午 5：40，看完信又要上课，回家也晚了，准备第二天复信。今天上午刚上班，就接到你父亲的电话，要我去家里一趟。晚上与你父亲已作商量。这件事虽然为难，我不愿为了此事而影响你的情绪，更不愿为此事给你在校造成什么影响。我特别不愿意你为此事，再三"恳求"领导！做人就是要抬起头挺起胸来，不用低三下四的，更何况我们的要求又不是违法的！荣，我并非说你找领导就是低三下四。问题是我不同意你在信上用"最后努力""请求"和"再三恳求"这样的措辞，我是看了这些字眼才替你担心的，并且感到不安的。这些事，都怪我不好，以前没有听你的话。现在事情结果如何，我们还不知道。你父亲和你的意见一样，东西照常准备。我同意了。我想还是暂时不买床为好，除床以外，我们的结婚用品基本上是齐备的。这些事你就不要操心了，把精力放在学习上。

工调的事，公司已于 25 日开党员大会动员，28 日召开职工大会。我这次是得不到的。根据南宁市的工调经验，凡是以前得过 5% 和 2% 的调级的，这次一律不调，有特殊贡献例外。带工资上大学的，由原单位发函到学校了解情况，在原单位参加评比。这个事李主任也在大会上讲了，可能过一段时间，公司会写信给你们学校的。

家里情况良好，我也很好，请放心！请多保重！在这件事的处理上，我赠你一言：决不能让感情冲破理智的堤坝。

如果元旦能回来的话，尽量回，我想你！如能回请提前告知，我去接你。

祝好！

珍

1979 年 12 月 27 日中午

* * * * * * * *

荣：

你好，有 13 天没有给你去信了，你学习一定很紧张吧！

元月 10 日，你父亲把你的来信给和他给学校领导的信稿也给我看了。当时，我没有发表意见，只是担心信到了学校领导那里，是否会留下什么后遗症。你告诉我，这次你回校后过了几天，班主任才找你谈，并告诉你学校仍然坚持原来的意见。在你提出几点看法后，虽然班主任答应转达，但同时表明希望还是不大的。我想，在这种情况下，如果家里接二连三地去信请求，会不会对你有影响？这个问题现在估计不到。虽然不是你直接找领导，但元旦你回家商量此事，领导是知道的。你以前和我说过，领导不同意的事，自己一定要做，只能招致其更多不快，结果往往会适得其反。我这样说，并不是怕领导，或者不愿办，只是希望我们都能够汲取教训，做事情更稳妥些。我承认，在这个问题上我走错了一步，才导致今天的麻烦。事到如今，也只好再努力想办法了。作为你的女友，我不愿违背你的意愿，我父母给你校领导的申诉信我已写好，我打算给你父亲看看，如果没有什么问题，我就发出。如果你还有什么问题需要我进一步讲清的，请你在 16 日以前给我回信。

荣，你一走就是十几天，还有 20 天就放假了。这段时间，你的学习一定很忙，还要为婚事操心费神，难为你了！从现在起，你把心思都放在学习上，等考完试后，大脑没有那么紧张时，再去问一次结果就行了。

前几天，我已托人给你们家买镀锌水管，估计过两天可以得，等春节你回来时就可以安装接上自来水了。经常看到你父亲要去供水站挑水，我心里很是不安。

上星期，小柏厂里有人出差到上海，她帮我托这位同事给你买了一件外衣。等你放假回家过年，就可以穿上这件新衣了，到那时我的荣就更帅气，对吗？

我这里一切都好，请勿念，等下还要到柳北店一趟，暂写到此。

亲你！

珍

1980 年元月 13 日下午 4 点

荣：

　　你好！今天是你的生日，我向你致以热烈的祝贺和祝福！要是你在身边，我一定好好安排，让你过一个快乐的生日。

　　你的两封来信已经收到，给你发上一封信时（星期天），我还没有接到你的信，因为你6日来信我还没有复信，就估计你不会来信，结果我猜错了。星期一公司行政科老黄亲自把信送到中心店，但我给你的信已经发走了，使得你担心了，请谅！荣，写上一封信时，心情有点不好，你不要计较。信发走后，我把我家里致你们学校党委信函的底稿给你父亲看。依据你父亲提出的几点意见修改后，今天下午由我妹抄写好发出。我也根据我们的理由，给校党委去了一信，也是今天下午发出。估计明早两封信同时到达。我想，我们都尽了最大努力，最后结果如何，就看学校领导了。如果你考完试后，学校做了答复，不管结果如何，请及时告知。

　　家里给学校领导写信的事，我已和我母亲商量过，在取得家里同意之后，由我起草。时间已晚，暂写到此。从现在开始，除非有特殊情况我不再给你去信，免你分心。等你考完试后，再给我来信，好吗？要不，真是会影响你考试的。

　　祝好！

珍
1980 年 1 月 15 日

荣：

　　你好！来信收到。因工作太多，又怕影响你考试，就等你今天考完试后才给你回信，使你久等了！

　　今天我在家写材料。我妹告诉我说，她昨天晚上做了个梦，说学校批准了，你很高兴，不等放假就回来告诉我们了。可惜这只是梦，不过，但愿梦想成真吧！

　　2月3日是我父亲59岁生日。你放假后，请帮我在桂林看看，能否买到黑色的长围巾和皮手套，手套式样和你那对一样的。这是我想作为生日礼物送给父亲的。先在信里给你5元，回来再补给你。

　　这段时间你身体好吗？情绪如何？请来信告知。我现在工作很忙，工调事务中有很多麻烦的琐事要做，我自己的总结也还没有写。昨晚上开会到深夜12

点多，我母亲急得派我妹去找我。今天一早又赶写春节的安排和决心书。刚刚才写完，等下还要拿去给中心店书记看。好了，暂写到此。什么时候回，请提前来信告知。

祝好！

珍

1980 年元月 24 日下午 4 点

＊＊＊＊＊＊＊＊

健荣：

来信收到。我们一切都好，勿念。

还有 30 多天就是我们结婚的日子，家里的准备工作基本就绪。我妈在厂里印了 200 多份婚礼请柬，结婚用床已买好运回，颜色非常漂亮。结婚所需的物品基本备齐。这些事你都不用操心，你只要安心学习，争取考得优异成绩，回来当新郎就行了。

你要的《红楼梦》一书，我已经托人到柳州新华书店发行组购买，如果柳州没有，我再托人到外地买，一定满足你的要求。

1 月 15—22 日是期末考试，学习结束五天就是我们的大婚日子。这段时间，你在柳州与桂林之间往返奔波，虽然婚事具体工作不要你参与，但也够你辛苦的。请注意保养身体，不要累过头了。

年底工作较忙，这几天主要是到各店落实明年的工作计划。

祝一切顺利！

秀珍

1980 年 12 月 19 日

＊＊＊＊＊＊＊＊

健荣：

你好！今天是我们结婚满一个月。蜜月还没过完，你就丢下我一个人走了。我不怪你，只是实在舍不得罢了！你走的第二天，我梦见你回来了，你说是老师让你回来，度完蜜月再回校读书，结果醒来的时候只是一场梦。

现在是你四妹陪我住。这段时间我的精神不大好，老是觉得睡不够，肚子饿，总是想吃东西。例假过了几天没来，我估计可能是怀孕了。如果确实是，40 天后就会出现妊娠反应，3 月 2 日刚好 40 天。这个时候你不在我身边，我真不知道该怎么办。

到你们家一个月，基本适应新的环境，就是饮食习惯有些不同。中午、晚上都很难按时开饭，因下班后大家都不能按时回来，特别是晚上。这对我上夜校学习很有影响，昨天吃完晚饭已是7点多，赶到学校又迟到了。其他都还好，大家相处还是挺不错的。请你不必挂念，安心读书。

祝好！

秀珍

1981年2月27日

* * * * * * * *

健荣：

你好！来信收到。我现在身体还可以，可能是以前除了感冒，从未患过什么病的缘故吧！妊娠反应还不是很强烈，只是干呕、反胃、恶心。前一段时间，老是觉得肚子饿，现在只要吃上两口就恶心反胃，连饭都不愿吃，精神很不好，但又不敢和家里人说。反应的时间多半在早晚，医务室小王说反应是正常现象，只要不感冒就行，本月20日后我将去医院检查。我会注意保重身体，为我们的小宝贝打下一个良好的基础。请放心！

现在，我们的小宝贝已经有45天了，预产期是10月27日。在精神好的时候，我会很自然地想到未来。你说，我们的未来会是怎样的呢？

这件事我暂时不打算告诉家里，等到医院检查后再讲也不迟，家里知道了，要问长问短，还要他们照顾，我会很不习惯。这件事你也不要告诉家里，还是等以后我自己说吧！你学习忙，就不要为这件事情太分心了！有时间经常来信，给我一点精神力量。估计明天你会收到此信，星期天腾出一点时间，提前体会将来当爸爸的快乐吧！快上班了，暂写到此。

祝好！

秀珍

1981年3月7日中午1：45

* * * * * * * *

健荣：

你好！等我的回信着急了吧，因为你做事太主观，非要违背人家的意愿，所以才赌气不给你信的。你告诉父母我怀孕的事，给我增添了许多的麻烦，搞得我每天小小心心的，话都不敢多讲，本来不想吃的东西，也要装出一副很喜欢的样子，硬着头皮吃。我当然知道你这是为我和肚子的宝贝好，但现在才刚刚开始，我不喜欢别人的特别照顾。当然，是除你之外。你放心吧，我会注意身体的，有什么情况我会及时告诉你。不要因为我怀孕这件事影响你的学习和休息，你还是把主要精力放在学习上吧！

四妹已经回家住了，因为她现在实习工作很忙，晚上经常要到医院。再就是我现在是这种情况，和一个没有结过婚的女孩在一起住，也不方便。更何况我现在又没有什么事，一个人清清静静也是很好的。

昨天我到人民医院妇产科调查一件事，在那里看到胎儿的标本，好神奇哦！6个月的胎儿只有一只小老鼠大小，但手脚什么都有了，男女也可以分辨出来。说起来很奇怪，怀孕6个月，人的肚子都显得很大了，而胎儿却只有那么一丁点。我们的宝贝才两个多月，可想而知是多么的小啊！

4月份你们要到中学实习，临行前备课和其他准备工作一定会很忙，要注意休息，不要太赶了。教一般的中学生，你的水平和能力是完全没有问题的。4月份的天气变化多端，记得多带些衣服。走的时候，要把自己衣物用品收拾好，皮箱还是要带去的。现在天气不太好，人会感到很疲乏，你要注意休息，不要太累了！

祝好！

秀珍

1981 年 3 月 18 日

* * * * * * * *

健荣：

你好！来信收到。对于你的责怪，我说什么好呢？你对我的关心爱护，以及对下一代的期望，我十分理解，以后我尽量小心一点便是了。天气变化无常，抵抗力下降，是这次患重感冒的主要原因。其实，我已经是很小心的，因为你不在身边，我病了你也不能照顾，所以处处小心，不敢马虎。4月4日我已经非常不舒服，感冒好几天了，5日清明节扫墓不好不去，可能是走累了，回来开始发烧38.1度。昨天到中医院，医生反复交代不要乱吃药，只要不是高烧不要紧。打了两针柴胡，吃了一些中成药，这几天情况已有好转。

家里的情况很好。你父亲经常到市里开会，工作还像以前一样忙。每次会议招待看电影，他都会拿回两张票，让家里的人轮流去看，可大家不是开会、值班就是有其他事，几乎每次都没有人去，这使他很扫兴。

上星期我见到原来我们公司的老莫，他现在柳州财贸干校当老师。他问你什么时候毕业，并希望你毕业后到他们学校任教。我想，你如果回柳州工作，

二 扬帆追梦

可选的范围很多，不一定要到他们学校。不过，他也是一片好心的，应当感谢。

哦，还有一件事要告诉你，自治区最近有一个文件，大概精神是，凡是带工资读大中专院校的，在校期间每天补助 0.2 元伙食费。文件我看过了，下次给你寄上一份。

祝一切顺利！

秀珍

1981 年 4 月 10 日

* * * * * * * *

健荣：

你好！可能你在等我的信吧？这段时间工作比较忙，精神差人也很懒。看到你的信，得知你们在荔浦的实习学校离城镇较远，生活艰苦，常常从同学那里买 5 分钱的饼充饥。尽管你把它当成笑话来说，但我还是很担心，你经常饿肚子会使胃病复发。我有一个朋友在南宁上学，我让他在南宁帮买方便面寄给你吧！那里的生活条件差，不说补充营养，肚子总是要填饱的。这个月的工资我已帮你领出，给你汇上 25 元，有空到镇上餐馆去吃顿大餐吧！

还有 12 天，你们的教学实习就要结束了。你上课教书的样子和教学生唱歌的场面一定很有趣，等你回来时，给我讲一讲你们实习的趣事，好吗？

我现在很好。工作虽然忙一点，但局面已经打开，几个工作点的工作都比较顺利，心情还是比较好的。只是嘉嘉有点调皮，不时在里面捣蛋让我难受一下。我现在每天坚持做广播操，尽量使身体强壮，为将来生产做好准备。这次就说到这里吧！

祝一切安好！

秀珍

1981 年 5 月 12 日

* * * * * * * *

健荣：

你好！你在给父亲的信中谈到报考硕士研究生一事，我已知道了。考虑了几天，我的意见是你还是去考吧！从现在开始，你把全部精力放在学习上，不要再为我挂心，生孩子所需的东西我会准备，家里还有那么多人，他们也会帮忙的。我现在精神很好，也会照顾自己，你安心学习就是了。

你报考研究生这个事，开始我是有点想不通的。结婚不到一个月你就走了，怀孕后，身体稍有不适，特别希望你在身边，得到你的爱抚和安慰，但却不能如愿。现在你又要考研，使我心情十分纠结。好在我基本适应目前孤独的生活，身体也比前段时间好。你考上研究生固然好，但也就意味着在你继续读书的这三年里，我还得一个人带孩子生活和工作，困难肯定很多。但如果是为了我们的小家庭，放弃进一步深造的机会，以后我们肯定会后悔的。我不是那种目光短浅、安于现状的人，既然你有能力又有条件，就应该去搏一搏。很多人分居两地，照样能把工作搞好。相信我们也会的！

毕业论文和考研复习在时间上重合，两项工作同时进行，时间很紧，你要注意适当调节，科学安排时间，力求做得更好。你需要什么，不管是物质还是精神方面的，我将全力支持，不拖你后腿。

我准备这个月20日左右，到市妇幼保健院检查，这里离我们住的地方比较近。现在每天到店里来回跑，运动量是蛮大的，食欲还可以，只是有时写材料，坐上一两个小时就受不了，胎儿跳动的次数比先前多，肚子明显增大。检查结果如何，我将在下一封信告知。

现在我非常关心的两个问题。一是，广西边境会不会继续打仗，我小弟弟可能会上前线；二是你考研究生录取的情况。广西今年录取研究生36人，你们学校占了6名。9月底研究生考试，10月底嘉嘉出生，相信到那时我们是双喜临门！

我现在一切都好，明天开始，公司要进行半年的工作检查，又要跑两天。复习时你要注意休息，工作忙就不要给我回信了，等你放假决定回来时再给我写信。

祝顺利！

秀珍

1981 年 6 月 24 日

＊＊＊＊＊＊＊＊

健荣：

你好！来信说你们拟在 9 月 17 日到南宁、柳州搞社会调研，这样还有 10 多天，我们就可以见面了。

这次搞社会调研是先到柳州还是南宁？最好是先去南宁，然后再回柳州。这样虽然晚一点见到你，但到 10 月份预产期时，你在柳州我就安心了。

9 月 3 日（胎儿 8 个多月）我到妇幼保健院做了一次检查，医生说一切正常。可能是医生在听胎心音时压得比较重，检查后肚子一直不舒服。胎儿动得很厉害，晚上几乎是一个小时起一次床，这两天总是到半夜 2 点后才能入睡。我想过两天到人民医院检查一次，因几次到妇幼保健站检查，都是那一位医生，怕有不准。听人说，最好在几个地方检查，这样比较安全可靠。

昨天送月饼到各个店，看望职工，有点累，晚上脚就肿了。9 月 12 日是中秋节，看来我们又是桂柳相望各自过了。不过也没关系，几天后，我们就可以团圆了。

分娩所需要的东西已开始准备。小孩的衣裤、小毛衣裤等，秀华已经做好。

三妹已拿到房子，今晚请人吃饭。家里一切都好。我按你的要求，每天按时回家，只是一个人在家太孤单，很想你！

桂林医专的毕业分配工作已经开始，你们学校什么时候开始啊？17 日出来搞社会调查时，要把自己的衣物用品准备好，秋季的衣服要带，不久就要天凉了。

快下班了，我还要赶到邮局发信，暂写到此。

祝平安顺利！

秀珍

1981 年 9 月 12 日

* * * * * * * *

健荣：

你好！你回校九天才给我和嘉嘉写信，我以为你把我们给忘了呢！

嘉嘉虽然出生还不到一个月，样子可爱极了，长得很好，比你在家看到的要大多了。眼睛也比以前大，特别是晚上精神很好，小嘴巴一动一动的，要和人说话。看到他那十分有趣的样子，总是忍不住要发笑。这几天几乎都是一整个晚上让人不能入睡，弄得我疲惫不堪。每天晚上 10：30—11：00 他就醒了，吃奶－拉尿－吃奶，睡几分钟又重复，搞到半夜 3 点都不睡。有时候甚至折腾到天亮，困得我要命！在这个时候，我真盼望你能在身边帮我一把，拿点开水或者做点别的都好呀。有几次都是奶奶半夜起来换我睡一下，或者是天亮后抱走，让我休息。现在我才深深体会到，当一个母亲多不容易呀！

在你母亲家里坐月子，她们对我都很好，照顾十分周到，我几乎是过着衣来伸手、饭来张口的生活。可是，生活在小小的房间里，像是被软禁似的，很不习惯。也可能是以前在外面跑惯了一下，很难适应这种生活。好在还有几天孩子满月，我就可以出去了。

有个事想和你商量一下，我在这里住了差不多一个月，家里的人都挺累的。特别是你母亲身体不好，每天要照顾我，煮一大家子的饭，还要抽时间帮三妹做嫁衣，很累。过几天嘉嘉满月，我们回外婆家住一段时间，让奶奶休息一下。

你看如何？

你留校工作，我们很高兴，还是以事业为重吧！家庭和小孩的拖累是可以克服的。嘉嘉的满月酒还是按原来商量的办，时间是 11 月 15 日（推迟一天），如你能在 14 日上午回来就好了。家中一切都好，盼你早归！

秀珍

1981 年 11 月 11 日

* * * * * * * *

健荣：

你好！拖了十几天才给你写信，请谅！几次提笔，小家伙不是哭，就是饿，要不然就是拉了。真没办法，有一个小孩，多了很多事，现在连出门都很难。

12 月 4 日带嘉嘉去体检。他出生时重 2.65 公斤、身高 49 公分，头围 36 公分，胸围 30 公分，没有达标。现在是根据他原来的体重和身高为起点进行出生50 天后的体检，结果是体重 4.25 公斤，身长 52 公分，头围 37.5，胸围 34，一切正常。以后是 3、6、9 个月各检查一次。嘉嘉长得很好，早上起床和半夜醒来一逗就笑，小脸胖嘟嘟的，非常可爱。

现在家带小孩，整天忙忙碌碌，出一次门都难。12 月 24 日我就要上班了，你和家里商量一下，能不能暂时叫你母亲帮带几天，元月份再把他放到公司托儿所，你看如何？

前一段时间，你一直忙着期末考试和毕业论文，现在终于可以放松地等待毕业分配方案公布了。12 月的天气已经开始转冷，早晚要注意加衣服。

现在要给你写封信都很难，小家伙一放床上就哭，只能一手抱着他一手给你写。

祝安好！

秀珍

1981 年 12 月 9 日

* * * * * * * *

健荣：

你好！元旦下午我带嘉嘉在办公室值班时，收到你的来信。谢谢你的新年祝贺！

学校的分配方案公布了吧！此时你可能正忙着与同学们告别，准备迎接新的工作。在校读书四年，积下的书籍物品很多，收拾行李时要仔细，特别是一些零星物品。你还是先送走同学，把新住处安顿好后再回柳州。具体什么时候回，来信告知，我到车站接你。

我现在还住在我母亲家。这几天嘉嘉拉肚子，他刚好，我又发烧两天。好在家里有人照顾，少了许多麻烦，所以我还是住外婆家算了。

嘉嘉现在已送到奶奶家，每天早上送，晚上接。奶奶照顾很周到，也很小心。每天早上我送过去时就买一毛钱牛奶，9：00就不用回去喂奶。嘉嘉很好玩，每天都要人和他说话逗嘴，长得很结实，你回来看到一定很高兴。

家里一切都好。我刚上班，工作不算忙。因孩子小，每天早上起床后都像打仗一样，如果没有人帮忙，我真的连班都上不成了。

上班时间给你写信，急急忙忙的。请原谅未能及时回信，盼早归。

祝顺利！

秀珍

1982 年元月 4 日下午

＊＊＊＊＊＊＊＊

健荣：

来信收阅，一切都好，勿念！

你说我写的信太短，看了不解渴，这实在不能怪我。因为儿子一天一个样，我写信的速度都赶不上他的成长变化，只能粗略地给你描写。

嘉嘉两颗小门牙（上面的）长出来了，长得胖乎乎的。生活比较有规律，每天早上 5 点多就起床唱歌，中午不愿睡觉，我唱歌拍拍哄他睡，他也用两只胖乎乎的小手拍拍我，嘴里也唱呀呀的，望着你直笑。早上他不愿意做操，要做俯卧撑，双手爬地，小屁股撅得高高的，你稍帮他抬一下腿，那可不得了，一口气他也可以做六七个，力气很足呢！

关于调到桂林工作一事，昨天我找了老张，他说最好是我们提出要去什么单位，然后他写信给你去找他的战友帮忙。他在桂林的战友很多，而且多数是实权人物。调桂林医药站、百货公司和公安局比较有把握，等你回来再说吧！

现在天气逐渐凉爽，晚上备课不要搞得太晚，注意身体，特别是你的胃。晚上不要洗冷水澡。我想在 10 月 4 日去桂林探亲，因为骆书记要去干校学习 4 个月，年底工作忙，不知能否批准，所以还是早一点写报告为好。

以往的团圆节，我们都是天各一方。今年国庆中秋三天假，也是我们和嘉嘉第一次过团圆节，我觉得你应该回来呢！

祝安好!

秀珍

1982 年 9 月 17 日下午

* * * * * * * *

健荣:

收到你的来信。白天几次拿出来看,都实在没有勇气看完。晚上泪流满面地看完你的信,结果你可想而知。

我们回来的火车上,同座的旅客主动帮忙照顾嘉嘉,列车员还给我送杯子打开水,组织旅客唱歌、猜谜等活动。从桂林到柳州,一路上欢歌笑语,使我们转移了别离的惆怅和难过,愉快地抵达柳州。可能是家里未接到信,下车时,没有人来接车。几位旅客帮我从窗口递东西下来。我背着嘉嘉,拖着一大堆行李,走走歇歇,疲惫不堪地回到家里。一路上那种狼狈相,你是可想而知的。

到桂林探亲一个月的快乐时光,我们一家三口幸福满满。离别是暂时的,我们都不必太伤感!我们在学校时,或多或少对你的学习工作有影响,现在你应尽快克服思妻念子的情绪,在短时间内把工作补回来,只有这样才不负我们的希望。天下大势,分久必合。相信在不久的将来,我们一定会团聚的!

我 4 日上班,这两天在家里处理一些家务事,顺带嘉嘉玩玩。

祝愉快!

秀珍

1982 年 11 月 2 日

* * * * * * * *

健荣:

你好!现在心情平静了吧?回来几天我们都很想你。嘉嘉也会经常找你。

嘉嘉已经满一岁,趁着天气还不冷,我在 11 月 15 日给他断奶。从这两天情况看,还好。原来我以为他很难断的,擦了几次清凉油他就不敢吃了,只是晚上要起来几次,吃一点东西就睡了,现在是外婆带着睡。

小家伙可以走一点路啦!坚决不让人扶,在楼下玩时,喜欢一个人东走走,西看看,高兴得哇哇叫。他比在桂林时长大了不少,是个人见人爱的小帅哥。

你说 20 日回柳州,我觉得没有必要。这段时间你的工作学习都很忙,还要

二　扬帆追梦

153

补回上个月的课，如果星期六回，星期一又要耽误上课，还是元旦再回吧！

为了给你改善一下伙食，给你寄上一点腊肠，你下星期二到本部领取。柳州五金公司正在开展销会，有一种海鸥牌 26 寸自行车，样子蛮好看，165 元一辆，我很想给你买一辆，就是钱不够，要等到年底呢！

这几天要准备写年终总结，可能工作会忙一些。我妹妹秀华 11 月 13 日生了个女儿。现在除了我们，两边兄弟姊妹家生的全是女儿，嘉嘉真成了一个仔王了！

祝愉快顺心！

秀珍

1982 年 11 月 17 日

* * * * * * * *

健荣：

你好！今天要和你商量领取独生子女证的事。由于各方面原因，我们至今还未去办理。从现在的政策看，生第二胎是不可能的，特别像我们这种干部身份。如果硬要生第二胎，肯定要受到处分。柳州有几个单位处分特别严厉，有开除党籍、开除公职、行政降级和工资降级的。既然领不领独生子女证都不给生，我们又不能违反政策，还是领吧！何况我们的孩子还是男孩呢！我已经把独生子女证申请表领了回来，如果你同意，就把所寄去的表格填好，请你们学校签字盖章后寄回，我争取在今年底办好。

嘉嘉真是个聪明的孩子，破坏能力超强。你说你三岁时就把一个竹篮一根根拆开，现在他才一岁两个月，就用小螺丝刀把那辆玩具小坦克一块块全部拆开了，也不知道他是怎么干的，真淘气呀！遗憾的是，他到现在还不会说话，这可能是与以前不喜欢跟嘴有关吧！其实他什么都懂，就是不说。别人问他：爸爸给你买的美美鞋呢？就会很得意地把小脚丫抬起来给别人看。

这段时间工作比较忙，要抓年终总结评比工作，还要进行十二大文件学习考试。前几天到五一路的宿舍看了一下，门上的气窗玻璃还没有装好。我已和公司行政科老张说了，请他帮忙尽快装上。

家里一切都好，请放心！

秀珍

1982 年 12 月 16 日

健荣：

你好！来信收到，我们都很好。元旦到现在，我一直没有空，几次提笔都被来人打断。今天开先代会，趁会议休息赶紧给你回信，要不然你等急了。

嘉嘉这几天想说话了，整天咿咿呀呀地唱个不停，有时还伸出小手大声喊：打，打，打！每天睡觉前后都要和我来一番亲热，感情很丰富，两只小手搂住我的脖子，又是亲又是吻，弄得我都陶醉了，小家伙长大后一定是感情非常丰富的。

骆主任调到 N 饭店当书记，江主任被自行车撞成脑震荡，在家休息。4 个主任只剩我和何主任，工作十分忙。最近分工，我管河北片 7 个点，何管河南片 5 个点，我俩配合很好，工作虽然忙一点，心情舒畅。这个月得了 29 元奖金，参加先代会得了 10 元奖金。

你一个人在那里，我是很不放心的。考研究生复习要适当，不要太累了。你也是的，书生气太重，心里老是想着看书复习，一点不会照顾自己，取暖居然也会被汤婆子烫伤脚！

这个月，柳州市凭独生子女证供应两斤鸡蛋，请你把独生证带回。我想把嘉嘉今年的独生子女保健费和奖金（50 元）存入银行，以后凡是嘉嘉的钱，都存入他的存折，给他将来上大学和结婚用。你看如何？

寒假又快到了，回家前把东西收拾好。

祝一切安好！

秀珍

1983 年 1 月 13 日

健荣：

你好！

还有 13 天就是八月十五了，看来这个团圆节又是分离的，唉！年年说团圆，年年都分离，这大概就是命吧！

今天我偶遇已从公司政工科调去市委组织部的老韦，他问我为什么还不调去桂林？他说早去早好，现在处理"文革""三种人"，很多单位空出不少岗位，工作好安排。商业局政工科陈科长也对我说要抓紧时间办。我知道调动的事很难办，特别是你刚留校工作，学习又忙，也没有时间去联系。但调动的事迟早是要办的，如果遇到有合适的机会，希望能早一点解决分居问题。

今年的中秋节市里有文件，任何单位不得以任何理由动用公款购买月饼。

二　扬帆追梦

今年的月饼只好自己出钱买了。按照你的意见，不再给你寄月饼，两边父母家各给5元钱，也就不打算买月饼了。

星期二晚上，嘉嘉因支气管炎发高烧。10点多与我们同住一层楼的公司卫生室小王来看过服药后，半夜还是没退烧。看着孩子可怜的样子，我都急哭了，一个晚上几乎没敢合眼。第二天一早马上去看医生，连续打了4天的青霉素，病情才开始好转。如果你在家，我就没那么辛苦了。

秀珍

1983年9月18日

今天早上给你寄去4个月饼。本来说好不寄，但想到中秋节我们在这里热热闹闹，而你却是一个人在那里望月兴叹，心里很不是滋味，马上改变主意。寄上4个月饼，带上我们的思念，让你尝尝家乡的味道，实现我们异地相望的精神团圆。

秀珍

1983年9月19日

* * * * * * * *

健荣：

你好！还有半个月你就要参加考试了，近况如何？在考前这段时间里，一定要注意加强营养，晚上不要搞得太晚，使自己能有充沛的精力应考。

我从6日开始，被抽调到公司"处理文革遗留问题办公室"工作，估计要到春节后才能搞完。这是很得罪人的工作，我也不愿意去。公司现在正值新老交替，人心不安。C旅社的问题牵涉公司几个主要领导，某人已被停职检查，另外一人也将被处理。

处理"文革"遗留问题，要处理一批人，就要有证据。因此，要进行大量的外调工作。现在我们的主要工作是外调，常常一外出就是一天。晚上回到家里都不愿动了，今早还是嘉嘉叫我起床的呢！

从你几封来信看，你对嘉嘉的营养很不放心，其实这是没有必要的。嘉嘉一天两餐牛奶是绝对保证的，早餐牛奶后吃半碗面条，中晚餐不是鸡蛋就是瘦肉，他这几个月毛病都少了很多，小嘴巴越来越会讲。有一天吃饭，他的位置被小舅坐了，他一气之下离开桌子，站在远远的地方，背着一只手，把另一只手高高举起说："哦，哦，哦！这个问题怎么办呢？"这个情景让我们一屋子人笑得眼泪都出来了。因为他的模样非常认真，讲出的话又与他两岁的年龄不符。

星期一早上一起床他就问，我爸爸呢？我说没有回啊，他说梦见你回来了。现在他已经可以说出爷爷、奶奶、外公、外婆、大小舅和姑姑等人的名字，进步还是很大的。

现在抽调到公司上班，给你写信就没有以前方便。晚上回到宿舍，嘉嘉又要玩一会才肯上床睡，我连看书的时间都没有了。元旦你回来吗？什么时候放假？

祝好！

秀珍
1983 年 12 月 8 日上午 11 点

＊＊＊＊＊＊＊＊

健荣：

明天就是你考试的日子，嘉嘉前几天就说你一定能考上！我和嘉嘉预祝你成功！

你的胃病现在情况如何？天一冷我就担心你的胃。我想你胃痛有两个原因，一是食堂的饭菜又冷又硬；二是劳累过度，休息不足，精神紧张所致。这个问题你要十分重视，我不能在身边照顾，平时你一定要放些备用药，事先做好预防，不要等到痛得厉害了再去吃药。昨天收到你的信，我很想请几天假去看你，但韦经理不同意，说目前"处遗"工作很多，走不开。

我的工作还是很忙，现在主要是整理栗某某（原市委宣传部部长）的材料，写对栗某某、泉某某的处理意见。这两个报告已交党委会讨论，估计栗、泉的职务是保不住了。我知道这个工作很得罪人。不过，我已不是几年前的我了，各种关系我会处理好的，请不用担心。

星期五公司传达了市里一个文件：凡是生二胎的一律要结扎；生一胎的全部要放环；以后刮宫、引产一律没有营养补助，休息时间全部算事假。对此群众意见很大，不知你们那里有没有这种规定？

还有十多天就放假了，盼望早日见到你！

秀珍
1984 年元月 9 日

二

扬帆追梦

＊＊＊＊＊＊＊＊

健荣：

你好！受你的鼓动，我现在开始自学《哲学》。但信心不是很足，具体原因很多。我很想学习，更不愿落在别人后头，这次柳州招收两个党政干部专修班，约 90 人（工会干部 40 人，团干 50 人），机会是很难得的。但由于我的数学太差，不敢去试。看到别人去上课，准备考试，我又心动。在你的鼓动下，我决心克服各种困难，参加全国自学考试。请你帮找辅导书，提供学习上的帮助，我会尽最大努力去学习，争取在几年内把这 12 门功课攻下。

每周一、三、五晚上，星期天上午，我到景行小学跟辅导班学党史、哲学两门课。辅导班开班已有一段时间，我现在去有点晚了。听从你的建议，尽努力先考一门党史试试。

从下个月开始，我把嘉嘉放到公司托儿所，这样对他、对我的学习都有利。据说公司托儿所是全市卫生教育先进单位，得过自治区奖励，就是活动场所小一点。

10 日上午，我去商业局报到，参加局里对商业局所属公司级领导班子的考核组，对各公司领导进行全面考核和调整，并配备建立新的领导班子。这几天集中学习，后天下基层，时间大约一个月。我参加食品公司小组，任副组长，组长由局领导小组人员担任。到局里参加这项工作，是曾局长点的名，公司不同意我去但没办法。关于我的工作换岗一事，等下个月 10 日左右，各单位配备新班子工作完成之后，我再提出可能会好一些。

这几天工作很忙，家里的事又多。小弟上星期上夜班与车间主任抬硝酸时，硝酸瓶滑落地上，溅出的硝酸烧伤了他的双腿，好在他及时跳下水池，避免了更重的伤害。现在医院没有床位，他只能在家养伤。

你计划 3 月 23 日回柳，我想你还是等一段时间吧！4 月份你考完试，我这里的工作也忙完了，我和嘉嘉一起去桂林看你，好吗？

祝一切安好！

秀珍

1984 年 3 月 14 日下午 4：30

＊＊＊＊＊＊＊＊

健荣：

你好！两次寄来的书信都收到了。得知你有机会到名牌大学进修，真为你高兴。到哪所大学，定下来了吗？

有了课本就方便多了，我现在的矛盾是，学习时间没有保证，听完课后基本没有时间复习。昨晚回奶奶家，一看到你寄来的书，嘉嘉抢了一本最厚的不放。小姑问他，你长大了做什么，他说，像爸爸一样，当老师。

嘉嘉4月2日去托儿所，刚开始哭得很厉害，怎么哄都不行，每天起来都可怜巴巴地说：妈妈我不去幼儿园！我跟阿婆在家……整整一个星期，每天送去都哭，有几次我都不忍心送他去。但考虑到这样对他不好，硬着头皮还是送。这个星期起，情况有了明显好转，虽然他还有些不愿意，但也不哭了。

我们的考核工作已进入到写材料阶段。前几天找人谈话，召开座谈会收集材料，今天下午到商业局汇报，估计明天开始动笔，20日以前可能可以搞完。这项工作完成后有几天假，我准备和嘉嘉去桂林看你，好吗？

昨天回公司见了韦经理，我和他说了，希望在中层干部调整时，能考虑我工作调动问题，他答应了。他还说，如果我想调到桂林市的对口公司，他可以出面帮我联系，安排在对方公司科室。但他最希望的是你从师大调回来，说你可以到公司当副书记。我说你还不是党员呢！他说这是可以发展的嘛。这些话我们都是很认真说的，不是开玩笑的。如果是去桂林对口公司，你说好吗？

我准备在6月份请探亲假。不知我们是否要参加整党，20日能否回单位还不一定，等我问清后再告诉你。十分想你！

秀珍

1984 年 4 月 11 日中午 1 点

* * * * * * * *

健荣：

你好！首先报告嘉嘉的情况。昨天我带他去看中医，医生说他主要是感冒，心烦躁，晚上睡觉呼吸不畅，所以会乱喊乱叫。吃了两副中药后，现在能比较安稳地入睡了。这两天早上他一起床就问我，好久没见爸爸了，爸爸去哪了？

我已经回原单位上班。本周二中心店组织职工春游，我不愿去凑热闹，主要也是没有精神。这两天就在五一路宿舍看书，还有20多天就考试了，想在这几天突击一下。

手术后我的精神还好。这段时间我吃了4只鸡，每餐还吃两个蛋，营养是很好的。只是在手术的第三四天，由于活动多了，肚子猛烈地痛了两天，腰也痛得不得了，平躺都动不得。这个时候，我真希望你从天而降，突然出现在我身旁。

这两天在宿舍看书，顺便清理了一些以前的信件。我发现，这几年你的进步很大，你的分析能力、言行举止等方面都较以前大不相同。这可能就是像你说的那样，是大学教育对人的塑造吧！你说过，上大学给人一把金钥匙，去打开知识之门，不仅是学到知识，更重要的是学会学习和思考的方法，开启理性之航，提升人的思维能力和行动能力。这样，人就会变得更聪明，更能干了。我暗暗庆幸，没有找错人。我相信你的话，你一定会使我幸福的！有时我很难控制自己的感情，经常会不由自主地走神，精神集中不起。我想，如果我能像你一样聚精会神地学习，我的收获一定会更大一些吧！

工作调动的事，十分感谢历史系黄老师的帮忙，也感谢你这位小黄老师的奔波，请你一定代我谢谢他。

家里一切都好，勿念。

秀珍
1984 年 5 月 9 日

＊＊＊＊＊＊＊＊

健荣：

今天终于结束了这场磨人的考试，晚上可以睡个好觉了。

第一次参加这种文凭考试，抓不住要点，以为主要考些难度比较大的，有一定深度的题目，结果一些普通的题目就被忽视了。特别是简述题，我白白丢了近 20 分。如果老师高抬贵手，估计可能有 60 分吧！

我的探亲假已批，我们将于 6 月 6 日乘 301 次列车去桂林，到时请你进站接我们。这次请假很顺利，没有遇到麻烦。但愿我的调动也一帆风顺吧！祝我好运！去探亲之前（6 月 4、5 日两天）我还要完成两份转干考核材料。

工作调动的事，我觉得还是到图书馆比较好，我对官场的争斗感到厌烦。在图书馆我可以看很多的书，多学一点知识充实自己，有合适的机会再调到其他部门。

非常高兴，我们马上就要见面了！我和嘉嘉都很想念你！

秀珍
1984 年 6 月 3 日

＊＊＊＊＊＊＊＊

健荣：

你好！4 日中午顺利抵柳，一切皆好，勿念！

第二天早上起床，嘉嘉才发现你不见了，哭着问，爸爸为什么不回来呀？

样子委屈极了！现在，我们的生活已逐渐恢复正常。

今天上午，全局各单位中层以上干部集中听报告。这是自治区商业厅厅长作的关于企业改革的传达报告。企业的很多权力都开始下放，可能是我们的思想跟不上形势的发展，有点不知所措。比如，按照大、中、小企业的划分，年利润在 8 万以下的算小企业，原则上划为集体性质经营，我们公司除了 N 饭店以外，其余都算小企业。划分出来以后，我们与公司、商业局的关系就是上缴利润和缴税，政策是很活的。如果还是在科室工作，我赞成这样的改革，但站在基层的角度就不一样了。

现在从科室到基层，人心不定。员工有一个共同的看法，认为公司新班子还不如老班子。目前中心店处处被动，除上缴利润外，其他公司一概不管。市里强调要修整门面，原来公司答应给一部分钱，现在一切靠自己解决。

星期四公司韦经理找我谈话，征求我对中层干部调整安排意见，我提出两点要求。一是调离中心店；第二是不去 A 饭店。韦同意，并说安排结果可能我会比较满意。

现在还有一个问题，昨天公司通知我抽调到市妇联，参加第 9 次妇女代表大会筹备工作，要去一个多月。据官方消息，这样做，是为我调出中心店先走的一步棋，我答应去了。但下午老宋通过冯科长叫我晚上去找市委组织部卫副部长，让我征求卫的意见后，再决定是否去市妇联。晚上我找到卫部长，说明我的情况，他让我明天不要去市妇联报到，直接借调到他领导的"市处遗办公室"①工作，待熟悉工作后，安排到市委组织部。卫是柳州市人事安排领导小组的副组长。他派人到公司联系，韦经理已经同意我直接到市委上班。匆忙之中，暂写到此。

祝我们都好运！

秀珍

1984 年 7 月 14 日

＊＊＊＊＊＊＊＊

健荣：

开学几天了，你的学习一定很忙吧？祝你取得好成绩！ ②

---

① 即市"文革"遗留问题处理办公室。

② 1984 年秋至 1986 年夏，我在北京大学历史系学习，因此这两年的往来信件列入北大学习时期。这封 1987 年 7 月的来信是从柳州寄桂林的，此时我已经回到广西师大工作一年。暑假我参加学校举办的青年教师英语培训班，妻子这封信是回柳州度假写来的。

扬帆追梦

在柳州这段时间，到市委组织部和原先工作的 F 公司会了一些老朋友。久不见面，彼此都很开心。特别是到市委组织部，无论是年长的或年轻的同事都非常热情。我们原来"文革"处遗核查组的人，只剩下老杨了！老廖调到房产局当书记，老黄也当上了组织科科长，人事变动很大呢！

家里人听说你有机会出国，都替你高兴。特别是你父亲，他对你的期望是最大的。二妹和大哥的职称评定还没有揭晓，估计二妹没有什么问题。大哥的论文得了三等奖，也上线了，但还要看最后评定。家里一切都好。我会处理好各方面的关系，请放心！

祝一切顺利！

秀珍

1987 年 7 月 23 日于柳州

（二）京城淬火
——北京大学历史系学习时期

1. 北大—柳州

秀珍、嘉嘉：

你们好！

今天是到北京后的第一个星期天，各方面的事情基本就绪，应当给你们写一封比较详细的信了。

先说说我们住的地方。我的住处是一个典型的北方小院子，是新盖的房子。北面是坐北朝南的两间大房，每间约有 25 平方米。房东夫妇住靠西的一间，我们学校租的是东边的一间。南面是一间 10 多平方米的小房和一间厨房，房东的两个孩子就住在小房里。院门靠着这间小房。东面是杂物间和鸡兔笼，西面有一个自来水龙头和一口他们自己打的抽水井。水井是手压抽水，自来水停供时可用。当然，平时也可以用井水，用作洗衣、浇花等。院子里种有很多花，看来主人是爱花爱美之人。直接种在花圃的，盆里栽的都有。各色各样花卉，多姿多彩，秀色悦人。刚一进门，我还以为是到了一个什么干休所呢！院中心还有一块 30 多平方米的空地，感觉还是挺宽敞的。栽种花草之地是在小院的东北角。除了这块土地，院内都用水泥铺平，显得干净清爽。每天男主人起来第一件事就是洒扫庭院，看得出他们对环境卫生格外讲究。这个小院距离北大的西门只有 300 多米，可说是很方便的住处。男主人约 40 多岁，69 年从部队复员回来，现在是交警，在西苑交管所工作。他看来精明能干，经营他们自己的住处挺不错。冬天他们屋子里还有暖气，是用水循环的暖气片。女主人是附近食品厂的工人。夫妇俩都很厚道热情。

我的住房很宽敞，南面三个大窗，北面两个气窗都有玻璃和窗纱两层，通风采光都不错。不知何故，到现在同室的其他老师还没有来。

像我们这样租房子住的进修教师，在这个村子里和周围一带都很多。现在我知道的有湖南、河南等地来的教师。因为大家都是为求学深造而来，特别有共同语言，见面都挺热情，很容易谈得来。

这里离颐和园只有公交车两站路的距离。昨天早上我试着跑步去，跑到颐和园只要近 20 分钟。我是慢跑，回程我坐公交车。到了颐和园门口我没进去，因为我跑步是穿着背心短裤的，进颐和园不雅。

昨天和前天我花了两天时间去买旧自行车。昨天下午在天桥信托商店买到了一辆北京产的燕牌 28 寸包链车，55 元，再加上配锁，座垫罩，共花 60 元。别人见了都以为这辆车至少要花 100—110 元买下，因为外观还是挺新，比你的红棉牌公车要新。我想，我骑了一年再卖给这里的学生，50 元应该没有问题。在天桥商场这辆车子刚推出，就被北航的一位学生抢了，但稍后他又犹豫了一下，他松手后就转身走了。我当机立断，随即上前抓住车子把车子买下。转悠了两天，碰上一辆性价比合适的车子不容易啊！天桥在北京的最南端，我买车后即骑行回家，斜穿北京，从京城正南端直插西北端，估计有 30 多公里。由于路不熟，边走边问，有时还绕了回头路，从 4：30 一直骑行至将近 7：00 才回到家。有了车，以后就方便了，虽然我的住处离北大西门很近，但进校以后去图书馆、教室等处都还有很远的路，如果都靠步行，是很累人的。我的住处附近有一个单位食堂，是西苑的乡政府食堂，三餐有大米饭。还算不错，我打算先在这里就餐，以后上课了再去北大食堂。

嘉嘉近况如何？他想爸爸了吗？你的调动问题有何进展？望来信详告。

该吃晚饭了，下次再谈吧！

祝一切都好！

健荣

1984 年 9 月 2 日下午 5：15

＊ ＊ ＊ ＊ ＊ ＊ ＊ ＊

秀珍：

你好！来信收阅。天天盼信，今天总算是盼到了家乡的第一封信。我已向柳州发出 7 封信，你的是第一封回信。

你的信是 3 日发出，我 6 日收到，隔三天时间。今后来信还是直接寄我的住处——即你这次来信的地址。如你寄往系里，我是很少去那里的。我的主要去向是图书馆、教室和老师的家。

你的档案寄出，事情就好办了。估计还要一两个月，因为要上报教育厅，你可有较长的时间准备。搬家只有用汽车才方便，而用汽车，包扎的麻烦就可以减少很多。请记住办事的顺序：先报到，再申请和落实住房，最后才搬家。否则要搬两次很麻烦。报到时可先住校招待所，因为我的住房里已经没有被子了。

你现在是很辛苦的，我对不起你。以后再好好地感谢你，好吗？学习的事要适当，不要太累了。如果调令来时正临考试，你可以写信给学校人事处说明情况，要求考完试再报到，看是否允许。或是先报到，考完试再搬家和上班。

嘉嘉晚上睡得太晚，很不好。可否让他先在外婆那里睡一下？另外，交代托儿所阿姨，中午让他睡早些。我现在逐渐适应了这里的生活，我会安排好自己的生活的。望勿远念。中秋将临，虽然我们相距两千多公里，但我们的心是在一起的，你说是吗？

很想你们，很想嘉嘉！

此祝一切好！

健荣

1984 年 9 月 6 日，北京海淀

＊ ＊ ＊ ＊ ＊ ＊ ＊ ＊

秀珍、嘉嘉：

你们好！来信收到。

你猜对了，中秋节我没有吃月饼，而是只吃了一个冷馒头。其原因，一是我对含糖含脂很高的月饼向来不是很感兴趣，二是自己一人吃月饼也觉得没意思。中秋晚上我看书到 10：30，出到院子赏了一会儿月色。中秋之夜，九天高阔，月色皎洁，夜景是很美的。但我没有心思多看，也不敢多看，怕触景生情，思念妻儿之心更加难抑。遥望南天为亲人祝福之后，便返回房里做自己的事了。

北大校园很美。北大现在的校址是燕京大学原址，其主要建筑的特点是古色古香，雕梁画栋，富丽辉煌，具有浓郁的民族风格。北大西北角的未名湖一带，景致尤为宜人。湖畔松柏苍翠环绕，又有岸柳婆娑；湖面碧波荡漾，湖边处处曲径通幽；更有宝塔雄峙，楼台掩映。这样的如诗意境，如梦幻景，令人流连忘返。难怪文人墨客到了这里，都会触景生情，文思难抑，必得来一番吟诗作赋以寄情。傍晚，我常到这里散步，感觉是一种享受。

本月的工资已汇来 64.6 元。遵你所嘱，这两个月就不寄给你们了，我把在这里所需冬令衣物买好。

现在，海淀乡政府的食堂已不让我们去就餐了，只好转到北大食堂。好在北大食堂也不远，只是一天三餐难得吃上一顿米饭，主食基本是面食，即馒头、包子和大饼等。如果碰上有稀饭加上两个馒头，就很不错了。当然，另外还有菜肴。食堂的菜不算便宜。但北京市面的肉类蔬果都不贵，如瘦肉 1.46 一斤，鸡蛋 1.20 元一斤。水果更便宜，梨子是 0.25—0.30 元一斤，苹果是 0.35—0.5 元一斤。我住地附近有一食品店，我常去那里买鸡蛋以增加营养。水果是经常吃的，因为北京很干燥。

二　扬帆追梦

165

嘉嘉不断有进步，很高兴。对于嘉嘉的抚育培养，请记住六个方面：加强营养，保证休息，开发智力，培养品质，锻炼身体，注意安全。不要认为我是瞎指挥，这些根本问题，你一定要时时记在心上。为了给嘉嘉开拓未来，从小就要十分注意。我是纸上谈兵，劳累你了！

时间仓促，请谅字迹潦草。

此祝一切好！

健荣

1984 年 9 月 18 日晚 11：00

* * * * * * * *

秀珍、嘉嘉：

你们好！ 20 日来信收阅，其实，你的信刚发出就会收到我的信，最迟也是 21 日。

看了来信，使我很为你担心。你是太紧张、太累了！工作，学习，带孩子，三件事同时压在你身上，不仅把时间挤满了，更是使精神很疲劳。特别是下午下班以后至晚上入睡，更是像打仗一样。我想有些事是否可以调整一下，并且改变一下方法。建议如下。

1. 既然你忙不过来，今年下半年就不要考两门了，先考哲学吧！可能你也觉得哲学好学一些。政治经济学的课也暂时不去听，这样你可以有几个晚上放松一些。来日方长，不要拼消耗，把身体搞垮了。如果你身体搞差了，对我的工作，对嘉嘉的抚育，都是很大的影响。对你自己的健康，危害就更大了。

2. 上课的晚上，吃晚饭时间紧，可以先吃五六成，待下课回来再吃一些，这样就不至于太匆忙。嘉嘉要洗澡，就等吃过饭后，请阿婆代劳。吃饭匆忙，饭后又紧张，最是容易出胃病的。望你以我为戒，不要搞得两人都有胃病，那就麻烦了。

3. 中午时间要抓紧休息。你有拖拉的习惯，午饭后还忙于处理一些家中琐事，不愿停歇，1 点多了还没休息。其实，不少事情可以留到周末再处理。

4. 为了省时间，不用天天洗澡，在这方面你是太认真的，要知道休息比洗澡更重要。

5. 嘉嘉晚上等你回来才睡，时间是不够的。这样小的孩子，睡眠不足会影响发育，这是个大问题。现在不注意，将来是没法弥补的。因此你请外婆先带他睡，你回来再背他回去，好吗？

原来我说准备给嘉嘉买遥控汽车，实际上我是心有余力不足。现在我才知道，我手头的钱确是很有限。八、九两个月的工资，再加上补发的 60 元，共

180 元。买自行车用了 65 元，买书 10 元，9—10 月 15 日的伙食（到下个月工资来之前）45 元，再加上零星花了一些钱，就一共用了 125 元左右。这样属于我的存款就还只有 60 元，加上我领出的旅差费的剩余，现在我手头共有 83 元。今天我去海淀商店看了一下，一件雪花呢子短大衣要 70 元，如果买了它，就只剩 10 余元了。但我现在还未买，想看看还有什么更合适的颜色，因为雪花呢大衣是黑色的。这样，我还是量力而行，先给嘉嘉买 2.80 元的有线操纵汽车吧！

　　星期天又来了一个同伴，是我校电教室的，到北京科教电影制片厂学制片。这样我就有一个舍友了。

　　此祝愉快顺利！

健荣

1984 年 9 月 22 日

* * * * * * * *

秀珍、嘉嘉：

　　你们好！刚刚收到你 29 日的信，甚慰。

　　今天是 2 日，如你所说，昨天上午是在电视机旁看阅兵式。绝大多数北京人也是这样。1 日这一天不可能接近天安门，除非有游行任务或焰火晚会的入场券。举行这样重要的庆典，为了绝对安全，30 日下午长安街就禁止任何人通行了。昨天晚上我们步行 20 分钟去中关村看焰火，这样也就算过了一个国庆。北京街头非常热闹，但太热闹对于我们并不是好事，太挤了。等下，我们拟前往天安门、前门一带走走，感受一下节日气氛。

　　上月底，我去在京举办的九省市服装展销会给你买了两件衣服，后来又给嘉嘉买了一对鞋子和一辆有线控制的玩具小汽车。这些东西我将在 10 月 7 日托五次特快列车长小冯带回柳州。五次车 7 日晚上 12 点离京，约在 9 日上午 10：30 左右经柳州站。请你记准时间，于 10 月 9 日上午进站接车找小冯车长，记住带上你的身份证件。

　　嘉嘉提前睡，这样就好了。一定要把他的身体搞好，学习忙，要注意身体。

　　唐老师来信说，每人要发 50 元补助费，我已去信叫她寄给你。另外，我请你汇些钱来，你的信未提到此事。请即寄 30—40 元为盼。

　　我现在是跟研究生一起听课，有导师指导。同时，我自己也正准备进行一些研究工作。

　　你的来信最后讲的笑话，我明白，我不笑你。我们是能互相体谅的。世界上的事总是难得两全，有得就有失。但是，我相信我们以后会更好，你说是吗？

二　扬帆追梦

167

同伴在等我外出，就写到此。记住，10月9日上午到火车站准时接车。

此祝一切好！

健荣

1984年10月2日

* * * * * * * *

秀珍、嘉嘉：

你们好！今天上午收到来信，下午收到汇款，谢谢！

你问我对你的来信感觉如何。我想，我最喜欢看你对嘉嘉言语举止的描述，那是最使我感到愉快，最让人感到温馨的。我常常边看信边笑起来，有空又回味一下。嘉嘉是很可爱的孩子呢！

当然我说对你写嘉嘉的内容感兴趣，同样对他妈妈的事也是很关切。从这封信看，你现在精神比较振奋，这是我所希望的。我们南北相望，远隔千山万水，思念之情乃人之常情。我希望倾听你的心声，但我不愿意你说泄气的话。我相信，你是能理解我的。

关于父亲的报道，请即找一份寄给我。我为他高兴。他的工作是很努力的，国家和社会对他工作的肯定，这无论对他还是对我们都是很大的鼓舞。

家里的收支状况让我知道也好，对家里的情况也了解一些。嘉嘉的棉衣、棉裤赶紧买，天气已转冷了。

我也没有什么大动作，只是在准备研究中世纪的城市问题。我的指导老师马克垚副教授认为值得探讨，表示将给予帮助。我想尽努力做好，争取能写成论文发表。这里条件好，我应抓紧时间多学些东西。

后天是嘉嘉的三周岁，我提前祝他生日快乐！你转告他，鼓励他好好学习。

此祝一切好！

健荣

1984年10月12日

* * * * * * * *

秀珍、嘉嘉：

你们好！22日来信收阅，总算是放下心来了。以后你还是尽量及时回信吧！相隔数千里之遥，思念之苦，唯鱼雁可解。

下月10日你就要应考，我相信如同第一次那样，你是会有好运的。总结第一次的经验，你要注意，一是不能只准备大问题和难题，而是要系统地梳理一次，所有的基本概念、基本问题都过一次目，有基本的认识，然后在此基础抓重点突破，这样就不会有漏网之鱼。二是不要有畏难情绪，不要把这种考试看得很难，以利于树立起自己必胜信心。第一次考试，柳州有1700多人去考，只有不到500人及格，你也中榜了，这表明你是能学习且很有战斗力的。虽说得分不高，但可以说明，题目不会太难。

在复习时还要注意一点，就是不能只靠强记硬背，要注重理解。理解的办法可以在学习一个定义、概念或观点时，先从字面上理解，然后再用现实生活中自己熟悉或了解的一件事情来印证。如果你能用自己了解的事实去分析证明它，并且组织自己的话来表述，这个记忆就不成问题了。这样做，表明你所学的知识在你的大脑已经进行加工认证，印象是很深刻的。须知，能记住的不一定能理解，能理解的自然就会印象深刻，不需要强行记忆。

还有一个问题，就是不能搞得太紧张，晚上学习到11：30就行了。思想要放松，既要有必胜的信心，又不要过多考虑成败。记得一位运动明星说过他的体会，训练时不要考虑比赛，比赛时不要考虑得分。我感觉这是经验之谈，很有道理。这样做，精神就能集中，思想负担就能减少。

我这里一切正常，望勿远念。今天我们去游览香山，感觉景致宜人，很是快意。随信寄上香山红叶两枚，以寄思念之情与同心奋进之愿。

嘉嘉的照片得后，请即寄来。

此祝一切好！

健荣

1984年10月28日

＊＊＊＊＊＊＊＊

秀珍、嘉嘉：

你们好！28日来信收到，非常高兴，嘉嘉的相片照得好，很活泼可爱！他比以前胖了些，脸也稍长了，以前是很圆的。脑袋很大，天庭饱满，他的智力一定会很好的。告诉嘉嘉，说我看到他的照片很高兴，叫他听妈妈的话，做个好孩子。

父亲今日也有函来，但很简短。他说一是忙，二是心境不佳，故迟迟没有复信。我对此很理解。

这封信我请四妹转交，一是觉得寄到你父亲那里的信似乎太多了些，二是觉得好像有的信似乎你没有收到，担心丢失。

知道市民革主委谢凤年将在下月来京，目前没有想到要带什么东西，待想起时再说吧！

　　祝心情愉快，考试顺利！

健荣

1984 年 10 月 30 日

＊＊＊＊＊＊＊＊

秀珍、嘉嘉：

　　你好！　12 日来信收到。

　　你在桂林探亲时，我曾和你说过，准备在北大进修两年（延长一年），读完研究生的主要课程，为以后申请硕士学位准备条件。现在，这一设想基本成现实，今天系主任潘老师正式给我来信，说经我系与校教务处协商，同意我延长一年进修的要求。条件是：1. 进修费用和待遇不变；2. 我必须拿下研究生的主要课程，达到相当于研究生的水平，并拿回这样的证明或评语。这里，我已把我系、校的意见转达给导师，导师和系里都基本同意了，目前正在和北大的教务处交涉。

　　实际上，早在 9 月份，我的导师已同意了我这一要求，并大力支持我。当时没有告诉你，一是因为事情还没有落实，我校还没有答复；二是你正在准备考试，担心告诉你会使你分心。

　　现在于我而言，完成研究生课程，达到硕士毕业水准，已经是必选项。今天杨老师来信说，最近将有两位毕业不久的研究生，从西南师院和西大①调来，也是研究世界中世纪史的。这样，如果我再不努力前行，以后就不好办了。相信你会理解这一点。

　　此祝愉快顺利！

健荣

1984 年 11 月 17 日

＊＊＊＊＊＊＊＊

秀珍、嘉嘉：

　　你们好！昨天已给你寄出《写作概论》，另外有几本给嘉嘉的书。

　　你的心情我是很理解的，正因为如此我决定进修两年而不再考研究生，因

---

　　①　即广西大学。

为那样分离的时间会更长。

调动问题的变化，确实很难预料。不要埋怨命运吧！生活道路不会是一帆风顺的。对此，我们早已领教很多了。如你到学校某公司，也还不知道从事什么工作，我打算写信问问黄老师。我想，在我学习结束之前，你调去桂林并不是很理想的时候。也许，你在柳州生活会更愉快些。年底前肯定是不会有动静了，建议你还是安心目前的工作。心情开朗些，对身体对工作都有好处。我在这里也有不顺心的事，但我向前看，往愉快的方面想，心情就好些了。比如，我想你，想嘉嘉，设想假期我们的团聚，那都是很愉快的事。我现在越来越感觉到，分离越久，就越感到我们是不能分开的。你是我生命的一部分，正如反过来一样。我们的互相体谅和互相关切，使我感到十分欣慰。我们——我和你还有嘉嘉是一个整体，我们互相之间的感情，是我引为骄傲的和幸福的。如你经常提到的嘉嘉对你和对我的感情，至于我们俩之间就更不必说了。

嘉嘉聪明机灵，我们要十分珍爱，一定要十分注意保护和培育。

此祝愉快健康！

健荣

1984 年 11 月 30 日

＊＊＊＊＊＊＊＊

秀珍、嘉嘉：

你们好！寄去的照片收到了吧！4 个月没有见面，你们看到相片，一定会很高兴。为了寄几张我的近照给你们，我是特地请一位河南大学的进修教师和我一起去照的。

柳州市民革主委谢凤年先生 15 日抵京。16 日中午，我冒雪前往他下榻的香山饭店找到他。所带的衣物、围巾和磁带等皆收到，很高兴！呢子大衣很合身。虽然手工比不上大都市做的，这没关系呢！毛线围巾对于骑车非常有用，这几天深有体会。

从香山饭店回到宿舍，首先是听录音。你一定可以设想，当我听到嘉嘉稚气亲切的称呼和祝词时，心情是多么复杂！激动、喜悦、思念和负疚，种种感情涌上心头，五味杂陈，泪水难以抑止……我深爱嘉嘉，但遗憾的是我长期在外，无法充分尽到自己作为父亲的责任！这一切，等回去我再好好补偿吧！听了嘉嘉、姜妮和你唱的歌，很高兴！谢谢你们演出。告诉嘉嘉和姜妮，说我很喜欢他们的表演。

快放假了！1 月 25 日左右我即可离京，你看我回去给两边家买些什么礼物，请考虑一下。你换工作的事有眉目了吗？你考虑得如何？

祝你们新年快乐，身体健康！

健荣

1984 年 12 月 18 日

＊＊＊＊＊＊＊＊

秀珍、嘉嘉：

你们好！上月 25 日和 29 日的两封信都已经收到。后面的一封信是父亲带来的。各情均悉，勿念！

父亲于昨日中午抵京，我当天下午 3：30 就到了他那里。他们这次会议的代表下榻大都饭店。大都饭店外表不是很起眼，但内部装修和设备都相当好，我感觉和香山饭店差不多。据父亲说，这是去年 10 月为了接待日本的 3000 青年朋友而突击装修的。父亲住的双人房，房价是 45 元一天，谢老住的房是 60 元一天。房间内空调、软卧、彩电等一应俱全。卫生间的设备是进口的。我觉得，卫生间除了面积偏小一些外，其内部设施比香山饭店还要好。

父亲的心情比较好，昨天晚上我们一起看了电影《虎穴擒魔记》。之后，我们回到房间靠在床上，聊天到深夜。学习、工作、家事、国事，各种话题说不完。在我记忆中，有生以来我们父子俩还从未有过这样一个机会作彻夜长谈！

今天早上九点，我和父亲一起外出游玩。先逛了西单，然后又兴致勃勃地去天安门广场，上了天安门城楼，并且到了天安门后边的端门。端门在紫禁城的正门即午门和皇城的正门即天安门之间，其建筑结构和风格与天安门相同。端门城楼在明清两代主要是存放皇帝仪仗用品的地方。我们出了天安门后，在广场照了一张彩照合影。相片大约在本月 15 日可以寄到柳州。下午 4：00 我们才回到饭店。陪父亲游玩了一天，感觉特别温馨，我们都很开心。晚上 9 时整，我就启程返校了，因为坐公交车要一个多小时。

父亲给我带了两斤腊肠，说是大哥和小妹各送一斤。另有三斤橙子。我算是大丰收了，这半个月的营养不成问题了。他还带来一本年历，我准备明天送给马老师。

你说要为你父亲买一顶长毛的帽子，是否像雷锋戴的那种？我去看过，这样的帽子如果是人造毛的，是 6 元一顶；如果是真毛的，是 20 元一顶。但我现在弄不清你说的东北人戴的长毛帽到底是什么样子，望来信说明，最好画一个图。

好吧，这次就聊到这里。

祝你一切都好！

健荣

1985 年元旦晚 12：10

* * * * * * * *

秀珍、嘉嘉：

你们好！10 日来信收到。

你要借的书可能是你记错了书名。这本书的书名应是《从鸦片战争到五四运动》，你写成《从鸦片战争到辛亥革命》。这套书我本来就一直打算买，现在就干脆买了吧！其他我校编的两本书，到时购买便是。

给你们上课的马冠武老师是我们系的新任副主任，潘老师是主任。马老师上课是挺好的。他知道我们的关系吗？

接此信后不要再来信，我争取在本月 20 日回去。

天气太冷，请买一个暖水袋或汤婆子来暖被子，否则嘉嘉晚上先睡总得先钻进冷被子，这样他不舒服的。这件事请一定办到。嘉嘉的衣服已经买了，样式很别致，是金娃牌。

很忙，就此搁笔。见面谈。

健荣

1985 年元月 12 日晚 12：00

* * * * * * * *

秀珍、嘉嘉：

你们好！昨日上午顺利抵京。36 小时的火车旅程，难受极了！车上非常拥挤，没有座位的旅客只能无奈地挤在车厢过道、车厢连接部和其他一切有缝隙可以站立的地方。有不少人从柳州一直站到郑州，有人从武汉站到北京。这种情形，让人不由得想起"文革"初期红卫兵大串联时极度拥挤混乱的列车。

由于过度拥挤，有座位也坐得不舒服。开水供应不上，因为车厢太挤送不过来。中晚餐饮也只能靠沿途车站供应。列车上空气非常污浊，令人昏昏沉沉。我真后悔没有买卧铺票，这是一个严重的教训！

柳州已经有早春的气息，但这里还是冰天雪地，四处一片白茫茫。好在气温还不是很低。

今天已经开始上课，是马老师上的中世纪史。这是我的专业课，他讲得很好，信息量很大。这个学期的任务比较重，我必须把时间抓得很紧。

短暂的假期，忙碌而又劳累，但也给我们留下了美好欢乐的记忆。我回想起我和你比赛拼装积塑，嘉嘉当裁判的情景，那是多么温馨而欢乐！告诉嘉嘉，爸爸希望他好好学习，培养好的品质。在家里时嘉嘉常常不要我抱他，他说是怕我打他。这使我很难受。请告诉嘉嘉，爸爸是非常爱他的，爸爸再也不打他了！你也不要打他骂他，好吗？

你的学习工作都很忙，请注意方法，注意劳逸结合，注意营养。我离开家，你就更辛苦了，真难为你！

今天我们学校又来了一位学校德育教研室的老师，是我们历史系 79 级毕业的。他是到北京师院进修。

好了，就此搁笔。等下还要去教研室看书。

此祝一切顺利，身体健康！

健荣

1985 年 3 月 1 日下午 3：20

* * * * * * * *

秀珍、嘉嘉：

你们好！ 3 月 13 日来信收到。

现在比较忙，要做的事很多。开学后，我和导师马老师谈起，我准备在本学期写些东西，请他指导。他告诉我，商务印书馆正在编一套世界历史小丛书，还有一个题目《中世纪的城市》没有落实，问我是否愿意做这件事。我对城市问题向来很感兴趣的，并且一直在收集资料，现在正好有此机会，可以锻炼一下，于是我很高兴地答应并感谢马老师。马老师说，这个小册子要写两三万字，叫我先拟出个提纲给他看，再着手准备。他还开玩笑说，写这个小册子，一方面可以作为一种科研成果，另外一方面也可以增加经济收入。我觉得后者并不很重要，虽然说稿费会有几百元，重要的是前者。如果这件事能够做好，可以说是我这两年到北大两年进修的一点成绩。马老师前两年曾为这套丛书写过题为《500 年的西欧封建制度》一书，他希望我这本小册子能尽可能写好一些。我认识到，要写好这样的书也非易事。一是要看很多书，包括外文书；二是要对此论题进行深入研究。我觉得，这里的条件好，又有马老师指导，是可以完成这项任务的。我争取在本学期写出初稿。

嘉嘉的学习应严格要求，抓紧一些。孩子年纪小，又好动，你在家里做事的时候，要注意用目光关照他，不要只埋头自己的事，不要让他离开自己的视线，以免发生意外。要保证营养，不要怕花钱。

离家久了，思念之情又时时萌发。大学毕业后几年来我都在外地工作学习，你在家抚育孩子，还要忙工作和学习，是很辛苦的。另外，长期以来都是你和嘉嘉两人在一起，也会常常感到寂寞。对此我常常感到内疚，经常有一种负债的感觉。我感到对你的体贴爱护不够，对嘉嘉的关心教育不够。嘉嘉三岁多了，我作为父亲很少在他身边，这对他的童年是一个很大的损失。他得到的父爱太少了！我希望，这样的缺失能够尽快得到弥补。我是多么希望能早日和你们团聚在一起啊！

这次就谈到这里。祝一切如意！

你的荣
1985 年 3 月 19 日晚

* * * * * * * *

秀珍、嘉嘉：

你们好！26 日来信收到，知道你和孩子都病了，心里很难过！我远在千里之外，不能照顾和帮助你们，深感不安！如果我在家里，你就不会那样辛苦，也不至于累病了。再次向你道歉！嘉嘉逐渐好转了，你也要注意好好调理，尽快恢复身体。

公司托儿所的卫生不好，是个大问题。例如，孩子们的小碗和汤匙不固定专用。这样很不卫生，很容易传染疾病。可否向小邝建议做些改进？目前嘉嘉刚刚好转，不要急于送托儿所，让奶奶带他十天半月吧！等公司托儿所的传染病控制住再说。

我的学习很忙，稍有闲暇就会想念你们。我们在一起总是很愉快的，可惜每一次团聚时间都太短了。

我希望你以后不要拖得太久才回信，免我挂念。

祝健康愉快！

健荣
1985 年 3 月 29 日晚 9：30

* * * * * * * *

秀珍、嘉嘉：

你们好！来信昨天收到。知道你和嘉嘉都已恢复健康，十分高兴！你辛苦了！

父亲今天来信，告知他要进京开会的事情。这是全国支援少数民族地区表彰和经验交流会，会期约在本月底。广西有 6 人参加，柳州市只有父亲一人。这种荣誉是他干出来的，你知道这几年他多次到各县组织安排支援工作，可以说是投入了很多精力，劳心劳力。对于他的工作精神，我一向十分钦佩，我感觉他的精力和劲头比我们年轻人还足。

你和嘉嘉在学习上的矛盾是可以解决的，每天晚上你集中精力教他三四十分钟就可以了，余下的时间叫他自己写，你不时关照一下他。一个晚上教他太长时间，也没有必要。再说，小孩的精神不能够长时间集中。此外，你还可以利用零星的时间，比如洗脸漱口的时候，接送孩子的过程等，给他以教导。当然，这样做你会更辛苦一些。

关于我为商务印书馆写书一事，现在正在收集资料，准备拟提纲，我计划下星期之内把提纲送给马老师看。提纲能确定下来，就等于定了方向和路径，下一步的工作就好展开了。

等下还要看书，先写到这里吧！

祝你生日快乐，身体健康！

健荣

1985 年 4 月 7 日晚 9：00

＊＊＊＊＊＊＊＊

秀珍、嘉嘉：

你们好！4 月 16 日来信收到，勿念！

你喜欢我送给你的礼物，很高兴，这说明我还是有很不错的挑选礼物的能力呢！明天我们要去北京国际俱乐部去看电影。这是美国电影周的几部片子，《星球大战》《转折点》，等等。给我们上美国城市史的老师是一位美国教授，是他专门为学生弄来的票。

嘉嘉活泼可爱，更令人想念，期望你能从各方面更多用心，使他能够身心健康地成长。

6 月 15 日你就要考试，从现在起你就要进入认真备考的阶段，希望总结以往考试的经验教训，在心理上既要有胜利的信心，又不要把成败看得太重；在方法上要根据自己的基础、时间和身体等方面条件妥善安排好复习。

《中世纪的城市》一书的提纲已经拟好，经马老师看过后我做了修改，这两天就可以寄给商务印书馆的编辑，看他们的意见如何。这段时间我还是继续准备材料。

现在我的学术工作又多了一件事。北大和北师大的几位研究生准备合作翻译瓦萨里的名著《雕塑、绘画和建筑名人传》。他们已经和广西出版社谈妥出版事宜，并且请北大朱龙华老师校阅，朱老师已经答应。其中一位北大的研究生觉得自己时间不够，就叫我帮搞一部分，约五六万字，我已经答应了。我觉得这是一个学习的好机会，北大有足够的工具书和参考资料，还有老师指点，是可以完成任务的，而且出版社已经确认出版。这是一部文艺复兴时期的名著。他们的计划是明年 1 月完成译稿初稿，然后交给朱老师校阅。后年年初就可以出书。现在国内出书的周期很长，这样的速度算是很快了。工作一多，时间自然就得抓紧。我想，守着北大这样的好条件，是应该多学一点，多做一点。这也是自己对事业的追求。同时，如果自己不努力学习和工作，也对不起在家乡辛勤操劳的你，对不起常常思念父亲而又少得在父亲身边的孩子，对不起送我出来学习的母校。你说是吗？

12 点了，太累！暂搁笔。

健荣

1985 年 4 月 20 日晚

＊　＊　＊　＊　＊　＊　＊　＊

秀珍、嘉嘉：

你们好！来信收到。你们各方面都好，令我十分欣慰！父亲的信是昨天收到的，他将于 7 日抵京，住国谊宾馆，也就是国务院第一招待所。不巧的是，4 日我要去天津参加一个学术研讨会，会议开到 11 日。好在父亲的会日期还比较长，到 13 日才结束，这样我从天津回来还可以和父亲见面。父亲在信中还说，二妹定于本月 27 日抵京参观一个粘胶展览，这使我很高兴。5 月份将有很多愉快的日子，我可以两度与家人在京相聚。

寄给嘉嘉的书收到了吧，一次寄 5 本书够他高兴的了。对嘉嘉的教育要耐心细心，善于引导。要注意发现他的每一点进步，每一点新的求知欲，并促进其发展。告诉他，爸爸一直都很想念他。

关于你在复习时精力不集中和容易忘记的问题，你叫我帮想想办法，你这算是找对医生了。因为我知道你的病根，就是相思。解决这个问题要靠理智和意志，实际上我学习时偶尔也会走神的——想你想孩子，想我们团聚的快乐。对于这种走神，我的办法是严格控制。我把这种思念作为一种精神享受，并把它分配到适当的时段使用。因此，在做完我规定要完成的事情之前，我不让自己想。另外，在多数情况下一种紧迫感也使我没有机会多想。要做的事很多，要达到的目标尚远，这使我每天都在问自己：今天有什么收获，收获大不大，该做的事做了吗？我想，要使你精神集中，也是要首先在思想上明确学习的重要性和紧迫性，认识到时不我待，光阴不再。其二，你现在工作还不太紧张，这有利于学习，应该抓紧。这样给自己压力，劲头就来了。其三，对付学习后容易忘的问题，我的体会是，首先不要生硬地记忆，而是要在理解的基础上记忆，第二是要调节方法。看书久了起来走走，或者到沙发上坐一下，把刚才看的问题回忆回忆，不要硬背而是尽量用自己组织的话来归纳表述一次。最好能够用一些例子来说明，这样你的印象就会很深。最后要增强记忆，还要注意休

二　扬帆追梦

息，增强营养。蛋白质对于记忆是很重要的。复习考试期间你要舍得下本钱，保证牛奶、鸡蛋足量。这是一个重要的问题。

今天晚上北大学生举行流行歌曲和交谊舞大赛决赛，刚刚去看了回来。这里的学生真够开放的，学生的舞会每周都有一两次。

好吧！这次就聊到这里。

祝复习顺心，身体健康！

健荣

1985 年 5 月 2 日晚

* * * * * * * * *

秀珍、嘉嘉：

你们好！事情真不凑巧，昨天给你们寄出一封短信和衣物回到寝室，就收到你的紧急来信。好在你的信还早到一天，如果是迟一点，我就要到 11 日才能看到，因我要到天津开会。

你的工作问题，现在已到非解决不可的时候了！我同意你的分析，世界上的事总是难得十全十美的。既然你认为到市委组织部工作比较合心意，那就去吧！无论在哪个单位工作，上下左右的关系都要协调才能使人心情愉快，而心情舒畅要比多挣几个钱更重要。

在 F 公司工作了 14 年，现在换一个地方，也是有必要的。我觉得，勇于接受多种工作的挑战，积极参加多方面的活动，对丰富人生经历和体验人生快乐、增长自己的才干有重要意义。

我愿意你高高兴兴地去，精神振奋地工作，同时抓紧时间学习。不仅是从书本上学，还包括向社会学习，向生活学习。愿你在新的起点，有一个良好的开端。

看了嘉嘉的第一封信，非常高兴。告诉孩子，爸爸表扬他了，希望他多学一些，写信写得更好一些。请记住，抚育孩子的要点，一教育，二营养，三安全，希望切实注意。

你离开 F 公司的时候，注意处理好各方面的关系，做到有情有礼，落落大方，精神焕发地转到新的单位。你在 F 公司工作了 14 年，它也曾给予你很多。

我将于下午赴天津，11 日回京。

匆匆此复。

顺祝愉快健康！

健荣

1985 年 5 月 4 日晨

小珍、嘉嘉：

　　你们好！让父亲带来的食品和嘉嘉的练习本都收到了，很高兴！

　　看了嘉嘉的练习本很开心。我把它放在枕边，每个晚上都要翻一下，快乐之情难以描述。看到他稚嫩的笔迹，我马上可以想象他写字时的模样，一定是很顽皮，但又很认真的。嘉嘉要努力学习，同时要锻炼身体，强健身体。你要指导和关照他各方面的活动。

　　父亲的会议已于前日结束，这两天是各人自行安排。昨天下午我和他去逛了王府井，今天下午他将来我住处，并和我一起去北大和圆明园等处看看。晚上12：00，他就离京返桂了。

　　本月三、四日我先后寄了两封信和一个包裹，你都收到了吗？

　　下午2：00 我要去北大西门等候父亲，他从宾馆坐公交车来这里。

　　祝你复习顺利，身体健康！

健荣

1985 年 5 月 16 日中午 1：30

秀珍、嘉嘉：

　　你们好！ 21 日来信收到，勿念。

　　你调动的事既然已经定了，就不要左思右想。需要向桂林市缴纳 6000 元城市增容费之事，到时候再说吧！现在不必考虑。

　　今天早上马老师告诉我，商务印书馆的责编已经来信，约我去当面谈关于书稿的写作问题。我拟这两天抽时间过去。

　　下个月将要送嘉嘉去的市委托儿所，是否就是在柳州高中对面？如果是，你每天早上送他去幼儿园的时候，要注意交通安全，因为那段道路很拥挤。任何时候都必须记住，安全第一。

　　匆匆数语。再谈！

　　此祝 一切顺利！

健荣

1985 年 5 月 28 日

二 扬帆追梦

* * * * * * * *

秀珍、嘉嘉：

你们好！来信收到。嘉嘉接二连三地遇到麻烦事，很让我牵挂！他是 26 日出麻疹，至今已经 6 天了，我想会好了吧？你辛苦了！

最近公司托儿所的卫生工作实在是糟透了！这么短的时间就让孩子们两次传染上疾病。以后到市委机关幼儿园，条件应该会好一些。父亲来信说，你已经设法和市委机关幼儿园联系好了。这段时间真够你忙的，除了正常上班，还要复习功课，跑调动，还得照顾孩子，里里外外，全靠你一人折腾。我真是内疚得很。

昨天上午我去商务印书馆和编辑面谈，这项工作已经基本落实了。关于译书一事，出版社已经落实。前日我们已经做了分工，我大约要翻译 100 页，约五六万字。现在即可以开展工作了，我计划每天译 1000 字左右。

有一个高兴的事。前两天晚上，我都梦见小珍了，可惜见面的时间很短。你不会笑我的相思病太重吧！

目前我的工作生活很有规律，身体正常，请你放心。

祝好！

健荣
1985 年 6 月 3 日晚

* * * * * * * *

秀珍、嘉嘉：

你们好！

我们的来往信件老是错开，也真是太不巧了！

关于来京探亲的时间，既然你说要听课，而且也想等在市委组织部上一段时间班再来，那就推迟到 7 月 15 日吧！

我之所以提出请你们在 7 月初来探亲，是由于如下原因。一是早些来天气稍凉一些，免受暑热之苦；二是与学生放假旅游的时间错开一些，来京往返旅途和在京交通没有那么拥挤；三是我也希望能早些见面。既然你的学习工作需要，就以你方便好了。

由于匆忙，上两封信没有说明一些有关情况。父亲来京时曾经说，母亲担心和你一起来不方便，不大愿意来。父亲的意见是，这个问题没关系，母亲可以来京 10 天左右就先回去。母亲考虑问题很细心，但感觉过细了。我想，我们还是尽量邀请她一起来吧！这样的机会难得，我们宁可自己辛苦一些。

放假前，我的工作是要完成两篇文章，其中一篇小论文，一篇翻译文章，作为期末考试的成绩。预计 7 月 5 日可以完成。

暂说到这里。

此祝 一切都好！

健荣

1985 年 6 月 22 日晚 11：00

* * * * * * * *

秀珍、嘉嘉：

你好！7 日来信收到，请放心。

嘉嘉的手伤终于好了，总算使我放下心来。这次他手伤的这样重，我真担心伤口愈合不好留下不雅的疤痕呢！以后，我们对孩子的照料都要更细心一些，使孩子能够很好地成长，将来少一些遗憾。

购置了洗衣机，我们总算是有了第一件现代家用电器，你以后也不必再辛苦用手洗衣服了。

在我提笔给你写信时，你知道我在想些什么呢？我老是在想，什么时候我们才结束我们的长期分居两地的生活啊？但愿今年 8 月份我们就能够实现真正的团聚。你的来信谈到的想法，使我好几天都不能平静。我经常回想我们在一起的时光。我深深感到，我们在一起的时候，是最轻松，最舒畅，最安宁，最没有压抑情绪，最坦然自如的时候。那是多么的美好！这时候无需掩饰，无需戒备，无需忧虑。分享和感受美好情感，是春天里令人向往的明媚阳光，是仲夏静夜时令人沉醉的溶溶月色。

现在，我每月汇到的工资是 95.54 元。估计是已经扣除了房租和工会费，互助金没有扣。如果不买什么东西，寄回给你们 25 元，我自己用 50 元，每月可以存下 20 元。但目前看来，因为快回去了，每月大约都要买一些东西，这样就会存得少一点。

好了，这次就聊到这里。

此祝 一切好！

健荣

1986 年 3 月 16 日

二　扬帆追梦

* * * * * * * *

秀珍、嘉嘉：

你好！中午接到来信，匆忙写了张明信片寄出，以便能够早一些帮你稳定一下情绪。我知道你不喜欢明信片，因为明信片信息量很小，特别是不能容纳很多的感情，所以现在还必须再写一段。

首先希望你不要急躁，精神劳动越急效果越差，相反，它需要的是冷静和耐心。

法学我是很想学的。我还想建议你以后在工作之余研究一下法学呢！比如经济法、婚姻法等等。作为一种业余爱好，用心钻研一些东西能够使精神更丰富，生活更充实。现在呢，只是希望你安下心来认认真真地学习。

三十而立。你现在三十二岁，正是人生的大好时光，何必感叹光阴易逝、韶华不再！重要的是要不断充实自己，不断创造生活。按照现在的说法，人的年龄可分为三种，即自然年龄、生理年龄和社会年龄或心理年龄。第一种是按出生年月计算的年龄。第二种是按照人的身体健康状况所体现的年龄。第三种是基于人的社会经验、阅历和所获知识而达到的心态或思想成熟状态所体现的年龄。这是比较矛盾比较难把握的一种年龄认知，它应该既是成熟的，又不是老化的；它既应是青春勃发，又应是从容沉稳的。这三种对年龄的界分方式对我们是有启发的。第一种我们自己没有选择权；第二种、第三种却可以由我们自己来把握。只要我们积极向上，乐观豁达，不断努力学习积极工作，就能使我们青春常在。不仅是在精神上、心理上，而且还在体格上。愿你一如既往，朝气蓬勃，保持阳光的心态和激情。

好了，就谈到这里。愿你安心，专心，用心，一心一意地认真学习，积极工作，不要有思想包袱。

吻你。

健荣

1986 年 4 月 15 日晚 8：30

* * * * * * * *

秀珍：

你好！很久没有接到你的来信了，很想念你们。明天是 26 日，是你考试的日子，祝愿你取得好成绩！

你能够坚持在职学习，是很不容易的事情。昨天四妹来信说，星期六晚上你和嘉嘉来到家里，你显得很疲惫。她说，你这几年要上班，要带孩子，还要坚持自学考试，她很佩服你的毅力。确实，我也是很感动的。读书人自然知道读书的艰辛，很清楚你付出的代价。像你这样求学进取的精神和意志，使我很感欣慰。人是要有点精神的。不断地挑战自己，充实自己，不断地追求和创造生活的意义，才是真正的人生。

关于我为商务印书馆写书之事，23 日我依约到出版社见了编辑任老师，和他谈了自己的想法和计划，他提了些意见。我原来打算 6 月完稿，编辑说不必那么急，写好一些，年底交稿就可以了，因为他手头上还积了不少书稿要看。这样也好，我可以写得从容一些。这本书的写作准备工作我已经做了不少，仅是写作提纲就写了 25 页。

还有两个月就要离京。现在我已经对收尾工作做了全面安排，争取 7 月 20日之前能够踏上归途，或者更早一些。

有关你调动之事，我现在就给黄老师去信问问。

暂此搁笔。

祝健康愉快！

健荣

1986 年 4 月 25 日

* * * * * * * *

2. 柳州—北大

健荣：

你好！收到你的来信很高兴，旅途辛苦了。我和嘉嘉向你表示慰问和祝福，愿你能尽快恢复精力，迎接你在北大学习的开始，实现预期目标。我们相信，你的目标一定能实现。

我的档案是 8 月 28 日向你校寄出的，估计最快也要到 9 月 1 日到。像这样的办事效率，市委组织部的人都说算是快的。他们说 3 个月是快的，6 个月是正常的。目前，就等你们学校的通知啦！如果按这样的公文旅行速度，可能要到 9 月底。我准备这样，通知来了，我即去报到。搬家的事，待报到后再与校方商量，尽量争取由学校派车。如不行，我再找朋友要车，现在我已经打招呼了。当然，我也在考虑要求公司派车。现在调令没有来，我不宜先和公司领导讲。现在企业各级都搞经济承包，都想多赚一点钱，请公司无偿派车能否行得通，我没有十分把握。我尽力争取吧！

嘉嘉现在很好。你走那天他哭闹了很久，怪你不让他上火车，又怪火车不

二 扬帆追梦

听话，没等他上车就开了。至今，只要一提起你离开，他还总是气不过。现在他好像胖了一点，也比你在家时懂事。每天早晚自己挤牙膏漱口，不哭不闹。我现在每天晚上7：30—10：00，外加星期天上午，都要上课。嘉嘉总是很乖地跟外婆玩，在我走的时候还要讲，妈妈上课了。晚上非要等我回来才睡。因为晚上睡得晚，早上我都不忍心叫他起床，只好每天早上迟到。

现在我很矛盾，也很分心，思想很难集中。晚间上课时还可以，复习功课就会乱想。一下想你在那里好不好？夜里学习太晚，有没有人提醒你？生活习不习惯？一下又想，明天真的搬家了，我要做些什么准备呢？其实事情都不凑巧，我估计搬家的时间可能要到我临近考试的时候。有时我自己都拿不准，我还考不考？不考很不甘心。我估计我是能考上的，我的信心是比较足的，只是时间太紧。下午下班后简直连喘气的机会都没有：6点下班接嘉嘉到家，马上洗澡，吃饭；待我洗澡，洗完衣服已是7：20了，急忙赶到学校上课；10点放学接了嘉嘉又赶回宿舍，10：30开始复习。我告诉你这些，并不想让你分忧。尽管比较累，我还是尽最大努力学习的，请你放心好了。

你在那里要自己照顾好自己，天气凉了，注意保暖。如住地离学校远，就尽快买一辆自行车。学习紧张，要注意调节，千万不要让胃痛干扰你的学习。需要什么东西，及时告知。

不久前，我买了一辆上海飞人牌缝纫机，161元，是组织部老廖给的缝纫机票。

9月10日是中秋节，今年的中秋我们又不能团圆了！在这里预祝你中秋愉快，今年不再给你寄月饼了，到中秋节，你自己加点菜吧！到时我们一定会很想你的。

祝你顺利快乐！

秀珍

1984年9月3日

＊ ＊ ＊ ＊ ＊ ＊ ＊ ＊

健荣：

你好！有10天没有收到你的信了，现在学习一定很忙吧？我猜你一定是想等到国庆节才给我写信，顺便介绍节日的北京，是吗？

关于给嘉嘉买玩具小汽车的事，你问清如果车子坏了，是否有地方修，如有就买。如没有，就买2.8元那种比较简单的吧！因为我已经与嘉嘉说了。他现在整天在念着，我爸爸给我买了辆汽车，一指挥就会走的。我告诉他，你给他买的是电动玩具汽车。以后遇到合适的机会，就给嘉嘉买些玩具，但不要为这事专门上街。

唐老师已把你的讲课费寄来了，共 52 元，其中讲课费 37 元，上半年补发的奖金 15 元。我准备给她回信，并寄上 0.53 元汇款费。

上次写信告诉你，我可能得发 30 元奖金，结果得了 60 元。今天又听说，在年底前要全部退回。这些钱是这样发的：据说是区里有个文件，事业单位因无奖金，干部的生活费用高，所以采取每人每月补助 30 元的办法发给事业单位，从 7 月份起发。柳州市委是从 9 月份发。市委一发，全市各厂基本上都发了。有的 30 元，有的 60 元，还有 90 元、100 元的。反正有钱的单位都发了，市委没有什么明确规定。原来对在校读书的大学生和三种人①不发，结果反应强烈，最后也发了。柳州的情况是这样，我想，桂林肯定也会发了。你们不妨写信问问学校，看有没有这回事。

这段时间我感到比较吃力，学习有困难，身体不佳，特别是胃不舒服。我想可能是晚上太赶了，晚餐吃得太匆忙引起的。但下班后我能支配的时间就是一个半小时，从下班回家吃晚饭，饭后洗澡后又赶到授课地点上课，我再利索也难忙得过来。前几天，我曾产生了很大的动摇了，真不愿坚持学下去了。但一想，都学到这种程度，不学又可惜，咬着牙又去了。今天上午去报名，我只报了哲学、政治经济学两门，文学概论到今天才上过两次课，精力不足只好放弃了！

嘉嘉这几天有些不舒服，是感冒了。身上长了几颗水泡疮抓破了，晚上睡觉很吵。我的睡眠本来就不足，被他一吵就更差了。我看他和你有点相似，晚上睡觉经常不由自主地抓头和身上。我叫他不要乱抓了，他就说爸爸最不听话，一天自己抓头。前几天我给他漱口，他刷过牙后口盅里还有大半的水，我就顺手倒进脸盆，这小子抓住我不放：妈妈这样做不对的，干吗把水倒回脸盆去？我马上承认错误，他还唠叨半天才罢休，那种非常较真的态度和模样十足像你呢，真是有其父必有其子啊！

祝好！

秀珍

1984 年 9 月 20 日

* * * * * * * *

健荣：

你好！来信收阅。一切皆好，请勿远念。

---

① "三种人"即追随林彪、江青反革命集团造反起家的人、帮派思想严重的人和打砸抢分子。

过两天就是国庆节了，本想昨天给你写信，可是我每天外出工作，一出去就是一整天。晚上的时间太短，我舍不得用在写信上。今天不用往外跑，但今天写你可能国庆就收不到了。

看了你的信，十分谢谢你的关心，这段时间我情绪又好点了。学习虽然是紧张，一般还可以应付，嘉嘉每天晚上都先在外婆家睡觉，10点以后我背回宿舍。前两封信我忘了告诉你，使你挂心了。嘉嘉长大了，背起来蛮吃力的。我辛苦点问题不大，只要嘉嘉好就行了。

关于今年考几科的事，我想，我现在已学了一段时间，也报名应考了，"政治经济学"实在舍不得丢，我还是继续读下去吧！文学概论的课我也坚持去听，这次虽然不考，但对下一次复习是有很大帮助的。好在时间不长，还有一个月就结束了。年纪大了，学起来是很吃力的。不过，学总比不学好。即使没有考过，学到知识对工作总还是会有所帮助的。

这个月24日，公司政工科又通知我要补一张体检表。现在办调动，接收单位都要看体检表。星期一体检完，小陆马上帮我把体检表寄出。体检各项全合格，只是视力差一些，0.8。我现在的身份比较尴尬，在市委上班，在D旅社领工资，编制上还是F公司的干部。公司和市委的人都知道我是要走的，但调令又没有到。前一段时间，商业局的王局长还问我，愿不愿到商业局幼儿园当第一把手，我只能一笑了之。这样的状境，对于我的学习是有好处的，使我能在上班时间看点书，这倒是很好的。在市委上班工作不算忙，现正处在结案阶段，结案材料送不上，就下单位催催，有时看看材料。不少人闲得发慌，有的人隔几天来打一转。

嘉嘉现在很好，就是有时在我去上课时撒娇。我说我没有文化，所以要去上课。等下课回来了，他马上就问：妈妈你有文化了吗？我讲没有这么快的，他说，你还是没有文化呀！搞得我哭笑不得。

我最烦就是在给你写信时有人打扰，但有的人偏偏喜欢到我的办公桌前来聊天，搞得信写到后面就有点乱。信又写得长了些，让你费眼神了。

祝节日快乐！

秀珍

1984年9月29日下午

* * * * * * * *

健荣：

你好！收到来信好几天了，今天才回信，不会见怪吧！上星期天是嘉嘉三周岁生日，我带他去照了张彩照。14日那天，我以为你会有信来祝贺嘉嘉生日，谁知信未到。嘉嘉表示很失望，老是追问爸爸有信吗？因为我告诉他生日时爸爸会有信来的。你的贺信 17 日才收到，晚了些。当时我只好说，爸爸知道你今天生日，已经把小汽车先托人带回来了，你现在不是玩得挺好吗？这样他才罢休。

嘉嘉收到小汽车，高兴极了。那几天小汽车不离手，走到哪里就带到哪里，还特意带到托儿所表演给小朋友看，完了又让我带回去。以前他把玩具带到幼儿园，被小朋友搞坏了，这次他担心又被别的孩子搞坏。下午去接他时，让我一定得带回。小汽车只玩了两天，电池就用得差不多了。我们这里没有 2 号电池卖，只好让小汽车睡大觉。

嘉嘉对录音很感兴趣。听说你要听他唱歌的录音，就不断缠着我问我，买录音带了吗？我现在实在没有空，还有 10 多天就考试了，每晚上看书到 12 点，很紧张。我希望考好，所以不敢放松，只好等考完试后再给他录音。他现在会唱好几首歌了。

你给我买的击剑服我穿了，式样颜色都很合适。不少人说我穿起来很衬人，人都年轻有精神了。说来又好笑，这件衣服没带回的前几天，我们组织部这些人在上班时间闲谈，谈到服装问题，都说现在市委的干部太不开化了，除了国防装、中山装外就没有什么像样的衣服了。几个部长有的穿工厂淘汰的旧工作服，有的穿 50 年代的衣服，太没有时代精神了。有人很不服气地说，明天我就穿一套西服。结果还是没有人敢破这个例。我们核查组 18 个人，其中有市文联主席、中学校长等 10 位大学生，但在这个问题都很守旧老套。两天后我穿击剑服上班，这些人光是评论夸奖我的衣服就差不多大半天，来一个人就赞赏一番。有一位还马上给北京的朋友写信，让买一件寄来。我想，你看我穿这件衣服的样子一定会很满意的。

关于调动的事不知什么原因，到现在还没有消息。我是有点急了。你可否给黄老师去封信问问情况？上星期，卫部长和我说，"处遗"工作年底结束，问我需不需要重新安排。我告诉他调动的事，并说档案已经寄走了，他说如果调去就不考虑安排了。我们单位有一位同事调西大分校，手续比我晚，现在已去学校上班了。如你没有空，这封信就由我来写。

目前我们的工作较忙，我负责集中汇报。要把综合材料写好给部长，7 天一次。学习我还是抓紧的，为我祝福吧！

信一写又长了，因不断被工作打断。一下去统计解脱干部的数字，一下又有其他事，断断续续地写，一看已经写了好几页信纸，费你眼神了。嘉嘉的照片等拿到后再给你寄去。

祝安好！

秀珍

1984 年 10 月 22 日下午 3：30

＊＊＊＊＊＊＊＊

健荣：

你好！来信昨日收到，估计你也在昨天接到我的信。谢谢你的关心！是我不好，没有及时回信，让你分心了。

今天是星期六。从明天开始到 11 月 11 日，我不去上班，在家复习，准备参加考试。最后两天是考试时间。自治区不久前下了个文件，要求各单位给参加自学高考的干部职工复习时间，每门一周。我这次考两科就有 14 天时间，这对我们的考试是十分有利的。目前，我们的工作比较紧张，有点不好意思请假，但权衡一下利弊，我还是请了，我希望能顺利通过这次考试。

由于时间比较紧，我得抓紧复习。似乎考哲学的把握大一点，政治经济学我还没有认真复习。现在每天晚上都看书到 12 点，早上 6：36 又起床了，感觉很辛苦。我现在最大的愿望是，考完试后好好睡一觉，使精神得到恢复。可能是学习辛苦吧，我感觉体重下降了，一个月前体重 100 斤，现在不知有没有变化，但别人都说我变苗条了。不过，我的精神还是可以的。

嘉嘉三岁生日的照片已得了。陈芬帮多扩印了一张大的，色彩很好。但太大不好寄，就寄这张小的给你吧！

我们都很想你！中午听你父亲说，谢凤年准备下月初去北京，你有什么需要带去的吗？如果在考完试后他才去，我就请他把录音带带去。如果他在我考试前去，就来不及了。你给家里的信，我也看了。

祝好！

秀珍

1984 年 10 月 28 日下午 4 点

＊＊＊＊＊＊＊＊

健荣：

你好，有近半个月没有给你写信了，你一定在等着我的消息，对吗？

首先报告考试情况，这次考试估计很不好。本来对于这次考试，我是充满信心的，最后又有 14 天复习，不知是什么心理，越临近考试我越慌，情绪不稳定，使得复习进度很慢，忘得又快。不管怎样，总算结束考试了。我现在感觉极度疲劳！也深深体会到学习实在是一件艰苦的难事。

我复习考试这两个月，也苦了我们嘉嘉。昨天晚上我帮他洗澡时，他问我还去不去上课，我说不去了。你猜他听了如何反应，我想不到他马上大喊：妈妈万岁！搞得外婆哈哈大笑。然而，当我听到孩子这话时却是感觉很心酸难过！你不在家，嘉嘉是多么希望妈妈能够在晚上陪伴他，和他一起玩一玩啊！两个月来，孩子这样小小的理所应当的愿望都已经变得很奢侈而无法实现！目前是非常时期，也只能是顾不得那么多了。下个星期天，我准备带他去都乐岩公园好好玩一玩。他讲了很多次要去旅游，天知道，他什么时候学会旅游这个词！我和他都该轻松一下。

嘉嘉的小嘴巴现在越来越会说话了。这个月1日他上幼儿园中班，第二天就学会站着拉尿，真像个男子汉了。我要他蹲下去，他却说男的总是这样站着拉的，真没办法。每天我去接他回来，是他一天最高兴的时候。一路上他不停地给我唱歌，讲故事。他小嘴巴很馋很馋，经常要我买东西吃，只要他想吃东西就说，我好饿啊！我说你不是饿，是嘴巴馋了。以后他干脆就说，妈妈，我嘴巴好馋的，妈妈我要吃东西，搞得你哭笑不得。

关于调动的事，我看你还是给黄老师去封信。你父亲的意见，是要我在这段时间抽空去一趟桂林问问。我说先听听你的意见。不知是什么原因，这事拖了这么久，我担心的是你们学校去不成，又影响我在这边的工作安排。你的看法如何？请速告知。

我现在还是回单位领工资。单位现在给我们每个职工做一套60元的衣服，我还没有空去量身。听说以后是按职务拿工资，任什么职就拿什么工资。据说文件已经发到单位了，但我还没有看到。我想，我最好能在12月份调去桂林，年底可能还有一次年终奖。市委这个月又发了100元，这100元是节约奖还是生活补贴，谁也搞不清楚。机关干部每年共得240元，现在已经到手170元。下面各单位看到市委发钱（按规定事业单位可以发生活补贴），企业也就想各种办法巧立名目发实物。各单位还是会经常搞点小名堂的。

今天上班不忙，就给你写封信。

祝安好！

秀珍

1984 年 11 月 12 日上午 10：30

* * * * * * * *

健荣：

你好！寄来的明信片 14 日收到。

不知为什么，我很不喜欢明信片。也许是因为明信片的信息量太小，与收信人的期望值相差太大，太不解渴，总觉得有点被应付似的。当然，你不会是那个意思。以后不要再写明信片好吗？可能是我的想法有些怪。嘉嘉看着明信片倒是很高兴，拿着左看右看，又放到嘴边吻一下，完了还问，是怎么看的？

因为明信片的画面是在湖边照的，人和红旗在水面上出现倒影，这就把聪明的小嘉嘉弄糊涂了。不过不得不说，小家伙是很会提问题的。

13日你们学校又给公司来了信，要公司写一份"文革"中我的表现情况寄去。公司可能在15日左右才发出，这次办调动真是够麻烦的，隔一阵子又来要一份材料。估计可能是你们学校担心我是在"文革"中造反起家的，放心不下。其实，他们只要认真看看我的档案，看看我的年龄，就很清楚了。"文革"开始时，我才十二岁呢！要这份材料，不知是否要向自治区上报，如果是这样，可能又要拖到明年了。

听一位市委顾问说，我们市委核查办公室将在12月15日撤销，没有搞完的问题，全部放到市整党工作中去搞。市级的整党办人员肯定不能要太多。实际上，这种临时性工作很多人都不大愿做。特别是这段时间没有事做，很让人心烦。13日到现在一星期了，除了开两天会，还没有做过什么事。考试前比较忙还不觉得，现在有点闲得发慌。一些人每天来报个到就走，我却不敢。而且这里全是男士，只有一位总是一本正经的女科长。我希望能在一个能更好体现价值的，令人感到充实的，而且比较固定的岗位上工作。你同意我的想法吗？

上次给你写信时讲的职务工资是真的，现在已经开始这方面的工作了。我们公司属于一类企业，公司经理的工资可以拿到13—16级。也就是说，现任经理的工资不到13级的可以拿到13级，我们这一级可以提到20级，拿68元工资，此外还有奖金。我现在只是23级。这样看来，职务工资调整后收入还是挺可观的。韦经理开玩笑地说，看你还想调走吗？以后我们还要好。还让我把你叫回来。如果我离开柳州到你们学校，就只能拿48元。不过，只要我们能在一起，钱少一点也没关系，精神上愉快就行了。

前段时间一直紧张，这几天闲下来我有些不知所措。考完试，我最大的愿望是能靠着你静静地休息一下，然后带上嘉嘉高高兴兴地出去玩一天。考试的前两天我十分想你。我想，你就是在我身边一分钟，对我的考试也是一个强大的动力。

嘉嘉前几天早上一醒来就找你。有一天早上起床到处看，不断地追问：我爸呢？因为平时他总是用普通话称呼你"爸爸"，我很少听他用柳州话叫爸，特别是叫"我爸"，所以我听他问了几句才反应过来。主要是没想到一起床他会找你。嘉嘉问你为什么还不回来？每当他想你的时候，我总得要解释很久，小家伙才满意的。昨天我带他去公园玩了整整半天，他高兴极了。关于录音的事，现在还没有进行，我们的收录机坏了，还没修好。

现在柳州市面上有一种煤油气炉，75元一个，是烧煤油的。使用前先要用打气筒打足气才点火，和汽灯的原理一样。一个三口之家，每个月用油12斤就够了。煤油每斤0.3元。我觉得很方便，很想买，你说好吗？请来信告知。

工资改革后物价普遍上涨。现在市面上的毛料、呢料都不多见了，柳州的毛料都卖完了。据说上海的则收起来，等明年调价。建议你抓紧时间买一件呢子大衣。昨天看电视天气预报，北京现在是零下17度，是很冷的啦！我们这里还是22度，很暖和。我最担心的是天气太冷你能否受得了，特别是你的胃病是否受影响。你就不要寄钱回来了，该吃的就吃，该穿的就穿，晚上睡觉最好戴一顶睡帽，免得着凉。我给你用毛线织了一顶帽子围巾（多种用途），合适时再寄给你。

　　家里情况如常。考试结束了，隔几天我就回去看看。家里的事，你不用操心那么多了，他们会处理好的。

　　祝一切好！

秀珍

1984 年 11 月 19 日

* * * * * * * * *

健荣：

　　收到来信，既为你能如愿延长进修期以完成研究生课程感到高兴，又为我们的分离时间再度延长而深深感到遗憾和惆怅，也为我的工作漂浮不定难以定位感到忧虑。各种情感交织，我这几天的情绪竟是五味杂陈，很不是滋味。

　　昨天听你父亲说，谢凤年可能12月13日去北京开会，住在香山饭店。具体地址他会去信告诉你，呢子大衣和录音带等我就托他带去给你。

　　天冷了，学习任务又重，你得注意身体，要不要从柳州寄些腊肠去？请来信告知。学习是一件很辛苦的事，这两个月我是深有体会的。晚上熬夜，要准备好一些吃的东西，以便补充。我理解你的心情，也体谅你的处境，将尽力支持你的学习。

　　关于我工作调动，有时间你帮我考虑一下。是去桂林还是暂时留在柳州，我还没有最后下决心。如你进修两年，我就不急于去桂林了，主要是工作变更问题使我犹豫不决。暂谈到此。

　　祝安好！

秀珍

1984 年 11 月 26 日下午 4 点

* * * * * * * *

健荣：

你好！寄来的书、信和汇款皆收到。半个月没有给你写信，你一定在等我们的信吧！为了不使我们的信老是错开，我一直等到昨天收到你的信后才回信，使你久等了！

很抱歉！我的上两封信怨气比较大，使你的情绪受到影响，信发出后我就后悔了。工作调动的事，我不该让你为难的。特别是你现在的学习紧张，还要分散精力来考虑我调动的问题，实在是我的不是。这几天我平静地想了一下，其实这件事是急不来的，主动权不在我们手上，黄老师工作又忙也顾不上。我在这里干着急，不如暂时不管它，任其自然发展。我想老天是不会负我的！

昨天晚上反复看了你的信，忍不住哭了一场。我不是为调动的事，我实在是想你！结婚快四年了，在一起生活还没有一年时间！分离，无休止的分离！白天工作忙尚不觉得，到了晚上，这种感觉就十分强烈和克制不住。但是，我想我还比你好一点，我有嘉嘉陪伴，他能给我带来很多的快乐！而你只有功课和事业。昨晚我下了决心，等你两年学习回来后，我们无论如何也不再分离了！我不去桂林，你就调回柳州。明年调桂林，无论干什么我都去了。无论从什么角度考虑，我们都应该团聚了！

我们两边家里得知你要在北京进修两年，都不愿我在这个时候去桂林。我妈主要考虑的是，去了以后人生地不熟，有了困难没人帮。你父亲则考虑，我在柳州的工作好，去桂林难得重用，况且在柳州我还有个中级职务。商业局王局长也劝我不要去，等市里的"处遗"工作搞完后，他帮我想办法调出 F 公司。总之，现在各人的看法不一致。从两年后马上能团聚的角度看，我愿意调桂林，从工作性质和职级看当然是在柳州强。不过，我又想，你们学校总不至于让我去招待所做服务员吧！等有了机会，还是有可能换的，比如去你们系去做收发，也是可以的。你看呢？

我们这段时间工作还是老样子，市里要求"处遗"核查在 12 月 20 日完成工作的 95%。我们要回原单位上班，最快也要到元旦了。你说，我是留在市委安排工作好还是回公司？帮我定下来，好吗？卫部长曾经问我愿意搞什么工作，以前和我一起下乡当知青带队的小蒙现任柳南区副区长，她希望我去柳南区组织部工作。

你父亲在这个月底或下个月初也去北京开会，如还想带什么，就写信告知。嘉嘉得知爷爷要去北京，很高兴。我问他愿不愿意跟爷爷去，他说妈妈去我就去。我说我不去，他就说，那你就贴邮票在我头上，送到邮电局寄去吧！现在，他总是尽量表现出自己是个小男子汉。但是，他最怕我说写信告诉你他不对的地方。你在他心目中是崇高的、神圣的！他不听话时，我说等你爸爸回来批评你，他就不敢吱声了。

你现在学习一定很紧张，两年内完成研究生的主要课程，是要拼的。北京天气冷，吃饭还是要按时去，不要让胃病干扰你。你在信上说，你也有不顺心的事，能告诉我吗？你与同住的那位同事关系好吧？我这里你不必挂心，各方面的事我会处理好的。信写长了。

祝好！

秀珍

1984 年 12 月 7 日下午 4：35

＊ ＊ ＊ ＊ ＊ ＊ ＊ ＊

健荣：

你好！元旦的来信收到。昨天晚上嘉嘉就说，你还有 10 天就回来了。看来你们父子俩的心灵感应太厉害了，要不他怎么说得这么准呢？

在你校干训部学习的小黄（柳州市委组织部的）前天来信说，上星期他去找了黄老师，并把我的情况向黄老师做了说明。黄老师说，若我去学校某公司是安排在办公室，并说你的进修期为两年，要我不要着急去桂林。具体情况他还要去校人事处问一下，让小黄一星期后再挂电话给他问结果。他承诺对我调动的事，一定负责到底。我想如能调去，最好是在你进修回来前几个月去。去早了你不在师大，无论是生活还是工作都有诸多不便。你说呢？如果你从北京回来先到桂林，就把这个意思和黄老师说一下，看他的意见如何。

今天早上，公司卫生室的小王帮我送来一张汇款单，是你们系的唐老师寄来的。汇款共 242 元，其中基金奖 48 元，书报费 48 元，节支奖 8 元，生活补贴 50 元，烤火费 16 元，互助金 60 元。这样看来，你们学校还是比较有钱呢！比柳州市委发的还多。我们单位到现在还没有听说有什么钱发，市委发了 94 元。

这次你回来又要辛苦了，除了你自己的学习外，还要辅导我学习近代史，嘉嘉还等着你讲北京的故事呢！

这封信是在奶奶家写的，嘉嘉在一边很吵，就写这里吧！

柳州见！

秀珍

1985 年元月 6 日

二 扬帆追梦

193

* * * * * * * *

健荣：

你好！很高兴收到你的来信，并把信的内容像讲故事一样告诉嘉嘉，他很想你！

分别10天，我和嘉嘉又逐渐习惯了这种每天奔波的生活，你也开始了新的奋斗。你走的当晚，儿子一直等到10点多，听到火车响了才肯入睡。第二天一早，他站在厨房门口的栏杆边看远处的火车，听到火车响，就告诉我说爸爸的火车来了，并说为什么爸爸不在火车上叫我呢！

我们这一段工作不算忙，每天上午看材料（定案材料），下午部长来组织大家学习。整党学习要到3月底才结束，我们这个组将合并到市整党办公室。整党办下面有5个小组。"处遗"核查办留下的10人中，除我和科委一个工程师，其余8人全是市委组织部的。据说，凡是到整党办工作的外单位人员，工资和组织关系要转到市委组织部，两年以后另行分配，但现在还没有正式通知。如果真是这样，我就不大愿意了。主要是经济损失太大，现在我的工资48+26（职务补贴）+15（奖金）+15（各种补贴）=104，但如果到市委这样的清水衙门，每月就是48元工资。

家里一切都好。你父母搬到楼上住，楼下做你父亲的书房。兄妹们经常回来，一家子和和气气。

我现在学习抓得不紧。一方面是你走以后情绪有波动，另一方面嘉嘉不肯早睡，晚上10点以后看书容易犯困。考试时间是6月15、16两天，我还是争取考三门。

新学期开始了，你的学习任务重，一定要注意处理好学习和休息的关系，早上锻炼注意增减衣服。一个人生活在外地，要照顾好自己。

祝安好！

秀珍

1985年3月8日

* * * * * * * *

健荣：

你好！收到你的来信，读后十分高兴。祝贺你接受写书的新任务，预祝你成功！

19日嘉嘉出水痘，发烧，一天到晚吵闹不停，一连几个晚上没睡好觉，把我也累病了，22日才开始上班。

这次水痘是在托儿所传染的。病情严重时，小家伙身上脸上都是小水泡，光脸上就有30多个（嘴里舌尖、脸上、耳朵都是），很吓人。三天以后才逐渐退下。这几天不上幼儿园，放在家里让奶奶带，出水痘后他精神好多了。嘉嘉生病时，多么希望你在我身旁助我一臂之力啊！

我现在的工作比较轻松，除了每月15填报表，报给自治区整党办，就基本没有什么事了。我们开玩笑说，我们几个人现在是半工半读，我是读书，其他同事每天到10点多就去做自己的事。听冯科长说，公司要把外面的借调人员全部要回公司，不回去的就不再发工资，冯已经回去了。目前公司领导还没有找我，市里原来打算把借调到整党办人员的工资关系转到市里，借调人员不愿，反应强烈，就暂时不转了。我现在的态度是去留都行。

你的工资不要寄回来，该用的用，该花的就花，生活上不要苦了自己。最近我得工资靠级加了10元，基本工资现在是58元了。

和嘉嘉一起吻你！

秀珍

1985 年 3 月 26 日

* * * * * * * *

健荣：

你好！谢谢你寄来的生日礼物以及嘉嘉的书。收到礼物我们都很高兴，特别是嘉嘉，捧着书不放，恨不得一下就把几本书看完，晚上睡觉前还要我讲一段才上床。

你父亲可能在5月2、3日左右去北京开会。需要带点什么？请来信告知。

我今天去报名考试，本想考三门，连哲学一起考，谁知哲学和写作都是同一天同时考，只好报两门。5月4日开始总复习，每门课6天。我一定争取考好。前几天碰到我们公司老甘，他告诉我，你给他们上的课，学员们反应很好，特别是最后的归纳。听到朋友的好评，我为你高兴。

我的工作暂时没有动。12日我回公司办事，碰到公司张书记，他让我回来上班，说我出去的时间太长，基层有意见。我请他联系市委组织部，因为是公司派我出去的，要回来也应由组织上联系。张书记说，那就等韦经理回来后一起去找卫部长。过几天，我要去自治区党委参加个会，主要是关于上报柳州市"三种人"处理完成的报表问题。来回4天，到时嘉嘉只好让外婆带了。

祝快乐健康！

秀珍

1985 年 4 月 16 日下午

健荣：

你好！寄来的图书收到。你不知道，为了这几本书我每天要给嘉嘉解释多少次。他整天问，爸爸寄给我的书收到没有？小家伙最高兴的就是收到你寄来的书。书上的故事是百讲不厌，百听不烦。还经常拿这些书跟我讨价还价，叫他去洗脸，要先讲一个故事，叫他吃饭也要讲个故事，晚上睡觉前还得讲一个。

这封信主要是和你商量我的工作安排问题。昨天我与组织部副部长送材料回公司，张书记提出让我回公司上班，并把公司给市委组织部的报告给了部长看。报告大意是，我任 D 旅社副经理至今，还没有到那里上过一天班，群众有意见。结论是必须立即回单位上班，否则停发工资。

今天下午，卫部长与另一位副部长和办公室主任一起找我谈话，问我愿不愿意留在组织部工作。如果没有意见，就由组织部下调令，工资关系和组织关系在组织部（组织部编制），目前仍在整党办工作。

我对这个问题想了很久，考虑了如下三个原因。第一，任职旅社副经理后没有回去上过班，目前各单位都已实行承包制，工资福利如仍回旅社领取，单位的领导和职工都会有看法；第二，回公司科室的可能性不大，各科室人员基本满员；第三，回基层工作，上班远、工作忙，我的学习时间更少，肯定会半途而废。因此，在还未和你商量的情况下，就同意调到市委工作。

到市委工作，从经济上来看有些损失，但也有利好的一面。第一，到市委后，根据我现在的任职可以定为副区级。第二，有充足的时间学习。现在工作不忙，全市清理"三种人"只有 30 人未结案。第三，机关工资改革从 7 月 1 日开始，工资改革后，我的工资也会相应提高。

这件事我还没有和你父亲商量，不知他的意见如何。我父母要我自己拿主意，他们觉得还是去比较好。事情的大致情况就是这样。组织部办公室杨主任让我和你商量，听听你的意见。

明天就是五一劳动节，还得带嘉嘉去玩一玩。5 月 4 日我们的总复习就开始了，接到信后请从速答复。祝

安好！

秀珍

1985 年 4 月 30 日晚 11：50

* * * * * * * * *

健荣：

你好！明天你父亲就要去南宁集中准备赴京开会，顺便再写上几个字。这次请他给你带上一些营养品和信纸。

关于调动的事，我在上封信说等你的来信后，我再向部长确认。刚写到这里，卫部长来说调令已经下发，从下个月起，我就在组织部领工资。

柳州市劳动人事局的一位朋友告诉我，听桂林劳动局的朋友说，从今年起凡是调进桂林市的，每人要交 6000 元的桂林市基本建设费，也称为城市建设增容费。我怕这消息是误传，就给在你们师大学习的小黄（柳州市委组织部的干部）写信，请他到桂林市组织部询问，证实收 6000 元是真的。但这 6000 元究竟是个人出，还是接收单位出，尚不清楚。本月 6 日柳州市委组织部副部长要到桂林开会，我托他问问。这件事如果是真的，我的调动又是个麻烦事。不过，现在到柳州市委组织部工作，以后我就可以直接调到桂林市委组织部，也许这 6000 元就能免了吧！你说呢？

调到市委机关工作后，有两个问题还得解决。一是自行车，原来的公车要还给中心店，只能自己再买一辆。二是嘉嘉入托问题。公司托儿所从 5 月开始，凡不在本单位工作的，不能享受公司福利，孩子每月托儿费 32 元。公园幼儿园要到 7 月底才报名收新生，这样我可能又要把他转到市委幼儿园了。

6 月份工资突然减少 50 元，可能有点紧张。我要保证嘉嘉每天一个水果和一杯牛奶。上次出水痘后，现在他的身体开始恢复了，人是很精神的。我们都不需要买什么东西，你也别乱花钱。暂写到这里，我们都很想你。

祝一切好！

秀珍

1985 年 5 月 3 日下午

* * * * * * * *

健荣：

你好！请父亲从北京带回的礼物和信都已收到，谢谢你的关心牵挂！

这段时间学习比较忙，每天晚上看书都要到 12 点才入睡，感到很疲劳，效果也不大理想。有时躺在床上看书，嘉嘉在一旁玩，我不小心睡着，半夜醒来，不知道嘉嘉什么时候睡到床的另一边去了。唉！真是苦了孩子！

我工作调动的事正在办理中。昨天到公司开出了行政、组织和工资介绍信，

二
扬帆追梦

197

下午到商业局转介绍信，就算正式调入市委组织部了。工作调动麻烦事很多，涉及嘉嘉的入托、医保及房租等，这些事情都得花时间去跑。

D旅社的领导对于我的调走，感到很突然和惋惜，她们希望我回去与之共事。后来知道我决定调走后，仍一再希望我回去参加为我举行的欢送会。但我觉得自己任职快一年了，除了领工资，对店里的工作一直没有参与，已经很内疚，任职的欢迎座谈会都没有参加，欢送会就更没有必要了。我准备下午去与她们告别，表示歉意。

调入桂林市要6000元增容费之事已弄清楚。柳州市委组织部韦副部长找了桂林市人事劳动局局长，证实确有其事。6000元是接收单位出，照顾夫妻关系可适当减免。问题是，到时候你们学校愿为我出这笔款吗？

昨天回公司开介绍信得知，我的档案仍在广西师大，并没有退回，说明学校还承认这件事。有空请致函黄老师，告知我已调柳州市委工作，学校以后要发函就直接发柳州市委组织部。

祝安好！

秀珍

1985年5月21日

＊　＊　＊　＊　＊　＊　＊　＊

健荣：

你好！寄来的30元和信均已收到。

我的调动手续今天总算办完了，但是嘉嘉入托之事还没有最后落实。市委只有一个托儿班，而且只收三岁以下的孩子。如把嘉嘉放在机关幼儿园，要等9月开学有指标才能进去。为了解决嘉嘉进市委幼儿班的问题，组织部副部长和行政科长（刘副市长的妻子）去了四次。估计问题不大，我们再等几天吧！卫部长开玩笑说我面子大，副部长亲自帮办干部子女入托的事，这可是从来没有过的。我也是没有办法，初到一个新环境，情况不熟，也只能全靠这些人帮忙了。

这段时间患感冒，拖了半个多月。感冒刚好，嘉嘉昨天出麻疹，现在出到脸、背，脚上还没出完，有点发烧，不到一个小时闹一次，不得安宁。从上个月出水痘到这次出麻疹，间隔时间太短，很伤身体。不过这次出麻疹还是比较顺利，今天他的精神不错。医生说麻疹一般没有什么药物治疗，麻疹出得顺利2—4天就出完了。麻疹并不可怕，几乎每人都要出一次，但最怕被别的病传染，成合并症。这次嘉嘉出麻疹，又是在托儿所被传染的。今天我请假在家照顾他。

现在天气渐渐热了，但气温不稳定，这种时候很容易感冒，你要特别注意。学习忙，要劳逸结合。听父亲说，他在京开会休息时两次邀你出来，你都没空去。我觉得，你和父亲在京相聚是难得的机会，应多陪父亲聊聊和出游。可能你那段时间太忙了吧！

关于工资改革的事，因广西财力不足，方案变来变去。最近又定了一个新方案，一般估计改革就是按这个方案执行了。以我为例，48元（基本工资）+10元（补贴）+0.5元（每年工龄）+2.5元（粮贴）+2.4元（交通补贴）+8.5元（物价补贴）。按这个方案，你也就可以算出改革后你的工资是多少啦！

过几天我要请假在家复习，6月15日前，你的来信请寄印刷厂我父亲处。6月15日后，即寄柳州市委政策研究室，我的办公室与政研室是一墙之隔，他们会转给我的。

夜深了，这个时候你可能还在伏案看书。荣，我们虽是天各一方，但我们的心总是相连的。

祝一切都好！

秀珍

1985年5月27日晚12点

＊＊＊＊＊＊＊＊

健荣：

你好！关于请探亲假的事，我还没有和部长说。 我希望7月15日以后去，还有下面的几点原因。1. 工资改革在7月中旬完成。2. 嘉嘉下学期进公园幼儿园，我要找人办理。3. 15日要我还要到南宁向自治区党委报报表。还有，你们学校政治系老师开设的逻辑学辅导班，6月30到7月14日上课，我想听完辅导课再去。到北京后你还可以进一步辅导我。

这段时间的工作不忙，但需要把全市处理"三种人"工作中停职、免职和撤职干部名单及处理意见汇总造表（还有10多人未结案）。全市审查工作，可能在近期内全部结束。卫部长说，组织部秘书科想要我去做行政秘书。这原来是刘副市长妻子的职位，她最近提为秘书科副科长。我不大想去。卫看我没有正面回答，就说你还是留在核查办吧！以后还要对已处理的案子要进行复查。

我定行政级别的表还没有填写，因为我的档案在广西师大人事处，定级的表格是由组织部填写，部长让我明天去找组织部一科科长，请他们帮办理。我估计，工资改革我最低也能套个副区级。

我们什么时候动身去北京，时间由你定。

祝一切好！

秀珍

1985年7月2日

＊＊＊＊＊＊＊＊

健荣：

　　你好！我们于 17 日中午 12 点安全到达柳州，列车晚点两个多小时。晚上和嘉嘉一起到奶奶家，全家都喜出望外，每人对所得的礼物都很满意，我们一切都好！

　　在北京探亲的一个月，我们一家三口在一起过了一段非常快乐的时光，玩得很尽兴。你每天陪我们到各景点游玩，够辛苦的了！现在我们离开北京，你也清静了许多，又可以安心读书了。做学问的艰辛，一般人是很难理解的。我既希望你早出成果，又希望你不要太辛苦，尽可能轻松一些。这是很矛盾的心理。

　　我的行政级别已定为正区级，组织部有 5 人定为副区级。对于给我定正区还是副区的问题，在讨论时有不同意见。因为我调到组织部时间最短，而且在单位是任副职，有些人不了解情况提出了疑问，说为什么团委书记到基层任副职。干审科长说明我的情况后，会议一致通过，将我定为正区级。

　　我回来恰好单位召开支部大会进行党员登记，这几天下午都是学习。

　　今天上午带嘉嘉到医院体检，估计不会有什么问题，结果要过几天才知道。

　　离京回柳后，我和嘉嘉又很想你了。嘉嘉一开口就喊爸爸，他以为还是在北京呢！

　　祝一切好！

秀珍

1985 年 8 月 20 日

＊＊＊＊＊＊＊＊

健荣：

　　你好！转眼间从北京回来已 12 天了。虽然说在北京只住了一个月，刚回来时就有点不习惯了。柳州毕竟与北京相差太远，从一个国际大都市回来，感觉柳州太小了。不过，柳州的人情味要比北京浓，人与人之间的关系好像更容易融洽些，在这里生活也是挺好的。

　　上班一个多星期了，每天都很忙。嘉嘉的入学体检和注册缴费，今天总算忙完。他是 9 月 2 日开学，每月连伙食费在内共 22 元，市委报销 5 元。

　　这次去北京探亲一个月，过得很愉快，但是回来报销路费时却遇到麻烦。财务科说，你是在桂林工作，到北京是去学习，按规定旅费只能报到桂林，桂林到北京的车费不能报。这样，我只能报柳州到桂林往返车票 7.8 元。好在我的考试费 66 元都报销，经济还不算太紧张。

下半年的科社、逻辑学两门课的考试时间是 11 月 3 日。科社估计不会很难，逻辑学要做大量的作业。从 9 月起，我必须抓紧时间看书，尽最大努力考好这两门。明年上半年，考世界经济地理和法学概论。有空请到书店，帮我买一本法律出版社出版的《法学概论》寄回，为明年考试做好准备。

你在北京的生活太单调，除了看书还是看书，要想办法调节一下，星期天可以带上书到公园坐一坐，也可以找同学出去玩一玩。

从今天开始我们要清理档案，工作开始忙了。

秀珍

1985 年 8 月 28 日上午

＊ ＊ ＊ ＊ ＊ ＊ ＊ ＊

健荣：

你好！嘉嘉 9 月 2 日开学，他现在是公园幼儿园小一班的学生了。幼儿园的条件很好，有明亮宽敞的教室，有大操场，还有很多玩具。更重要的是，这里的老师都是幼师毕业的，教学水平很高，态度又好。柳州人称，公园幼儿园是柳州的小清华。能进这所幼儿园的，很不容易，很多都是通过关系来的。嘉嘉很适应这里的学习。开学第一周，老师怕小朋友不习惯，要求家长陪伴孩子一个星期。第一天，很多小朋友都哭了。我原来还担心嘉嘉不习惯，然而不到十分钟，他居然就说：妈妈不要你陪，你可以走了！别的家长看了都说，嘉嘉真能干！

这几天办公室的人都去搞考核干部了，柳州 9 月 16 日开党代会。现在只有我一个人在清理档案，静静的办公室最容易放飞思绪。

这段时间你的翻译大作，进展如何？我想你会抓紧一切时间工作。要完成两本书的任务，同时还要听课进行专业学习，真够辛苦的。但望能一切从长计议，不要太赶。

下午接到你父亲的电话，说中午收到你的电报，让我马上给你写信。其实，从北京回来，这已是第 3 封了，可能邮路不畅，信件被耽搁了。你的电报，让你父亲误以为我回来后一次没有给你写信呢！这真是冤枉我了！我理解你的心情，以后我还是一个星期，最长 10 天给你一封信，好吗？如果你不嫌我啰唆，我是很乐意给你写信的。马上发出此信，要不然你又要等了。

祝一切顺心！

秀珍

1985 年 9 月 6 日

＊＊＊＊＊＊＊＊

健荣：

你好！一年一度的中秋节又快到了。今年我们还是没有团圆，只能还是天各一方，在梦里相会了。我们会想念你的。

嘉嘉在公园幼儿园情况很好。每天他早上一起床，总是先喊：妈妈早上好！奶声奶气的，很讨人喜欢。问他在幼儿园学习、吃饭和午休等情况，他都乐于回答。电视里看到北京的镜头，他会高兴地喊起来。有时候他也会闷闷不乐的，说爸爸还没回，我也想爸爸了。

公园幼儿园的规矩很多。例如，规定凡是下午超过半小时不接小孩，罚款0.2元，1小时0.5元；孩子不来园不退伙食费。另外，收折旧费3元，保险费2元，还有儿童玩具赞助费、教师节赞助费等等。尽管其苛捐杂税不少，管理方式也很严，但是为了孩子能在好的学校里接受教育，家长们也心甘情愿接受这样的条件。每天早上我送他到幼儿园，下午他小舅接回外婆家。

科社的辅导课已结束（9月2—14日），是我记错时间，失去了一次老师辅导的机会，只好自己看书理解了。逻辑学上课地点在军分区，每天晚上10：30下课，赶回外婆家接嘉嘉，回到自己家里已是11：30，还要做作业，有点吃不消了。昨天和家里商量，我听辅导课这段时间，把他放在外婆家，早晚由小舅到幼儿园接送。这样就免去了我的辛苦劳累。

这个中秋节我不准备给你寄月饼了，因寄包裹要比信件慢4天左右，我担心月饼会变质。但你在节日那天，记得买些月饼，邀几个同学赏月。

祝健康快乐！

秀珍

1985 年 9 月 17 日

＊＊＊＊＊＊＊＊＊

健荣：

你好！10月2日收到你寄来的书和信。中秋、国庆双节过得开心吗？我估计你现在正进入写作高潮，每天忙得分不开心来想我们了。

我现在进入紧张的复习阶段，而我的工作也正是最忙的时候。归档、上报卡片两项工作基本搞完，余下的工作是装订上报市档案馆。这些工作要求在9月底搞完，前段时间领导们布置工作没有讲清楚，就拖下来了。今天我找到市档案馆的王局长，说明了我要考试的情况，请他给我缓一段时间，他同意我考完试后交。这样，我就可以安心复习了。

在我复习考试期间，嘉嘉在外婆家住了一段时间，长胖了也长高了。他还希望第二次去北京呢！

7月份的工资改革到现在还没有消息。今天发工资增发30元，也不知是何种因由。要看书了，暂时写到这里。

祝安好！

秀珍

1985 年 10 月 7 日

＊＊＊＊＊＊＊＊

健荣：

你好！得知你译书顺利，初见成效，很高兴。你努力学习，认真工作的精神让我很感动。

这几天坐在我们的小屋里看书，深感读书真不是件轻松的事。才几天时间，我就感到有些坐不住了。而八年多来，你一直就是这样刻苦攻读，治学不辍。这种精神劳动的艰辛，一般人是无法体会的。我确实很佩服你！

昨天写到这里我就去看书了，估计你今天一定会有信来。果然，下午还未进门，嘉嘉就高兴地大声喊道：爸爸来信啦，有两张红叶！小家伙知道是你的来信，就私自把信给拆了，并把这两张红叶与去年的两张，一起放在玻璃台板下压好。今年这两张红叶比去年的大，样子也特别好看。深秋的香山一定很美，而这两张红叶就像我们紧紧连在一起的两颗火热的心。

嘉嘉虽然调皮，但是很聪明，在幼儿园学到了很多新东西，比如，做广播操、唱歌、讲故事，等等。他知识面也逐步扩大，特别喜欢刨根问底，学东西很快，有时候讲出来的话，真不像他这个年龄说的。好几次他在梦中咯咯地笑个不停，醒来后高兴地告诉我，我看见爸爸了！还有几次我听他和姜妮说，我妈妈好辛苦哦！当时他不知道我在外屋。听到这样的话，感动得我差一点就掉眼泪了。对此，我感到十分欣慰。除了你理解体贴我，我们嘉嘉也懂事了，能体谅母亲的辛劳了！

你现在一定很忙吧？看你写的信字迹潦草，写到后面快认不出了。不要太累哦！夜深了，还要看一下书，再见！

秀珍

1985 年 10 月 24 日晚 11：15

* * * * * * * *

健荣：

你好！收到你的来信，经过两天和一夜的思考，终于从矛盾中挣脱，这才给你回信。

看到你的信，第一反应是，我们不能再分离了！说心里话，从事业上考虑，我希望你能取得较大成就，支持你继续学习。但从感情上考虑，我实在不愿再分离了！人非草木，孰能无情！我们结婚已经5年了，生活不安定，工作不稳定，我们都企盼有个安定的生活工作环境。一年又一年过去了，我们还是天各一方。从柳州到桂林、从桂林到北京，越走越远……每每想到这些，我都很矛盾，也很难过。我们都不是目光短浅的人，对自己的事业都有追求。但我们也是平凡的，有血有肉、有情感的人，承受不了太多分离的痛苦！本来还有60天可以团聚，现在又要等三年以后。这让我如何能够承受？

我征求了双方父母的意见。我父母认为，去北大学习，是很多人一辈子的追求，有这样的机会深造，应该支持。你父母回答则是，这件事情应由我们自己决定。可想而知，他们也很矛盾。

现在，我赞同你继续留在北大读研究生，尽管很痛苦。我能理解，在改革开放后形势迅速发展的今天，没有很强的专业能力很难在强手如林的大学站稳脚跟。我希望你能打下坚实的专业基础，在学术上不断有新的成就。这么多年都坚持过来了，我就再咬牙坚持几年吧！好在儿子已经逐渐长大，最困难的时候已经过去了。我相信，往后只有越来越好！

昨天早上嘉嘉所在的公园幼儿园上全市公开课，各幼儿园负责人都来听课，市妇联和电视台都来了。晚上嘉嘉打开电视，兴致勃勃地要让大家看他们在电视上的表演，可是不知何故，等了好半天没看着，好遗憾！

这封信是分三个时段写的，有点乱。请谅！

祝一切顺利！

秀珍

1985 年 11 月 22 日下午

* * * * * * * *

健荣：

你好！ 你在上封信说，想在柳州报名参加研究生考试。但柳州报名截止到10 日，如果我在 9 日以前收不到你的报名材料，就不能在柳州报名了。

柳州市从 12 月开始，按每人粮食总额数搭配 30% 的面粉。这几天物价上涨，市民怨声载道，各种流言四起。这主要是广西遭灾，但政府没有做好相应的宣传解释工作所致。这几天早上，各个粮店门前挤满了排队买米的群众，有的粮店连门都不开了。尽管粮食局大米加工厂的工人每天加班打米，但还是有粮店出现大米、面条脱销的情况。粮食局正在采取紧急措施。市民反应强烈，机关干部意见也很大。另外，工改到现在还不能兑现，原说 11 月份可以按工改政策领工资，谁知拖到 12 月份也没发。市委也穷得很，每月发工资前的一个星期去报账，几元的医药费都报不了，财务处没有钱。告诉你这些事情，让你知道一下家乡的民情舆情，也是必要的。

家里各人情况均好，你父亲还是经常外出开会。12 月 18 日将召开柳州市人民代表大会，听说他有可能当选市人大常委会副主任，名单已经上报，估计是不会有什么变动的。

我的两门考试已通过，逻辑学 80 分，科社 65 分（和我估计的一样）。明年的考试提前到 4 月 26 日。我现在每天睡前看一段书，提前做好准备。

祝一切顺利！

秀珍

1985 年 12 月 16 日

* * * * * * * *

健荣：

你好！从北京回来后一直忙着整理档案。上星期六（21 日）把整理好的档案送市档案局和组织部档案科，算是完成了一件大事，现在才可以松一口气。

得知你们系因急于要你回来上课，不同意你报考研究生，很担心你情绪受影响。虽然我也觉得你们系这样做不妥，但是成功道路千万条，虽然你不能读北大的研究生，但两年来在北大名师的指导下，你的专业知识、理论水平和学术研究能力已经大大提高，为你今后的发展打下了扎实的基础，相信你以后一定能够开辟另一条成功的道路！

嘉嘉天天都盼着你回来。我问他，爸爸什么时候回呀？他就爬上沙发，指着挂历 12 月 31 日以下大约 10 天的墙上位置（挂历上 12 月 31 日后面没有日历了）说，爸爸要到这时候就回来了。真是父子连心啊！你说准备元月 15 日回，嘉嘉好像早就知道了你在这个时候回来。他去了一趟北京，就经常说长大了也要去北京读大学。他还说，妈妈等我去北京读书，你和爸爸就来看我，我坐在第一排的。

你父亲已顺利当选为柳州市人大常委会副主任。昨天人大闭幕，中午他回到家我们向他祝贺时，他马上发表家庭演说，并特别强调说，我这个职务只是一份工作，并没有什么能力帮你们解决任何问题，你们各自的工作都得靠自己努力……我们都理解他的心情和想法，不会有什么事去麻烦他的。

你说元月15日从北京回桂林。还有20来天我们就见面了，真高兴！昨天我把宿舍的大门钥匙放在你母亲家，我估计你从北京回到桂林，可能会连夜赶火车回柳州。快回来吧！我们等着你！

秀珍

1985年12月23日

* * * * * * * *

健荣：

你好！20日的来信收到，为你因未能得到系领导的支持，不得不放弃北京大学的考研而感到惋惜，也为你在挫折面前没有灰心而欣慰！我相信通过别的途径，你也一定会成功的！

读书学习是件苦差事，最怕就是思想不集中，情绪受影响。因报考一事，花费了你很多精力，情绪也受到影响，你要在最短的时间内调整好自己，使自己保持良好的心态，顺利完成进修和写作任务。对于你的学习，我将尽力从生活和精神上支持你，使你没有后顾之忧。

随信寄上一幅柳州风景挂历。柳州是你生活了二十多年的地方，在这块土地上，有你的妻儿在牵挂着你。远在他乡，当你看到这份挂历就像看到我们一样。

卫部长最近准备调广西工学院任校党委副书记兼纪委书记。他力邀我们去工学院工作，特别是我，他说只要我去，他还可以多得一位大学教师——指你也同时到工学院任教。我没有立即答复他。卫部长宽容大度，善解人意，在他手下工作，大家心情都是很愉快的，我们和他的关系都很好。有什么事情求助于他，只要他能办总是热心相助。等你回来后，我们一起去拜访他，好吗？

还有几天你就回来了，很高兴马上可以见面。

祝一切顺心！

秀珍

1985年12月25日

* * * * * * * *

健荣：

你好！寒假回柳，一家三口得以团聚。家里因为有了你，增加了许多生气。

但你也因家务、小孩琐事，忙忙碌碌，少了许多时间看书学习。回到北京，又开始新的努力了吧！

你走的时候，孩子以为你去办事，等一下会回来的，第二天早上找不到你，才知道你真的是回北京了。当天无数次问我：爸爸坐的火车现在到什么地方了？到北京没有？

晚上我去上辅导课，把他放在外婆家，晚上10点挂钟敲响10声，他就提前漱好口后等我接他回去。有一次钟声敲过10点后，我还没回，外婆见他难过，就哄他说刚才是9点，这小家伙不相信，说从来没见过的一个晚上会有两个9点的。昨天我问他，爸爸回来时你为什么总是不听话？他想了一下指着心口说，我这里不调皮呢！小家伙很精灵，挺招人喜欢的。

你多次来信说到我太辛苦了。其实，我们两人都辛苦，我们都需要对方的支持，需要家庭的温暖。无论是谈恋爱，还是婚后的5年，我都觉得我是幸福的！尽管我们分居两地，但我们心心相通，互相牵挂，互相理解，生活虽有惆怅和苦闷，但有更多的快乐！我感觉，这一切都是值得的！

这段时间气候多变，冷暖不定，你要注意保暖，不要感冒了。手腕痛时就变换一下工作姿势，经常活动手腕。工作累了就歇一下，不要太赶了。

祝一切安好！

秀珍

1986 年 2 月 26 日

＊ ＊ ＊ ＊ ＊ ＊ ＊ ＊

健荣：

你的来信和给嘉嘉的明信片都收到。嘉嘉手上的伤口基本好了，愈合很好，没有留下疤痕。请放心。

你走以后，我们很快又适应了以前的生活，嘉嘉知道你不在家，也不敢耍赖皮了，每天早上乖乖起床，一睁开眼就说：妈妈早上好，祝妈妈两科考试及格！昨天晚上他告诉我：3月8日是妈妈们的生日，老师让每个小朋友给妈妈做一朵大红花。晚饭后，他找来纸和剪刀，又剪又画地做到9点，然后，把做好的大红花送给我。很高兴收到我儿子送给我的节日礼物。

其实你不用检讨，你在家时，我们生活安排不好，双方都有责任。我们婚后长期分居，没有很多共同生活的经验，常常是顾此失彼，所以总觉得忙不过来。等以后我们真正团聚在一起时，会逐步适应的。

对于我的考试，你和嘉嘉都给予了很大的支持帮助，我现在所学的10门

二 扬帆追梦

207

课，除了哲学的课本是我自己买的，其余9种都是你给买的。大家都羡慕我，说是有你这样的丈夫支持，再难也能坚持下来！

我的两门辅导课已全部上完了，现在开始复习，世界经济地理这门课是广西出题，老师为了防止考试会出现偏题，所以把复习范围弄得太大，复习题竟有300多题，两门课就有600多题。这两门课我是有信心考好的，只是在考前半个月，容易出现波动，到考试前几天又恢复信心。你不用担心，我会调整好情绪，顺利通过考试。

柳州现在已是春暖花开，北京的天气也开始转暖了吧！春天气温变化很大，容易患感冒，请你饮食起居多加注意。

祝健康平安！

秀珍

1986年3月7日下午4点

* * * * * * * *

健荣：

谢谢你3月16日的来信！看了很多遍，我理解你的心情，真希望你突然从信里冒出来，给我一个惊喜。

家里各人情况均好。你父亲任柳州市人大常委会副主任后，市府按这个级别，这两天给家里安装了电话和煤气炉。卫生间正在改建，明天可以完工。庆芬的调动还在进行中。

我的学习开始进入紧张复习阶段。部里对我的学习很支持。本来，我要去南宁汇报联合调查组的工作，考虑到我马上要考试了，杨科长主动代劳。这个月底市人大开会，本来我和另外一位同事是联络员，又是杨科长帮我推掉了。我很喜欢一个人在办公室值班，这样可以有比较多的时间看书。

前几天市委组织部部长到我们办公室了解情况，恰好卫部长也来了，卫说，他要从部里带杨科长和我到广西工学院，部长没有同意他的请求。其实春节后，我们去卫家拜访时，已经说清楚了。你在北大进修后不可能调回柳州，我肯定是要调桂林的。这一段时间他已经问我好几次，考虑清楚没有。这次当着部长的面又提起此事。卫也说了，他在工学院干不了几年，考虑要有人接班。对于这个事我很清楚，他的班不是说他愿给哪个接就行的。如果跟他去工学院，工作可以有选择，但我不愿在熟人领导下工作，这样我很难放开手工作。在市委这两年多的时间里，我已经感觉到了。但最主要的原因是，我希望尽早结束这种分居的生活。

你那两本书写作进展如何？去商务印书馆和编辑谈过了吗？这个学期末，你在北大学习就结束了。事情多，学习忙，你一定要兼顾安排好，争取在回桂林前，把这两件事落实。

祝健康顺利！

秀珍

1986 年 3 月 24 日

* * * * * * * *

健荣：

寄来的两本参考书收到。在自学的道路上，有你的鼓励、支持、帮助，我才走得比较顺利。在以后学习的过程中，我仍需要你的帮助指点。

我们市委组织部在你校干训部学习的小黄前天来信说：你原来在五号楼一楼住的房间要调换给中文系的研究生住，同时在同一栋楼的楼上给你安排了另一间房，小黄已帮你把你的家具书籍及所有物品搬到楼上。房间比你原来的好多了。他找黄老师问了我工作调动的事，黄老师说在近期内会到校人事处催促，并说可以安排到历史系任组织干事。我不大愿意到你们系工作，我觉得如果我们两人同在一个单位，你原来的老师成了我的同事和领导，我担心不好处理这个关系。这个问题有没有必要向黄老师提出？你不会说我有点不知足吧！

还有十来天就要考试了，有时看书看到发火了还是记不住。没有办法，走上这条路，我只好硬着头皮应试了。读书为什么那么难？如果能无师自通，那该多好啊！

时间过得真快，明天就是我的生日，祝福我吧！给你发完这封信，要到考试结束才给你写信呢！

祝一切顺利！

秀珍

1986 年 4 月 11 日

* * * * * * * * *

健荣：

你好！考试终于结束了。自我感觉还好，估计是可以及格的。这次考试是我太紧张了，考试前三天我已经看不进书，盼着早一点解脱。一上考场，我就对自己说，要沉着、冷静、仔细，为了你和嘉嘉的付出，我一定要考好。

这次考试得以顺利进行，首先要感谢你！如果不是你的鼓励和支持，可能我也会半途而废。前面几门课都考得比较顺利，生怕这次考不好丢脸，于是患得患失，顾虑重重。事实证明，我还不是很笨的。6月份才知道考试结果，我现在放松一下，找些小说或电视来看看。

有一段时间没给你写信了，告诉你一些家事吧！你父亲4月15日去南宁开会，估计要到五一以后回柳。家里电话已安装好有半个月，嘉嘉每次回去都说要给你打电话，考虑长话花费太大，没让打。煤气炉决定不装了，你父亲说用煤气比较危险，担心你母亲不会使用。同时也担心费用比较大。

给你的录音带录音效果不是很好，怡芬明天去北京带给你。只好先这样了。主要内容是嘉嘉唱歌、诗朗诵和讲故事等。当你听到我们声音时，你一定会很高兴的。

工作调动的事，8月份能办通吗？但愿能尽快结束这种烦人的分离。市委组织部杨科长已经给师大人事处张科长写信，介绍了我的情况。如黄老师同时催办，此事估计很快可以解决。还有两个月就放假了，我担心如假期不能办理调动手续，又要等下个学期了。

祝好！

秀珍

1986 年 4 月 29 日

* * * * * * * *

健荣：

你好，今天 20 日了，还没收到你的来信，这段时间你可能经常和你出差在京的二妹一起在北京游玩，顾不上写信了吧！

师大人事处张科长来信了，信的内容是这样的："关于姜秀珍同志调入我校工作问题，是领导决定了的，请她放心。不过桂林市政府为控制城市人口的机械增长，从去年底到现在停止一切调动手续，至今尚未下达调入人口指标给我校，待解冻后我们即办理调动审批手续。"据此可知，只有桂林市下达人员调入单位的调入人口指标，调动工作才能进行。看来，我们只能等到有了调入指标后才能办理此事。

昨天下午卫部长给我挂电话，问我调广西工学院的事是否已考虑清楚，并说工学院要办成综合大学，目前急需干部，还是希望我去。我告诉他，调广西师大的手续正在办理中。他表示很遗憾。这件事我也是很为难的，大家共事了两年，彼此的工作、为人都熟知，所以他很希望我去助他一臂之力。办公室有几个同事主张我先去，工学院干部不齐，各部门都要人，这个时候去可以安排个科长、副科长的职务，以后调往师大有一个职务好安排。这种说法有一定道理。但我觉得，借助工学院做跳板，有点不近人情，到时工学院不愿放人，我又走不了，就会带来很多麻烦。我对现在的工作比较满意，同事对我都挺好，工作顺心，便于学习，心情舒畅，这是我参加工作以来感觉最满意的一个时期。你对这个问题怎么看？快给我出出主意吧！

好了，暂时写到这里。知道你的手痛查出了病因，经过治疗有了好转，很高兴。祝你早日痊愈！

秀珍
1986 年 5 月 22 日

＊ ＊ ＊ ＊ ＊ ＊ ＊ ＊

健荣：

寄来的书很及时，7 月 1 日到 8 月日我们又上辅导课了。假期你回来又得辛苦了。在你没回来前，晚上只好把嘉嘉放在外婆家，要不，等我放学接他就太晚啦！

昨天师大人事处张科长来函，最近他们整理我的材料上报省人事厅，发现缺了一份商调函和鉴定材料，要求补齐这两份材料后才能上报。我即打电话问 F 公司人事科，答复是，调动应由我提出申请，经单位领导同意，由柳州市劳动局转桂林市劳动局，最后转广西师大。但我的调动是广西师大直接来函向 F 公司索要档案，故没有商调函，也没有鉴定，所以手续不全。

因 1985 年我已调到市委组织部工作，现在就由我重新写一份申请调动报告，交部领导签字送市劳动局然后转到你校，鉴定也就由组织部写了。现在，这些材料都已经寄出。我希望调动的事，最好是在 10 月底我考完试后进行。这样到新单位上班，我就不至于太紧张了。

"六一"儿童节，嘉嘉参加了幼儿园的运动会、文艺表演和游园等活动。那天，幼儿园里还来了几位外国小朋友，是在柳州水泥厂帮助工作的丹麦专家的小孩。当天晚上的柳州新闻电视节目中，嘉嘉说有他的镜头，说是在运动会跑得最快的一个。

知道你喜欢我们的录音，真高兴！我把你的建议告诉嘉嘉，他虚心接受。在他心目中爸爸是真正的英雄。"爸爸知道的东西最多！""爸爸的字写得最好！"……反正爸爸是最厉害的！

快下班了，暂且谈到这里吧！

祝愿我们早日团聚！

秀珍

1986 年 6 月 6 日上午 11：50

* * * * * * * *

七地書

三　新的机遇

花开堪折直须折，莫待无花空折枝。

【唐】无名氏

（一）修炼外语

——武汉大学教育部高校教师出国英语培训中心学习时期

1. 武大—桂林

秀珍：

你好！

今日 12：40 顺利抵汉，勿念。

现在是 7：05 分。我们在 5：30 就结束了晚餐，回宿舍收拾房间，整理内务，总算是安定下来了。

我这一走，你又得累了。正是准备考试，又忙于新的工作，还要照料嘉嘉。说实在的，我确实放心不下。你总复习时，一定得请你母亲来帮帮忙。

谈谈我这里的情况吧！参加此次教育部在武大举办的英语培训班的，是中南五省高校准备出国的青年教师。我们现在住的地方是武汉大学进修教师公寓，叫枫园。公寓建筑在半山坡上，不远处就是著名的风景胜地东湖，我坐窗边就可以看到。东湖烟波浩渺，云天高阔，观之令人抒怀畅意。我们现在住的是 2 室 1 厅的一套间，已住下 4 人，我和沈老师共一室。食堂还可以，今天晚餐的菜是 5 角钱一份的豆腐，有点肉，味道还不错。营养我会注意，请放心。

今天听说 EPT[①] 要提前到 4 月份考，很快就要报名，请接信后，即寄我的三张证件照来。报名只需两张，留一张备作他用。

好了，就写到这里。后天要进行分班摸底测验，现在得看看书。手冷，又背光，写信草了，请谅！

嘉嘉，请记住，听妈妈的话，好好学习，放学按时回家，抓紧时间做作业，不要拖拉。想到平时对嘉嘉指责太多，真是很内疚！嘉嘉是好孩子，我是很爱他的。

---

① EPT（English Proficiency Test）是中国国家教委考试中心组织实施的全国英语水平考试，用以鉴定赴英语国家留学人员的英语水平。

祝你们愉快！

健荣

1989 年 2 月 21 日晚 7：40

通讯处：武昌武汉大学枫园八舍

＊＊＊＊＊＊＊＊＊

秀珍：

你好！前些天寄出的信收到了吧！

今天是星期六，吃过午饭，武汉的学员就纷纷离校回家去过周末了。我们这些外地人，还是在信上和家人聚一聚吧！

我想你从电视上已看到，武汉这两天正是大雪纷飞。真正的鹅毛大雪，一片雪花足有手表的表面那样大。从前天晚上到昨日上午，漫天白絮，纷纷扬扬，四处一片白茫茫，积雪近半尺。银装素裹的武汉，别有一番景致。这对于踏雪寻诗之人，可是难得的机会，但对于我们这些读书人，可就是太麻烦了。到武大学习半年的时间，谁也不会想到带雨鞋来，上课穿皮鞋去教室，很快就会被雪水浸透了。好在不是很冷，但整个脚浸着湿袜湿鞋，冰凉冰凉的，也确是难受。没有办法，昨天下午我和师大来的三位同事匆匆赶出校外去买雨鞋、雨伞和其他必需品。

说起来也是好笑，买拖鞋也成了我们的重要任务。我们四人都没有带南方人洗澡用的塑胶拖鞋，早两天上学校的澡堂，就是赤脚在澡堂进出，实在是狼狈。此时天气还冷，浴后脚底冰凉很不好受呢！昨天下午我们四人转了半天，雨鞋是买到了，可找不到沐浴用的拖鞋。这里的商品有些像北京，季节性太强，冬天只卖布拖鞋，你说气煞人不？我们四个广西佬在武汉转了半天，连塑胶拖鞋的影子也看不到！看来还得另想办法。

上次信说到，我忘带了雷尼替丁[①]。巧的是小杨来就解决问题了，他也有胃病，带了六七瓶雷尼替丁，我暂借一瓶先用着。

这里的物价较低，鸡蛋一元 4 个，可用粮票换。用全国粮票换，10 斤换 12 个，还是比较划算。如果你方便，就帮我多换些国票来，助我增加营养。我今天换了 18 个蛋。

三

新的机遇

---

① 一种效用较强的胃药。

好，今天暂谈到这里。

健荣

1989 年 2 月 25 日 1：38

* * * * * * * *

秀珍：

　　你好！又忙了几天，今天已是 3 月 1 日。现已证实，EPT 考试提前到 4 月 23 日考，还有 50 天的时间，得认真准备了。赴意大利的事，至今没有消息。不过，我还是全力做好应考准备。

　　刚到这里，花钱较多，今天买了 20 元饭票，还剩两元，你接信后请即汇款救急。可能要汇 100 以上，因为 EPT 报名费就要二三十元。来到这里我才知道，我校一起来的老师基本上是一次带足钱的。如小杨带了 600 元，老沈带了 500 元。我的资金储备则比较寒酸，只好先向他们贷款了。可能在这里消耗比较大，吃得较多。每餐 7 角钱菜没什么可吃的，每天粮食要 1.2 斤。一天的伙食大约要两元多，连辅助餐、夜宵等。我到这里使家里的经济紧张了，真是抱歉！好在时间不太长！

　　说实话，在这里参加英语培训，教师上课的水平并不见得比我们学校好，好处只是能全脱产来学习罢了。

　　你的总复习何时开始？请提前告诉你母亲，务必请她来帮助家务。关键时候，我们应全力以赴。时不我待，失之难再。

　　任职一事公布了吗？望能多用心做好工作。柳州方面情况如何？父亲来长话了吗？记住，请寄 3 张证件照来，汇款。

　　此祝健康愉快！

健荣

1989 年 3 月 1 日中午 1：24

* * * * * * * *

秀珍：

　　你好！我在前面的信中说过，我们这里的英语培训班分快慢班，我和小苏在快班，小杨也可以在快班的，但他来迟了，就安排在慢班。其实教材也差不多，主要是讲课进度有些不同。刚来进行分班考试时，我是在 70 名学员中考第 5 名，小苏是第一，87 分，我是 82 分。是百分制。去年考试后，我就丢开了做练习，再加岁末住院，更滑坡了。经过这段时间的学习，我的能力又逐步回到正常并有所提高。上星期测试，135 题中我答对 84 题，在快班中我的成绩是第 4 名。如果 EPT 考试有这样的成绩，就完全过关了，但愿以后能稳扎稳打，步步提高。现在每周测试一次，大家都在拼，名次是不断变化的。我争取保持前 5 名，并力争答对 90 题以上。

分班后，培训中心就叫选班长，但两个班都一直拖。今天中心的考办主任亲自来动员组织选举，不幸的是我又被选为班长。其实，我是有意躲开此事，准备投票时借故溜出教室。但武大的一位青年教师又出去找到我并把我押回来，推也推不掉。好在还有副班长、学习委员和生活委员等，担子也不是很重的。老沈在慢班被选为副班长。实际上，来武大后我就一直按你说的少出头，大多数情况下都克制自己不出声，但也许是在课堂上有几次回答问题快了，答得又比较清楚些，可能大家印象比较深，真是没办法！实际上，总不出声也很难的。既然是来学习，总得要积极思考，有一点拼搏精神吧！年纪又不大，怎能一点没有回应挑战之斗志，没有快意竞争之激情呢？现在，大家都知道我的听力和口语比较强，其实我真不愿这样。但这个班长做就做吧！我想也不会有多累的。这些事你不要和别人吹，倒是可以和孩子说说，激励他一下。

还有两点想提醒你一下：1. 你的学习要讲方法，不要蛮干，要科学安排进度；2. 你们的伙食不要省，工资用完就去取存款。切记。

此祝一切好！

健荣

1989 年 3 月 14 日傍晚 6：23

＊ ＊ ＊ ＊ ＊ ＊ ＊ ＊

秀珍：

你好！现在是星期六的晚上，我们又可以聊一聊了。化学系的黄老师今天下午到，托他带的信、蜂乳、球鞋和朱古力都已收到。他儿子的事没有办通，也就是说他儿子至今还未找到接收单位。他儿子在武大读本科，专业是理论物理，将在 7 月毕业。现在本科生、研究生都不好找工作。他对此很忧虑，常常叹气。

你的身体不适，使我担心。你最好到外边医院检查一下，有问题及早治疗，不要得过且过。

看来我有封信你没有收到。那封信我夹有给嘉嘉的信，而且请你寄《新概念英语》第四册来。不过现在不用寄了，我等不及，已在这里买了一本。

汇款和粮票至今未收到。从 3 月 1 日起到今日，我已三次向人借钱，共借了 100 元，不过现在也只剩 30 元。在外边额外的开销很多，常常会出现意想不到的开支。你在家也不要太省，要得保证营养，不够就取存款，还有三个月我就回去了。

嘉嘉近况如何？望来函告知。

系主任潘老师最近来信问到教学大纲一事，我复信说明情况，并说近日内即请你转交。你接信后请尽快把这两份大纲找出来，请熊老师或刘老师转交。注意，世界中世纪史和上古史各有一份教学大纲和参考书目。

快9：30了，还得看看书。再谈。

健荣

1989 年 3 月 18 日晚 9：25

＊ ＊ ＊ ＊ ＊ ＊ ＊ ＊

秀珍：

你好！

又是星期六的晚上，这是我们想家的时候。忙了一个星期，也确实挺累的，想消遣一下，也没地方可去。对面留学生宿舍楼下门厅有彩电，可是现在电视很少有好看的节目，我们还是来说几句话吧！

我想现在你心情也不大好。复习进度如何？我想你是有毅力的，一定能战胜烦恼和劳累。坚持下去吧，再坚持一个月你就胜利了！我也是如此，下个月的今天，就是我们考试的日子。我们来竞赛一下如何？

上星期的测试结果是这样，我得 96 分。满分为 135，即 EPT 考试除写作外的题目总得分。加上写作 25 分，EPT 总分是 160 分。我的 96 分是不包括写作得分在内的。如果正式考试有这样的成绩，就可以过关了。因为写作我一般还是可以得 15 分左右的。但愿我能稳定情绪，步步为营，保持领先。我们是每周五测试，周二讲评。昨天又测试了。

嘉嘉近况如何？我想起他很久没有换牙了，自从他半年前换了两颗到现在，好像就没有动静。请你常常注意一下，别让他长歪了牙。

今天没有收到你的信，真遗憾，但愿明天能收到。你问问师资科长李老师，上个月我写了封信给她，问她是否收到。她让我打听我校两位老师去年 11 月参加 EPT 考试的成绩，我请她把考生的姓名和考号写来，却一直没有回音。

好，快 8：00 了，待收到你的来信后再谈。

祝周末愉快！

健荣

1989 年 3 月 25 日晚 7：50，于枫园

＊＊＊＊＊＊＊＊

秀珍：

　　你好，24 日来信收到。你 27 日做手术，我不能在身边陪伴，真对不起！再次请你原谅！如果你能让你母亲晚些走就好了，她可以在那里照顾一下。

　　停电时嘉嘉被碰着鼻子的事应引起注意。晚上如你外出，让他一个人在家做作业，就要做好停电的准备。你想，让他乱划火柴，多危险呀！准备的措施是：1. 把电筒和电池放在他知道的固定的地方，让他随时可装起；2. 交代他在停电时不要乱跑，或让他锁上大门去楼下韦刚家。切记不要让他自己划火柴点蜡烛！

　　一件重要的事，接信后即取款汇 150 元来，不要等到发工资了。我手头只剩下 10 元，过两天还要交 8 元的考场费。上次汇来的 150 元，当即还小杨 100 元，上星期买了 40 元菜票，就剩 10 元了。这里的伙食太费钱，一天没有 2.5 元以上，就没有什么可吃的，还不算水果、宵夜（一般是牛奶面包）。下个月要考试，我不想再弄得紧巴巴的到处借钱，影响情绪。考完试再节约吧！

　　我的教学大纲交去了吗？你的工作学习都忙，望能注意身体，切切！下次再谈。

　　此祝健康愉快！

健荣

1989 年 3 月 31 日中午

＊＊＊＊＊＊＊＊

秀珍：

　　二十八日信悉，甚念。嘉嘉患病，使我十分惦念！如果不是考试期已很近，我必定要回去看望孩子的。

　　你做了手术，要注意增加营养养好身体，不要吝惜钱。如不及时补，后患无穷，切不可等闲视之。我不在家，你们的饮食起居一定要十分注意。嘉嘉的健康和安全问题望能时时都注意到，不可大意。

　　再强调一下，手术后补充营养要及时，否则对以后影响极大。我母亲生孩子多，产后营养补充不足，特别是在三年饥荒时期生下小妹后更是如此，所以后来身体很难恢复。

　　我一切如常，上星期考了去年 5 月的 EPT 题目，我和苏均为 91 分（作文得分不在内），如果去年有这样的成绩，加上写作就必有 105 分以上！可惜那次没发挥好。

三　新的机遇

219

　　李老师来信寄体检表给沈老师，请他速填好寄回，看来沈将在9月份走，是去美国路易斯克拉克大学。李也给我们来了信。

　　要上课了，再谈！

　　祝健康！

健荣

1989 年 4 月 5 日，9：40

＊　＊　＊　＊　＊　＊　＊　＊

秀珍：

　　你好！4月4日来信收悉，慰甚。你的信长达5页，我是不能奉陪了！

　　欣悉你和嘉嘉都恢复很快，使我悬着的心才回到原处。你的身体目前还不宜多动，望注意。你的思念之情我十分理解，团聚的日子很快就会来到，我们都耐心地等待吧！

　　你说我有些急躁，或许有那么一点。因为前些天手头又空了，只好又借了小杨50元，这是到武大后不到两个月第四次借钱，实在是有些狼狈！大家都是同事，这样频频告贷，你说难为情不？不过，在学习和应考准备上我没有急躁，这点请放心好了。上星期和前星期的测试，做的是去年5月和11月的试题，与去年考试相比，分数分别提高了18分（5月题）和28分（11月题）——如果加上写作，就应该是107分和117分，真不知道我去年是怎么考的！也许是应考心理有问题吧！当然，提高也会有的，但不可能提高那么多呢！应该说，如果我的水平正常发挥是可以考过的，分数应在105至110之间，也不会太高。但愿今年正常发挥，我想一定会的！

　　我的身体没有问题，请放心。这段时间没有痛过，只是太累时会感到不适，这种时候我马上就休息了。雷尼替丁早已停服。胃仙U正服用第2瓶。

　　嘉嘉得了两次考试第一名，很好！望继续努力。告诉他，爸爸相信他是很能干的！请注意嘉嘉写字要有正确的姿势，一是防止近视，二是防胸部受压，背部不直。切切！

　　收到汇款再去信。

　　此祝健康愉快！

健荣

1989 年 4 月 9 日下午 4：30

秀珍：

你好！昨天 EPT 考试结束，该给你复信了。

你 19 日寄出的信星期六到，比你预料的提前一天，在我考前就到了。

考试还算顺利。就个人感觉，阅读、语法和写作都比上两次好，听力也如此。分数增加较多的应是阅读和语法。我想，这次的成绩是会通过的。

说来你一定会责怪我！考前我大病了一场，为了不使你分心，我一直没有告诉你。发病的时间是 4 月 13 日到 16 日，是病毒感染引起痢疾并伴随高烧。12 日上午给你发电报时还好好的，到 13 日就不行了，头痛头昏，全身关节极度酸痛，又恶心又拉肚子。晚上发烧到 38.5 度，实在顶不住，9：30 到了武大医院看急诊，医生马上给输液退烧，当晚即住院。在医院测体温，最高时竟达41 度！当时，我身上的每一个关节，包括所有手指和脚趾的小关节都无比酸痛，却又无可抓挠，极为难受！晚上 10：30 输液，半夜 3 时输完，4：30 才出汗，头痛减轻。第二天早上我回宿舍，虽然头不痛了，拉肚子还拉得厉害，一晚上四五次，拉倒人全身发软无力，于是再去医院。此时血压降到 66—95，因拉得太多，人虚了，结果医生再次给输液 500CC，到 16 日拉肚子才止住，渐渐恢复精神。患病这些天，厌食，吃得太少，只能吃食堂的饭就咸菜吃，其他无论什么菜肴看见就恶心。有几天就自己煮粥或面条，你说人虚不虚？如果你在身边该多好啊！我一定会得到最好的照料。病好后，离考试只有 6 天了！我赶紧补充营养，每餐都吃 1 元 5 角左右的菜，但也有限，毕竟是食堂的菜，总是不大合胃口的。尽管如此，我的身体还是恢复过来了。可能是我身体底子还好吧！病的那几天，上楼梯都头晕脚软。21 日测试做去年的托福考试题，我得了 557 分。这是正式托福考题。其他两位考得较好的同事分别为 520 和500 分。在这种情况下，我觉得自己有信心考好 EPT，我的精神和体力是可以支持的。

说了这些，你也不用为我担心。虽然病得这样厉害，我终于挺过来了。说到底，人是要有意志的。

你几次来信提醒我，注意人际关系，你是很有心的。说实在的，我也是很注意的。但现在我不得不说，有些人确实不好相处。但我都很克制，很能容忍，都能正常交往，从未和任何人发生争执。只是碰到一些违和逆理的状况时，心中很是不快。

嘉嘉努力学习，爱看书，这很好。我想，我们还得注意他的全面发展，如表达能力，在大庭广众讲话的勇气。你要有意识地指导他学会讲故事和表达自己的想法，讲故事要努力做到条理清晰，生动有趣，表达自己的想法时要努力做到观点清楚，言语简洁。他的牙齿要注意，刷牙要干净，换了牙就不能再有龋齿了。

此祝考试顺利！

健荣

1989 年 4 月 24 日下午 5：00

于武大枫园

* * * * * * * *

秀珍：

你好！

昨天下午平安返校，勿念。这 17 小时的火车旅途，真够累的。我一直站到株洲才有座位，这时已是第二天上午 6：30。好在这 10 个小时中，几位小伙子好几次让我坐一会，才不至于站足 10 个小时。到了晚上 11：00，我就不好意思再坐别人的位子了，因为人家也要休息，我只好在地上铺张报纸坐。车子脏得要命，从湛江开出后就一直没有扫过，地上垃圾成堆，气味难闻。欲睡不能，站着脚又累，别提多难受了。此时我很后悔两件事，一是应该坐 116 次列车（柳州至西安），这趟车可能会有位座位；二是应带瓶水上车，我坐这趟 162 次车一直到次日 8 时才恢复供饮用水。

我回到武大已是下午 3：00，洗澡吃饭后就上床睡觉，从昨天晚上 7：30 睡到今天上午 7：30，今天下午又从 1：00 睡到 4：00，总算是补回来了。

这次回到柳州，看到父亲病情稳定下来并趋于好转，悬着的心才放下一半。母亲的情况好像也好了一些。我们家这一两年麻烦事真多。我想，明年运气应该会好些吧！

秀珍，你在家很辛苦很累，望多注意休息和增加营养。你的健康是我们全家的头等大事，希你会意。嘉嘉很可爱，只是调皮些，你要注意引导。目前要注意如下问题。1. 要让他树立热爱学习的思想，不能把学习当成负担；2. 作业要认真，不能敷衍了事，他现在写的字太马虎了；3. 回到家不能只做作业就了事，还要看些其他书；4. 督促他认真朗诵课文，他现在的语音语调都不够好；5. 按时作息，包括按时进餐；6. 不能挑食，他的营养不够，再挑食就成问题了；7. 养成爱清洁整齐的习惯，现在他用过的物品不会归整，要教他学会收拾整理东西；8. 要有礼貌。这 8 条，希望你详细和孩子讲，我想他会懂的。

我们这个培训班还有 50 天就结束了，我也希望早日结束。在食堂就餐太单调乏味，回到家能享用你烹调的菜肴多好啊！

返桂时因时间匆忙，来不及拜访师资科李老师，请你向她说明并致歉。再谈。

此祝健康愉快！

健荣

1989 年 5 月 11 日

* * * * * * * *

秀珍：

刚接到你的来信。5 月 2 日的信早就已经收到，勿念。

我也在盼早日知道 EPT 成绩。由于学潮，各方面的工作包括交通运输都受到一些影响，估计会晚些时候才到。我们的课程将在 6 月 24 日结束，此后的一星期是考试、总结等，7 月初就可以启程返桂。也就是说，还有一个月我们就可以团聚了。

家里一直没有信来，不知近况如何。我想应当不会有什么意外。我回到武汉就给家里去了信。

嘉嘉是很可爱的孩子。他静下来的时候，样子斯文秀气，同时又透出一股灵气，很招人喜欢。这几天我常常想着嘉嘉的模样，真后悔没有带他的一张照片来。请你对他多些耐心，多些鼓励。我们平时责备他是多了些，重了些，方式也欠一些。昨天我买了一本日本心理学教授多湖辉所著《责备孩子的艺术》，很有益，看了受到不少启发。从这封信起，以后我写信时有空就摘录一两段。

我一切都好，勿需挂念。

这里离北京近，消息也多，信中不便谈。暂写到此。想你！

祝健康愉快！

健荣

1989 年 5 月 23 日下午 3：26

以下是日本心理学教授多湖辉所著《责备孩子的艺术》中的一段话：

1. 不要命令孩子"你应该做什么"，而应该问他，"你现在应做什么"。

2. 让孩子帮助家务，比督促他用功更有教育意义。

3. 孩子提出相反的意见，父母必须尊重他。

4. 孩子天真的幻想，也必须用心倾听。

5. 责备孩子破坏玩具，不如和他一起修理。

6，让孩子自己去发现自己的错误。

7. 以赏罚为饵，只能提高孩子一时的兴趣。

8. 首先是要告诉孩子读书的方法，其次才是功课的内容。

9. 责备孩子时，一定要把责备的要点集中于一件事。

10. 责备的声音越小，孩子愈会仔细听。

11. 不要把孩子的缺点告诉第三者。

12. 断然拒绝孩子任性的要求，才不至于有后患。

* * * * * * * *

秀珍：

你好！当你看到这封信时，一定早已看到我今天发出的电报了，EPT 成绩总分 103 分。虽然不算很理想，但总算是过关了。我预计最好可以得 108，实际低了一些。这次通过，我首先想到的是你，没有你的全力支持，包括承担了全部家务和照料孩子的责任，我是无法坚持学习的，特别是在我去年岁末刚住院之后。你的鼓励和支持，给了我极大的信心和勇气。谢谢你！这一年多来，你太累了！

这次考试，听力和阅读分数增加较多。其他同事有一位也过了，成绩同我一样。我们师大教师在其他考点参加此次 EPT 考试者的成绩，现在还未知。我拟明天下午去培训中心抄一下，让小苏带回给师资科李老师。他和另一位同事明天回桂林，他们大概要在桂林住上一星期左右。

通过了考试，下一步就要考虑去什么地方留学了。请你和李老师商量，如果不能去美国，最好争取去英、法或西德。你上次说有西德的名额，是吗？我想，如果能去西德，可能比瑞士好些。你说呢？你说学校已报了一名中文系的麦老师，不知他是否已经有 EPT 成绩？

我给李老师写了封信，请你转交给她，多谢她对我的支持和帮助。

今天我同时也给父亲发了电报，他一直很关心我这件事的，告诉他也让他高兴一下。

还有一个月就放假了，多想早些见到你们呀！我给你们买些什么礼物呢？嘉嘉近况如何？你的成绩也快到了吧！我想你也一定会如愿的。吻你。

健荣

1989 年 5 月 24 日夜 1：00

* * * * * * * *

秀珍：

你好！电报和托小苏带的信，想已收到。

我校所有参加此次 EPT 考试者的成绩，我到中心抄了，让小苏带回去，可能他们已把情况告诉你了。此次 EPT 考试我校有 20 人参加，其中 16 人在南宁应考，4 人在武大应考。考试结果有 6 人通过，即小麦（120 分），小黄（116），小李（112），还有我和小易、小苏都是 103。如果我当时不是在武大大病初愈刚出院，可能会多得几分，你一定记得 4 月 23 日正是大病后的一星期。此外，通过的 6 人中，可能我是年纪最大的了。不知麦的年纪如何，我比其他人都大近10 岁。这些是客观因素，并非我为自己找借口。

在通过 6 人中，我有两项成绩较突出，一是听力 31 分，对 23 个，仅次于小李的 32 分（对 24 个），二是听力和阅读两项都上 30 分。此两项都上 30 分的，仅小麦和我两人。

但我这次的写作考砸了，才得 14 分！原来我估计有 18—20 分的，这可能是我漏写了一个要点。小易的语法词汇分最高，得 26 分，虽然他没有一项考题上 30 分，但各项都不低，也同样顺利过关了。

写这封信是想和你商量一下安排去向问题，不知学校如何打算？我认为事不宜迟，早去早回。最好现在就着手安排下学期的培训。

你可否向李咨询如下事宜：

1. 年初意大利的名额是否还有效，还可再报？

2. 有无英法等国的指标？

3. 去瑞士的可能性如何？美国呢？

4. 尽快上报，争取在下学期参加出国前培训。

还有，你觉得，是否需要我回去一趟？这些事，请妥为斟酌。学潮可能对出国的影响会很大。据说留学大门正在关小，因此得抓紧。你意如何？

给你寄这封信的同时，我也发出给教委留学服务中心的刘刚和马克垚老师的信，前者是想了解一下近期出国政策的变动和指标有无调换的可能性；后者则是问问能否请他给我写推荐信，因为如果是要自己联系，推荐信很重要。

上面写了那么多，都是讲我自己的事，真对不起。你的成绩来了没有？我想你是一定会通过的，等着你的好消息！嘉嘉近况如何，学习，身体，性情？他的门牙换了没有？

耀兄昨日来信，说父亲还在监护室，要等 8 楼有床位才能转上去。母亲状况仍如往常，兄妹们还是轮值，一人一天，父母一起照料。他们都是很辛苦的。

有事即来信或电报。

此祝一切顺利！

健荣

1989 年 5 月 28 日下午 3：12

* * * * * * * *

秀珍：

你好！29 日来信收到。你不知道，我盼你这封信，盼得多么心焦！从 29 日起，我每天五六次下楼去看信箱（我住在 4 楼）。前天下午，我又外出到电报大楼给你挂长话，结果等到 5：15 还接不通，只好作罢。这么多天不来信，怎能使我不担心呢！父亲 25 日接到我通过考试的电报，26 日就来了信。看了你的信，才知道原因。你呀，以后回信要及时些！

本来我也是很想回去的。我也和你一样，总是很向往我们相聚的时光。我的好妻子，你不要伤感，不要难过，我们很快又会相聚了！秀珍，相处愈久，我越是对你产生敬重之情！你含辛茹苦，支持丈夫，抚育幼儿，积极工作，奋发上进。你的意志和勇气，你的坚忍精神，你操持家务的精细负责，你对亲人的挚爱和真诚都使我十分感佩和感动。这些年来，你确实不容易，每念及此，敬重与敬爱之情油然而生。这些话，过去我都没有和你说过，但现在这些想法是越来越强烈地撞击着我的心灵，今天是一吐为快了。你知道，当我知道考过以后，就和别人说，如果考不过，实在是对不起妻儿，她们为我做了那样大的牺牲！当然，你也会同意，也对不住学校有关方面和系里的支持。

十年浩劫使我们荒废学业。在我们这样的年纪再去攻外语过考关，也是很大的挑战。得益于亲人和学校各方面的全力支持，才使我们一步一步走到今天。

你和李、钟等有关部门负责人商量事情，切忌急躁，注意方式，避免矛盾。我相信你会十分注意把握分寸的。有你在那里，我不着急，请放心。我最挂心的是你们。

嘉嘉单独去看电影，这怎么行呢？没有大人答应照看，不要让他自己去！这个玩笑开不得。7 岁多的孩子，正是调皮的时候，要注意管教，不能放野了。切记！

你的考试我想会过关的，不要太忧虑，我等你的好消息。转上父亲的信。

此祝愉快健康！

健荣

1989 年 6 月 2 日晚 11：00

*** 日本心理学家多湖辉《责备孩子的艺术》摘抄：

如果攻击孩子的人格，他就不会反省。

断然拒绝孩子任性的要求，才不致有后患。

父母采取低姿态，会使孩子瞧不起。（低姿态，指父母放低姿态要求孩

子去做事情)

不要把孩子的缺点告诉第三者。

不要打断孩子的话，让他自己说清楚。

绝不批评孩子的容貌、资质等天生的缺点。

讽刺孩子幼稚，孩子永远不会成熟。

在朋友面前不要让孩子有屈辱感。

* * * * * * * *

2. 桂林—武大

健荣：

你好！今天上午收到来信，我们都十分高兴，紧张的学习已经开始了吧！能进入快班吗？

你去武汉的第二天，小周就告诉我，自考的总复习开始了（21—25 日晚上 7：00—10：00 上课）。没有办法，我只好把嘉嘉放在小周家里。每天 5：30 下班，连煮带吃，连赶路就一个半小时，嘉嘉的作业也只能在周家做，听写就叫小周帮忙了。24 日那天，小周一家不知道哪里去了。我把嘉嘉送到楼下，正要离去时，他急忙追来说，周阿姨家没有人，非要跟我去。当时学校停电，天下雨又冷，他不愿意到别人家，只好把他带上和我一起去听课。还没下课，他在教室里就睡着了，也真可怜的。昨天我带他到公园玩了半天，后来又买了两条鱼，美美地吃了一餐，算是对小子的一点补偿吧！

在卫生科要胃仙 U 引起了一点小风波。因药费超太多，主管公费医疗的廖副科长有意见。学校卫生科规定，5 元以上要科长签字。其实，我去拿药交款，都是事先得到肖科长同意的。事后我找了肖、廖科长和邓医生解释，说你是胃大出血刚出院，现在到武汉参加出国培训，时间半年，需要备一些药。这件事已经处理好了。

化学系的黄老师可能已经走了，现在找不到他。如果需要，就在武汉买一双鞋吧！这几天武汉的温度都在 0 度上下，要注意保暖，按时吃药，不要为省几个伙食费而搞得营养不良。能不能跑步，要先问问医生，免得出麻烦。

我的任命批文，校长已经签发了，但因有一个人位置没有最后定（我们是 6 个人共一张批文），可能会晚几天发。

你不在家的日子，嘉嘉每天能按时回家，作业都能按时完成。他们一星期要听写好多次，他的一位同学两次听写都不及格（40 分），今天听写全班居然有 5 个 0 分。嘉嘉很得意地说，他的成绩肯定 90 以上。

寄上三张证件照（黑白照的只剩这一份了），你在那里一定要注意加强营养，注意休息，不要太累了。

祝一切顺利！

秀珍

1989 年 2 月 27 日下午

＊ ＊ ＊ ＊ ＊ ＊ ＊ ＊

健荣：

你好！学习辛苦吗？上次给你发信的时候，我的人事科副科长的任职已经发文。其实，这次任职对我没有多大实质性意义，因为四年前我在柳州市委组织部工作时已定了正区级。

这几天，我开始慢慢习惯你不在家的日子。这种日子不好过，认真说是很难过。有什么办法呢？我现在感到为难的是，晚上要管嘉嘉的学习，作业太多，每天都有听写，经常是从第一课写到最新上的一课，几乎天天这样。小子又拖得起，慢慢写，等他作业做完，已经 10 点了，看一下书又困了。只有抓住中午时间看书，复习才开始，我还得抓紧才行。

这几天看电视，知道武汉很冷，你受得了吗？需要什么东西就在武汉买，不要为难自己，还要保证足够的营养。我们在这里你不用担心，我会注意嘉嘉的营养。

明天学校工会组织三八节活动，我和嘉嘉参加接力赛，但明天早上学校开家长会，看能不能错开。暂写到这里。

祝安好！

秀珍

1989 年 3 月 4 日下午

＊ ＊ ＊ ＊ ＊ ＊ ＊ ＊

健荣：

你好！我们的两封信都在邮路上错开了。接到你的信，下午我即到三里店粮店换全国粮票，结果因粮店放假没有换成。

关于到意大利一事，自治区教委没批。因此你必须全力以赴，在武大好好学习，四月份背水一战。现在离考试时间很近了，除了认真学习，精神一定要放松，不要紧张。考前要注意营养和休息，最重要的是放松情绪。有什么事及时写信告知。

我的工作还像以前一样，昨天刚分工。王处长同意将统计交给工资科小谢，昨晚我想了很久，统计虽然麻烦，但人事科不掌握全校各单位人员的编制，以后工作将会很被动。今天早上我又找张谈了，我的意见还是我们科搞，最好是把小谢调到我们科，把小黄换过去。这样工作关系能够理顺一些。我会尽力把工作搞好的，请放心。

今天下午收到你父亲来信（复写件）。上午给你寄了 150 元和 90 斤全国粮票。到外地学习最多只能换三个月，三个月以后再寄吧！

你这个月的工资是 127 元，扣了住院费自理部分 30 元（5%），买了 6 筐煤花了 13.2 元，余下的就是我和嘉嘉这个月的伙食费了。你写信告诉二妹，所借 20 元下个月还。

我们这里天天停水停电，烦得要命。好在我们人少，用水不紧张，就是每天停电影响看书学习。

以后来信记得专门给嘉嘉一封，小家伙提了好几次意见了，说不公平呢！嘉嘉很想你！我发现他和你一样，父子俩只要一分开，就会思念对方。

很想你，特别是晚上！

秀珍

1989 年 3 月 9 日

* * * * * * * *

健荣：

你好！托化学系黄老师带回的信已收到。你现在情况如何？适应那里的学习吗？

我母亲昨天已到桂林。她来后可减轻我的劳累，回到家里就有饭吃，嘉嘉也多了一个人陪他。原来，家里收到我的信后，知道你去了武汉，而我最后一科马上要考试，我父亲怕我忙不过来，就让我母亲过来帮忙。我考虑父亲一人在家做家务太辛苦，就对我母亲说让她住几天就回去，但母亲说家里都安排好了，她可以在这里多帮一些时候。有我母亲在这里，这两天我就轻松多了。

星期天开家长会，听刘老师介绍了班里的学习情况，嘉嘉学习还是不错的，数学测验 100 分，语文 93。他的一位关系较密切的同学 ××× 得了两个 0 分，两个不及格。气得他父母两口子都闹矛盾了，连家长会也不参加。这学校的老师是很严的，但扣分太厉害，甚至有些无理，错一小点就扣 10 分，对学生打击太大！有一次嘉嘉听写"野"字时少了偏旁"予"字上的一反勾，结果竟被扣了 10 分！

你学习紧张，注意调节一下。我想你的学习环境要比在这里好，至少是摆脱了家务的拖累，可以一门心思学习。希望这一次能如愿一考过关。我相信，我们都会考个好成绩。

嘉嘉收到你的信，很高兴，不断地给我读："嘉嘉是个聪明能干的好孩子……"还得意扬扬地把你给他的信从头到尾读给我听。

向前看，前途是光明的！暂写到此。

祝一切好！

秀珍

1989 年 3 月 15 日晚

＊＊＊＊＊＊＊＊

健荣：

你好！寄给你的汇款、粮票和书都收到了吧？收到你 20 日的来信，很高兴。

我母亲 18 日已回柳州。她来桂林一个星期，每天除了做三餐饭，没有什么其他事，她也觉得很乏味，我就让她回去了。

你在武大的英语快班一开班就被选为班长，这说明你在很短时间里就得到大家的认可和支持，我为你高兴。当班长还可以与老师多些接触，多些请教的机会，对备考有帮助。但要注意处理好与同学的关系，特别注意处理好与同去学习的我校几位同事的关系。凡事能让则让，能帮则帮，只要别人不是很过分，就不要让人难堪。你看，我又在瞎操心了。其实，这些你都比我懂得多。

这段时间桂林老是下雨，每天出门我都要告诉嘉嘉，不要去踩水淋雨，结果回来时他的鞋子都是湿的。昨天到池塘抓蝌蚪，掉下池塘，全身都湿透了。晚上赶忙洗了烘干，第二天中午回来又湿了，中午烘干了，晚上回来又全湿了。真拿他没办法，你说气不气人？就是我愿意洗，也没办法干啊！小家伙每天最关心的是天气预报，如果我问他明天天气如何？他每次都要问一句：是武汉还是桂林？小家伙心里总是装着你呢！

你们系梁老师今天送来 18 元，12 元是今年的医药费，6 元是自行车补贴。你在那里学习是很辛苦的，要注意各方面的调理，晚上不要搞得太晚。通过多次模拟考试，我相信你的考场心理会有很大改善，一定会考出好的成绩的。

嘉嘉正在给你写信。今天下午我请假，星期一去医院做手术。等你收到这封信时，我可能已经做过了。

祝你顺利！

秀珍

1989 年 3 月 24 日晚

＊＊＊＊＊＊＊＊

健荣：

你好！昨天上午 9：30，在桂林医专附院顺利做了手术，11：50 坐校车回到家里。可能是我的体质好吧，今天我又觉得和未做手术前一样了。

星期六晚上嘉嘉发烧到 39 度 1，天亮吃药后退到 37 度。星期一学校升旗他一定要去，我把他送到外语系门口，就让他自己去了。待我 12：00 回来时，他一脸红彤彤的刚到家，体温又上去了。下午 3：00 又带他去看病，5 点多才回到家里。到了晚上 9：30 和 12：40 两次说胡话，吓得我又是一个晚上没休息好。他两次说胡话都一直在叫你，他说是梦见你了！第一次是去学习，第二次是坐飞机出国了。小子又哭又笑又喊，吓得我也出了一身汗。今天早上好多了。我刚做完手术，在这种时候又碰上儿子生病，真是欲哭无泪啊！

这次我做手术，全靠小周一家陪伴照顾。小周陪我去医院，她先生王老师在家做饭。这两天我和嘉嘉都在她们家就餐，明天我打算自己做了。麻烦别人太多，我觉得很过意不去。再说，我现在恢复也还不错，在家里还是可以做一些事的。

下午 4：00 处里几位同事到家看望，还带来处里的 20 元营养补助。

从明天开始，我要开始看书了。有十几天比较完整的时间看书，还是不错的。还有 20 天，你也要考试了，这段时间你一定要注意加强营养，不要搞得太疲劳，要有足够的力量做最后冲刺。现在每星期的测验都好吧？学校很多同事都讲，你是有实力、有水平的，这一点我深信不疑。只要你放下包袱，一定能考出好成绩，胜利一定属于我们！

祝一切顺利！

秀珍

1989 年 3 月 29 日星期三下午 4 点

＊＊＊＊＊＊＊＊

健荣：

你好！转眼你到武汉就 40 多天了。你的来信还没有谈到身体情况。武汉天气不好，我担心你学习忙顾不上营养。钱的问题你不必担心，该用就用，该补就要补，要按时吃药。这段时间忙你就不要给我们写信了，考试后即来信告知，我们等候你的佳音。

今天我觉得很累，这个时候特别想你。中午午睡时，真的梦见你了！谁知嘉嘉连续三次叫醒我。1：50 小家伙背上书包跑了，我的好梦也宣告结束。等了这么多天还没有收到你的信，我有点着急。

快下班时，科里的小黄把你的信送来了。看了你的信，觉得你有点急躁，但愿是我的错觉。目前这种情绪是不利的，我们这里不用你操心，你把自己的事办好就行了。还有18天，无论如何要使自己平静下来！因现在我还不宜多动，明天请小周到银行去取200元给你汇去。收到信款后来信告知。嘉嘉说，他收到你的信很高兴，因今晚作业很多，过几天有空了再给你回信。此祝

一切顺利！

秀珍
1989年4月4日晚8：40

* * * * * * * *

健荣：

你好，快考试了，还有空想我们吗？

今天我到教育局领了准考证，4月30日下午考试，从目前情况看，我是有信心考好的，我深信我们都能顺利通过，老天不会负我们的。

嘉嘉这学期参加学校的工艺美术班，每星期天下午2：00—3：40上课，其实就是手工课，学费20元。没办法，别的小朋友都去，他兴趣又很大，只好随他了。小家伙做作业的样子可爱极了，睡觉的样子也很像你。才七岁半的孩子，脾气不小，说不得非要骂了才听。不过，每天他都很活泼快乐，和我很亲热，给我带来很多乐趣，学校里有什么事都会和我说。

今晚嘉嘉的作业少，他给你写信，我又顺便写上几句。祝冲刺成功！成功！！

秀珍
1989年4月8日晚10：30

* * * * * * *

健荣：

现在是4月23日上午9：30，这个时候你正在忙着考试，我翘首以盼等候你的佳音！

前些天，我把要调进学校10人的材料全部准备好，只等有了调入指标就可以办理。工作我是尽力搞好的，只是4月份的情况比较特殊，这也不是我能左右得了的。下个星期的今天，该我上场了，我想我们都会如愿！

这几天学校也收到了外地高校寄来的悼念胡耀邦的信函，在食堂门口还摆放了三个花圈和一首诗。学校领导很紧张，召开了各种会议，防备学生闹事。学校党委严阵以待，学工部又得忙了。

现在正好是 11：30，此时，你刚好考完试。整整一个上午，我都在挂着你的考试，连书也看不进。省教委明年有一个到瑞士的名额（文科），但要在全区四所高校选拔，不知你是否愿去？刚看到化学系易老师从南宁考试回来，如果你在南宁考试也是今天回，那该多好啊！

好了就谈到这里吧！我得看书了。等候你的消息。

秀珍

1989 年 4 月 23 日

* * * * * * * *

健荣：

你好！ 29 日收到你的来信，为你的成绩高兴，同时也为你的身体担忧。

你 4 月 13 日就病了，为什么不写信告诉我呢？我 30 日才考试，这么长的时间，你居然一字不提，这样很不好！就算是我不能去看你，但多问候几句，对你也是一种安慰啊！以后无论什么事，都不要瞒着我，好吗？

嘉嘉这次考试不够理想，语文 95，数学 97.5。我批评他，他却很有理地说，上学期段考语文 94，今年还进步了一分呢！这也怪我，这段时间我真的没有精力，顾不过来去管他的功课。想着他再差也不会掉在 90 分以下，所以就放松了。

这段时间，他天天惹我生气。每天晚上我们俩共一张桌子看书，他的话头又多，你不理他，他就在纸上写"请做题，对的打钩，错的打 ×"，要我做选择题，让我回答。中午他从不午休，我晚上睡得晚，中午他在家，我又看不成书，午睡时他一会儿过来问你个什么事，看你睡着了就摸摸你的脚，摸摸你的头，吵得你睡不了。最后看你不理他，居然用糨糊把小纸条贴在我的脚上。这小子一点不体谅别人的辛劳。一个多星期来他长大牙引起牙痛，吃不了饭，很影响情绪。4 月 27 、28 两天考试，这两天的晚上我都陪着他复习。这样我考前复习只剩下 29 日晚上。29 日学校放电影，他自己去看，晚上 11：20 还不见回，急得我摸黑去找，结果他把带去的小电筒也弄丢了。这小家伙有时很不错，有时又很淘气。

上封信说，你在武大生病住院的那段时间，嘉嘉连续两个晚上做梦，爬起来乱哭乱叫，样子很吓人。弄醒后他说是梦见你了，把我吓得要命。很担心你在那里有什么事，结果还真是你病了。看来，你们父子之间的感应很强啊！健荣，以后无论什么事，都要及时告诉我，切记。

考完试了，有很多话要和你说，我想你也有很多话要告诉我。但现在已是

11：30，今天就谈到这里吧！

祝平安顺利！

秀珍

1989 年 5 月 1 日晚 11：30

＊＊＊＊＊＊＊＊

健荣：

现在已是晚上 11：30 了，睡不着，还是和你聊聊天吧！

这次相聚时间太短，有心留你多住几天，但看到你归心似箭，只好让你走了。你走的那晚我一直没睡好，老在想着，17 小时的旅途没有座位，你怎么办呢？肯定很累啊！下午 2 点，我估计你回到学校了，一颗心才放下。

这几天我的工作不算忙，定职级的名单表格都已准备好，等王处长有空就可以讨论。小黄暂时不走了，在没有人调来之前还是留在我们科。

昨天中午 12 点多，我们学校（分部）和桂林电子学院的 3000 多学生上街游行。师大本部因把大门关了，学生出不来。这些游行学生到火车站后，被官方引到桂林市小礼堂与李树林副市长对话。当时，我正好到市委办事。一直到晚上 7 点多，学生们才散掉回校。现在学生陆续贴出声援北京学生的标语，估计今天中午还会有新的行动。学校领导很紧张，党委办公室的会议不断。昨天的游行，校党委书记和几个系的书记们都跟着去了。地质学院已宣布罢课。我们这两天上班都在议论，基本上做不成什么事。事态如何发展，人们都不知道。

我们学校的学生去游行，事先是没有组织的。中午有学生拿竹竿在学生宿舍门一站，号召大家上街游行，结果学生一哄而上，人越来越多，几分钟后就一窝蜂地出发了。等学校领导和系领导闻讯赶到大门口，学生已经跑出了 1000 多人，如果本部的学生也出来就更麻烦了。后来，连中学学生也参与进来，中午 12 时二附中校长亲自带领中学生上街游行。

中午做好饭，一点多了嘉嘉还未回，原来小家伙在足球场看游行队伍集合。1：30 分部的几千学生浩浩荡荡地出发了。今天是有组织地出去，听说年轻的教工也有不少人参加。下午很多办公室都空了，我们处只剩下四人在工作。

今天上班，很多人都在议论天安门广场的事，大家都似乎没有心思做事。桂林昨天有 2 万多人游行，所到之处，商店纷纷关门。

还有几天，你的成绩就知道结果了。期待着你的好消息，祝愉快！

秀珍

1989 年 5 月 18 日上午 10 点

＊ ＊ ＊ ＊ ＊ ＊ ＊ ＊

健荣：

你好！昨天下午收到电报，高兴得一个晚上睡不着。103 分，这凝结着多少辛劳啊！你的辛勤耕耘终于开花结果，祝贺你！亲爱的。

考试成绩出来后，你一定在忙着写书了吧？去哪个国家，你不要操心，我在这里了解情况后再告诉你，我想你一定会如愿的。这次我校 20 位老师参加考试，一下通过了 6 人，很不错。我和李老师说了，我不希望你去瑞士。希望她在讨论出国名单时，争取要一个世界银行贷款名额。

5 月 27 日，学校召开讲师以上教师和干部会议，传达北京市委书记的讲话和中央有关文件。学校的情况基本正常了，除了少数人外，大部分学生正常上课，桂林市的静坐也停了。

前几天我听函授部的老师说，我所考的国民经济管理这门课及格率很低，估计不到 10%，我们一家三口在同一个星期内考试，你们都过了，千万别落下我哦！

我现在正忙着手头的几件工作，明天和李老师联系后再给你去信，祝好！

秀珍

1989 年 5 月 29 日下午 5：30

＊ ＊ ＊ ＊ ＊ ＊ ＊ ＊

健荣：

你好！两封来信皆收悉。十分体谅你此刻的心情，知你者，我也！

接到电报后，我就找有关人士了解。李老师的答复是：1. 意大利的指标已过期；2. 美国路易斯克拉克大学今年的人选已定；3. 到瑞士的名额要等区里得到了你们四所大学的成绩后才知道；4. 世界银行贷款的指标，指定是给理科，文科不能再占用了，给外语系几个指标也是很勉强的。你不需要从武汉回来，有什么事我可以去办，抓紧时间好好写你的书。我相信，出国的大门不会因学潮而关闭，你的运气不会差，机会一定会有的！

前些天收到你父亲来信，他已转到八楼疗养了，现在恢复得很不错，估计6 月份可以出院。家里接二连三的事情，你兄妹也够累的，长时间照顾病人确实不容易。

下个月初你就要回来了，到时你一定要好好陪陪我们呢！儿子很想你了！当然，你的研究还得抓紧，建议你再写一篇论文投学校学报。武汉的大学复课了没有？如果不是很重要的课，你就在宿舍继续写你的大作，抓紧时间完成这件大事，了结一桩心事。

苏老师什么时候走还不知道，到时我让他给你带上一些东西。还有一个月就见面了，真想你！

祝愉快！

秀珍

1989 年 6 月 2 日上午 10：15

＊＊＊＊＊＊＊＊

健荣：

你好！李老师昨天下午给你挂长话但找不到你，她请培训中心主任转告，让你马上体检，并将体检结果用快递寄送区教委外办。今天上午我这里真热闹，十几个人来来往往，明天早上系里的材料都要送到我这里，我填好单位审批意见后送校长签字，8 日派专人送到南宁，10 日送到国家教委。

前天学校有关领导开会，定了出国人员名单，区教委昨天早上电话通知：你去瑞士，李×× 去瑞典，麦×× 去西德，下午又补充了周×× 去英国。你们几个都是国家教委名额，其他几人是世界银行贷款的名额。去哪个国家，要报到教委获批才能定。

这两天你们系的人事干事黄老师在做你的政审表。国家教委名额的要填写申请表一式 6 份，推荐信要两封，潘老师写了一封，不知谁写第二封。因回避要求，我不能看你的政审表。瑞士国家虽小，条件还可以。据说以后出国人员年龄控制在 35—40 岁，多数将派往欧洲，控制到美国。英国虽好，但去英国控制很严，生活费也很紧。周×× 去英国是很碰巧的事，这是自治区定下的。

还有 20 多天你就回来了，很想你。这段时间武汉可能又乱了吧！桂林又开始游行了，学校里的大字报各种消息都很多。暂写到这里，有什么事请及时告知，祝一切好！

秀珍

1989 年 6 月 5 日 12 点

＊＊＊＊＊＊＊＊

健荣：

这几天火车都不通了，我十分着急地等着你的消息呢！要知道全国会这么乱，我真不该让你再回武汉，这几天我一直是提心吊胆的。

我前天给你发了一封信，不知什么时候才能到你那里。这次出国政审 8 人，昨天下午各系才交齐，下午我们三个人忙了半天，7：00 还没搞完。因学校学生搞空校，校长书记都驻守本部。材料搞完后叫小谢送到本部，给校长签完字后，到校办、党办盖公章。这些事做完后回到家里，已是晚上 11 点多了。我回到家时，独自在家的嘉嘉已经睡着了。我们对孩子实在是深怀歉疚啊！

你的出国申请表是系里填写的。系主任潘香华教授和钱宗范教授是你的推荐人，他们对你的评价很高，我看了很满意。潘教授写的是，"是很有培养前途，可塑性很强的骨干教师"。钱教授写的是，"具有研究生水平，独立讲授世界中古史专业课，教学效果较好"。本来我不该看你的材料，但我是全面负责，各份材料要经我逐一审查，张科长叫我不用避嫌，我只好看了。

现在国内国际的形势令人担忧，不知能否按时出去。瑞士是今年的名额，如果没有特殊情况，下学期你还要到北京参加培训。培训期间国家教委提供资料，让你们直接与该国大学联系。这样，你还得请北大的马老师写推荐信。生物系有位老师在北京学了一年法语，但他联系的法国学校都没有回应，他只好申请自费到美国，现在正在办理有关手续。

现在学校大字报还是很多，学生纷纷离校回家，搞什么空校运动。我们还是照常工作，没受什么影响。

还有 20 天就见面了，真想你！

祝一切好！

秀珍

1989 年 6 月 8 日晚 12 点

＊＊＊＊＊＊＊＊

（二）启航前夜

——北京语言学院出国培训部学习时期

1. 北语—桂林

秀珍、嘉嘉：

你们好！我于2日上午9：16顺利抵京，昨天上午报到。今日无事，明天才是开学典礼。昨天来报到的学员分属不同的语种班，如德语班、法语班、中英班和亚非班等。我们是中英班，外语免培。还有一个外语免培班是俄语班。

语言学院也在北京西郊，离北大、清华不远，其主要任务是培训外国人学汉语和为中国出国人员培训外语。同时，他们自己也招生。学院的环境很不错，可说得上优雅宜人。刘刚所工作的国家教委①留学服务中心也在学院内，我昨天去找未遇，打算有空再去看他。

这两天办了几件事，前天下午去了马老师家，他很高兴，耿老师也很热情。一别四年，很多话要说，但我怕耽搁老师的时间，只把要紧的事说完就走了。马老师倾向于我去埃克赛特，他认为该校的选题较为好做，而剑桥的国际关系则较麻烦，因为要读的资料多。我想等两校的接受信来后，再做进一步考虑。关于商务印书馆的书稿一事，他建议我先问问任寅虎编辑。马老师对我送的小礼物很感兴趣，特别是两小坛辣椒酱，他很喜欢那两个别致的小坛子，还问能不能做泡菜。耿老师说他父亲很喜欢广西的金橘应子糖，四年前我送了几袋，她一直记得。她让我以后有空给她带上几袋来。这件事，我想麻烦你，你交代校办小唐，如我校有人来京，就帮带几袋广西产的金橘应子糖，再带一个大坛子的豆腐乳，坛子要挑好看一些的。

昨天下午我去了商务印书馆，不巧的是，那里4：30下班，我只见了我的师弟常绍民。他很热情，我给他送了一份小礼物，并请他转交一份给任寅虎老师。书稿的事我请他转告任老师，稿子我已带来，待请马老师看后，依据马老

---

① 国家教育委员会作为国家教育管理行政机构的起止时间为1985年到1998年，之后又更名为中华人民共和国教育部，受中华人民共和国国务院领导。

师的意见修改后再送上。

请注意，英国来的信件，如果是单张的信，请复印备份后，寄原件来；如果信函中有许多表格材料，就一起寄挂号信来，不复印了。

嘉嘉，爸爸很想你！希望要下决心改正缺点，争取更大的进步。你是聪明的孩子，如果能改正做事马虎、拖拉和怕麻烦的毛病，一定能把学习搞得更好。爸爸教你刻章，你才学一下，就刻得很不错了，这说明你肯动脑筋，心思很灵。如果你在学习上也这样用心，有什么理由不能学得更好呢？爸爸等着听到你的好成绩！

我的通讯处是：100083 北京市 北京语言学院 出国培训部 中英班 89—18 班

此祝健康愉快！

健荣

1990 年 5 月 4 日

* * * * * * * *

秀珍、嘉嘉：

你们好！5 月 3 日发出的电报和 4 日寄出的信，谅已收到。

5 月 5 日我们举行了开学典礼。我们中英班的同学共 21 人，分为三种项目：1.BC①——做博士后的；2.FCO②——读硕士的；3.TC——中英技术合作的。我问了 FCO 项目的一些同学，发现有些人联系进展很快。如南宁的小黄和另外一人，不但得了英国大学的正式接受信，而且已得到英国大使馆的奖学金授予信，并与大使馆签了协议，即确认接受 FCO 奖学金后必须遵守的条件。因此，下一步在联系学校方面他们已无事可干，等学习结束即可办护照。也有的人和我的进度差不多，在等对方的正式接收信。看来我得抓紧，英国大使馆要求在 7 月底前将已签证的护照和健康证等寄到。我估计这几天会有信来，你要多留意，经常问问我们系办公室。现在由于分了信箱，我的地址略有变化，以后请寄：100083 北京语言学院 出国培训部 805 信箱 89—18 班。

---

① BC 即英国文化委员会（British Council）。

② FCO 奖学金，即英国外交部奖学金（全称"外交和联邦事务部奖学金"。the Foreign and Commonwealth Office Awards Scheme），始于 1984 年，是英国政府最具代表性的，由英国外交部出资和运行的全球奖学金项目。1994 年更名为志奋领奖学金（Chevening Scholarship），志奋领（Chevening）是英国外交部长官邸的名称，位于英格兰的肯特郡。志奋领奖学金覆盖 118 个国家，与美国"富布赖特奖学金"类似。

我在这里各方面条件都较好，请勿远念。这里的伙食较贵，一个菜至少7角钱，算了一下，每天要2.5—3.0元伙食费。因为我还得抓紧时间把书稿写完，所以在别人空闲时，我还得爬格子，在营养上我不能太随便。当然我也不会多花钱，请你放心。

秀珍，身体如何？工作顺利吧！有什么问题可及时来信商量。前段时间你太劳累了，现在可以好好调理一下，恢复健康。今天是星期天，同寝室的同学都出去玩了。我写了一天东西，现在该给你们写信了。请常来信。

此祝愉快健康！

健荣

1990年5月6日晚10：00

* * * * * * * *

秀珍、嘉嘉：

你们好！

今天收到你5日寄出的两份快件，实际上7日已经到了。因我给你发电报时我们还没有分信箱，你的来信就无法写上信箱，结果信件被丢在培训部办公室门前的桌子上，今天早上我听完报告偶然走过那里才发现。于是我赶快去给你挂长话，想把新地址告诉你，可是挂通后总机没人接，时间是上午11：45。这样我只好再发电报。

两封信分别是利物浦大学和埃克赛特大学发来的。利物浦大学来的是正式接收信，埃克赛特大学是我的导师和系主任来信，说收到关于我的选题函件，具体问题等我去那里再商定。

星期二起，我们已开始正式学习，主要课程是中国革命史，包括中国近代史和现代史。一般是在上午上课，下午是看录像或听报告，即各种有关出国问题、国际形势和外交政策的报告。两个月的学习安排已发下来，所看的录像包括"祖国不会忘记""让历史告诉未来""奋斗者的足迹"等。此外每星期六安排参观访问，计划表上安排的参观地点有天安门城楼、亚运村、慕田峪长城、卢沟桥抗战纪念馆、首钢、八大处和部队，等等。这些参观访问都是很有意义的，大家都很高兴。

说说学院的情况吧！北京语言学院可能是目前全国留学生最多的大学，共有110个国家的1000多名外国留学生，各种肤色都有。留学生又爱活动，所以看到满校园都是他们的影子。中国学生有2000人左右。由于留学生多，学校的设施较好，绿化和运动场地都相当不错。我住的地方也很方便，同一栋楼就有邮政所，办理除长话、电报外的各种邮政业务，一分钟可走到。开水供应充足，离房间约 100 米。澡堂也不错，每星期开放 4 天，足够了。

我们是 4 人住一间房，除南宁的小黄外，还有成都科大和复旦大学的各一人。这两人都是毕业博士，准备到英国做博士后研究，他们都是七七级的，分别为 35 和 30 岁，都是时代的幸运儿。我们班 21 人来自全国各地，又认识了一批新朋友。

知道嘉嘉学习有进步，很高兴。嘉嘉是聪明的孩子，如果能更认真，更努力地学习，一定能取得更好的成绩。

我已去北大财务处办好进修费的收款证明，现随信寄上。请直接交到我校财务处办报账手续，拿到报销回单，不能再拖下去了。辛苦你！

此祝一切顺利！

健荣

1990 年 5 月 10 日

* * * * * * * *

秀珍、嘉嘉：

你们好！很想念你们！怎么这么久没来信呢？我到京快半个月，只收到你 5 日寄来的快件，可我已经给你寄出了三封信，发出两次电报了。

人就是这样，在家时常常觉得矛盾很多，很多事情不尽如人意，可是一到了外边，马上就会想到家才是最温暖最安全的地方，是最值得留恋的避风港。我总在想，我们的秀珍是多么的贤惠可敬，嘉嘉是多么的活泼可爱，我有一个多么好的家啊！

书稿的事，商务印书馆已答复我，叫我赶快交上，他们还准备出最后一批。任老师说我拖太久了。这确实也是。我也够拖拉的，近两年很多精力和时间都投入到主攻外语上。我今天已和马老师通了电话，请他帮看看书稿，他也同意了。这件事落实，我松了一口气。目前正在抓紧时间，力争在下星期完稿送到马老师处。

昨天下午给你挂长话，挂通了，你却去了本部，只好和小周讲了几句话。现在我们已接到通知，将在 7 月初接着办出国集训，这样我们就要到 7 月中旬才能回去了。集训时间一般是一周。

嘉嘉近况如何？又有新的进步吧！

此祝健康愉快！

健荣

1990 年 5 月 14 日晚 9：30

秀珍、嘉嘉：

你们好！秀珍 5 月 8 日、16 日的来信，还有嘉嘉 8 日来信以及 16 日转来的埃克塞特大学、剑桥大学和英国大使馆的来信均已收悉，勿念。

我寄给你的衬衣收到了吗？怎么一直没有听你提到呢？昨天我们到慕田峪长城，我给嘉嘉买了两件印有长城和亚运会吉祥物熊猫的短袖圆领衫，过两天再寄出。

上次信我已讲到，书稿事已落实，任老师和小常都先后来信说，肯定要做，要我尽快交。小常说，任等人对我的拖拉有些意见，但最后还表示接收，只要稿子质量没有问题，肯定能出版。任老师来信叫我先让马老师看，再交给他看，以后他们再付给马老师审稿费。稿子现在写到最后一部分即第 8 章，我已对马老师说要在下周写好交给他，因此时间还是较紧的。现在边写边回头修改，交叉进行，以调节脑筋。不过我还是觉得挺累的。周围的人除了处理一些来信，晚上偶尔到语音室听录音，大多自由自在，快活的很。到了这个时候，再累也要坚持下去。我们每周只有星期一全天、星期二下午和星期五上午没有安排活动，这些时间再加上星期天和每天晚上，都是我写作改稿的时间。过去一两年，忙于突击英语和上课，书稿写作确实拖后了。

目前看来，还是去埃克塞特。我打算今日就向英国大使馆文化处申报我的去向。你 16 日转来的英大使馆的来信，就是催问我联系情况，要求我不论进展如何，都赶快向他通报。埃克塞特寄来的是房管处的订房单，我决定选在校内的单身宿舍（学生公寓），用公共厨房和卫生间，每月收费约 80 镑，如果要自己房间有卫生间就要加 20 镑。我还是省点算了。前天开会知道，我们到那里还有一笔安家费，每学期有书报费，具体数目还不清楚。看来我们的费用比进修访问人员要好些。我们一年的学费为 5000 英镑左右，访问、进修人员只能付 1000 镑（我国教委支付）。当然，我们这 5000 镑是英方付的。

关于学校选择问题，我原也有些郁闷，但现在往宽处想，也就释怀了。1. 能出去学习总是好事；2. 能获得学位；3. 导师条件较好。处理一些事，还是顺其自然为好，不必强求。你说呢？

现在我搞清楚了，我们 FCO 项目的学员大多数是英语本科出身的，因此他们的 ELTS[①] 考试得分都较高，有 7.5 分、8 分的。广西学员的水平则有些差距。

---

① 即后来被称为雅思的国际英语测试。缩略语 ELTS 前面的"I"（即国际）是后来才加上去的。全称为国际英语测试系统（International English Language Testing System），简称雅思（IELTS），是著名的国际性英语标准化水平测试之一。雅思考试于 1989 年设立，由英国文化教育协会、剑桥大学考试委员会和澳大利亚教育国际开发署（IDP）共同管理。

你的工作忙，得注意好好安排，考虑问题周密一些，列出议事日程，列出解决某一问题的路线图，逐项落实，步步推进。要注意创新，也要注意请示报告。工作不能太劳累。

张处病了，十分遗憾，你去看他时，请代我向他问候，请他安心治疗，不要有思想负担，并祝他早日康复。

你对嘉嘉的分析是对的，望能继续用心培育，使其形成良性循环，获得更好的结果。

此祝一切顺利！

健荣

1990 年 5 月 20 日

* * * * * * * *

秀珍、嘉嘉：

你们好！

书稿昨天晚上我已送到马老师那里，他这几天正忙着看他的两个研究生的毕业论文，说要过两天才能帮我看稿。今天早上我和商务印书馆的任老师通了电话，他很热情。希望我尽可能搞好一些，送到他那里时不需大的改动。他还说这批书稿的截止时间是 6 月底，到期不送来就是自行放弃了。你看多危险，如果不用上，确是很大的浪费。看来我的运气还不错，总算是赶上了时间。他还告诉我，他们要给马老师付审稿费，我昨天已转告马老师。

上星期六我们到了亚运村，上了天安门城楼，照了不少照片，先寄上几张，因数量较多，只能一次寄一些。

我和刘刚常见面，最近我问他要了两本 8 开每本 100 页的稿子来抄书稿。等马老师看后修改好再抄。刘的妻子小范在中国社科院工作。

今天上午去买了下个月的饭菜票，手头就只剩 30 元（我们的卧具押金 50 元）。请接信后给我汇 200 元来，最好是在发工资后。我打算在这里买一大号软面行李箱，81 公分长。这是国际旅行托运行李的标准箱。根据相关规定，我们留学生出国时可带 30 公斤行李，回国时可带 70 公斤。

你的成绩出来了吗？我想一定是通过的。

嘉嘉快期考了，要多努力学习，争取期考双百分，好吗？

此祝一切好！

健荣

1990 年 5 月 28 日

* * * * * * * *

秀珍：

你好！六一那天我发了一电报，一方面是祝贺嘉嘉节日，另一方面是请你汇款。我估计在这里还要花上一笔钱，除了买行李箱，还要体检、免疫接种，后两项要50多元。同宿舍的已有一人去做完了体检。

最近看《中国日报》的一篇报道，说到减轻中小学生的课外负担问题。文章说现在学生的作业太多，把学生压坏了。其实，关于课外作业的数量，国家教委在1988年就有明文规定，小学一年级不能有课外作业；二、三年级的所有作业必须能在30分钟内完成；四年级到六年级可增到一小时。可是，现在中小学校教师为争高分争升学率，把学生逼成什么样呢？思之令人心忧。我在家时给嘉嘉压力太大，实在是不应该！现在是越想越后悔，越想越心疼。

今天和同学聊起此事，他们说上海的知识分子家庭对孩子要求更严，一星期只能在星期六晚上和星期天开电视给小孩看，平时是不可能的。我想，这也是有道理的。晚上看了电视孩子做作业和玩的时间就少了，作业做得晚，孩子又打瞌睡，实在是难办。上海的那些家长，为了孩子都做出牺牲，自己也不看电视，最多只看新闻。秀珍，为了孩子的健康成长，我们是否也要考虑这样的做法？跟嘉嘉讲清楚道理，他会理解并同意的。请你考虑一下这个问题，好吗？

昨晚和马老师通了电话，我的书稿他看了一部分，说写得不错，这使我稍感放心。本周六我们将去卢沟桥参观，先寄上两张在长城和亚运村拍的照片。

为何好些日子没有来信呢？很忙吧！

秀珍，很想你们！

健荣
1990年6月4日下午

* * * * * * * *

秀珍：

你好！汇款及6月1日来信收到。

今天去卢沟桥参观，刚回来就给你写信，等下去寄快件。

我的书稿已写完，马老师看完了前6部分，提了些意见，除了第6部分需要压缩，其他5部分不用做大修改。他说书稿条理清楚，写得不错。我昨天已拿回，准备做些修改后就抄正。第7部分他正在看，下星期一我再到他府上听取指导。

我们班FCO项目的一些工作单位在京的同学已接到集训通知，时间是从6

月 19 日起。如果我也是这样，我们的集训就可以在 7 月初结束。我估计你这几天也会接到我的通知，接到后请即复印寄来。

你每天时间紧，可取回借给海燕的煤油炉，这样做早餐方便些。午餐可到食堂打饭，自己烧菜。注意不要让嘉嘉触碰炉子，以免危险。

你的工作忙，请注意休息。遇事冷静，处理好各方面关系，特别是在学校机构变动之时。好了，现在去领汇款，寄快件。

此祝一切好！

健荣
1990 年 6 月 9 日

＊＊＊＊＊＊＊＊

秀珍：

很忙吧！我想你现在已收到我寄去的教委集训通知了。按此通知即可领置装费，请你先领出来，以免在假期时找人不方便。领了置装费后，请再给我寄 150 元来。上次你汇来 200 元，实际是不够的。仅是火车票 130 元、体检费 50 元，就所剩无几了，还要买大行李箱和一些小礼物等。虽然卧具押金还有 50 元，但也解决不了问题。

你工作忙，得注意身体。同时请注意在单位的上下关系，各方面妥为处理。

到慕田峪长城游览时给嘉嘉买了两件 T 恤，现寄上，作为"六一"儿童节的礼物。嘉嘉快期考了，请你多注意督促他好好复习，争取考出好成绩。

寄上一张在卢沟桥的照片。手很累，暂写到此。

此祝健康愉快！

健荣
1990 年 6 月 14 日

＊＊＊＊＊＊＊＊

秀珍、嘉嘉：

汇款 300 元及来信收悉，勿念。

上星期六集训结束，护照和签证手续都办了，等英国大使馆答复，可能要一个月以后。

这里的学习 7 月 3 日结束，同学们大多即日离京。最近很忙，所以写信少了，每天除了学习、办手续，还要改稿、抄稿。别人休息时，我还在辛苦，很累呢！

我估计本月 30 日可交书稿，如出版社编辑能马上看，我就等一等。若需要修改即在京改完，至迟晚 10 天左右可返桂。如果编辑不能马上看稿，我就先回去。具体行程届时电告。

昨天偶遇我校江副校长的妻子，她出差来京。她说将于 7 月 1 日乘 6 次离京，3 日抵桂林，请转告江副校长。这是她让我转达的。

7 月 3 日后不要来信，有急事可来电报。三日后我可能转到另一栋宿舍，但信件电报的地址不变，打电话就不好找了。

工作不要太累，诸事徐徐去办。每天都想你！

此祝愉快！

你的健荣

1990 年 6 月 27 日

* * * * * * * *

亲爱的秀珍、嘉嘉：

你们好！我已于今晨顺利抵京，勿念！

到集训部（北京语言学院内）报到后，我即领了护照和机票，上午 11：30 就办妥了一切手续。这几天没有什么大的安排，我还可以自己处理一些事。到现在为止，可以说就安心等登机了。

说来真是无巧不成书！原来我担心到北京后行李多，出站困难，但我居然在列车上邂逅老同学曾昭仪和他们柳州体委的一众同事！他们是到京观看亚运会的。到了北京站，他们帮着把行李递下车，送我出站，一切顺利！我马上找出租车，只花了 25 元就到了语言学院。几十年的老同学，在一个重要的时间节点和一个重要的空间位置不期而遇，实乃天意！我回柳时因太匆忙，没有去找他，没想到却在火车上见面，而且他还帮了我的大忙。昭仪去年参加国际比赛时认识了一位伦敦的英国人，对他非常热情，给他留了地址，邀请他有机会一定到伦敦做客。昭仪说等他回柳州后，就把此人的姓名地址寄给我，我叫他同时给你寄一份给你由你再寄过来，以免信件丢失。请你留意。

到集训部后见了老林（林志鹏，和我在亚运村照相的那一位），他是去英国利兹大学的，26 日上机。老朋友见面分外高兴。下午我们一起去五道口商场购物。

明天上午我去商务印书馆，再逛逛商店。赵发旗他们住中关村附近，他们要过了国庆再回去。

我现在住学一楼，208 号房。如果你挂电话来，可在晚上 9：00 左右挂 2017531，转学一楼 208 房。

秀珍，今年来你太辛苦了！现在可以好好休息一下，过几天再做复习准备。

对身体一定要注意，勿使太累。

对嘉嘉应以鼓励为主。这段时间我们的事多，都容易急躁，常对他发火，这是不对的。请你向他妥为解释。我常在外地，对嘉嘉关照太少，真是对不起他！

此信明日用快件寄出，收到后不必复信，因为信寄到这里我已离京赴英。

吻你们。

此祝安康如意！

健荣

1990 年 9 月 24 日晚 9：40

＊ ＊ ＊ ＊ ＊ ＊ ＊ ＊

秀珍、嘉嘉：

你们好！离京赴英之际，托发旗同学带回一点小礼物，送上我对你们的思念与祝福！

来京才几天就很想你们了。我们在一起的时间太少了，结婚九年，只有三年多是在一起的，现在又要天各一方，思之令人怅然。我亲爱的秀珍和嘉嘉，我是多么想念你们啊！我现在越来越清楚，越来越深切地感到：秀珍是我的好妻子，是非常贤惠善良的妻子！是令人敬佩的好妻子好朋友。九年来，特别是近几年来，你为照顾我和在工作学习上给予支持，为了家庭和孩子的安宁和幸福，付出了极大的努力，做出了极大的牺牲！对此我是铭记在心的。平时我有时由于某些原因心烦对你生气和埋怨，这是很不应该的。在这里，我谨怀着深深的歉意，向你道歉并请你原谅！

昨天我到了商务印书馆，稿子已改好，任老师让我再看一遍，再订正几个地名。他让我留下了你的姓名地址，以便寄出稿费。按惯例，书稿一签发就先付一半稿费。因此年内他们会把部分稿费寄给你，请查收。此外，我在商务买了一些书，委托小常帮我分几批寄回去，请你注意查收。

快到月底了，你得抓紧些时间看看书。你确实太累了，我对此深感内疚。老天不负苦心人，我相信你会有好运的。

你要多注意身体，在吃的方面不要想着省钱。对嘉嘉要多体贴一些，我在家时，有时对他态度比较急躁，限制多了些，心里十分不安。但也请你注意，多温和一些。同时，对他的学习和道德品质一定严格要求。这是对他负责任。

祝健康平安！

健荣

1990 年 9 月 27 日晚 7：00

三 新的机遇

247

* * * * * * * *

秀珍、嘉嘉：

你们好！现在是 28 日晚上，明天下午 6：00 就要去机场，9：00 起飞赴英。我已结了所住招待所的账，把各种票据清理完毕，装好信封，等明天给你挂了长话后就以挂号信寄出。

我将到一个新的环境奋斗，我相信自己有能力、有信心和意志战胜各种困难，达到预期的目的。为我祝福吧！亲爱的秀珍，我一定记住你的叮嘱，请你放心！

嘉嘉，爸爸不在家，你要多帮助妈妈，比如做些家务，注意家里的安全等等。妈妈很辛苦，你要多关心妈妈，好吗？

秀珍的工作问题，在家时我们已多次谈过，我以为目前还是安定为好，请慎思。

抵英后再给你们去信。

祝安康！

健荣

1990 年 9 月 28 日晚 10：00

* * * * * * * *

2. 桂林—北语

健荣：

你好！昨天下午收到你的电报，今天上午收到两封英国的来信，现在马上给你寄去。

你走以后嘉嘉听话多了，每天都能按时回家，只是做作业时还是比较马虎，时有错漏，不过态度比之前有改进。现在，每天我都要他念你贴在墙上的字条（你走以后他才发现的）。我的目的是要让他知道，父亲是很爱他的，希望他健康成长，将来能成为有用之才。从这几天情况看，效果还可以。今天又是他担任值日班长，一大清早就去学校了。

你到北京后抓紧办好要办的事，注意问问别人的联系结果。两个月的时间也挺长的，有空经常写信回来，免我牵挂。外出学习对你是大有好处的，但要注意处理好各种关系。因你的材料多，这封信只好写短一点了。

祝一切顺利！

秀珍

1990 年 5 月 5 日中午 12 点

* * * * * * * *

健荣：

你好！很高兴收到你的来信，我 5 日寄给你的信和两封英国来信收到了吧？

今天 9 日，你走才 10 天，我和嘉嘉觉得已经过了很长时间了。在一起时不觉得，一旦分离，思念之情就会不可遏止地日夜生长。你要真的去了英国，我们还真不知怎么想你呢！

昨天听小赖说，她先生周老师来信说出国越来越难了，去年集训是一个月，今年是两个月，而且还要考试，通不过还不能去。这些情况可能你们开学时也讲了。对刘刚的责备你不必太在意，解释清楚就行了。好在他也在北语校园内工作，得空时去找他聊聊，相信他是能够理解的。

在京两个月，如果仅是政治学习，可能还是有些空的。书稿的事最好能落实，该处理的事都要处理好。出去要备的衣物，最好在北京都买齐。需要汇款，即来信告知。在桂林有合适的我也会帮你买。

你走后的这 10 天，我和嘉嘉都很不习惯。小家伙每天收看北京的天气预报，温度低了他就会问：爸爸带够衣服没有？其实，他总是很关心你的行踪的。这 10 天，他的学习比以前自觉，每天晚上都背课文，成绩也有明显进步。昨晚上他给你写信，我没有教他，任由他怎么想怎么写。他写完了拿着信洋洋得意地自我欣赏，还说以前给爸爸写信最多能写几行，现在可以写 300 多个字啦！

你走后，看到嘉嘉的变化，我分析他的心理可能是这样：你在家时，我们在一起交谈做事的机会比较多，他心里会感觉被冷落，所以就故意找碴引起我们的注意。你不在家，我的重心转到他身上，他觉得妈妈还是爱他的，加上每天读墙上你留下的字条，他觉得爸爸也是相信他的。这样的良性循环，就使他很自然地不吵不闹，而且很主动地把学校里的事告诉我。以后，你来信时也专门给他写几句吧！

我现在很忙，8 日的南宁会议我让小韦去了。张 7 日复查，8 日去住院，估计 11 日动手术（做穿刺引流），科里的工作全都压到我这里。他负责的全校编制计划我也接了过来，目前正在看有关材料和文件，准备下星期动笔。

这次学校体检发现了很多病人，其中结石病人最多。体育系得肝炎、结石就有十多人。体育系的苏主任这次做 B 超时发现腹部囊肿又增大了，29 日住院，5 月 8 日清晨就去世了。张与苏是好朋友，看到苏的情景，他有些紧张，马上去住院治疗了。现在大家都在议论，要爱惜自己的身体，不要太累了。苏主任本不该太早走的，上次手术后医生叫他两个月后复查，可是他忙着编教材（他是主编），奔忙于武汉等地，发病前还以为是感冒呢！

你在那里学习时要注意身体，写书不要太赶，注意营养和休息。记住常来信。

祝顺利！

秀珍
1990 年 5 月 8 日

* * * * * * * *

健荣：

你好！刚开完会就收到你的来信，看了你的信，知道你的心情，马上给你写信。

其实，你错怪我了！你走这十多天，到昨天为止我给你发了 4 次共 6 封信，连这封就第 7 封了，我发信日期分别是 5 月 5 日、5 月 10 日、5 月 14 日和 5 月 17 日。5 月 17 日发的信还是按你第一次写的地址。我发出信后，才收到你新寄来的地址。请你到收发室查查，可能是因为没有写明具体信箱，现在还丢在收发室呢！

得知商务印书馆的书稿已落实，十分高兴！时间拖得久了，但终究还是有了结果。集训要到 7 月中旬回，时间太长了，能不能回早一点？我担心你集训完 8 月初又要走了。前段时间大家都忙，现在有些时间了，又远隔千山万水，真是不凑巧！

科里的工作仍然忙。前天桂林市里下指标，调动的有十几人。此外，今天上午学校开会拟任命的又有十几人。要写材料，要考核，要找人谈话，这些工作我都得负责。需要考核的人选包括外办主任、图书馆馆长、历史系系主任和师大出版社的文科副总编等等。一大堆的事都得忙。回到家里还得忙吃的，还要管孩子。好了，快下班了，我还没买菜呢！

急急忙忙给你写的这封信，我让小黄帮我带到外面去寄。明天再另给你去信。

祝安好！

秀珍
1990 年 5 月 18 日上午 12：15

* * * * * * * *

健荣：

收到你的来信和照片很高兴。得知你的书稿已送交马老师审阅，入学的事有了结果，就更开心了！这几天你可稍松口气。

既然 3 月 26 日来信，算是正式录取信，你就可以直接在北京办理奖学金和签证事宜了。这些事可在 6 月底前办好吗？你的事情落实了，我悬挂着的心也就放下了。国外来信可能就到这封结束了吧？

你父亲 5 月 29 日来了封快件，不知何故今天才收到（6 天），名为快件居然比平信还慢了几天！他来信说，他的侄子浮康将随旅游团从香港来桂，估计 6 月 7 日去柳州，届时到你们家小住几日，然后从桂林返港。

张处今天上午上班了，下午又没来，他的精神还好。他不在的一个月，我也习惯了自己处理科里的一切事务，虽然忙一点，但也感觉顺手。

今晚月亮真好，又快到十五了，这个时候，要是你能陪我去散散步该多好啊！你走后，晚上我还没有去散过步。每天吃完饭就催嘉嘉做作业，一下又是 10 点多了。忙忙碌碌又过一晚，好像很忙，其实什么也没做成。每天晚上看书的时间，给了一半给嘉嘉，还有一半就给你了。写信成了我的作业。营养我还是很注意的，经常蒸排骨，也常买烧鸭烧鸡。你不在家，我们吃得不多，1/4 的烧鸭也吃上两餐。嘉嘉吃得不多，又挑食，我只有自己努力吃，现在体重居然还有 57 公斤。再过几个月这样的生活，可能我要胖得像某某了。

好了，就谈到这里。考试成绩还未知，我想会考过的！

祝好！

秀珍
1990 年 6 月 4 日晚 12 点

* * * * * * * *

健荣：

上午收到你 6 月 4 日来信，在你寄出这封信时，也该收到我 6 月 1 日寄给你的信了。我们的信件几乎是 5 天一封，甚至还多一点。我盼望你早些回来！我们都很想你！

这两天搞调动，市里的指标分下来了，来找的人不断。发商调函，找接收单位，忙得不亦乐乎，又不尽如人意，有些烦呢！

月亮又圆了。不知怎么的，看着月亮，我竟想起了在柳江县进德人民公社做知青带队时的情景。1977 年 8 月农历十五，在农村的田野上，我一个人呆呆地望着高悬夜空的明月，想着你。13 年后的今天，又是农历十五月正圆，我坐在书桌旁，望着月亮，心里幻想，你突然出现在我身旁，我们都不说话，十分安静地看着月亮……婚前不算，结婚后近10年来，我们一直是聚少离多，想起来也是很伤感的！你从英国回来后，哪里都不要去了，我们就守着好好过日子吧！今晚有些胡思乱想。明天又是周五。

再见！

秀珍

1990年6月7日晚11：30

* * * * * * * *

健荣：

你好！6月2日给你汇款后，只收到你一封来信。汇款收到了吗？

今天下午收到教委发给你的关于出国集训的通知。晚上，我带上通知找了外办钟主任，准备帮你领置装费（800元）。吃晚饭时，你们系的朱老师送来200元，说是系里发的上半年奖。我们的半年奖是210元，可能过两天才发。你需要多少钱请告知，我即汇去。

联系学校的事办完了吗？英国使馆还有什么手续要办？8月去英国的生活费能落实吗？我很想知道你的近况。你离家已有一个半月了，你的头发也长了，该理发了。

我们都很好。学校搞篮球比赛，我参加党政女队，这两天练球，今天比赛。明天一早出去给你转寄教委的通知。

再见！

秀珍

1990年6月12日

* * * * * * * *

健荣：

你好！6月18日寄来的书，昨天下午收到。早上把衣服洗好、早点做好，坐下来给你写信，嘉嘉才起床。我估计你寄来的衣服是他的，我们下午出去领。

嘉嘉快期考了，作业特别多。语文每晚有十几页，数学十几题，连续三天晚上都要做到12点，最晚的做到12：15。有时作业做不完，我都不忍心让他再做下去，就叫他先睡，余下的作业留到第二天早上起床时再做。其实，这些作业要是抓紧，也不用都搞得那么晚的，但他特别能拖。每天问他，都是说没有多少作业，等做的时候各科的作业题就不断冒出来。语文作业太多了，写到后面的字就是像鸡爪一样了。但如写一个错字，老师至少扣10分。这段时间不要说给他听写，就是应付作业都难。语文该背的课文他都能背，我这星期还得抓紧他的听写。

我们学校还有半个月就放假，7月初分配来的毕业生就要来报到。这段工作很忙，我还得唱主角。在60多名毕业生来报到之前，我还要干几件事。出国探亲、政审4人；十几个正、副处级干部的聘任要下文。

我想你在6月29前集训完了，7月3日前一定能回到家。800元服装费已领，存在银行。上星期学校发了上半年的劳务酬金200元，书报费20元，清凉饮料20元等，每人有250元左右。你在那里，出国所需的东西合适就买。什么时候回，一定提前告知，我去接你。好了，暂再写到这里。

祝好！

秀珍

1990 年 6 月 24 日上午 9：30

＊ ＊ ＊ ＊ ＊ ＊ ＊ ＊

健荣：

你好！今晚终于又听到你的声音，很高兴！昨晚给你打电话打到11点，拨号无数次，手拿话筒都累了。邮局的人说，语言学院的电话坏了无法接通。在回家路上，嘉嘉老抱怨我，电话都打不通！

今天是5日了，我和孩子每天在数日子，盼着你快点归来。我知道，这段时间你又忙又辛苦，但没有收到你的信，我是很不安的。下班回到家里脑子就如平川放马，东想西想，很难专心做事。前几天翻到7月的挂历，才知道，嘉嘉不仅在7月10日上面画了记号，还写上"爸爸回来"四个字。昨天我说，放暑假如果有人回柳州把他先送回去，他不乐意，说还有几天你就回来了，不见到你，他不走。

我们的工作还是照常，每年期末都是一大堆的事。今年这个假期，学校只给放两周假。还过10天左右，学校办公室各部门全部搬到原外语系的教室和资料室的3栋楼。

我们很想你了！今晚的月亮又圆了。我记得，上个月月儿圆的时候我也给你写信，现在又过了一个月。还有多少天？不用10天了吧！我希望早一点！我们就要见面了，你回来了，我才能安下心。还没有到秋天，我的头发就开始掉了，可能是牵挂思虑过多吧！

盼早日见到你！

每天都思念你的珍

1990 年 7 月 5 日晚 12 点

七地书

四　负笈英伦

长风破浪会有时，直挂云帆济沧海。

【唐】李白

（一）探赜新域

——英国利物浦大学公共行政与管理学院读硕时期

1. 利物浦—桂林

秀珍、嘉嘉：

你们好！这封信托一位将于 10 月 4 日回国的学友从伦敦带回北京寄出。

我已于当地时间 30 日上午 8：55 抵达伦敦机场，一切顺利。此次航程 12000 公里，中间在阿联酋的沙迦着陆加油，停了一个多小时。沙迦正好是这个航班的中点，它相距北京和伦敦都是 6000 公里，18 小时的飞行颇觉疲劳。初时感觉新鲜，飞机在 1 万多公尺的高空飞行，无边无际的云海在飞机下面很远的地方翻腾，十分壮观；在薄云或无云的地方，则可看到河流山川和城市，很吸引人。但是，飞行的大部分时间是在晚上，因为飞机一直往西飞，逐渐就觉得乏味。飞行过程中，航班的服务很周到，开了两餐饭，送了三次点心，各种饮料随意选用。高空反应最初也让人觉得难受，特别是升空和降落时，由于气压变化太大，耳朵痛得厉害，好像耳膜就要破了似的。到伦敦时，中国大使馆教育处派车到机场接我们。这两天我们就住在教育处，每天交住宿费 3 磅、伙食费 2.9 镑。今天到英国文化委员会报到并领取书费 273 磅，以后做研究访问和打印论文的费用另行发给。我驻英使馆教育处则发给我们每人三个月的生活费 750 磅和前往去所在学校的路费 70 磅，以后的生活费将每月通过银行汇去。这样，我一下就领了 1093 镑，其中有 900 镑是支票。我们自己调侃，一介负笈初到英伦的穷书生，不复为囊中羞涩之人矣！

办各种手续的间隙，我们在伦敦街上逛了几次。这里和国内确实很不一样。一是车多，无论是公路还是街道上，车子如潮水般奔来涌去。二是车速极快，在市区亦是如此，因此过马路要很小心，加上英国的车辆是靠左行驶的，一时适应不了，更得小心。市区街道上的小车也开得飞快，行人绝对只能走人行道，骑自行车的极少，两天来只是见过三四辆。可以说这里街道上的小汽车就像国内的自行车一样拥挤。三是无论地铁、火车，还是公交车都服务得很好；如果不是上下班时间，通常只有三四成的乘客。到处干净、整齐，进出站都有自动检票设备。这里，让人们看到时间和效率的价值，感受到生活的快节奏。两百多年工业文明成长发展积累起来的伦敦市政建设与社会运行模式确实很不寻常。浏览街景市容，更让人看到秩序和安定。昨天是星期六，商店绝大多数关门，但却只关上玻璃门，没有铁闸门（像国内那种卷门），商店是透明的，人们可以看到里边的一切商品，包括昂贵的首饰电器，电视机照样开着（只是不放声音，以免造成噪音）。如有不法分子，到任何商店只要一撞破玻璃就可以拿走东西。但这里好像没有这个担心，我想可能一是防盗报警设备较好，二是人们的生活条件较好，也不会轻易铤而走险。

我在这里遇上一位将去利物浦的同学，他是北京工业大学的，学自动化，我们可能明天就去利物浦报到。

过段时间，我再去诺丁汉找周老师，如果合适，我想请他带些礼物给你们。现在你们不用回信，等我到利物浦地址确定后再给我来信。

今天给你挂的长话，是在伦敦维多利亚汽车站电话亭用投币电话机挂的，3镑一分钟。这种电话亭街头巷尾都有，都可以直拨世界各地，很方便。

快 12 点半了，下次再谈。

此祝安康！

健荣

1990 年 10 月 1 日晚 12：27

于伦敦中国大使馆教育处

* * * * * * * *

秀珍、嘉嘉：

你们好！想念你们！

我已抵达利物浦 4 天了。今天是星期六（这里是周末）。昨天我们租到了房子，是这里的中国学联帮找的，还挺不错。这套房子是两卧一厨一卫，每个卧室有 10 多平方米。厨房设施齐备。我和北京工大的一位同学合租这套房，每月房租 100 英镑，各出一半。这样，如果自己做饭，连同房租费电费，每月生活费约为 100 镑。

从我们的住处到学校要走 20 分钟，这也可以算是一个锻炼吧！他们先来的同学一般早上出去，中午不回来。午餐是三明治，再加一杯牛奶或咖啡，晚上回来再做顿好吃的补充营养。这样也省些时间。昨天我已找到历史系，研究生注册是下星期三，不过下周一我要到系里和有关老师谈谈我换专业的问题，我想会有希望的。昨天我和一位原系主任、世界中世纪教授谈了此事，他很热心的替我想办法，并建议我下星期一再去谈谈。当然，对此事我不会勉强。

关于留学人员延期问题，这里有明确规定，延长三个月到半年的，都可以

四　负笈英伦

257

保留机票，但要原单位同意。延长三个月的，中国驻曼彻斯特总领事馆教育组就可以批；延长半年的，要由中国驻英大使馆教育处批准；延长一年的，则需经国家教委批准。所有这些，都需要导师的证明和资助来源的证明。不少留学生在这里由进修转读博士。

我们到利物浦那天正好是中秋节（三日），晚上利物浦的中国学联举办了中秋联欢会，有近百人参加，其中有6位家属，还有好几位孩子。会场气氛还是很不错。来到西方国家的中国留学生，受这里的文化影响，大都比较矜持自守，因此显得人情比较淡。我一时还觉得不适应，我想以后也就会逐渐习惯。当然，有不少人还是很热情的。

秀珍，离开你们已经14天了，很想念你们！处在这样的环境，乡思难抑。物质条件再好，也不能稍减我对亲人的思念！出到国外，才更深地感到你对我的关心体贴是多么的叫人留恋！现在，哪怕能让我们拉着手，一起坐上两分钟也是好的。但现在这也是一种奢望了！你现在情况如何？工作顺利吗？复习很紧张吧！你确实太累了，跟我生活在一起，你付出的代价太大了！嘉嘉好吗？平时我在家时对他太严厉了，你多向他解释，我是很爱他的，正因为如此，才对他比较严。孩子调皮，本来是很正常的事情，但有时是我对他要求过严过急。想到这些，心里感觉很难受。你替我多亲亲他，多爱护关照他吧！我欠债太多了，对你对孩子都是如此，希望回去后能多多补偿，以减少我一点内疚。

挂长话给你那天，是在汽车站，我真后悔没多讲几句。你回到桂林，挂起来就不那么方便了，因为要经过总机，而总机是一接通就开始算时间，如果要找人更费事。以后我们约时间挂，好吗？你看什么时间好呢？在利物浦学联这里比外边便宜。每分钟1.5镑，外边电话亭是每分钟3镑。

这封信托回国的同学带回北京寄，这里寄回国的邮票是37便士。请常寄些两角钱的邮票来，以便我可以托回国的同学在北京发信。

今天下午2:00我给家里挂了电话，是父亲接的。挂往家里方便些，不用总机转。

请向小谢、海燕、剑敏和冬平问好，谢谢他们在桂林为我送车。

这次就写到这里，过几天再谈。

吻你们！

健荣

1990年10月6日下午5:00

于利物浦

＊＊＊＊＊＊＊＊

秀珍、嘉嘉：

你们好！想念你们！

如今我们是真正的天各一方，我们已经相隔一万公里之遥！我知道，今年中秋节你们一定也如同往常一样回柳州和家人团聚过节。我想着你带着孩子在桂林匆匆上车，在家乡住几日后又急忙赶回去上班的一幕幕情景，你们熟悉的身影在我脑海中不断浮现——在车站，在旅途……想到你的奔波辛劳，想到你的孤单惆怅，很是伤感和歉疚，禁不住泪洒异乡！

人的感情真是奇怪得很。没有出来时，很想出来，出来后，竟然又很想回去了！同来的好些人都说，如果现在有飞机票，马上就走！他们都太想家了！到了异国他乡，才真正体验到什么是思乡！看来，很多人的感觉和我是一样的！这和以前在北京和武汉学习是完全不一样的概念。在国内，再远也是在自己的祖国，周围的环境是你熟悉的，语言是熟悉的，文化是共同的。可是在这里，我们不仅成了外国人，而且由于东西方文化的差异，我们较之到这里留学的欧美学生有更大的隔膜感。这几天，到学校和系里，和各方面打交道，虽然语言没有障碍，各方面的人都很热情，但总还是觉得心情不是很舒畅，说不清这是一种什么感觉！

应当说，这里的生活条件是比较好的，也很方便。我们的住处厨房里的设备齐全，电炉是无极调温，烧饭炒菜都很顺当。冰箱存上一星期的肉蛋奶，便可随时取用。上街购物也很方便，物价也不贵。鸡蛋一镑12—16个，猪肉是一镑左右一磅（不同部位，价钱不同）。这里大学教师每月工资一般是1500—2000英镑，教授比较高些。但毫无疑问，仅仅是生活条件好，并不就能使人感到舒心畅意。人是有感情的，不可能只满足于物质条件的优裕。

思来想去，人总是得现实一些，理性一些呢！既然来了，还是安下心来吧！无论如何，这是一个难得的学习机会和增加阅历见识的机会，应当好好利用。而且我在这里，不用再为家里的事操劳，你挑起了全部担子，我可全身心投入学习，更应该努力，争取最好的成效才是。否则，对不起国家也对不起妻儿，你说是吗？

你们现在的情况如何？接到这封信时，秀珍也快考试了，这段时间你一定很忙吧！望你一定要注意劳逸结合，千万不要太累。对营养要高度重视，不要吝惜钱。每天早餐，你和嘉嘉都得保证营养，有牛奶，各有一个蛋。嘉嘉正在长身体，需要各方面的营养，除了糖果要控制以外，其他方面可尽量满足。嘉嘉偏瘦了，而且还应该长高一些。

离桂前说的事有何变动？我想，目前你已经是事情很多，各方面还是安定为好。你说呢？

周老师那里，我挂了好几次电话，都没有挂通，昨天只好写封信。再谈。

四 负笈英伦

259

吻你们！

健荣

1990 年 10 月 12 日下午

来信请直寄我的住处，这样我收信快一些。

Mr Huang Jianrong

Flat 2

Botanic Road

Liverpool，LT 5BX

England，U.K

* * * * * * * *

秀珍、嘉嘉：

你们好！现在是星期三晚上 9：20，很静。我的住宅外是一条背街，除了偶尔掠过的汽车声，寂静到让人难受。环境静了，人的思想就会瞬间飞得很远，想念你们！

这几天利物浦的邮电工人罢工，信也寄不出去，只有等过几天有人回国（本月 21 或 25，下月 1 日都有人回国）带回北京寄。利物浦大学的花园工人和清洁工也罢工几天了。学校里本来很美丽清洁的环境变了样，垃圾箱里的废弃物都堆得满满的，到处落叶堆积。邮电工人罢工，据说是因为某上司扬言要对某职工进行处罚，引起众怒。学校园丁和清洁工罢工则是为工资问题。

离家快一个月了，还没有收到你们的一封信，真叫人牵挂。现在邮电工人罢工，你们的信到达利物浦也无法投送，奈何！但愿他们早日复工吧！

以后你来信还是寄到系里吧！最近我住的地方还会常有变动，原因是我要找离学校近一些的住处。随信附上一张我系地址。

现在你那里是近凌晨 5：00，你和嘉嘉一定还睡得很香甜吧！轻轻吻你们！要看书了。

祝安康！

健荣

1990 年 10 月 17 日晚 9：50

七地书

秀珍、嘉嘉：

你们好！今天是 27 日，是秀珍考试的日子，你一定会如意的！我在远方为你祝福。

周老师 25 日离英回国。在他启程前，我和他通过一次信和一次电话。他于 16—23 日去伦敦游览，23 日返回诺丁汉，然后在 25 日凌晨直接去伦敦机场。我原定 23 日下午去他那里，但我的导师约我下午 4：00 谈事，一谈就到了 5 点。而且，我又约了第 2 天早上和另外两个人见面，这样我就不能去诺丁汉了。当天晚上我和周通了电话，说明了原因。

现在学习逐渐紧起来，我得好好用功，我到英国已将近一个月了。

嘉嘉近况如何？上课能用心听课吗？做作业认真吗？放学能按时回家吗？在家要听妈妈的话，让爸爸放心。好吗？

周来信说，伊中已决定留下来读博士。不知学校对此反应如何？

此祝安康！

健荣

1990 年 10 月 27 日晨，利物浦

* * * * * * * *

秀珍：

你好！现在又是星期五晚上。9 月 22 日离桂，至今已是 40 日，还没有收到你们的来信，真叫人心焦！和我同期来的北工大的小于，已经收到 3 封家信了！当然，他家在北京，信件往返时间加起来比我们快 10 天，但愿下星期一能收到你的来信。

我这里一切都好，请勿远念。上月下旬，我又搬了住处，搬到市区的唐人街，离学校很近，步行到学校只需十分钟，比原来的住处近了大半。我和中山大学一位念博士的小关住在一起。我们住在这里还是挺方便的，处在市区中心地带，购物很顺路。房东是香港人，由于我们两人都会粤语，因此很容易沟通，相处挺不错，房租也很低。在这里会粤语也是一优势，找地方打工也比一般人容易，因为在这里开餐馆的中国人大都是广东人。周末到餐馆打两个晚上工可挣 50 镑左右，50 镑在这里足够够一个人一个月的伙食费，还可以吃得挺不错。目前我还没有去找工作，我想过一段时间再说。实际上，每星期坐了五天看书上课，脑子也挺累的，如果周末去做些体力工作，既可放松调节，亦可增加一些收入，有利于改善生活。再说，也能多些钱买书呢！

快11：00了，暂写到此。明天星期六，早上8：00要和大家一起去批发市场采购食品，主要是买蔬菜水果。价钱比在市上买便宜一半以上，中国留学生都乐于到那里去购买。

从上月28日起，英国的夏令时改为冬令时，和中国的时差就还是8小时。请你把分部校办的电话号码告诉我，我给你挂电话方便些。你在约定时间到那里等，就方便多了。因为一经总机转，就会耽误很多时间。

祝好！

健荣

1990 年 11 月 2 日 11：00

* * * * * * * *

秀珍：

你好！可能在今年来利物浦的中国留学生中，我是唯一还没有收到国内来信的人，和我同来的，一般都收到了两三封呢！盼望我的信能快快到来！

利物浦大学的学习工作条件都很好。最令我满意的是图书馆。那里藏书丰富，所有馆藏书籍全部开架陈列，并在书架旁边配备有足够的桌椅和明亮的灯光，让你找书、看书和做研究工作都很方便。查找图书不用耗费时间去查阅卡片目录，馆里每层楼都有十多台电脑终端让读者查找。只要打出作者姓名或书名关键词，就可以很快获得有关信息——类似的图书有哪些，你所属意的书籍是否在馆内否？在何处书架？如已借出何时可还？若你要预订，即可在机上发出指令，通知流通台。这样的条件，目前国内没有一所大学的图书馆能够具备。出国前我到过国家图书馆查找资料，那里的资讯服务也远未能达到如此水准。馆内宽敞、安静、暖和，在这里读书学习，做研究工作，真是很惬意的享受。我除了上课，其余的时间几乎都是在图书馆里。

学校里有很大的室内运动中心，里边有各种各样的体育场地和设施，包括健身房、体操馆、篮球场和游泳池等。对我来说，最有吸引力的是游泳池，去游泳是一举两得，下水前后都有热水淋浴。泳池的水是令人舒适的温度，非常干净，蓝汪汪的。一星期去游泳两三次，既可锻炼身体，又可洗澡。当然，这一切凭学生证都是免费的。

学校的学生会大楼是学生的主要活动中心。这是一幢规模宏大的多功能建筑，里边有食堂、餐馆、戏院、银行、舞厅、酒吧、理发店、浴室、小吃店和文具零售部，以及提供复印、照相和旅行等各种服务的部门。可以说，学生生活所需的各种设施一应俱全。 在这样的条件下学习和生活，真是很方便。

最近我已转到管理学院，仍在利物浦大学，读 MPA，即公共管理硕士。我

感觉读这个专业，也许收获会更大些，回去也会更有用。明年 3 月，我们将去日内瓦实习。我现在的地址如下。（略）

以后来信按此新地址。最近很忙。嘉嘉近况如何？请来信详叙。

此祝安康！

健荣

1990 年 11 月 3 日晚

＊＊＊＊＊＊＊＊

秀珍、嘉嘉：

你们好！

昨天下午终于收到你们的来信！我是今年同来利物浦的几十名中国留学生中最迟收到家信的，已经 40 天了！这个收信最迟之冠非我莫属！看了信，知道这封信是你考完试后才寄出的，在这封信前至少还有一封信，可是我却没有收到！昨天收到的这封信地址也写漏了，你没有写上我的住房的门牌 31 号，只写了 Flat2 和 Botanic Road，结果邮递员试投 97 号，好在那里也住有中国留学生，他们看了信封背后的来信地址是桂林，就把它送到 31 号。但实际上，两星期前我已搬离 31 号，住到唐人街去了。你此前寄的信，也不知地址有什么差错，估计已经石沉大海。你再想想看，前面的信说了什么重要的事，需要再说一次的，请再写信告诉我。还有，没能看到嘉嘉的信很可惜。嘉嘉，你再给爸爸写封信，好吗？

昨日下午（9 日）和大前天（7 日），先后给你发了两次传真，是发给桂林青旅滕泽廷的，传真机送出的报告单都说明已送达了，我想你已收到。我之所以急于把新地址告诉你，因为住 Botanic Road 的北工大的朋友很快也要搬走，而且那里离唐人街很远，我去查收信，就很不方便了。后来我叫你改寄历史系，如果你是寄到历史系，就不会有什么问题。我已和那里收发室的师傅讲了我转系的事，他答应留心帮我收信。他对桂林山水很感兴趣——他是从电视上看到的。我与之交谈甚欢，他乐于相助。

我转院转专业的经过可谓一波三折，很有戏剧性呢！我是上月底，即抵达利物浦的一个月后，才转到管理学院的。10 月份我折腾得够呛。我先是转到经济史系，导师和系主任都同意接收。研究计划，论文题目也安排了，办公室也安排了，系大门和我的办公室钥匙，在我的衣袋里也放了两个星期。可是，因为我们留学项目是英国 FCO 奖学金资助，这样的变动要得到 B.C（英国文化委员会）的批准。然而，我最后向 B.C 申请批准时，我的项目官员和她的上司竟然都不同意。她们说，我这样转系转专业，所学的东西对中国当前的经济建设，对中英关系发展都没有什么直接益处。她们不懂历史的作用，讲也讲不清。于是我前往 B.C 在利物浦的办公室申诉，又写信给在伦敦的我的项目官员，并在电话中和她做了长谈。项目官员快人快语，讲话像放鞭炮，倒也不难打交道。最后，她居然被我说服了，同意我转其他系——原来是根本不同意转的，并给我划定了范围，在政治、管理、法律和银行等 8 个专业方向，由我选择。这样，我就选了管理学院，读公共管理硕士（MPA）。管理学院是利物浦大学的二级学院，公共管理硕士在现在是很热门，很急需的。我想，我学了这些东西，回去应有用武之地，可以在校内外教学，也可以做些实际工作。

说起来，我在历史系接触的办公室主任，经济史系我的两个星期的导师，都是很热情，很友善，很乐于助人的。特别是后者，他为我从历史系转到经济史系，后来又从经济史系转到管理学院，做了很多努力。他给伦敦 B.C 挂了几次长话，伦敦方面给我划定范围后，他又在校内为我联系了 10 多个院系，逐个打电话。我去管理学院，也是他推荐和联系的。这样的热心肠，真叫人感动！事情快办妥，我准备转走时，一时颇觉伤感，眼泪也几乎控制不住。他也很难受。两个星期后，他再三邀请我去吃午饭，盛情难却，后来我去了。那天他做东，我们上餐馆共进午餐。他又留下电话号码和地址，以便我们以后联系。当然，我也给他赠送了一些小礼物。我不敢送多，因为还不知英国人的习惯。这位教授的热情友善，使我感到十分温暖，让我难以忘怀。

历史系的那位老师（办公室主任）也是挺热心的，最初报到时，当我说明我不想学拉丁语和古英语时，她即想办法帮我转。我上述这位导师就是她介绍的，一开始她就告诉我，这位导师是位知识渊博、人品非常好的教授，果然如此。

转了专业是件大事。如何向校系报告，需要仔细考虑。因为这涉及很多问题，如工作单位、职称等。当然，我回去后可仍在历史系上我的专业课，同时兼上政治系的管理课程，也可以直接去政治系。对于我们学校来说，对这样转系比较容易接受，无论我从事什么专业的教学研究工作都是为学校服务，而且所转专业对学校而言也许还更重要一些。对于我们系，也许就难于接受。因为原来指望我出去学习，回来后加强本系力量，结果是为他系培养教师，可能不容易转过弯来。因此，此事何时报告，如何报告，我还要再考虑一下。目前，暂且不要说。

转了专业，也增加了我的学习难度。在这样一个新的领域，需要更多的努力，其他不说，光是熟悉新的专业英语词汇，就要一段时间。下定决心吧！没有退路，只能一步一步往前走。我相信能超越困难，超越自我，达到胜利的彼岸。

上封信我曾说过，明年 3 月我们要去设在日内瓦的联合国机构实习，现在院里已把护照拿去登记，准备办理手续。这样，我们原来打算自费去欧陆旅游，现在看来可以省下这笔钱。返程时我们可以就便去巴黎、波恩、布鲁塞尔等地走一趟，也算了一桩心愿。

工资一事，你说存在财务科，暂时是可以的，长期则不好。你可以几个月去领一次——你总会有机会到本部的，或开会，或外出办事。这样也可少麻烦别人。如果总不领出来，你要用时也不方便。

你最近工作如何？来信没有说，请接此信后能告知。考完试了，望好好休息，把身体调理好。

嘉嘉除了做好作业，每天要保证半小时以上的课外阅读——不是看连环画，而是看其他有益的课外读物。光看课本不行，知识面太窄！请多督促检查。

这封信因需要讲清一些事情，所以就写长了。

此祝一切好！

健荣

1990 年 11 月 10 日晨

* * * * * * * *

秀珍、嘉嘉：

你们好！又是星期六的晚上。很想念你们！

你们的第一封来信，前两天终于找到了！你是寄到历史系的，地址没有错，但被人拿走，拆开信后又放回来。也许是有人的姓名拼音和我相似吧！历史系传达室把信转到管理系，我才收到。好在信没有丢失，嘉嘉的信也在里面。

知道你们终于用上了煤气，十分高兴。这样，你做饭就可以少些麻烦和辛苦了。

秀珍，和我一起来的北工大的小于是一年期的访问学者，现已在让他妻子办理出来探亲的事。这里不少留学生即使是一年的居留期限，也叫配偶出来看看。和我同住的中大的小关，将于下月初回广州，在国内收集资料三个月，然后同妻子一起回到这里。他是念博士的，还有两年就毕业。他妻子出国的手续刚办好。

看到他们这样的情况，我也有些心动。如果你也能出来一趟就好了！即使是两三个月或半年也是好的。出来看一看，开阔视野，很有意义。至于你的往返机票及生活费，则完全不用担心。来到英国，还可到法国、德国等地走走，是很值得的。这些年你一直为家事为抚育孩子辛苦操劳，我很想让你好放松一下。现在的问题是，你是我的经济担保人，能动吗？学校会同意吗？我接触了不少省市的留学生，极少有叫妻子担保的，他们的单位特别指明不能让配偶做担保。我不知道你能否过得了这个关节，你考虑一下好吗？

我提出此事，你可能会觉得意外。我意，如有希望就考虑一下，好吗？如何着手此事，一定要慎重。

夜深了！今晚暂谈到这里。

祝愉快健康！晚安！

健荣

1990 年 11 月 17 日晚 12：40

＊ ＊ ＊ ＊ ＊ ＊ ＊ ＊

秀珍、嘉嘉：

三天前我一下收到你的两封信！一封寄到管理系的，另一封寄到历史系由那边转来。这样我总共收到了你的 4 封信，你在桂林寄出时间分别是 10 月 19 日，10 月 30 日，11 月 8 日和 11 月 11 日，对吧！你收到我传真后寄来的这封信，算是很快了，才 9 天就到了我的手上。

好了，我们通讯联系总算正常化了。万里迢迢，家书往来，最是叫人牵肠挂肚的事。古人说家书抵万金，言之不谬啊！但直到现在，我还没有收到柳州家里的来信，这很使我牵挂。

你们很想知道我的学习生活近况，这里简述如下。我所在的管理学院是利物浦大学的二级学院，目前只招博士生和硕士生，其中似以外国学生居多。在此读书的华人，大陆中国人有 5 人，此外还有香港和英国的华裔。大陆的 5 人中，一人念博士（和我同住的中大的小关），4 人读硕士；除我之外，其他 3 人分别来自吉林、浙江和上海，是省、市外办、科委和人事局的干部。

我们的主课有 4 门，我选的课有管理学、信息管理、国营企业管理和行为科学。一年学 4 门全新的课，任务也是挺重的。每门课要写两篇课程论文（每篇 2000 字），共 8 篇。明年 6 月每门课程都要进行考试，最后还要写一篇毕业论文（12000 字）。这些学业就是用中文来对付也不容易，何况是用英文，特别是这对我是一新领域呢！此外，平常用英语交谈和在课堂上听英语专业课，几乎是两回事。因为老师上课时根本不会考虑下面有外国学生，随心所欲地哗哗地往外讲，有的老师还有很重的地方口音。学生能不能听得明白，老师就顾不上了。我们在国内学习英语，听到的录音带和英语新闻广播，都是标准语音与标准语速的英语，而现在我们要面对的是普通英国人的英语，甚至是有很重地方口音的英语，差异是很大的。再加上我学的是新专业，听得累，做笔记更难。

听那些有经验的同学说，大多数国内初来留学者，不管原来英语多好，刚开始总会有这样一阶段。我估计，我至少得苦几个月！每门课都还要看不少书。每天听课，看书，或做作业，进行课堂讨论，学习任务压得很紧。大家都觉得挺累人的。不过，目前苦一下，过了这一关，以后就会逐步好的。既然上了这条路，怎么也得走下去，而且还得争取走好一些。你说呢？

关于我现在的生活，说实话，很累！每天早上，我们是8：30—9：00起床。9：30左右到学校（最早的课是9：30，如果没有9：30的课就可以晚一些去），除了上课就是在图书馆或是计算机房。一般在下午一两点时，买一份三明治和一杯咖啡，就算是午餐了。用餐后继续工作，直到晚上7：00左右回家。吃过晚饭都在9：00以后，因为回家还要歇一会儿，不是马上做饭。做饭有25分钟足够了！晚上再看看书，12：00左右洗漱休息。天天如此。你说，累不累人？说了这么多，你也不要我担心。在这里读学位的留学生，人人皆如此。比较而言，访问学者就轻松多了，他们没有压力，没有硬性任务，自己想学多少就学多少，想怎么学就怎么学。我们这些困难你就不要和别人说了，说也说不清楚。我会努力的，也会照顾好自己身体。请你放心！

祝一切好！

健荣

1990 年 11 月 23 日晚 11：40

* * * * * * * *

秀珍：

你好！ 23 日给你的信所说的问题可能让你感到担心，读起来影响你的情绪，这次说一些轻松的吧！

同住的小关，下月 6 日回国，这封信是托他带回去寄的。上次我说过，他是回国搜集资料的，三个月后和妻子一起回来。回来后他就不住在我这里了，因为他们夫妻俩要另找地方租房。这样可能在较长时间里，都是我一个人住这里了。我们的房东是香港人，他经营的这家门店是出租录像带的。他要求来住的人必须会说粤语，否则不便交谈。在利物浦的留学生中，要找会粤语的人也不容易。在这里房租和水电费全免，但晚上要为他们做一些转录录像带的工作。这项工作也很简单。店里共有 10 多台可放可录的录像机，在母机上放入转录的母带，再在其余的机子放入空白带，一开机就行了。两小时录一盘，没有快速录的功能。开机后便可去做自己的事，两小时后再来换一批带子。这些录像带都是香港的粤语片，有时间看看也挺有意思。我原来住的地方每月房租水电要 65 镑左右，住在这里就可以省下这笔开支。当然，住在这里还有一个最大的好处，即离学校近，走路不超过 10 分钟，而且在市中心，购物也方便。这样可以节省不少出行的时间。

小关搬走后，可能过一段时间我还是要换一个地方住，因为一个人住在这里感觉比较孤单，特别是晚上。

夜深了，暂说到此。

吻你们。

健荣

1990 年 11 月 28 日晚 12：00

＊＊＊＊＊＊＊＊

秀珍、嘉嘉：

你们好！今天上午收到你们 19 日寄出的信，才 9 天，算是快的了。我 7 日寄出的信，你发此信时还没收到，却是太慢。24 日我又寄了一封，也在路上了。

这封信是同住的小关带回去寄的，他后天离开利物浦，12 月 6 日，由伦敦飞北京。收到来信，首先是为你考试又过了一关而感到非常高兴！虽然，这是早就应该过了的。这对于你和我，都是了却一桩心事。你为之付出的代价太大了！你的意志和决心是令人敬佩的，受了这么多挫折，还能坚持下去，真不愧是我的好妻子。确是难能可贵！我应当向你学习，这种精神确实令人感动，如果以后回家乡告诉家里人，他们一定都会很钦佩你的！

信写到这里，房东老板来邀我们上酒吧。因为小关要走，这也算是送行吧！老板开车把我们带到一个很堂皇的酒吧，喝了一轮，然后又去一个娱乐点打了一小时台球。这样接触一下英国的社会生活，也有好处。英国人喜欢过夜生活，12：00 以后酒吧还很热闹。

我把你的电话号码和姓名单位，写给了小关，请他回国后给你打电话。他家有程控电话，国内外都可直拨。同时我把柳州家里的电话号码也写给他了。小关很热情友好，给了我很多帮助。他是 57 年生的，但很有社会经验，事业上也挺能干。

来信问我的专业是教育管理还是行政管理，我读的是兼行政管理与工商管理课程于一体的公共管理硕士。教育管理的课，也有一些，如大学管理，但今年没有开此课。总体而言，主要是公共行政管理。

今天早上接到家里的来信，这是他们的第一封信。是耀荣、宁芬和庆芬写来的，信中充满浓浓的兄妹骨肉之情，使我感到十分温暖。

耀荣的来信提到他在 11 月上旬到桂林看你们，但你的来信一直没有提到，可能是忘了吧！

我转系之事如何告知历史系，还要再斟酌一下，找个合适的时机。我系原负责人齐某之事，想不到已发展到这步田地，真不好收拾！看来只能尽快调走。小许的事也挺麻烦。人言可畏，事情是否存在也说不清，而一旦传开就很不好处理了。此事亦是难矣哉!

嘉嘉的语文考得不错,望继续努力,争取更大进步。数学成绩不大理想,得认真找找原因,赶快赶上去。你说的客观原因,是指什么呢?望能说明。

嘉嘉,你想知道爸爸在这里是怎样生活的,是吗?我现在每天早中餐是牛奶面包,晚上自己做饭,是中式晚餐。当然,都是我自己做。如果你和妈妈能来就好了,妈妈可以帮我做饭烧菜,我还可以和你玩呢!嘉嘉,做作业要抓紧时间,要更认真一些,好吗?最近你看了些什么课外书?请写信告诉我。

这封信写长了,就此打住。再谈。

祝你们愉快健康!

健荣

1990 年 11 月 30 日下午利物浦

* * * * * * * *

秀珍:

你好! 25 日来信收到,勿念。你盼信的焦急我完全理解,这和我在这里的期盼是一样的。我常常这样想,我们相互之间如此思恋,如此关切,如此盼念,是因为我们不仅是至亲至爱的夫妻,而且是交心换心的知己朋友。记得在家时,我们无论遇到什么问题,都能敞开心扉交换意见,这样才会感到比较踏实。在我心目中,你不仅是可亲可爱的贤妻良母,而且是无事不可推心置腹的挚友。秀珍,我的亲人,想念你!

我们现在相隔太远,通信的时差太长,我在给你写这封信时,你大约刚收到我 24 日寄出的信,而我 12 月托小关带回国寄的信,过两天你也可收到。如你所说的那样,信里要说的事到了对方手上,已经过去很久了。这真是没办法!可惜传真太贵,1.5 镑一页纸,否则我可以每星期给你发一张。可是,发一张传真的费用,可寄 4 封信。而且更难以接受的是,私信一旦通过传真发出,也就成了公开信。因为现在极少私家有传真机呢!此外,发传真还有一个问题,就是老得麻烦桂林青旅的小滕通知你去取。

23 日的信,我讲了希望你能出来的问题。我想这可能困难很多。由于你工作职位的原因,影响比较大,如这个门一开,很多人也同样可以去了,这样学校就无法控制。但是,无论如何,从情感上说,我很希望你能办通。只要你能办通,机票和生活费用等一切问题都无须担心。嘉嘉能出来得更好。在英国这里,无论是本国或外国人的孩子,无论这些孩子的父母是在英国工作、留学还是旅游,他们都可以免费入托、入学,而且每天还有两镑的生活费。(这里指外国人的孩子。)我希望,你对这件事也要坦然一些。一是积极想办法,获取各方信息，把握政策依据；二是顺其自然，不要操之过急，不要勉强，以免出现差错。总之，是要积极稳妥。但愿我的想法有一天能成为现实。

秀珍，你希望我能读博士，但如果你不能出来，再延长分离的时间你能接受吗？分离的痛苦，没有真正尝到的人是不知个中滋味的。现在我才真正理解罗老师在桂林和我们俩说的，她与其先生王老师的相思之苦已到何等地步！她们已经分离近两年了，真不容易啊！看到周老师从英国回去，你的感慨一定很多。我知道，你心里也是很矛盾的，一方面盼我早回，另一方面又希望我多待一些时间，多学一些东西。这个问题如何平衡？

上封信讲了我在这里学习的情况，你一定会为我担心，我想，对此你大可放宽心，我会注意调节，注意自己的健康的。

另外，以后你寄信还是尽量用纸稍厚的信封。现在你寄来的信，到我手时信封大都到处破了，有好几次，信封两头都磨穿了。因为邮路太遥远，中转太多。

夜深了，想你！吻你。

你的荣

1990 年 12 月 6 日

* * * * * * * *

270

秀珍：

今早才给你寄信，现在又想起一些事要写几句。

又是周末，利物浦冷起来了，今晚是今年第一次降雪。此时外边大雪纷飞，但并不很冷，桂林天气如何？大概气温在 10—12℃吧，嘉嘉冬天皮肤干燥，要注意保护皮肤，常给他擦润肤霜。天冷要记着加衣服，别让他着凉了。

英国文化委员会（B.C）安排留学生到英国人家中过圣诞节，大家都报了名。这样的节日活动有三天和一天的两种方式，我和多数人一样报三天。我想，这样和英国人一起过节，能够比较深入地了解他们原生态的家庭和社区生活，了解英国地方的风物人情，是很有益处的。再说，这也是一种学习，对促进中英两国人民的友好往来同样是有益的。参加三天节日活动的，要到英国南方去。具体到什么地方，要过些天才知道。B.C 对此活动还有补助，如路费、生活费等等。

圣诞节快到了，这里的节日气氛已很浓，到处张灯结彩，一派喜气。很多地方特别是商店，都装饰了漂亮的圣诞树。一些高大的圣诞树上，还有许多如同真人一样大的电动小孩在嬉戏，挺逗人的。异国风情，确是别有情趣。不过，这是人家的节日，我可是想念着中国的春节。今年春节不能和你们一起过了，真是遗憾！愿你和嘉嘉过得愉快。

前段时间我告诉你，我出国前在桂林买的旅游鞋才穿了不到两个月就破了，但我搬到新住处时，发现那里居然有一对原租客（也是中国留学生）留下的耐克牌旅游鞋，还有七成新，正合我穿，也很舒适。估计是这位回国留学生行李超重，装不下了。

好了，我该看书了，晚安！你那里已是星期六上午 7：30 了。

健荣

1990 年 12 月 7 日晚 11：30

＊＊＊＊＊＊＊＊

秀珍、嘉嘉：

你们好，今天是 12 月 14 日，又是周末。早上到系里就看到你的来信。我现在采用了新的写信方式，即每天有空时就写上几句，等收到你的信息，再根据新的情况写上一页，就可以寄出了。这样既节省时间，又可及时记录自己所思所想。

前几封信我都提到，你的所有来信我都已经收到了，勿念。今天你的来信（12 月 2 日寄出）的信说给我寄嘉嘉的照片，但是信封里却没有照片，是忘了放进去吧！

明天学校已开始放假，也可以说是寒假。从 12 月 14 日到 1 月 14 日。英国的大学是每年三个学期，每学期才 10 周，很快过的。3 月下旬又放假，然后到 7 月，又是漫长的暑假。实际上，放假对我们来说没有多大意义，只是不上课而已。我们有很多课程论文要做，要看很多书。论文写完了还得按规定格式打印出来，才能交上去。不经同意，晚一天交也不给分数。这样看来，英国的大学比我们严格多了。这样的做法，甚至可以说是有些苛刻。但细思之，我感到这样的严格要求对学生学风和诚信精神的培养会起到重要作用。

我抵英后，最近才收到二妹、四妹各一封信，信里还夹有大哥和三妹的信，但我一直没有收到父亲的来信。怡芬说，由于父亲在国庆中秋公务活动多，身体又有不适，所以不便来信。我知道，父亲可能是有些过度劳累了。他向来是很乐于给儿女们写信的，但我出国至今未收到他的信，这使我很担心。[①] 你写信问问好吗？

你们收到此信已是岁末，祝你们新年快乐，万事如意！

健荣

1990 年 12 月 14 日晚 10：30

---

① 翌年 12 月，我在英国获得硕士学位毕业后才得知，实际上父亲已于 1990 年 10 月 29 日，因过度劳累心脏病突发抢救无效逝世。当时我抵英还不足一个月。家里人为了不影响我的情绪，使我能安心学习，经商议后一直对我隐瞒信息。一年后惊悉噩耗，我为痛失慈父和未能在父亲身边尽孝，感到极度悲伤。

秀珍、嘉嘉：

你们好！这封信是向你们祝贺新年的，但我明天寄出（22 日），你们最快也要到 1 月 1 日才收到。不管怎么说，提前 10 天贺新年总不算迟了。

通常，我在星期五前（含星期五）总会收到你们的信。今天又是星期五，但我却失望了！在院里收不到信，我又去学校收发室去查，依然是一无所获。这样，我就要到 1 月 2 日才可能收到你们的信——因为从明天起至 1 月 2 日是圣诞假，这 10 天内学校一切机构都不办事，完全彻底过节，连邮件报纸都不处理。英国人过圣诞的态度，真是至真至纯、心无旁骛呀！而在国内，即便是在春节期间，各单位都还会有人值班，收发信件和处理日常事务，其他节假就更不用说了。

后天，即 23 日，星期天，我将和三位中国留学生一起到切斯特的一位英国人家过圣诞。我计划 26 日就回来，因为还有很多事情要做。切斯特位于英格兰西北部与威尔士的交界处，是切斯特郡的首府。切斯特距离利物浦只有几十英里，是罗马人入侵时兴建的古城，英国著名的文化遗产保护城市之一。那里保留了多处完整的古罗马遗址，拥有欧洲最大的动物园，以及遐迩闻名的历史文化，每年都吸引超过 600 万的游客前来度假观光。我们期待着在那里度过在英国的第一个有特别意义的圣诞节。

我同住的小关带回北京寄出的信，你收到了吧？他到北京时给我发了个传真紧急求助。因为他给妻子办签证时遇到麻烦，他在英国的住房证明过期了，叫我给他重新办一张。我上午 11：00 接到他的传真，当天下午 2：00 我就把新证明用传真发过去了。

上封信我说过，12 月 14 日至 1 月 14 日是寒假，这个假期虽然没有课上，但还是很忙的，要看的书要写的东西很多。

你那里学校也快放假了吧？快到期末，对孩子的学习一定更要抓紧。望多设法促使他自觉学习，认真做好作业。还有课外阅读，也要抓紧。最近他看什么书？请来信告知。

我带来的胶卷还有 4 张没拍完，打算在圣诞期间把它处理完。现在我打听到有一家洗印胶卷的门店，洗印一卷收费 2.99 镑，同时又送你一卷新卷，这样的营销方式真有意思！这里一卷彩卷售价可是要 3—5 镑呢！不过，在英国这里很多事是你一下想不通的。比如，长途汽车的票价买单程要和往返票价是一样的，这样做是为鼓励乘客乘坐他们公司的车，因为乘客会感觉很划算。实际上，你就是买双程票，也很少用上，除非你是从甲地到乙地旅游，旅游完了再回乙地。如果你是去工作，到了甲地在较长时间内就可能不会回乙地。我从伦敦到利物浦的车票是 10.98 镑，半年有效，这次小关回去，我就送给了他。半年内我不会再去伦敦，即使去，回来时还得再买一张票。走时用旧票，回来用新票。

你看，他们的营销方式多么特别！

你拿到毕业文凭时别忘了及时告诉我，让我也尽早分享你的喜悦。这是你的进取精神、斗志和毅力的胜利！你在肩负上班工作和抚育孩子双重任务下完成这一学习，特别难能可贵啊！你的顽强坚韧、锲而不舍的精神值得称赞和学习！

好啦，夜深了，再谈。吻你们。

你的荣

1990 年 12 月 21 日

* * * * * * * *

秀珍、嘉嘉：

你们好！很想念你们！

从 23 日到 26 日，我们在利物浦大学学习的中国留学生一行 4 人到切斯特的一个英国家庭过圣诞节。这是英国文化委员会安排的活动，旨在让外国留学生接触英国社会，增进对英国社会、文化和历史的了解，同时也促进英国与其他国家的民间友谊。

我们所到的一户英国人家，是挺不错的。男主人 Keith 是一家公司的总管会计，女主人主要操持家务，也兼一些社会和教会的工作。他们的家境殷实，所住的是一幢自己买下的称为"白宫"的楼房。我们和主人开玩笑说，这是总统住的地方。这幢房子较大，有三层，一楼分为门厅、电视室、餐室、钢琴房兼会客室、厨房和两个储藏室；二楼是主人的住房，有三间卧室；三楼是两间客房和储藏室。每层楼都有一两套卫浴间。主楼之外，还有两个车房和一些小储藏室。楼后有大片草地林木，这是他们的花园。我们两人住一间卧室，房内的卧具陈设都很不错，相当于国内中上等宾馆的水准。特别难得的是，这里的环境非常安静，几乎听不到任何音响，一根针掉在地上都可以听到。这里远离公路，我们是乘车从乡村小道进来的。住在这里的几天，我们和主人相处很融洽很愉快，大家都感到无拘无束。通过和他们的多次交谈，对英国人的社会生活和传统习俗有了许多新鲜的认识。特别是通过亲身的体验，知道英国人是怎样过圣诞节了。有一样事我们不容易习惯的，就是他们的饮食方式。每餐都是一两片面包，三四片肉，几块炸土豆，再加上烧熟的豆子和几片蔬菜。调料呢，主要是黄油、奶酪，个别同学觉得比较难接受。特别是一位西安来的小伙子完全不会掩饰自己的负面情绪，整天唉声叹气，说是受洋罪，他的适应性太差啦！我还可以，对异国他乡的食物和饮食习惯有很好的接受能力。

主人有两个女儿，一位 19 岁，一位 24 岁。小的正在读大学，大的在伦敦医院工作。因为大女儿圣诞要值班，因此要到 26 日才能回，26 日那天，主人开车去伯明翰接她,我们也跟着去,也算是到伯明翰看了一眼吧!大女儿虽有小汽车,但她是乘火车回到伯明翰。若是她自己开车回来,从伦敦到切斯特就太远了。

如果把英国人过圣诞节同中国人过春节相比,还是我们的春节热闹得多。有人解释说,这是因为英国人假期太多了,每周有两天周末,每人每年有20天公假,此外还有很多节假日,他们玩得太多了,过圣诞就想一家人团聚,在家里清静一下。

秀珍,最近工作顺利吧?身体好吗?希望你努力把工作搞好,用心思做一些创造性的工作。工作有成效,人就会有成就感,就更会更感到有活力和自信,因而会更愉快。我想你自然会明白这些道理,但不要太累。

胶卷已拿去洗印,过几天就可以取,以后每次发信就寄几张给你们。好啦,要看书了。再谈!

祝一切好!

健荣

1990年12月30日,下午5:00

* * * * * * * *

秀珍:

你好!12月8日来信收到。昨天学校结束圣诞假,各院系才开始处理从校收发室送来的邮件。这些东西堆积了10天,昨天才处理了一些。因此,我只收到你的一封信。

从昨天起,图书馆也开门了,但上图书馆的人还很少,还有十多天才开学。现在我在图书馆2楼寂静的阅览大厅里给你写信,此刻是上午10:00,整个大厅只有我一个人。阅览厅极大,陈设数百张桌椅,还有数百7层高的书架。近700支60瓦的日光灯全部开着。英国人电力充足,浪费得离谱!

来信谈到嘉嘉学习,使我很牵挂。语文能力是很重要的,这是掌握一切学科的基础——因为语言文字是构建一切科学知识的基本元素,文字理解和运用能力强了,才能学好其他科目。对此,你要有足够的重视。

培养孩子自觉学习和认真学习,进而热爱学习的精神,是我们教育嘉嘉的主要目标。当然,同时也须重视品德教育。

好了,我要看书了。

祝健康愉快!

健荣

1991年1月3日晨,10:40图书馆

＊＊＊＊＊＊＊＊

秀珍：

你好！今天下午收到你 23 日的来信，因为我的上封信已写好，似乎超重了，就在信头添几行字寄出。

盼信的心情你我一样，我是很理解的。以后我一定记住，每次写信封都写上"三里店"，以免再辗转费时。

读函授的事，我建议还是暂时放下。你从柳州调桂林的这几年太累了，考最后几科花费了很多精力，同时你还要操持家务，照顾孩子，现在终于结束考试，应好好休息放松一下。另外，我不在家，对孩子抚育担子很重，也得花费很多精力和时间。如果你开了头到后来难以坚持，就会给自己造成很大的压力，你说呢？

我们的毕业实习将在 3 月 10 日到 20 日，是到日内瓦，来回要在巴黎停留两天。我去实习的这段时间，你的信还是照常寄利物浦，因为时间不长。后天（1 月 9 日）我们要到伦敦中国大使馆办手续，大约有两天即可回来，再谈。

健荣
1991 年 1 月 7 日

＊＊＊＊＊＊＊＊

秀珍：

你好！今晨（11 日）收到你 12 月 31 日来信。

我知道你对函授学习很动心，你愿意继续学习的动机之一，是想缩小差距。你这样的精神是很可钦佩的，但现在得从实际出发。教育孩子很重要，首先得把这件事抓起来。再说，我从来不认为有什么差距问题。我一直认为你是很能干的人，如果当初有合适的机会，你也会不断学习不断进步的。我和你没有距离，你时时在我心中，你是我的好妻子，好朋友，是亲人。当然，毫无疑问，我是一向赞成和支持多学习用功学习的，但现在情况特殊，我不希望你再多些劳累，也不愿看到你顾此失彼，你再考虑一下好吗？

我昨天晚上从伦敦回来，需要中国大使馆给办的手续已经办妥。此次毕业实习之行是到日内瓦参观联合国和一些国际组织的机构，并进行一些调查。我想，此行将会很有收获。

最近我收到马老师和常绍民的来信，他们都热情地关心和鼓励我，让我感受到浓浓的师友之情，感觉很温暖很温馨。我的书何时出版，小常没有说，但他说一切事都会尽力办好，我想这应该没有问题。商务印书馆出书，历来要求较高质量，我那本书是具有一定学术价值的。申请职称之事，过几天我考虑清楚后再和你谈。

　　寄上一张照片，再谈。

　　祝一切好！

健荣

1991 年 1 月 11 日晚 11：25

＊＊＊＊＊＊＊＊

秀珍、嘉嘉：

　　你们好！今晨收到 1 月 6 日来信。这是我到英国后你给我的第 12 封信。你给我的信，我都在信封上编了号，写上发信日期，这样查找起来方便些。

　　我已给你寄了两张照片，这次又寄上一张，是在健身房锻炼的，你看我的身体还可以吧！以后我争取每封信放上一张。

　　探亲的事暂时放一放也好，等合适的时候和廖谈谈。我想你也许会有好运气。但从一开始，我就预料到会有很多困难，对此你我都要有足够的耐心。

　　你的工作问题果然不出所料。但我想，如去工资科也有好处，可学些新的东西，同时也不至于像现在这样累。对某个位置，领导要找他希望选取的人，这是可以理解的。从根本上说，你的去留都没有什么不好，作为外边调来的你，能做到像你现在这样，也的确像罗老师所说的，是很能干很不容易了。有些事情，任其自然可能还好些。逆向而动又发力不足，反易受挫也！学校里不是很多这样的例子吗？

　　信中说到联系其他单位的事，我认为操之过急了。你现在的工作不算差，可以逐步看看，如有很合适的，多次接触后，再做计议。这件事你一定得注意，事缓则圆。不要急，但可多做些了解。

　　我现在还是比较忙，对学习新的专业，我是很有兴趣的，希望能多学一些，回去能做些事情。但最近我的情绪常常波动很大，有时觉得劲头很足，决心很大；有时又感到很累，感到学习生活很单调乏味，很寂寞。独在异乡为异客，这样的情绪波动常会发生。请别为我担心，我会努力使自己愉快起来的。

　　知道齐某的近况，令人感慨。他曾在学校红极一时，本来可以借力高飞，现在却是昙花一现，转瞬而逝。人生好似一舞台，看到一些人的镜头挺滑稽的。

　　夜了，明天再谈。

　　此祝一切好！

健荣

1991 年 1 月 18 日 12：00

* * * * * * * *

秀珍：

你好！14 日来信收到，各情均悉。

今天是星期六，上午在图书馆计算机房打印课程论文，星期一就可以交上去。这是第三篇论文，还有 5 篇。从今天往后算，我的任务都是安排得很紧的：下月 5 日前完成一篇；3 月 10 日前，即去日内瓦实习前完成两篇；4 月底前完成两篇；6 月考试；7—9 月完成学位论文。当然，在 6 月前每周还要上课。难怪我出国前刚从英国学成归国的钟老师对我说，读硕士学位 by course，即课程 + 考试 + 学位论文，是比较辛苦的。如果是 by research，即没有课程学习的研究性学位，做一篇较长的学位论文，就自在得多。但是事情都是有利弊的，我现在虽然辛苦一些，然而在压力之下，有助于较好地提升英语听、说、读、写能力。

中午到运动中心锻炼一下，顺便量了体重。我现在是 139 磅，即 126 斤，和过去没有明显变化。2：00 回到宿舍弄些东西吃，然后去市场采购，这个下午也就差不多了。

快过年了（2 月 16 日，是吗？），不知你们什么时候回柳州。我想，这封信你们可在 2 月 10 日前收到，下封信我就要寄回柳州去了。估计你们 2 月 12 日左右就可以回柳州。这里再寄上一张照片，这是在切斯特过圣诞节时接待我们的一个英国家庭的主人 Keith 照的，他的摄影技术比我们强。我这副模样还挺神气吧！可惜我没有底片，要不真想拿去放大了。

前天收到耀兄来信，信中说到小希、小毅在市少年文艺演出中取得好成绩等情况。我奇怪的是，出国 4 个月，至今也没有收到父亲写来的哪怕只字片语，兄妹的来信也没有谈到父亲的情况或父亲对我的嘱咐，这使我百思不得其解。我想，即便父亲在医院，写几行字，或交代他们写几句，都是可以的，但都没有。你知道父亲是最愿意给子女写信的，这是什么原因呢？！

本星期也收到曾昭仪来信，他说已去信桂林体委，叫他的朋友直接和你联系，我想可能你们已联系上。他对此事表示大力支持，并说回信迟的原因是冬训刚回。他很忙，今年要去南斯拉夫参加世界锦标赛。如果你接上关系，嘉嘉去学航模了，要对他讲清学习的目的、意义和要求，说明这是为了增长知识，锻炼自己的动手能力，也是学一种本领。一定要尊敬老师，遵守纪律，认真学认真做。要多鼓励他。但愿他这假期就能开始学。

今天又看你 14 日寄来的信，信中说到你在罗老师家中对我的夸奖，谢谢！我给嘉嘉的信，请让嘉嘉仔细看，并做些讲解，让他知道我对他的爱和期望。

已经 7：30，我该做晚饭了，再谈。

祝一切顺利！

健荣

1991 年 1 月 26 日晚 7：35

＊＊＊＊＊＊＊＊

秀珍、嘉嘉：

你们好！今天是 2 月 1 日。上午收到的你 1 月 20 日的来信，谢谢你给我带来很多的好消息，使我非常高兴！首先祝贺你顺利拿到毕业文凭，你付出的辛勤劳动终于收获了成功！然后祝贺我在商务印书馆的书发稿。按商务的规定，书稿签发后，出版社可以先付一部分稿费，现在寄来的大约是一半，过一段时间会再补足。这件事虽然拖了很久，也总算有了结果。这本书和在学报发的那篇论文，可说是我在北大进修的一部分收获。回想起来，好在我去年到北京语言学院参加出国培训时抓紧时间工作，否则书稿功亏一篑，那就太遗憾了。

读函授的事，我已多次说过，暂时放一下吧！如果你继续读，一是你太累了，二是你顾不上孩子。嘉嘉的学习不能放松呢！听我的意见，好吗？海湾战争对我们这里没什么影响，一切正常，街道巨型广告栏上的反战宣传令人印象深刻，学校里也有各种反战集会。这些都是很正常的现象，人们总是要表达自己的要求和情绪的。

我们毕业实习的日内瓦之行不会受影响。今天院里已叫大家登记旅馆的住房（在巴黎和日内瓦），因为院里订的都是双人房，所以先让大家自己组合，志愿报房。学院的管理工作做得真够细的，离出发还有 40 天，不仅订好了房，连谁跟谁住都落实了。我们这里有 4 位中国学生，正好分两个房。管理学院专职的行政人员就是三个女秘书，统管全院一切事务。她们的工作效率很高。院长是国际高校行政管理研究会主席，也上很多课，还兼好几个国家的政府顾问。他每月都出国，就像我们在桂林时每星期从三里店进城一样。他是很能干的人，我请他指导我的毕业论文，他已同意。说到毕业论文，我已去信叫二妹帮忙收集资料，具体如何做，请你去问她，我这里不再写了。你过完年回校后可逐步帮我找些资料。这是件大事，请一定设法办好。

假期里对嘉嘉的学习也要抓紧，但一定要注意方法，要设法提高他的自觉性。

祝你和嘉嘉春节愉快，一切如意！

健荣

1991 年 2 月 1 日晚 11：00

                    * * * * * * * *

秀珍、嘉嘉：

你们好！你收到此信时，至少是年初四了。早两天我寄了一封信，请四妹转你，谅已收到。

信中提到收集资料问题，原来说过完节再慢慢找，现在看来是越快越好，因为资料早些来，我可以早些考虑。

今早又和导师讨论了论文的纲目。论文题目为"中国国有企业管理改革研究"，分为五部分：1.历史的回顾；2.有关国有企业管理的基本法令和政策；3.政府与国有企业的关系；4.国有企业管理改革研究；5.结论。

围绕这些方面，需找的材料较多，请你和二妹仔细商量一下，通过何种渠道来收集。这些材料包括论文、报告、统计资料和书籍，宏观的总结、分析评论，以及对具体问题的探讨等，都是要注意到的。希望你能通盘考虑一下如何收集这些资料，有什么不明确的即来信。

今年过年很愉快吧！嘉嘉近况如何？过年他玩得高兴吗？请对嘉嘉多爱护，多耐心，要注意引导启发，循循善诱。

父亲近况如何？望能来信详述。我给你父母的信，他们收到了吗？

最近我太忙，真累！再寄上一张照片，是圣诞节照的。这封信是在图书馆写的，比较草，请谅！这段时间利物浦很冷，现在已是大雪纷飞，好在我带了羽绒衣来。材料找到后即寄来，可分批寄出，即找到一些先寄一些。

祝一切如意！

健荣

1991 年 2 月 6 日 12：30 于图书馆

                    * * * * * * * *

秀珍：

你好！28 日来信收到。今天是 2 月 8 日，你们已经回到柳州，可是我这封信只能再寄桂林，因为我星期一发出，到广西已是至少是 21 日，那时你们已经返回桂林了。

秀珍，我常年不在家，你的确够辛苦，够奔波的。有时我会想，为什么要读那么多书啊？弄得我们这个家常常分离，天各一方！等我这次回国团聚后，一定不仅不再别离，而且要把我们的生活安排得好好的，让每一天都过得充实、愉快和温馨。在外边奔波了那么久，我多么渴望能在家庭的避风港里好好休息，享受一下宁静和安逸。你来信的推测是对的，我确实感到有些累！年逾四十，在国外用一种外语来攻读一个全新专业的硕士，其难度可想而知。但我不会退却，也不会马虎对付了事！

感到累的时候我就想家，想你们。想我们一起在阳台上看着孩子走出家门蹦蹦跳跳上学的情景，想我们一起在厨房做饭烧菜时愉快的交谈……这一切都是那么的令人神往，令人陶醉！人啊人，总是处在矛盾之中。或许得到某种东西就要失掉另外一种，此事古难全。

坦率地说，刚到英国时那种由于初次处于完全陌生的环境中而产生心理落差，使人心绪不宁、乡思难排的情形已经过去。现在的想家，是另外一种形式。现在依然期望家庭的温暖和亲人的抚慰，虽想得更深切，但不彷徨，不会感到心神不定。因为理智告诉自己，必须面对现实，迎接生活的挑战。人总是在希望中生活，生活在希望之中的。我现在的希望就是战胜困难，圆满完成学习任务，早日与亲人团聚，并在今后的工作中有所作为。这是我最近一段时间的心绪，就当是向亲人作的一番倾诉吧！请你不要为我担心，我自信是有理性、有毅力、意志坚定的人。

告诉你一件事，我从国内带来的另一双新旅游鞋（出国前一位中学同学送的）又破了，破得一塌糊涂，已不能穿。因抽不出空去买新鞋，现在我每天只能穿我住处的前租客留下那双鞋了。我感到奇怪是，我在这里既不跑步，也不打球，在运动中心我也只是游泳和进行轻量级的力量训练，都不易损伤鞋子，但鞋子竟然也坏得那样快。两个月就可以坏一双鞋子，这样的鞋子质量真是太令人失望了！

夜了，再谈。

祝一切好！

健荣

1991 年 2 月 8 日晚 12：00

* * * * * * * *

秀珍、嘉嘉：

你们好！今天已是 2 月 13 日，明天就是大年三十了。自我记事以来，这是第二次在外面过年。第一次是 1968 年。那时我所在的一支文艺宣传队自 1967 年 12 月初从柳州出发，在桂粤两省的来宾、合山、象州、梧州、广州、湛江和硇洲岛等地辗转演出，沿途靠募捐维持生活。春节时我们正好在广州，住在黄埔港，日子好像也挺快活。那时才 17 岁，又是一伙年轻人在一起，正是青春岁月，全然不知愁滋味。三个月不与家里通信，也没有其他方式与家乡通联，好像也没有很想家。光阴悠悠，20 多年过去，现在竟是到英国来过年了。

明天下午 2：30 上课，4：00—6：00 又有课。四小时课听下来，比较累了，恐怕也没什么心思准备年饭。不过，你们在家一定会过得很快乐的。但愿明天晚上能和你们打通电话。

这段时间英国很冷，一直在下雪，你们也一定从电视上看到了，英国很多年没有这样寒冷了。几星期来，利物浦常下大雪，有时是雨夹雪，风又大，这对我们南方人是很大的挑战！好在我带了件厚羽绒服来，否则会顶不住了。这件羽绒服质量很好，很暖和，穿起它再大风雪也没事。谢谢你下决心买了这件衣服。

当你们接到此信时，嘉嘉又快开学了。除了学习上抓紧，对他的品德教育也需重视，要逐步教会他如何分清是非，如何待人接物。

请代向我系的同事朱老师、李老师、刘老师等问好。

此信是在图书馆写的。快写完时，饥饿感已发出强烈信号，信写得草，请谅！再谈。

祝愉快健康！

你的荣

1991 年 2 月 14 日下午 1：30

* * * * * * * *

秀珍：

新年好！

上午收到你 5 日的来信，这是我在这里过年最好的礼物。看了邮戳，知道这封信到我这里只花了 10 天，看来海湾战争对我们的通讯并没有多大影响。

你和桂林体委联系上了，十分高兴。嘉嘉先去少年宫航模班学习，再转航模队，希望能成功。以后能否转入航模队，完全取决于嘉嘉的努力。对此，你要跟嘉嘉讲清楚。学航模是挺好的，既可学习科学知识，又可锻炼动手能力，而且又很有趣味，这是很适合嘉嘉的。嘉嘉脑子灵，又喜欢动手做玩具，我相信他会爱上这项活动的。希望嘉嘉进入少年宫学航模后，能成为他学习的一个转折点。

初一晚上利物浦的中国学联举行联欢会，很热闹很有气氛。会后我到学联活动点打长话，还挺顺利，一挂就通。这次和 4 个人讲话，共讲了 11 分钟。没打电话时，一肚子想要说的话，可等到挂通电话时，又不知讲什么才好。我看你也是这样。电话一通，每一秒钟都宝贵，可是由于周围的环境和心情，又很难畅所欲言。然而，听听对方的声音，也算是很大的满足了。

今天是初三，天气晴和，阳光灿烂。利物浦的华人社团举行春节团拜活动，有几个狮子队拜年抢青，即舞狮队到商店门前拜年，叠起人墙，让舞狮者取下商家大门上以长竹竿高悬的青菜和红包，寓意迎春发财。此外，还有各种文艺演出和其他娱乐活动，节日气氛很浓。有意思的是，这里的舞狮队走到哪里都有三两个警察跟着维持秩序。鞭炮不能随便放，必须事先申请，并在指定地点燃放。所以，只有在唐人街几家餐馆和华人社团组织门前点了几串，也算是有一些响声了。一般老百姓都没有放鞭炮的，孩子也是如此。英国人对华人过年的活动很感兴趣，许多人从上午到下午一直跟着看热闹，还带着照相机和摄像机抢镜头。舞狮队和街头文艺表演也都有英人参加，他们的参与精神令人赞赏。今天到处逛逛，也算感受一下节日气氛，体验一下海外华人的春节活动。

来信中提到欠情的问题，我想兄妹之间不要说欠情，这不好呢！互相关心爱护是应该的，我们对大家的帮助也不少，你说是吗？说欠情，太见外了。

父亲的情况如何？来信没有谈到，使我好生纳闷。他4个月没有给我写只言片语，确实使我很费解。再谈。

祝新春快乐，万事如意！

健荣

2月17日晚，11：30

* * * * * * * *

秀珍：

你好！

今天已是3月2日，但还没有收到你返校后的来信。我想这可能是因为你刚回校，单位和家里的事都很多，忙不过来吧！

新学期开始，你对自己的工作，对孩子的学习，都得有个全面考虑。前两封信里，我都专门给嘉嘉写了信，你一定得多多抓紧。他去学航模，做作业的时间相对就少了，要让他懂得抓紧时间。

你们回家过年和家人团聚，一定很愉快吧！为你们高兴！我只能梦回家乡了！这里有不少留学生都接了妻儿出来，星期六到市场购物，常常看到他们成双成对亲亲热热的，心中很是羡慕。如果你和嘉嘉也能出来就好了，哪怕是几个月我也知足。

和你一样，我常常回想我们在一起时的往日时光。白天忙，无暇多想，晚上回家就可以让想象自由驰骋了。我把这当作一种精神享受，作为一天生活中必须配置的一种美好元素。我常想，天下能够像我们这样知心换心、互敬互爱的夫妻应该说是很幸福的了。随着时光的流逝，我越来越深切地感到，我们当初恋爱时历经风霜雨雪所付出的代价是完全值得的。

亲爱的秀珍，我的爱妻和挚友，想念你！

思念你的荣

1991 年 3 月 2 日星期六晚 10：08

* * * * * * * * *

秀珍：

昨天收到你 2 月 20 日在柳州寄出的信，非常高兴！看到嘉嘉的照片，增添了无限欢乐。这小子又长大长高了许多，一脸的调皮相。这半年，抚育照料孩子把你累苦了！

你的信也把忧伤带给了我！父亲的情况证实了我的推测。去年 9 月 30 日，我曾在伦敦和他通常话，此后就一直没有他的消息。你们的来信也不再提到他（有意回避），而越是这样，就越是令我牵肠挂肚。后来，我两次长话回家，家里人都说他外出了，散步了，这怎么能使我相信呢！父亲太固执了，他对自己的病情也太缺乏了解，或者说他太不相信科学！这下一住院又是 5 个月，他也是很难受的。你们回去时一定时常去看望他。和他谈过话吗？他的体质和精神状态如何？能否自己进食？能否下床走动？现在还在中心监护室吗？所有这些，请来信详叙。我是不能不知道的。

给曾昭仪的信，我在年前已发。他是我很好的同学和朋友。我在信中说，从 1959 年到现在，我们已有 30 多年的友情。我为有这样又能干又重情重义、豁达大度的朋友而感到高兴。昭仪对嘉嘉特别关照，是因为我在前面的信中已经很郑重地拜托他了。现在嘉嘉有了好的开头，希望能从此促进他各方面的进步。

十年婚庆的事，我也在想。回去一定好好补上！

我们定于本星期六（9 日晚上）11：30 启程去巴黎，10 日下午 3：00 抵达（伦敦时间），之后 11 日前往日内瓦，在日内瓦驻留三天。回程时在巴黎再待一晚。联合国有关机构对我们的活动已作具体安排，并寄来正式日程表。

待我从欧陆回来时再给你们去信，但愿明天能收到你回桂林后来的信。

祝好！

健荣

1991 年 3 月 5 日晚 11：30

四

负
笈
英
伦

* * * * * * * *

秀珍、嘉嘉：

你们好！今晨收到你们返校后的来信，很高兴。小关说的情况是实在的，他很懂得体谅人，但你不要为我担心。你知道，我的适应能力很强。现在不能说什么大话，路是一步步走出来，坚持下去就能够不断接近胜利。

课程论文的第4篇在上月已完成，本月底要完成第5、6两篇，4月份完成第7、8篇。然后5月复习，6月3、4、12、13四日考试。此后就是做毕业论文了。你知道，这对我意味着什么，用还不是很熟练的语言学习新的专业；同那些母语就是英语的人一起学习、讨论、写作……回去之后，我将把我每日每时的真实感受全部告诉你。你会同我一样，从一个新的角度了解什么是艰苦和挑战，而决心和意志又具有怎样的力量。

你寄来的简报有些是有用的。具体要求我在给二妹的信中已说得很清楚，你可叫她抄一份寄给你。我在这里再简述如下：总题目是中国的国有企业管理改革研究，这主要是从宏观上考察，不是要具体的一个两个厂的情况。这包括：1. 国有企业的类型、结构、管理方式，其与政府的关系；2. 四十年来的经验教训；3. 管理改革的现状，思路（10年来的改革的路径、措施、效果、问题、前景，以及相关理论的探讨）。资料来源包括：高层次的报刊文章、报告、论文、总结和统计资料等。查找的方法是先找报刊目录索引，上面有分类的，找企业管理等栏目，然后再找到具体报刊。找到材料后要先浏览一下，看看有无复印的价值。可从1978年的目录翻起。这是一件很繁琐费事的工作，辛苦你了！

祝好！

健荣

1991年3月7日晚10：00

* * * * * * * *

秀珍：

你好！

我是星期五（15日）晚上9：00从巴黎回到利物浦的。我估计小关已从国内回来，因此匆匆弄了些吃的，就赶去他的住处。小关携妻子与女儿同来，并新租了住房。收到你们托小关带来的录音带、词典和书，非常高兴！万里迢迢，让小关带这样多东西，真是麻烦他了！所带来的两本书《企业法100题》和《经济发展的回顾》很有信息量，提供了一些基本情况和理论参考。企业法问答还附录了1982年以来国家有关企业的法规，这更有价值，谢谢你！小关去打工了，我和他妻子聊了一会，就赶紧回家听磁带。

听到亲人的话语歌声，让人陶醉，令人心驰神往！嘉嘉长大了，他现在说话语音清晰，很有男孩子的劲头。我喜欢听你的歌声，你确实唱得很好，特别是唱京剧。听到你的歌声，仿佛又回到你的身边。这盒带子录得很好，美中不足的是，你的讲话太少了，只是最后面的一点点。而且，你讲话太克制！我多么希望你能讲上至少半小时！你讲话时是刻意控制自己的，虽然你的声音很平稳，很慢，但我听得出，有几次停了下来，我知道，你是强忍泪水往下说……告诉嘉嘉，他朗诵课文很不错，很有感情，普通话也比较准确，希望他继续努力。

这次欧陆之行很愉快，很有收获。我们是乘坐一辆学院包租的双层大客车去的。乘汽车虽然没有火车快，但舒适平稳。这里的高速公路质量很好，从英国到瑞士日内瓦，乘车20多小时，不觉得难受。我们不能用在国内乘车的感受来想象这里的乘车。这辆大客车行车时十分平稳，在车上的茶几放上一杯差一厘米即满的咖啡或茶水，也不会洒出来，就像大客机航班进入气流稳定的同温层一样，可知这里的路况之好与司机驾车技术之高。高速公路两侧田园景色秀丽，青翠悦目。车上设施齐全，有饮水、咖啡等供应，还有卫生间；不时放映录像；座位是可以斜躺的软座。从利物浦到巴黎行车15小时，其中过多佛尔海峡花了两个小时，是乘轮渡过去的。这一越海轮渡非常庞大，可以同时上几十辆汽车。船上设施豪华，有几层楼的餐厅、酒吧和免税商店。我们是从英国的多弗尔过海，到达法国的加来港，然后向巴黎行进。到达巴黎是10日下午4：00，住一晚后，第2天继续向日内瓦前行，于11日下午3：00抵达我们下榻的日内瓦旅馆。

秀珍，抱歉！这样写下去，估计我这封信得写上五六页信纸！因现在很忙，只能长话短说，以后得暇再详谈。到日内瓦后，从12日到13日是在联合国的万国宫，听取联合国驻日内瓦各机构情况介绍和进行参观调研活动。14日晨启程返巴黎，当天下午，抵巴黎，又住一个晚上，15日晨踏上返回英国之路。巴黎和日内瓦都很美丽。在巴黎逗留期间，我们观赏凯旋门，参观卢浮宫艺术博物馆，乘船夜游塞纳河，登上埃菲尔铁塔，可谓一饱眼福，大开眼界。在日内瓦，也游览了许多胜地。日内瓦之夜和巴黎之夜一样迷人。那几天天气特别晴好，晚间只是略有凉意，漫步日内瓦湖畔，观赏美丽的夜景，甚是赏心悦目。只可惜时间仓促，不能尽兴游玩。

我估计明天到系里会收到你的信，这里暂时打住，待看你的信后再继续往下写。此次欧陆之行，我拍了两盒胶卷，到时再陆续给你们寄照片，让你们也分享我的感受。秀珍，请原谅上面的一段我写得很急，我要忙我的课程论文了，真对不起！

健荣

1991年3月18日晚12：00

＊＊＊＊＊＊＊＊

秀珍：

你好！先后收到你3月1日和9日来信，各情均悉。

你的身体不适，要多多注意照顾自己，我不能在身边关照，深怀歉意，请原谅！嘉嘉开学有进步，要及时鼓励。告诉他，我很高兴，希望他继续努力。嘉嘉是很灵性的孩子，我们一定要好好的培养他。

知道你过年的情绪，十分理解和体谅。世界上的事，有得必有失，难得两全，奈何！仔细想一想，你还希望我在这里读博士吗？叫小彭带东西来也是麻烦的。你看看地图，伯明翰离利物浦较远，她带来了，我还得去要。让我再想想吧！最近我已买了一双鞋，这样就有三双鞋可穿了。

秀珍，因为课程论文撰写时间压力较大，从现在往后的几个月内，请原谅我每次只能写一两页的短信。下次再谈，附上两张照片。

祝一切好！

健荣
1991年3月19日

＊＊＊＊＊＊＊＊

秀珍：

你好！时光飞逝，我离家已过半年。这么长时间不见面，是从来没有过的。你我都思念得很苦。① 我想孩子更是一种特别的苦，每天都要看嘉嘉的照片很多次。你是想我一个人，我可是想你们两人，多了一份思念呢！还有18天就是你的生日了，我在此遥致祝贺，祝你健康愉快，工作顺心！

前信已提到，我收到你3月9日的来信。你的四页纸来信说了很多学校的情况。伊、季两人的事使我颇为感叹，他们看来比较顺利。一般来说，理工科出来比较容易上手出成绩，而且也比较容易获得资助读博士。文科则比较难，出成果更需厚积薄发。现在我又转了专业，短期内更没有优势，一两年内不会有什么突出成绩，因为是学新的东西。想到这些，心境难免有些违和。

---

① 过去，无论在外读书还是留校工作后，总还是有寒暑假可以团聚。出差在外，不过是短期工作。但到了英国，情况就不一样了。假期虽有时间可回来，但经济条件却不允许。那时候我们各自的月工资不过120元左右，但在国内买飞往英国的单程机票就要6000元，相当于一个人50个月的工资！在英国买飞往中国的单程票也要300英镑，按当时的汇率折算，也超过35个月的工资！这样昂贵的机票，我们如何能承受！所以只能望洋兴叹，鹊桥相望。

嘉嘉情况如何？你说他开学后有较大进步，望多多鼓励。孩子到这个年纪，自尊心比较强了，要讲道理，不要压服，要多爱护他。每天都把我对他的爱带给他，好吗？

　　让小彭带东西来的事，你说她要过几个月才来，是不是太晚了？如果要带，可否带一个公文包——先前父亲给我的那个浅咖啡色拉链公文包。在这里有些场合不适宜背牛仔包。但是，这个公文包比较重，万里迢迢托人带来是否合适？

　　和我同机来英的北工大的小于，他妻子上周已来利物浦探亲。再谈。

　　祝一切都好！

健荣

1991 年 3 月 24 日晚 11：00

＊　＊　＊　＊　＊　＊　＊　＊

秀珍、嘉嘉：

　　你们好！3 月 17 日来信收到。你的梦看来是好兆头，可能我们会很快相聚。说来奇怪，这两年我们都梦见龙。去年我梦见龙，也是涨大水，所不同的是，我拉着龙头把它从水里扯出来，而你呢，却是被龙溅了一身水。

　　和我一起来英，并且现在合租一套住房的北工大小于，妻子已经来利物浦了。这个速度可算是非常快的。我问他有什么门路，他说一切是正常渠道，自费探亲是合理合法的，只要单位同意就行。我想也是，国家并没有哪条规定说不让自费探亲，只是我们那里订协议书时作为合同写了进去。我想呢，如果你能来，也是开开眼界，错过此机会，以后也许就不容易呢！

　　谈谈我的学习吧，现在我已完成第 5 篇课程论文，第 6 篇写完了一半，4 月份再做完第 7、8 篇就结束了。专业不是很熟悉，是新知识，用英语学新知识，再写论文，实在是不易。好在也一步一个脚印走过来，成绩是一篇比一篇好，自己也感觉到在不断进步。5 月份我要集中精力复习备考，6 月考完试，就可以转移到撰写毕业论文的战场。

　　最近我开始去打工了，每周做五、六两个晚上。工作是在餐馆厨房干杂活，每晚报酬是 25 镑，活不是很累，就是熬夜有些吃不消，一般要干到深夜两三点（从 6：40 起）。不过，也不要紧，慢慢会习惯，第二天可补觉。再说，一周连续五天读书写作，周末干些体力劳动，也是换换脑筋。从另一方面说，也是一种体验生活，了解社会的途径。《人民日报》海外版时有登载海外留学生打工的报道，如为餐馆送餐、带孩子、剪草坪等，这也是对留学生打工的一种认可。这份报纸中国大使馆定期给我们寄来，每人一份，大约是两天一次。

　　春节后，家里只是二妹来过信，很让人牵挂。因为要寄相片，只能写到这

四

负笈英伦

287

里了。嘉嘉学航模感觉如何？学得有兴趣吗？能守纪律吗？

祝一切好，吻你！

健荣

1991 年 3 月 25 日下午 4：30 于图书馆

＊＊＊＊＊＊＊＊

秀珍、嘉嘉：

你们好！上星期三（10 日）就收到了你的来信，因 12 日（星期五）要到北威尔士的兰戈伦度周末，就没有马上回信。

这次我们到北威尔士度假，是英国文化委员会利物浦办公室组织的。北威尔士一个叫兰戈伦（Langollen）的地方政府发出邀请，并负责一切费用，包括车费和住宿费。我们参加此次北威尔士兰戈伦度假之行的外国留学生共 14 人，来自 9 个国家。英国的不列颠岛（不包括北爱尔兰）分为英格兰、苏格兰和威尔士三个区域。其中英格兰是最大的、发展程度较高的区域，重要城市大多在这里。利物浦也是属于英格兰。威尔士在不列颠岛的西南。兰戈伦是北威尔士的一个美丽的峡谷，那里的农业主要是牧羊业。现在正是初春，漫山遍野全是绿绒般的草地，这种草地，看来是专门培植的，就像北大图书馆后面的那种草坪，但比那些更好，更整齐。都是两三寸高，绿地毯一样。登高一望，满目青翠，一群群觅食的羊儿散布其间，逍遥自在，那景致美极了。这样的田园风光令人陶醉。乡间公路和高速公路交织在山谷中，一辆辆小车来往奔驰，点缀上各种色彩，让人感受到宁静、安逸的环境中的活力和生气。因为是周末，不少城里人都开小车拉着房车来这里度假，享受大自然的清新和美丽。

在兰戈伦的两天多，我们过得十分愉快。我们是分散住在英国人家里，但每天都有集中的活动，因为每家都有几部小车，集中也特方便。我们乘车漫游峡谷，参观名胜古迹，和英国人举行联欢会，上酒馆聚餐。真是吃得多，聊得多，坐车多，看得多。每天忙忙碌碌，活动频频，说实在的，也有一点累呢！在和英国人的联欢会上，我和另外两位中国留学生一起唱了两首歌，居然大受欢迎。所有观众，即在场的英国和其他国家的朋友都跟着我们的节奏欢快地拍手助兴。实际上，我们唱的是两首儿歌，一是"蓝蓝的天上白云飘，白云下面马儿跑"，另一首是"我们的祖国像花园"。这两首歌旋律优美，节奏明快，唱起来很活跃和快乐的。联欢之后不少英国人还特地到我们面前，大加称赞，弄得我们很不好意思。在这样美丽的地方旅行，当然少不了要拍照，以后照片冲洗出来，让你们也分享一下我的快乐。好了，时间有限，北威尔士之行的事就此打住。今天是星期天，我们是下午 5：00 才回到利物浦的。

秀珍四页来信让我知道了很多信息。我十分理解你的心情！好在再有半年，我们便可团聚了。相信到那时，一切都会比过去更好。让我们都耐心地等待我们团圆的一天到来吧！

祝贺你当选为学校党代会代表！这说明你的能力和影响力是大家所认可的。探亲的事，如果你觉得太为难，也不要勉强。我知道，你是很要强的人，不愿为这件事使得自己不自在。我理解。

夜深了，明天再谈。

祝一切都好！

健荣

1991 年 4 月 14 日晚 12：35

* * * * * * * *

秀珍、嘉嘉：

你们好！21 日来信收悉。

我已于昨日发出申请英国政府奖学金（ORS）和申请攻读博士学位的两份函，结果如何，大约要到 7 月才知。这两项申请都要有推荐人，我的论文导师、学院院长和另一位任课老师都很乐意为我推荐。他们都非常热情，使我很感动。我对此事的态度很坦然，到时候申请有结果就往前走，不行则再延半年收集些研究资料，然后高高兴兴地回去。因为，我太渴望和你们团聚了。当然，如果继续读博，你们是肯定要来的。那是后话，现在暂且不提。

今天收到北大马克垚老师和师大历史系潘香华老师的来信，都是在我告诉他们我改专业之事后的复信。不过，两位历史系主任的看法有所不同。马老师的看法是，"出于无奈，也没有关系……而且学管理于国于民，都有好处。何况，如果有兴趣，将来还可以业余研究历史"。潘老师的答复是："实感意外……在服从英方安排的同时，尽可能收集历史研究的资料，按时回到历史系工作。"

寄上一张照片，这是在日内瓦照的。3 月 11 日到达日内瓦，当晚出去散步，在湖边留影，上面的时间是 11 日晚 9：26。

亲爱的嘉嘉！我每天都在想念你！希望你努力学习，天天向上。同时希望你多关心妈妈。妈妈工作忙，还要操心家务，你多帮帮忙，好吗？

祝你们愉快健康！

健荣

1991 年 5 月 3 日晚 12：15

* * * * * * * *

秀珍、嘉嘉：

你们好！

我终于完成了第8篇课程论文。至此，我在这里读公共管理硕士学位要写的8篇课程论文就全部完成了。从明天起，我就可以专心复习功课——前后有30天复习，足够了。6月12日考完。我对此次考试很有信心，我对备考还是比较有经验的。

下午我把床单、被套、毛衣毛裤以及几件夹克，一起拿到学校洗。学校有专门给学生使用的公共洗衣房，里面安放6部洗衣机和6部烘干机。这些都是较大型的洗衣机，每台每次可洗衣物10公斤以上。在洗衣机上投入50便士便可洗一次，再花20便士就可以烘干。我这些全部衣物放进洗衣机还没满。启动洗衣机后，我便和来洗衣物的英国学生聊天，当他听说我平时居然自己洗衣服时，觉得非常惊讶。这也难怪，他们是什么都带来这里洗的，一个星期洗一次足够了。学校有这样的机房确实很方便。

我住在唐人街这里快7个月了，现在想换个地方，因为住在这里太孤独寂寞了。原来和小关住在一起，每天都见面，晚上可聊聊天。小关走后，安徽某大学的小朱搬来，可是不久小朱也去打工，一周干6个晚上，晚上4点才回来，每天难得见面。他是来进修的，没有学习压力。常常是我晚上9点从图书馆回来，一直到第二天上午9点到学校时才有人说话，你说寂寞孤单不？再说，住一个地方住久，换个环境也好。现在是有搬走的想法，但还没有找到合适的地方。说来好笑，有时我回得早，就边烧饭边唱歌，放声唱，唱到自己唇干舌燥；或者和自己说话，说到累为止。你听我说这些，一定很伤感甚至有些难过吧！不过不要紧的。这只是暂时的情况，再说我是很有意志和定力的。我最困难的时期已经过去，比较顺利的阶段就要来到了。现在是晚上12：30，整栋房子就我一个人，好在楼外不远处的酒吧正在闹哄哄的，要不然真是太安静了。

好想回家，和你们在一起。但是，这一切都变得那么遥远，似乎可想而不可及！十三年来，我有近10年时间是去食堂就餐或是自己烧饭吃，真是乏味单调！我多么想回到我的避风港——我们的家中。我真想丢下手头一切，马上买机票回到你们身边！可是我无法冲破理智的堤坝……又该工作了，再谈吧！

我想明天会收到你的来信，待收信再寄出此信。请你寄一张我们一家三口的照片来，最好是小妹结婚时我们在家门口照那张。

祝健康快乐！

健荣

1991年5月8日晚12：30

* * * * * * * *

秀珍、嘉嘉：

你们好！今天早上果然收到来信（4月21日），很高兴。

要带的东西还是让小彭带来吧！伯明翰很近，爱丁堡太远了。所寄来的由二妹转给你的材料很好，很有参考价值。二妹多花了30元寄费，也不要紧的。昨天我又收到她寄的4本书，邮费为17元。到目前为止，她的邮费花了近百元。做事情，总要付出代价的。小关这次回国调查，收集的材料以海运方式寄来，花了四五百元。其实，这也是小意思，不过是他两个晚上的打工钱，他根本不在乎。

我所需的研究材料基本够了，从现在起，你除了继续把二妹转给你的资料分批寄出，不要花太多时间再去找了，重点是注意"质"（精选），不求"量"。我如有特殊的要求，再函告。

对奖学金问题，我不抱很大希望。你知道为何理工科易得奖学金？从某种程度说，这种奖学金是鼓励来读博的外国学生，为学校（或公司）搞科研，为所在国或所在公司所用，是用较低的报酬（比较他们用英国人的报酬）来获取这些学生的智力贡献。对于文科来说，则是不易得奖学金的，这是成本收益关系所决定。你对此亦不要抱太大希望。我希望早回家，早团聚，悉心培养我们的孩子。能在英国读个博士当然很好，也是我多年的愿望，但我不能全考虑自己，我还要想着妻儿，特别是孩子的教育和发展。

你在家寂寞，我理解。多和孩子聊聊吧！多交流，对他对你都有好处。要充分尊重他、理解他，细心地观察他、引导他。我现在常设想回去时你们到北京接我的情景，愿那美好的一天早早到来！

嘉嘉出生时的情景我还历历在目，转眼间他就快10岁了。作为父母，我们是幸福的！孩子聪明可爱，健康成长，给我们带来许许多多的快乐。

瑞莲姐常常帮忙，好好谢谢她，代向她们一家问好！父亲近况如何？为何一直不谈？

最后这页信是在教室写的，不寄照片了，即发信。让嘉嘉写信来。

祝愉快健康！

健荣

1991年5月9日 11：30

* * * * * * * *

秀珍：

你好！收到5月5日来信。看到你们的近照，非常高兴！

前信已述，课程论文都已完成，现在都已批改完发下来了。最后几篇成绩都不错。特别是第7篇得了最高分。任课老师也很高兴，见了我就过来握手，还连声称赞说好文章好文章，我喜欢读它。这是位女老师，博士，出了好几本著作呢，来此任教前是曼彻斯特市政府人事部门的一位处长。她要求非常严格，给分最吝啬了，同学们都常常抱怨在她手里难得好成绩。她上的两门课程最近都交了课程论文，这两篇都得到她的称赞。她推荐我申请奖学金和读博士，鉴定写得非常好，说我的写作证明"有很强的学术能力"，是"继续从事研究的优秀人选"，一年来的情况表明我有"特别的灵活性和学识"，她说她相信我"一定能取得优异成绩"。这对我是很大的鼓励和鞭策，使我很开心呢！

告知你这些信息，你一定很高兴！你为我的学习付出了很大的牺牲，我的每一点进步都有你的辛劳付出，我应该和你一起分享快乐，虽然这只是比较小的快乐。天下的老师都喜欢有钻研精神有悟性的学生，而这位老师的热情和关爱特别令人感动。和我一起选修那门课的人近20，得高分的很少。这20人中有不少英国人。

关于是否继续读书问题，另函详述。我同意你的意见，如能读就读，不能就延长半年再回去。

父亲的情况你一直都没说，我很不高兴。秀珍，当你回这封信时，再不说，我就不回信了！你不知道，我这样被瞒着有多难受！

嘉嘉着凉好了吗？你每星期都要接送他去学航模，真够你累的。

手累，信写得草，请谅！让嘉嘉写信来。代向朱老师、梁老师和刘老师等问好！

此祝健康快乐！

健荣

1991 年 5 月 14 日晚 12：20

* * * * * * * *

亲爱的珍：

你好！我正在复习，看着你和嘉嘉的照片，忍不住又拿出信笔来写几句。

很想你，秀珍！你拍照的地方——学校大门内的花坛，是我们每晚散步转弯的地标。八个月没有和你散步了，多么想和你肩挨着肩在校园走一走，说几句心里话！在学校时，我们天天在一起，到了晚上还是有很多话要说。早上你买菜回来也是这样，甚至各自看书时，也常常要停下来聊一下。这是什么原因呢？以前都没有仔细去想，现在看来，才知道那是一种非常融洽的情感：知己情，夫妻情，兄妹情兼而有之，融合在一起。我们一直互敬互信，这是我们的幸运。可惜我们分离太多，难为你了！在这里，我常在朋友面前谈起你，称赞你贤惠能干。想起你，我心里充满阳光。这种感受在家时不易体会到，现在我确实是深深地感到这种关系的温馨和温暖，认识到这种情感的宝贵。

说说我们的孩子吧！嘉嘉穿运动装这张照片特别神气。我仔仔细细地看了数次，我发现他很有灵气，他不仅是五官端正，眉目清秀，而且眉宇间嘴角上所显现的一种聪颖、自信的神态，很逗人喜欢。做父亲的这样夸儿子，不算过分吧！不过你和他说的时候要留些分寸，免致他生骄娇之气。嘉嘉是棵好苗子，我们一定要努力把他培养成才。

好了，该看书了。

祝快乐健康！

健荣

1991 年 5 月 20 日晚 10：30

＊ ＊ ＊ ＊ ＊ ＊ ＊ ＊

秀珍：

今天考试，从上午 10 点到下午 1 点。然后到系里取信，收到你 25 日的来信和怡芬 22 日的来信。

到现在已考完两科，还有两科考试就结束了。

小钟的朋友到英国后寄来的资料已收到。这些材料很好，可以说是所寄的资料中分量最重的。这一是二妹找材料很用心，二是你转发及时。这样，我很快就可以用上，可以加快论文研究写作进度，提升研究的质量。谢谢你们！

我承认想念嘉嘉可能超过你。因为他小，我没有对他尽责任照顾，而且又不能像和你一样能够在信上进行经常性的深入交流，因此就会思念得更多。十年来，我和不少夫妻分居两地或曾经分居两地的朋友探讨过这个问题。大家都承认，在和家庭别离时，想孩子的念头往往超过想念孩子的母亲或父亲。看来，这是个普遍规律。

父亲的情况，你们一直不肯告诉我，这叫我怎么放心得下？考完试后，我无论如何要弄清楚情况。我不能忍受你们这几个月的来信都对父亲的事只字不提。他就是在医院，也该把他的病情经常说一说，使我知道。

考试手累，暂且搁笔。

再谈！

祝一切都好！

健荣

1991 年 6 月 4 日晚 10：35

秀珍：

　　你好！5月19日来信收到。上一封信因心情不大好，言重了！正因为我们都非常爱嘉嘉，所以才希望他进步快一些。孩子爱玩是天性，可是快10岁了，也该懂得用心学习才是。希望你能够像来信所说的那样，振作起精神来教育孩子。他的航模试飞成绩是17.5，可是你没有说是手掷飞机还是弹射飞机。请向他转告我的祝贺。希望他继续努力，更专心更细心，争取更好的成绩。我深信，他会做到的。

　　有个情况可能我没跟你说过。许多留学生到了国外就像换了个人，人情味很淡，互相之间常有戒备心，甚至戒备心很强。有的人傲慢自恃，有的人心眼很小。说不清楚是什么原因。就像在格拉斯哥的一位朋友来信说的，这种情况，非要脱胎换骨才能适应。在这里像小关这样心怀坦荡很好相处的朋友，真不容易遇上。或许，这是某种类型的中国知识分子的一种劣根性的表现，自命清高，或自视过高，或患得患失，锱铢必较，或是一种酸气。真说不清楚！

　　寄来的照片使我想起了许许多多的往事。这张照片大约是五年前的了，那时嘉嘉还很小，现在已成少年啦！我该看书了，再谈。

　　祝你们快乐健康！

健荣

6月12日晚12：40

亲爱的秀珍：

　　等了一个星期没有收到你的信，这是从来没有过的。最近在忙什么呢？

　　星期三我们已考完试，今天全体同学集中到院里，等待口试。这种课程考试的口试很特别，是针对那些考不及格的学生安排的。但因为不知道考试结果如何，所以大家都要来等。如果某人的成绩接近及格，就让他口试，看他究竟对专业知识掌握多少，如果回答问题比较好，令考官满意，就可以过关，否则就落马了。今天上午，我们几十名硕士生从11：30等到下午1：30，教师们一直在开会研究。最后一位负责人出来宣布，没有人需要口试。这样，大家虚惊一场，也等饿了。但事情还没完，这只是本院教师的讨论，下星期还有院外教师的检查，下星期一下午才知道最后结果——是否有人要口试。

　　说到这里，还得专门说一下我们这些中国留学生所经历的英国大学的考试。利物浦大学的期末考试很特别，它不是像中国大学传统的期考那样，各学院、各系在各自的院系里按原来专业班级分别在教室进行考试，而是在学校的大礼堂、体育馆等规模很大的场馆里集中进行考试。即统筹安排不同院系不同专业（三个以上的不同专业不同考试科目）的考生混合进入同一考场入座，考生的考位则以纵列方式间隔划分不同专业不同科目。例如，在一个大礼堂的考场里面有管理、法律、数学、化学等不同专业的考生同场进行考试，每个专业的考生都以纵列考位入座，不同专业不同科目的考生纵列交错相隔。每列都有数十个考位，每位考生用一单人书桌。换言之，从横排看，每位考生的左右两侧，都是另一专业另一科目的考生。各纵列之间拉开距离，这样就从根本上排除任何偷窥舞弊的可能性。实际上偷窥也没有用，因为左右侧的考生考的都是不一样的专业和科目。考试途中考生如果要上卫生间，则有专门的监考人员陪同。通常，是上百名或数百名考生在同一考场。在每一考场，都有七八名主要监考人员端坐考场前面主位，面向全体考生，虎视眈眈，监督全场。在这样的阵仗和气氛下考试，考生的心情可想而知，心理素质不好的恐怕就要怯场。经历了这种完全陌生的考试，真是长见识了。利物浦大学的考试是这样，我想英国其他大学也是相似的。

下星期二的活动是课程评议，即给教师所上的课提意见。之后，本学期的教学活动就算完了。以后就是各自写论文。

光阴匆匆，在此的学业已进行了大半：完成了 8 篇课程论文，考了 4 门，余下的事就是做毕业论文。这个硕士可以说差不多拿到了。现在心情比较放松，时间也变得多起来。当然，时间是宝贵的，我当利用在这里的时间多钻研些东西，充实自己。作为周末调节，写论文期间我打算周末去打工（即星期五、六晚上），现在正在找活干。

这两天和同学上了一次酒吧，上了一次中餐馆，算是慰劳下自己吧！

现在是星期五晚上。11：20 了，我该下楼去洗衣服，再谈！

健荣

1991 年 6 月 14 日

* * * * * * * *

秀珍：

你好！学院已将考试成绩通知学生，我的各科都通过了。有的科的成绩比较好些，总算是办完了一件大事！七八个月来，我太疲劳了。

我们学院有几位同学要补考，将在 9 月份进行。我看这些同学都感到很沮丧。这也不难理解，准备一次补考要费很多时间，更不用说在精神上受到的沉重打击！这里衡量考试成绩的方式很特别，虽说也是百分制，但以 40 分为及格。各科考试成绩都在 40 分以上，可以毕业；各科成绩在 50 分以上，可以得学位。无论是考试还是写课程论文，得到 60 分以上的成绩，是很好的成绩，老师是要对你大加称赞的。这与我们那里很不一样，题目的难易度和给分方式都大有差别。在这里要拿到 60 分以上的成绩，非下功夫不可。

说实在的，像我们这个年纪，用英语去读一个新专业的研究生课程，确是不容易。而且，这一年家里还这么多事牵挂着。这里的朋友都说，通过就是胜利，读下来就不容易。我觉得颇有道理，也感到有些安慰。

再谈。祝好！

健荣

1991 年 6 月 17 日

＊　＊　＊　＊　＊　＊　＊　＊

秀珍：

6 月 17 、18 日先后收到你的两封来信，第二封转来耀兄的信。

我无论如何也不能相信，我慈爱的父亲就这样走了！① 两天来我悲痛不已，哭红了双眼……无尽的哀伤，无尽的哀思！九个月来，我日夜盼着父亲早日康复，给我来信，让我再聆听他的教诲。可是我终究没有盼到这一天！去年 9 月 23 日从柳州返桂林，行前与父亲告别，想不到竟成永诀！去年末 10 月 6 日在伦敦与父亲的通话，竟然成为我们父子之间的最后一次谈话！我实在不能相信这样残酷的事实！

我真后悔，去年在家乡辞别父亲时，没有坚决地劝他完全退下来安度晚年，他太劳累了！

我多么热爱我们的父亲啊！他数十年来对我们无微不至的关怀爱护，对我们的谆谆教诲，以及为抚养我们成长所付出的艰辛劳苦，我们永不忘怀。父亲对我们恩重如山，我们与父亲情深似海！可是我们还来不及对父亲稍有报答，他怎么就走了呢？！苍天啊！你为何如此不公！！！命运啊！你为何如此无情！！！

两天来，父亲的音容笑貌时时浮现在我眼前。我常常有一种幻觉，好像父亲就在我的身旁，满面笑容地看着我……

父亲的离去，对我的打击实在太沉重了！太惨痛了！这两天我常常觉得心慌，头晕，昏昏沉沉，不知道做什么好！我多么想向亲人诉说我的悲痛，可是

---

① 得知我考完试后，家里才把父亲已于去年 10 月 29 日逝世的噩耗告诉我。

我的亲人远在万里之外！到朋友家倾诉，也只能非常理智地控制时间，坐上一会就走，怕耽误别人……

心慌得很，脑子很乱……暂写到此。

祝一切都好！

健荣

1991 年 6 月 19 日下午 1 点

* * * * * * * *

秀珍：

我多么希望快快回到你们身边！我不知道往后几个月我的情绪会如何？在这里孤身一人，精神上心理上的创痛无法得到医治调适，我是很难受的。

大哥来信说，相信我是真正的男子汉，相信我比他们都坚强。秀珍呀，我也是有血肉之躯的常人，我就是再坚强，也难以忍受这样痛失慈父的无情打击！

现在看来，无论是我是否继续读博，你都很难出来。而辞职非你所愿。再分离下去，我们都不能接受了。再者，我们这个小家，聚少离多，十年来只有三年是比较安定的。这对于你、对我，对孩子都实在不利。我们应该有比较安定的生活，应该能够互相关照，应该给孩子更多的关爱、更好的教育。三是，如你办了手续出来，而嘉嘉又一时出不来，也很折腾，对孩子很不利。四是，我也想安定下来做些事，也应当承担对家庭应尽的责任。对此你意如何，望告。

此外，如我另外联系工作单位，师大那里要赔款吗？

关于延期，你看是延三个月还是半年，延半年要原单位同意，不知我们能否得到这样的同意信。三个月和半年都可以保留机票。在这里只要驻曼彻斯特的中国领事馆同意就行。申请手续要提前一个月（即 8 月）开始办。我在这里读硕士学位的证明已办好，下封信再给你寄去，看你能不能办得通。

利物浦是港口城市，经常刮风，风向也不定，刮什么风就是什么温度。现在已是 6 月中旬，气温还是 16、17 度，晚上还很凉，要盖比较厚的被子。难怪他们都说这里穿不了短袖衣。

秀珍，你被黄蜂蜇的手指消肿了吗？要是我在家就好了！现在你还得操持家务，真难为你了。另外，请你放心，我将用最坚强的意志使自己从悲痛中走出来。我知道，在这里我不能有病，不能让精神垮掉，我必须照顾好自己。为了按照父亲的愿望去努力，为了你和孩子，我都必须这样。今天我的胃部阵阵作痛，我知道这是强烈的精神刺激所致。这种情况，不能再发展下去。我将把痛苦深藏在心中，用最坚强的意志去工作、学习和生活！

想念你们！祝福你们！

健荣

1991 年 6 月 20 日下午 4：20

* * * * * * * *

秀珍：

你好！收到 20 日来信。真对不起，让你久等了！十分理解你盼信的心情。其实，你也可以想到，6 月 3 日至 12 日是考试期间，从 5 月底到 6 月中旬，我都没有心思写信，我甚至在每一科考试的前一天都不去系里要信，我不愿考前分心而影响情绪。再者，我说过，你不告诉我父亲的真实情况，我就不回信，记得吗？

随信寄出学院的证明（社会和环境研究院，我们管理学院是其下属学院）的复印件，原件是副院长签署的。此件证明我是这里的全日制研究生，就读于管理学院。如你有可能申请探亲，这是必需的证明。同时寄上一份我的邀请信。我估计这个事情难度比较大，学校可能不会给你开这个头。不过，我想对此也不必太勉强，能办则办，不能办也少些折腾。总之，相机而行吧！

这段时间学业已不紧张，我常去游泳，体力大为增强。开始时，每次只有游两三个来回，现在可游六七个来回。我看到有的同学一下水就连续游几十个来回，中间不需歇息，体力实在是好。我想起在师大时，在分部的游泳池我不连续地游几个来回，就感觉比较累，现在比那时强多了。

想起一件事，上周末到小关家吃饭，才弄清楚炒肉片、炒鸡、炒牛肉等是要先拌上淀粉，然后才炒，起汁时再放些来勾芡。腌肉时放干淀粉和酱油搅拌，这样在下锅炒时，由于淀粉裹着肉，里边的水分出不来，肉就嫩滑了。最后勾芡，使烹调入味之汁附着上面，菜肴的品相也更光鲜。我记得过去在家炒肉，由于方法不当，常常是把肉炒老了，现在才觉悟过来。小关妻子厨艺了得，做菜很好吃，这真是他的福气。

前信已说过，文科的资助很难得到，这次申请奖学金的结果已知，我没有得。我校 67 人申请，有 17 人获批。17 个指标中，15 个是理工科的。

我正在考虑延期和找单位的事，这几天打算发一些联系信。现在已是 6：10，我准备去游泳，再谈。

祝一切顺利！

健荣

1991 年 6 月 27 日星期四，晚 11：20

* * * * * * * * *

秀珍：

你好！转眼间离家快 10 个月了。回想起来，我这 10 个月真是挺劳累的！去年 9 月底到 10 月初是旅途的奔波，火车、飞机、长途汽车……万里迢迢，到达利物浦；接下来是安家，想家；心神未定又忙着转系，和几个系的领导、教师打交道，和伦敦的英国文化委员会主管官员用长话、信件讨价还价；转了新专业，又需直面新领域新专业的挑战；还未待我思考透彻和情绪稳定下来，课程论文一篇接一篇地写，精神一直处于紧张状态；课程论文写完又忙于考试，紧接着又转入毕业论文写作阶段；此时，你们又告知父亲逝世的噩耗，心情又陷入悲苦之中……这么长时段的思想负荷实在是沉重，这心灵也确实是够能抗压的了！

这几天心情渐渐平静下来，又开始了三个方面的工作。1. 论文研究和撰写；2. 联系工作单位；3. 考虑并着手收集有兴趣有价值的研究资料，以备回去用。

至今天为止，我已向国家行政学院、中国社会科学院、广州社会科学院和深圳大学发出求职联系信。如果其他地方行不通，你是否有兴趣到南宁？我对重新求职很乐观，能换则换，一时换不了也不要紧，所学的东西总会有用武之地。我对所学专业很有兴趣，对前途很有信心。

现在几乎天天去游泳，精神和体力逐渐恢复，自我感觉体魄较强，情绪稳定，信心增强。常去游泳可以见到许多中国留学生，也是一个交流信息互相激励的机会。

祝你们健康快乐！

健荣

1991 年 7 月 1 日 12：50

* * * * * * * *

秀珍：

你好！收到 24 日来信，各情均悉。考试期间少给你去了一封信，实在是对不起！对于你的责备，虚心接受。请消消气，好吗？你看，我 12 日考最后一科，13 日就去信了，也算是抓紧了。

又是周末的晚上。我窗后就是一个酒吧，12 点以前是挺安静的，可一到 12 点，就喧闹不停。英国的男女青年在那里又唱又喊，充分释放挥洒他们过剩的荷尔蒙，疯得要命，要闹到凌晨两三点才罢休。不过，我最迟一点就上床，他们再吵我也能睡着。你知道，睡眠质量好又不挑食是我的两大优点，否则哪来那么充沛的精力呢！

再说说你的来信吧！我希望你的意志刚强一些。纵然有千般思念，万种愁肠，也要坚强一些。一时收不到信，也不必太急躁和伤感。当然，我知道你对我的关切和爱护，我十分感激你！这样好了，我今后保证每星期至少一封，可以吗？

很赞成你下决心尽力尽责教育孩子！从你的信可以看到，你在教育孩子时常常很急躁，方法有时也不大妥，这样不好。一是伤你的精神，二是伤孩子的心，何苦呢？他的行为方式一时扭不过来就暂时放一放，待大家气消了再徐图解决，行吗？我们都要有乐观、宽容和旷达开明的处世态度和方式，不要因心情不好，就影响对孩子的态度。我体谅你，你有你的难处。为了你的身心健康，为了孩子的身心健康和成长，多克制一些吧！

对逾期未归的留学人员的做法，各地不一样的，出来才知道大有差异。我所接触到各省市来的留学生，极少有让配偶做经济担保的，很多地方还明文规定不能以配偶做担保。上海、广州等地的大学，并不急于要留学人员回去。比如早两天刚从上海探亲回来的一个博士生就说，他的系主任告诉他，在国外能待长些就待长些，多学些东西。我想，他们学校这样做的原因至少有二：一是那里人才多，不在乎。二是洋博士硕士回来会加剧学校各种资源的竞争——职称、住房及各种待遇等。这对在校人员也是一种压力。小关回国调查回来，也说到类似情况。他打算以后去香港工作。小关还说，他所在的工作单位特好，他出来了两年，每年奖金照发，一千、两千地往他家送。看来，可能是广西人才缺乏，因此要采取比较收紧控制的方式。

和我共租住一套房的同学处事大大咧咧，但不会有小心眼。我和他的关系挺好。我说的人情淡，主要是指在外边。各种关系我会处理好的，请放心。

祝愉快健康！

健荣

1991 年 7 月 3 日晚 11：25

＊＊＊＊＊＊＊＊

秀珍：

你好！关于向学校申请延长学习的事，我想过些天再办。我写好报告寄给你，由你代为转交。

这里管理学院已同意我延长半年作为访问学者留下来学习，手续要待我完成毕业论文才能办。我估计 8 月底可以完成论文。只有这里学校出具证明，英国政府才能延长签证，因此学院同意是很重要的。我的签证是 9 月 30 日到期。

我们回国的机票由中国大使馆提供，一般延长半年机票可以保留，超过半年则要自行解决（自费购机票，约300镑）。

彭传芸已到伯明翰。她先生李小林给我来信，邀我到他们那里小住一两天，在伯明翰玩玩，顺带公文包回来。下周我看情形再决定是否去。

你母亲和姜妮等都来桂林了吧！这样你就不寂寞了。告诉嘉嘉，玩要有限度，不能影响假期作业和航模学习。

秀珍，要努力做到每一天都积极愉快地生活，每天都努力做一件有意义的事，如做好一件工作，烧一个好菜，和孩子好好玩一下，或看一个好电视节目，等等。要努力创造快乐！爱你，想你！

请代向你母亲、姜妮和莎莎问好，祝她们快乐！

健荣

1991 年 7 月 11 日晚 12：50

＊　＊　＊　＊　＊　＊　＊　＊

秀珍：

你好！今晨收到 7 月 8 日来信。你在 8 日还没有收到我的信，这只能说是邮路不畅。考完试后我确是每星期一封。在我写此信时已有三封信陆续飞到你的身边——这三封信分别是 6 月 28 日、7 月 4 日和 12 日发出的。很理解你焦急盼信的心情，我亦如此。每周最高兴的一天就是收到你来信的时候。有时信件晚些，也别太着急。你时时刻刻在我心中，我的秀珍！

考完试后时间都是自己安排，比较从容。身体状况前段时间还可以，但从上星期起，胃痛又犯了，连吃了几天的胃仙 U，到今天才渐平复。上半年学习紧，也比较累，都没有发作，现在这次胃痛复发可能有两个原因。一是情志过伤，二是天气骤变。这里的天气很特别，今年的夏天只热了两三天。所谓热，高温也只是达到二十六七度，一翻风又凉了。这几天人们的穿着各式各样，有穿毛衣的，有穿衬衣的，也有穿短袖的，各人根据自己的身体情况而定。总的来说，是很凉爽的，晚上我照样盖着厚被子。这样的天气确实很好，有利于睡眠。但若不注意加减衣服，就会影响身体健康。你不用为我担心，往后我会很注意的。人要有所作为，一定要有好的身体。我一定会很注意保健的。你亦如是，多多珍重。

嘉嘉数学考 96 分很好，你的努力得到了收获。谢谢你！语文看错题或说是没有理解题意，很可惜。他有决心假期补上，应当鼓励。你说他每天在家不知干什么好，为什么不帮他订个计划呢？做作业，补习语文或数学，看课外书，看电视，下楼玩玩，做小手工等等。帮他订个时间表吧！

你说 7 月 21 日回柳，这样嘉嘉就不能参加航模班了，你不觉得可惜吗？上次来信就说你妈和姜妮要来，为什么到 7 月 8 日还没来呢？

嘉嘉应开始学做家务了！这不仅是减轻你的负担的问题，更重要的是培养他爱劳动的习惯，和让他懂得关心父母，关心家庭，为家庭的共同生活有所付出。希会意，并着手安排他做些力所能及的事。

该做饭了，再谈。

健荣

1991 年 7 月 16 日晚 7：55

* * * * * * * * *

秀珍：

你好！又是星期天的晚上，不知你们在桂林还是在柳州。夜，很静。时钟滴答，把我的思绪拉向远方。这闹钟，是你和我一起去买的。看到它，就想到我们温暖的家，令我倍加思念远方的妻儿。

我算了一下，从我们结婚到现在已有 10 年零 6 个月，其间共有 5 次半年以上或将近半年的分离：1. 柳州—桂林，81 年 2 月—84 年 8 月；2. 柳州—北京，84 年 9 月—86 年 7 月；3. 桂林—武汉，89 年 1 月—89 年 7 月；4. 桂林—北京，90 年 3 月—90 年 7 月；5. 桂林—利物浦，90 年 10 月—91 年 7 月。这五次分离的时间累计长达 83 个月，即 6 年 11 个月。按一年 60 天假期算，10 年 6 个月有共 630 天假，即 20.66 个月。假定这些假期我们都能团聚，那么用 6 年 11 个月减去 20.66 个月，还有 5 年 6 个月。也就是说，在婚后的 10 年零 6 个月的时段里，我们不见面的时间竟已有 5 年零 2 个月之久！

这样的分离时间也太长了！这对你、对我、对孩子都太苦！有时想想，我也真是太累了你。其实，我真是很想早些回去，过安定平静的生活，好好教育孩子，好好弥补我对你，对家庭欠下的债！秀珍，你是好妻子、好母亲，我确是十分敬佩你。请相信，回去后我一定会努力做一个好丈夫、好父亲，好好爱你，疼你；爱孩子，疼孩子。让我们共同努力，开创新的生活。夜了，再谈。

祝一切都好！

你的荣

1991 年 7 月 21 日晚 12：35

* * * * * * * *

秀珍：

你好！收到 20 日来信。谢谢你很想和我争吵，但又很想我！如果我们现在能当面吵架，那真是大喜事，可惜吵不上。我想，到可以见面时，又顾不上吵了。这样苦涩的思念，令人惆怅伤感！

我也估计到那两封信会惹起麻烦，但既然在那种心情下写了，也就寄出，好让你知道我的心境。我知道你很爱孩子，考虑到你和孩子的身心健康，我才觉得很急。这些年来，嘉嘉经历了很多事，我作为父亲又长期不在他身边，他失去了很多。想到这些，我特别心疼孩子。秀珍，你是能理解我的。我们应该更多地给他温暖、关怀和爱护，以减少生活变化中的一些消极影响，使他能够健康快乐地成长。

秀珍，不要难过了！我说话重些，也是因为太爱你们的缘故。请原谅我，好吗？吻你！我知道你是有事业心的人，自强向上的人，而且你确实很累！这些年来，你一直在含辛茹苦，独立支撑家庭。你所同时承担的工作、学习和抚育孩子的三重任务，是一般女子难以承受的。因此，我常在信上说，很钦佩和感谢你，这些都是发自内心的感受。毫无疑问，在这个世界上，我是最了解你的，也是最能理解你的人，同时也是最爱你、最疼你的人。当然，你的父母也很爱你疼你。但是我相信，我对你的爱更为炽烈。父母对你的爱，是天然的、本能的。我对你的爱是一种基于相知、互信和互敬的爱，因此是一种特别的有别于任何其他情愫的爱。当然，自从我们结合在一起，你就是我的亲人，所以我们的爱也同样是亲人的爱，也是必然的。珍，你同意吗？

知道嘉嘉又有了进步，能认真学习，主动帮做家务，这很好。告诉他我对他的表扬，希望他继续努力。注意经常勉励他。嘉嘉游泳有进步，很高兴。夏天太阳太大，不要让他晒太多。从他那张在阳台的照片看，还是瘦了一些。最好能说服他睡午觉。此外，游泳要注意安全。他正在长身体，特别要注意保证多方面的营养，关于这些可找些书看看。

我的学位论文写了近 5000 字，现在边写边修改。每天上午用稿纸写，下午到计算机房上机输入电脑，然后打印一份出来，晚上修改，第 2 天再上机修改。打印是免费的。也可以用激光印，效果如同精装书的印刷，很漂亮。这里使用打印机没有限制，确是很方便。论文要写 12000 字（英文单词），预计 9 月初可完成。

据说现在大使馆要给我们增加生活费，从 250 镑增至 320 镑，新来的留学生也按此数目在伦敦大使馆教育处领。我们先来的则是从 1 月份起补发，补至 8 月。此信息是否真实，再过一星期便可知。因为一般教育处都是在每月的 7—9 日把钱汇到我们的银行账户上。海湾战争后英镑有所贬值，原来一英镑兑 2 美元，现在只能兑 1.6 美元左右。从另一方面来说，是美元升值，不过今年以来英国经济也很不景气。

回到柳州，常去走访下亲友，不要老闷在家里。也不能太累，得注意休息，这时候柳州想必很热了。再谈。

祝健康顺利！

健荣

1991 年 7 月 29 日晚 10：50

* * * * * * * *

秀珍：

你好！今天又听到你的声音，非常高兴。到下月 23 日，我就离家一年了。这一年和你通了 5 次电话，可是正像你说的，你拿起电话就不知道说什么好。我知道你的心情，千言万语，不知应该先说哪一句话。而我在这边挂电话，是有准备的，要说什么早想好了。嘉嘉的声音很清晰，他第一句就说："爸爸我很想你，你什么时候回？"这真使我难以控制自己的感情！我多么想早日回去！秀珍，说真的，我常常想，一天也不延期，下个月就回去。但由于我们都知道的原因，又不能这样做，奈何！和我一起读学位的三位同学，小洪（浙江科委）和小沈（上海市人事局），将在 10 月底按时回去，他们的签证是 10 月底到期。老倪（吉林省计委）要延半年，因为他的妻子已办妥了来英国探亲的手续，马上就要来。

和大哥讲话是一年来的第一次，上几次通话他都不在家。这次通话和七人讲了话（你、嘉嘉、庆、宁、耀、小毅和老明），前后打了两次，大概是 9 分钟。虽然花了些钱，但很必要，听到家里人说话，最能解思念之渴呢！

这里的假期很长，从 7 月 6 日到 9 月底。学生大都回家了，在校的大多是外国留学生。图书馆里冷冷清清，有时一层楼只有几个人。不过这样也好，安静。运动中心到了下午还较热闹，4：30 以后游泳的人就多了。只有在那里，才能见到多一些中国留学生。假期里，游泳池也只是在星期天关闭。

写到这里，想起要再提醒一下，嘉嘉去游泳回来还要洗澡，因为学校的露天游泳池水还是较脏。我们这里是室内泳池，池水总是蓝汪汪的，白瓷砖的池底看不到一点沉积物。在最深的地方（三米）也可以清清楚楚地看到池底。我想，如果池底有一枚回形针也完全可以看清。

你25日的来信（这是第 41 封信，我都编有号的）是星期四（2 日）收到的，才 8 天，很快。好像这段时间的信件比过去快些，你说是吗？

嘉嘉学习得到称赞，使我很高兴。他很有灵气，很精神的。好好教育，他

七地书

20世纪70—90年代社会变迁岁月中的青年学人家书

会有作为的。再提醒你，他这个年纪，很需要多方面的足够的营养，对他的饮食，不能随他自由。另外，休息要保证。你的身体也要十分注意，多增加营养，不要省吃。

今晚写论文时用汉英词典查一个词，无意中看到"姜黄"一词，是一种植物，也叫郁金、宝鼎香、黄姜。心中一热，想到原来我们的结合是天意。本来姜黄就是在一起的。难怪我们这样依恋，这样知心，知情，知热知冷……

再谈。

健荣

1991 年 8 月 3 日晚 12 点

* * * * * * * *

秀珍：

你好！今晨收到你 8 月 3 日来信，晚上又得了托王成名老师带来的物品，很高兴。这是利物浦的一位留学生到伦敦机场送他母亲回国时，偶遇刚下飞机的王老师带回来的。他们在利物浦时就认识。

上星期六我到伯明翰大学探访彭传芸夫妇，他们非常热情好客。他们在伯明翰租了两间房，月租 160 镑。我在那里住了两个晚上，在伯明翰走马观花地游览了一番。和他们长谈了几次，感到很愉快。她丈夫李小林很幸运，他所获得的读博机会很好，工作性质和工作条件都令人满意。待遇比较高，生活费每月有 600 镑。小彭和孩子去，老板又另外给补助，确实是很够意思了。他的研究课题很有可为。理工科和文科就是不一样，前者找资助和工作机会的可能性都更大些。李小林的父亲是我校的前校长李德韩，你一直没有告诉我呢！小林对人很诚心，很够哥们，感觉他比我在这里遇到的许多留学生更谦和敦厚，更知礼数。我们一见如故，很谈得来。

在外面人情很淡，能和家乡人推心置腹地聊聊，很开心。小林给我提了不少好的建议，是个热心人和有心人。小彭向你问好。她说我校中文系的张建中老师是小林的朋友，不知他现在走了没有？

来信谈到 F 公司等单位的变化大，你虽无后悔，但亦颇有些感慨。我想，你走过的路是值得的，你比公司那些人，以及各单位的团干们多了很多人生经历，增加了生活的宽度和厚度，得到了许多锻炼和收获。我认为你的经历是值得很多人羡慕的。在一般基层单位所打交道的对象，和在高校、市委机关是不同的层次。你的经历丰富多彩，这比蹲在一个小单位几十年，不知要胜过多少倍！这主要是指对社会、对人生的认识和体验，以及在眼界的拓展等方面。你看某某等，在公司已整整 20 年了，我估计她们以后也不会有什么大变动。可

四 负笈英伦

是，你已经换了好几个工作环境，换了好几个城市。究竟哪种人生经历好，哪种生活方式好，我想是不言而喻的。事实证明，你的适应能力很强，可塑性很强，生存能力和拓展能力很强。没有什么困难能够压倒你！

知道你近期常感冒咳嗽，很是不安。望能多多注意，及时加减衣服，调节饮食，多多保重。我知道你盼我早日回去，我亦如此。但现在我们需要足够的耐心。想念小珍，吻你！

我的论文写作进展还较顺利，估计9月15日前能完成。每天看书，写作，游泳，看电视，做饭，就是我现在日常生活的基本内容。因为没有过多的压力，心情还是比较平静。只是常常思念亲人，老想打电话。饮食还是较有规律，早餐是牛奶面包或是鸡蛋汤（至少两个蛋）加面包，中餐是意大利面条，晚餐才是中国饭菜。可能由于保持锻炼，精神很好，走路自觉轻快自如。

新学期开始，希望嘉嘉多多努力，相信他一定能取得更大进步！

夜深了，再谈。

祝愉快健康！晚安！

健荣

1991年8月13日晚12：00

＊ ＊ ＊ ＊ ＊ ＊ ＊ ＊

秀珍、嘉嘉：

你们好！又是星期六的晚上！上次通电话，秀珍的一段结束语，我听得出好几次哽咽之声，你是强抑住感情的波澜往下讲的。我知道，为了不影响我的情绪，你是强作欢颜啊！秀珍，你是很有意志的人！你提到我们过去那些事，勾起了我对那一波三折的相爱过程的记忆。往事依稀浑似梦，都随风雨到心头。往昔酸甜苦辣，可谓五味俱全。但无论如何，两颗年轻的心，一直都是在不断接近，所碰撞出的爱情火花，从来没有消逝。我们的恋爱历经磨难而最终如愿以偿，得到幸福的结合。秀珍，我们的爱情来之不易啊，让我们共同珍惜吧！

随信寄上给系、校领导的几封信，你看行不行？如果没有问题，请即转交他们。分别用信封装起，并写上收信人姓名和头衔封起再转交。

校、系是否能同意，我没有把握。他们可能是急着让我回去的。你看能否促进一下，可能我这封信也寄迟了些。

再谈。祝好！

你的荣

1991年8月17日9：00

* * * * * * * *

秀珍：

　　你好！9日来信收到，你从柳州寄出的这几封信特别慢，都超过11天，真够我等的。

　　你说今年嘉嘉的生日快到了，让我准备些礼物，我也正想着这件事。去年他的生日我已离家，今年10周岁，应好好庆祝一下。听这里一位留学生的妻子说，孩子10岁、20岁是大庆，要好好庆贺。她的女儿11岁，在这里念书。告诉嘉嘉，我很想念他，希望他生日过得非常快乐，希望妈妈好好安排一些活动来为他祝贺。

　　我想你可以做这样几件事：

　　1. 10月14日是星期一，你可和孩子在星期日（13日）上茶楼，和他一起庆祝。

　　2. 你和他照张相，请像馆在照片写上"嘉嘉10周岁"。

　　3. 组织生日晚会，可安排在星期日或星期一晚上。订个好蛋糕，买些好水果、瓜子、饮料和糖果。可请罗老师母女、小宋和她儿子，秦静、韦刚、罗琦和蓝小燕等嘉嘉的同学参加。为他好好庆祝一番。有可能的话，安排孩子们一些节目，唱唱歌。

　　4. 我写信叫黄敏、李希、小毅和丽娜等给嘉嘉去信祝贺，你可写信告诉姜妮和莎莎也来信祝贺。

　　下月26日，这里有两位朋友回国，我将请他们带一些礼物回北京寄。因是托人带，所以不便买较大的东西，只能说是寄上一片心意，送上父亲的祝愿吧！

　　当然，我从这里也寄出一份生日贺卡给他。

　　你可做一个150元的预算来为孩子庆祝生日，不要吝惜钱。金钱要为生活服务，为健康和快乐服务。再谈。

　　祝健康快乐！

你的荣
1991 年 8 月 24 日午 1 时

* * * * * * * *

秀珍：

　　很高兴收到8月16日来信。嘉嘉学航模又有新进步，使我十分欣慰。他能认真学，用心做，一定能很快提高。也难为昭仪同学，每天下午这样教他。昭仪是做事十分用心的人，事业心很强。他成功的道路，是近30年来始终不渝地朝一个方向努力奋斗开拓出来的。还在初中时他就学航模了，当时我也学，但后来因家庭经济拮据无法继续支持也就停止了。玩航模在当时还属于一种奢侈费钱的活动。嘉嘉这样学，有很多好处：1. 激发求知欲望；2. 促进功课的学习，提高独立思考和动手制作的能力；3. 开阔眼界；4. 也有很大的娱乐性，适合孩子的心理特点。昭仪教他，是很认真的。他这个人有一特点，说起他的行当，最有激情，非常认真。这种态度对嘉嘉亦是很好的影响——做事专心、用心和事业心的影响。我将给昭仪去信表示感谢。

嘉嘉的工具多了，其中刀子不少，要常提醒他，小心使用，要注意安全。并且，各种刀具一定不要拿出家门，更不能带去学校，切记。

再谈！

你的荣

1991 年 8 月 28 日下午 3：36

* * * * * * * *

秀珍：

你好！8 月 30 日来信收悉。

昨天我已收到利物浦大学的正式确认信函，同意我以研究学者的身份在这里从事研究半年（9 月 1 日至明年 3 月 31 日），我将拥有和这里的教师一样的使用学校各种设备和图书资料的权利。当然，我会有正式的身份证件（员工证，staff identity card）。

明后天我准备去办理签证延期事宜，并与中国领事馆联系延期的事情——即向他们提出申请。如果领事馆同意延期，通常延期半年的回程机票可以保留。超过半年就要自理。

知道嘉嘉身体健康，很高兴。他现在好奇心强，求知欲不断增长，要注意正确引导。引导他形成正确的道德观，引导他把兴趣集中到学习和钻研科学知识上，使他通过自己看书增长知识。在此过程中，你要注意主动提供帮助。比如，知道他对什么问题有兴趣，就设法找有关的通俗读物给他看，促进他爱读书多读书。

你容易感冒，要注意加减衣服，注意休息。利物浦天气好，可能空气污染也少些，我来此还没有感冒过呢。再谈。

祝一切好！

荣

1991 年 9 月 11 日晚 7：00 于学校

* * * * * * * *

秀珍：

你好！9月8日来信收到，谢谢你的努力！师大的系、校各方面都同意，确实不容易。因为等不及师大的同意信，我给曼彻斯特中国领事馆教育组的延期申请信，早几天已寄出。我原来想在信中写明学校已同意，但信函未到，最后没有这样写。现在你的来信确认校方的态度，我明天就可以给领事馆打电话说明此事。

利物浦市政厅移民局的对外办公时间，只有星期二星期五的下午2:00—4:00，因此这几天都没法办，打算明天下午去。怕你等久了，这封信明天先寄出。

我给嘉嘉买了一个卡西欧电子计算器，有155种功能，嘉嘉上大学也够用了。这是给嘉嘉的生日礼物。

此祝健康愉快！

你的荣

1991年9月16日晚10:20

* * * * * * * *

秀珍：

你好！今日是中秋节。海上生明月，天涯共此时。可叹月圆人不圆，只能独在异乡为异客。值此佳节，我们相隔万里，只能遥望星空互相祝福。天阶夜色凉如水，卧看牵牛织女星。思念你们，我亲爱的妻子和儿子！

9月9日来信收到，我已将公函寄曼城中国总领事馆教育组。利物浦移民局我也去了，那里不能直接批延长签证，已将我的申请材料（申请信、护照和学校同意信等）转去伦敦。

我希望延签能办通，但情况有变化，不能说很有把握。据说为了促使中国留学生早日回国效力，中英两国政府对此有某种协议。耐心等吧！不行就早些回去，也是好事。

嘉嘉学习比过去自觉，使我极为高兴！希继续引导，抓紧督促。转去体校航模班，我很赞成。

望你们注意营养，每天早上各人两个蛋，应予保证。不要吝惜钱。

再谈。祝健康愉快！

思念你们的荣

1991年9月22日

四　负笈英伦

309

＊＊＊＊＊＊＊＊

秀珍：

整整 10 天没有收到你的来信，使我很是牵挂。往常，每星期二、三都可以收到你的信，可是今天已是星期六，还是一无所获。你就是再忙，写几行字也行呀！

到今天我的毕业论文才真正完稿。星期一先打印好的一份交上去，然后自己再做一些小的调整和文字修改，最后才拿去装订。装订好的论文是 A4 纸的尺寸，深绿色布面烫金。需要装订三份，交两份，自己留一份。装订费学院可以报账。

论文水准如何，我不宜自己评价。它的完成，离不开你和二妹的全力支持和帮助，再次感谢你们！完成毕业论文，这一年的学业就算是基本结束了。下一步的工作，是收集资料做些研究，可以不用那么紧张。

新学期即将开始，又一批新生来到学校，校园里又热闹起来。我们管理学院有一位新生从国内来，是国家人事部的。秋风已经比较劲了，这几天气温是14.5 度左右。

非常想念你们！

健荣

1991 年 9 月 27 日下午 4：30

＊＊＊＊＊＊＊＊

秀珍：

你好！今天是 10 月 3 日，我到利物浦已整整一年了。

随信附上我的论文封面页和扉页。这是我自己设计，在计算机中心用激光印出来的。

封面的标题是"中国国有工业企业管理改革研究（1979—1989）"。

扉页上的献辞是：献给我亲爱的妻子姜秀珍。

寄上这些，是让你分享我完成学业的喜悦，并表达我对你全力支持的诚挚谢意。确实，你和嘉嘉都为此付出了很大代价，再次感谢你们！我能在这里顺利完成学业，是我的亲人全力支持的结果。

转来大哥的信收到，各情均悉。

知道嘉嘉的进步，甚为欣慰。这一是他渐懂事，二是你抓紧教育的结果。

望多多鼓励！有空给晓春哥 ① 和瑞莲姐挂个电话，代我向他们问好。

祝你们健康快乐！

健荣

1991 年 10 月 3 日

＊＊＊＊＊＊＊＊

秀珍：

你好！今天是 10 月 7 日，是我到利物浦的一年零四天。今天的好消息是，我的毕业论文通过了！这样，我这个公共管理硕士的学业就算是已经完成。在这令人喜悦的时候，再次感谢你的全力支持和辛劳付出！学位证书可能要过一段时间才能拿到。

今晨收到你 9 月 28 日来信。知道你有可能来探亲，很高兴。遗憾的是现在我的签证还没下来，看来办这件事还要等过一段时间。

关于申请读博士学位的资助问题，文科不同理科，搞合作研究不易。理工科的在这里找工作、找资助读学位的机会都比较多些。同我一起来利物浦大学的中国留学生，就有四五人找到了资助读博士。实际上，在某种意义上说，发展中国家的留学生在发达国家读博，是以拿较低的工资（每月 400 镑左右）的方式为导师（我们这里都称老板）和校方或公司搞研究，对方当然乐意。而且，中国的理工科的基础教育不算太落后，再者，中国留学生工作很勤奋，因此很受欢迎。文科则不然，一是中西研究方法差异较大；二是即便在相同或相近的领域，我们的研究也还比较落后；三是人文社会科学的研究不同于理工科，不易较快产生效益。因此，考虑这个问题是不能同理工科相提并论的。

世界上的事情就是这样，人们总是会不断地面临新的问题。旧的问题解决了，新的问题又会出现。于我而言，现在这个问题就是，我还要不要继续读博？如果读博，资助从何而来？我们分离的问题如何解决？人要往前走，就得不断地迎接挑战解决问题。

这些问题，又让你添烦恼了。抱歉！

祝一切好！

健荣

1991 年 10 月 7 日

---

① 我的堂姐夫。

四
负笈英伦

＊＊＊＊＊＊＊＊

秀珍：

关于你出国后孩子的安排问题，还有另一种办法，就是把嘉嘉转去柳州景行小学读一段时间，住在大哥那里，让大哥大嫂照顾他。这样，你出来就方便一些。短期来探亲，带着孩子来确实有些麻烦。因为时间短，不便在这里入学，若几个月或半年时间孩子不用上学，也没有小伙伴玩，又没有什么事做，孩子就会觉得很无聊。孩子整天跟着父母，也影响父母做事。孩子寂寞，更叫人心疼。我们一位同学的妻子带儿子来了一个月，就是这样。妻子去打工，这位同学每走一步都要带着孩子，无论到学校还是上街。他儿子 8 岁，同我们黄嘉同名，叫倪嘉，长春来的。但是，如果让嘉嘉转去柳州，我担心你出来后又放心不下，牵肠挂肚。我想我们都会放心不下的。这件事很让人踌躇。

关于筹借款项问题。你说拟筹借 15000 元，我觉得有 12000 元就行了，因为我们还自己还有一些。不知这 12000 元在柳州能否筹齐，我不了解兄妹们的积蓄情况。试试吧！

你估算一下，办手续要花多少时间，年底能不能办得通，如有可能就尽早办。上述的两种方法，你也比较一下。我的想法是，如果打算半年左右就回去，还是让孩子留在家为好。

嘉嘉的学习不能放松。学如逆水行舟，不进则退。一松下来，再要上去就很费劲了。请多做耐心的引导，尽量少生气，最好不要生气。

祝好！

爱你的健荣

1991 年 10 月 13 日下午 4：45

＊＊＊＊＊＊＊＊

秀珍：

你好！ 10 月 3 日来信收悉，简复如下：

1. 请即办申请及各项手续，争取年底前办妥。

2. 因你是短期出来，我意将孩子转柳州景小就读。

3. 邀请信及我的身份证明信前段时间已寄出。

4. 其他需要的材料将陆续寄出。

5. 耀、怡处我即去信。

嘉嘉的学习应抓紧，多多耐心。

祝顺利！

健荣

1991 年 10 月 16 日，上午 11 时 20 分

于英国利物浦大学

（注：此信是传真件，由利物浦发至桂林青旅，请滕泽廷君转交。）

* * * * * * * *

秀珍：

你好！

很高兴收到 10 月 14 日来信。这是你的第 53 封来信。

知道你近期工作虽忙，但心情开朗精神愉快，甚慰。

嘉嘉的生日过得好，使他十分快乐，这是正是我所盼望的。这样我多少可以减少一些内疚。他现在比较贪玩，要注意引导，启发他自觉学习，要让他知道父母对他的期望，从小立志，努力上进。你可在他的铅笔盒盖和课本封面等处，贴上各种小纸条，写上诸如"遵守纪律""用心听课"和"管住自己"等提示语，可以随时提醒他。

上星期挂了长话，发了传真，请你即办速办，可能你以为我这里已经办妥手续。其实不然，曼彻斯特领馆是同意了，但我延签证的申请还未批下来，什么时候能够批也说不准。这里有得到资助读博士的，申请延签证已经快三个月了还未批回。这样的事情主动权不在自己手中，不确定性很大，现在只能耐心等待。我告诉你这事，是让你有思想准备。你办签证要有我的护照复印件，但此时我的护照还在伦敦 Home Office（英国内政部）待批，什么时候能够批回是个未知数。很可能到时候你办好了护照，我的延签证却没批回。由于这些原因，你在那里是否申请都是值得考虑的。不过，如果已经申请就办下去吧！这件事办到什么程度我们都不必在意，任其自然，如何？无论如何，最多还有 4 个月，我们就在北京相聚。我觉得，太勉强的事要费很大气力，太折腾，有时候是不值得的。很高兴你同意我的看法，顺其自然。我想，如由于各方面的原因中途受阻，我们也坦然。这样可以少了很多折腾，嘉嘉也不必转去柳州。

我的毕业论文精装本已经装订好，交了两本，我自己留一本。很漂亮，像精装辞海一样，只是比较薄。亲爱的秀珍，当我已然完成学业之时，特别感谢你的全力支持所给我的力量和信心，再次感谢你！

常绍民的地址是：100710 北京王府井大街 36 号，商务印书馆编辑部。

你写信给他的时候，问问他拙著近期能否出版，如若不能，什么时候可以

四

负笈英伦

313

出。告诉他如有可能，最好能在年底出。请即去信。

夜深了，明天再谈。

健荣

1991 年 10 月 22 日

* * * * * * * *

秀珍：

我估计如果一切顺利，你办好签证也要到明年 1 月中旬，而到那时我即使延了签证，也就是还有两个半月就到期了，所以这件事是挺麻烦的。如果你能在今年底办好，当然最理想。

说了很多困难的话，是想让你有足够的思想准备，预计可能出现的麻烦。无论如何，我们的心是相通的，我们可以互相理解和体谅。归结起来还是上面那句话，顺其自然，处之坦然。

下面是我们学校传真和电传的号码，你有急事可以立即发来。

传真 44517086502，这其中包括了国际号码。

电传 627095 UNILPL G。这里是否要加上国际号码，你可以问问邮局发报处。

无论是传真或电传，你再写了上边的号码后，还必须写上 Huang Jianrong LIPAN，Univ. of Liverpool。

如果是传真，写了上述姓名地址之后，后面就可全部用中文。

电传需要全部用英文，必须简短明确。桂林邮局可以发电传。

祝好！

健荣

1991 年 10 月 23 日，上午 11：00

* * * * * * * *

秀珍：

你好！昨日发出一函。因明天我的一位同学，浙江科委的小洪要回国，就再写几句托他带回。我不知道哪封信可以先到。

10 月 14 日来信收悉，为嘉嘉过生日开心感到欣慰。对他的学习必须抓紧，尤其要注意启发他的自觉性。

我的签证还未批下，不知何时能批回。有人送去申请三个月，至今还未获批复。

上星期发出的传真想已收悉，可能你已开始申请。你要做好思想准备，如果我这里的签证不能延，你那里即使能办好护照也办不了签证。你办签证要我的护照全本复印件，但现在护照不在我手上，上个月17日已由利物浦移民局寄去伦敦的 Home Office。

我并不排除我这里签证能延的可能性，也确有这样的可能，但要做好各种准备。

祝一切好！

健荣

1991 年 10 月 24 日于学校图书馆

* * * * * * * *

秀珍：

你好！

上星期二就收到你 21 日的来信，各情均悉。

全国高师人事会议在我校召开的这个星期，你累，嘉嘉也够折腾的，学习也多少受影响了。会议结束了，你好好休息一下，同时把孩子的学习抓起来。

对你出来探亲的事，我也是很矛盾的。我和朋友们也多次聊过这件事，都觉得挺棘手，这主要是时间太短太匆忙。我们估计，你的护照签证最快也要到明年 1 月初才能办妥，可是到那个时候，我也快回去了。曼城领馆的已经同意我的报告，现在的主要问题不在那里。

延签证的申请还没有批下来。护照签证不拿回来，就无法复印给你去办你的签证。这没有其他办法，只能耐心等待。你说还是先办护照，边办边等。我同意你的想法。

英国方面办事也是挺拖拉的，但又急不来，奈何？

如你所说，如果来此时间很短，代价就很大，有点划不来。现在已经是 11 月 4 日，如果我明年 2 月初回去，那么还有三个月我们就可以团聚了，办与不办，确实很费踌躇。

事情虽然麻烦，但我们都要看开一些，无论能否办成，我们都可以很快团聚了，你说是吗？不要烦恼，任其自然，如何？

嘉嘉现在又学做航海模型，也好。可以增加一些知识，扩大兴趣，下学期再转体校。对他的作文要好好抓一下，和他一起阅读讨论一些范文，包括课文。让他知道如何叙事、写景、状物和描述人的心理活动，表达感受和体会，等等。你说他对生日庆祝活动很有感受，那就让他写一篇记叙生日晚会的作文，寄来给我看看。

寄来的游阳朔的照片很好，我看了无数次。想念你们，日甚一日。奈何我们相隔万里，天各一方。

今天下午挂电话给兰开斯特的王成铭老师，才知道他上星期一已经离校去伦敦，在伦敦逗留几日后就回国。收到此信时，可能你已经在桂林见到他了。夜深了，明天收到你的信再谈。吻你。

祝一切都好！

你的荣

1991 年 11 月 4 日晚 11：25

＊＊＊＊＊＊＊＊＊

秀珍：

你好！11 月 3 日来信收到，知道你最近工作比较顺心，心情平静，很高兴。我们的心是相通的，只要你愉快舒心，我心里也踏实，情绪就会好起来。

对于你被任命为师大人事科长的工作安排，我也不感到意外，虽然不能说是预料之中的事，但却是顺理成章。我为你高兴。你我都没有官瘾，然而这个安排是对你的能力和工作成绩的肯定。你到我们学校仅仅五年，现在你已经能够在学校的一个重要部门负责一个方面的工作，而且各方面的关系都处理得比较好，工作有效率有成绩，这是很值得称赞和肯定的。对此，我感到十分欣慰。你再也不是那个在 F 公司时期的热情而易于冲动、好强而感情比较脆弱的团委书记了，你变得更成熟了！作为当年曾是公司办公室里你的同事和科室团支部书记，以及曾经和你是同一个市委工作队的队员，更作为日夜思念和深爱着你的亲人，我为你高兴，并向你表示热烈的祝贺！祝愿你工作顺利，事事如意！

你说学校已有传真机，却忘了把号码告诉我，下次来信记得告知传真号，以便有急事可以向你发传真。夜了，再谈！

思念你的荣

1991 年 11 月 16 日

＊＊＊＊＊＊＊＊

秀珍：

你好！

明天老倪和他的妻儿一起回国，上午 10：30 乘汽车前往伦敦。我就托他带这封信回北京寄出。

至此，我们同届同院一起读硕士的三位同学，上海的小沈、浙江的小洪和吉林的老倪，就已经都回国了。小关还要在这里两年完成博士学业。今年新来的一位国家人事部的同学，是和我们一样读硕士的。看到别人回去，自己也很心动，多么希望能够早日团聚啊！

寄上两份剪报，一份是介绍北大 30 岁的教授陈章良的事迹，另一份是哈佛大学 19 岁的博士生田晓菲的事迹，请你让嘉嘉好好看一看。文章中的繁体字很多，请你注上简体字，他看了以后你再做些解释。让嘉嘉看是要鼓励他从小立志，努力学习，长大以后能为社会做出较大的贡献。

你说做好了不来这里的打算，我理解你的想法，我很高兴我们都能够理性地考虑和判断问题。目前，任其自然是明智的。和你一样，我心里也很矛盾。这段时间，我在这里收集一些资料，做些研究，为回去写一两本书做些准备。签证还没有批下来。

夜深了，很疲劳。思绪万千，多么想在你身边倾诉。下次再谈。

祝健康愉快！

你的荣

1991 年 11 月 17 日晚 12：50

＊ ＊ ＊ ＊ ＊ ＊ ＊ ＊

秀珍：

你好！

15 天没有收到你的信，正等得心焦，今天早上一下收到你 13、20 日两封信。昨天晚上原是打算去给你挂长话的，后来有些不舒服，11：30 就休息了。现在，我住的地方离学联点很近。

遥隔万水千山的邮路，中间那么多环节，任何一个地方出一点小差错，或者耽搁一下，就有可能使邮件推迟或者失踪。这是我们无法控制的事。前段时间，你连续收到我的五六封信，这也和邮路积压有关。就像我今天一下收到你的两封信，而上个星期却苦苦等不来。关于信件丢失问题，你让有关方面留心一下，是不是校内有人拿走？

很赞成你买热水器，金钱应该为改善人的生活服务。我也正想，回去后如果能有 3 房 1 厅，要把卫生间装修得现代一些，装上热水器、澡盆等。看来我们是不谋而合。用电热水器要注意安全用电，要教会孩子如何使用。刚开始不要让他自己开，切记。

知道你的正式任命下来了，为你高兴！祝愿你工作顺利，心情愉快！

吴老师之事令人伤感！七年苦等，到头来却是散了家！小劳够伤心的了。这确实是悲剧，谁之责？麦、王两人从国外回校，引起你的遐想，十分理解。对你的梦，我也很喜欢，也希望如此。我们都耐心一些吧！

我的签证还没有批下。现在着急也没用，奈何？目前照常工作就是了。

你说，现在变得有些脆弱，我不希望你这样。你是很能干，很有毅力，很有意志的人。我理解你，希望你坚强起来。探亲之事，目前也不必做最后决定，再等等看。原先说过任其自然，现在更是必须这样了。

看了小常的信，知道了情况。既如此，那你就请他出具一份即将出版的证明吧！

嘉嘉学习书法，很好。这对他养成专心细心的习惯和培养有品位的审美情趣很有好处，望多多鼓励。再谈。

祝愉快顺心！

你的荣

1991 年 11 月 26 日下午 4：30 于图书馆

＊＊＊＊＊＊＊＊

小珍：

你好！

事情就有那么凑巧，26 日晚才在电话里告诉你签证还没有下，可是第二天早上邮递员就把批回的护照等文件送到了住处。更巧的是，一年前，我于 10 月 4 日至 23 日在 Botanic. Road 31 号住过 20 天，当时我到警察局办理居住登记，卡上登记的就是这个地址，现在护照居然还是按此地址寄回！如果我不是一星期前就搬回这里住，那么，这封重要的挂号信就会退回伦敦，又不知要折腾多久才能来到我手里！真是无巧不成书，运气特别眷顾我啊！我到利物浦移民局办理延签证申请手续时，他们要将申请材料报送伦敦内务部候批，我申请表上留的通信地址清清楚楚地写明是我系的地址，请他们依此地址寄回我系，谁知伦敦内务部却按警察局登记卡的地址寄回我一年前住过的地方！唉，不知是因他们太教条让我撞了彩，还是冥冥之中神力暗助我！

这一星期来好运气真是不少，两次给你挂电话都是让你接到，也真是够巧的了。

第二次电话谈到来与不来的矛盾。考虑了几天，觉得你还是应该来。因为，这样一是可早几个月结束分离的思念，二是你可以看看外部世界，这个机会确实是不容易。问题在于嘉嘉，我不希望嘉嘉中断学习，也不希望他来到这里寂寞，没有小伙伴玩。因此，他转到柳州景小读几个月，我想影响不会太大。我们回去后，一起抓紧教育，有什么问题是完全可以补上。而且我相信大哥和大嫂会尽力尽心照顾他。嘉嘉以后出国的机会一定会有很多的。

这样，你可以把嘉嘉的护照也办好，你和他各一本。然后，先办你的签证。到北京办签证，也不一定要跑两趟，如果顺利一趟就行。祝你顺利！

来信请照常寄往系里。夜了，明天再谈。吻小珍。

荣

1991 年 12 月 2 日，晚 12：20

于 flat 2，31，Botanical Road

* * * * * * * *

秀珍：

你好！今天是星期二，通常可以收到你的来信，但今天却是例外，愿明天能收到。

最近心情不大稳定，可能是因为各项限定性任务已经完成，心理压力大大减少了，精神容易分散的缘故。现在的思想常常是信马由缰，甚至是平川放马，没有边际地想很多事情：今后的工作方向，孩子的教育问题，你的探亲问题，等等。

圣诞节又快到了。这几天，市中心节日气氛已经很浓厚。入夜，到处是装饰成各种图案的彩灯在闪耀，熙熙攘攘的人流来去匆匆，忙着节前的采购。市区购物中心的圣诞树。虽然是在室内，但有十几米高，晶莹华丽，上面还有一群快活的儿童在嬉戏。当然，这是电动装置的，但有真人那么大。华美多彩的动漫灯饰让许多人忍不住驻足观看。按惯例，圣诞期间会有很多商品大减价。明年初要回国，因此今年我也准备买些东西了。现在上街上逛逛，是先了解一下情况。想念你们！

祝一切好！

健荣

1991 年 12 月 3 日下午 5：50

于学校图书馆

* * * * * * * *

秀珍：

你好！

收到 27 日来信，各情均悉。

四 负笈英伦

你的每封来信我都要看很多次，它给我带来温暖和力量。知道亲人对自己的关切，知道亲人的近况，就会大大减少独在异国他乡的孤独感。过去我在外地，父亲常给我来信。遗憾的是，自我就去年9月离家，就再也没收到父亲的信。因此，你的来信就成了家信的最主要来源。二妹每个月都有一封信来。在读你的信时。我常常不自觉地产生一种很复杂的心情和感觉。从你的笔端汩汩流出的温馨话语，让我感到写信人的角色在亲人与知己好友之间不断变换。当然，无论什么时候，我都会很快意识到这就是我妻子的来信。由于她的关爱和体贴，由于她的真诚和热情，使我时时感受到家庭的温暖，感受到挚友的情谊，从而获得极大的愉悦和慰藉。

从27日的来信知道，你最近工作比较顺利，各方面关系也都处理得很好，并感受到工作的乐趣，这使我十分欣慰。这正是我所盼望的。我完全相信你有能力有热情把工作做好。依据管理学和组织行为学的理论，做人事管理工作，如同搞其他管理工作一样，应当注意抓好如下五个方面，即计划、组织、指挥、协调和控制。这五个方面都大有学问，简略地说，就是要掌握如下原则。1. 分工；2. 权限和责任；3. 纪律；4. 命令的统一性；5. 指挥的统一性；6. 个别利益服从整体利益；7. 报酬（应有合理的报酬）；8. 集权，权力相对集中；9. 等级系列，组织结构必须形成等级系列；10. 秩序；11. 公平；12. 保持人员稳定；13. 首创精神；14. 集体精神，使组织的人员都自觉地为组织的整体利益和名誉而努力工作。

此外，作为组织者和领导者，塑造和优化自己的气质风度也很重要。我觉得柳州人大常委会副主任黄阿姨的气质很好，她讲话待人从容大方，含而不露，使人感到既热情平易又有威仪。你说是吗？她的言谈和行为方式值得我们学习呢！

知道嘉嘉的进步，非常高兴。嘉嘉有一种好胜心理，若能够好好引导，就可以大大促进他的学习。从他的情况，可以看到下面这样一种良性循环的过程：兴趣或自觉性——学习——取得好成绩——适时鼓励——增加争取更好的成绩或进步的积极性（也就是动力）——再学习——再取得新的成绩。因此，注意适时鼓励十分重要，这是建立自信心和增强动力的重要基础，嘉嘉是很可爱很聪明的孩子，只要好好引导，他会很有出息的。

该回家了，再谈。

祝愉快顺利！

健荣

1991年12月10日下午6：25，于利物浦大学图书馆

＊＊＊＊＊＊＊＊

秀珍：

　　你好！

　　这几天利物浦是冰天霜地！注意，是霜，不是雪，并没有下雪。霜很重，前所未有，见所未见！室外遍地白茫茫，屋顶也是如此。很冷，我还没有见过那么大这么厚的霜！我们宿舍外一大片有几个足球场大的草地，几天前还是绿草如茵，青翠欲滴，转眼间就被厚厚的寒霜所覆盖，只留下一大片晶莹的白色世界。老倪走的时候，给我留下了一床毛毡和一张毛毯，昨天我把它连同我的被套床单一起洗了。晚上在大棉被上再压上这两张毯子和毡子，被子里再放上热水袋，暖得很。室内虽然有电热暖气设备，但大家怕花钱都不开。现在我们每人每月 10 镑电费，如果用暖气就会增加到 25 镑以上。因为耗电很快，个人用的时间也很难控制。白天在学校图书馆还是很暖和的，晚上回来早点睡就行了。其实现在的气温也不过是 0—8℃，不算很冷的。

　　关于我目前的研究工作，情况是这样。过去的一年读书匆匆忙忙，应对课程论文、考试和学位论文，没能够系统地深入地探索一些问题，现在我确定需要进一步深入学习和研究的方向是：1. 管理理论；2. 行政管理理论；3. 文官制度研究。这是一个金字塔的结构，前面是后面研究的基础，三者之间有很强的相关性。我打算在这些方向进行比较系统的研究，以便回去以后能上课，能做研究和写作。我买了一些书，也复印了不少资料。这里的书很贵。以后主要还是复印，尽量少买新书。不过，复印纸很重，带回去也是个麻烦。回国时书籍行李就走海运吧！听说要两个多月才能到中国。

　　上个月打工稍多了些，从这个月开始我只在周末做几个晚上。其实，我也不想多干，想多看些书。实际上，每月打工 4 个晚上的收入，就够一个月的生活费了。

　　8 点多了，又该回家做饭了。再谈！

　　祝一切都好！

健荣

1991 年 12 月 11 日晚 8 点 16 分于图书馆

＊＊＊＊＊＊＊＊

秀珍：

　　今天是 12 月 16 日，是我们利物浦大学举行授学位仪式的日子。

　　仪式非常隆重。来自文、理、工和医科各学院的数百名学生分别被授予博士、硕士和学士学位。首先，是授予荣誉博士学位。学位获得者是爱尔兰共和国刚刚当选的首任女总统罗宾逊夫人。她是去年11月当选总统的，今年才45岁，很有风度。她被授予荣誉博士学位后，即席发表了精彩的演讲。罗宾逊夫人是哈佛大学法学博士，25岁就成为法律教授。这样的人中翘楚，令人敬佩。

我和百余名硕士毕业生一起，排队上台领到了学位证书。在这个特别的令人激动的时刻，我首先想到的，是要和我亲爱的秀珍分享喜悦！谢谢你，我的好妻子，感谢你的全力支持！

今天早上收到你12月8日来信。这段时间因为考虑和办理你们来探亲的事情，我们的联系特别多。这是你的第60封来信。按每封信4页纸算，你已经写了240页，够一本长篇小说的篇幅了。等我们团聚的时候，再一起好好读一读吧！

信中说到你着急和烦恼的心情，使我感觉很不妥。还是豁达一些吧！做什么事不会遇到麻烦呢！上次电话我说自己犹豫，主要就是怕你太折腾太累，还有就是担心让嘉嘉受到影响，而不是考虑费用。钱是可多可少的身外之物，而亲情是无价的。我对你和嘉嘉的关切，无论什么时候都是我第一位要考虑的事。

这里再寄上4份材料，都是你办签证用的。

1. 我给你的英文邀请信。上次已给你寄中文邀请信。两份你都要带去，请各复印一份，以防丢失。

2. 我们系主任的证明信。证明我在这里的身份，这份材料早些时候已经寄出一次，我不知你收到没有。关于我的身份证明，我已寄出三种文件——学校的、学部的和学院的。你去办手续，用学校的和系里或者叫学院的两份就可以了。

3. 住房证明。证明我已经住租用 Botanical. Road 31 号的第2单元，这一单元包括两间卧室、一间客厅以及卫生间、厨房各一间。

4. 租房的租约。租房的时间，是从今年10月20日至明年4月20日。

收到信件请告知。夜了，再谈！

祝一切顺利！

健荣

1991 年 12 月 16 日晚 7：40

* * * * * * * *

秀珍：

今晨收到你的12月4日来信，这是你的第61封信。你看，前天收到你8

日来信，今天却收到 4 日的来信。邮路乱了套，也是无奈呢！

知道你想念的心情，十分感谢！亲人这样惦念我，关心我，是我的幸福。

机票问题不要担心，是我在这里买票，你在北京取票。凭我给你的密码和你自己的护照就可取票。单程票约 300 磅，双程票 600 磅，不是 1200 磅。1200 磅是在国内买双程票，6500 元人民币一张单程票。

我想，即使你来这里两个月，也是值得的。假定你 2 月 5 日到这里，我们 4 月 10 日回国，也就可以了。注意，申请签证三个月。

想念你们！

你的荣

1991 年 12 月 19 日下午 2：50

＊＊＊＊＊＊＊＊

秀珍：

你好！好几天没有提笔写信，让你久等了。圣诞期间朋友有些往来应酬，比较忙。另外，周末干活也特别累。

原来我准备去李小林那里过圣诞，但后来又想，你也快来了，到时候我们一起去，岂不是可省一次车费也省些时间？谁知你又决定不来了，早知如此，我去一趟就好了，这样节日也过得更快乐一些。

圣诞晚上和你通了电话，你那边的消息使我很失望。和你通话的前几天，我已经寄出了签证所需的最后一批材料，包括英文邀请信和住房证明等，就还差一张往返机票了。可是，事情终究还是不能如愿，奈何？我知道你不愿意把事情搞僵，不愿做太勉强的事，我理解，但我多少有些遗憾！我做好了一切准备，床单被套等等都洗过了，房间也认真的布置了一番。可是，到头来这一切都成了无用功！

秀珍，不管怎样，我希望你能够冷静下来。忘掉这事，好好照顾孩子，抓紧孩子学习，好好照顾自己的身体，保持平静的心情。

从 12 月 20 到 1 月 6 日是圣诞假，学校关门，这样我就无法收到你的信了。今天是 30 日，还要等 7 天，才有可能收到你的信。想念你。

等下要出去办事，再谈。

祝新年快乐！

健荣

1991 年 12 月 30 日下午 2：42

* * * * * * * *

秀珍：

想念你们！今天是元旦，是我在利物浦过的第二个元旦。在异国他乡最怕过节，这是当地人的热闹和欢乐，却是游子的孤寂和乡愁。

今天天气还不错，虽然没有灿烂的阳光，天空还算晴朗。住宅前绿茵般的草地上，成群的海鸥在嬉戏，还有不少孩子在踢球、骑车。写到这里，窗外一个小男孩牵着一条小狗走过，停下来用步话机和他的小伙伴通话。小狗在一旁摇头摆尾，等得颇不耐烦。本来，节日上街逛逛还是挺好的，可以领略一下异国的节日风情。可是，我却病了。大概是重感冒，头痛，发热，咳嗽，还加上关节痛。从昨天下午2：30到今天中午12点，我差不多睡了24小时。吃了伤风胶囊、感冒冲剂，昨晚半夜出了汗，稍微好了一些。半夜3：30起来，披衣坐在床上。因为咳嗽得太厉害，4：30才睡下去。这两天只能吃些稀饭维持。隔壁的小陶很关心，过来问了两次。在外面最怕得病，这是千真万确的。如果你在我身边，该多好啊！

精神不好，暂且搁笔。

健荣

1992年元旦

* * * * * * * *

秀珍：

你好！今天是元月5日，星期天。明天圣诞假结束，可以到学校去收你的来信了。我想至少会有两封，也许还会有其他来信和贺年卡。学院办公室关门17天了，积压在学校的邮件应该会很多的。

持续5天的感冒现在基本好了，只是还在咳嗽。但也咳得比较少。2日我去医院看了，要了些盘尼西林胶囊和止咳糖浆，否则真是压不下去。这次咳嗽之严重，以往从来没有过。咳得头痛胸闷，很是厉害！

授学位时拍的照片已经洗印出来，先寄出一张，让你们分享我的喜悦。同时寄出一张我新居室的照片。其他照片以后再陆续寄。再谈。

祝一切好！

你的荣

1992年1月5日下午3：30

* * * * * * * *

秀珍：

想念你！

圣诞假终于结束，院办公室开门了。同时得到你 12 月 14 日、19 日的来信，以及二妹的来信和学校的贺年卡。

看了你的信，知道为申请探亲的事让你折腾得很累，心情不好，还累出病来，我很难受，也很抱歉！其实，学校不让你出来，是担心我们不回去，而不是探亲时间长短的问题。探亲之事既已如此，再勉强下去也麻烦，我们还是多想开一些吧！

知道嘉嘉又有新的进步，各方面比较自觉，十分高兴！孩子渐渐懂事了，要注意多多引导，循循善诱，使其不断明白事理，能够自强自立，将来能够充满自信地走向社会。爱心、细心、耐心，再加上智慧，是教育孩子所必须具备的。望多多注意。

此祝愉快健康！

健荣

1992 年 1 月 6 日下午 1：24 于图书馆

* * * * * * * *

秀珍、嘉嘉：

想念你们！

今天收到你和嘉嘉 1 月 5 日来信，很高兴！现在我们终于可以开始进入团聚的倒计时了。分离 16 个月了，多么漫长的日子啊！你现在也在考虑相聚时的一些准备，谢谢你！你是有心人。

由于你不能来，我这段时间的情绪波动很大，甚至可以说心情很不好。这种情况持续了近两个星期，现在稍微好些了。启动办理申请来英国探亲一事，最初是我有些踌躇，但后来是你的顾虑太多，决心不大。对此，我主要是为你感到惋惜，失去了一次机会。否则出来看看，哪怕是两个月也是有益的。

事情过了就忘掉它吧！我想我们都得振奋精神，把自己的事情做好。秀珍，鼓起劲来，朝气蓬勃地工作和生活，充满信心地创造未来。我理解你，支持你，爱你，疼你。生活的意义在于进取和创造，让我们共勉。

有工资加，当然是好事，可惜增加不多。

明天是我的生日，你的来信没有提到，可能忘了吧！也许是你最近太忙了，请为我祝福。吻你。

夜了，再谈。

荣

1992 年 1 月 14 日晚 11：20

＊＊＊＊＊＊＊＊

秀珍：

　　你好！收到此信息，你一定和孩子回家乡好几天了。嘉嘉考试顺利吗？希望他能取得好成绩。

　　上封信已说到，我的心情已渐由阴转晴，请不要担心。

　　我同意你的看法，面对现实。过去的事，就让它过去吧！我想，将来一定还会有机会的。未来的变化，现在也很难预料。对你的工作，我认为还是安心为好。既是一所大学的人事科长，常有人到家里找，恐怕很难避免。但是，应当把这样的干扰控制在最低程度。你可明确告诉有事要找你的人，请到办公室谈。除非是特别紧急的事，在上班之前必须处理。家里人来人往，对你的休息和嘉嘉的学习，确实是影响很大的。嘉嘉在房间做作业，你和来找的人谈话时请把他的房门关上，并且尽量轻声说话，尽可能减少对他的影响。孩子年纪还小，还不能做到很专心，不能很好地克制自己，注意这些是要十分必要的。

　　你说托了一个英国人把胃仙 U 带到英国，但到现在还没有收到，不知此人是否已到英国。如果出了偏差，那也是没办法的事。

　　嘉嘉写毛笔字专心，很好！多鼓励一下他。告诉他，如果在学校学习也这样用心，一定能够取得更好的成绩。再谈。

　　夜了，明天再谈。吻你。

荣

1992 年 1 月 20 日

＊＊＊＊＊＊＊＊

秀珍：

　　今天是年初八，很想念你们！

　　七、八日两天晚上，和你通了话，十分高兴！虽然我们万里相望，但能有电话直接交谈，听到亲人的声音，已经让像我这样的海外游子感到非常快乐。我很知足了！

　　岁月匆匆，我离家已将近 17 个月！两年春节我都是身在异国他乡，难诉心中思念之苦！你在那里独立支撑着我们的小家，实在不容易啊！要忙工作忙家务，还要督促辅导孩子的学习。已经三个学期了，你是很累的！值此新春佳节之际，我向亲爱的小珍，我的爱妻，谨致问候和祝愿！祝愿你在新的一年里身体健康，工作如意！祝愿我们的孩子健康快乐成长！

1月22日由桂林，和1月31日由柳州发来的信都已收到，勿念。

嘉嘉期考成绩还是挺不错的，要多鼓励，不要造成他的精神压力。如你所说，他现在已经逐步有些自觉性。比如说他的作文没有考好，他会说安慰你和今后一定努力的话。这表明，他已经意识到父母对他的期望，意识到用功学习的重要性。家里的书柜有很多帮助写作的范文，如文选、文笔精华等等。不一定要去买关于如何写作文的书，关键是要多阅读，读好的文章。当然，写作文的章法如谋篇、立意、结构和修辞等等必须懂得，但主要是多读多练，在游泳中学会游泳。基本的作文法我回去再逐步和他讲，目前这个阶段你要督促他多读多写。针对他的不足，如对如何分析题目、抓住中心、分好段落与前后呼应等基本问题，你还得经常和他讲讲。

祝你们春节快乐，在家乡度假愉快！

荣
1992 年 2 月 11 日

* * * * * * * *

秀珍：

你好！

李小林和彭传云最近接连给我来了两封信。他们知道你不能来，劝我想开一些，不要太烦恼，给了很多安慰，其诚挚友爱之情，令人感动。两口子都是厚道之人。可能是小张给他们去信，因此他们知道了你的情况。小张对你很感谢，让小彭两口子向我转达谢意。小林近期已搬进学校的留学生宿舍，2室1厅，条件比较好。只是房租贵一些，为198镑一个月，连水电费一个月要花220磅左右。他们很热情地邀请我去那里住几天，放松一下。小林还建议我，再延三个月的旅游签证，这是有可能的。他建议我到伯明翰，找些活干挣些钱，住在他们那里。对这一很善意的建议，我还没有考虑好。我想你也不愿再等三个月了，对吗？

他们的女儿在那里上学，还没有完全克服语言障碍，因此压力比较大。明年就上中学了，他们也觉得挺麻烦。又担心以后回国孩子跟不上国内的进度。他们来信还要我代他们向你转致问候。

从昨天晚上到今天早上，我感到有一种极为强烈的思念儿子的冲动在心中升腾。一年半了，离开儿子那么久，真是对不起他啊！我出国时，他还没有满9岁，可现在已经快10岁半了！几年来，因为分离的时间太多太长，我对他的关心照顾都比较少，实在是内疚。回去后，我一定尽最大努力来弥补，让我们的儿子享受最充分的父爱。秀珍，我这样说，你不会觉得我偏心吧？我对你和儿子的爱同样深厚！

最近收集资料，还是挺忙的。到现在，已经有时间比较紧的感觉了。夜了，再谈。

晚安！

你的荣

1992年2月13日晚11：55

＊＊＊＊＊＊＊＊

秀珍：

想念你们！3月4日来信收到，这是你的第72封信。

信中说，你2月21日才收到我的1月15日的来信，此后直到3月4日才收到我2月27的信，这真是奇怪！难道我1月15日寄出的航空信，竟然要过36天你才能收到？而在1月15日到2月27日之间，我还多次寄信给你，你却都没有收到，真是奇怪！

我想，可能你的日期写错了！要不然怎么会连丢那么多信呢？比方说，可能是你2月21日收到我2月15日的信，而不是1月15日的。好了，不说它了。希望你不要埋怨我呢！在利物浦，可能我是给家里写信最多的人了！很多人是很少写信的。譬如说小关，他就是很不积极写信的。他妻子还没来时，他一般是20天到一个月给家里寄一封信。

我理解你的心情，但更希望你坚强坚忍。我多次告诉你，我也常常10天半月收不到你的信。快见面了，让我们都多多互相谅解好吗？我一个人在这里，有忙的时候，也有病的时候，更有心情不好的时候。不要以为我会把妻儿忘了。此外，你不能老强调按时收到信，这是很难做到的事情。我多次说过，万里迢迢的邮路，会受到很多不确定因素制约，中间很多环节有可能出差错或发生意外，信件破损、丢失甚至会被别人拿走的可能性都是存在的。

说些高兴的事吧！快回家了，最近常想起家里的事。早几天又梦见你了。今天我又想起柳州五一路的宿舍。我们刚得房时，家具很简陋，只有一张床，一张旧竹椅。那时候，生活虽然简朴，或者说是很清贫，但依然感到很快乐，很令人回味。

经再三考虑，我决定还是按时回去。明天我就把订票单寄到曼彻斯特总领事馆，订 4 月 5 日的机票。机票落实后，我会尽快用电话通知你，4 月 5 日是星期天，中午在伦敦上机，第 2 天也就是北京时间 6 日，中午 12 点左右到北京。航班飞行约 17 个小时。如果我落实 4 月 5 日的机票，你就最迟要乘 3 日的特快到北京，因为第 3 天早上你的列车才到。你到北京后住北京语言学院比较好，那里专门有一栋楼接待出国和回国人员。你在北京站下车后乘地铁到西直门站下车，转乘 375 路公共汽车到北京语言学院站下车就到了。语言学院的接待处是在学 1 楼。你要开两张证明，一张是出差证明，另一张是写明赴京接机，是接留学回国人员的家亲属。第二张是在语言学院住宿时才出示。旅行途中如有需要，只出示出差证明就可以了。有可能订个双人房。注意，在北京问路、问讯尽可能问民警或商店营业员，最好问妇女。各方面要多警觉一些。

可能你还记得，我说过教委的留学服务中心就设在语言学院，我们留学生回去都要去那里报到的。到首都机场的方法是，你先从语言学院乘车到西单民航售票处，然后在西单乘民航的专车去机场。你可以向语言学院学一楼的工作人员问清机场专车的时间、车次和路线，他们很熟悉的。记住带上些零钱，到北京购物方便些。嘉嘉留在桂林上学，请及时让你妈过来照顾她。

如果没有进一步的说明，你收到这封信就不要再来信了。小关家里装了电话，号码是 051-707-2076。有急事可挂电话来，让他转告。北京时间与伦敦时间的时差是 8 个小时，前者早八小时。注意挂长话时，前面还要加上英国号码 0044。

祝好！

健荣

1992 年 3 月 13 日晚 11：20

* * * * * * * *

秀珍：

又是星期六的晚上，想念你们！你们现在干什么呢？我想，你一定是和嘉嘉边看电视边谈论我们即将到来的重逢吧！

前两封信我已经说过，我已订了 4 月 5 日的机票。请你最迟于 4 月 2 日乘车赴京。不料现在情况又发生变化，昨天伦敦中国驻英大使馆教育处来电话说，5 日的机票订不上，只能定 2 日或者 9 日的。我订票时在订票单上留的是小关家的电话号码，教育处来电话时因来不及找我，是小关代我接电话，并当即帮我做主，订了 9 日的机票。我想，这样也好。虽然晚几天，你可以不必那么匆忙，在旅途上也方便些。小关做事果断，能担当，很够朋友的。这样，你可以乘 6

日或 7 日的列车赴京。我的航班是 10 日中午 12 点抵京。

这星期没有收到你的信，很想念。上封信说请你在 20 日后就不要来信，现在看来你如果 25 日前寄信，我还可以收到。过几天与大使馆教育处联系，把机票落实了，我再用长话告知。

还要做些其他事，明天再谈。希望星期一能收到你的信。吻你们。

祝愉快健康！

思念你们的荣

1992 年 3 月 21 日晚 10：00

＊ ＊ ＊ ＊ ＊ ＊ ＊ ＊

（此件是传真，发桂林中国青旅广西分社，请滕泽廷君转姜秀珍）

秀珍：

9 日的机票已经落实，我将于 10 日中午抵京。

昨日，在此偶遇中国社科院的桂林老乡张建雄。他建议我们在北京可住到化工学院招待所，那里比较近市中心，办事比较方便。现在他已发传真，请他的朋友梁女士为我们订房。梁在化工学院自动化系工作。

请你在 6 日上午 9：00—12：00 给梁挂长话，看事情是否已经落实。她的电话号码是 4218855 转 2639。

启程时记住带上身份证等各种证件。

祝一切顺利！

健荣

1992 年 4 月 1 日

晚 12：00 于利物浦

＊ ＊ ＊ ＊ ＊ ＊ ＊ ＊

2. 桂林—利物浦

健荣：

你好！十分高兴收到你的来信。家书抵万金！这几天盼你的信，实在是望眼欲穿！今天中午我还在和嘉嘉说这事。下午到办公室看到了你的信，匆匆看了一遍，还没看完，眼泪就掉下来了。我想，我的心情你是可以理解的。

9月22日到现在，在这将近一个月时间里，我可是难过极了！天天想着你的行程，想着你在干什么。每天课间操时买菜回家，总以为你会给我开门，替我接东西……晚上又经常睡不着，看书又走神，一天到晚不得安宁。9月29日晚9点，听到飞机的响声，我和嘉嘉一起到阳台看飞机。嘉嘉还以为是你乘坐飞机，专门飞到桂林和我们告别呢！

你赴京出国以后，办公室同事都很关心，经常问寒问暖，主动帮忙。10月14日嘉嘉生日，建敏和海燕都给他送了小礼物。10月10日何长玉又帮忙弄到了煤气证，并陪我去选购煤气灶、煤气罐等，解决了我们生活一大难题。购置这些煤气灶具，花了380多元。煤气是议价的，26元一罐，就在附近的石油六公司即可充气。这几天在家复习，从16日起上半班，可以照看煤火，暂不烧煤气。我打算考完试后，把厨房整理好才开始用煤气炉。

你不在家，嘉嘉就是男子汉了，每天晚上他主动把门锁好，经常提醒我要办的一些事。上星期一中午，他先回到家，自己动手打开煤气炉，洗米煮饭。结果水也没放，我回来时，锅里的米都煮焦了。真是好危险！我告诉他用高压锅的危险性，不让他乱帮忙。煤气炉的危险性，我也和他讲了。你每次来信，他都很关心，要我十分详细地告诉他。他对你的一切都感兴趣，听得津津有味。他知道你是爱他的。有一次我故意说：你说你爸爱你，为什么有时候又打你呢？他很认真地说，电视剧《好爸爸，坏爸爸》里说，"打是疼骂是爱"。这个道理，他是懂的。

健荣，你现在到了一个完全陌生的新环境，无论是语言，还是生活习惯都不同。要在短期内顺利做好要做的事，很不容易。我相信你能够克服任何困难，达到预期目的。但一定要十分爱惜自己的身体，学会自己照顾自己，要注意处理好各方面的关系，特别是同宿舍的室友。

健荣，你对我的情义，我是铭记在心里的！人都是要拼搏，要奋斗的，长相厮守是干不出大事的。我相信，我们重逢时一定会更充实，对吗？今晚就写到这里。

今天中午睡了几分钟，居然梦见你了，真可惜是白日做梦！等我考完试（27日）再给你写信。

祝一切都好！

秀珍

1990 年 10 月 17 日晚 10 点

****

健荣：

你好！昨天上午才给你寄出信，今天又很想你了。今天是周末，晚上嘉嘉去看电影，排球场上正搞舞会。喧哗声不断传来，吵得我看不进书，干脆给你写信好了。

你改专业的事谈得怎样？正式的学习开始了吗？生活习惯吗？在家千日好，出门一日难！出门在外，什么事情都得靠自己，衣食住行都要考虑好，特别在经济上一定要计划好，不像在国内，可写信回来要钱。

"夫行万里妻担忧"，你的一切都挂在我的心里，请经常来信，免得我放心不下。愿今晚梦到你！

你的珍

1990 年 10 月 20 日晚 9：30

****

健荣：

你好！刚才我们科的小黄把你的来信送到家里。打开信读了，又忍不住掉泪，后来索性大哭了一场，心情才稍好一些。孩子不在家，我也就不控制自己了。

我知道你非常重感情，我知道你一定很想我们。我们又何尝不是如此呢！你走才一个多月，我已经作了无数次去接你的梦。嘉嘉看电视新闻时，看到领导人下飞机的镜头多次问，爸爸回来时是不是也这样，在机舱门口向我们挥手再走下来的呀？我现在最怕孤单。国庆前我带着嘉嘉离开桂林回柳州，中秋节那天，又带着他匆匆赶回到桂林。背着家人和孩子，不知哭了多少次！9 月 29 日你离京赴英那天通话，我不敢多讲，因我已经快忍不住要哭出声了。离开你，我很伤感！前两天突然发现，我的白发增加了很多，可能是思念过度了吧！

健荣，离别是痛苦的，但我们都是有意志的人。我相信等到我们团圆时，彼此一定会感到更加幸福！你一定要珍惜这难得的学习机会，我相信你一定会取得好成绩。我们期待着你的好消息！

我们在这里都很好。周围的同事都很关心我们，办公室的同志对我都很好。中秋节，你们系教学秘书送来 16 个月饼。从下个月起，学校每人每月工资增加 15 元（洗理费、书报费等）。我想从下个月起，把你的工资全部存在财务科，省去叫别人代领的麻烦。我的工资有 200 元，也够我们两人用了，你看如何？

现在已经是 4∶30 了，我还得抓紧时间看书，等考完试后再给你寄出。

秀珍

1990 年 10 月 25 日下午 4∶30

* * * * * * * *

健荣：

你好！下午收到你 10 月 21 日托人从北京寄来的信。

你的每一封来信，我都要看十几遍。所有的来信我都放在床头，每天晚上从头到尾看一遍。从你的来信捕捉你的身影，想象你的状态和行踪。你想我们时，可以想象我们的一切，我们在什么地方，在做什么，你心里都可以清晰地建构起相关图景，因为你熟知我们的工作和生活环境。而我们的想象，就会受到太多的限制。因为，我们完全不知道你所处的异国他乡的环境，只能想象你的模样，想在家时我们一家团聚的欢乐。你在那里的情境，我们只能从来信中揣测和推测。我们母子俩经常把一张世界大地图铺开在地板上，蹲在图上看英国。可是又常常望图兴叹，感叹英国离我们太远了！每天坐在书桌上看书，总先看看你的照片，幻想你从照片出来和我交谈一下。可惜，你总是望着我微笑。我和嘉嘉都非常想念你！

健荣，我非常理解你的心情，我知道你对我们的情感。但有一点我必须提醒你，到英国快一个月了，你要尽快适应那里的环境，尽快从强烈的思乡情绪中挣脱出来。你是要干事业的，我担心你想得太多，会影响学习。只要你心里装着我们，经常给我们写信就行了。谢谢你轻轻地吻我们！

明天再见！

秀珍

1990 年 10 月 30 日晚 11∶30

* * * * * * * *

健荣：[1]

你好！我不知该如何给你往下写完这封信！前面几页已给你寄出，下面部

---

① 妻子这封告知我父亲去世噩耗的来信，虽写于 1990 年 11 月 4 日，却是在 8 个月之后，即在我考完试后才寄出给我。为了不影响我的情绪，家人和她商量后对我一直隐瞒信息。

分不知什么时候才能够让你看到！我不知你看到这不幸的消息是否挺得住！你父亲已于10月29日上午11：20因心脏病加重，抢救无效去世了。我是10月30日上午10点接到耀荣的长话才得知这一噩耗的！柳州市人大常委会办公室在10月29日中午已发了加急电报到学校本部，但不知何故本部校办没有及时告知我。后来才得知，是耀荣所告知柳州市人大我的工作单位有误。他说我是在师大政治部工作，但师大没有政治部。31日柳州家里见我们还未归，又来长话。当时，我无论如何不相信自己的耳朵，电话还未放下就大哭了！我完全不相信这一残酷的消息，实在是不能相信啊！国庆节假期我和嘉嘉还回了柳州看望父亲。10月2日，我还陪同父亲在柳江河堤散步，和他谈了很久。对我的工作去向及其他问题，父亲提了很好的建议。10月3日，我和嘉嘉回桂林的车票还是他亲自去买的。10月9日，我还接到他的来信……我万万没有想到，才分别20多天竟成永诀！当时我慌得六神无主，丢下电话直奔学校接嘉嘉，连衣物都来不及收拾好，就赶乘中午11：30的火车回柳州了。

父亲从病重、抢救到去世过程，以后耀荣会告诉你的。对于父亲的逝世，不仅我们悲痛欲绝，很多同事朋友、亲戚都深感痛惜和震惊！大家都无法接受这样突如其来的悲伤消息！几天来，到家里来吊唁慰问的人川流不息。不少人在我们家里谈起父亲的人品和工作，其中有许多感人至深的事情！如果别人不说，我们都不知道父亲的这些事迹。父亲的人品、工作和业绩是大家公认的。他去世时，离他从市人大副主任转任柳州市政协副主席还有20天！名单都打好了。市人大办公室主任说，在柳州市民主党派和无党派人士中，目前还找不出像父亲这样的人。一位80多岁的工商界陈老先生，一定要来参加追悼会，以表达他心中的悲伤和悼念之情……

10月31日，《柳州日报》刊登父亲去世的消息后，很多人都来到我们家致哀问候。一些人去到老屋那边，又让人带过来。除了单位领导同事外，还有你小学、中学和大学的同学，和我的朋友同学。开追悼会那天，你的中学和大学同学曾昭仪、伍杰、徐尧芳、宁贤明、莫小兰、朱伟才、唐天禄和赖向东，你大哥的同学邓天友等都来了。

父亲的追悼会十分隆重，场面极为感人。报上登有400余人参加，其实远不止这个数，光是开来的汽车就100多辆。为了维护交通秩序，交通大队还专门派了交警来进行现场调度管理。参加悼唁单位和个人送来的花圈有好几百。全区各地人大、工商联、民建等机构或组织都发来唁电。区政协副主席已经70多岁，腿脚不便，也和秘书长专程从南宁赶来。如果报纸上讲明有车接送，参加追悼会的必有上千人。市里领导也说，父亲的追悼会是柳州市这么多年来规模最大、市委领导最重视的一次。市里四大领导班子的负责人全部参加，下面各城区的人大正副主任都全部参加。

父亲不在了，我们都十分悲伤！考虑到你刚到英国一个月，需要尽快适应那里的环境，怕影响你的学习，就暂不告诉你。追悼会的场面都录了像，等你回来时再看吧！

我已于 11 月 4 日回桂林，嘉嘉过几天要考试了。这几天很累，但还是睡不着。这封信我是写了，但不知何日何时才可以寄出给你！我知道，你是很重感情的，父亲去世的消息对你的打击一定很大，我们也只能是在信上安慰你。无论如何，你一定要保重，不要太压抑，你找个地方大哭一场吧！把心中的悲痛释放出来！但是千万不要过度悲伤啊！父亲在世，也不希望你这样！健荣，一定听我的，好吗？

秀珍
1990 年 11 月 4 日晚 10 点

* * * * * * * *

健荣：

今天是 11 月 6 日，我给你的第一封信收到了吧！我们离得太远，一封信在路上要走十多天，有什么事想尽快告诉你，可是待你收到信时新闻已成旧闻了。

目前我的工作不算忙，主要是交了一部分工作给新来的小黄。考试前后，我主要负责干部任命和考核、赴港和出国探亲的政审等。

今天收到你 10 月 27 日的来信，知道你已安下心来忙于学习，很是高兴。在利物浦生活学习的情况如何？望来信告知。周老师已从诺丁汉回到学校，过几天我再去看看他。你到英国已有一个多月了，嘉嘉前几天还问我：爸爸在英国吃些什么呢！妈妈不在英国，谁煮饭给爸爸吃呢？孩子的心很细。这些问题，等你回信答复他吧！

你转读管理硕士的事，我和师资科长李老师说了，她赞成你的做法，并让你在给系领导写信时，说得婉转一点。

祝一切好！

秀珍
1990 年 11 月 6 日晚 11：25

* * * * * * * *

健荣：

昨天终于收到你的来信！这封信在英国转悠了 7 天后才向东方飞来。第一个邮戳是 11 月 5 日，第二个邮戳是 12 日！不知是不是英国邮电工人又罢工了？

还是在什么环节又出了差错？但愿以后不要再发生这种情况。

首先祝贺你的好运，明年3月有机会周游列国，你的运气真不错！我把你的信内容告诉嘉嘉，他马上说，让你把他也带去。我说，这是爸爸努力的结果，你要去就得认真读书，长大了自己考出去。

昨晚我看了一篇题为《漂泊伦敦》的文章，说的是一位中国留学生，到英国自费留学，为住房、交学费、打工等一系列问题不断折腾，疲于奔命，最后顽强生存下来、攻读博士的经历。看了这篇文章，我对你的处境有了大致的了解。刚从英国留学回来的钟老师看了也说写得很真实，很有感触！出国不易，你一定珍惜这次机会，争取多学些东西，能有较大的收获。我相信你一定能够如愿！

我听周老师说，在那里打工也很辛苦的，你以后若是打工要找适当的事做，不要太累了。如有心读博士，从现在就要准备了。不要像罗老师的先生，进修了两年才想去读博士，时间拖得太久了。

现在是英国的下午3点多，你可能还在图书馆吧！夜深了，就写到这里。

吻你！

秀珍

1990 年 11 月 21 日晚 11：40

* * * * * * * *

健荣：

你转到新的学院，又要重新熟悉一个新的环境和专业。英国的学习工作节奏又快，你一定比在师大时辛苦。最近我看了一本记述台湾一个女高中生励志奋斗经历的书，读后很受感动。要是还年轻10年，我真愿像她那样去拼搏。你转了新专业，开始肯定很辛苦。但新专业对你今后的发展有重要意义，相信你一定能克服困难，取得好成绩。

今天又是星期六。昨天晚上嘉嘉翻出1986年你在北大时，他给你唱歌、背诗的录音带，听到他四岁时的讲话，奶声奶气的，很逗人喜欢！现在的嘉嘉要是像以前那样，该有多可爱呀！

我的考试成绩已过了！最后这一门课拖了我好几年，现在完成学业对我来说已经不是什么喜悦了。今天下午到学校本部办事，久不活动，骑一下自行车就觉得有点累了。今晚上一定能见到你，祝我好梦！

秀珍

1990 年 11 月 24 日

＊＊＊＊＊＊＊＊

健荣：

你好！你 11 月 30 日写的信，我 12 月 15 日才收到。以后请你在收信地址加上三里店分部，要不又送到本部去了。这封信就是寄到本部后转过来的。

12 月 12 日我的考试成绩已领取。领取成绩时，我挺紧张的，生怕再次名落孙山。自学考试的及格率从来都是在 10% 左右，最好也不过 20%。领成绩单时，垂头丧气的人多的是，帮我找成绩的人拿了我的成绩单，还没给我就大声喊："万岁！"我知道肯定过啦，才一块石头落地！当时，我差点控制不住自己的泪水。这几天正在办理毕业证登记填表手续。辛苦了这些年，也说明我的底子太差了，如果不是你的支持鼓励，我也真没有决心和毅力坚持下去！这件事你千万不要对柳州的亲友说，否则我的面子真不知道往哪里放呢！

你来信谈到，晚上要帮房东转录录像带的事，我不知道是不是每天都要做，这样会不会影响学习？每天学习都够累了，我不指望你去挣钱，只要你身体好，学有成就我就高兴了。旅游也还是要去的，不必太省。在诺丁汉留学的周老师去法国旅游才花了 200 多镑。关于学习问题，我想你目前学新专业是有些困难，但我相信，你会尽一切努力去克服困难，也一定能够克服困难，到达胜利的彼岸。去日内瓦的护照办好了吗？这次实习时间多长，我怎么给你写信呢？

时间过得真快！还有半个月又过年了。明年 1 月 15 日是你 40 岁生日，到时你给我们挂个电话好吗？快有三个月没听到你的声音了，很想你！

我现在的工作不算忙，一切还是顺其自然吧！你放心，我和大家的关系都很好。你出国后，父亲和三妹等都来过信。暂写到这里，留一页给孩子写吧！

祝新年好！

秀珍

1990 年 12 月 16 日上午 11：00

＊＊＊＊＊＊＊＊

健荣：

你好！12 月 6 日的来信，21 日才收到。今天是你离家整整三个月，虽然才90 天，我不知多少次在梦里见到你，多少次醒来找不见你！你问我是愿意给我发传真，还是打电话或写信？我当然选择写信。打电话成本太高，传真虽然快，但却成了公开信，谁都可以看，这怎么行呢？

关于我去探亲的事，目前不能提。一是你刚去三个月，不合适；二是通过什么途径办理此事，我还没有想清楚。如果要辞职才能出去，我肯定不愿意。不过，现在你也不要着急，先把学习搞好，在那里打好基础。我想，好运气会眷顾我们的！

嘉嘉看课外书一事，我已经重视，并经常到中文系资料室借些适合他看的书。到目前为止，他已看完《听妈妈讲成语》和《奇怪的房子》，还有些童话故事书。看完后都能讲得出书的内容。我一直都在抓紧他的学习，请放心。

年底的工作很多，今天年报才搞完。今年的工资调整，我们处有 6 人符合条件，但没有我。按文件要求套，你也不在调资范围内。这次工调要求 12 月 25 日前搞完，所以明天（星期天）我们都得加班，帮工资科抄报表。

今天是冬至。我请了罗老师、何老师和周老师等七人来家包饺子吃晚饭，大家在一起都很开心，快 11 点了她们才离开。你走了三个月，我第一次玩得这样开心。

我的毕业文凭要到 1 月 20 日才到手。办公室几个小伙子，又鼓励我去考政治系函授本科，12 门课学三年。入学考试考 4 门课，160 分就可以上线。学费每年 300，学校出 200，书费自理。他们还找书给我看，说多了我也心动。你说，我是考还是不考？

夜深了，明天再谈。

吻你。

秀珍

1990 年 12 月 22 日晚 12 点

338

* * * * * * * * *

健荣：

你好！还有两天就是元旦了，新年之际万分思念你，祝你新年好运！这几天电视说英国遭到大风雪的袭击，英国人在暴风雨中度过圣诞节。这样的恶劣天气对利物浦影响大吗？那里近海，可能更厉害吧！我们每天都看电视新闻，特别注意英国各方面的情况，英国的任何信息我们都非常关注。

这几天晚上我和嘉嘉给你录音，很有意思。我很想跟你说些悄悄话，又怕别人听了。嘉嘉重录了 85 年你在北京读书时他的讲话，我又唱了五年前唱的一段歌。他很愿意给你录音，在这盒录音带里有他的讲话、唱歌和背诗等，相信你一定会喜欢。

上封信和你讲的参加政治系本科函授学习的事，到现在我也没拿定主意。当然，学了和你的距离就缩小一点，对提升自己改善工作都有好处，就是辛苦一些。这几天我正在翻阅相关课程的教材，先看一遍，看难易程度再定。你也帮我考虑一下。报名要到明年3月，考试在5月，如果下决心要考，我现在就要开始看书了。考四门：政治经济学、哲学、中共党史、教育管理和心理学，但教育管理和心理学我都没学过。前三门估计还可以，教育管理和心理学就要下功夫了。

现在已是6点了，天都黑了，嘉嘉还没回，我要去做饭了。

祝一切好！

秀珍

1990年12月29日

＊ ＊ ＊ ＊ ＊ ＊ ＊ ＊

健荣：

你好！来信31日下午收到。信又寄到本部去了，是王副处长托一位学生送来的。收到你的来信时刚准备到瑞莲姐家吃晚饭，有了你的信，今年的元旦会过得更愉快。

今天早上真想不到是你挂来长话。通话时你刚开口，我还以为是耀荣。你的声音与大哥的声音很像。接到你的电话真高兴，比过节还高兴！从去年9月29日算起，我有三个多月没听到你的声音了，不知多少次在梦中见到你，醒来仍是一场梦。今天终于听到久违的声音，你说我能不高兴吗？放下电话，又收到你12月22日的来信，今天真是我的节日了！

关于探亲的事，目前不大好提，我想过段时间找廖副校长问问。但可能也是比较难的。学校里比你先出国的那批人的妻子，一个也没有出去，不知我能不能破例。学校公派出国的，到时间后还没有一个回来。世界银行贷款资助的还有7人在外。这个项目的资金现已用完，世界银行贷款组织要准备结账。因这7人未归，目前连账也结不了，学校也没办法。这段时间没有公派的名额，有一位老师自费到奥地利，可能3月走。现在办自费的很容易，服务期满了一般都能办。数学系的朱老师从美国回来一年半了，现在又想回去，因回国服务期不够10年，可能要赔款才能走。他的经济担保是3万，不是小数目，他也感到很为难。

今年我们处发的奖金还是不错的。上半年发了多少记不得啦，12月底发了630元。学校准备在这个月12日发210元，是下半年的节支奖。你们系也参照这个方法，但不知你是否可得。其他系的出国人员只发工资，没有奖金。

你来信问到父亲的情况，因最近家里都没有信来，我也不大清楚。国庆节回去时，看到父亲很忙，一个接一个的会议。听说中秋节在市里四套班子的团拜会上，他做了一个精彩的发言。当时只有三人发言，市委书记、副市长和他。10月3日我回桂林的车票还是他去买的。我回到桂林后只接到他一封来信，后来听说他因那段时间太劳累，又病了。情况如何，待我问清楚再告诉你吧！父亲的病不断出现反复，这也是麻烦的事。虽然你不在家，但兄妹们都会很尽心照顾他的，请你放心。

图书馆催还书了，学校的借书证要重新检验后才允许借。你还欠4本，我得找出来还去。

祝安好！

秀珍

1991年1月6日上午

＊＊＊＊＊＊＊＊

健荣：

你好！还有半个月就要放寒假了。时间过得真快，转眼又是一个学期，一年初始又逢期末，工作不算紧张，有空可看看书。读本科的事，我还拿不定主意，你的意见如何？

学校图书馆最近要重新查验借书证，所借图书全部归还后才能验，不能归还的图书按原书价数倍罚款。你尚未归还的图书有4本，我已找出3本，还有一本可能是你带出去了。我已和图书馆孔馆长联系，他让你们系出具证明，就可以验证续借。这事我已经办了。

昨天中央台播了，由于海湾战争即将爆发，为了避免损失，中国经海湾地区飞往英国的航班于昨天停飞。这场战争迫在眉睫，如果打起来，对你们的学习生活会有影响吗？ 战争如爆发，就会使得整个世界很多人不得安宁。

昨晚在罗老师家吃饭，饭后聊天各人谈起自己的丈夫。我说了你许多的优点，她们都对你大加赞赏。我发现，我丈夫确实有很多优点，不仅性格开朗热情，而且很细心体贴人。有你这样的丈夫，真是幸福极了！

明天就是你的生日，再次祝你生日快乐！

秀珍

1991年1月14日10：30

＊＊＊＊＊＊＊＊

健荣：

你好！昨天收到了你的来信。

今天上午，我已领到了毕业文凭！本来，这应是 1 月 20 日颁发的。今天桂林市自学考试办的工作人员到我校函授部为学员毕业文凭盖章，函授部的老师就把我的毕业证拿出来先发给我了。这样，辛苦了几年的学习终于有了结果。虽然是迟到的结果，你一定会为我高兴的。关于读本科的事，今天函授部的老师告诉我，今年全国成人教育招生减少 10 万，严格控制招生，今年限在中学教师招。我们不属招生范围，连报名资格都没有。

今早八点刚上班，就听到美国已对伊拉克开战的消息，虽然英国离伊拉克很远，但我还是很担心。这场战争将会使多少人家破人亡啊！可能你们在那里已更早知道战争的消息。但愿这场战争早些结束吧！

还有一个好消息要告诉你，商务印书馆给你汇来了 650 元的稿费，并说明这是你的那本书应得稿费的一半。15 日桂林工商银行来通知叫去领，因为当时下雨天气又冷，就没有出去。结果我想了一个晚上，都想不出，谁会一下给我汇那么多钱。因为是电汇，工行只是给了一个领款的通知。昨天上午去了银行才知道是你的稿费。稿费多少并不重要，重要的是你的辛勤劳动终于有了结果。祝贺你，健荣！

我要去看嘉嘉做作业了，再谈。

祝愉快健康！

珍
1991 年 1 月 17 日晚 10 点

＊＊＊＊＊＊＊＊

健荣：

你好！

今天我们向刚从美国留学回来的郑老师了解有关情况。目前在美留学的我校老师，还没有马上回来的打算。这主要是布什去年宣布三点：1.1989 年 12 月以前去美国的中国留学生，护照已满的可以延长 4 年；2. 留学生可以在美打工；第三点我没听清楚。这些对他们很有利，据说有些人已经去打工了。数学系一位老师的妻子 6 年了都出不去，听说两人极少通信，很可能要离婚。郑老师来人事处帮这位老师的妻子说情，让我们帮她再上报一次出国申请，否则这个家就散了。

你的同学曾昭仪昨天来信了，他很热情，已给桂林的有关教练写了信，介绍我去找他们。这几天我很忙，稍后有空我一定去办好这件事。你不知道嘉嘉对飞机着迷的程度，每天回到家里，十几架飞机往床上一摆，模拟打仗。嘴里一边喊，手也不停地把飞机藏在衣服、毛巾里，那真是热火朝天。这几天要考试了，也吵着要玩。这次放假，我一定带孩子去找昭仪。

嘉嘉看到你的信，知道你生气了，他很难过。有一个多月了，我都不帮他检查作业。每天他都能自觉做作业，不用催。但是粗心，多动，还是他的老毛病。现在已是中午 12 点多了，我还得做饭。嘉嘉一个人在他的房间，不知做什么，静悄悄的。

再谈。祝一切好！

珍

1991 年 1 月 20 日中午 12：40

＊＊＊＊＊＊＊＊

健荣：

你好！十分高兴收到你 1 月 11 日来信，这两次收到信和照片都如同见到你一样。从照片看好像你胖了一点，脸也圆了，但有点疲劳，很累是吗？ 4 个月来，路途的奔波，适应新的环境，熟悉新的专业，还得自己照顾自己，确是很不容易。但你每次来信，都不提遇到什么困难。虽然我帮不上忙，但我可以从精神上为你分忧。你说我是你的贴心人，那就把你的心交给我吧，我和你同舟共济！

录音带的事我问了邮局，按海关规定寄往国外的包裹都要拆开检查，我不愿不相识的人听我们的录音，我看还是给小关带去算了，免得收不到老挂心。

嘉嘉明天考语文，今天上午，学校要求学生都要到校复习。现在孩子读书，压力越来越大，家长紧张，学校也紧张，就是孩子不紧张。星期六下午到本部开会，在车上听到两人在议论自己的孩子，她们说，现在十多岁的男孩简直不像儿子，倒是像母亲的弟弟，你说什么都不听，动不动就和母亲争论，想独立。我看嘉嘉也差不多，我想，可能男孩子成长都有这种过程吧！

还有两天放寒假了，收尾的工作还有很多。今天你们系通知我，明天下午去开座谈会，我不去了。下半年系里还有三个月的奖金没有发给你，小谢挂电话找到系总支书记黄老师，说这三个月是应该发的，黄说等一位副主任回来再商量。下个月学校又将停发一批到期未归的出国人员的工资。伊中上星期已从英国回，他走时可能没告诉你吧！我还没有见到他。有什么事情下次再告诉你。

祝健康愉快！

秀珍

1991 年 1 月 28 日下午 2 点

＊＊＊＊＊＊＊＊

健荣：

你好！这是回到柳州后给你的第 2 封信。今年春节父亲住院，我们到大哥那里过了。年初二，兄妹们各拿一个做好的菜肴回父亲这边过。你多次问到父亲的情况，我还是告诉你吧！那么长时间没告诉你，是因为你刚到英国，学习紧张，担心你知道父亲的病情会影响你的学习。

父亲于去年 10 月 9 日住院，他这次的病是由于国庆、中秋活动太多太累所致。这次病情比前几次都严重，危险性相当大。10 月 20 日庆芬才写信告诉我。10 月底在嘉嘉段考的前几天，父亲病情加重，我们匆匆赶回柳州探望。嘉嘉的段考也受到了影响。当时你到英国才一个月，对那里的环境和学习生活等方面都尚未熟悉，大家商量后决定，这件事先瞒着你，免得你担心着急。①

父亲这种病的危险性你是知道的。医生说过多次，不能劳累，不能激动。而这两点，他一点都做不到，我们都很替他担心，但是又说服不了他。从去年10 月住院至今，病情极不稳定，现在仍出不了院。医生不准他动笔和接电话，怕他太激动加剧病情。

我知道你是极重感情的，听到父亲病重再次住院的消息，一定会十分难过和着急，所以大家都不敢告诉你。你也不要太忧虑，我们在这里都会尽到儿女的孝心，尽心尽力照顾父亲的。父亲得知你在英国学习顺利，定会十分高兴！

回柳后，我带嘉嘉去了三次曾昭仪家，他送了很多航模材料。除了上次提到的几架飞机外，又送了一架从美国带回来的飞机模型和三个小发动机。曾的妻子说，他的儿子跟他学航模这么久，都舍不得给他这些材料。请你抽空给曾写信，表达谢意。他是十分够朋友的！

祝新年好运！

秀珍

1991 年 2 月 20 日中午

---

① 在这封信中，为了不影响我的学习，妻子还是继续隐瞒父亲逝世的信息，只说父亲病重住院。后来才得知，此时父亲已去世近四个月了！

****

健荣：

你好！我们于前日回到桂林。因刚过完年，家在外地的人都往回赶，火车挤得不得了。我们带的东西多，车站又不卖站台票，送车人都无法进站，我一个人拖着大包小包慢慢走，还得照顾孩子，很是累人。幸亏遇到校综合档案室的小周，她帮我把行李从窗口递上去，要不然我们连车也上不去！

你寄到柳州的两封信，在我走的前一天才收到，四妹开玩笑说你太偏心，两封都是给我的，看了你的信和照片，大家都很高兴。二妹已经开始收集你写论文所需要的材料，但她担心寄出时要检查，我告诉她，凡是文件都不要寄，以免被海关拦截下。

我2月2日给小关寄去你要的辞典和一封信，他8日就回信了。他信中说到你的专业和学习情况，说因你换了新的专业，转向幅度太大，初期有困难在所难免，一旦拿下将有很大的收获。他还说你在英国十分用功，让我们减轻你的牵挂之情。在这方面我确实做得不够好，我知道你在那里的苦衷。远离故土，远离亲人，正在进行艰苦的跋涉。与家人的情感交流，只能通过信件的往来。而我一有不顺心的事，就写信告诉你，对你体谅不够，关心不够，是我不好，你责怪我吧！

你1月20日来信，谈到最近的情绪波动很大，我很为你着急，我能帮点什么忙呢？我很担心你的情绪会影响学业和身体。我知道读书是一件很苦的事，特别是成家立业后，所挂心的事又太多，在日复一日单调的学习中很容易分心。家里你不要太挂心，你的妻儿时时在想着你，他们都盼着你早日学成归来！我们在为你鼓劲，为你加油。当你学习累的时候，就想想我们在一起的幸福时光，多想一些高兴的事。为了更好地完成学业，你一定要使自己愉快起来，使自己有一个良好的心态。学习太忙了，一定要注意适当休息，注意调节自己的情绪。太累的时候，去找朋友聊聊天，不要老把自己关在屋子里，好吗？

每天晚上嘉嘉要睡觉了，我就开始给你写信。孩子觉得很奇怪，怎么有那么多的话要写，好像是每天作业似的。其实也是的，给你写信就像与你谈心一样，每天不说上几句，心里总不舒服。昨天我们又在看你寄来的照片。嘉嘉很仔细，他发现你这批照片脸上很有光彩，而且还笑了。我不知是光线问题还是你本身光彩照人。嘉嘉曾说过，你照相的时候总是闭紧嘴巴不笑的。看了这些照片，他得出的结论是：爸爸在那里一定很高兴！

今天是星期天，下午上街，顺便上书店看看有没有合适的书。从热闹的柳州回到桂林的郊区，一下好像回到了农村，除了安静还是安静。这样也好，对嘉嘉学习有好处。他明天报名注册，开学就好了。这几天我上班他就赖床不起，早点就自己冲芝麻糊吃，现在还在写周记。好了，就说到这里吧。当你收到这封信时，估计你的第二篇课程论文刚好完成了。一定要注意休息。

祝一切如意！

秀珍
1991 年 2 月 24 日中午 12 时

＊＊＊＊＊＊＊＊

健荣：

你好！昨天到书店给你买了两本书，我看书里有些数据可参考。这类书还真不好找，太少了！

下午师资科李老师和我谈了你在那里改专业的事。她说，潘老师已把你的信转到教务处张金长副处长那里，张征求李的看法，李说你在北大已学完了硕士课程，现在在国外学一门新课没有什么不好，以后对学校总是有好处的。张没有说什么。我打算过几天找廖校长谈谈。潘老师可能担心你以后回来就不搞世界史了。

嘉嘉开学了，这两天表现还不错，能按时回家，按时做作业。今晚他做作业时，我在客厅里一边打毛衣，一边轻轻地唱歌，他说我唱歌影响他做作业。后来我说是收到你的信，高兴才唱，他马上又改口说，你高兴就唱吧！小家伙有时也是很有意思的，会体谅人了。这很让人暖心呢！

昨天我为图书馆的小彭（李副校长的儿媳）办理到英国探亲的政审，他先生在伯明翰。你如需要什么东西，请速来信告知，我设法捎给你。

祝安好！

秀珍
1991 年 2 月 27 日晚 10：30

＊＊＊＊＊＊＊＊

健荣：

你好！为了赶在你去日内瓦实习前收到信，我 3 月 1 日就给你发了信，但愿你能收到。

昨天下班前，王处长要我给自治区教委写一个"关于自费出国留学生配偶探亲问题的请示报告"。因为这几天，好几位出国人员的妻子或丈夫要求出国探亲，他感到有些难以应对，只好请示区教委如何处理。在这些申请出国探亲者中，有两人要求辞职后出去，有一人愿意赔偿 3 万担保金后出去。学校人事处对这些要求都没有同意。还有两位老师再次出国的申请被卡住了。其中一位其他所有手续都办好了，但学校不敢开这个头，担心以后其他回国人员再次要求出国不好处理。在目前这种情况下，我很难提出探亲的事。

然而，今天上班后我才知道，某教师昨日已携妻儿一起去了北京。这件事我前天还问了处长，处长说学校不同意，师资科李老师也觉得奇怪。不知他是如何打通校长这一关的。他们说这位老师回国时就已经办好留英手续，并买了回程机票。他开了这个头，不知学校以后会怎么处理再次出国问题。这件事待我问清楚以后再告诉你。

这段时间学校正在议论把校本部搬到分部的计划，自治区和桂林市已决定在五年内把师大在市区小王城（不包括东南区）内的本部主要部分搬到三里店。实施这一计划需 9 千万元，目前桂林市给 1 千万，区教委给 3 千万，学校还得自己设法出一些。因资金不足，陈校长已到国家教委要钱。今年底，艺术教学楼和文科大楼、物理实验楼和图书馆开始动工，第一期工程为三年。看来，这一次是真的要搬了。

嘉嘉学航模的事，我 3 月 2 日去找了张老师，张说没有问题，他去找少年宫的兰老师，然后带我们去见见面。现在我还在等他的回复。

祝一切顺利！

秀珍

1991 年 3 月 9 日晚 10：50

* * * * * * * *

健荣：

你好！你可能现在已经从瑞士回到英国，旅途辛苦，放松几天休整一下吧！

前几天，我到中文系资料室帮你找资料，小宋就猜是帮你找的，我很奇怪。她说，她先生在英国考文垂大学读硕士时，写毕业论文的资料也是她找好，从国内寄去的。你需要的资料是找到一些，不知能否合你意。这几天桂林天气糟透了，阴雨大雾，复印机开不了，天晴后复印给你寄去。

这段时间工作比较忙。从开学到现在一个月的时间就办了 16 个人的出国政审，每人三份材料就是 40 多份了，科里还有别的工作也要做。数学系朱老师再次出国的事已经定了，赔偿 24000 元，他现在正在筹措这笔款。校外办正在进行一项到期不归的出国留学人员情况调查，现在学校除了停发工资也无计可施。听李老师说，3 月份区教委给了学校 4 个国家教委的出国名额，不知何故，结果一个也没上报，4 个指标全部浪费。而与此同时，学校报了十几个自治区自筹资金的出国名单，后来一个也没有批下来。学校领导看到现在出国人员都不按时回，不愿再放人了。

从 3 月 11 日起，嘉嘉改为在学校吃早餐了。这样也好，他本人高兴，也不会迟到，我也没那么紧张了。

内蒙古大学前几天来信，邀请你参加年底在他们大学举行的学术研讨会。今年你错过了两次外出学习的机会。

祝愉快顺心！

秀珍

1991 年 3 月 24 日中午

* * * * * * * *

健荣：

你好！学校这个星期开党代会，我是会议代表（去年 10 月选的），从星期四下午到星期六都在本部开会。据说校党委朱书记将不再任书记，可能是陈校长兼任书记。

党代会明天结束，今天预选，差额选举选出 11 名校党委委员，明天就是等额选举。出版社的一位女博士也当选了。在投票前，朱书记特地向代表介绍了这位女博士的简历，说明为什么要选她。她不是会议代表，只是在党代会前一星期增补为候选人，作为特邀代表出席会议。朱书记说她是全广西第一个女博士，很有才干等等。因学校确实无更合适的女干部，大家都同意了。

学校向三里店分部迁移的工作计划已批下，成立迁移办公室，基建处正在招兵买马。

这段时间，校内人员出国探亲和出国访问留学的动静比较大。图书馆小彭去英国探亲领取护照的通知已来，她是带小孩一起去的。一个月来我经手办理出国访问、探亲的已有 20 人。其中有一位教师已辞职，并把家也搬走了。有一位老师的妻子调到外单位，也要走了。体育系一位老师，写了辞职报告，自费去日本留学。在这样的情况下，公费出国人员的配偶却是一个也不敢提要求，提了也没用。

为提高嘉嘉的写作能力，现在我让中文系的学生海燕每个星期天晚上来辅导嘉嘉的作文。海燕中师毕业时到小学实习，正好也是上三年级第 6 册的语文课。有了海燕的辅导，相信嘉嘉会有显著进步的！要检查嘉嘉的作业了，明天再谈。

想你！

珍

1991 年 3 月 29 日晚 9：30

＊＊＊＊＊＊＊＊

健荣：

很高兴收到你的来信。嘉嘉昨天还说，若是再收不到你的信，就跟你开一个国际玩笑，寄一个空信封给你，让你打开信封，里面一张纸都没有，看你有什么想法！哈哈，这小子坏主意还不少呢！

你寄来的照片照得很好，很神气。我发现嘉嘉的神态很像你，特别是嘴巴，但鼻子没有你的帅。在巴黎凯旋门照的那张充满着自信，我们很喜欢。我把你来信的内容，特别是对他鼓励的话，都告诉了嘉嘉。他对你的消息从来都是很感兴趣的。

嘉嘉现在学航模很认真，昨天全市中小学航模赛，我带他到体育场观摩。张老师（桂林十三中老师，曾昭仪的朋友）很热情地邀请我们常去她那里玩，并说下次广西航模赛将在临桂举行，她要带嘉嘉去看。我现在有意识地训练嘉嘉，让他主动接触老师和同学，并让他自己去少年宫学习。每次他去学航模，我送他上公交车后，他便独自乘车到丽君路下车，再走10分钟到少年宫。现在，他已经做了6架飞机。明天下午放学后，我将和他到学校球场放飞，检查一下他制作的飞机模型效果如何。

刚开完学校党代会，要办的事很多。今天仅是下午就有七八个人在等着我办事，一直忙到下班。纸短话长，下次再谈。

祝你愉快健康！

秀珍

1991 年 4 月 1 日晚 9 时

＊＊＊＊＊＊＊＊

健荣：

你好！今天下午要到本部开会，中午没法休息，还是给你写信吧！

很高兴收到你的信和照片，在联合国会议中心的那张照片特别精神。说不定以后你还真会在国家级会议上做报告呢！嘉嘉让我告诉你，他想看看你的生活照，比如，你住的地方是怎样的，你是怎样做饭、喝咖啡的；还有，你美丽的学校是什么样的？每次看你的照片，小家伙总是很仔细认真，并会发现很多细节：譬如爸爸的脸很有光彩，好像是白一点胖一点啦！等等。今天我和他讲，爸爸很想你，经常看你的照片，他居然马上回答说，"爸爸是一个人想两个，我们是两个人想一个"。你看，这小子反应很快啊！

这段时间你一定很忙吧？别人出国进修访问，轻轻松松就过一年，既开眼界又镀金。你读这个学位付出的精力太大了。关于你是否读博士的事，我心里也很矛盾。我知道你也是矛盾的。亲友们的意见也是见仁见智。你的几个同学都认为，能出国不容易应该读；你兄妹则认为，我们分居时间太长、太苦了，还是团圆好；师大的罗老师说：还是读的好，有了博士学位，评教授没有问题，用不着和别人争名额。我想，这个问题我们还是暂不下结论吧！还有半年时间，我们都认真考虑一下，好吗？

嘉嘉学航模积极性比较高。他已经做了好几架飞机，但往往质量不过关，在放飞时翅膀经常掉，可能是没粘好。兰老师还称赞他的飞机图纸画得很准确，但还是有点粗心。上星期他画图写数据居然把 80 厘米写成了 180 厘米！我说，你这样粗心，你设计制造的飞机，我都不敢坐呢！

这次学校党代会，我上了很多镜头和照片，学校新闻频道都播放了，学校宣传橱窗也有摆放。开会时我坐在第 3 排，前面是学校前几届领导，可能是沾了他们和女代表的光吧！我在小组讨论发言时，谈到了学校领导对妇女干部培养不够，并列举了妇女在各级任职的情况。这一问题，已引起领导的重视。昨天我去张科长家，他也谈到了这个问题，他劝我不要离开人事处。他说，过两年王就退了，总得要有人上去的。最近他和戴处长负责学校第三梯队人员配备。关于探亲的事，我认真考虑后再告诉你。

昨天为一位教师出国的事，跑了一趟桂林市公安局，与那里外事科的同志聊起才知道，有很多人能出国是派出单位管不了，甚至不知道。现在的出国政策，有很多空子可以钻，特别是夫妻不在同一个单位的。

要上班了，就写到这里。

谢谢你的生日祝贺！

你的珍

1991 年 4 月 8 日下午 2：15

＊＊＊＊＊＊＊＊

健荣：

你好！你 5 月 14 日的来信说，若我再不告诉你父亲的真实情况，就不给我写信了。荣，我不是不愿告诉你，而是担心你看信后得知实情，能否挺得住。好在你接到这封信时，已经考完试了。长痛不如短痛，我还是把事情告诉你吧！

父亲在你到英国不到一个月（1990 年 10 月 29 日），因心脏病加重，抢救无效逝世了！这突如其来的无情打击，使我们陷入巨大的悲痛之中，在半年时间里都恢复不过来！今年春节年三十晚吃饭前，我和嘉嘉从大哥家回到父亲家，為的是给父亲敬上几炷香，谁知一打开门，就看到四妹已经把母亲的相片挂在父亲的房间里并把香敬上了。看到空荡荡的家，忍不住又落泪了。当时那种心情，那种凄凉的景象，我是一辈子也忘不了！可想而知，当你得知这噩耗时，会是何等的悲伤！

父亲去世4个月后，我觉得应该告诉你，但和兄妹们商量后觉得，这件事能瞒多久就瞒多久，主要是怕你悲伤过度，影响学习和身体。大哥说，他在办完父亲后事的4个月，由于悲伤过度，他的左胸一直疼痛，元气大伤。家里人与你通信时都隐隐约约地暗示过你，让你有思想准备。可能你只想到是父亲病重，不愿往更深一层想。其实在3月底，我在给你的信中已经比较明显地提到，"对父亲病情你要有足够的思想准备"。4月初的信告诉你，家里人已经在3月27做了清明。在清明前上坟，按习惯只能是新坟，你可能没有注意到。

转眼父亲离开我们就7个多月了。这次小曾来桂林，我请他告知兄妹们，我将在6月12日把这件事告诉你，他们同意了我的意见。这时，你4门课刚好考完，辛苦了这么久，本应在精神上轻松一下，但紧接着就是听到父亲不幸的消息，我实在于心不忍！但长期瞒下去，也是不可能的。你一定要挺得住，不要伤了自己的身体。你最好不要打电话回来问这件事，在电话里我们谁也讲不出，也回答不了你的提问。家里的电话不知拆了没有，寒假时就听说要准备拆了。一般是在半年至一年内拆的。关于父亲去世的详细过程，大哥他们会写信告诉你的。这次暂且说到这里吧！

望你节哀！

秀珍

1991年5月24日晚11：50

* * * * * * * *

健荣：

你好！今天下午听报告，下班比较早。

寒假回家，看到一封去年10月28日你给父亲的信，信里的字里行间充满了对父亲的敬爱和想念。当时看到你这封信，我和家人都大吃一惊，都以为你知道父亲逝世的消息，而这封信是在处理完父亲的后事才收到的！

同样令人吃惊的是，去年10月28日晚（爷爷去世的前一天），嘉嘉就对我说："妈妈，我们是不是回柳州看看？"当时我还责怪他乱讲话，说不是逢年过节，这个时候回去肯定不会有好事的。事情就是这么奇怪，在同一时间，不同的地点，你和嘉嘉的言行居然都是一个共同的反应！这只能说是一种亲人之间源于亲缘关系的心灵感应吧！如果当天我听了嘉嘉的建议，28日当晚赶回去，我们还能赶上最后见父亲一面！

知道父亲逝世的噩耗，你一定非常悲伤痛苦！同样，我们也非常伤心难过，但毕竟这里亲友都在身边，我们可以倾诉痛楚，逐渐化解忧伤。而你在那里却是孤身一人，举目无亲，无法得到慰藉。虽也有同学朋友，毕竟只是初有交往，而且大家都忙于学业和工作，难以多予陪伴安抚。对此次家庭大变故，你一定要坚强，一定要挺住！太悲痛会伤身！在这个时候，我多么希望能够来到你的身旁，为你分担痛苦，给你安慰！我想，你最好找个地方，痛痛快快地大哭一场，以宣泄心中积郁的悲伤。这样，或许会好一些。

再次深望节哀顺变！

秀珍
1991 年 5 月 27 日晚 11：40

＊ ＊ ＊ ＊ ＊ ＊ ＊ ＊

健荣：

你好！今天是六一儿童节，晚上陪孩子打了两轮扑克。

学校外办钟主任从自治区开会回来后，向中层干部做了传达。原以为他会带些好消息，恰好相反，国家现在对逾期不归的留学生采取了比较强硬的办法，目前正在调查未归的原因和应赔偿的费用。我正在做此项调查，调查完后将写出报告提交校领导研究。据他们说，从 1991 年 10 月起，采取如下措施：1. 出国逾期一个月不归的，停发工资挂起来；2. 一年不归，解除公职，按公证协议赔款；3. 对已经出国没有退房的，通知国内亲属限期搬出，逾期不搬者，由保卫处和房管科一起强行搬出。现在的政策实际上是外松内紧，以防留学生以此为由滞留不归。以上几点是根据中央什么文件办理施行的，都不对外说。具体文件我没有看到，是从张科长的开会记录了解到的。

王副校长和数学系的王老师等三人 8 月份去英国短期进修。现在理科的人出去，都是以小组为单位，短期访问三四个月。国家倾向于以这种方式派出前往欧美日等发达国家考察和学习人员，这样出去的一般都能按时回。

有点累了，明天再谈，但愿今天晚上能在梦中相聚。很想你！

秀珍
1991 年 6 月 1 日晚 12：30

四 负笈英伦

健荣：

　　你好！有近 10 天没收到你的来信。我知道考试前后的一个月，你很忙，压力也大。今天中午，我拿出你的全部信件，从头看了一遍，对你到英国 9 个月来的情况，又有了更深刻的了解：自你去年 9 月离京出国，从初到英国产生新鲜感，到入学后为转专业奔波，再到开始新专业后的紧张忙碌，以及与之相伴的难以排解的乡思乡愁，一直到 8 篇课程论文顺利通过，特别是最后两篇得到老师的赞扬……这一幕幕生动的场景不断在我眼前浮现。你是一路辛苦走过来的，真是不容易啊！

　　你到英国不久，就曾在来信中谈到，"新的专业开始了，路是要一步一步地走下去……"我十分高兴地看到，九个月来，你克服了来自各方面的困难和想妻念儿情绪的干扰，突破了转专业后的难关，勇往直前，即将达到胜利的彼岸。我们为你感到高兴，衷心祝愿你顺利通过考试和毕业论文！

　　按原定回国的时间，还有三个多月，我们就能够相聚了。我们的心情都是一样的复杂，既想我们早日能够团聚，又希望你能够在国外多学点东西，真是两难啊！

　　最近，学校根据自治区的指示，决定从今年 10 月 1 日起，对逾期不归的出国人员，执行我在上一封信已提到的严格规定。目前学校逾期不归留学人员的配偶正积极活动，设法出去探亲。有两人已通过签证，这几天准备赴美。可是，公派出国人员的配偶还是不批准。学校已同意某出国教师的妻子赔款 25000 元后调出学校，从外单位出国。另一位出国人员的配偶也想走这条路。看来公派留学人员的配偶要想出去，只能走这条路了。不少人认为，既然 10 月份以后，逾期不归的配偶不论是否出去都要赔款，如果能调到外单位再走，也是上策。看来，这种事还是像过去一样，上有政策下有对策。而且，对政策的解读有不同方式，政策博弈也有不同的路径。

　　夜了！这次就谈到这里吧！

　　祝你一切都好！

十分想你的珍

1991 年 6 月 15 日晚 11：35

健荣：

　　我苦苦等了 18 天，今天才收到你 6 月 13 日寄出的信！你知道这些天我是怎么过的吗？我真不知该说你什么才好。这些天我一直是食不甘味，寝不安席，心里总是挂着你！

看到你的信，得知你已顺利考完试，祝贺你终于考完四门主课，再完成一篇毕业论文就可以拿到学位了！

关于在国外中国留学生人情味非常淡的问题，我估计这是个很普遍的现象。你走以后我看了几篇关于留学生纪事的文章，都谈到这个问题。出门在外，互相之间不了解，而且功课忙，顾不上交往，这也许不难理解。还有就是现在能出国的，基本上都是公派，大都是在单位拔尖的人，谁都觉得自己了不起，自我感觉良好。再者，有些人故作清高，其实是一种自我保护。我想，碰上这类情况，你心里知道就行了，以礼相待，一笑了之，不必为此伤神。

明年10月是学校建校60周年大庆，学校发起募捐，号召全校教职工有钱出钱，有力出力，或是出主意，推动学校建设发展。6月初还搞了个新闻发布会，全体教职工纷纷捐款，我也捐了。学校搬迁的事，现在还不见有大的行动，至今基建还未开始，但从规划图看，还是可以的。新建图书馆后，现在的图书馆将成为办公大楼，学校的新大门将开在原来的留学生部那里。到那时，你们系也要搬过来。

关于学校对逾期违规的留学人员的处理方式，现仍在调研中。听外办钟主任说，10月1日以后就真的按文件办事了。我不知学校到时是否真能执行得下去。29位逾期不归的人员中，办了公证的，可能不到一半，而有几个经济担保人都出国了（外单位的）。在不违背原则的前提下，我为他们办事都是尽心尽责，热情服务。很多人走之前都到办公室来感谢我，有的还要请我去吃饭喝酒，我都坚决拒绝了，我不想给人留下话柄。

资料收到我就放心了，谢谢你的表扬。

祝愉快健康！

秀珍

1991年6月23日下午6:10

* * * * * * * *

健荣：

你好！我估计你这几天会有电话来，听到你的声音十分高兴。我听得出，你打电话时是很压抑很难过的。我理解你的心情，本想好好安慰你，但话未出口，自己却先流泪不止了！

6月6日给你的信寄走后，我就一直不放心。我知道你对父亲的感情，知道这一噩耗对你打击之沉重，担心你情志过伤影响身体。希望如你信上所说，为了将来，为了孩子和我，你都必须重新振作起来，做坚强的男子汉！

今天收到你6月19日的来信，祝贺你顺利通过四门主课的考试！要是在你在家里，我们一定好好庆祝一番。现在只能先欠着，回来再补吧！

当听到你不打算继续读博的消息，我竟然高兴了一天！说心里话，我也不愿意你读了。这十年来一直是聚少离多，不但我们苦，你也是很苦的。我们都渴望过安定平静的生活。你问我这些年所付出的值不值得？我也问过自己是否值得，想了几天，觉得很坦然了。我认为是值得的！你经常说，有得就有失，古今难两全。我们付出了一定的代价，但我们会得到更丰厚的收获。我深信。

关于不再读博士的事，我同意你的看法，尊重你的选择，我们等着你的归来。关于延长三个月到半年的事，我想做完全可以办得到的。延长半年对你来说是十分必要。读书的这一年，功课多时间紧，在收集资料和做一些研究方面很难深入。用半年时间来弥补这些不足，理由是充分的。

这段时间你心情不好，一个人在家容易胡思乱想，还是到人多的地方走走，转移自己的思念，这样可能会好一些。

上星期我们在家照了几张照片，照片上的嘉嘉很有活力。他的神情与你惊人的相似，简直是一个模子倒出来的。在阳台拿着飞机那张很精彩，可惜光线不够。背景是我们种的葡萄，隐约还看得见快落山的太阳。我很喜欢这一张，相信你也会喜欢的。

嘉嘉在做练习，我在一旁写信。暂时写到这里吧！吻你。

祝愉快健康！

秀珍

1991年6月29日晚10点

＊＊＊＊＊＊＊＊

健荣：

你好！时间过得真快，如果你10月份回来，那么我们还有不到三个月就见面了。相聚的日子越来越近，想到这些我们非常高兴！

嘉嘉今天开始放假。这个学期他的考试成绩除了音乐，都有进步。数学老师奖了他三个作业本，作文老师奖了一本。嘉嘉很高兴，表示在假期里一定要把语文赶上去。现在，每天晚上他都会陪我去散散步。他还常说，爸爸不在家，我陪你去散步吧！那个样子真有点像男子汉呢！虽然他快10岁了，散步时还像小孩似的拉着我手走。高兴起来，还滔滔不绝地和我讲好多他们班上有趣的事情。

师大7月11日放暑假。行政人员放假则是从7月18日开始，8月22日上班。

这段时间工作很忙，这几天除了接待毕业生，还要将拟调入人员排好队，准备发一批商调函。来找办事的人也特别多。

数学系朱老师7月5日从上海赴美，临走前他与妻子一起到家里致谢辞行。他让我向你问好，并说你是否读博士最好考虑周全，不要像他这样来回折腾，既费钱又耽误时间。

夜深了！再谈。希望明天能收到你的来信。

吻你！

秀珍

1991年7月7日晚12：10

* * * * * * * *

健荣：

今天收到你7月5日的来信，对于你的责备我十分难过！在这里我不想再做什么解释，上封信我已经讲得很清楚了，我只是很郑重地告诉你：我是有理智的！我没有拿你儿子怎么样！！我们相处得很好！！！

健荣，嘉嘉是个聪明的孩子，很有灵气，但是他的调皮你也是知道的。我去南宁出差仅仅四天，你就很受不了！你出国这10个月，我的工作任务一直很重，还有自己的学习任务，加上儿子的学习教育，还有家里接二连三的事……这么多的事压在我一个人身上，我就不能和你倾诉一下吗？耐心极好的人，也会有不耐烦的时候。为了让你们安心学习，我所付出的已经够多了！儿子的事我不和你说，我能和谁说呢？更何况我也没有"经常打他"！你这封信使我很伤心！

健荣，我明白你的苦心，知道你对儿子的情感和期望。你的来信虽然使我很难过，但我不想责怪你。因为一人在外，长时间处于紧张状态，一旦精神稍可放松一些，各种念头想法都有可能冒出来。我再强调一次，嘉嘉和你在我的心中，都是同等的重要！但是，父母之爱、母子之爱、父子之爱与夫妻之爱，有不同的表现和不同的方式。你我长时期分离，强烈的思念在思想稍有闲暇之时就会不期而至，这种情感就很自然地会常常流露在往来信中的字里行间，且往往表现得更为直接和炽热。而儿子一直在我身边，和我朝夕相处，这种爱的表现就不大一样。我和儿子在一起生活，要安排操心他的生活和学习，还要对他进行监护和管束，矛盾总是不可避免的。矛盾比较尖锐之时，孩子逆反心理表现比较强之时，我也难免会生气甚至责罚他。在很大程度上，也是责任心使然。但请你一百个放心好了，我和你一样，深爱我们的孩子，希望他能够健康快乐成长，并尽一切努力帮助他！

四 负笈英伦

我今天开始值班。这两天嘉嘉有人一起玩，我母亲负责做饭，这就少了许多麻烦事。小学7月7日开始放假。每天早上在学校的游泳池，十几个小学生爬进泳池游泳，家长们在旁边等。经过一个星期的练习，嘉嘉已经可以游大约15米远了，而且可以游蛙泳、仰泳和潜泳等泳式。

我们7月21日回柳州。我现在也很矛盾，你不在家，无论回柳还是在桂林，都觉得没有多大意思。看情况吧！如果在柳州住不习惯，我们会早一点回桂林的，到柳州再给你写信。

祝一切都好！

秀珍

1991 年 7 月 19 日晚 11：30

* * * * * * * *

健荣：

你好！早上 8：30 听到电话铃响，就想到一定是你打来的，果然不错！谢谢你在电话里讲的话，盼望这一天早点到来！嘉嘉起床后一直埋怨我，为什么不叫他起来接你的电话？

转眼回柳州就 20 天了，过几天我们就准备回桂林。这几天下午，曾昭仪都抽时间教嘉嘉做飞机，并尽可能用明白易懂的话，给他讲飞机上升和气流的原理。小家伙也很认真，现已做了 6 架飞机。曾明天去广州，他已与美商洽谈遥控玩具飞机出口事宜，这次可能是交货。我看了他卖给美商的三种飞机照片，确实很漂亮。嘉嘉在柳州学航模一个星期，要比在桂林少年宫学一个学期的收获还多。这次回来，我哥又为他做了大大小小五六把工具刀。明年航模赛在柳州举行，曾说让嘉嘉跟柳州体校航模队集训，让他见识一下大赛的情景。

你知道我们现在住的这个房，正好面对柳江河，坐在窗前看着日夜奔流的河水，是件十分愉快的事。回到柳州后，无论是早晚，我很喜欢到河堤散步，前天我和嘉嘉到河堤上试放飞机，飞机居然拐了几个弯，飞到水里去了，在附近渔船上一位渔夫的帮忙下才把飞机找回来。等你回来后，我们一家三口一定到河边玩个够。

我想，当你收到我这封信时，毕业论文已基本上完成了。这样，辛苦一年的你，就可以稍稍放松一下。在你取得胜利之时，我们应该在你身边，为你祝贺，分享你的快乐。无奈我们现在万里相望，只好等你回来再补吧！你在英国最忙最紧张的阶段已经过去，余下的时间，主要是收集资料做些研究，可以适当放松一点。你一定要注意身体，注意张弛有度，我们希望相聚时能见到精神焕发的你！

等下我得出去办事，暂写到这里。吻你。

祝一切好！

秀珍

1991 年 8 月 16 日上午 10：30

* * * * * * * *

健荣：

你好！这段时间，我真够幸运的，十天里就收到了你的 7 封信，谢谢你！

关于延长半年的报告，我打算今晚就去找外办钟主任，问他如何走程序。给系领导的报告，我明天托人转给潘、黄，晚上到他们两家，争取他们的支持。只要你们系不为难你，学校领导这一关我会尽快办妥。对于你的延长，有些地方我不太明白，如若学校不批，你能否继续以访问学者的身份留在那里？延长半年的生活费，大使馆还发吗？你说的让有关部门将同意延长半年的信寄给你，有关部门是指人事部门还是学校领导？还要上报区教委批吗？今晚我去问问钟吧！

吃完晚饭让嘉嘉一个人在家做作业，我到了钟家。钟说从 1988 年开始，学校都不办理延长半年以上的手续，伊老师延期的事也没有报区教委。黎老师虽然填了 104 表，但学校和区教委都没有同意。最后是中国驻美大使馆给学校出具证明，说黎要在今年 11 月的一个国际学术会上宣读论文，后经廖校长签字同意，延至今年 12 月止。钟建议说，这件事先征得你们系里同意，再找校领导，看看领导的意思如何。他还说，延长几个月，学校可以批准，半年以上，则要经主管部门、自治区教委批准。我想，此事你还是根据你的具体情况来决定，只要对你的学习有利就行。明天找系主任后再谈。晚安！

祝愉快健康！

秀珍

1991 年 8 月 29 日

* * * * * * * *

健荣：

你好！今天上午 10 点，黄老师挂电话告知，系里同意你延长半年，并将你的报告转交学校领导。系里这关，总算通过。中午我把你的报告转给王校长，他说人事处签出意见后他才受理后。下午学校领导会议开到 6：40，结果如何，明天才知道。

我告诉嘉嘉，你要延长几个月后才回来，他很不高兴。他说你应该遵守纪律，违反纪律是不对的。可能他是看到他同班的一位同学去留学的父亲回来了，也希望你马上回来。儿子是很盼望你能早日回到他的身边呢！

今晚 9：30 我出门时和嘉嘉说，我去钟家半小时就回，让他不要反锁门，要不然他睡了我就无法进家。因学校修路，来回耽误了一点时间。结果这小子还是把门反锁了，我在门外足足敲了半个小时，他居然一点反应没有，住在对面楼生物系的黄老师在看到嘉嘉睡在沙发上，帮我叫了很多次也没有用。还好，半小时后孩子睡得糊里糊涂的帮我开门，说是一个人在家有点怕，就把门反锁了。我也知道让他一个人在家不好，但他的作业没写完，也只好这样了。没有情绪了，明天再谈。

祝健康快乐！

秀珍

1991 年 9 月 2 日晚 11：20

* * * * * * * *

健荣：

你好！我找处长谈了你的情况。他说一年拿硕士学位很不容易，并说他儿子在国内读了两年，到国外又读了一年才得硕士。对于你改专业的事，我也做了解释，并说学管理对学校是很有用的。如果回来仍然上世界史，需要时间收集世界史方面的资料。王很同意我的说法，并答应在王、廖校长那里帮说话。开始，王处长说，你最好能出具利物浦大学同意你转为访问学者的证明，或导师提供你在英国还有科研任务未完成，需要延长半年的证明，这样他和校长讲才有理有据。后来我找来《公派出国留学人员申请延长留学期限的管理细则》第 5 条，"要求延长留学期在半年和半年内者，需提前一个月由本人持国内派出单位同意信件，并附国外留学所在单位或导师的信件和资助证明，向我驻外使、领馆申请，由使、领馆审批"[国家教委（87）教外综字 679 号]。这条规定明确了办事的基本顺序和程序，王看后也认可了。

等待领导的批复确是十分磨人。今早我找到王、廖校长陈情，终于把他们说通。王校长最后笑着说，他是很讲信用的，签出这样的同意证明，你是第一个。他希望你也守信用，并说只要你按时回国，以后你再次出国他也同意。这件事终于办成了，很不容易！无论是你们系的潘、黄两位老师，还是我们的王处与两位校长，都是很够意思了。其实，于我而言，你回得越早越好，巴不得今晚就见到你。今天高兴了，晚上看电影庆祝！

祝愉快健康！

秀珍

1991 年 9 月 7 日

＊＊＊＊＊＊＊＊

健荣：

你好！你申请在英延期的事情终于办通了！今天下午守着打字员，打好文件盖好章，一块石头终于落地。说实话，拿到这一纸文很不容易，以学校名义发文的同意延期的文件，在学校你是第一个，也算是王校长网开一面。你的运气真不错！你的延期对于我来说，是一件十分矛盾的事。从夫妻感情上说，我盼望你现在马上就回来。但是从长远考虑，我希望你能充分利用这次留学机会，得到更多的收获，使得以后能够有更好的发展。这种复杂心理，你我皆然。有得必有失啊！

9 月 22 日是中秋节，刚好是你离家一年。当你收到此信时，正好是中秋。十五的月亮，能传递我们的思念之情吗？愿我们早日团圆！

因要寄出公函，暂写到此。在英国申请延期之事进展如何，请及时告诉我。

祝一切好！

秀珍

1991 年 9 月 9 日晚 12：00

＊＊＊＊＊＊＊＊

健荣：

你好！你这封信我等了 20 多天，等得心慌，心烦！收到你的信才一块石头落地。昨晚睡了个好觉。

告诉你一件事。今天上午处里开会，商量制定如何处理逾期不归出国留学人员配偶探亲的办法。我提出，我校出国留学人员的配偶，无论是否在师大工作，在赔偿公证的经济担保款项后，可以出国探亲。只要在服务期限内（10 年）回国，可以依据服务时间的长短退回相应数额的款项。比如，公证书规定回国后必须服务 10 年，担保金是 2.5 万元，平均每年为 2500 元，如果在国外 5 年后回国，可以退还 1.25 万元。这样有利于鼓励出国人员回校工作。对出国探亲的工作单位在师大的配偶如超过三个月不归，可办理停薪留职，每月交回基本工资可保留公职。我的意见得到大家赞同，并作为我们人事处的意见形成报告，提交明天的校党委会讨论。

这段时间，学校领导也被这些要求出国探亲的出国人员的亲属缠怕了，也想找到一个比较合适的方法来处理。我所提出的这些意见，党委会很有可能通过，这样既可以解决配偶长期分居不能团聚的问题，也为校领导解决此类难题提供一种思路和方案。

还有几天就是国庆节了，因担心邮局在假期不发送邮件，这封信还是先寄出吧！目前工作不算太忙，10月14日全国高师人事研讨会在我们学校召开，我们处全部人员都要参加。这次就谈到这里。

祝一切都好！

珍

1991年9月28日上午9：30

＊＊＊＊＊＊＊＊

健荣：

你好！托人寄回的信和包裹收到了，现在马上给你回信和你商量一些事情。

9月份只收到你两封信，对你9月份要办的几件事十分关心。请告诉我，利物浦大学同意你以研究学者身份学习半年，中国驻曼城领事馆批准了吗？你在管理学院的学习是否全部结束？毕业证书和学位证书拿到了吗？

国庆三天假。刚上班许多事要做：八个探亲、三个出国访问、十几个工作调动，加上10月14日在我校召开全国高师人事研讨会，这些都够我们忙一阵子了。学校党委会已经同意我们提出的出国探亲的办法和规定。并批准8位出国人员的配偶出国探亲。目前这些人正忙着筹款，准备办理探亲手续。

看到别人忙着办理探亲手续，我的心也动了，考虑到刚办理你延期的手续，所以没有向领导提出。因为这些人去探亲都是不符合文件规定的，现在的政策是不知道哪一天说变就变。上面说不行了，很可能又改回来。所以这些人的行动是非常之快，今天上午12点到下午2：30，仅两个半小时，就有6人找到我。其中一位马上筹款，并告诉我明天早上可交2.4万。我是否要申请？你的意见如何，请速告知。

祝一切顺利！

秀珍

1991年10月3日晚11：50

＊＊＊＊＊＊＊＊

健荣：

你好！今天又是周末。是天各一方的我们彼此思念聚焦的日子！

昨晚上居然梦见你回来了！穿着一件短袖衣，推着自行车站在办公室门口望着我。我愣了很久，不敢相信是你，直到你笑了，我才跳起来……醒过来还是一场梦！这漫长的一年，翘首以盼的等待太让人煎熬了！

国庆节上班后一直很忙。特别是这几天，办理这些出国探亲的事，来找的人不断，上下班都没有空。还要经常跑本部，累得不得了，回到家里浑身都快散架了。就这样一进家门还得赶紧做饭，有时还没吃完饭，又来人了。我也知道，这些人生怕政策有变，所以都赶着要办。我能体谅她们这种急迫的心情，总是尽量办快一些。很多人都劝我，还是争取出去一趟。看到她们都忙着准备材料，我反而不急了。我同意你的意见，顺其自然，不必勉强。能办则办，不能办也不失望。

因为明天要到校本部参加由我们学校主办的全国高师人事工作研讨会，嘉嘉的生日庆祝活动就提前一天举行了。今晚海燕等 6 人来给嘉嘉过生日，小宋和钟培明也来了。我买了一个 20 元的大蛋糕，以及许多板栗、花生和糖果。生日晚会过得很愉快，我们大家为嘉嘉唱了生日祝福歌后，他为每位客人送上蛋糕。大家都高兴地为嘉嘉祝福。客人们走后，嘉嘉很激动地对我说，今年过生日他非常快乐，他还要写一篇记述生日活动的日记呢！

明天是高师人事工作研讨会的报到日，我负责收取会务费。这样，我就让嘉嘉在他的同学钟培明家里吃饭。但小孩子的主意是一天三变，一下说到罗家，一下说到钟家。我随他吧！

明天要赶早出去，暂且写到这里。

吻你！

秀珍

1991 年 10 月 13 日晚 11：50

＊＊＊＊＊＊＊＊

健荣：

你好！17 日下午，处里的同事告诉我，你上午挂电话来了。可惜我没能接上，这使我深感遗憾！

全国高师人事研讨会昨日结束。会议这一星期，嘉嘉在钟家吃一天，在罗家吃两天，在王家吃了三天。每天中午我放不下心，都赶回家看看。晚上 8 点多回来才去接他。这一周我也够累了。现在才有空给你写信。

知道你电话内容，我既高兴又犹豫。高兴的是，如果我能出去，我们很快就可以见面了。犹豫的是，儿子是否一起去？如不去，他的学习谁来管？还有赔款等许多问题需要解决。这几天，常常半夜醒来就睡不着，老是在想这些问题，很烦人。

想你！

秀珍

1991年10月19日晚11：30

* * * * * * * *

健荣：

收到你10月3日的来信，非常高兴看到你硕士论文封面和扉页的复印件。祝贺你顺利完成毕业论文！

探亲报告已经写好，但一直未交，我想等你的材料到了以后才交。这样只要交了款，学校出证明，我就可以到桂林市公安局办理了。我再三考虑，还是带嘉嘉一起去吧！要不我会很放心不下的。

太晚了，我要明天到市里办事，要休息了。吻你！

秀珍

1991年10月21日

* * * * * * * *

健荣：

你好！这几天桂林天气开始转冷，最低温度8度。晚上做完事，我和孩子喜欢上床看书。

这一个月来工作一直很忙，几乎没有空过。从昨天起，张科长和小黄又被抽调出去搞半个月的干部考核。我也要求去，王、张都不同意，要我留在科里处理日常事务。其实大家都知道，科里的工作换别人很多事没办法做。现在，在科里只有我能独当一面。王昨天找我谈，让我出任人事科科长。这个问题本来早就该解决了，我一点也不感觉意外。10年前我在柳州市委组织部工作时就已经定正科级。

桂林市为了控制人口增长过快，从9月份起，调进桂林市的人员都要交城市增容费，成人5000元，小孩2500元。这难倒了很多人。今年我校到现在为止，仅调进一人，还有近 10 人因无法筹到足够的钱，调不进桂林，十分为难。学校今年分新房，按照学校的意见，2 房 1 厅的每户要交 3000 元，后因教职工意见太大才没收成。现在无论做什么都是要收钱，大家都向钱看了。出国人员配偶探亲赔款，人事处一下就收了 14 万多。

明天化学系的罗老师就去公安局领护照了，她们这一批办得很快，20 天就批下来了。因为要看你延签的结果，至今我还未向领导提交探亲报告。今天收到国家教委的一个文件，文件提到公证人不能因私出国，如果按照这个文件办理，现在正在办手续的这批人一个也走不了。

等下要看嘉嘉做作业，暂写到这里。

祝你一切顺利！

秀珍

1991 年 10 月 29 日 10：30

* * * * * * * * *

健荣：

你好！这个学期开学以来，工作尽管忙，还是比较顺心的，我和同事相处得很好。我不愿担任工资科长，处长后来也不勉强了。干了五年的人事工作，他是很清楚我的能力的。这几个月来，他也经常找我商量如何处理工作。

结婚这 10 年来，我们彼此都很了解对方，很多事情，你想什么，我差不多都能猜得到。比如说这次出国探亲，一开始我就猜到了你的想法，我也有你同样的考虑，这叫不谋而合。尽管你来长话、发传真催我申请办手续，但至今我仍按兵不动。我们都是理智的人，知道要量力而行，不是那种凭感情办事，为了出国而宁可使自己难堪的人。我现在已做好不去的打算，做出这样的决定，我也很遗憾，觉得很可惜。不过我想，处理事情还是顺其自然好，我相信以后还会有机会的。你说是吗？

愿我们今晚在梦里相会！

祝一切好！

你的珍

1991 年 11 月 2 日晚 10：25

健荣:

你好！有近 10 天没收到你的信，很想你。

昨日数学系王老师从英国回到桂林。当我得知王老师要回来，莫名其妙地激动了好多次，要是你回来就好了！王老师说回来前找不到你，所以就没有帮带回什么东西，我有点失望。如果你不是忘了王老师回国的日期，或是你因故找不到他，那肯定是会有，至少有一封信带回的。对吗？

前两天，桂林时七星法院来了两位法官到学校宣判，数学系吴老师和他妻子小劳离婚了。丈夫出国七年，妻儿苦等苦盼了七年，结果还是劳燕分飞，盼来一纸离婚证！可怜的孩子，还在苦苦盼着与印象模糊的父亲团聚。这样的人间悲剧，令人唏嘘！这件事在学校出国人员的配偶中引起很大震动，并引发她们为自己小家庭的担心。我十分同情劳老师，对吴也不想多加指责。他们七年不能团聚，其中有多种原因。开始是学校不肯放人，后来是签证通不过。这样的结果，谁都难以承受。这也不知是谁之过了！

我的工作如常，人事科长任职文件已下。出国探亲，我不想去了。因为不打算出去，今天我和嘉嘉上街买了一个热水器，花了 332 元。有了热水器，冬天洗澡就方便多了，钱是为人服务的，我们先享受啦，你赞成吗？

中文系的麦老师前几天回来了。要是你不延期，我们也团聚了！有得就会有失，难得周全的。想你了！

秀珍

1991 年 11 月 13 日晚 11：30

＊＊＊＊＊＊＊＊＊

健荣:

你好！今天上午接到你的电话，真让人喜出望外。我还真想不到是你呢！知道你的胃病又犯了，很着急。现在天气转凉，对你的胃是很有影响的，还有没有其他原因呢？毕业论文已完成，相对来说可以松动一点，不要太苦了自己。这是我所不希望看到的。今天下午，我到校医院找肖院长帮你要胃仙 U，校医院没有这种药。明天校医院派专人到桂林医药批发部要回，拿到后我即给你寄去。

我们现在的工作还是很忙，我担任科长后，张就只管下乡锻炼的工作了。接收毕业生工作，我也正式接手，明年三月我要参加自治区召开的毕业生分配会。看到经我办或处理的事，得到同事和上级的认可，听到别人对我工作的肯定和感谢，我很高兴。因为负责这项工作各方面来找的人特别多，出国的，调入调出的，内部调整的，毕业分配的，举凡国内外、校内外人员流动和工作变动各种各样的事务都有。对来自各方面的人和事，我基本都能处理好，能办的绝不拖延，尽快办好。不能解决的也主动向领导汇报，并能提出自己的处理意见供上级参考。当然，要是你在身边指导，我肯定能比现在做得更好。王处长还说，等你回来了，要请你给学校副处以上的干部上管理学的课呢！

嘉嘉学毛笔书法，有显著进步，老师经常夸奖他悟性好。这孩子很有灵气，只要静得下来，稍用点心，学东西就很好的。飞飞、毛毛等小孩对嘉嘉做的飞机和船，都佩服得不得了，毛毛还借飞机回去，让他爸爸学着做呢。

你来信提到明年 2 月份回。王校长的意思是，你最好回来上下学期的课。今年圣诞节，你还是到伯明翰小彭那里过吧！在异国他乡能有一个知己，很好呢！要不你一个人太孤单了。纸短话长，我们下次再谈。

吻你。

珍

1991 年 11 月 27 日

* * * * * * * *

健荣：

你好！得知英国有关部门批准了你的签证延期申请，为你高兴！我还在等你的材料，你的长话影响了我的心情。一连几天吃不好，睡不安，情绪很不稳定。之前我都明确说了，不打算出去，安心等你回来，接到你的电话心又动了。但考虑到实际问题，又一筹莫展。这件事我还没有考虑清楚。但昨天有人告诉我，历史系居然早就有传言说我为了出国，现在正准备辞职，而且中文系的人也都知道了。真是人言可畏啊！这谣言不知是从哪里来的！

还有 12 天，就是你的毕业典礼。如果在那一天，我能亲临现场，目睹你登台领取学位证书的风采，分享你的快乐，那该多好啊！

嘉嘉在段考以后进步多了。每天作业能按时完成，也不欠交作业。他对学毛笔字很感兴趣，每周二、六晚上做完作业后就赶去学书法，进步很快。我发现，只要是他感兴趣并愿意做的，都可以做得很好。如果他能克服粗心大意做事马虎的毛病，可以有更大的进步。晚上趁他睡觉时，我细细看了他很久，越看越好看。红彤彤的小脸表情丰富极了，嘴巴还甜甜地翕动，十分可爱，像极了你！

我们开始用热水器了。每天晚上小家伙恨不得泡在洗澡房不出来，他天天吵着要洗澡，连中午也要洗。唉！小孩子做什么都图新鲜，真让人又好气又好笑！这个月发工资，我打算买个取暖器。天冷了，嘉嘉做作业时也暖和些。

校医院已经为我要到了胃仙 U，我正在找人给你带去。

圣诞节又快到了，圣诞过后就是元旦春节。春节后很快你就要打点行装回国，盼望团聚的时刻早日到来！探亲的事还是顺其自然吧！不过，我还是倾向不去了。我母亲 12 月 10 日左右到桂林来陪陪我们。想你！

祝你健康快乐！

秀珍

1991 年 12 月 3 日晚 9 点

＊＊＊＊＊＊＊＊

健荣：

你好！十分高兴收到来信和护照复印等材料。现在我每天都在计算我们将要团聚的日子，特别是收到你的材料后，居然以为过几天就可以见到你了！明知是不可能的，但是还是忍不住要想。

在收到你寄来的信和材料的当天晚上，我连夜赶到王处长家递交申请书。满以为他可以马上批复，出乎意料，他说对于我的申请表示理解，但又说出去时间太短不划算，并说舍不得我离开，我走后工作没有人接，等等。听他的口气，我就知道完了。最后他表示要和王、廖校长商量后再答复。从他家出来后，我又找到廖校长家，无奈廖搬家了，匆忙之中没有找到。因嘉嘉一个人在家不放心，又急急忙忙赶回来。

今天上午，王处长找我谈了这件事，说校长不同意。他还强调说，这几年来，人事科里的工作几乎都是我一个人顶起来的，我走后工作不好安排，让我再等几个月，不要走了。这样的答复让我心里很不舒服，虽然我不一定非要出去。当然，如果我下定决心要去，我相信我能够说服校长和书记。健荣，要不，这件事就算了吧！

前几天区教委传达了有关工资调整的政策安排。四月份的工调，我们处除了我，人人都得了一级。这次调整是在四月份的基础上做了一些新解释。讲师提级的条件是，1989 年普调后没有加工资；1971 年参加工作的可调一级。这两个条件我们俩都符合，这样你我都有可能调一级，你可以调到 122 元。虽然这一级工资不多，但对于我们来说，也算是一种利好吧！

探亲的事我不打算再找领导了。如果你能再延几个月，就马上发传真来，不能延，我就再耐心等三个月，我想，你会同意我的做法。

我现在在桂林少年宫的草坪上等嘉嘉。等他学习结束后我们逛一下街，就到火车站接我母亲，她今天下午到桂林。

祝圣诞快乐！

秀珍

1991 年 12 月 8 日中午 11：15

＊ ＊ ＊ ＊ ＊ ＊ ＊ ＊

健荣：

你好！今早和你通了 10 多分钟的电话，高兴了整整一天，下班时还兴致勃勃不愿回家。

学校派出下乡挂职锻炼的教师月底要回，昨天我和校党委黄书记、党办主任和我们处的张副处长一起到全州和兴安县，对县里的支持表示感谢。各地的领导都热情极了。中午全州县委正、副书记陪我们吃饭，晚上兴安县委副书记又请我们吃饭，晚上 9 点多才到家。回家后，我母亲说办公室的人来告知，你连打了两个长话来，真后悔没接到。

知道我不去探亲的决定，肯定使你很失望。这也是出于无奈，具体原因在上封信已经讲了。再者，我对嘉嘉留在国内也很不放心。我们俩都在国外，孩子如果有什么事，我们很难顾及。所以，你对此也不要有什么想法。

今天刚与你通完电话，廖校长刚好到办公室，我说你刚才打电话，还是让我出去探亲。廖校长劝我不要去了。昨天我找王处长要回报告时，看到报告上没有一个领导签字。肯定是王向校长们说这件事时，先谈了他不愿我出去的理由，而我事前又没有与校长沟通好，事情就黄了。我同意你的看法，任其自然吧！事情太勉强终究不好。

从今天开始我的工作稍微松了一些。今年 25 人调动的材料，已经全部送区教委和桂林市人控办；要办的几件大、急的事都办完了；年终人事统计工作交给小黄。他搞了 20 多天，13 日下午我还抽了半天帮他统计和抄表。14 日送南宁。从这几年的工作来看，处里的同志对我的工作都是肯定的。

12 月 16 日是授予你学位的日子，请选一张照片发来，让我们分享你的快乐！盼望你胜利归来！想你！

秀珍

1991 年 12 月 14 日晚 11：50

四
负笈英伦

****

健荣：

你好！收到你的来信，就是我的节日，比春节还要春节。心里总有一股说不出的暖流，那是我亲爱荣哥的爱在我心中激荡！

11月30日，得知校领导不同意我去探亲的意见后，心里一直很不舒服。你要知道，当我决定并递交申请后，心里就一直很激动，天天在盘算办手续需要多少时间，还有多少天就能见到你。我觉得学校这样做很不妥，很伤了我的心。要是当时我坚持自己的意见，事情也许可以办的，可现在时间又过了半个月，要补救也来不及了。

今天早上又接到你的长话，十分高兴。你的电话给我带来了欢乐，同时也给我带来了烦恼。当得知你迫切希望我出去的消息后，我马上找廖校长，再次递上申请。事情出乎我预料之外，这件事被再次提到校长办公会议讨论。今天上午10点，正好开校长办公会议，廖校长再次提交会议讨论。会议的决定是，请人事处做好我的动员工作，不要出去了。下午我找了王、廖校长、王处长陈述我的理由，晚上10点多才回到家里。回来后又累又难过，很难使自己心情平静下来。

昨天晚上我找到王校长家里，王的态度很好，我再次阐明我要出去的理由。他表示理解，但还是动员我不要出去，说当初同意你延期时已经说了，我不能出去探亲。我说当时并没有讲这回事，而且当时学校也不同意其他人探亲。只是说了，只要你能按时回国，可以让你第二、三次出国。昨天晚上，他再次强调了这一点。说只要他在位，可以保证让你再次出国。我说，你出去是有可能的，但我以后有没有机会出去就很难说了。王校长是通情达理的。我出去受阻，主要是这件事被提到校长办公会议讨论两次。对此我很有意见，别人出去探亲校长签字就可以了，为什么我的事就要放在校长办公会上讨论？王处长刚刚又从本部打电话来说，他又找了王校长，并到历史系征求意见，校长的意见还是动员我留下来，安心搞好工作。

我最终不能出去的结果，你一定很失望吧？不仅是你，我也是很失望。探亲的事办成这样，我希望你能够理解，不要责怪我好吗？因要告诉你这件事，这封信就提前发出来。想你！

秀珍

1991年12月19日下午2点

＊＊＊＊＊＊＊＊

健荣：

你好！托人带到北京寄来的贺年卡收到，谢谢你真诚的祝福！我很喜欢贺年卡上一对相互依恋的小鸟，很像我们俩哦！嘉嘉也很喜欢你给他的贺年卡，他说他的比我的好看，看来父亲是最懂得儿子心的，知子莫若父啊！

我母亲来桂林快有 20 天了。她来后帮我料理家务做饭，家里也热闹了。12 月 28 日她要回柳州，她这一走，我们又不习惯了。我们盼着你快些回来，早日结束我们这种难过的日子。

12 月 27 日，从早上 9 点到晚上 12 点，桂林下了一天的大雪！据说，这是 70 年来桂林从未有过的大雪。今天气温骤降到零下 3 度，明天零下 4 度。由于天气太冷，昨天桂林电视台播出市教育局的通知，全市中小学停课一天。街道上积雪厚达四五寸，车辆都无法行走。直到下午，全市武警出动铲雪后，交通才恢复正常。在南方从来没有见过这么大雪，大家都觉得很新奇，纷纷来到室外赏景玩雪，照相的、溜冰的、堆雪人的到处都是。大街小巷，房前屋后到处都有堆起的雪人，本部的校车开不过来，我们也乐得玩了一天。

我母亲和姜雪下午回柳州。这段时间我可能休息不好，总觉得很累，晚上 6 点吃完晚饭就想休息了。嘉嘉今天玩雪也累了，晚上学毛笔字也不去。

夜了，暂时写到这里。

吻你。

秀珍

1991 年 12 月 28 日晚

＊＊＊＊＊＊＊＊

健荣：

你好！

桂林这段时间气温较低。12 月 27 日下的大雪，直到今天积雪还未化完。

关于学校工资调整之事，上次已经告诉你，你我都得调一级。你现在月工资是 122 元，我是 113 元。但我加上每月 10 元的职务补贴，还多你一元呢！从 1991 年 4 月补起。如果你今年能晋升副教授，工资就可提到 140 元了。

昨天上班才收到你 12 月 19 日的来信。谢谢你寄来所有我办签证需要的材料，尽管是没能用上。看到这一套材料，又勾起了心里的不舒服。如果从一开始，我就下定决心去办，这个时候，我就可能已准备动身去你那里了。这一失误，让我们的见面推迟了三个月，奈何？现在只有静待你归来了。

我们学校今年提前放假，估计我们在元月27日左右回柳州，2月12日回桂林。这一时期你的信还是寄到四妹家吧！快放假了，单位的工作相对来说松了一点，这几天搞科里的年终总结，下星期一到星期六要参加学校的党员轮训，总结只好星期六在家写了。今晚嘉嘉去学书法，10：40还没回，我要去接他了。再谈。

祝你健康快乐！

秀珍

1992年1月4日晚10：40

* * * * * * * *

健荣：

你好！从星期一盼到星期六，终于收到你12月30日的来信。看了你的照片我们很高兴，照片上的你开心地向我们微笑，让我们感到很温暖。

为了让我出去一趟，我知道你花费了很多心思和时间，做了大量的准备。我从心里感谢你！没能如愿出去，我已经很难过了，如果也让你不愉快，我会更不安的。虽然这次没去成，但你要知道，你的妻儿时刻都在挂念着你。我们还是面对现实，耐心等待几个月后的团聚吧！

今早上才想起，还有4天就是你的生日。是我疏忽了，没有及时祝贺，真对不起了！这段时间工作也忙，等这封信到你那里时，生日已经过了，请接受我和儿子迟到的祝福！

嘉嘉这段时间学习很紧张，每天的作业很多。一个星期来，每晚作业都要做到11点以后，其他小孩也都一样。嘉嘉的书法练习进步很快，老师特别喜欢他，经常单独辅导。老师说5个孩子中，他现在排名第2。今天他写了两幅大的条幅，字虽然还不是很老到，但也可以入眼了。这段时间好像很懂事的，早上起床穿衣也不用催。元旦前还想到给老师送贺年卡。如果他在学校上课也能像学习书法这般用心，成绩肯定能提高很快。

这一学期以来，晚上来家找的人总是不断，我不喜欢别人找上门来。为调进调出和出国等等原因，不管认不认识，这些人都有本事摸到家门。既影响我们的休息，又影响孩子学习。这样的情况，又很难拒人于门外。现在，我很想换一个工作，等你回来我们商量一下，好吗？

时间过得真快，我和你开始恋爱时才21岁，转眼就38了。你在英国过了两个生日，我们的儿子也满10周岁了。现在我还经常想起孩子出生后你第一次抱他的情景，等你回来就知道，他已经是一个小男子汉啦！

要去看孩子做作业了，暂说到这里。

盼早日团聚！

秀珍
1992 年 1 月 11 日晚 9：10

* * * * * * * *

健荣：

你好！今天收到你 1 月 6 日寄来的信和照片，十分高兴！我特别喜欢你最近寄来的这三张照片（分别是在湖区、新居和穿着硕士袍在图书馆的留影）。在船上那张充满了青春活力，很有生气；在新居那张很深沉；在图书馆照那张很文静，一副学者风度，样子很年轻呢！嘉嘉说他最喜欢这一张。看到你的卧室，感慨万千，多了几份遗憾，也得到不少安慰。我看到我和嘉嘉的照片都挂在墙上，如果我出去，我们就可以在这里相会了。

看了来信才知道你元旦病了一场，这使我十分担心，现在好了吗？看来你不只是感冒，肯定是发烧了。碰上身体不适，应及早去看病啊，苦点累点都不要紧，千万不要有病，为了你，为了我和嘉嘉，你都不能病！

今晚月亮很圆，晚饭后忍不住一个人出去走走。要是你在家，我们一起出去散散步那该多好！要给孩子准备夜宵了，再谈。

祝一切都好！

秀珍
1991 年 1 月 17 日

* * * * * * * *

健荣：

你好！嘉嘉今天考完这学期最后一科，下午放心地玩了半天。晚上我和李钊 ① 带希希、小毅和嘉嘉到雷锐家吃饭，9 点多三个小家伙都睡了，才给你写信。

李钊他们三人是昨天下午到桂林的。他是出差到桂林建设印刷厂看他们厂的产品，顺便把两个孩子带来玩玩，明天他们就回去。李钊来了我才知道，他和我校中文系的雷锐老师有点亲戚关系。平时我都怪嘉嘉太吵，现在看了希希和小毅二人，才知小女孩也同样是够调皮的。说来真不凑巧，这几天牙龈发炎，

---

① 我的二妹夫。

四　负笈英伦

昨天痛得不得了。晚上 9：00 接到二妹长话，说李钊他们下午要来让我去接车。可是我在 11 点左右就开始发烧，到了中午就更厉害了。下午 2 点，我还是强打精神骑自行车到车站接他们。可能是太累了，到下午 4 点多烧到 38.5 度，实在顶不住，只好回家休息，晚饭还是小李做的。不知怎么搞的，这段时间身体有点差，不到一个月居然两次发烧。

我们学校是 1 月 19 日放假，我在 23、24 日两天值班，25 日回柳州。每次放假前工作都很忙。张处去南宁，小黄外出学习，科里的全部工作都压在我这里。这两天出国政审 5 人。王校长、你们系的潘老师和外办钟主任一行准备在 5 月份访美。等你回来潘老师就出去了，不过他们赴美是短期的。

前段时间我与政治系的书记谈了，希望你能到政治系工作，他表示欢迎。现在政治系的管理学课程有两位老师上。但我担心你们系不肯放人，这件事等你回来再商量吧！再谈。

祝你一切都好！

秀珍

1992 年 1 月 22 日晚 10：20

＊ ＊ ＊ ＊ ＊ ＊ ＊ ＊

健荣：

你好！收到来信。我们已于 1 月 25 日中午顺利抵柳。

每当收到你的来信，我们都能高兴好几天，都有点像小孩过年时的心情。还有 4 天就是年三十了，这是你在异国过的第 2 个春节，我们都很想你！

今天正好是星期六，兄妹们全都回来了，我把你最近寄来的 6 张照片给他们看，他们都说你越来越年轻，越来越神气。宁芬抢先要了你一张照片，结果几个人一下就抢完了。其实我是很舍不得的，最后只剩下你在卧室照的那张，我甚至有点后悔不该拿出来给他们看。不过，这也说明家人都是很想念你的。

回柳州一趟也挺累。我大弟 1 月 26 日结婚，我一回家就帮忙，直到 1 月 28 日才算是忙完。晚上我父母召集我们兄妹开家庭会，分别给了我、哥哥和妹妹三人各 1000 元，说是作为以前我们结婚时家穷，父母没有给什么东西的一点补偿。我觉得父母也太认真了，总觉得他们亏欠了我们。以前家里穷，父母想给也没有办法给。事情都过去了那么多年，父母还记得这件事，可见天下父母都是记挂着自己儿女的。

还有两个月就可以见面了，非常高兴！你回来时我肯定要到北京接机，只是嘉嘉开学了不能去，有些遗憾。

耀荣哥今早过来问我们年三十在哪里过，我突然觉得很是伤感。要是父母在，就没有必要问这个问题了。我们决定和大妹、三妹两家一起在大哥那里过年。大哥现在很忙，快过年了，还一天到晚往工地跑。他负责几项大工程的地基钻探工作，国家级的有柳州机场，区级的也有好几项。今年 5 月他又负责柳州轻便桥的定址勘探。

柳州从去年 11 月换程控电话后，家里的电话就一直不通。昨天我找邮电局的师傅来调好，这样春节我们就可以与你通话了。有一个月没听到你的声音，很想你！

祝一切好！

秀珍
1992 年 1 月 31 日上午 11 点

* * * * * * * *

健荣：

你好！我们已经回到桂林。15 日上班了，事情真多，来找的人真多！在上班的路上好几次都是三四个人等着和我谈事情。晚上到家里拜年的、谈调动的，这两天就有近 20 人。这种情况我是很不乐意的，等你回来时我不希望再是这样。

嘉嘉学航模的事，在柳州我就找了曾昭仪，谈了想让嘉嘉去体委学航模。他说一般体委都是要大一点的孩子，如果想去，让我直接找桂林十三中的张老师。但嘉嘉和原来航模班人熟了，不愿到体委。我考虑了一下，这学期还是让他在少年宫学，让他学好基本功后再转体委，你看如何？

新学期开始了，新的工作在等着我，张处可能要调组织部，如果是这样，我除了负责原有的工作外，还得加上青年教师下乡锻炼和毕业分配计划这两项工作。这两样工作要干是可以的，但工作量大了很多。

晚上瑞莲姐请我们吃饭，等下上街帮嘉嘉买些学习用品，就写到这里吧！

祝一切顺利！

很想你的珍
1992 年 2 月 16 日中午 12 点

* * * * * * * *

健荣：

你好！从今年 1 月开始，事业单位的干部职工调整工龄工资，从原来的每年工龄 0.5 元提高到一元，你的工龄工资现在是 24 元，我是 23 元，虽然是微不足道，但对我们这些低薪收入的人来说，也算是涨了两级工资，总比没有好些吧！房改工作，现在正在摸底调查，据说房租马上要提价了，一平方 1.2 元，补贴按基本工资的 5%—10% 补给。我们两人的补贴加在一起，也不够交房租。从 1992 年开始，学校新建的房一律要先交钱才能分，要交多少还不知道。学校现在正在建三居室职工住房（20 套），要想搬进去就要准备交钱。人们吃惯了大锅饭的心理还没有调整过来，大家都不愿这样改。国内的改革是一个接着一个。从 4 月份起，粮食价格放开，取消粮票、煤票。现在已经不收 4 月以后粮、煤票了。价格开放以后，国家如何补贴还不知道。

昨天学校学工部召开毕业生供需见面会，我和张处参加。这次学校得了 11 个留校指标。这种会很有意思。从与毕业生交谈中可以看到，现在的学生很会自我营销。有些学生还不等你开口问，就开始很详细地介绍自己，生怕自己少说一点会落选。其实他们不知道，留校名单早就内定好了。

还是来说一下我们儿子吧！嘉嘉今年 11 岁了。前几天处里吃饭，我带他一起去，处里的同事都说他长大长高了许多。他现在身高已经平我肩膀了。小家伙很可爱，高兴时唠唠叨叨地说些他们班里的事情给我听，有时还和我讨论对一些事情的看法。我问他开学这段时间，在学校表现怎么样？他说不错，廖老师一直没找他的麻烦，我说应该是反过来说，因为你进步了，所以廖老师不找你啦！小家伙嘴巴很能说了。

好了，夜深了，下次再说吧！

祝一切顺利！

秀珍

1992 年 3 月 4 日

* * * * * * * *

健荣：

你好！你是前年秋天到英国的，转眼间第 2 个春天又来了。桂林的气温逐渐升高，前几天居然到了 25 度。今年春天也没有往常那种毛毛雨，而是像夏天那样的雷阵雨，说下就下，干脆得很。尧山上的杜鹃花又开了，真希望我们能一起到那里去看杜鹃花呢！

说到英国少年踢足球的事，你的宝贝儿子也是一样的，踢起球来经常是一身泥一身水，四双球鞋都不够换。刚刚还说，等你回来教他练球呢！给嘉嘉的礼物，我的意见还是不买游戏机，他玩游戏机经常会忘了一切，太影响学习！这段时间，报纸上多次谈到孩子不宜玩。

我的工作如常。毕业生接收工作我已开始接手，10 天前参加了毕业生与供需单位见面会。全区毕业生协调会四月份在南宁开，但你没回来之前我是不可能去的。廖校长问你什么时候回，学校五月份将来一批外国留学生，要想让你去讲课。

昨晚本来准备去看电影，晚上市政府通知说，桂林将有暴风雨，风力达7—8级。结果学校的电影也停放了。

今天累了一天，和嘉嘉提回三桶泥，准备在阳台种葡萄。

祝一切顺利，盼早日见到你！

秀珍

1992 年 3 月 15 日晚 10：50

* * * * * * * *

健荣：

你好！近来很忙吧？3 月 13 日收到你托朋友带回北京寄出的信，到今天已整整 10 天了，很想你！我现在只有不断看你以前的来信解渴。团聚的日子越近，越是有度日如年的感觉。时间好像过得越来越慢。我知道你是很矛盾的，一方面盼着与妻儿团聚，另一方面总想抓紧时间完成在国外要做的事情。我完全理解你。其实，我也是很矛盾的。

这几天我天天都在盼你的信，也天天想给你写信，但嘉嘉总是和我抢书桌。你走以后，他就霸占了我的书桌，说什么也不愿回到他自己的桌子，非要等你回来他才让位。3 月 17 日我送下乡锻炼的青年教师到荔浦县，回到雁山时给你买了一张藤椅。以前你曾说过，希望有一张藤椅坐着看书，你快回了我才买的。可是现在小子又占着不让了，写作业和洗脚都是他坐，还是说要等你回来再让回给你。

我的工作还是老样子，年初工作一般不是很忙，要做的事情都做了。人事工作要创新看来有点难，几十年的老规矩不是容易改得了的。我也想在任职期间搞点创新，无奈点子不多，有些苦恼呢！等你回来助我一臂之力吧！

从本星期到 4 月底，即 3 月 22 日到 4 月 20 日左右，学校对副科以上的干部进行考核，副处以上由学校负责。我也参加考核组，具体负责考核 26 名干部。我们处抽了王、张和我参加。我们既是被考核对象，又是考核人员。我自己要写总结，又要写 26 人的考核意见，科里的工作还要兼顾。

关于你希望再次延长签证的问题，我的意见是最多延一个月，这样对你第二次出国也有好处，你说呢？我们太想你了！

6 点多了，小子还没有回来，要做饭了。明天再谈。

珍

1992 年 3 月 23 日下午 6：30

（二）更上层楼

——英国纽卡斯尔大学社会学与社会政策系读博之序幕

1. 纽卡斯尔—桂林

秀珍：

　　你好！今天是星期日，现在是下午 2：00。我在纽卡斯尔已经基本安定下来。由于李小林的帮助，他在这里的朋友事先帮我找好住房，因此我在 3 日中午离开伯明翰后，乘车抵达纽卡斯尔，就由他的朋友直接把我送到住处，这样就使我减少了很多麻烦，一切都很顺利。

　　七天前我还在桂林，可是现在已经在 13000 公里外的英国东北部。这些天可谓风尘仆仆，辗转不停，其中的劳累和麻烦真是一言难尽！28 日下午 6：00，我由桂林飞抵香港机场后，发现我的大号黑色旅行箱竟然已经被摔破多处，当时机场行李咨询处只给我一份索赔申报单，而不能马上赔偿。于是我只好匆匆用大量胶带粘贴补上窟窿。好在箱子内还有衬布，否则里边的物品早就都掉光了。等候转机的当天晚上，我就在机场的椅子上躺半醒半睡，胡乱过了一夜。第二天，更大的麻烦来了。办转机马航手续需重新托运行李，行李员说我的大行李箱超重太多。按规定，是每人托运一件 20 公斤，但我的旅行箱竟然重达 31 公斤！行李员要罚款，每公斤 200 港元。她又说我的手提行李超大，超件数，也不让上飞机。结果我临时开包调整，重新打包。飞机是 2：30 起飞，可到了 1：45，我的行李还未能托运。因为总重量无法减轻，我的一切努力实际上都是徒劳无功！我忙得满头大汗，衣衫湿透。可是，管行李托运的香港小姐不管我怎么样解释，就是不松口。她还叫我把多余的行李留下，以后再运。好在粤语是我的家乡话，磨来磨去，说来说去，最后她有些心软了。同时，我一再申明，除了 150 港币交机场税，我再也没有余钱了，并说我是留学生，我的一切费用都要到了英国才能领到。行李员小姐最后善心大发，开恩放行。可是，到了机舱，空姐又说我的手提箱超大一寸，不能带进机舱，只好将其留在外边，跟大行李放在一起托运。真是够呛！其实，我在桂林乘中国民航的航班飞香港前也同样接受有关检查，但机场并不认为我的行李超重，也不超大。这时候，我发现随身带的便携式小行李车又断了一根铁枝，成了废物。真是祸不单行！这一番折腾，几乎让我耗尽精力体力，感到极度疲惫！我发誓，以后再也不多带行李了！这时，我又想起还留在家里的因为托运重量超出太多而无法带走的作为礼品准备的茅台酒和茶叶，深深感慨作为中国留学生负笈域外所带物品之取舍实在是累心烦人！

到了伯明翰，李小林和彭传芸跟我说，这些东西没有一样有必要带来。他们还说，茅台酒在这里是 20 镑一支，比在国内还便宜得多。真是好笑！

好了，麻烦事说多了，说些其他吧！原来在国内，我曾设想到英国后转到其他学校，到伯明翰以后查了些资料，找不到合适的专业，也就算了。

现在我住的地方离学校有一段路，步行需要 25 分钟。住处是 1 栋 2 层楼，一楼是英国人住，二楼是中国留学生。二楼是 3 室 1 厅，原来住有带有一个 8 岁男孩的一对夫妇和一位单身汉，加上我就是 5 个人了。那对夫妇住大房，我和那位单身汉各住一个小房。房租是每月 55 磅。室内的家具还凑合，有电热暖气。在纽卡斯尔的中国留学有一百多人，比我估计的要多。

明天是星期一，要办的事很多。一，到学校报到注册；二，到警察局登记；三，存款。这段时间，秀珍为我做出国准备工作，已经很累了！现在可以好好休息一下。工作问题想开一些，可抱坦然态度。

对嘉嘉教育是一件大事，切望能够抓紧。注意从小事抓起，一点一滴不放松。目前，主要是注意培养好的品质和性格，培养意志和毅力等方面。

请代向郭副校长、肖处长和陆主任问好。

写累了，再谈！想念你们！

祝一切如意！

通讯处：Department of Politics
　　　　University of Newcastle,
　　　　Newcastle Upon Tyne
　　　　NE1 7RU UK.

健荣

1993 年 12 月 5 日下午 3：45

于 Newcastle Up Tyne

＊ ＊ ＊ ＊ ＊ ＊ ＊ ＊

亲爱的嘉嘉：

你好！最近学习忙吧？

我自 11 月 28 日离开桂林，乘中国民航的 3031 航班飞香港，于当日下午

6：00抵港。29日下午换乘马来西亚航空公司的MH073航班飞吉隆坡，晚上11：00转MH002航班飞伦敦，又飞了14小时才到达伦敦。到伦敦时间是北京时间11月30日下午1：21，而伦敦才是当日凌晨5：21。在伦敦希斯罗广场出了海关后，我立即给你妈妈和伯明翰的朋友分别挂了长话，我想妈妈已经告诉你了。

嘉嘉，爸爸很想念你！在家时，因为工作忙，有时会比较急躁，对你发脾气，这不好！请你原谅！同时，我也希望你能知道，爸爸是为了你好，才对你严格要求。天下的父母都是爱孩子的，都希望自己的孩子能健康成长，长大能有出息。希望你能理解。我非常希望，你能下决心，从每一件小事做起，严格要求自己，认真听课，认真做作业；爱清洁，讲卫生，爱劳动。爸爸相信你，等待你不断进步的消息。

我现在已经到了纽卡斯尔，明天就去大学报到注册。请你经常给我写信，好吗？

祝你健康愉快！

爸爸

1993年12月5日于英国纽卡斯尔

* * * * * * * *

传真件：（发往桂林市长城酒店转广西师大人事处姜秀珍收。当时学校尚无传真机）

秀珍、嘉嘉：

你好！我已经于11月30日抵达伦敦，即由李小林接到伯明翰他的家中。在那里住了几天后，于12月3日抵达纽卡斯尔。前日已经报到注册，这两天在熟悉学校环境。纽卡斯尔大学的规模不小，本科生万余人，研究生约2000人，与北大、清华体量相当。图书馆、计算机设备等不亚于利物浦大学，有些方面比利物浦大学还好。我已经于昨日给你们发信，为能早日收到我的论文提纲，先向你发这份传真，把我的地址告诉你。

我的提纲是英文的，题目是"中国改革开放时期政府决策模式研究"。找到后请即寄来。向小丁夫妇问好，过几天我再给她们去信。

来信请寄：

Jianrong Huang

Department of Politics,

University of Newcastle

Newcastle Upon Tyne

NE1 7RU,

UK.

　　为避免信件超重，可在我的提纲后面写信。嘉嘉的学习一定要抓紧，各方面都要多注意。向瑞莲姐夫妇、阿璐等问好，过几天我再给他们去信。向所有朋友问好！感谢郭副校长、外办陆主任为我送行！

　　此祝一切如意！

健荣

1993 年 12 月 8 日下午 4 时

于纽卡斯尔

* * * * * * * *

秀珍：

　　想念你们！

　　晚上住处极安静。越是身处静谧的环境人的思维越是活跃，也就越是易引发乡思乡愁。同一层楼住有三户人，但大家都没有串门聊天的习惯。除了下厨房时见面聊几句，其他时间都是各自关门，很少往来。

　　又是老话题。12 年来，我们分离的时间太多太长了！你已经承担了太多的重负，孩子是你带大的。我这次一走，再次把家里的事全都推给了你。真难为你了！小妹说她非常佩服你，我亦如此。你的吃苦耐劳精神和坚忍精神，确实让人十分感佩！

　　我不希望你在一年以后才出来，这样太久了！还是做明年上半年出来的准备吧！不知你的工作有何安排？如你愿意，找个合适的位置，定了级别就出来吧！我想，你还是作为探亲出来比较好。这样可以保留公职，住房也可以暂时留下，省得处理那么多复杂的事情。你意如何？

　　近来嘉嘉情况如何？对此我十分牵挂。他正处在一个十分重要的关头，一定得把好关。希望你能够耐心，耐心，再耐心！多多诱导是盼。过去，我们对孩子的教育确实是有失误，主要责任在我。失误是指责多，管得太细，表扬鼓励少。我深知，好孩子是夸出来的。很多时候，我们是在无意中挫伤了他的自尊心。我和嘉嘉交流得太少，没有尽到做父亲的责任。人哪，真难！在家时常常控制不了急躁，离了家又总是在反省……

　　早些天我已经办妥了各项手续。口袋里已经有了一堆证件：学生卡、借书卡、运动卡、银行卡和学生乘车卡，等等。真是又方便又麻烦。因为在学校的

四

负笈英伦

379

条件较好，学习工作方便，所以我一般到晚上 8 点多才离校。回到家里做好晚饭，吃完已经是快 10 点了。天天如此，和以前在利物浦差不多。

从上个周末起，我已经找了一份活干，是星期五、六两个晚上做。两个晚班的工钱是 50 镑。这样每个月就有 200 多镑，够我的生活费有余。工作不算累，比在利物浦好多了。也算是一种生活的调节吧！

纽卡斯尔看起来还比较繁华，似乎比利物浦更有生气。目前事多，还没有空去逛逛街。我现在心里也是很矛盾，一方面希望你们早日来，另一方面又担心你来了不但辛苦，而且不像在单位工作时受人尊重，也许会出现很大心理落差。对此，你要有思想准备。

请挂电话给传莉，感谢她的帮助。她让带给李漓和传芸礼物，她们都很喜欢。小林一家都很好。

希望能早日收到我的论文提纲。夜了，再谈！

想念你们！祝圣诞新年快乐！

健荣

1993 年 12 月 13 日晚 11：17

* * * * * * * *

380 　秀珍：

你好！现在是圣诞节的第四天。已经是晚上 7：35，我还在学校系里的计算机房工作。今天早上大雪纷飞，四处一片白茫茫。上午 10 点多，我一个人踏雪前往学校。其实下雪并不冷，融雪时候才冷。顶着纷纷扬扬的大雪，匆匆穿过街道和公园，空气清新，行人稀少，感觉别有一番上学的情趣。

圣诞节那天，我们政治系主任贝林顿教授邀请我到他家里过节。我在那里度过了很愉快的一天。他们还送了我不少礼物，其中有书籍、派克牌圆珠笔和巧克力等。我送给他们一幅装在镜框内的桂林山水画，他们都非常喜欢。

贝林顿教授的住宅是一座三层楼的独栋楼房。门前有很大的院子，屋内设施齐备，装潢高雅且很有品位，居住条件非常好。最使我钦佩的是他的家庭教育。教授夫妇育有一儿三女，个个都很有出息。大儿子安德鲁（Andrew）剑桥大学毕业，当医生；大女儿露西（Lucy）牛津大学毕业，现在是《泰晤士报》记者；三女儿玛丽（Mary）正在剑桥大学读一年级，专业是生物化学；二女儿莎拉（Sarah）是利物浦大学政治系四年级学生，今年毕业。儿女都这样能干，贝林顿教授自然非常开心。我到教授家里时，安德鲁没有回来，我和露西、莎拉、玛丽三姐妹一起交谈，大家都感到十分愉快。在教授家过圣诞的一天，令人印象深刻。

二十天来。我一直很忙，除了办手续、安家、学习，我还写了近 20 封信。其中有五六封是为申请奖学金而联系的。我了解到，能够申请得奖学金是最好的，如果不得，第二年我就可以注册为非全日制学生。这样我一年只用缴纳 500 英镑学费，而各方面的待遇是一样的。如果是这样，注册第二、第三学年就可以节省学费 3400 镑。由此看来，生活没有问题。按此计算。我打两个晚上的工就能够维持生活，当然最好是不做，精力就可以更集中一些。但现在我的计划是争取再得一份奖学金，如果不行，也无须担忧。

我出国时走得太匆忙，忘了带你们的相片，请赶快给我选几张你和嘉嘉的照片给我寄来，要大一些的。想念你们的时候，看看相片也可以稍解思念之苦。今天才是 29 日，还要过 5 天圣诞假结束，系里才能分送信件。等不及你们的信了，明天还是先把我的信寄出吧！已经写了好几页。特别要告诉你的是，我已经从系里的存档中找到我的论文提纲来复印，因此你们就不用再找再寄了。

关于你们出来探亲的问题，我设想有两种方案。一是明年 4—7 月间来，二是明年底我回国做调查时你和我一起来。我倾向于第一种。你从明年 4 月起就可以着手办手续，办到 6 月底嘉嘉小学毕业，我想是可以办完了的。

请代我向肖处长问候致谢，向张处夫妇问好致谢！告诉张，我去他办公室找过几次，未遇。再谈。

此祝新年春节愉快！

健荣

1993 年 12 月 29 日晚 9：35

Newcastle

* * * * * * * *

秀珍：

你好！等了一个月，今天终于收到你的来信。这里的圣诞假是从 12 月 23 日到元月 3 日，此期间学校不分送邮件。

来信长达五页，解渴！先回答几件事情。

1. 你说找不到的两本书，一本是《当代英国》，是我匆忙中无意带了来。书价是 4.5 元，你就照价赔偿吧！如果我要寄回去，邮寄费是书价的 10 倍以上。另一本《出国人员英语模拟试题集》，是我帮阿璐借的，现在还在她的手上。你问问她是否还在用。

2. 你说学校的《教学研究》要刊登我前不久已被校报刊载的《英国教育状况管窥》系列文章，并说要把我存底的稿子送给他们，我想你可能已经拿去了。最好你想办法从校报那里要回这篇文章的底稿或已经刊登此系列文章的报纸，给我留着。这篇文章还是有些意思的。请你方便时把最后一部分复印寄来，我在那里提到一些敏感问题，我看编辑是否有改动。

3. 另外，这篇文章的第一和第二部分，在说到英国大学教育的三个发展阶段时，我的原稿是写"三次重大的历史进步"，不知何故，校报刊登出来却是"三项重大的历史进步"。这里用"三项"一词不妥。请告诉编辑。这个错误，早在校报刊刚发我的文章时，我已经看到了。后来太忙，一直无暇告知他们。

4. 嘉嘉有进步。很高兴，希望以鼓励为主，多鼓励，多讲相信他的话。语文方面要靠积累，注意推荐一些有意义的课外书给他看。另外，不要让他晚上开灯睡觉。

夜了，再谈！吻你！

健荣

1994 年 1 月 4 日晚 10：50

＊ ＊ ＊ ＊ ＊ ＊ ＊ ＊

秀珍：

你们好！收到你的第二封来信，也就是 12 月 27 日的来信。今天还收到大哥和四妹来信，这几天是信息大丰收。

知道你最近心情不好，很理解！有得必有失，我们对此是有思想准备的。还望能多放宽心，积极乐观地工作和生活，同时用心教育好孩子。

上次我在信中说，圣诞节政治系主任贝林顿教授盛情邀请我到他家里过节，是他家里当天唯一的客人。我在那里的时间是从上午 11：30 到晚上 9：30，他们招待非常热情。午宴前后，我们一起拍了很多照片，我不但和他们每位家庭成员分别合影，同时也和他们全家人合影。12 月 31 日，新年除夕，贝林顿教授又请我去他家参加 party。这次参加 party 的有他的同事、邻居、儿女的同学等，总共近 30 人。他们的客厅、餐室都满是客人，很是热闹。我是唯一的中国客人。后来我才知道，除我之外，在我们系念书的中国学生还有 4 人，一位博士生，三位硕士生。但他们都没有被邀请。看来，贝林顿教授对我是特别友好呢！事后我问了那位博士生同学，才知道他来了 4 年半，系主任一次没有邀请过他，他也从来没到过系主任家。这也许是我和他们的交往，比较受欢迎吧！再者，也可能是我的运气特别好。其实，我到这里才二十多天左右。还有，系里主管研究生的格林博士，就是我在国内与这里联系时常与我通讯的那一位，以及我的指导老师布莱斯林博士，都对我很友好，很热乎，说起话来就像老朋友一样。而且，他们都挺乐于助人。看来，我到这里读博士，这个开头很不错呢！

我们在系里的工作条件挺不错。博士生都给配了系大门的钥匙，任何时候包括周末和节假日都可以进去。博士生可以免费使用系里的复印机和计算机房的电脑，使用教工的休息室，室内有冰箱、电热壶、咖啡壶等。我的研究工作已经开始，进展不错。对此我心中有数。拿学位没有问题，我的目标是在这里把我的英文博士论文出版。我想，我的希望是不会落空的。

这次为筹备出国事宜，卖了不少家电，花了不少钱，而且之后又是一次离别！我知道，你心里很不好受，甚至很伤感惆怅。对此，你还是想开一些吧！向前看，未来会更好！我们现在已然面临的抉择是：一者，箭在弦上，不得不发。事情已经开了头，就要走下去。二者，开弓没有回头箭，既然下了决心，就不必再纠结，不要再瞻前顾后了。只要我们同心协力，就一定能开创我们的美好未来，走上坦途的。

请你告诉孩子，把电器卖掉，是因为不久后你们也要准备出来，这些东西没法保管或保留。将来或三四年后，我们能有更好的。告诉他，人要有长远的眼光。我们不是穷，不要让他背思想包袱。

这段时间，纽卡斯尔也很冷，常常是大雪纷飞，或是雨雪夹击。但是屋里有电热取暖器，挺暖和。睡前还要关掉，否则太热。

关于我在香港机场候机大厅长椅上过夜一事，也不算很特别的。当晚，我看到有十多人都是这样。如果到外面住旅馆，至少要一百二三十港元一个晚上。机场的旅馆的房价那就更贵。我去问了，要 1300 港元一个晚上，比桂林到香港的机票还要贵。我怎么住得起呢？能省就省一些吧！你说是吗？这样的事别人怎么看，就不用管它了。

嘉嘉愿意写信，很好！望多多鼓励。他的这封来信写得很不错。

时间紧，这封信写得比较草，请谅！因为忙，以后我写信写短一些，好吗？

再谈，祝顺利健康！

健荣

1994 年 1 月 7 日中午 12：30

* * * * * * * *

秀珍：

你好！收到 1 月 5 日来信。这是你的第三次来信。如同在利物浦大学那时一样，我把你的每封来信都编了号，写上日期，以便于查找。

这段时间，我的思想又有些波动，情绪不大稳定。这种情况，是在忙完各方面的手续，开始日复一日的奔波忙碌后出现的。主要的问题，是在思想稍有些空闲以后，常常在问自己，这次出来究竟有没有必要？想到投入这么大的精力、时间和物力，放下那么多的有利条件来这里学习，而如今资助问题还未很有把握解决，将来你出来又要放弃自己熟悉的工作和职位，带着孩子来到这里，一连串的问题常常使我陷入苦恼。大致算来，把所交学费，机票、办手续的费用、卖掉家电的损失加起来，折成人民币，已达到了3万多元！想想，是有些心疼！上次我从利物浦留学回国，带了一点省下的钱，可是我自己连一件衣服、一双鞋子都不舍得买，现在一下就刷刷地把它全花掉！再想以后你们出来，你还得吃苦受累，真是不舒服！无论如何我是不愿意让你受累的，自己的妻子哪有不心疼的呢？想想这些问题，心里颇为烦恼。试想，如果当初不办这件事，在学校各方面都比较安定，有两个项目可以做，成果可以预见。家里物质条件也不错，一家人和和气气生活，是很温暖的。但是我也知道，现在没有回头路可以走。说出来让你知道，也只是作为一种负面情绪释放！请原谅我给你添堵了！说归说，在这里每天的事情还得认认真真地去思考，一步一步努力去做。对此你也不要多虑，我会理智地调整情绪，处理好问题的。我不是圣人，我不能把世间的烦心事都撇开。七情六欲，人皆有之。

告诉你这些想法，也是要使你有思想准备。来到这里和我分忧，风雨同舟。现在我也认定了，苦就苦三年四年吧！下定决心走下去。上述烦恼不要和他人说，也不要告诉孩子。

4月份后办手续还是作为探亲好，最好不退房，这样不用处理太多东西。把各种证件、信件，书籍文稿和一些较好的衣物运回柳州。家里还留下来的那些电器如电子琴、食品处理机等也可运回去，不用处理掉。这些问题，你有空想一想。具体如何处理？你拟个方案出来，我们下一步再商量。

夜了，再谈。

祝一切都好！

健荣

1994年1月13日晚12：24

* * * * * * * *

秀珍：

你好！上封信情绪不大好，有些郁闷，传递了一些颇为消极的信息，影响你了，抱歉！但请你相信，我的理性会告诉我如何适应环境。我早已不是那种会被感情牵着走的人，我能够自我调整自我调适，请不要为我担忧。

经朋友介绍，我又找到了一份在一家华人开的超级市场做理货员的工作。明天就要去，每周做两天。这个市场主要是卖副食品和调味品，和国内的副食品商场差不多。商品都是袋装或罐装的，我的任务就是依据销售情况及时补充货品，打上价目标签，这比在餐馆要好做。钱少一些，每天20磅，餐馆是每天

25 磅，但不至于太累，也干净些。而且，这里也不用熬夜。在餐馆干活，干到晚上 12：00—1：00 是平常事。我的工作时间，是上午 9 点到下午 6 点。虽然花些时间，但其他时间抓紧一下就回来了。再说，一星期也不能七天从早到晚都看书写作。干一份活心里也踏实些，要不然就得动用存款了。

记住一件事，请姜妮为嘉嘉准备一套初中全部课程的课本和辅导书，你一起带来，我辅导嘉嘉学习用。中学的基础是一定要打好的。

夜了，再谈！想你们。

祝一切顺利！

深爱你的荣
1994 年 1 月 20 日晚 11：00

* * * * * * * *

秀珍：

你好！今天终于收到了你的第 4 封信。

知道学校和你们的近况，希望你能振奋精神。人是要有一点精神的。嘉嘉的课本我早就考虑了，这是一定要准备的，可以请姜妮想想办法。因为嘉嘉来此后要过语言关，过渡时期有一套中文的中学课本方便些。

关于你来这里的工作问题，这里的工作好找，请你放心。留学生配偶来此陪读打工的不少。跟我同住一栋楼的王先生的妻子也是 77 级的，在大连药物研究所工作，科研上很能干，画画水平也很不错。去年春节，她在这里卖画就收入几百镑。论她的画画功底和工作能力，在我们学校艺术系可以当老师。但她现在也在打工，换了很多工作了。如果在国内，她肯定也提了副高职称。对此，你不需要多担忧。当然，去打工要能够忍气。这里的老板、领班一般不骂人，但你得忍受得住他们的唠唠叨叨。其实这也无所谓的。我们出力，他们出钱，平等交易，两不相欠。听到这种唠叨，就权当没有听到。说怕看脸色，这你要有思想准备。所谓脸色，其实没那么严重。从利物浦到纽卡斯尔，我已经在五六个地方干过活，没有见过老板骂人或者翻脸的。这里的老板还是有一定的修养，你做不好，他找个理由把你炒掉就了事，面子上总还是客客气气的。小罗在加拿大那里可能确实不好找工，但我们这里不一样，找工作没有问题。

你们现在是在柳州过年，请好好安排一下，过一个开心热闹的春节。好好地和两边家人聊聊，享受亲情和快乐。如果你们 7 月来，那么明年春节就是在这里过了。嘉嘉的英语一定要抓紧，叫他一定要下功夫多读多背，这是等着用的。

在英国，16 岁以下的孩子读书是免费的，每月还有将近 40 镑的补助（牛奶费），外国人的孩子也是如此。

我的学习进展正常。最近因为申请奖学金精力稍微分散了一些，但过一段时间就可以补回来。

请代向你父母拜年，向你的兄弟姐妹贺年，祝他们身体健康，万事如意！谢谢你们的生日祝福！

祝春节愉快，万事如意！

健荣

1994 年 1 月 24 日晚 11：15

* * * * * * * *

秀珍：

你好！你们回柳州已经 10 天，每天都过得很愉快吧？

今天又是星期天。现在我竟然很不喜欢周末，但愿天天都是工作日。因为，在这里的周末，对我们来说则是意味着冷清和寂寞。

到这里后，我已经收到了你的 5 封来信，想你们的时候就翻出来看看，听听你们的诉说。家里的事，学校的事，我都喜欢知道。听听你对我关切的话语，感受一下家庭的温暖温馨，会让我感到非常快乐！

春节后回校，你可着手帮我整理书籍。请注意分类，政治、管理、哲学、历史、文学、艺术等，分别捆扎。每捆书约 30 公分高。不要捆得太重，以方便搬运。

保存的信件要注意用心整理。大衣柜顶部有一箱，我的活动书柜下面有一大批。注意分时期，大致可以分柳州市—柳江，桂林—柳州，北京—柳州，武汉—桂林，北京—桂林，利物浦—桂林，纽卡斯尔—桂林 7 个时期。好好整理，找两个结实的纸箱装好并贴上封条。先分类捆好，再装箱。我想，这些信件不仅很有纪念意义，而且有历史价值，将来有机会可以整理出版。当然，需要整理编辑。将近 20 年，7 个不同时期的信件能够保存下来，确实不容易。实际上，这些信件从一个侧面反映了这一时段的社会变迁，以及这样的变迁给人们的生活、思想和心理带来的影响。希望你珍惜这一份宝贵财产，好好保护。

再谈。想念你们！

健荣

1994 年 1 月 30 日下午 3：24

＊＊＊＊＊＊＊＊

秀珍：

你好！收到 25 日来信（第 6 封），非常高兴！

我们留下住房一事能有房管科陈科长关照，很好。这样就可以少费些神，但信件和证件要运回去，书籍是否运回还可再考虑。

不久前，我在伯明翰花 16 英镑买了一个中号行李箱，国产的。经与香港机场联系，上星期他们给我寄来摔坏我行李箱的赔偿费，是一张 30 美元的支票，折算为英镑是 20 镑多一点，补偿我购买的行李箱有余。香港机场办事还是很认真的呢！

我在这里念博士没有听课的要求，硕士研究生才听课，我们有兴趣也可以去听。闲暇时我常和来自不同国家和地区的同学们聊天，包括博士生、硕士生和本科生。和我聊过天的，有巴黎的，伦敦的，渥太华的，以及其他英国城市的同学。经常聊聊，也很有意思，可以获得信息，互相学习，还可以调节心情，交往朋友。

看到嘉嘉的相片，很高兴！这样，我就有了你和嘉嘉各一张照片。我把它们放在台灯下，每天早晚都可以看到，可以经常和你们面对面地说几句话。我的情绪已经安定下来，请你放心。既来之，则安之，没有回头路。

这几天，天气没那么冷了，好像已经有些早春的迹象，树梢上已经有了许多嫩绿的芽苞。春天就要来了。春天会给我们带来新的希望。

今天收到校外办寄来的贺年卡，内有一份由张葆全校长签发的致我校在外留学生的慰问信。这封信写得很有人情味，有空我再给他复信。

夜了，再谈！吻你。

祝快乐健康！

健荣

1994 年 2 月 2 日晚 12：25

＊＊＊＊＊＊＊＊

秀珍：

你好！收到 1 月 30 日来信。嘉嘉期考成绩有明显进步，很高兴！三科 90 分以上，不容易！望多多鼓励。对于他这样一向比较粗心的孩子，还真是难能可贵呢！嘉嘉是很有希望的孩子，望继续认真督促为盼。辛苦你！

你说 40 年来，我们有说不完的话，言过其实啦！你 21 岁之前我们还未认识呢！从 1975 年开始，至今不过 19 年。对吗？谢谢你能够理解我！

奖金的事就让它过去吧！你只拿平均数，那又有什么办法呢？目前你也无法改变它。一笑置之，如何？

年前挂了两次电话，很满足了。不过，以后还是要少挂长话。每次都是15分钟左右，要22磅，有些心疼。心里很矛盾，不打长话又想念，拿起电话又控制不住时间，费钱也费时，没有急事我们还是写信吧！

10天前，我花20磅买了辆旧自行车，再买锁和气筒，共花了29磅。车子是十速的三枪牌变速车，车况比较好，感觉骑行很有动力。来纽卡斯尔后，我上学走路只走了一个月，后来就是坐巴士，每月车费20磅。买这辆自行车只是一个半月的巴士费。走路太远，太费时间了。

前面的信说过，我在一家超市干活，但从上周末开始又不做了。原因是时间不合适，每周星期一、五白天去做，对我的研究工作有些影响。另外，那里一个女领班太难相处。整天黑着面孔喋喋不休地说这说那，没有一句话她是能够和气地说出来的。昨天晚上，我又改去香格里拉酒店做楼面服务员了。时间是两个周末，晚上6：00—11：00，5个小时的酬金是20磅。时间比较短，也不累。要求穿白衬衣，打领结，再穿上红色马甲，黑皮鞋，煞有介事的，也挺神气。但是做这份工英语要能对付，因为来的客人绝大多数是英国人。做了一个晚上，觉得没问题，最大的好处是时间短。

今天晚上纽卡斯尔学联举行春节晚宴暨联欢会，参加者每人付5磅，学联再补助一些。晚宴在唐人街的皇宫大酒楼举行，菜肴不错。晚宴后有抽奖、猜谜、文艺表演和卡拉OK等活动，最后还放了两部电影。我看了第一场《英雄本色》，说的是林冲雪夜上梁山的故事。第一场放完已经是12点，不能再看了，否则第二天就没法工作了。

新的学期，请继续安心工作，同时开始一些必要的准备。我将逐步把一些证明材料寄回去，请注意查收。这次就说到这里，下次再谈。

祝一切都好！

你的荣

1994年2月12日晚12：30

＊＊＊＊＊＊＊＊

秀珍：

你好！收到2月8日来信，各情均悉。

昨天我用计算机发了一封英文传真给外语系的周老师，并让他向你问好，谅已知悉。

知道你的心情，希望能坦然一些。我一个人在外，这种对感情的期盼比你更甚。既然我们自己选择了这样一条道路，只有坚定不移地走下去，不必过多思虑。身体是一切努力的基础，望多珍摄为祈。

关于我申请的奖学金，3 月份才讨论，结果如何很难说。希望是有的，到时再函告。总之，我们要立足于自己的努力。这封信我要寄上护照复印件，所以只能写一张纸，另外还要写封信给嘉嘉。现在你和他真是平等了。

这些天老下雪，有自行车也不能骑。雪很大，终日四顾皆是一片白茫茫。到现在，我才算是真正体会到鹅毛大雪和琼林世界的韵味。

知道柳州市所取得的成绩，甚慰！过两天，我给刘市长写封贺信，顺便问问他是否有兴趣与英国的工商界发展关系。

吻你。祝好！

健荣

1994 年 2 月 22 日晚 12：30

＊＊＊＊＊＊＊＊

秀珍：

你好！现在已是晚上 12：12，又拿出今天收到的你 2 月 23 日的来信来看，忍不住又提笔。但手很累。一星期来为本地的一家公司翻译一份中文材料，译稿已将近 50 页，从中文翻英文。稿酬多少，明天才知道。这是一份关于矿山机械设备的材料，专业性非常强，即便是可以借助各种辞典，翻译难度仍然很大，甚至有时候可以说是非常艰难。[1] 对于我这样的文科学者，其难度与工作量可想而知。

寄来的相片很好，是你照的吗？我想，一定是你用我们的照相机照的。嘉嘉确实大变样了，很帅很可爱，看了很高兴很欣慰。两边家的孩子都很神气很活泼，非常想念他们。

你去南宁这趟出差很辛苦，真难为你了！回到柳州稍作停留又马上赶乘回桂林的火车，累坏你了。一回家居然就有人找办事，你就不会让他们第二天再来吗？难道你和嘉嘉就饿着肚子陪客人，不需要这样做事的！下次不要这样，好吗？你在家这样奔波，实在是不易，我又帮不上忙，奈何！

---

① 任何词典的编撰都有一定滞后性，尤其是在一些特别的专业技术领域里。有些汉语词汇、短语，翻遍图书馆里的汉英辞典都无法找到对应的英文。如果有了一些参考线索然后想从全英词典里探索正确的英文表述，往往在图书馆里最大的几十卷一套的英语辞典都无法找到答案。好在我们全英中国学联有一个所有在英中国留学生学者都可以进入的 Email 网，我好几次通过这个网向全英中国留学生学者，包括在牛津、剑桥和帝国理工学院的中国留学生和访问学者请教，和他们一起讨论，最后才把有关问题妥为解决。全英中国学联中的博士生、博士后和访问学者中有不少高水平的专家学者。

嘉嘉正处在猛长身体的时候，要让他吃好，休息好。我想他会有自觉性的，少年的快乐，就让他多享受些吧！转眼间，他就成青年人了。

我给市人大原副主任黄阿姨，还有小邱和小关都去了信，一直都还未有回音。不知何故，离开桂林前我就给小关去过信，他都没有回复。他的地址是，广州市××区××路，17号301室。你可写封信给他，告知我的近况和我的地址，问他收到信没有，请他尽快回复。

上封信寄出护照复印件收到了吧？这封信寄出中英文邀请信各一份，警察局登记卡复印件一份。办出国手续很折腾，很烦人累人，你要有思想准备，要有耐心。

以上的信是前天晚上写的。你说 Mark 曾寄贺年卡给我，请你把他的地址抄来给我，我忘了带来。今天，我已得知我为纽卡斯尔一个矿山设备进出口公司翻译技术资料的酬金，是 1232 英镑，每页 28 镑。在发达国家脑力劳动的价值，由此可窥一斑。据说，如果让翻译公司的人来译，报酬还要高，每页 40 镑（指原稿页数）。我这 10 天的收入，几乎相当于打两个月全工的收入，可以买 4 张机票了。

信写长了，这次就说到这里。再谈。

祝好！

健荣

1994 年 3 月 5 日

* * * * * * * * * *

秀珍：

你好！收到 3 月 16 日来信。这是你的第 12 封信。

上封信很短，对不起。这段时间很忙，很累。这个情况，我在电话里也和你讲了。翻译材料的事，还没做完。写完这封信，我还得赶工，要在星期二之前译出 20 页。现在是星期日中午 12：00。你知道，这不是抄写，是翻译，是费神的事。昨晚上去干活，12 点才回。现在已接近期末，4 月 20 日之前要交一份详细的研究计划，之后还要在学院的研究生研讨会上发言。前几天，我才把学位论文导言部分初稿赶出来，事情一大堆，而且现在我还要赶紧考虑你们来的住房问题。

你说让我七八月回去调研，我感觉时间不大合适。原因是我在这里的工作还没有完成一定阶段，即使回去做调查，也不适当。让我再考虑一下，好吗？

你说最近师大很多在外留学人员回来了，使你的思想产生很大的波动，这是很自然的。在那么短的时间内，一大批人回去确实也使人感到很特别。你说生物系的小黄等5人回来了，小徐回了吗？

对嘉嘉的教育要注意加强。特别要注意以下几个方面：1. 要让他把精力放在学习上；2. 穿着只要整齐干净就可以了，不要追求特殊，以朴素为荣；3. 让他知道正确的价值观，学会判断是非。我相信，嘉嘉只要引导好，将来一定会有出息。请多鼓励，多爱护，严要求。

你收到此信时，正逢你的生日。在此遥祝生日愉快，身体健康！愿我们早日团聚。

再谈！吻你。

你的健荣

1994 年 3 月 27 日中午 12：15

* * * * * * * *

秀珍：

你好！上午接到你的电话非常高兴。我用电脑发信①给你，一是让你知道我搬了居室，告诉你新的电话号码；二是要和你通话，希望能化解你的一些思想包袱。因为看了你的 3 月 22 日的来信，知道你很苦恼，得赶紧和你通话。秀珍，天下之事都是在矛盾冲突中运行的，都处在各种利益关系的制约与平衡的动态过程中。我们应当能看开一些，想开一些。送你四句话：大其心容天下之物，虚其心从天下之善，平其心论天下之事，定其心应天下之变。我们共勉，好吗？

我的新住处是 24 Hampstead Road，即汉姆斯迪路 24 号。比原住处离市中心稍远一点，但离主要街道更近，乘公交车到学校的价钱是一样的，而且公交车可以直达学校。

上午通话时，可能因为疲劳，有些急躁，真对不起。究竟我应何时回去做调研，还未想清楚。我要静下心来，全面仔细地考虑一下，因为这涉及很多问题，如学业、住房和经济状况等等。

资料翻译工作已经于本星期三结束一个阶段。前后共 4 个星期，一直在赶。其间还得做许多其他的事，实在是疲惫不堪。完成 120 页 A4 纸的英文译稿，中文原件是 50 多页。由中文译英文，眼睛很累，手也写酸了。说实话，中途常常想打退堂鼓，因为很费心力。中文资料的专业性技术性很强，常常为理解一个词或一个词组，一个句子的意思，并找到恰切的英语表达方式，反复推敲斟酌，查阅很多工具书，问很多人。当然，翻译过程中也有顺利的时候，顺手时一天

---

① 当时 Email 的使用远未普及，在国内仅是少数科技界学术界人士在用。

四 负笈英伦

就可译出五六页。无论如何，这项工作总算是坚持下来了。现在看来，如果平常也有这样的工作做，比如说每个月有 10 页，还是很不错的。翻译 10 页就等于做 10 天工。

再谈谈我现在的住房。这套房还有一个好处，即有两套供暖系统，一套是水循环的中央供暖系统，另一套是壁炉，直接烧煤气。水循环供暖系统在每一个房间都有一组暖气片，可开关和调节温度。壁炉是在主卧和客厅，这两个地方同时也有中心供暖的暖气片，两套系统使用都很方便，比电热器取暖更好也更便宜。我原来住的地方是电热取暖，这会使空气太干燥，再说电费也比煤气费要贵得多。我在利物浦时住房也是电热取暖，所以我深知它的弊端。

今天是 4 月 1 日，星期五，是复活节假的第一天。学校从今天起到下星期一全关门。复活节（Easter）是基督教节日，是每年春分月圆后的第一个星期日。今年的复活节是 4 月 3 日。今天计划在家休息，写写信，洗洗衣服，放松一下。现在我住的房间朝东，每天早上阳光明媚，满室生辉，令人心情舒畅。房间很清爽安静，我感觉比原来住的好多了。你经常说你盼信很着急，其实我的心情不亚于你。这种盼望，就像在恋爱时约会盼恋人来一样。也像我们结婚以后盼团聚，因为我们婚后也是常常分离。但是，现在盼信的心情好像较之二者更甚，因为此二者时间性还比较好把握，有何问题因同在一地或相距不远再联系打招呼也不困难。而现在却是千山相隔，万里相望，因此期盼信息交流的心情也就更为迫切了。只不过，这种心情可能我在信中说的比较少，因为我要忙的事太多了。

关于你们何时来这里的问题，我考虑了很久，如下几个方案都是各有利弊，你权衡一下，做一个选择。

第一，我今年 9 月回去调研，三个月后和你们一起来；第二，我今年 12 月回去，三个月以后和你们一起来；第三，你们今年 7 月份来，我 12 月回去。

第一方案，可使我们从现在起分离的时间不至于过长。不足之处是我的前期研究可能做得不够充分。第二和第一方案都有能够和你们一起来的好处。不利的方面是拖得太久，而且 12 月份若我回去，我这里的住房没有人照顾。如在 12 月底之前，我有一位朋友可以帮我代为照顾就好了。第三方案最大的麻烦是让你们初来乍到即留在这里，我不放心，你们也确实不方便。孩子上学，你的工作，家庭日用品的采买，等等，你们可能一下不能适应，担心你照顾不过来。

想来想去，我还是倾向于第一方案。我把工作抓紧一些就行了。嘉嘉在国内上一个学期的初中，可能也有好处，你觉得呢？

再谈。祝一切都好！

健荣

1994 年 4 月 1 日下午 6：15

秀珍：

你好！接3月28日来信。当日（4月7日）即回了传真，谅已收到。

你和嘉嘉身体有些不适，使我极为牵挂！我在传真中分析了你们的病因，望能认真一读，并参考我的建议，尽早把身体调理好。对你和嘉嘉的营养，一定不要省钱。身体搞不好，省下钱来是没用的。希望你在这个问题上不要近视，工资不够就取存款用。你们来此的机票和一年内的生活费，我都已经准备好，不必担心。如果你因为省钱而使你和孩子的营养不足，你就是犯大错误，而且是不可弥补的错误！

你的耳鸣头晕问题，请尽快去看医生，找出病因，赶快治好。此外，请注意保持乐观愉快的情绪，放宽心，不必太多思虑和顾虑。

关于你们来这里的时间，你的来信说，我回国后你和孩子在这里住三个月可以适应，那你们就7月份来吧！我当然愿意你们早些来，原来我是担心你在这里不方便，既然你有这样的信心和勇气，自然是好事情。有近半年时间，是可以熟悉环境的。

我所有寄给你的材料，请都复印两份以备用。开始办手续，要做个计划，列出时间表，一件一件事去做，以免忘事。请记住，你到公安局申请护照和到英国大使馆办签证的时候，都要说明你是伴读（join my husband）而不是探亲（visit my husband）。两者签证时间是不一样的，后者只有两个月。当然，你在学校申请时，则可以说是探亲，无关大局。

归纳几点：1. 列出时间表，按需要办事情的先后逐一去办。2. 复印证明材料，然后分现用和备用两个部分，分别存放。3. 需要翻译的材料，可以找周老师或阿璐。4. 办手续过程注意方式，要耐心，切忌和办事人员弄僵。

我过几天给商务印书馆的常绍民去一封信，请他在你去北京后设法帮助你，我想他会做好的。你赴京前先给他挂个电话，他的电话是555445。

随此信将银行证明寄出，请复印几张留底。住房证明过一段时间再寄出。

这段时间我很忙，本月20日要交一份研究计划，27日要在学院的博士生研讨会上发言，然后大家讨论。

上午通了电话很高兴，望多多保重。办手续如果有疑问可以请教伊老师。银行证明不用翻译。

这段时间写字太多，手很累！① 字写得很草，请原谅。

---

① 1990年我在利物浦大学读硕时，学校里已经有计算机房让师生使用。三年后在纽卡斯尔大学读博，学校和院系都有了更多的计算机室。但是，中国留学生限于经济能力，自购PC在家中使用的情况还比较少，特别是初到英国的留学生。因此，很多人处理文字工作还是在家里或是图书馆写出初稿，然后到学校计算机房输入和修改。再者，学校或院系计算机机室的电脑虽多，也并非总有空位，除非是深夜。所以，手写文稿还是常事，写家信更是如此。

再谈。祝好!

健荣

1994 年 4 月 11 日下午 3：20

* * * * * * * *

秀珍:

你好! 4 月 7 日来信收到。我想,你也一定收到我的生日贺卡了。

嘉嘉在和你发生矛盾时,常常以写信告诉我来要挟你,这使我很高兴。这说明,他深知父亲是很爱他的,是疼他的,他可以此作为对抗你的方法。他说这些话,你不要嫉妒哦!

你的体检结果很好,令人高兴,愿你更健康更年轻。

关于探亲和伴读的区别,我想其实质都是留学生的配偶前往留学生所在国团聚,其区别主要在时间。前者是短期的,几个月就回来,后者则是一直陪伴着配偶,直至其完成学业。究竟按哪种方式办签证,我想你在那里可以具体了解一下,我在这里也咨询一下,然后再作决定。

最近比较忙,再谈。

祝健康顺利!

健荣

1994 年 4 月 19 日下午 7：00

* * * * * * * *

嘉嘉:

你好! 近来功课忙吗? 学校里有什么新鲜事?

时间过得真快,转眼间我到这里已经是第 5 个月了。春天来了,树木都长出新叶。校园里和街心花园的郁金香和其他花卉都已经竞相绽放。各色各样的鲜花,争奇斗艳,令人赏心悦目。春天是充满生机,充满希望的季节,让我们在春天都努力做更多的事情。

妈妈说,这半年来你有很大的进步,这主要是学习的自觉性提高了,而且开始懂得关心别人,能够体谅妈妈的辛劳。你的进步使我感到非常欣慰。

你现在已经是少年,应该懂得要求自己。首先,要立志,要有远大的志向。现在努力学好知识文化,将来为社会为国家做贡献。第二,有了志向,就必须努力把学习搞好,不断争取新的进步。第三,非常重要的是,要注意培养自己的好品质和坚强的意志，要诚实、勇敢、坚强。当然，还要谦虚，要能够团结同学。第四，要锻炼身体。没有一个好的身体，有再大的决心，再大的本领，也做不成事情。嘉嘉，爸爸知道你现在是能够自己考虑问题了，上面提的这些要求，希望你仔细看一看，想一想，然后结合自己的情况，考虑自己下一步应该怎么样做，好吗？

　　嘉嘉，这些年来，爸爸经常在外学习或工作，对你的关心和帮助很不够，这使我常常感到很内疚。作为父亲，我对儿子应尽的责任是很不够。使我欣慰的是，你现在已经逐渐懂事，一步一步地越走越好。今后，我一定尽最大的努力帮助和支持你。

　　听说你在学习之余还经常练习书法，这很好。已经有了一定的基础，丢掉太可惜。这也是一种本领，应该好好练一练。

　　桂林的夏天快到了，你中午一定要睡午觉，否则下午精力不足，晚上做作业也容易犯困。你正处在长身体的时期，保证充分的休息很重要。

　　有空给我来信，祝快乐进步！

爸爸

1994 年 5 月 2 日下午 1：20 于纽卡斯尔

* * * * * * * *

秀珍：

　　你好！收到 5 月 19 日来信。知道你最近的心情和愿望，十分理解，我亦如此。但空间的阻隔，非人的意志可以改变。今天已经是 5 月 27 日，还有两个月左右，这种令人煎熬的分离就会结束了。让我们都耐心等待，好吗？

　　你的工作问题，前段时间你是着急了一些。做什么事都得留有余地。俗话说，人情留一线，日后好相见。山不转水转，水不转云转。这个世界很小，难免有相逢的时候。不过，现在也没有什么大的影响，以后多注意一些就是了。

　　护照这么快就得了，出乎我的意料，其他手续想来也不会很难办的。如此看来你的运气是很不错的。随信寄上住房合同的复印件，这样你需要的申请赴英的一切材料就都齐备了。

　　昨天晚上得到一个好消息，我申请资助的克里斯汀·金纪念基金会给我系里来了电话，说我已经获得批准给予资助。这笔资助约在 2000—3000 磅之间，是一次性给予的，正式通知会很快寄来。这对于我们是很重要的支持，有了它，就可以大大缓解了我们的困难，使我能够更好地集中精力进行我的研究工作。

　　嘉嘉要带来的书籍用品，可考虑如下方面。1. 初中的各科目的课本和复习辅导书。2. 小学六年级的语、数、英课本，有时可做参考。3. 一本《现代汉语词典》，要 16 开本那种。4. 几本可读性较强的课外读物。5. 毛笔几支，宣纸酌量，印章两枚。可以请小陈再刻一个"桂林黄嘉"的印章。6. 几盒英语磁带。

向阿璐、勇游问好！请对他们多多关心鼓励。向瑞莲姐、晓春哥问好！

再谈。祝愉快健康！

健荣

1994 年 5 月 27 日

于 Newcastle 学校图书馆

* * * * * * * *

秀珍：

你好！今天是星期天，不出门，我们聊聊天吧！

记得我还在师大时，人们常说我的气色好，总是精神焕发的，问我如何保养。对此我也弄不清，可能一是先天身体基础比较好，二是妻子照顾得好，而且在家有家庭的温暖，心情比较好吧！可是，这段时间我的气色却不怎么好，常常有疲惫之态，自己对着镜子看，也觉得很不精神。其原因也许是因为前段时间太累了，加之心情一直不太好，有点郁郁寡欢。近来也睡不好，常有噩梦，睡起来头晕。你知道，在家时我的睡眠是很好的，每天都睡得很踏实。食欲好，睡眠好，是我身体好的主要原因。现在食欲还是好的，但心情欠佳，睡不瓷实。加之劳累，便造成精神疲惫。万事开头难。这半年来，各种杂事比较多，前一阵子翻译工作又比较赶。实际上现在我打工并不多，每周只是一个星期六晚上。从这个星期起，星期六这份工我也辞掉了，打算休整调理一下。上述问题只是诉说一下，并无大碍，你不用为我担心。

学校给你安排了新的工作，我感觉比较合适，也会使你气顺一些。以你的性格，是不宜到档案室的。再说，从现在一个很忙碌很有活力的部门一下进入一个很冷清的部门，心里也不舒服。我可以理解。

你来信说，阳台上的仙人球、仙人鞭和海棠都开了很多花，这是吉祥如意、家事兴旺的预兆。相信我们今年的运气会很不错。上次电话中我已经告诉你，我已经接到基金会的正式电话通知，已批准授予奖学金。前天正式通知来了，奖学金的数额同我翻译资料的总收入是一样的，这算是非常不错了。这项奖学金是一次性发给。我申请这项奖学金是从去年 12 月 10 日就开始着手的，也就是说，我到纽卡斯尔一个星期后就开始做这件事了。这其中还有些故事，等你来了再说。由此使我更进一步认识到，凡是认准了的必须要做的事，就一定要努力去做去试，并且要抓紧时间做。只要努力去做，其结果至少有两种可能。空谈是没有用的。

关于签证问题，我估计如果你们 6 月 25 日赴京面谈，即使在 28 日能谈上，最快也要到 7 月 20 日才能得到签证，因为要等待批复寄回。不知道现在是否可以当时就签，但愿如此。此事不必操之过急，顺其自然就好，急也急不来呢！再谈。

祝你一切顺利！

健荣

1994 年 5 月 29 日

* * * * * * * *

小珍：

你好！出国前你曾经说过，让我在合适的时候给小丁汇一些钱，以补偿当初我们向她借款的利息，现在我们可以考虑这一问题了。我的意见是汇给她 40—50 英镑，你看如何？现在英镑与美元的比价是 1∶1.47，和人民币的比价是 1∶13，大约如此。

学校叫你任外联部办公室副主任，正式下文了吗？还要同时兼任人事科长的工作，事情那么多，要多注意身体，不要太劳累了。和学校各方面的关系，望能一如既往保持良好为祈。不要在将要离开之前意气用事。对某些人的不当行为心中有数便是，不要把关系弄僵。我赞成你的想法，大度一些，豁达一些。你过去的工作一向都做得那么好，现在更需善始善终，让自己留下更多愉快的记忆。你在师大近 8 年，是一段较长的人生历程了，值得珍惜。我们对师大还是很有感情的。这是我到目前为止曾经工作最长时间的地方，我希望它发展，也愿意为它的发展出力。我想，你亦如是。

随信寄上基金会授予我奖学金的授予信的复印件。信件的中文译文内容如下：

"亲爱的黄先生，随信附上一张 3500 英镑的支票。这里这是克里斯汀·金纪念基金会给予你的奖学金。请把收据签好后尽快寄回。如果在 1995 年初你还没有找到其他资助，你可以重新向基金会申请。致最好的祝愿！（签名）。"

这次就谈到这里。

祝你赴京签证顺利！

健荣

1994 年 6 月 15 日下午 5∶00

* * * * * * * *

小珍：

你好！昨天晚上接到电话，非常高兴！此次你们赴京办签证手续，比我预料的更顺利，真是天佑我们！你带着孩子长途奔波折腾，精力体力都极度疲劳，望回去后好好休整调理。

订机票的事，今天早上我又挂电话问了。设在伦敦的中国旅行信息服务中心，对我所询及的问题答复如下。第一，不够一年的签证，他们也照样可以卖单程票，卖票时不看护照签证。至于到时在机场能否出关，购票者自行负责，他们不负责任。最近有些人以不足一年的签证，持单程票来英也没有麻烦。第二，航空旅行，12 岁足岁即为成年人，应买全票。嘉嘉的护照和出生公证书上面都已经明确是 12 岁以上，所以需买全票。我想，我还是订你们的单程票，你在伦敦机场出关时记住随身带着我寄给你的导师证明信，此信言明我的学业将至少要到 1996 年秋天才结束。

伦敦大学的入学通知今晨收到。伦敦大学下属 40 多个学院，录取我的是伦敦大学皇家霍洛威学院（Royal Holloway College of London University）。不知何故，我申请的是政治系，但录取的是历史系。是搞错了，还是其他原因，我还在了解。此外，学费问题，ORS 政府奖学金转校问题，还得进一步商量。最后我是否从纽卡斯尔大学转到霍洛威学院，现在还定不下来。

嘉嘉讲话的声音变多了。孩子长得太快了，也让人感叹。我倒是愿他现在还是五六岁，慢慢长，别着急。告诉嘉嘉，准备启行前，应当到老师那里去辞行，比如，廖老师、秦老师等，感谢她们的教育培养。还有同学，也得打个招呼说声再见。

你 6 月 15 日由桂林，6 月 28 日由北京寄出的信都已经收到，知道你很累，回家以后一定好好休整。

盼望早日见到你们！

健荣

1994 年 7 月 5 日晚 2：30

* * * * * * * * *

秀珍：

你好！7 月 4 日和 5 日两次来信均悉，所寄材料和嘉嘉的护照复印件收到。嘉嘉的护照相拍得很精神！你们出发前各种事情很多，要有条不紊地去做，不要太劳累。

今天挂电话给伦敦的中国旅行服务社，已为你和嘉嘉订好7月31日的机票，明天要签住房合同。这样，为你们的到来必须做的各种主要准备工作，都已经完成了。

航班抵达伦敦希斯罗机场的时间是7月31日下午6点（伦敦时间），我将提前两个小时到机场等你们。出机场请你仔细办好各项手续，不要着急。

我将于本月28日搬入新居，打扫卫生，采买一些食品和其他生活必需品，使你们来后至少一个星期内有充足的物资供给。

上午和你通了电话，该交代的事都说了，请把行前的准备工作再仔细检查一下。旅途的费用要做一个预算，做好准备。赴京后的交通费、旅馆费等开销不小。还有，北京机场是否收机场费，需了解一下。

你到京后出站，进机场，都要带很重的行李，我担心你携带不便太累。我在给大哥的信中已经提到，请他或小妹夫到北京送你们上机。如果他们方便去，请不要推辞。如出版社的小姜愿意送，当然很好。你在旅途带这么多行李，还要带一个小孩，其劳累和困难，会超出你的想象。

请代我向黄书记、张校长、郭副校长，陆主任夫妇、梁老师、符老师夫妇和伊老师夫妇等问候和致谢。

请代我向你们处的肖处长、王副处长、小徐、小黄等问候致意，感谢他们对你的关心和支持。

请代我向钟老师夫妇、小丁夫妇、周老师夫妇、小玲夫妇、晓芳夫妇等问候致意，感谢他们对你的关心和帮助。

请代我向瑞莲姐一家问好。

我一定比你们先到机场，如果你出来得快，请在候机室等候。

寄出这封信以后，我不再给你去信，伦敦机场见面再说。

祝旅途愉快，一切如意！ 吻你。

伦敦机场见！

你的荣
1994年7月12日中午 ①

四 负笈英伦

---

① 这是我从英国纽卡斯尔发出给秀珍的最后一封信，也是自1975年以来我从邮局发给她的最后一封信。妻子从桂林寄到英国纽卡斯尔我收的最后一封信则是7月21日。十天后，即7月31日，妻子携儿子嘉嘉到英国与我团聚。至此，我们之间延续二十年的七地书终于封笔落幕。

****

2. 桂林—纽卡斯尔

健荣:

你好! 11 月 28 日分别至今已经 11 天了, 我们时刻在牵挂着你! 不知你现在是否安好家, 是否已到学校报到注册?

这次出国十分不易, 耗费了你大量的精力, 到英国后也不轻松。遗憾的是我不能帮你一把, 使得你在学习之余还得操心衣食住行一切事宜。基本安顿好后, 要用一段时间来休整调理一下。人不是机器, 机器开久了也会疲劳磨损, 何况是人呢!

这几天, 我把你所借的书都还到图书馆了。你投往校报的文章已刊登, 昨天帮你领了 10 元稿费。校报刊登后, 教务处的小梁发现了, 即打电话给我索要你的稿件, 说要登载在明年 3 月出版的《教学研究》刊物。明天我就给他送去。

这段时间你要办的事很多, 也是你最忙最累的时候, 可能连想我们的时间都没有。这也不要紧, 不会影响我们想你的。前几天学校外办要你的地址, 说是圣诞节快到了, 要给我校在国外的留学生寄贺年卡, 如果这次赶不上就要到元旦前再发。

学校已同意化学系李老师的妻子出国探亲, 今天我找教务处长签字, 与他的交谈中得知, 你免交的 15000 元, 是他提议的。他不主张赔款放人, 说这样做太伤出国留学教师的心了。并说可以考虑找一个比较合适的办法, 来取代到公证处公证。这样看来, 公派留学人员的配偶探亲已不是问题了。

嘉嘉今天打预防针有点反应, 我还得去照看他, 暂写到这里, 明天再谈。

想你! 祝健康愉快!

秀珍

1993 年 12 月 8 日晚 9: 40

****

健荣:

你好! 今天很高兴听到你的声音, 好像做梦一样。你 7 日寄出的信到现在已有 16 天, 我还没收到, 真叫人着急。

19 日晚上才收到你 12 月 8 日发来的传真。长城饭店没有人通知我, 是我校一位老师去那里复印资料, 碰巧看到带回来的。以后有急事还是发传真发到校办吧！校办秘书会马上转给我的。我们学校现在有传真机了。

你的这封信在邮局被拆开了，可能是被检查，盖了章后又用透明胶贴好，所以到 12 月 22 日才收到。但愿第二封信不再出现这种情况。

嘉嘉很想你，他正在给你写信，说要多写一些，这样我只好少写一点，否则又超重了。你到纽卡斯尔已经有 20 多天了，圣诞过得愉快吗？博士研究的工作已顺利开展了吧！我们在这里你不必担心，我会照顾好嘉嘉，抓紧他各方面的教育。请经常来信谈谈你的情况，愿在我们一家能在我 40 岁生日的时候能在英国团圆。

祝一切顺心！

秀珍

1993 年 12 月 27 日晚 9：40

* * * * * * * * *

健荣：

你好！到今天我已经收到你三封信，接到 7 个电话。我想今天你也可能收到我的第 1 封信。如你能在新年前收到，就算是得到新年的一份礼物吧！

今天是 1993 年的最后一天，晚上学校工会组织舞会。很久没有参加了，今晚去凑凑热闹，玩到 11 点多才回，有点累了。但想到在异国他乡的你，忍不住又提笔写上几句。

十三年来，我们分离确是太多了，但我们很充实，特别是你收获很大。你不必自责太多，只要你心里有我们，我苦点累点，都算不了什么。只要你那边准备好了，我们就过去和你团聚。我们早些出去，对你和嘉嘉都有好处。一是可给你减轻一些压力，二是能让嘉嘉早些适应那里的环境。当然，最重要的，是我们一家可以早日团圆！

12 月 30 日是你们历史系 40 周年系庆，系里送来一袋瓜果，也算是有心了。你的 12 月份工资已领，从今年 1 月停发工资。今年学校的奖金各单位贫富不均，差别悬殊。出版社平均每人 1 万，组织部今年也说要向 1 万进军，我们大概还可以有 1000 吧！这个数在机关是中下水平，教务处也有几千。不谈钱了，任其自然吧！

这次就暂时谈到这里吧！想你！

祝一切安好！

秀珍

1993 年 12 月 31 日晚 10：35

健荣:

你好！很高兴又听到了你的声音，让我高兴了整整一天。这几天我就一直想给你打电话，没有什么特别的事，就是想和你说说话。那天晚上半夜三更把你拉起来听电话，还吵醒你的邻居王先生一家，真不好意思！请代向王先生道歉。是我算错了时差，以为是英国的早上6点。

前几天，骆葆琳来信谈了她的近况。她说到加拿大一年了，除了适应那里的饮食外，其他无所适从，感到日子很难过。还说尽管出国前做好了心理准备，但是到那里以后，这种心理准备却不堪一击，到处找不到工作。好不容易找到一个带小孩的工作，她十分用心去做，而且做了许多分外的工作，但主人还经常出言不逊，给她脸色看，让她难以忍受。最后她只做了两个星期，就辞工回家。现在，她只好先到语言学校学英语。

你经常提到要有心理准备，我不知道要准备到什么程度。苦和累我不怕，我最怕看别人的脸色。如果我出去后又帮不上你的忙，反而像包袱一样拖累你，我会很不安的。

全国工资改革即将开始，明天自治区开会布置。为了让大家过好年，从去年10月份起，学校每人每月预支35元（10月—1月），一次发给。今天我领到140元，你是70元（补两个月）。补发工资245元，加上学校的奖金，这段时间的收入还是比较多。估计处里还可以发1000元左右。此外，总务处送来30斤大米。我想，除了添置一些衣物，还得要准备我们出去的路费，所以这些钱我还是不敢乱花的。

你在电话说周末不去打工了，这也好。从去年7月到现在，你一直处于紧张劳累状态，是要有一段时间休整。学习是重要的，但关键还是有一个好的身体，晚上回得晚，一定要得随身带点零食，随时补充，不要亏待了自己。下封信请告诉我你现在的学习情况，好吗？

这段时间工作较忙，毕业留校工作的学生名单，要在1月15日前定下，并组织他们体检。这几天忙着与各要人单位落实人选，还要争取区教委批准我们选留毕业生的计划。2月18日到南宁召开全区高等院校毕业生供需洽谈会，到时我还得跑一趟南宁。

今天到历史系，收到Mark和小叶给你的贺年卡。你可能还没有与Mark联系上吧！要不他怎么还往系里写信呢？

明天就是你43岁生日，我和嘉嘉在桂林为你祝福，祝你生日快乐！万事顺意！

嘉嘉做完作业了，我要弄点宵夜给他补充一下。今晚就谈到这里吧！希望明天能收到你的来信，祝我好运！

我们都很想你！

秀珍

1994 年 1 月 14 日晚 10：30

＊＊＊＊＊＊＊＊

健荣：

你好！前几封信都忘了问你，在香港机场被摔坏的皮箱，得到赔偿了吗？来信谈到纽卡斯尔现在已是冰天雪地，一定很冷吧！虽然室内都有暖气，但在去学校的路上还是很寒冷的，一定得注意保暖。这两天桂林气温骤降，我都受不了，脚也长冻疮了。

刚才又算了算，我们这次分离也才是 50 多天，怎么我觉得已经好多年了！这种日子令人惆怅！我想起 1984 年，你还在北京大学学习时，学校就将我的档案从柳州调来，当时我不愿调去，觉得一个人带小孩在桂林工作生活会很艰难。谁知六年后，你还是把我和孩子留在桂林，只身去了英国。这一次，你走得比北京更远了！

看了你的信，十分理解你现在复杂矛盾的心理，这种矛盾的心理你我皆有。你是一个理性很强的人，有什么想法说出来，好过强行克制自己。既然现在我们已经走上了这条路，就让我们携手共渡难关吧！吃苦受累我都不怕！我们的明天一定会比今天好，我对此深信不疑！现在，只要你那里各种证明材料准备好了，我即去办理出国手续。房子和家具的事不用担心，我已经跟房管科长说好了，房子不退，由她负责照看，肯定不会有什么问题。我这边的事情我一定会办好，你不必担心。请你放宽心，等着我们！

还有两天学校就放假了，今天处里传达了自治区要求有关工资改革工作要在春节前搞完的指示精神。明天向学校领导汇报后，我们才能确定工作安排的具体时间和实施方案。

等嘉嘉考完试后，我就和他一起回柳州。夜了！再谈。

吻你！

秀珍

1994 年 1 月 25 日晚 10：30

四　负笈英伦

403

* * * * * * * *

健荣：

你好！

每天给你写上几句，就像每天都在与你谈心。看你的信，是一种美好的享受。谢谢你一直把我当作知心朋友。20年来，我们总有说不完的话，写不完的信，虽然有时也有小矛盾和争论，但这些都没有阻碍我们友情与亲情的增进，反而更使我们心心相印，感情不断加深。

从你1月14日来信到现在，已经过了近半个月，现在情绪好些了吗？明天我们回柳州。不知为什么，今年没有归心似箭的感觉。我和嘉嘉都觉得还是在自己的家好。刚才出去散步碰上向老师，她正在办理出国探亲手续，杨老师也将在2月份去瑞典。现在大家对这种事都比较积极，只要有可能都设法出去看看，无论公费或自费。

你申请基金资助一事有消息了吗？你现在每天只有到晚上才自己做饭吃，这样的生活有点苦。我想，我和嘉嘉还是早一点出去吧！虽然我在国内的工作比较顺心，但想到你一个人在外打拼，既要忙学习，还要打工挣生活费，比在国内还累，心里就很不安。如果我在身边，至少在生活上可以照顾你，让你安心读书。相隔千山万水，一天到晚牵肠挂肚，这种日子太难过了！我们还是早一点团聚为好。你准备好材料，4月份我们去办理护照，6月份嘉嘉中考结束，我们就到北京办签证。

冬天到了。桂林这几天又是阴雨天气，很冷。你在外边要多保重！嘉嘉说他要给你写三页纸，我只好少写一点，要不他又有意见。

祝春节愉快！

秀珍

1994年1月30日

* * * * * * * *

健荣：

新年好！明天就是大年初一了，我们遥祝你新春愉快！心想事成！！祝我们新年好运，事事如意！！！

大年三十能接到你的电话很高兴！当我们在这里高高兴兴地吃年饭，辞旧迎新之时，你一个人却正顶风冒雪走在去学校的路上。午夜时分，看到嘉嘉他们在中山西路老家忙着点爆竹烟花时，想起去年过年时，你和他跑上跑下放鞭炮的欢乐情景。往事历历在目，我的心飞到了万里之外！我实在放心不下远在异国他乡的你!

你说找到了一份做翻译的工作,是用什么时间做呢?对学习有影响吗?

16 日我将从柳州出发前往南宁,参加全区高校毕业生的双向选择会,嘉嘉留在柳州。嘉嘉 21 日开学,当日我上午 11:35 乘 92 次从南宁返柳,下午 5:00 和嘉嘉一起乘 88 次列车返桂,晚上 9 点可到家。这样嘉嘉就可以赶上第二天开学上课。嘉嘉到学校报到注册之事,明天我打电话请中文系宋瑞兰老师帮忙办理。你不在家,我只好辛苦点啦!不过这些辛苦比起你来,实在算不了什么。

这次回来,大家对我们都很好,很关心。只是看到大家成双成对亲亲热热的,就有一种心里空落落的感觉。不过,一想到你为正在争取更大进步而努力,心里又坦然了。有得必有失,以后我们会更好。我深信!

祝春节快乐,身体健康!

秀珍
1994 年 2 月 9 日晚 12:30

* * * * * * * *

健荣:

你好!收到你 2 月 13 日的来信,谢谢你源源不竭的精神食粮。

我们 21 日晚上回到桂林,嘉嘉终于如期赶上了开学的第一节课。我在南宁开了三天会。目前,这种双向选择会是难选到合适人才,辛苦了三天,我们只签了两个协议,有 6 个意向,都是本科生。研究生一个也没有。

这次是庆芬夫妇送我们到车站。车站人山人海,我和嘉嘉扛着 6 个大小包,在人群中挤来挤去。好在嘉嘉大些了,也可以帮点忙了。一天的时间从南宁回柳州,下午赶回桂林,真累!刚进家门,要求调动的人又找到家来。等我们吃完东西睡下,已是半夜 12 点。

看到你的照片很高兴,好像又见到了你。我把照片放在书桌上的玻璃上,看着照片给你写信,就像在和你说话一样。真希望你马上从照片上走下来呢!

得知你买了一辆"三枪"自行车代步,很好!住地离学校远,往返太费时间,你早就该买了。嘉嘉还以为你买了一辆小汽车呢,说你真厉害,居然买汽车了。

嘉嘉这个学期学费 71 元。回桂林时,外婆给了 200 交学费,外公给了 50 元路费,伯伯也给了 50 元。两位老人总是生怕我们缺钱苦了自己,不收还不行。在父母眼里,无论我们年纪多大,都还是孩子。不知为什么,年纪越大越有一种恋家之情!每次离开父母,离开兄妹,总感到依依难舍。你在家时,我

四 负笈英伦

405

好像还没有这种感觉。现在不一样了！一写又有些悲伤，暂且搁笔吧！

祝你快乐健康！

秀珍

1994 年 2 月 23 日晚 11：15

* * * * * * * *

健荣：

你好！今天终于收到你的来信和护照复印件，你现在一定很忙吧？转眼你到英国就已经三个月了，我们已经又开始习惯这种分居两地寂寞的生活。我们把你两张照片放在书桌上，无论我们在哪个方向看你的照片，你的目光总是在看着我们。前几天我和嘉嘉发生争吵，争到一半，我们朝你的照片看去，只见你用责备的目光看着我们。我告诉嘉嘉，你爸爸看着我们了。这样，一场争吵自然休战。

最近国家教委和区教委分配给我们学校 5 个出国指标，具体谁去现在还没有讨论。学校把引进博士的条件又提高了，引进博士的安家费增至 1 万元。尽管这样，到目前为止，连一个意向的都没有，但学校送出去读博士的已有近 10 人。

从这个星期开始，国内实行 5 天半工作制。等天暖的时候，我就抓紧时间清理家里的书信。这几天太冷了，实在不想动。

学校里很多老师朋友都对我们很关心。我因为参加南宁会议 2 月 21 日晚才回校，比正常上班晚了几天，很多人一见面就问我去哪了。有几个朋友天天看着我们家的灯没亮，担心嘉嘉赶不上开学，还有些人还以为我们已经去了英国了。

嘉嘉的初中课本已让二附中老师帮订购，下学期开学即可得。开春天气变化太大，注意保暖，晚上不要睡得太晚，愿早日见到你。要休息了，再谈。

祝好！

秀珍

1994 年 3 月 5 日下午 2：30

* * * * * * * *

健荣：

你好！收到你短短一页纸的来信，一眼就到看到信尾了。很不解渴呢！

这段时间学校陆续有出国留学人员回来。他们的家属大多到北京接人，看到人家团聚，心里更是思念远在千山万水之外的你。

3月6日开始整理历年的信件。我按照你的意思，分6个时期归类。顺便看了一些，又勾起了无尽的回忆，令人感慨万千！这近20年来我们的经历可谓是风雨不断，五味杂陈。这是我们逐步成长成熟的过程。如果生活能从头开始，真希望能够重新塑造一个更完美的自己。将来有空把这些书信整理出来，将是一本可读性很强的成长记录。

你们系的周老师三天前已从西德回来，学校为了能留住他，今天早上特请他一家三口喝早茶。参加的人有你们系的潘老师、黄老师、吕老师、梁老师及教务处长、外办主任和我。教务处长希望周作为自费留学回国人员的第一人留校工作。周老师同意留下，不再出去。

健荣，我要埋怨你了！你一页纸的信居然打发我12天。上午到市人事局办事，中午12点匆匆赶回办公室，以为有你的信，结果空手而归。昨天给你挂长话也没拨通，这十多天没有信来，让我很担心。万里迢迢，等你的信，真难！

盼着你的来信！

秀珍

1994年3月15日

＊　＊　＊　＊　＊　＊　＊　＊　＊

健荣：

你好！今天终于收到你的来信，整整半个月真叫我好等。看了来信，才知道你前段日子在学习研究之余还忙着为当地英国企业翻译资料，我不责怪你，只是感觉等得心焦。

这段时间遇到心烦事比较多，如你在身边提醒和指点，我会处理得比较好，否则我很容易重犯以前意气用事的错误。这两个星期来，我一直在跑桂林市人才的交流中心，并和该中心的几个主任达成了有关意向性的协议，如办理各种上岗培训班等。这样做，无论是对桂林市还是对我们学校和人事处都大有好处。

因为去英国的时间没有最后定，我也不愿弄得太僵。经过了几个晚上的思考，我打算在这几天找校党委书记谈谈。另外，尽快把成立人才交流中心的设想方案拿出来，争取在人才交流中心解决职级问题。

学校的工调基本搞完，新工资从4月份开始实行。今天工资科长告诉我，如果我的原单位能出具证明，我在柳州任公司团委书记时已经确定是正科待遇，可高套一级工资。现在我是正科四级（基本工资234元），高套一级是252元，我已电告柳州有关方面请他们办理此事。按照新工资，我的基本工资加上各种补贴有400多元。但指望这点工资过日子也够紧张的。最近电费已从过去的0.17

元一度涨到了 0.56 元，物价上去了就下不来了。但能多得一级工资也是不错的。

我们这里一切都好。嘉嘉学习较以前自觉，能较好地完成作业，经常练书法，而且写得挺不错。他的模样很可爱，同事们都说他是个靓仔呢！

祝你快乐健康！

秀珍

1994 年 3 月 22 日中午 2：30

* * * * * * * *

健荣：

你好！ 3 月 15 日的来信及学校与导师的证明收悉，知道你正在忙于论文和翻译资料，可以想象得出你是怎样的辛苦！遗憾不能帮上你的忙。

去英国探亲的材料，现在还差你的经济担保，我们就可以到公安局办护照了。有了你上次的经验，我们应该会很顺利的。麻烦的是到北京办理英国大使馆的签证。4 月 1 日起，去北京的火车票翻倍地涨。更主要是社会治安不好，旅途不安全，带着儿子千里迢迢到人生地不熟的北京，我有点不够自信。究竟是今年去，还是明年去？我还拿不定主意。分居太久，我们很想你。如果我们今年 7 月份去，你明年春节再回国调查，我们有半年时间熟悉英国环境，等你回国时，我们短期留在那里还是可以的。而且，嘉嘉还是早些去比较好，年纪小学语言也快。

柳州方面打电话说，我的团委书记任职证明已经办好，工资拿 252 元是不成问题了。你的副教授资格证书已发。下次给你复印寄去。

翻译资料得了一笔款，需要增加什么东西就买，不要对自己太省。申请奖学金的事有结果了吗？我们等着你的好消息。

你走这 4 个月，嘉嘉的变化很大，除了长高，学习的自觉性也比以前增强了。他还会关心人，昨天我不小心把左边肩膀扭着了，他主动帮我按摩了很久。我煮饭有时忘了看时间，他会主动提醒。不过孩子总归是孩子，还是有调皮和不听话的时候。

你的翻译工作搞完没有？在餐馆打工的工作还做吗？你不要在打工上花费太多的时间，人到中年不能太劳累。你一个人在外，什么事都得自己动手，我是很不放心的。为了今后的生活和工作，你必须有一个强壮的体魄。

嘉嘉还要给你写信，我只好写到这里了。

祝一切安好！

秀珍

1994 年 3 月 28 日晚 9：50

＊＊＊＊＊＊＊＊

健荣：

你好！昨天上午我到学校卫生科做理疗治肩扭伤，回来听说你打电话来，很遗憾没接着。

数学系伊中博士毕业，已从英国回到学校工作。他妻子去探亲时交给学校担保金 24800 元，现在如数退还，并按活期利率付给利息。此外，学校发给一万元安家费，他妻子的工作调动也由学校解决了。现在学校政策对留学回国人员很有利，也只有这样，才能吸引更多的留学回国人员来我校工作。

嘉嘉现在经常用给你写信告状来要挟我，但如果他不是很过分，我一般都还是忍让的。可是他有时做的事比较离谱。比如，他中午不睡午觉，还在阳台敲敲打打，很影响邻居休息。幸亏现在楼下没人住，要不然别人早就找上门来了。你不要看到他的信就偏听偏信。他的身体很好，很壮实，小脸蛋圆圆的，比你在家时胖多了。

知道我 3 月 16、22 日的信影响你的情绪，实在不好意思，给你添堵了。有时我也想学一些人拍马溜须，无奈学不会。对工作我是十分尽责的，问心无愧，但当今社会需要的恐怕不仅仅是这些。

另外，尽管有些人总是强调说要培养女干部，但实际提拔时，女性总是属于被忽视的弱势群体。目前学校有实质性职务的女干部屈指可数，正处级仅两人，副处级的连虚职在内也不到 10 人。这就是拥有 1850 多教职工的师范大学女干部的任职状况。

得知你已完成翻译资料，为你高兴，这样可以稍稍松一口气了。无论做什么事，你是很认真的，总想把事情做得尽善尽美，所以付出的代价肯定是大的。手痛好些了吗？

前些日子把腰扭了，痛了我一个多星期，晚上睡觉连翻身都没办法。理疗效果不明显。幸运的是，今天体育系擅长做体能恢复的陈老师帮治好了。学校进行教职工体检，我的身体都没有问题。现在我是越来越意识到，身体健康是十分重要的，特别是在没有人照顾的情况下，更是要保重身体。这一点与你共勉。

祝健康快乐！

秀珍

1994 年 4 月 7 日上午 9：45

四
负笈英伦

* * * * * * * *

健荣：

你好，收到你的生日贺卡和传真，谢谢你的生日祝福！

为了我们能早日来到你的身边，你尽了很大的努力，各方面都做了大量的准备工作，其中的辛劳，你不说我也是都能想得到的。以后，我会尽我的一切努力，让你充分感受家庭的温暖。

探亲报告的事，我下星期开始办。现在政策开放，事情也好办多了，学校一星期内可以批回，公安局20天就可以领护照。嘉嘉毕业考在7月初，等他毕业考后，我们即可到北京英使馆签证。办这些手续所需的材料，不懂的我会找人咨询帮忙，你不要太操心。还有几天就是4月20日，你安下心来好好准备你的发言，预祝你取得好成绩！

上午和伊中博士聊了，他认为我们还是要早日团圆，并说如需要帮忙，他一定会尽力。比如填表，提供信息和一切可以帮的忙。他告诉我，到大使馆签证时尽量少说话，说得越多，错得越多，以避免被怀疑有移民倾向。他还建议我们到公证处做婚姻公证、孩子出生公证和亲属关系公证。这些公证虽然签证时不需要，但到国外会有用。这三样公证估计要400多元。为了避免以后麻烦，我们还是去办吧！

还有一件事，你的党员转正从1993年1月11日算起；党龄从1992年1月11日算起。我帮你把党费交到今年1月。从1994年1月起办理了保留党籍的手续，回国后才补交党费。

你在英国学习、工作都很忙很累，要十分注意自己的身体，手痛要到医院看医生。希望见到你时身体健康，精神焕发。下午开会，要休息一下。再谈。

祝一切都好！

秀珍

1994年4月13日下午1：50

* * * * * * * *

健荣：

你好！嘉嘉很高兴收到你给他写的两页信。

看了你寄来的银行证明，很惊奇在不到半年的时间就有了将近6000英镑的存款，这都是你翻译工作的收入吗？为了让我和嘉嘉出去探亲准备条件，你在学习之余还这样劳累，太辛苦了！我和嘉嘉谢谢你！

明天下午去南宁参加全区高校毕业生分配协调会，会期三天。除了本校留校的外，大部分研究生和一些紧俏专业的毕业生都要到这个会上确定。小徐很想去，但他不熟悉情况，肖要我去参加。

我的父母听说我要去南宁开会，对我把嘉嘉放在家里让别人照看很不放心。24日我母亲带姜菲来桂林照看嘉嘉。这样也好，她可以换换环境，我们也乐得有家人做伴。

我们的工资已经补发。我的是609元，你的是197元（你只发10—12三个月）。你每个月增资109元，月工资是499元，我的工资是470元。

我准备明天把出国探亲申请报告交给肖处长，五一后我们就到公安局办护照。我想不会有什么问题的，这件事还是早些办好。

今天还有很多事要办，五一从南宁回来后，再给你写信。

祝安好！

秀珍
1994年4月26日上午9：30

＊ ＊ ＊ ＊ ＊ ＊ ＊ ＊

健荣：

你好！4月29日我从南宁开会回来，5月1日我母亲回柳州。在桂林8天她身体一直不大好，可能是在柳州时太累，年纪又大所致。现在我越来越强烈地意识到，有一个好身体的重要性。我们都应该注意锻炼身体和加强营养，而且不能太劳累了。

在南宁开会几天很忙，要与各毕业生单位联系，所要的70多名毕业生基本落实。从南宁回来还有几件事要办，

我们在阳台种的仙人棒开花了。这次花开得真多，有50多个花苞。今天开了4朵，连同昨天的两朵刚好是6朵。这看来是好兆头，六六大顺！

今天到公安局办手续，在外事科我遇到了上次给你办手续的小唐，他还记得我。有了你上次办手续的经验，少了许多麻烦，材料一次通过。明天把政审表送去，20天后就可以领护照了。离嘉嘉考试还有一个多月，我打算6月25日晚到北京签证，我已托桂林医学院的人事科长帮买车票。英国大使馆还没有把签证表寄来。

目前我的工作仍然很忙，毕业生接收的大部分工作已就绪，12人出国要政审，调动工作也开始了。工作虽然多，但不觉得难做。

马上要给你发信，暂写到此。

祝一切好！

秀珍

1994 年 5 月 6 日晚 11：30

* * * * * * * *

健荣：

你好！昨天一上班，桂林外事科就打电话通知，明天带嘉嘉去领护照（照片跟人要对上）。这次我们办护照速度真快，10 天就批下来了，出乎预料之外。下封信请你把住房证明寄回来，我们 6 月 25 日去北京签证。

5 月 18 日领到护照，出境卡上的出国事由栏上，还是写探亲。外事科的同志说，办护照没有伴读，只有探亲，性质都一样，他们的科长也是这么说的。到北京签证时再说明吧！探亲护照只有三年期限，到时还可以延签。这次办证十分顺利，从递材料到领证刚好 10 天，速度够快了，而且他们的态度都非常友好。领到护照走到门口检查时，才发现出境卡给我们写到美国，要是到签证时才发现就麻烦了。传莉那里已联系上了，下星期我只要把照片拿去，即可办理健康证；公证处我也去了，每项公证 80 元，公证书一般是一个星期内可得；签证表已填好草表，找外办主任帮检查后，我就正式填表。

这次办理出国手续，运气不错，一切都很顺利。今年二附中招英语班，6 月 12 日考试（英语听、读、说、写），外校学生学费，每人每年 2000 元，本校子弟每年 1000 元，虽然嘉嘉不在这里读初中，我的意见还是让他参加英语考试，看看他的英语水平如何。

这几天东奔西跑很累，下次再谈。

祝一切好！

秀珍

1994 年 5 月 19 日晚 10：45

* * * * * * * *

健荣：

你好！收到 5 月 12 日来信。

今天在本部碰上学校黄书记，他劝我还是先去综合档案室，解决级别问题再走，我同意了。现在正是调进人和毕业生分配的关键时刻，这两项工作都需要与供需单位进行很好的沟通。但处里找不到其他合适的人来做这事。我知道，无论在哪里，离开了谁工作都是可以维持下去的，但效率和质量如何，就可能不一样了。

嘉嘉5月初参加学校的书法比赛，所写的一副条幅得了一等奖。学校发了奖状和奖品，作品也在学校橱窗展出。

桂林这一个多星期来，几乎天天下雨。清明前我们在阳台种了几棵南瓜，现在已经开始爬藤了，我们搭了一个小瓜棚，但愿今年有新的收获。今年的花开得也特别多，仙人鞭开了60多朵小红花，仙人球也不示弱，开了两朵很漂亮的黄花。每天早晚，我们都在阳台上欣赏这些漂亮的花朵，要是你在家，我们就可以共同观赏啦！

好了，要去检查孩子的作业。再谈。

祝一切都好！

秀珍

1994 年 5 月 27 日晚 10 点

* * * * * * * * *

健荣：

你好！我们遥隔万水千山，要商量一些事，来回折腾，没有一个月也说不清楚。

昨天，学校组织部长还是跟我说要我到综合档案室任职，今天上午校党委书记找我谈话时又改变了。书记说，解决我的级别问题党委会早就通过了，只是找不到合适单位和职务。并说如果再不给你解决级别问题，也对不起你了！他认为我到学校对外联络部比到综合档案室更合适。书记谈完话后，10：30 组织部再次找我谈话，确定在外联部办公室任副主任，但要兼任人事科长，并以人事工作为主，原因是这项工作暂时找不到合适的人来接手。

这个悬而未决、拖了近一年的事终于解决，我出国也可以没有后顾之忧了。虽然这个职务没有实质性工作，但几个校长也认为，我在这个位置还是很合适的，而且还可以通过你，与国外的校友联系。

你的来信我看了无数遍，又喜又忧。这半年的时间里，你既要学习又要打工，还要为我们出去做各种准备，这种苦和累是想象得到。你说到这段时间心情一直不好，郁郁寡欢，是什么原因呢？能来信谈谈吗？尽管我现在帮不上你的忙，但你敞开心怀向我们倾诉，心情可能也会好一些的。

很高兴你申请到一笔奖学金。我常想，我们健荣是一个很了不起的人，只

四　负笈英伦

413

要他想做的，没有办不到的，很多事实都已经证明了这一点。祝贺你！

想你！

秀珍

1994 年 5 月 31 日晚 10：30

* * * * * * * *

健荣：

你好！现在是星期六晚上，儿子看电影去了。

很高兴收到你的来信和住房证明。至此，我办理签证所需材料都已齐备。如果顺利的话，我们 7 月份就可以团聚了。要做的事还有很多，时间还是比较紧的。

我的任职批文 6 月 6 日已颁发，任广西师大对外联络部办公室副主任兼人事科科长。六六大顺，是个好兆头。今天好多人都向我祝贺。这两天将抽空到对外联络部报个到，我的工作还是以人事科为主。在师大供职的日子将暂告一段落，我会处理好各方面的关系，请你放心。

6 月 5 日，我又为处里向学校要到 3300 元的奖金，这是去年有偿分配学生的提成。这笔钱，是我多次找有关领导陈情后批回的。大家都清楚，没有我出面努力，这笔钱能否得到就说不准了。钱虽不多，也足可证明我的工作能力。有很多事，只要我愿意，是可以做得很好的。

今天去办理各种公证书。最近花钱比较多，三份公证费 400 元，另收手续费每份 2.50 元；体检费 500 元；到北京办签证往返车费 1000 多元；签证费 420 元。还不算在京食宿，已是 2500 元了。

你现在事情很多，精神体力都很疲劳，不要睡得太晚。我们都很想你！

盼早日见面！

秀珍

1994 年 6 月 9 日晚 8：35

* * * * * * * *

健荣：

你好！

最近桂林下了一个星期的大暴雨，青狮潭水库开闸放水，很多地方被淹，蔬菜肉类价格大涨。还有一个星期中考，但中小学已经停课几天了，家长们急得不得了，小孩却高兴到处跑。嘉嘉前几天居然跑到东江看大水，还蹚水过了七星公园门口，他回来了我才知道。

广西新闻说，今天中午洪峰已到达柳州，最高水位超过 1988 年 8 月 31 日的 88 米，达到 89.25 米，市内 67 条街道被淹，汽车不能过桥。停放在柳江大桥边的用水泥船改装的水上乐园撞上桥墩，最后只好用炸药把船炸掉。柳州这次大水是 1949 年以来最大的一次，损失已达 15 亿。广西各地除南宁外都被这次洪水淹惨了，梧州城 90% 被淹没。

我们将于今日晚赴京签证，7 月 1 日以后回桂。学校毕业生 7 月 1 日报到，但区分配办至今只确定了研究生名单，本科生名单还未下。我不可能等名单来了，只好把原来上报的名单分类造册，这样也便于接手工作的人查阅。我已把行程告诉领导，并承诺把手头上几件大的工作做完才移交。我去北京这几天，原来我一个人的工作就分给了三个人来接，处长接调配；小徐接政审；小谢接毕业生。按你说的，我一定好好工作，画个圆满的句号。

中考开始。今天考语文，考试地点在三里店小学，学校明确不给家长送，也不给骑车去。小家伙考完就去玩游戏机，快到 1 点才回到家。明天上午考数学，下午英语，但愿他能取得好成绩。

赴京的车票和晚上送车的事都落实，旅馆也订好了，签证所需要的材料都备齐，复印件也准备了一套。相信我们会顺利通过签证的。情况如何，我到京后再给你写信，请等候我们的好消息！

祝一切顺利！

秀珍

1994 年 6 月 25 日上午

* * * * * * * *

健荣：

你好！经过 38 小时列车的颠簸，我们终于到了北京。好在我校艺术系的李老师提前帮我们在王府井附近的旅馆订了房，免去了我们为找住宿的奔波。

今天一早，我们乘出租车直奔英国驻华使馆，原以为万无一失，谁知进门就被拦了出来，说是申请表没有填写中文地址。等我填好了申请表，我们就从前面排到了最后。本以为是排队领号后可以出来吃早点，然后按规定时间面谈，谁知直接进去等候，中午 12 点还没轮到我们就下班了。我们只好等到下午 2 点再来。

考虑到来一趟北京不容易，从使馆出来后我们直奔天安门。在天安门照了一些照片，马上又赶往大使馆。可是，公交车、出租车都找不到。2：30 好不容易上了车，结果又是一路堵车。紧赶慢赶 3 点才到使馆，迟到了足足一个小时。

下午 3：30 轮到我们，才谈了几句，就叫我们过两天再来。我再三说明，孩子坐了几天火车赶到北京就病了，能不能照顾一下。我又说我们今天已经跑了一整天，再跑我也顶不住了。可能是签证小姐看我精神确实不好，同意我的请求，叫我稍等一下（我估计是你的材料有点问题）。过了十几分钟，她告诉我：你先生的护照签证与在英国警察局登记的户口，都是 1994 年 11 月 30 日到期，这与你申请两年的签证有矛盾。而在前面问话时，我说你是读三年博士，到 96 年 11 月与你同回。我还告诉她，6 月 16 日你刚申请得一笔奖学金，读博士也不可能一年读完。我问翻译小姐有什么办法可以变通一下，翻译说，你刚才申请的是两年，而你丈夫是今年 11 月到期，要不你出示英国同意他延期的证明。我说这肯定来不及了。在我们谈话过程中，签证小姐拿着材料 4 次进出，最后告诉我说，你先生 11 月到期，你不可能到 96 年才离开英国，只能签到 94 年 11 月，与你时间相同。这样来回折腾好几轮，最后签证终于通过，明天下午领护照。

签证通过后，下午 5 点回到旅馆，马上打电话找人订票，回答都是三天以后才有结果。如果订不到票，我们只好到火车站等退票。明天上午带嘉嘉出去玩一玩吧！

我们签证的情况大致就是这样。我打算 8 月 4 日或者 7 日去英国，时间定下来后你就可以订票了。

嘉嘉这段时间也很累，24、25 日毕业考，刚考完试就出来了，据他说考得还好，7 月 9 日可领取成绩通知。

很累！想休息一下。

祝一切安好！

秀珍

1994 年 6 月 28 日晚于北京

＊ ＊ ＊ ＊ ＊ ＊ ＊ ＊

健荣：

你好！经过 7 天的奔波（6 月 25 至 7 月 2 日），我们终于顺利回到家中。7 月 2 日上午火车晚点两个小时到桂林，路过化工厂正好给你打个电话，知道你已被伦敦大学录取，十分高兴。我以前说过，只要你想做的事，经过努力，你的目的总是能达到的。虽然是 40 多岁的人了，总还是不安分，得到了还想要更好。我很钦佩你这种不断进取的精神。

几天的奔波很是疲惫，耗费精力体力且不说，精神压力一直很大。如果签证不过，我真不知道该怎么回来呢！好在天佑我们，一切顺利。这几天我和嘉嘉都很累，吃不好，休息不好，出门在外真是诸多不便，办完事就赶回来了。

明天上班我不打算再接新的工作任务，做一些收尾工作就差不多了。要离开工作了八年广西师大，还是很留恋的。这里的领导和老师对我都很好，对我的工作很认可。二附中的新、老校长都说，我走以后他们需要办什么事都没那么方便了。我们去北京的那天，小宋等人都到家里送行；校车队副队长冒雨开车送我们到车站；还有一些老师要请吃饭为我们送行。出版社的编辑、系里的老师都说，有什么要帮忙的就找他们。这些朋友都是很够意思的，以后无论到什么地方，我都将会记得他们。昨天回到家里，朋友们又纷纷到家问情况，知道我们顺利通过签证，都为我们高兴。这真是远亲不如近邻啊！

签证虽然是通过了，但你还有许多的事要做。我们的机票要订，居处要安顿，接下来还有孩子入学、我的工作等等，够你累的。到英国后，我一定好好照顾你的生活，让你没有后顾之忧，全力以赴完成学业。

什么时候启程，以你方便为好。当然如果你要去伦敦大学，肯定是等你安顿好后我们才去。想想还有 20 多天就可以在一起了，很高兴，但时间也很紧，要做的事很多。

你看，我们 7 月 31 日去英国，如何？如果是这样，我就安排 7 月 14 日左右回柳州与家人辞行。

马上要上班了，再谈。明天我会给你打个电话。

期待我们的团聚！

秀珍

1994 年 7 月 4 日

* * * * * * * *

健荣：

你好！我和嘉嘉 7 月 12 日回到柳州，这几天也是东奔西走，迎来送往，疲于应酬。

离桂前几天，是毕业生报到的日子，办公室里人来人往的。可能是习惯了，处里很多事还得要我去处理。这几天，我还要带接手工作的同事到桂林市人事局、人口控制办公室等政府部门机构熟悉办事程序。此外，还把几件难处理的事都办好了才回柳州。

学校 7 月 21 日放假，这个假期要搞职称改革，大家都很忙。处里的几个年轻人都要考研究生；小周要调到南昌工作；王处长 8 月退休；陈老师年底退休。下个学期我们处要少几个主要人物，可以说是大换人了。可是，到现在还找不到一个合适的人来接我的工作，领导也着急。

7月9日，人事处在七星公园月牙楼为我开欢送会，全处同事都参加了，还把老张和小韦都请了回来。大家同事一场，朝夕相处，都深感相逢是缘，情谊难忘。话别之时，很是不舍。光阴匆匆，转眼间我在师大人事处工作已是八年。至此，可能就是画上一个句号了吧！

累了，再谈。

盼早日见面！

秀珍

1994 年 7 月 16 日于柳州

* * * * * * * *

健荣：

你好！我于 7 月 19 日回到桂林家中，火车晚点两个多小时。

这次回到柳州，再次深深感受到家庭的温暖，这种浓浓情意不是用金钱能买得到的！因我 19 日回桂林还有很多事要办，嘉嘉舍不得离开柳州，就让他在柳州多玩几天。24 日庆芬、陈芬要来桂林送我们，到时就把孩子带回。各位兄妹都给我们送了礼物，大哥还给了 1000 元。尽管我再三说明，经济不成问题，他们还是执意相送，也只好笑纳了。

20 日收到你 7 月 4 日的信。运回柳州的书，我是按书架上的分类捆扎装纸箱的，因时间太紧没有列书目，7 月初已经运回柳州。下午，我要到本部看看你的信箱，并到张处家辞别，还要买些日用品。三妹一家三口和我们同往北京，到机场为我们送行。

好了，马上要出去办事。如果没有特殊情况，我不再给你去信。想到还有 10 天就见面了，兴奋欢愉之情难以遏止！我们都很想你！

伦敦希斯罗机场见！

秀珍

1994 年 7 月 21 日

五　父爱如山

——椿庭书简

父爱如泉润我心，父爱如炬照我行。

——自题

（一）寄往广西柳城县沙埔人民公社上雷大队
（柳州—柳城县）

健荣：

你好！

前几天来信已收到，内情均悉。骄阳似火，天气还是炎热，望你认真注意身体。来函说到你感冒发热，我们很为挂念。正如你来信所说，今后应认真注意。身体健康，是极为重要的。我特别希望你注意如下几个问题。

1. 每天劳动回来，要洗热水澡，切勿在劳动中洗冷水浴。

2. 中午太阳很大，可和队长等商量，可否或提前或延后出工。这样既有利于提高生产效率，也有利于保证身体健康。

3. 多吃点稀饭，少饮生水。

4. 因未习惯吃辣椒，故不宜多吃。

5. 要保证有足够的睡眠时间，切勿等到很晚才睡。

6. 经常找些清凉的能去火的东西吃，如五花茶、冬瓜汤之类。

7. 发觉有毛病应及时治疗，不可大意。

秋阳特别伤身，出工必须戴帽，中午要抓紧时间休息。上述需注意，确保身体健康。

耀荣8月底来函后，现仍未接来信。据他说，可能在9月中旬分配工作。他在毕业鉴定中得到较好评语，被评为五好战士[1]。

淑芬[2]很久未来函，最近的一封信是在8月中旬来的。她说在国庆节前回家看看，希你也回来。

---

① 1958—1971年，中国人民解放军在基层开展的群众性竞赛运动中评选出的先进战士的称谓。五好战士的标准是：政治思想好，三八作风好，军事技术好，完成任务好，锻炼身体好。由连级单位主持评比，按训练年度，半年初评，年终总评。1961年，全军全面开展创造四好连队、五好战士运动。20世纪60年代中期起，中共中央和国务院要求全国学人民解放军，因此不少地方单位也仿照解放军开展五好战士评比活动。1971年9月，随着四好连队运动的终止，全军不再评比五好战士，地方上的这一活动也同时终止。

② 我的大妹。当时在柳城县凤山人民公社插队务农。

你母亲因身体虚弱，于9月4日突然发生抽筋，幸得邻居柳州日报社家属照料，护送她到红十字会医院急诊，经打针后才逐渐好些。当时我不在家，怡芬①也下厂劳动。现在她已逐步恢复健康，但体质还是很弱的。我一直对她说要注意身体，但这也是由于经济困难，使她过度劳动和过度缺乏营养所致。希你来信问候。我为她的身体状况是很为不安的。如果今后她能较为注意，一旦经济条件稍好些时，她的身体也会向好发展的，希你勿介！

我们的学习班已于元月25日由洛维农场迁回柳州市郊五里卡，正好在柳州机场旁边。这是原来旧人委农办的一个机构，现为市革委会的一个小型副业场。这个地方条件比青茅大队和洛维农场都好得多了。我们住在一栋中型楼房的楼上，四个人住一个房间，居住条件很好。楼房四周都是畲地，阳光空气都很好。白天喷气式雄鹰比翼齐飞，掠过楼顶面，翱翔长空。晚上538地区柳铁枢纽站灯火辉煌，很是壮观。还有，附近蔬菜生产大队的扬水机在早晨或晚上扬水灌溉时也很好看。所有这些，较之青茅大队和洛维农场是另一番境界。这是祖国发展兴旺的一个缩影。

我们学习班现在看来是"五七"干校的性质了。现在是每周四天劳动，两天学习，两周放假一天。学习的主要内容是"7.23"布告、"8.28"命令和"抓紧革命大批判"等文件。批斗暂停，工资问题尚未谈及，其他一切如常。

我们的经济情况比以前更为紧了。这个月要交20多元的学费，你母亲因病又用去一些钱，同时又有10天左右不能做工。凡此种种，都使经济进一步紧张，只好还是借用。希你勿介。本拟寄一些款给你，无奈款紧。前次请你班的小李同学转交给你一元，未悉收到否？②

希望你在国庆节回来！我估计耀荣和淑芬也会回来。当计分员是件麻烦工作，但贫下中农对你信任，你必须做好，头脑要清醒些！有不明确的地方要请示队长才记，对贫下中农的态度要和蔼，切勿发脾气，社员有什么问题多做解释工作。一句话，要认真做好！

回过头再谈谈学习问题。我还是主张你要进一步抓紧学习，提高文化水平和理论水平，切勿因为下乡务农了就放松学习。学习之法，在于要坚持天天看报看书，并写日记和学习笔记，消化吸收，同时锻炼写作能力。我是这样想的：在农村通过劳动实践，获得大量的感性知识，再加以抓紧学习，学得理性知识，这样就能无往而不胜。必须抱着坚定的革命乐观主义精神，愉快地工作和学习。我相信，随着祖国社会主义建设事业的发展，你们的前途是美好的。努力吧！

---

① 我的二妹。当时正在中学念书。

② 与我一起插队务农的小李同学因事回柳，父亲有心让他带给我些补贴，但囊中羞涩，仅请他给我带去一元钱，事后还要问我是否收到。当时家庭经济之拮据，令人唏嘘。钱虽微薄，依然令我对慈父的舐犊深情感到十分温暖！

　　此祝

进步和健康!

父亲　炳燊

1969 年 9 月 13 日于柳州市革委会五里卡学习班

＊　＊　＊　＊　＊　＊　＊　＊　＊

健荣:

　　你好!

　　怡芬信中已谈了家中近况,各人均好,希勿介。

　　望你来信谈谈工作情况和学习情况,尤其是参加这次整团学习,有什么收获体会,请来信告知。这对怡芬、宁芬 ① 也是启发和鼓励。也希望给淑芬去信,鼓舞她。有空写信给大舅父。

　　希望你愉快地工作,努力学习。

炳燊

1969 年 10 月 23 日

＊　＊　＊　＊　＊　＊　＊　＊

---

① 我的三妹。其时正在中学念书。

（二）寄往广西师范大学历史系（柳州—桂林）

1. 本科学习时期

健荣：

你好！这次你能够上大学，是个极好的机会，希珍视之。并坚定信心，奋发学好。文科并不比理科差，而以中国的传统看，历史又是文科之冠，历史学好了其他文科亦可兼通。这是我接触过的许多学者的见解。

曾度洪老师未知还在你校任教否？可来信告知。改天我见到梅品清和叶生发时，我再问他们一下，看他们有什么关系较好的师友还在该校。他们两位都是早年毕业于广西师大的。

桂林工商联副主委徐祖宏，现在桂林市政协任职，有时间可以去拜访他。

工会主任说得很对，希望你按照他说的去做。

此祝好！

炳燊

1978 年 4 月 24 日

* * * * * * * *

健荣：

你好！4 月 25 日来信收到，各情均悉。对于这些问题我是这样看的：能上大学读书，是一件极好的事情，希你满怀信心坚持下去。①

你的心情我是理解的。在柳州工作几年，生活比较安定，现在在外读书确实是比较奔波，一下尚未习惯，同时又考虑到去向问题和与此有关的问题，如

---

① 因为年龄等原因，1977 年我参加高考虽然取得好成绩，但却是作为走读生补录的。翌年初入学后，由于所住亲戚处离学校比较远，每天骑自行车去学校感觉比较累，天冷和刮风下雨时更是辛苦。再加上中餐学校无法解决，也没有地方午休，便觉得这样读书很折腾。如此情状使我的畏难情绪潜滋暗长，甚至隐隐萌生退意。父亲知悉后一次次来信给我激励鞭策，使我很快坚定了继续学习的信念。

年龄问题，婚姻问题，等等，再加上瑞莲、晓春等人之说，你就更加犹豫起来。她们的想法多半是来自瑞莲。因为她本人可能对情况不了解，其他人也就看风使舵，讲她所喜欢的话了。别人如说出不同意见，就会十个有十个撞头。再加上你对此事从开始到现在都有些犹豫，因此你听了他们这些话，再加上走读有些困难，就使你更加忧虑和不安了。他们说到，不知你们家里对此是怎样想的。对这些问题，我是经多方考虑的，理由我都对你说了。我认为，不必再犹豫，更不必再忧虑了！三年下乡插队这样艰苦的生活条件都经历了，难道现在读书的条件会比插队的时候更差吗？问题在于你的意志坚决与否，我希望你尽快坚定下来，不要再作过多考虑。你怎么知道将来的分配就一定会不好？难道不会通过你的努力取得更好的成就吗？难道你就不能够取得自己所追求的理想结果吗？为你胡乱预测的人怎么会知道你的学习情况？退一步来说，就算是教书，难道做个中学老师会比你原单位的工作更差吗？几天来邓副主席在教育工作会议上的讲话，已经说明教育界的前途了。我坚信教育界的社会地位和工资待遇会比现在大有提高的。无论在任何社会，教书育人之业不可或缺，古今中外皆是如此，这是千古不易之理。"四人帮"的流毒肯定要肃清的。

上述就是我的意见。希望你坚定下去，不要被别人的看法所左右。我一向都是这样说的，只有进入大学之门，你才能得到更好的学习机会，使自己增长才干，才能更好地发挥你的作用。我对此是坚信不疑的。现在，既然已经如愿以偿地达到了目的，我们为什么还要这样犹豫呢？

至于转读中文系就近一些，也是好的。哪方面比较好，请你充分考虑决定。我认为，两个专业都可以。

在校吃饭问题一时未能解决，我想迟早总会解决的。目前的困难，想必只是学校暂时强调一下而已。我不相信这样大的一个学校，为了方便学生学习，多开几十个人的饭就不行。过些时候总会解决的。现在强调一下也在情理之中。

关于瑞莲姐的想法，我们可以把自己的想法和她讲清楚。其他问题也要逐步摸索解决，不要着急，安下心来。

小姜前天晚上到来，谈了约一个小时，她对你母亲说了很多体贴安慰的话。因为怡芬、宁芬和庆芬等和她在楼上坐，我就不参加了。你放心，我们一定会热情接待她的。

此祝好！

炳燊

1978 年 4 月 26 日

＊　＊　＊　＊　＊　＊　＊　＊

健荣：

即接 26 日来信。与 25 日来信相比，忧虑犹豫的情绪更加跃然纸上。为此，我今天中午不休息也要给你写信。昨天已发一函，这是第 3 号函。

的确，你近年来在处理一些问题时，优柔寡断多了，秀才造反的味道更浓了。自己经过这么多个月考虑的问题，一听到别人的一些议论，便产生这样的焦虑不安的情绪，我认为是很没有必要的。我平生做事，确定宗旨做的事就坚决去做。世界上万事万物谁又能都确保万全呢？失之东隅，收之桑榆。祸兮福所倚，福兮祸所伏。一切都不要看得那样僵化不变。常言道，不经一番风霜苦，哪得梅花放清香；不入虎穴，焉得虎子。以你今天的情况来说，并不是入虎穴的问题，而是龙宫探宝、龙宫取珠的问题。为什么到目前还这样彷徨不安呢？英雄气短，儿女情长，我想无须如此儿女态了。今天有限的离别，是为了今后更好的相聚。甚至可以断言，没有今天的离别就不会获得以后的幸福。你到公司 6 年了，你对此还未有所悟吗？应该有所悟了。以你目前的工作来说，三年以后如果做得好一些，顺当一些，职位也不会有什么变化的，最多提你做个副科长，而且这样的可能性也不大，工资也可能会多几元。假如搞得不那么好，就算维持原状，到时候你就会感觉失意。一种怀才不遇之感，就会自然而然地产生。到时就算你有心抑制，也是压抑不了的。大丈夫立身处世，应有鸿鹄之志，当思奋进有为。诸葛亮隆中之对，曹操煮酒论英雄之言，皆有其理可析，有其势可鉴也。此非把话题扯远，实乃循理而言矣！

今天，你能得此良机，实现你多年的求知愿望，离开此不太理想的工作岗位，面向更广阔的天空飞翔，确实是求之不得啊！可是你刚刚达到这个理想，却又为其他言论所左右，而且还竟然彷徨不安，深怕离开了家乡就没有了桃花源。此岂非是叶公好龙耶？

左右你思想的原因之一，是瑞莲、晓春几次对你说没有必要再念书；原因之二是，人们对走读生有偏见，说起走读生来十个有十个摇头；原因之三是，传言北京二级工以上很少人报名走读；原因之四，是毕业分配的去向问题；原因之五，是不愿做老师的问题；原因之六，是走读辛苦问题。当然还会有其他。我的看法是，瑞莲、晓春他们的看法从好心出发，从希望你们家庭团圆的愿望出发，动机是好的，但是她们不大了解你的实际。我已专函给她们，说明你读书的道理了，相信她们会因此而理解并且鼓励你的。至于人们说起走读生十个有十个摇头，这只是别人的看法。我并非是说众人皆醉我独醒，但世上之事，人弃我取反而成功的事例不少。再者，有哪个会这样细致地调查北京的二级工以上的人，就不想作为走读生上大学呢？即便有，那也是他们不愿离开繁华的首都，到外省去读书工作，这与我们的处境不可同日而语。我们上则可以在省城乃至外省大学做学者教授，中则是可回到家乡柳州市工作，最下不过到县里做个中学老师，还会下到什么地方呢？我十分希望你不要做这样的细致考虑。只要你一本初衷，努力读好书，学有所成，到时候其他问题都可以迎刃而解。你就立足于在县里工作，又有什么可怕呢？我的一位老朋友陈先生之子原在 L 县中学教书，去年不就调回来了吗？家庭总是可以团聚的，不要怕吧！再说，做老师也没有什么不好。古今中外许多有成就的人都是做老师出身的。邓副主席已经讲得很清楚了，尊师重教，要成为今后的社会主义新风尚，强调要注意大力改善现在中小学老师的待遇。可以肯定，这些政策是很快就要实行的。走读辛苦些，与你在柳州上班相比，确是事实。但我想，这个问题只要你真正下了决心，就不会感到那样辛苦了。这是个意志问题。骑自行车 30 分钟到学校，不就等于你二妹到橡胶塑料厂上班一样的路程吗？也并不见得是太辛苦的。我从 12 岁到 14 岁整整三年和你汝声伯父一起，早晨 6 点吃了一顿饭，走45 分钟路到学校，一直到晚上 6 点才回家。中午就是饿着肚子过的。这并非是夸张，事实就是如此。当然，我并不要求你也这样辛苦，我只是说你的困难是可以克服的。

你暂时先在瑞莲姐处住下来，我想关于希望住得近一些，以及午饭问题，迟早是可以解决的。也可以请瑞莲姐、晓春哥想办法，看就近学校的地方有无好友，或者有无房子可以租。可以找找龙幼鸣、小吴（子弹头）、徐主委、曾教授等朋友多方想办法。一月未能解决就两个月，两个月不行就三个月，总是可以解决的。再退一万步来说，就是每天骑一小时自行车又如何？作为早晚锻炼也是可以的。

一切问题归根到底，就是需要确立坚定的志向，其他问题就好解决了。试想，假如弃而不读回柳州，这是最下下策，后果是非常不好的。我表示很不同意，坚定吧！坚定吧！一定要始终坚定下去。我相信，你的思想斗争会取得胜利的，必定会在今后取得成果的。我自信，数十年来对各种问题的观察分析还是可以的。

转读中文系也可以，这点希望你自行决定。不要考虑过多了，这样会搞坏身体的。世上无万全之策。我这封信，有些措辞可能比较重一些，也就是说，诲人语气多了些，论说也急迫了些。希细阅之。

祝好！

炳燊
1978 年 4 月 27 日午

　　　　　　* * * * * * * *

健荣：

　　你好！

　　今天走访了教育局何局长。据他说，师范学院的毕业生分配多数是做中学老师，但也有分配到其他专业的。他说，只要学习成绩好，将来出路是宽广的。他说，广西师院是区内的一流学校，这次你能到那里读书是个很好的机会。他还说到，今后中学老师的政治地位和社会地位，以及工资待遇都会有新的精神下来。他说，这个问题看看邓副主席在教育工作会议上的讲话就很清楚了。同时他也说到，分配去向问题会从实际出发，回柳州工作的可能性是比较大的，也不排除到县域工作的可能性。他说，不要把做老师视为畏途，以后你们就会知道。现在华主席和党中央的教育政策是很清楚的。他最后说，要勉励你好好学习，不要顾虑。

　　请你看看如下文章：一，邓副主席在教育工作会议上的讲话全文；二，《人民日报》4月26日第2版的有关文章；三，《光明日报》4月24日第2版和第3版的有关文章；四，25日《光明日报》等。相信你会从中得到鼓舞和启发的。

　　二伯父昨晚到坐，我也将你的想法和瑞莲姐的说法和他讲了[①]。二伯父说你应该安下心来，不要再犹豫和忧虑了，这样好的事情还忧虑什么呢？他还说，瑞莲的想法是片面的。

　　健荣，你的心情我是理解的，下乡插队返城回柳州工作6年多了，过惯了比较安定的生活。虽然在某些方面受到一些挫折，但总的来说还是比较顺利的。因此，现在离开家庭，离开熟悉的单位，别离女友，到一个陌生的环境读书，体验新的人生尝试，业余生活比较寂寞，比较单调了些；再者，担心毕业后能不能像以前这样回柳州过安定的生活，也就是说不知会比现在好一些还是差一些。对这些，你会有不适应以至忧虑。在这样的情况下，瑞莲姐等这样多次说这也不好那也不妥，再加上你新到桂林，一切还是感到生疏与不方便，打退堂鼓的思想便隐约产生了。这些想法是可以理解的，但应当及时战胜这些消极思想。怡芬说得好，要以百折不挠的精神战胜它。我相信，你经过思想斗争之后，一定能够驱散愁云迷雾，坚定自己的意志。

　　今天，你们公司收发员送来一张28寸的飞鸽牌自行车票，5月6日至11日有效。到时就请你的同学小杨帮选购一辆，他是行家。

　　今晚8：00小姜来看我们，9：30离去。她说到小柏往桂林，又说到小郑小胡的问题。她还说小郑提出，让小胡帮你找住房，问我意见如何，我说很好。

---

　　① 我二伯父之女。

五
　父
　爱
　如
　山

小姜身体很好，说话很热情，我请她明天晚上来吃饭，但她说明天要值班，加上她父母要上班，她要在家主厨，故不能来。

中康①来信说，他在自治区党校学习半年，去信寄南宁市自治区党校理论班柳州市学员黄中康收。他这封信是3月5日写的，由于写错了门牌，退回后再托人于昨天带到。信中说到很想知道你的近况，暇时可函他。

耀荣也有信来。他现在的通信地址是：上林县三里公社龙联地质队普查组。小许②也经常到来，其他情况如常。近况如何，希来信。

此祝好！

炳燊

1978 年 4 月 30 日夜

＊＊＊＊＊＊＊＊

健荣：

接你10日来信，我反复细阅两次，喜甚！慰甚！

是的，当一个人对自己做的工作发生了兴趣的时候，就会获得很强的动力并在工作中得到快乐。你现在就是在这个转变的过程中。有这样好的环境，有这样好的条件，而你现在又是求知欲和接受能力最强的时候，此时能够安下心来，有计划地好好读几年书，真是求之不得的事啊！我深信，这对你今后的影响是很大的。

读书要勤奋，自不必说。但是我建议你读书不能贪多，要有计划有重点地读。要注意使自己保持身体健康，包括眼睛也要保护好，这是很重要的。另外，现在瑞莲姐和晓春哥对你这样关怀支持，应该很好地感谢他们。

小姜很关心我们，每周至少来两次，并且购书给庆芬。她经常问候你母亲，因为你母亲有些腰痛等不适。她对此很关心，每次来都要问好些否。

来信愉悦之情，跃然纸上，我们都感到很高兴！

炳燊

1978 年 5 月 12 日午后

---

① 我堂兄，在南宁工作。

② 家兄的女友。

* * * * * * * *

健荣：

你好！

10 月 21 日来信收到。

小姜昨晚到来，说到婚房已经落实，已确定在五一路公司新宿舍的 3 楼。据小姜说，这套房子是按照自己的要求选定的，可以说是如愿以偿，这是公司李主任帮了大忙。她自然很欢喜。公司行政科已通知出纳在下个月扣房租，她是从出纳开出的房租单上看到分房号的。关于来信说要多关心小姜的问题，我们一定会做到，请你放心。

最近全国八个民主党派和工商联在北京召开代表大会，邓副主席设宴招待与会代表，并发表了重要讲话，对于民主党派和工商联过去的工作做了很好的评价。你有空可找 20 日的报纸来看看。有感于目前这样令人鼓舞的新形势，我最近写了一首七律，刊载于两会[①]中央出版的发行全国的刊物上。这首诗的标题是《报今朝》。

> 卅年改造路迢迢，常疑此生期难了。
> 忽闻京华传佳音，顿令吾辈喜眉梢。
> 春风化雨愚顽改，任重道远不能骄。
> 风雨同舟须效力，定将绵薄报今朝！

我的诗能登载在全国性的刊物上，还是第一次，这对我也是个鼓励。早些时候市政协推荐我参加自治区历史学会，我也滥竽充数参加了。昨天市博物馆召开一个小型座谈会，邀请我参加。主持者是博物馆馆长谢汉强。在会上他介绍了我于 1963 年写的曾经登载在区政协文史资料第 5 辑的一篇文章，标题是《抗战时期柳市工商业的概况》，并请我送一份底稿给该馆，他们拟在最近出版的刊物中刊载。另外，我在今年 6、7 月写的一篇长篇史料文章《各省旅柳同乡会与柳州市工商业发展的关系》，早些时候已接到区政协通知，说我的文稿写得不错，在评审确定稿件级别后即刊发，届时另行通知。这篇稿长达万余字，以后我想将这篇稿摘录一部分给柳州市博物馆，因为这方面的文章是很少人写的。虽说是还比较粗疏，但也还是可以应付得过去的。以我写这首诗来说，我看了几期同类的诗，我这首诗还是差强人意的。

根据上述情况，以我的身份，我可以朝着写些东西这方面去努力，对自己

---

① 即民建（中国民主建国会）与工商联（中华全国工商业联合会）的简称。

会有好处。未悉你以为然否？此信写得长了些，费了你的时间。

祝健康！

黄炳燊

1979 年 10 月 25 日

* * * * * * * *

健荣：

连来两函都已收到。关于此问题①，我和耀荣经反复研究，参照你来信所提的意见进行修改。现在写好，准备明晨与此信一起发出。

我写此信的着重点还是放在摆事实讲道理，恳切陈情方面，尽量少用质问和刺激性的语词，以免引起反感。所以不用针锋相对地与之正面衡理方式，而是以软性方式逐层展开阐明依据的方法。其中有些你认为不宜提出的我还是提了，有些你认为应该提的我暂且不提。但总的精神还是按照你的主旨去写的。这里得首先讲一下，以后你去找他们谈话时，也必须按照这样的精神去谈，不要据理力争，不要针锋相对，更不能动气。要沉着，要留有余地，切忌把事情搞僵。现在把信稿寄给你看看。肯定说，单位是不愿盖章的，所以我也不必给他们看了，免致横生枝节。

关于希望小姜请你们单位写信的问题，我认为大可不必了。第一，你们单位不会帮你写这种信的，他们也没有什么理由可以写。既然考虑到他们不会帮写，写也没有什么用处，又何必惊动他们而引起一连串的反应和麻烦呢？所以我对小姜就不说此事了。

给你们学校党委的信稿与此信同时寄出，我想你在 25 日以后可以找他们谈谈。再者，关于你们学校未批准之事，我想你也应该及时写信给小姜，让她知情。信应写得委婉些，这是对她的尊重。同时，征求她的意见，看她有什么办法。或许她能想出更好的办法，也是有可能的。

怡芬已往沪上出差多日。家中各人均好。秀珍下店工作后还是比较愉快的，工作是胜任的。我近来工作很忙。

---

① 即教育部关于高校在读大龄学生能否结婚的政策朝令夕改带来困惑的问题。年初，班主任根据教育部精神告知我，大龄学生可以结婚，建议我提出申请。于是我考虑后确认提出申请，并与系领导约定暑假前呈送报告请系校批准，同时告知双方家里着手准备婚礼事宜。但到了期末，我们交上申请报告时，系领导却以教育部已有新政策为由，不予批准。这使我们十分惊诧和失望。于是，父亲多次致函校系领导陈情，希望能他们能信守年初承诺，批准我们的申请。但经多方努力未果，我们的婚事迟至两年后才获批。

此祝健康!

黄炳燊

1979 年 12 月 18 日

* * * * * * * *

附件：致广西师院 ^① 党委负责人函

广西师院党委负责同志：

你们好！

我是贵校历史系 77 级学生黄健荣的父亲。我想和你们谈谈关于健荣申请结婚的问题。拟说明其具体情况，申诉一些理由，提出我们的看法，供你们参考。恳切希望你们按实际情况，予以照顾，批准他在今年放寒假时结婚。敬请谅察是荷！

健荣出生于 1950 年冬，现即将年届 30。他的对象也已经 27 岁。男女双方到此年龄，不仅远远超过我国婚姻法所规定的结婚年限，而且也大大超过近年来国家所发出关于要求晚婚所规定的最高年龄。他们在这样的年龄才申请结婚，应该说是响应了政府要求青年晚婚的号召，遵守了国家关于这方面的各种规定。从人的生理条件来说，如果再推迟就不太适宜了。尤其是女性，过迟了对其生育会有比较大的影响。所以国家要求晚婚的年龄是男 26 岁，女 22 岁。而不要求更大一些，恐怕正是与此和其他因素有关之故。这是我提出和你们商榷的第一点。

今年 3 月下旬，我接健荣从学校来信说，你们系领导已经同意他在今年暑假结婚，请我们为他们准备结婚的有关事宜，于是我们就通知女方及其家长，经过双方商量，决定在今年春节前为他们举办婚礼。目前一切已经筹备好了，他们所在的单位也已经分给他们结婚用房。学校领导对他们的关怀，组织上对他们的照顾，使我们做父母的也深感温暖，我们对此由衷感谢。因为，达到 30 岁年龄的青年，对此问题确是应该处理的。

可是，现在你们又不同意批准他们结婚，这使我们十分不安。他们的年龄已经远远超出晚婚年限的规定，而你们又已经在今年 3 月间同意他们办理婚事的。当我们各方面的准备工作都已经做好之后，现在你们又不批准。如此推迟，各方面都很被动。在这种情况下，我们做父母的不能不感到十分关切。

再说，这件婚事他们早在多年前就确定下来了，由于他们响应政府提出的

五　父爱如山

---

① 即现在的广西师范大学。1953 年至 1983 年，该校一直沿用广西师范学院之名，1983 年学校升格后改为现名。

晚婚号召，才一再推迟婚期。77 年健荣投考高校时，也曾考虑到这样的问题，当时设想如果要等毕业后才能结婚的话，那时已是 30 多岁了，确实是太晚了。但看到当时招生简章里面有婚否不限的规定，才为之释然。既然招生对象都可以婚否不限，那就意味着可以在读书的过程中结婚的。当时他对问题就是这样考虑的，也是这样做准备的。所以便毅然决然响应国家召唤，积极参加高考，进入高校学习，以便将来能更好地为国家的四个现代化建设服务。

至于当前教育部所颁布的在学校的大学生一般不能结婚，如果有特殊情况可以申请学校批准才能结婚的规定，实际上是说得很清楚也很周延的。我认为。在学的大学生一般年龄都在 18—24 之间，在这种年龄在学习期间不准许结婚是必要的，但教育部的规定有除一般情况外还有一个特殊情况的规定，这是考虑到粉碎"四人帮"以后招收的 77、78 级两届学生有些年龄已经偏大的情况。已近 30 岁或超过 30 岁的学生，他们具备了条件要求结婚，就应该做特殊情况处理了。以健荣来说，他已经近 30 岁，还不算是特殊情况吗？更何况是今年 3 月间系领导就明确同意他们在假期结婚的。我认为，这应该算是特殊情况。这是我要和你们商榷的第二点。

至于说结婚会影响学习，那也不尽然，这要看年龄大小和具体情况。那些研究生，他们的学习任务比大学生更重，他们其中不少人都是结了婚的。这些人现在不是在努力攻读，并且很多人出了科研成果吗？相反，青年人超出了过多年龄又具备了结婚条件，假如仍不同意他们结婚，反而会影响他们的学习和工作。一个年龄 30 左右的人，一般考虑问题都是比较成熟的。他们既然能够一心一意去报考大学，刻苦求学，在此过程中处理一些应该处理的个人问题是完全正常的，是可以理解的，也绝不会因为结了婚就不安心学习，不用功学习。相反，因为处理了一些本来应该处理的问题，减轻他们的思想顾虑和精神负担，就会促进他们更能集中精力更好地完成学习任务。我相信健荣在结婚后一定会更加努力地学习，绝不会因为结婚就不安心学习。

健荣一贯勤奋好学，这是我深知的。无论在小学、中学、下乡插队和参加工作以后，都一直是勤于学习积极工作，一向得到有关领导的好评和鼓励。就是在你校学习的两年中也是如此，他每次假期回家，大部分时间都是在家闭门攻读的。所以，关于这个问题是完全可以请你们放心的。这是我要与你们商榷的第三点。

根据上述情况和我的看法，我恳切希望你们再行研究一下，按照实际情况对健荣的申请予以照顾，及时批准他在今年春节前结婚。这对他们双方的工作和学习都有好处。对这个问题，我作为家长是经过多方思考才向你们致函的。我过去也是一向支持和鼓励子女晚婚，我的大孩子去年 30 岁结婚，大女儿今年 27 岁结婚。现在健荣已经达到这样的年龄，如果再要求他们再晚两年，那就不适宜了，这对工作和学习都不利。我认为，我以上所述皆是从实际情况出发的合情合理之言，故不揣冒昧，专函陈情。未悉你们以为然否？如何之处，敬希惠复为盼！

　　此致
敬礼！

黄炳燊

1979 年 12 月 18 日

来信请寄柳州市公园路柳州市政协我收。

＊＊＊＊＊＊＊＊

健荣：

24 日来信，今日下午 4：30 收到，现在即给你写信。

一，看你来信，字里行间表现得很着急。这种心情可以理解，但我还是十分希望你对此事能冷静和沉着些。天下事总是可以解决的，早一点晚一点，快一些慢一些而已。我立刻给你写信，目的是想使你心情平静一些，对这个问题处理自然一些，这是最重要的。

二，关于请小姜父母写信的问题，我同意。昨天晚上她曾来过，看她今晚来否。如今晚不来，明天我约她，和她商量此事和其他有关婚礼事宜，看她的意见如何。

三，目前还未接到你们学校的复信，肯定来说不会有这样快复函的。现在的机构哪会有这样的工作作风和工作效率？不会的。但我明天准备再写信给他们，请你放心。

四，来信说了几次"最后的努力"，我认为不妥。其实，你和校方谈也不是什么最后的。不能这样看，不要用最后这个词。这次谈好了固然是好，这次谈不成下次还可以谈；下次谈不成，再下次还是可以谈的。所以不能把应做的努力看成是最后的，更不能因为看成是最后而把事情搞僵。做事一定要留有余地，这一点很重要。

五，看问题要懂得和依循哲理。我们想问题，往往需要退思其次。即经过多方努力之后，如果仍未能达到预期结果，就须退思其次了。现在，你的问题假如目前未能解决，则这应作如下考虑：

其一，在当今中国，像你这样的年龄而尚未结婚者真是多如星斗，何必多虑。

其二，教育部虽然有这样的规定，但是下面的执行者对政策有理解比较全面和比较偏颇之分；对政策执行有紧一点和松一点的之分；有强调这一点和强调那一点之别，这是很难尽如人意的。

其三，早一些，晚一些，也不会有什么大问题。你就权当今年 3 月学校没有和你提过在读大学生可以申请结婚这事好了。

其四，来日方长。好事虽多磨，但天下有情人终成眷属。这一点是没有疑问的。

黄炳燊
1979 年 12 月 25 日下午 5：30

* * * * * * * *

健荣：

连来两函先后收到。今天已写好两函，一是致学院党委的，二是寄系总支书记张老师和年级主任唐老师的。两函内容大体相同，措辞有某些区别，内容上和前函差不多，但对我们的要求更强调一些和多说理一些。这两封给学院和系的函，与给你的这封信拟明天上午寄出。

今晚约小姜到来，我把你两次来函给她看了，也让她看了我写给校系领导之函。对请她父母写信的问题，她似乎不很同意，但未明确提出来。只是说，写这样多的信有没有作用？有没有副作用？对此，我提出我的意见。我认为，这样的信函写比不写好；可能会有作用，副作用则不会有的。后来她表示回去与其父母商量。当我问及她父母对此事有何意见时，她说他们没有表示什么，只是说假如春节婚事办不成，他们就有可能去南宁她叔叔那里过春节，其他就没有说什么。对我写给校系领导的信她说无意见，请我寄出。

小姜说她得了年终甲等奖，得奖金 40 元。她还说已经请在柳拖的某朋友代买水管，拟在日内运来，问我意见如何。我说可以的，请她拿钱去，但她说她有钱。小陆拟在日内把为你们做好的五斗柜先运来。

其父母是否愿意写此信，并无大碍，希你不必介意。我自会和她商量。但你也应该及时写信给小姜说明此事，但无须要求她一定做到，语言要温和些，以商量的方式为宜。

家里各人均好，希你在那里安心学习，不要为此事过多操心，顺其自然为好。一定要力求使自己健康愉快！切要。

此祝

健康！

炳燊
1980 年元月 8 日夜，一时

健荣：

　　前天发给你的信谅已收到，同日发出的给校系领导的信，谅他们也会收到。效果如何，待后便知。但可以估计，批准的希望不大。我们应做好这方面的思想准备，也就是说，安下心来勤奋读书。

　　今晚小姜到来，她已代其父母写好信稿，带来给我看。我看后提了一两点意见，请她稍作修改后寄出。小姜是很有理智的人，她会处理好有关问题的。你有空写信多鼓励她，共同搞好学习和工作。

　　近来我的工作很忙。新的办公楼已经落成，现在正忙于这方面的有关工作，又要搞年终总结和升级考核等等。刚又接自治区通知，初步定于下月3日左右在南宁召开民主党派工商联代表会，会期约一星期，开完会回来过春节。所以，现在又得准备这方面的有关工作了，比如选举代表，准备会议资料，等等。

　　总结经验，吸取教训，对今后的工作和生活都很重要。十年来或者说是更长一段时间以来，从我们检查自己的得失来说，在工作劲头、积极负责、不辞辛劳等方面，可以说是问心无愧的，也正是由于这样，我们在工作上就比较顺利，能够得到人们的好评。这是好的，今后还应如此。但我们的短处在什么地方呢？在于涵养不够，遇到一些问题时往往考虑不够周到，以至于往往与人产生抵牾，因此就带来很多麻烦事。我现在才逐步领悟到"宰相肚里能撑船"的道理。也逐步领会到在某些情况下委曲求全的重要性。吃亏多了，才会悟出个中的道理来。数十年来，我的确是由于涵养不够，容易冲动，急于申明己见，没有明白"讷于言而敏于行"的处世哲理，吃亏实在太多了。其实，回顾过去，有很多事情是不必急于声明和强硬表态的。扬汤止沸是确实不行的，釜底抽薪才是好办法。"热汤难饮，冷饭易香"，信不谬也！因此，我们今后一定要克服这种不能容忍的缺点，一定要注意修身养性，使自己更有涵养一些。诸葛孔明"淡泊明志，宁静致远"之信念有很深的哲理。刘少奇的论修养一书没有什么错的，一个人就是要有学问有修养。有学问，有本领，才能为国家社会做贡献；有修养，修养好，才能容人容物，为社会所用，使学问有用武之地。如此，又更能使自己心情舒畅，使身体健康。所以，希望你也要对此倍加注意。

　　现在信中夹上一些胡椒，通过邮局汇上5元。此款专助你增加营养，一定要保证身体健康，精神愉快！

　　此祝健康！

炳燊
1980 年 1 月 13 日

五　父爱如山

* * * * * * * *

健荣:

半个月来,工作比较忙。特别是最近,参加了9天的市人大和市政协会议,昨天会议才闭幕。所以,好久没有写信给你了。

这次会议期间,我既作为人大代表参加人大会议,又作为政协委员参加政协会议,所以更忙些。这次又被选为市人大常委会委员。市人大常委会(包括正副主任)是31个名额,其中党内占2/3,党外占1/3。人大常委会这个机构与政协不同,是立法机构和权力机构。因此,今后工作可能会更多些。虽然我不是什么负责人,但既然安排上了,工作总是要多做一些。我当本着过去一向努力工作的理念,恰如其分地做好党和人民交给的工作便是,请你们放心。

今春以来,首先是在自治区两会被选为区工商联常委,继而又在柳州市选上两会副主委兼秘书长,现在又选上人大代表、政协委员和市人大常委。这一连续的选上,既说明了上级对我的关怀和信任,也证明了我一向坚持的无论在什么情况下,都要积极努力做好工作,不受某个时候某些事情使自己受些挫折、受些委屈的影响,不因为这些影响而消极,始终坚持不懈努力工作的做法是正确的。我不是说我做了很多工作,而是说尽了自己的一定努力。讲了这些,目的是希望你在任何情况下都一定要坚持努力,做好自己能做和应该做的工作。这是我数十年来实践经验的结论。我平生不论做自己的或公家的事都是如此,都力求做好,养成一种积极负责的习惯。我希望你也能够如此。

小姜经常到来。对她拟想调动工作的问题,我谈了我的看法,供她参考。我的看法概括为一句话,"目前你做好岗位工作为上策"。理由我已经对她说了,如何行之还希望你们仔细考虑决定。

家中各人都很好,祝健康!

黄炳燊
1980 年 9 月 17 日

* * * * * * * *

健荣:

8 日来函收到,欣悉近来你各方面都很好,甚慰!

此函拟谈如下几点。

一,关于评三好学生的问题。你所持看法是对的。能评上就评上,不能评上也处之泰然,这是无关大局的问题。

二,关于演讲问题也是如此。不必费太多精力,稍露锋芒就行了,这样做在人缘方面也好些。但如果确有很好的机会，也不妨下些功夫琢磨一下。

三，关于研究问题及功课忙的问题。要注意适当调节，把功课学习和研究问题有机结合起来，能收到事半功倍的效果。

四，要注意锻炼身体，锻炼的方法要特别注意。我认为，你在早晚锻炼时以达到一定的运动量为宜，不要出大汗，锻炼到身体稍微发热，稍微出汗就可以了，不要跑得气喘吁吁，这样反而不好的。因为，你每天的营养所获热量不多。一方面自己较强的脑力劳动已经消耗了不少，如果在运动时又付出很大的热量，是不行的。所以，要做到适当为好。

五，曾度洪教授对你这样热情帮助，我们应当格外尊敬和感谢他。关于小姜的问题，我从没有和他说过，很可能是吴主委说的，因为他比较关心。

六，听说小姜父母都已经退休，未悉此消息确否？小姜没有对我说过。如果是这样的话，这对小姜的工作会有帮助，她可免除后顾之忧了。

七，今天市政协召开常委会，我不是政协常委，所以不参加。但前几天已经有人对我说，市委已经把我安排为市政协副秘书长，今天我看发给常委的开会文件中已经证实此事，提交今天的常委会讨论通过便行了。据政协党组副书记及政协第一副秘书长陆××对我说，本想让我专搞政协工作的，但因为我现在负责两会事宜，所以未能专搞政协工作，现在采取两边兼顾以两会的工作为主的方式。看来今后的工作会比较繁忙，我当努力做好，并且要做到善于做好工作。

市政协决定本月20日左右组织市人大常委，市政协常委往玉林、桂平和陆川等地参观访问，行程约10天左右。我估计会参加，如果留我在单位照顾工作，则不参加。如能参加的话就可以看看富饶的桂东南农村的新变化、新景象和秀丽山川。

现邮汇给你10元，作为增加营养之用。

上次往邕开会，桂林民建工商联副主委徐祖宏说，你很久没有到他那里。希望你有空或顺路时到他那里走走，联系一下，作为礼节性拜访也是好的。好了，已经3页纸，这次就说到这里。

祝健康

黄炳燊

1980 年 11 月 13 日

＊＊＊＊＊＊＊＊

健荣：

　　你好！先后两函均已收到，各情均悉。我赴邕开会，昨日方回柳州。家中各人均好，勿介。

秀珍之事，希也不必挂念①。此乃正常情况，不必担心身体会有什么问题。一切按正常的轨道进行，稍加注意就行了。至于营养问题，也更不必担心，我们自会照顾的。希你不必为此事过多牵挂，免致影响学习。这种问题，你来信告诉我和你母亲就行了，不必写信给庆芬她们的。

现在各地都正陆续召开人大政协会议，贯彻中央工作会议精神。党内更强调这个问题。经济的进一步调整，政治上的进一步安定，我看是非常及时和十分必要的。我衷心认为中央的决策十分正确。相信你也持这个看法。希多看些有关报道，使自己多吸收些政治营养，既要读好书，也要坚持你素来具有的那种政治热情。这样才能更有利于读书，更有利于工作。我想，这固然是我经验之谈。也是你经历过的事情。回顾一下历史，就会十分清楚了。前瞻更是如此，亦更要如此。

关于你的身体问题，一方面要从体质上锻炼，更重要的是要从气质上锻炼。心平则气和，气和则舒畅，舒畅则使人健康。切戒急躁很重要，自尊心太强更不好。自尊心过重就容易产生一急就躁、一激就怒的情况。海纳百川，有容乃大。根据我的体会，能够做到胸襟开阔，有气度能容物，不仅对事业有好处，对身体健康也很重要。古人云，慎思守志，柔可克刚，信不谬也。希细思之。

炳燊

1981 年 3 月 9 日

＊＊＊＊＊＊＊＊＊

健荣：

你好！收到你荔浦来函翌日，我便来邕参加"两会成员——工人阶级队伍中的新成员庆祝五一国际劳动节汇报会"。这次会议参会人员不多，南宁市有数十人，柳州、桂林、梧州和北海等地都是只派数人来参加。我是作为柳州与会代表的领队来的。区统战部副部长、区总工会副主席等参加了昨天的会议开幕式。区总工会副主席代表区工会热烈欢迎原工商业者参加工会组织，讲了许多勉励的话，与会者都感到很高兴。之后，便是与会者汇报自去年参加工会以来所作出的新成绩。大家所做的工作与很多事迹都是很可观的。会议开两日，一日在邕休息一天，二日便回柳。

来信说到荔浦县教师和学生生活比较清苦，全国教师特别是基层中小学教

---

① 是指妻子怀孕两个月后出现一些反应的情况。

师的基本情况可见一斑。看来，这种状况是非改善不可了。但想来还得有段时间。你在那里实习 40 天，此期间既要虚心学习教学，善于汲取老前辈的长处，也要注意身体，设法改善生活。在这方面要灵活运用，不要拘谨，体质是十分重要的。我已着秀珍汇款了。

秀珍到来后，可能在饮食及其他生活习惯方面有所不同，一时未能适应，这肯定会有的。只能慢慢来，没有什么的。人总是有自己的个性和看法的，对这些问题我希望你不要介意。还是自然些为宜。半年以后，你可能就要回到柳州来居住，届时就自行安排有关问题吧！总之要使大家各得其所。家庭间不同于你们小时候了，很多事情会起一定变化，这是肯定的。但只要大家彼此互谅互让，言语措辞谨慎些，就不会引起误解。对一些问题只要看得达观些，则什么事情都好办。我会不遗余力地促成你们都这样做，这样有好处。我写这一段并不是说有什么问题，请你放心。不过这些人情之理，有时说说，好给你们知道。

此祝健康！

炳燊
1981 年 4 月 29 日

* * * * * * * * *

健荣：

前两天来函收悉，知你学业有成，不负我等之期望，我们都为你高兴。此乃你用功勤苦求学所致。但还需戒骄戒躁，谨言慎行，谦虚求学，这样才更能使学业大成。此虽是老生常谈，但仍然是很重要的。

对留校的看法，我认为留校对你的前途和事业会更好些。留校工作就是大学助教的身份了，以大学助教身份往更高的学府深造，这又是一个好机会。听说世界史这门课到处都缺人，将来在这方面做出成果来，就能获得更大的发展空间。世人总以为功利主义不好，在我看来，其实功利就是激励人前进做出成果的动力，这有什么不好呢？入乎其中，出乎其外，以功利为激励，但不为功利所迷就行了。我的意见如此，还需你具体斟酌行之。小姜说由你决定。当然，这件事会牵涉到很多方面的，小姜的工作问题，在柳州与桂林安家的选择问题等，都是值得考虑的。在我看来，你回柳州工作当然对我们家庭是好得多，但考虑到你的前途，你的事业，还是留校好。一两年的助教之后，便逐步可升至讲师、副教授和教授，更进一步则是出国留学或从政，等等。总之，前途是美好的。这些方面也是你的长处，这就是发挥所长也。

至于回柳州工作也是可以的，但比之留校就差一些。昨日我找了二中的韦校长，他说我们学校可以要人，并让我把你的姓名写下来。我昨天还找了柳高的余绍华校长未遇。这叫多方准备。秀华昨天晚上找牛秀未遇①。明晚我还打算去找教育局叶荣光副局长一谈。他原是工商联的科长。我做这些工作是做多种准备，假如你不想留校或者是学校不留你，这边所进行的工作是必要的。

写到这里，提醒你一个事。你回校以后一个星期，写了这么多文章，这固然是好，但切要注意身体。一定要注意劳逸结合，保持健康的体格和旺盛的精力，这点极为重要。

阿嘉很好，小姜也逐渐恢复健康。今天晚上小姜母亲和妹妹一起来，说到小姜还比过去胖了些。这些，你都大可放心。

此祝健康！

炳燊
1981 年 11 月 6 日

*　*　*　*　*　*　*　*

健荣：

27 日函收到，各情均悉，很好！拟谈如下几点。

一，关于往柳州市财贸办商谈你的工作问题。②我认为不必要。如果学校真要你留校，校方自会跟柳州市财贸系统交涉。这一点不需要我们操心。因为大家都知道你是学历史的，回柳州市财贸系统工作不合适。这种事情，如学校与柳州财贸系统谈，一说就通的。所以，此事我们目前不必打草惊蛇。将来学校与柳州财贸系统打交道，而柳州方面一定要你回来时，我们再出面说明自己的意愿。我想，届时柳州方面也不会勉强的。此事我还会和小姜商量，但我认为目前这样做比较好，现在不用着急。明天是星期天，我再和小姜说一下，看她的意见如何。

二，近来你写了这么多东西，现在应抓紧时间休息一下。可往瑞莲姐处走走，或者到其他同学那里走走。但都不要说到留校的事情，免生枝节。因为此事还未最后确定。

三，关于谢老所要的资料问题。可与有关方面商量，看看领导的意见如何，如领导认为不可以，则不要勉强。可以向谢婉言写明领导意见，要写得客气些。

四，我已经决定参加本月 30 日启行的柳州赴穗参观团。此行由柳州乘船，

---

①　这里的秀华是我的大嫂许秀华，与我妻子的妹妹同名。牛秀是当时的柳州市文化局局长。

②　1977 年参加高考前，我在柳州市商业局下属的 F 公司工作。商业局归属财贸系统。按照过去的惯例，我作为带薪读书的大学生，毕业后应回入学前所在地所在系统工作。因此，在知道我可能留校工作的消息后，我便产生了主动告知原工作单位的想法。

经梧州、肇庆，往广州参观，为期 15—20 天。因无适当理由推却，所以就参加了。参观团成员 24 人，由市政协副主席、人大常委、政协常委以及各民主党派正副主委等组成，工作人员 4 人。

　　家中各人均好，请勿远念！

　　此祝健康！

黄炳燊

1981 年 11 月 28 日

＊＊＊＊＊＊＊＊

腾芳①、耀荣、健荣及家中各人：

　　你们好！

　　三十日乘船离柳，一日晚上抵达梧州。沿路一帆风顺，天色也好，风景令人赏心悦目。虽然是冬天，但两岸依然是郁郁葱葱。往年到这时候河水很枯浅，而今年的水位则仍然如夏天一样，比夏天还好些。夏天江水浑浊，现在则很清澈。在船上环顾四周，山清水秀，景物怡人也！抵达梧州时，当地的统战部长、政协副主席下船迎接，十分热情。是晚下榻河滨饭店，此店倚北山而向南河。登得顶楼，梧州景色尽收眼底。翌日晨，参观北山的中山纪念堂。纪念堂的解说词对民主革命先行者孙中山先生备极赞扬，引人深思，使人景仰。下午，中共梧州市委领导同志接见我们，市委廖副书记给我们介绍了关于梧州建设发展的情况。此人口若悬河，仪表风度都很好，不愧为一位全区知名之士。今天上午自由活动，下午 3：00 乘船往肇庆。预计明晨 5：00 可抵达。肇庆是肇庆地委和地区专署所在地，我们的家乡罗定县就隶属于此地区。这里距罗定县约 150 公里。我初步有这样的设想，回程途中顺道返乡一行。届时是否可以成行，将另行告知。

　　我不在家，家中各事请大家格外留心，切要互相帮助，彼此谅解。这点你们过去做得很好，今后更要做好些。

　　关于健荣留校问题，29 日我已到小姜母亲处，和小姜商量。她和父母也认为是留校好，同时也认为不必先与柳州财贸办商量，到时再说。

　　天气渐冷，对阿敏和阿嘉都要注意保暖。

　　我一切都好，参观沿途很有收获，旅游也很愉快。

---

　　① 即我母亲张腾芳。

五　父爱如山

441

此祝健康！

黄炳燊

1981 年 12 月 3 日上午于梧州

* * * * * * * *

腾芳、耀荣、健荣及家中各人：

在梧州分寄柳州、上林和桂林之函谅会收到。[①]我等12月3日由梧州往肇庆，一日凌晨抵达。4、5日在肇庆参观当地名胜古迹，6日乘汽车由肇庆抵达广州。连日来参观了佛山市、黄埔军校旧址、黄埔造船厂、中山纪念堂、黄花岗、三元里、广州烈士陵园、农运讲习所、动物园及一些工厂。通过参观，大开眼界，获益良多。详细情况回柳再做评说。

现在我最为牵挂的是耀荣的调动问题，健荣的留校问题，以及庆芬的分配问题。上述各事希望你们注意办好，但也不要操之过急。

我等定于 14 日由穗乘汽车往湛江，在湛江参观两天，然后由湛江乘火车回柳，预计 18 日或 17 日上午 9：00 抵达柳州。届时参观团会拍发电报回柳州的。

阿敏、阿嘉定会很健康活泼，但应注意防寒保暖。

祝健康！

黄炳燊

1981 年 12 月 11 日于穗

* * * * * * * *

2. 毕业留校任教时期

健荣：

今天此处已开完会，明日便可回柳。趁暇，提笔说几句。我有很多缺点，我也自知。但我毕竟经过了不少实践，有很多事情会看得多些，看得透些。当然，这是相对来说。所以，我希望你不要因为我有缺点，对我讲的话不以为然。

你有很多长处，这应该肯定，但也要看到自己的短处，认识并加以纠正，

---

① 当时家兄还在上林县做地质勘探工作。

那就更好了。自尊不可无，自信应该有。有自尊方能自强，有自信才能前进，这是无需多说的。但也不要过分自尊和过分自信，对人对事方能有周旋之余地。今天，你所处的环境和地位必须掌握好这个分寸。既要多学也要多问，不懂固然要多问，懂得不深还是要问，懂了也还要再问，以证明自己所懂，而使人悦己之虚心。我观之历史，此乃治学之要道，亦为处世之良法。进身学问与仕宦之初阶，更有必要注意及此。此乃我所要说的第一点。

遇不知而发问，见不顺而提己见，但切戒质询的语气，更不能以连珠炮咄咄逼人。这样做非但不能收到效果，反而可能误事失交，对此不可不慎！对同学师友固应如此，对妻子兄妹也应如此。佛语有云，忍一点风平浪静，让三分海阔天空。此话很有深意。

近来我见你和小姜之间不太协调，我看你应该反求诸己，不要从对方的所谓"脾气"去想问题。你经年累月在外面念书工作，而她在家既要忙于工作又要带小孩。小孩的脾气如何，应如何带法合适，她自然比你懂。你回来只能协助她，帮助她，体贴她，不能对她指手画脚，说三道四。有时她有些脾气，也是很正常的，你应多包容一些，以开导建议为宜。总之，你们的结合来之不易，应该十分主动团结，互相爱护为要。此乃我所要说的第二点。

写到这里，又有几位同志来谈工作，就先说到此。希细思之。我上面讲这些，不是说你没有想到，可能你还会想的比我更全面些。但天下父母心使然，有见及此，故提出来，使有所助也。

此祝健康！

炳燊

1982 年 8 月 27 日晚

于邕江饭店

＊＊＊＊＊＊＊＊

健荣：

从三江回来，又忙于筹备召开"柳州两会经济咨询服务工作会议"，我又是主筹人。十多天来皆是夜以继日地工作，会议已于昨日结束。会议确实开得很好，可以说是井井有条。会议参加者除两会会员 100 多人外，还邀请了市政府、政协、经委、财办和计委等 20 多个单位的负责人参加。这样多的来宾参加，是前所未有的。以前开这种会议，要用很多人力来进行会议筹备和服务工作，还经常出漏洞。我们这次会议，仅五个人从事筹备和服务工作，从起草文件、联系打印、安排组织各项会务活动直至最后宴会，都是这几个人在做。工作效率之高，会议质量之好，都是可以肯定的。我说这段话，是想说明这样一个问题，就是说我们这些人是有能力的，是认真负责的。这也说明中共十一届三中全会以来的政策是十分正确的，我们也确实是想认真做好工作的。

你母亲的退休问题，昨天服装三厂技术科的小邝已拿表来给我们填了。你母亲这批退休的员工约有20余人，看来可能达到目的。当然，我也要抓紧其他方面的联系和落实，使此事能更有把握地实现。

家中各人都很好，请勿远念。天气寒冷，希你们要注意身体健康。

此祝健康！

父字

1982 年 12 月 14 日

* * * * * * * * *

健荣：

你好！

据柳州市政协文史资料室负责人陈显扬同志说，你前年所写的《覃连芳传略》，已经被柳江县文史资料处收入他们编辑出版的《柳江县文史资料》一书中，并已经于昨日印毕出书云云。陈显扬同志传说，《柳州市文史资料》第 2 辑也决定把你此文收入。他拟于最近写信征求你的意见，此书已定于 11 月初版。前年我曾将你的此文送了一份给他，他颇为欣赏。现在正好他们缺这类较重要人物的个人传略文章，故在编委提出此事，经研究决定收进该辑。他还说，要付你稿酬云云。我想，稿酬是很次要的，重要的是在这种园地发表文章，对你这样初出茅庐的学人是有益的，可为今后在学界的发展打下基础。

你接此信后也不必主动写信给他，在他致函给你后再以谦虚态度复函，并请他斧正。听陈显扬同志说，他已经看过柳江县出版的《柳江文史资料》中你的文章，对你的原稿未作改动。他获悉，你此文被收进柳江县的文史资料辑，乃是因柳江县派人到广西师大找曾度洪教授约稿时，曾教授所推荐。曾教授是柳江县人。

你的同学小宁上个星期天往桂林，你托他所带之物谅已收到。家中各人均健康。你要多注意劳逸结合，有健康的身体才能有健康的事业。这点切不能忽视。

祝好！

炳燊

1983 年 10 月 25 日

　　　　　　　　＊　＊　＊　＊　＊　＊　＊　＊

健荣：

　　3 日晚上，我乘 6 次特快赴京出席两会（民建和工商联）全国代表大会。沿途天气还很暖和，到河南郑州后才稍觉冷些。5 日清晨过河北省省会石家庄。由此到京的数百里华北平原上，但见一望无际的原野，初冬灿烂的阳光照耀在大地上，使人感到心旷神怡。抵达北京郊外时，是早上 9 点许，由于天气温暖，景物宜人，更使人心情愉快。现在的北国天气并不是我们过去所想象的那样寒冷，在车上穿一件毛背心就很舒适了。郊外田野，除了枫叶是红叶外，其他各种树木都还是绿意盎然。

　　我们代表团下榻于北京丰台的京丰宾馆，我住 1 楼 120 房间，来信就写这样的地址就可以了。京丰宾馆十分漂亮，比南宁的一流宾馆还要好得多。室外绿树成荫，住在宾馆，就像身处一个大园林中。室内陈设很现代化，有很好的暖气设备，其他各项设施也很齐备，环境很清洁，使人感到方便、舒适和温馨。这个宾馆原来是解放军总后勤部的高干招待所，由前年起对外开放，因其地处京郊丰台，改名为京丰宾馆。由天安门往西到京丰宾馆，乘小车只需要半小时，如坐公交车则需一小时多些。进市区有些不方便，但好在我并不很喜欢逛街，倒觉得很实用。今天是星期天，广西代表团大部分代表都去王府井购物了，我却喜欢在这里看报写信。昨天下午已往著名的卢沟桥参观，看了乾隆所题写的碑文。这个皇帝确实是写得一手好字。在桥前石碑上镌刻的"卢沟晓月"四个字就是他的亲笔御书。1937 年 7 月 7 日。日本侵略者就是在这座卢沟桥的东端挑起事端，向驻守在桥西端的中国军队发起进攻，从而发动了蓄谋已久的日本全面侵华战争。这就是中国现代史上的卢沟桥事变。日本军国主义的野蛮侵略，使大半个中国沦为敌占区，数千万中国人民惨遭杀害，使灾难深重的中国人民更加深陷痛苦。抗战时期是在我 12 岁到 20 岁之间，这些情况都是亲眼所见的。昨天到卢沟桥看看，又勾起了我痛苦的回忆。

　　我这次参加的民建工商联全国代表大会，会期两周，由 7 日起到 20 日。23日由北京返回柳州。这次会议的中心议题是，听取两会负责人所做的两会工作报告，选举产生新一届的委员、常委、主副委等领导成员，研究今后的工作等等。同时，在 20 日还要召开庆祝全国工商联成立 30 周年大会，届时会更有一番中外工商界人士甚至政经界人士参加庆祝大会的热烈盛况。会后我再写信告诉你们会议实况和感受。

　　这次大会共有来自全国各省市代表 1500 多人，工作人员有数百人。会议的费用预算 100 多万元。由此可见党和政府对民主党派工商联的工作十分重视。在我来说，作为正式代表参加这种会议还是首次。从年龄来说，我比参加会议的大多数代表要年轻些。我观察了一下，多数代表是在 65—75 的岁数，80 以上的也为数不少。我当认真参加这次会议，特别是注意学习他人的长处，学习老一辈处事接物的方式和风度，作为今后工作之借鉴。我想，我这次参加会议能够有很好的新的收获。

这次就谈到这里。

祝一切好！

炳燊

1983 年 11 月 6 日于北京京丰宾馆

* * * * * * * *

腾芳、耀荣、健荣及其他各人好：

6 日发一函给你们谅会收到。腾芳的病谅会好了，但仍应注意加强营养和注意休息，使身体能强健些。

我们初步定于 21 日乘 5 次特快回柳。政协有车来接我们。你们的来信如 17 日以后就不要写了，17 日之前寄来还是可以收到的。

我们的会议已经开了四天。中共中央对会议十分重视，政治局委员习仲勋代表中央到会致贺词，这是从来没有过的。国务委员谷牧、政协副主席程子华、统战部长杨静仁及其他多位领导同志亲自参加会议。在预备会议上，还传达了胡耀邦总书记在民主党派座谈会上的重要讲话，他在讲话中对民主党派工商联的作用评价很高，这对参加会议的代表是很大鼓励，大家都感到很受教育。

1500 多名来自全国各地的民建和工商联的代表，都很认真地讨论了领导同志的报告和有关文件，畅谈参加各项工作的情况和体会。这些人年龄虽然都比较大，但大家确实是很努力很认真地为国家出力的，所以各地所取得的成就都很大。

会议期间，虽有西伯利亚冷空气袭来，但北京气温还是在 10 度左右，并不感到一丝寒意。每天都是阳光灿烂。前晚下了一场小雨，对空气净化起到更好的作用。这里的食宿安排都很好，请勿牵挂。

祝你们健康愉快！

炳燊

1983 年 11 月 11 日

* * * * * * * *

腾芳、耀荣、健荣等：

今天接耀荣由上林十四日来信，同时也接到了李月英副主委由柳州来信。

欣悉腾芳的病已经好了很多，能下床走动，使我十分高兴。仍希腾芳注意保养，以便早日恢复健康。秀华、宁、庆、松等人应多注意些。近来你们是很辛苦的，对此我是很清楚的。

耀荣来信所说各节是很有道理的，就按你的想法进行工作便是。你这次调动问题，看来不会有什么大问题，可能还要些时间，待我回柳后即进一步做些推动工作，希放心。

健荣谅已由柳返桂多时了。此次你专程回柳看望母亲，这很好。这说明你对父母的关心，当然你们兄弟姐妹对父母都是很好的。

两会全国代表大会即将闭幕。今天邓小平、胡耀邦、邓颖超、彭真和万里等30多位党和国家领导人在人民大会堂接见了我们全体与会代表，并和大家一起照了相。党和政府这样重视和关心我们，大家都很感动很高兴。

昨天，我已当选为中华全国工商联中央委员，这对我是一个很大的鼓励。会议将于20日闭幕。我定于21日晚乘5次特快回柳州，23日上午9：30抵达柳州。我已给柳州市工商联去信，他们会派车接的。

到今天为止还未接到家里来信，是否写错了地址或是未写信？

这里的气温虽然已经到零度，但仍然不觉得冷。既不用穿棉衣，也不用穿两件毛衣，感觉还是挺舒适的。

祝你们好！

炳燊

1983 年 11 月 18 日

* * * * * * * *

健荣、小姜：

耀荣从桂林回来，知道你们已基本安顿好，^①且居住环境也不错，甚慰！

你们多年分居，确实给你们的工作和生活带来诸多不便。尤其是小姜，这几年是够辛苦的了。现在，终于实现团聚的愿望，我们也是很欢喜的。而且，此次小姜调桂，时机比过去任何时候都要成熟。换句话说，这个调动的时间节点比过去任何时候都好。一者，健荣从北大学习回到学校，基本可以安定下来，且又晋升了讲师，这对以后分配住房等待遇有个基本的级别；二者，小姜通过在柳州市委组织部工作一段时间，为调入广西师大人事处作了张本，也为今后的工作打下比较好的基础；三者，阿嘉比过去长大了些，逐渐懂事，逐渐会自

五 父爱如山

---

① 妻子调入广西师大人事处工作，结婚五年后终于实现家庭团聚。此次从柳州搬家，家兄送我们到桂林。

447

己处理生活。所以,我认为这次小姜调往桂林确实是一个最佳时机。这会使你们今后的工作更顺适,生活更安定,前途更美好。

当然,新到一个地方,一切都有待熟悉和学习,也还会存在不少困难。因此,需要你们一步一步地去适应和协调。家庭生活的各种事务有时间做得细些固然好,但目前来说,你们的时间肯定是比较紧张的,因为调动迁居之后安家百事待举。此外,对健荣来说,探索教学方法、备课、了解学生情况、做研究等等,工作很多。对小姜而言,对大学人事处的工作也有一个适应的过程,还需要与各方人员熟悉和交往。此外,你们还需要辅导嘉嘉适应新的学习环境,促进他的学习,等等,确实是诸事纷繁。因此,希望你们有些东西不必考虑过细,做得过细,稍微粗些为宜。可以按先粗后细的方法处理之。因为人的精力总是有限的,故宜工作与健康并重为佳。具备强健的身体才能有效驾驭各种工作,才能取得更好的成就。

待人接物尤宜诚厚。柔以制刚,缓以约急。让人三分海阔天空,礼以待人,人以礼待。这是因果。你们都是初入仕途(对健荣而言,则是士途),尤希慎之又慎。

对阿嘉固然要严格要求,也要做到耐心引导。严可使其循规,宽则使其知爱。在别人面前既不要夸其聪,也不要斥其愚。谆谆善诱,庶几可也。

你们之间更需要互谅互让,彼此尊重,共同切磋,共同进步。劳心比劳力更需要营养,对此你们也要注意,不要做苦行僧。要做到起居有时,饮食有度。

上面所说,你们肯定都已经掌握了,但作为父母来说,好像不说也不好,说了有益无害,啰唆些就是了。

阿嘉定会很好吧?暇希来信。

祝健康!

炳燊

1986 年 9 月 8 日

* * * * * * * *

健荣、小姜:

你们好!

由于工作忙,好久未给你们写信,所以过了中秋,又到国庆,方得暇提笔。过了国庆又有更忙的工作要进行,上面已经明确布置下来,开始工商联吸收新会员的工作,这项工作面广难度大,看来又要费很多工夫了。

柳州市的物价稳定在高水平上,鸡 3 元一斤,猪肉 2.5 元一斤,草鱼 2.4 元一斤。大体上和你们在柳州时一样。我想桂林也会差不多。

你母亲和其他各人均很好。耀荣工作很忙，忙些也好，可以多些收入。早些时候，我和你母亲到小姜父母家，他们都很好，希勿远念！

祝健康愉快！祝阿嘉快乐！

炳燊

1986 年 9 月 25 日

＊＊＊＊＊＊＊＊

健荣：

昨天抵邕，住西园。参加自治区政协常委会及自治区两会人事工作会议。会期共四天，定于 13 日返柳。

10 日前在柳州发一函给你，谅会收到。前些天耀荣和我谈到，你和小姜在桂林工作很忙，又要赶着准备考试，拟着你母亲往桂林带阿嘉月余。我想是否可以这样，你们把阿嘉带回柳州，由我和你母亲照管。未悉你们意见如何？但如果你们在忙中还可能照顾阿嘉的话，则还是留在你们身边为宜。希望你们确定。

仍然希望你们在这样忙的过程中，切要注意各人身体健康，不要过于勉强求成。要记住欲速则不达的道理，性子切戒急躁，慢些不要紧的。如何之处，来函告知。

此祝健康，小姜同此。问阿嘉好！

炳燊

于南宁西园饭店

1986 年 10 月 9 日

＊＊＊＊＊＊＊＊

健荣：

从电话中知道，你们很健康愉快，阿嘉说话声音很响亮，也很有礼貌。

我是接香港浮康侄的邀请而申请赴港的，也可以说是响应党对搞好海外统战工作的号召而前往。市委书记、市人大常委会主任、市统战部长等均十分赞同我前往。但手续办理却十分缓慢。从我提出申请至今已经 10 多天了，还未见批复。据说，若按常规的程序等待，则非要半年以上不可。现在我已向有关方面反映，请其加快批准程序。虽然如此，国内办事的效率还是有限的。我这次赴港名义上是私人探亲性质，实际上我是去做统战工作，向过去在柳州经商现

五 父爱如山

449

在香港的工商界人士宣传"一国两制"和改革开放政策,介绍柳州的发展变化,为引进投资做工作,有关部门应当及时为我办好赴港手续,俾能早日前往的。我已写信到区统战部了,看来最快也要到春节后才能前往。这也好。

祝健康愉快!

小姜统此,阿嘉好!

炳燊

1986 年 12 月 9 日

* * * * * * * *

健荣、秀珍:

你们好!

15 日由柳乘船启行,于 17 日直达穗垣,18 日晨经深圳出关,午抵九龙,寓于康侄家。他们全家以叔公之礼待我,情意殷诚。居处十分雅洁,一切都感方便适意。

香港政府有它治理的方法。城市整洁,交通秩序井然。虽是车水马龙,但是有条不紊。人们紧张地工作。礼貌都很周到。街市中鲜明的商品,饱满的货柜,鲜亮的橱窗和热情的接待,都使人感到惬意和印象深刻。几天来,多次乘坐火车和大小公共汽车,看到一切上下手续基本自动化,且全无过挤和不洁之感。据说,治安一般无什么问题。物价比之内地来说,以人民币折算,高一倍左右。这里是指粮食和猪牛鸡鸭等副食品。但是市民的收入平均比内地高 5—10 倍。一般普通工人月薪在 2000 元港币,技术工人就更高一些,有 3000—5000 元。以他们的收入,应对这样的物价确实是颇为丰裕的。管子曰:"仓廪实而知礼节,衣食足而知荣辱。"管子又说,"治国之道,必先富民。民富则易治也,民贫则难治也"。故香港今日秩序较好,民富不能不说是其中一条重要因素。由此观之,我们内地现在认真搞经济建设,使国与民均能富起来,其他问题当可迎刃而解也!

此间的纺织品、服装、针棉织品均比国内贵得多,海味水产则和国内差不多。所以,要买些什么服装之类只能回广州再说了。

我住香港九龙新浦岗爵禄街 86 号 Q 座 20 楼。连日来风和日暖,十分宜人,甚觉愉快!

祝你们愉快!阿嘉好!

炳燊

1987 年 2 月 21 日于港

＊＊＊＊＊＊＊＊

健荣：

趁严教授返桂林之便，托他带给阿嘉衣服一套。

自治区政协常委会定于今天结束。我将于 14 日回柳，本月 21 日便由柳州赴京开会，六月初可以返柳。

严教授很厚朴，学问渊博，治学经验丰富，桃李满天下。希多向他请教。对你定有裨益鞭策。

此祝好！

父字

1987 年 5 月 12 日

＊＊＊＊＊＊＊＊

健荣：

21 日由柳启行，23 日抵京，下榻京西宾馆。此宾馆位于复兴门外羊坊店路，格调十分高雅，比之京丰、国谊等饭店要好得多。在此一切均甚适意。

这次到京是参加全国工商联中委五届三次会议，会议的主要内容是研究吸收新会员和明年召开六届代表大会等问题。

我到此已是第 6 天。拟 31 日乘 5 次特快返柳。

前次在邕托严沛教授带给阿嘉的衣物谅已收到。 此次在南宁参加自治区政协会议，你们师大的林焕平、贺祥麟和伍纯道诸教授都不见来，不知何故。

你们的近况如何？谅一切都会很好。暇希函告。对阿嘉要引导其向更好方向发展，既要多鼓励以促其向上，但也不应过多赞扬，以防其生骄。孩子调皮时，不要动火为好。你们两人也应遇事多商量，保持和增进和乐气氛，这样对工作对身体都有好处。

此祝健康愉快！

炳燊

1987 年 5 月 28 日于北京

＊＊＊＊＊＊＊＊

健荣：

我三日从北京回到柳州，知你回柳州后又已返回桂林了。知阿嘉很听话，很爱学习，这很好。希善于引导，使他继续不断向上，健康成长。

我本拟不打算往北戴河休养（休养期是10天），但是有关领导再三敦促，拂之又是不敬。故已答应前往，原定本月15日由柳州启程，但由于广西在北戴河的招待所要整顿，故暂未成行。估计不会等待太久，何时前往再行函告。如果本月底前还未能整顿好，我则将于本月25日往南宁参加自治区工商联常委会5天，然后往北戴河。去北戴河休养的条件是：一，1945年以前参加革命的老干部；二，市级以上的劳动模范；三，副厅级以上的干部。具备其中一条就行了，费用先用所在单位垫支，以后由老干局拨回。

耀荣获自治区地质局颁发的地质报告三等奖，为他这次晋升工程师考核增加了一项好条件。最近他写好了一篇论文给我看，我提了些意见。

庆芬仍在人民医院实习。 其他各人情况如常。

此祝健康！

炳燊

1987年6月13日

* * * * * * * *

健荣：

小姜、阿嘉昨晚到来，始知他们已经回柳。欣悉你将有良机出国深造，这是个十分可喜的好机会，我想你是可以稳操胜券的。因为你的年龄比较轻，活力比较好，体格也比较强。再者，你这几年都在学习中，天赋也比较好，等等。当然，也有比人不足的地方。希望你善于复习，掌握进度，掌握重点，充满信心，发挥所长。

现正值暑天，天气炎热，必须注意调节，保持健康为要。报考情况及其他与此相关问题，希来函简报。

家中各人均好，阿嘉也很听话。

此祝健康！

炳燊

1987年7月21日

* * * * * * * *

健荣：

你我都很忙，因此都一个多月没有信件往来了。

你母亲出院到现在已将近两个月，总的情况还是好的，身体恢复与日俱进，但比较缓慢。

这次自治区政协和人大都进行换届选举。我原是自治区政协常委委员，另一位同事是自治区人大代表，这次看来有所变动。昨天市委组织部已要求各民主党派、人民团体协商提名自治区人民代表候选人，我是其中之一。如果本月20日柳州市召开人大会进行投票差额选举，我选得上的话便是自治区人大代表，就不兼职自治区政协常委了。人们一般认为，人大代表较之政协委员政治级别稍高一些。但我不一定选得上。因为，第一要差额选举。柳州市的区人大代表名额总共43名，其中自治区戴帽下来的占十名，而且是要确保的。按规定，43个名额要加9名差额。就是说，要在52名候选人中选43名。第二，我的姓氏笔画较多，一定排在比较后。这是个不利条件。一般人投票都是从头圈起，圈到后面够数就不圈了。所以，我的主观愿望还是按原来做个政协常委好了，免得到时选不上人大代表情绪受影响。我对此持坦然态度。当然，这样的荣誉得来也是不容易，是长时期兢兢业业做了工作的，必须珍惜它，发扬它。我最近还被选为柳州市统战理论研究协会的副会长，我的论文还被评为优秀论文。现在学会收集论文付印。这对我是个很大的鼓励。当然，我也知道这并非是由于我的文章写得很好，还有其他原因的。不认识这一点，对自己没有好处。但是认为自己样样不如人，过于自卑也没有好处。我现在对有关的政治安排和工作，向来都是抱着既积极负责又谦虚谨慎的态度。

庆芬两口已从北京回来。10天的北京游览，增长了见识。李钊初定12月中旬前往意大利，已办好出国手续。怡芬身体早已恢复正常。松芬①昨天才雇到保姆，过几天方能上班。孩子很健康。耀荣、淑芬、宁芬等工作也都很忙。各人都很好。你二伯父的骑楼房终于收了回来②，以后他们的住房就可稍宽敞一些。汉源还在四川。大舅父等身体也挺好，瑞光③的生意做得不错，月收入可达我们各人的数倍。

你们近况如何？阿嘉有什么进步？统希函告。

赵总理的报告须认真学习领会，确实是个好文件。

祝健康！小姜统此。

炳燊

1987 年 11 月 15 日

五　父爱如山

---

① 我小妹。

② 我二伯父是原工商业者。此骑楼房原是私产，后被收作公产。

③ 我的一位远房亲戚，当时从家乡广东罗定来到柳州做小生意。

* * * * * * * *

健荣：

来函收到，知你们都好，甚慰！

寒假早过，春暖花开，又是读书的大好时光。莘莘学子，拳拳师心，共与万物争荣，既有其美好的前程，又有其欢乐的心情。从你来信中，充分洋溢着我上述之意，我殊嘉之。

前月底我赴邕开了6天两会常委扩大会议，中心议题是民建换届改选问题。回柳后，即向市统战部研商，柳州民建决定于5月中旬改选领导班子。按规定，主副委满70就要下。现任主委已超龄，不适合再续任。新的人选现正在酝酿中。党委指定我作为组织组负责人，负责人事安排工作。至于主委是否由我担任还未清楚，估计很有可能由我担任民建主委，另一位同事担任工商联主委。或者反过来。两会中央已做出规定，一人不能同时任两会主委。各地多数已经实行，中央早就实行了。因工商联要到年底才能改选，看来我还是任民建主委的可能性大一些。原主委任职时间还将有一年，在这段时间工作可能会有些矛盾。因此必须谨慎从事，谦虚师待。当然，也要积极工作，有所作为。世界上万事万物皆有矛盾，人际之间何尝不是如此。克己谦让些，就好解决些。不争功，不诿过，庶几可以！情况如何，及后再谈。

我拟着耀荣参加民建。待他工程师职称正式批下后，我便着他申请参加。为何要这样做？有如下原因。

一者，他至今仍未是中共党员。改革开放以来，各级党组织，尤其是中共中央再三强调要求各地注意吸收中青年知识分子入党，特别是那些做出成绩的科技工作者。按照这几年他在单位的工作业绩及表现情况，应也属于这样的要积极发展的对象。可是他所在单位的党组织迄今尚无此意图，甚至连外围他也尚未进入。究其原因，除耀荣还有未够条件和不足之处，重要的是该单位比较小，是市属单位下属的一个单位，党支部力量比较薄弱。上级党组织督促检查不到，加上该单位负责人工作方法问题，就会出现了这种局面。据我所知，按耀荣这几年的工作情况，如果在比较开明的政治气氛中，在有比较健全党组织的单位中，是可以入党的。我意，现在其单位既然如此，可先参加民主党派。根据现有政策，参加了民主党派，也还可以再参加中共的。

二者，耀荣参加民主党派，有几个好处。一是，有个党派组织基础，可以促进他的社交活动，认识社会上各种不同类型的人，增加活力和在人际间互相借力互相促进。二是，在工作中做出成绩取得经验时，有组织可代为宣传总结。三是，可以有更多的机会参与政治活动和有更好的学习机会。

你们对此看法如何？可来函说说。至于耀荣，我还会征求他的意见。早些时候，曾和他闲聊过，他未置可否。

家中情况如常。你母亲身体进一步好转，情绪也比较好，这使我们很高兴。

怡芬早些天一行 10 人前往深圳，参观 10 天。耀荣的工程师职称已从各方面证实获批，只是批文未下。

祝你和小姜、阿嘉一切好！

炳燊

1988 年 3 月 12 日

* * * * * * * * * *

健荣：

本月 17 日来函收到。这几天（20—26 日）又开了人大、政协会议，补选了王仁武为柳州市政协主席。

民建改选基本定调，由我担任主委，但暂未公开。现在正与各方面酝酿，估计可以选上。由现在起要做大量的筹备工作，预定 5 月中旬开会改选。

你母亲的身体虽然未全部恢复，但还是逐步好起来。小毛病则经常有些，故她的心理状态还是愁闷过多，乐观不够。这也只能逐步调理诱导。

简历已写就随信寄出，如还需什么，即来函说之。

祝愉快！

炳燊

1988 年 3 月 26 日

* * * * * * * *

健荣：

柳州市民建经于上个月 27、28 日召开全体会员大会进行换届选举。整个会议过程，包括会前的人事安排等工作都很顺利。我以全票当选为主任委员。当选的三位副主委中有一位是专职，其他两人分别是柳州市冷冻机厂副厂长和柳州汽车厂高级工程师，年龄皆为 50 左右。原任主委为名誉主委。另外的三位常委中也有两名是专业人员，分别是教授和审计师。整个班子的结构起了很大变化。在新的统战形势下，今后要做好民建的工作，使它有新的发展，起到更好的作用，确要做很多工作。同时要善于工作，否则是很难胜任的。现在民建成员已非仅是昔日的工商业者，其成员构成中大专文化、厂长、工程师等类型的已占 65% 以上。不去下功夫，靠安排吃饭是不行的。我自知有一定的优势，但劣势也很突出，比如文化水准和文凭，以及其他，等等。再加上你母亲患病，要耗去我很多时间和精力，这对工作是一个很大的影响。她的治疗期恢复期会比较长，但事情既已如此，只能尽力把她治好便是。请你们放心。

其他情况大体如常。六一儿童节给阿嘉买了件衣服，因无暇尚未寄出。

此祝好！小姜统此。

父字

1988年6月5日下午于人民医院

* * * * * * * *

健荣：

有一事使我担心。据阿娜从桂林回来说，阿嘉经常被打，我闻之很是担心。道理不用我多说，你应比我还懂。希认真克制之，庶不至如此。

阿嘉是比较调皮些，这是事实。但是在柳十天中，我觉察他还是很懂道理的。只要引导得法，既不过奖，也不过责，完全可以使其循好的方向发展。奖是要奖，但不过奖，以免生骄；责是要责，但不过责，使其知错。不生骄，能使其感不足而继续向前；能知错，使其知方向而少走弯路。

这里的特别提醒你，盛怒之下，对你来说更为伤身。望认真注意之。

你母亲的身体比小姜在柳州时更好一些，但距离正常还差很远，还得继续医治调理，才有望痊愈。

小姜这次回柳很辛苦，回桂林工作又将很忙，希望你们都要注意健康。阿嘉估计这几天上学了，祝他好好学习，天天向上！

炳燊

1988年9月3日

* * * * * * * *

健荣：

小姜及阿嘉回来，我们都很高兴。知道你考试在即，复习很忙，正下功夫力争考个好成绩，预祝你成功！苍天不负有心人，信不谬也！

我建议，你在考试前数天，就不必用很多时间看书温习了。可以轻松一下，用些时间思考一下，会出些什么题？有可能遇到什么问题，准备一些对策，这样上考场时就好应对了。我想这样做会比你临考前的疲劳战术好，因为你已经温习了很多时间。这是一个策略问题，希你考虑之。在这段时间必须劳逸结合，多增加些营养，更重要的是不要恼怒生气。这点我几次对阿嘉说了，他也表示听我讲。这次阿嘉回来，我看他长进多了。希善为引导，疏导胜高压。有些缺点，孩子一下改不了，等一等也是可以的。

　　我 16 日往南宁参加区民建常委会，会期两天，19 日回柳。

　　祝好！

父字

1988 年 11 月 21 日

* * * * * * * *

健荣、秀珍：

　　耀、庆从桂林回来，各情均悉。吉人天相，幸甚，幸甚[①]！但还需静心休养，不要急于出院，更不要急于工作。一定要使身体恢复健康以后才逐步工作，目前更应关注体质。

　　思想必须开朗。考试有时考得好些，有时考得差些，此乃常事，不必挂怀。一切皆应顺其自然，切勿耿耿于怀。出国与否，无关大局。塞翁失马，焉知非福。要把名利之心放淡些。更不必顾及别人对自己的看法。多年来，你的工作以及治学精神，大家都是知道的。不会因为这次考得不大理想，就会对你有什么不好的看法。纵或有之，也是些不懂事理之人，无需放在心上。

　　耀荣讲得好，还是过些安定生活为宜，何必苦苦追逐。读了几十年书，也应该注意一下家庭及身体。多年来，不仅你辛苦，秀珍也很辛苦劳累的。我想，你们如今在经济上虽非宽裕，但也可足资温饱，乐叙天伦。

　　阿嘉尚小，还未懂事，希善为引导，切勿再像以往那样生气了，切切！现汇上 50 元，给你补充营养。

　　祝健康！

父字

1989 年 1 月 3 日

* * * * * * * *

健荣：

　　我现在南宁给你写信。18 日抵邕参加自治区人大会议，约 25 日返柳。

---

　　① 1988 年岁末，我因过度劳累导致胃出血住院，所幸救治及时到位，家人照顾得好，很快得以恢复健康。

五　父爱如山

457

本月 12 日，我在柳州打长话给小姜，知你平安出院，慰甚！翌日接到你 9 日来信，情况更详悉。14 日小姜父母到家坐，说你身体已逐渐恢复，并恢复得很好，更为放心了。但仍希望你十分注意健康，切勿动怒。对阿嘉要多用鼓励的方法，不要用责备的方法。

目前你不宜看书报，更不宜过多动脑。饮食宜少吃多餐，要吃容易消化的食物。总之，要十分注意，不可疏忽。

你母亲状态一如以往。从 18 日起注射蝮蛇针 [①]，打一个疗程，看看能否见效。

你们什么时候放假，何时回柳，希来函告知。

此祝好！小姜统此。

父字

1989 年 1 月 21 日于南宁

* * * * * * * * *

小姜：

昨日接健荣电报，欣悉他已顺利通过国家教委考试，我们皆感十分高兴。这固然是他自身的努力，更是你对他全力支持的结果。当然，学校领导对他一再培养也是很关键的。我昨天已去信给他，说了两点：一是要谦虚谨慎；二是要善于读书，劳逸结合，体学兼顾。治学有方，健身有道，此乃古今成大器者之要诀也！

我已于 22 日转上医院 8 楼，一切已基本正常。估计在此再住十来天，便可出院。实际上，现在都可以出院的，但主管医师说还要全面检查一下。他们很热情，很负责。

柳州市工商联月底开会换届，人事安排早已在去年民建换届时统一考虑好的。我不兼职工商联，由另一位同事任主委，原任主委任名誉主委，我则为顾问。本来，去年上级有让我兼职工商联副主委的安排，后来又考虑到我是市人大副主任，兼任工商联副主委关系不顺，不如担任顾问比较妥当。我也认为这样好。

阿嘉这次回来，比过去进步多了，懂事很多。希望进一步努力好好学习，天天向上，做一个既有聪明才智，又有良好品德，还有健康体魄的好学生。如果阿嘉能做到这样，我们都会感到十分高兴。

---

① 是一种抗血栓和增强免疫力的针剂。

祝健康愉快！

炳燊

1989 年 5 月 26 日

* * * * * * * *

健荣：

来函收到。早十天到人大和统战部分别参加了两个半天的小型会议，在会议过程中精神都很好，没有感到什么不适，开会回来后也很正常。至于小姜到来那天，我是偶因感冒和肠胃炎引起的发烧和腹泻，这是偶然的巧合，与参加开会没有什么直接的关系。这点小毛病一天多便好了，希你们放心。

小姜回桂林后这 10 天中，我的精神比之前还好得多。体温，脉搏，血压，饭量等都很正常，体重已基本恢复。当然，我不能因此而掉以轻心，还必须继续注意身体健康。至于开会等活动问题，我当量力而行。既不能完全不参加一些活动，也不可过于频繁，以保持适度活动为宜。

我原想在元旦前出院，但后来经和耀荣等商量，认为春节前出院比较合适，我现在初步决定元月 15 日以前出院。你们什么时候能够回柳州过春节，希望来信告知。

此祝健康愉快！小姜统此。阿嘉好！

父字

1989 年 12 月 22 日

* * * * * * * *

健荣、秀珍：

我已经于本月 14 日出院，身体很健康。几天来，我适当参加一些活动，感觉也很适应，各器官反应正常，已如入院前一样。当然，我会掌握好分寸，不做自己力所不及之事。平常我都会注意身体健康的，请你们放心。

我想你已从广州考试①回来，各事定会如愿。我希望你们能够早些回来，一起愉快地过春节。你们回来住的房间庆芬已安排好，会使你们感到舒适的。我迁入新居这里，条件比过去好多了，一切感到合意。家中陈设，除过去庆芬已

---

① 到广州是参加刚在国内出现的赴英留学需通过的英国 ELTS 考试。后来国内考生称之为雅思考试。此次中南五省拟公派出国并且已经通过教育部 EPT 考试的高校教师，按教育部指令前往广州参加这一考试。

五　父爱如山

经购买的家具外，现在又买了电冰箱一个，大床、书桌各一张，折叠椅12张。现在还准备买个彩电。

此处物价很平稳，家中各人均好。

阿嘉考试成绩一定会很好吧？

祝健康愉快！

父字

1990年元月17日

* * * * * * * *

健荣：

我出院快将三个月了，身体以前40天为佳，精神情绪也比较好，一切活动都可以胜任参加。40天之后则经常出现些早搏，导致身体及精神都有一些不适和不快。曾三次到医院看病，遵医嘱服用抗早搏药，两周后早搏不仅不减，反而增多。医生说说加重药量，由于药量大，对体质影响甚大。人感到疲软腹空，气虚体弱，早搏是减少了很多。为了使身体不至于受到药物影响过大，经过减少药量后，初无问题，后又有早搏。现在只得再服用中等药量，以求平衡。另外，现在我下决心不怕有些早搏，就当它没有问题，从精神上治疗。因此，这几天好了很多。前数天，我写了如下句子，以之解忧，以之策勉。

怕这怕那怕不完，患得患失患更烦。日复一日月复月，如此下去心怎安？

服药当信药功力，停药还需意志坚。意志坚定可祛病，此项早已经实践。

往昔身强凭闯劲，而今应以此志勉。自信平生忠厚义，福有攸归更无前。

近况如何？15日能否回来，希函告。

祝好！

父字

1990年4月9日

* * * * * * * *

健荣、秀珍：

昨天与小姜父亲姜师傅相遇于兴东菜市，得知小姜母亲刚从桂林回来。她说阿嘉比以前更贪玩了，因此使你们很生气，孩子动辄被打。姜师傅说小姜母亲在桂林数天中，就看到阿嘉就被打了三次。同时说到你们两人晚饭后，就各自勤苦攻读，很少和孩子一起玩。她认为，孩子放晚学回来就如入禁锢，全无乐趣。因而，导致他非玩饱了不回来。对此情况，他们深以为忧，我更是如此。

我想你们教育孩子的方法应该变一下，多抽些时间和孩子玩玩为宜。爱之则需导之，导之须善其法。凭武力是不能压服的，压力越大，逆反心理越强；口头上服从只是迫于武力，心悦诚服才是真正的服，这就得下些功夫了。万勿急于求成。希望你们读读柳宗元的《种树郭橐驼传》，会大有裨益。要求自己多一些，多思考些方法，切戒急、刚、怒！

听说健荣将于9月份出国，拟着阿嘉转回柳州读书，未悉是你们之意，还是小姜父母之意？我也认为好。但希望你们仔细考虑再决定。

再多说一句，攻读可稍松一些，情绪多欢畅些，和孩子多玩一些。对孩子循循善诱，效果当会更好。

我好了很多，勿远念。

祝好！

父字

1990 年 4 月 12 日

* * * * * * * *

小姜：

昨天市里5套班子[1]学习时，新任市纪委梁副书记很热情地对我说，她在桂林到你家探访你了，说你很忙，并说健荣和你都很用功，给予很好评价。同晚，在路上在马路上遇见小柏，她说你给她来信了，说你既很忙，又感到寂寞，邀请她到桂林玩。

我想，你的工作确是很忙的，这点希你妥为处理。家务诸事能简略一些就简略些，中午和早上最好还是在饭堂开膳。这样可以减少一些家务劳累，也节省时间。多花些钱就多花些吧！不要紧的。

---

[1] 五套班子即中共柳州市委、市纪委和市人大、市政府与市政协。

大约有 20 天没有接到健荣的来信，谅他在京一定很忙。

阿嘉近来学习一定会有进步吧！我前函说到，阿敏[1] 写文章确实有大有进步，希望阿嘉努力跟上。你让他给我写信。

怡芬今天前往百色参加技术交流会，会期约一周。家中各人均好。

祝健康！

父字

1990 年 6 月 16 日

* * * * * * * *

健荣：

9 日来函收到。昨天是星期六，晚上把你的信给家人看。阿敏、阿娜也能基本看通。她们的阅读能力还是可以的。盼阿嘉也能用功学习，赶超她们。

正值夏日炎炎的酷暑之时，你们宜多休息，不宜疲劳。现在不是苦读的时候，多些思考就行了。趁此假日，多领略秀甲天下的桂林湖光山色，多和家人走走为宜。

负笈海外也不必带太多的东西，免增麻烦。我想到英国只要仪态雍容，举止得体，谦友尊师，虚心重学就行了。今天的炎黄子孙，已经远非昔日的东亚愚民，这已是举世皆知。但也要注意，在西欧北美，一些人的优越感还是存在的。对此，我们须有自己的应对方式。这些知识和其中的道理，你比我懂得多，顺此一提。

阿敏随其母亲拟于 21 日往昆明旅行一周，这对于增长见识也是好事。

此间也很炎热。气温高达 36 度。家中各人皆好。

祝好！

父字

1990 年 8 月 19 日

* * * * * * * *

健荣：

今天已经是 9 月 16 日，你往北京出国的时间将要到了，但还未见你回来，

---

[1] 我的侄女。

也很久未接到来信，盼甚！早几天拟写信给你，但我以为你会在 15 日之前回家一行，故延至今天才提笔。情况有无变化？如有变化或延期时，希你不要急躁，安心工作，耐心等待便是。

新学年已经开始，你们的工作一定会很忙。阿嘉应在新的学年中继续努力，以取得更好的成绩。你们对他还应循循善诱，以理喻之，不可急于求成。我想，阿嘉是可以听从教导求取进步的。

近来耀荣的工作很忙，经常加班加点。怡芬和小李经常出差。庆芬借调搞人口普查工作已结束返回单位。由于庆芬及陈芬 ① 都有 10 天的公假，上星期他们去湛江旅游。小陈的舅父在湛江。现在他们已经回来。松芬和小曾也很忙。我们都很好，希勿念。

近况如何，希函告。

祝好！

父字

1990 年 9 月 16 日

＊ ＊ ＊ ＊ ＊ ＊ ＊ ＊

健荣、秀珍：

这次健荣回柳，时间过于匆忙，未能多谈，现补谈一些比较重要的问题。

一，健荣回桂林后，一定要将我和耀荣的观点、分析和策略等详细告诉小姜。这件事非常重要，万万不可等闲视之。一定要认真慎思明辨。这是我几十年的经验体会。对上级领导对上下左右，一定要有谅解宽容的态度。对各种情况应予用心分析体察，切不能执拗任性。如若意气用事，非但会失人好感，更易自损。很多事情，是会随着时间的推移以及人事更迭而会起变化的。行成于思，毁于随。事缓则圆。能忍方可成事。切不能因一时一事的不如意耿耿于怀。一定要自我调适开解，同时也应检查一下自己处理问题还存在哪些缺点，及时改进。处事要有宽容之心和坚毅之志。我想，这些道理你们比我知之更详，这些经验教训你们也曾经历。前事不忘，后事之师。总之，一定要从自身做起，从现在做起。尤其是在当前你们所处的环境，更应如此。切切！

二，健荣出国深造，是件大好事。多年的理想终于实现，此乃苍天不负有心人也！因此，应当十分珍惜此宝贵时机，坚定不移地使学业有成。不要让那些别离之情惆怅之心干扰自己。此时，你应当感到光荣和高兴，要激励斗志，

---

① 我的四妹夫。

五
父
爱
如
山

勇往直前！多来往些信就好了。

近来，我看了北京亚运会场馆的建设及其规模的报道，深感我们国家的发展兴盛，更感到炎黄子孙的智慧和祖国的伟大。对这些你到国外后必须牢牢记住。我想你比我更有体会的。

三，起居饮食，一定要注意。既要努力攻读，也要锻炼身体，以保持旺盛的精力，以利于取得更大的成绩。

祝健康愉快！

父字

1990 年 9 月 18 日晚

* * * * * * * *

小姜：

健荣由桂林、北京发来的信都已先后收到，知他到京后已办好各项出国手续，并已领到了 29 日飞往伦敦的机票。预祝他旅途平安，学业成功！

他到英国后，你的工作就更忙了。希你在忙中注意劳逸结合，同时不仅要努力工作，更要善于工作。除了自己主观努力，还要懂得借力外部条件。一定要以诚待人，以诚相处，制怒克刚。这些道理如能很好掌握，定收其功。我前信所说的，也就是这个道理。

关于你父亲被车撞伤之事，所幸只是轻微外伤，内脏没有受多大影响。我们已去看望他，现在他基本上恢复了，隔天还到建联 ① 走走，予以指导，希放心。

国庆中秋佳节将到，柳州市各方面都很好，物资供应丰富，物价平稳。我们各人都很好。望多来信。

此祝健康！

父字

1990 年 9 月 29 日

* * * * * * * *

阿嘉：

在国庆中秋佳节，你们一定过得很愉快吧？我本来想到你们那里玩玩的，

---

① 这是当时柳州市工商联下属的一个印刷厂，其设备的安装调试和运行一直得到我岳父的指导和帮助。

但因为工作很忙，故未能前往，待以后再去吧！

你爸爸由于一向用功读书，努力学习，取得很好的成绩，故能够得到出国学习和考察的好机会，这是很好的事情。因此，你也一定要很好地读书。要像你爸爸妈妈一样努力，将来才能有光明的前途。你说对吗？

你除了努力读书外，也要帮助妈妈做些家务，要从小养成爱劳动的良好习惯。要听妈妈的话，听老师的话，在学校做个优秀的好学生，在家做个听话的好孩子，让你妈妈高兴，让你爸爸放心。

好，就写到这里。请你写信给我们，也希望你写信给公公婆婆，好吗？

祝学习进步，身体健康！

爷爷

1990 年 9 月 29 日

* * * * * * * *

小姜：

刚接到健荣从英国利物浦打来的电话①。他说已经安定下来，一切都很好，希望你们不要挂念。电话声音很清晰。

你回桂林后，工作一定很忙，但希各方面都要注意。

阿嘉一定要听话，努力学习，一定要争取好的成绩。

此祝好！

父字

1990 年 10 月 7 日晚 10：00

* * * * * * * *

五　父爱如山

---

① 这是父亲写给我们的最后一封信！22 天后，他由于心脏病突发，在医院溘然长逝。

（三）寄往北京大学历史系（柳州——北京）

健荣：

桂林 26 日来信，及北京 29 日明信片已先后收到，知你顺利抵达北京，慰甚！

你来到了七年前连梦想似乎也不可能的北京大学，登上这个最高学府的台阶，有两个主要的原因。一是政策的改进，二是自己的努力。二者缺一不可。这些因素我们必须珍惜它，有些东西还要善于总结。然后，在一个更好的基础上前进。

近日与一些工商界朋友谈，他们的子女在此次体制改革中不少人进入各级领导班子，一部分人取得各类技术职称。为什么会这样呢？这主要是这些人的子女多年来勤勤恳恳、积极努力工作的结果。他们有知识，有能耐，有闯劲，敢于和善于发扬自己的长处，能够认真做好各方面的工作，同时善于处理各方面的关系。不怕做事没人知道。多年的辛勤，多年的积累，时机一到便自然能够脱颖而出。这是自然界的一种必然现象，也是人类社会发展的必然过程。你对此比我体会更深，望再继续努力。

你进入最高学府，大学中的大学，要很好利用在那里的宝贵时光，使自己得到更大的收获。

我在此想再多说几句。一个人在社会上必须有一种活力，这种活力就是要发挥在工作上、学习上和社交上。切忌自我封锁，我行我素。其次，对各级领导和同事必须要主动搞好关系，不能抱着一种闭关自守万事不求人的态度。这不是要去吹牛拍马拉关系，而是建构一个良好的工作环境所必需的。我认为，要处理这样好的关系，建构良好的工作环境，一是要做好领导交代的工作，鼎力以赴。当然，这是指正当的事情。二是做好本职工作，使领导群众对自己有满意的评价。三是多用些时间关心单位内外的各项活动，为单位多做贡献。四是在力所能及的条件下帮助同事解决困难，与人为善，助人为乐。五是要多用些时间钻研业务，在现有的水平上努力再提高一步，争取在业务上有所突破。这一点很重要。岁月有功，积之即久，必然水到渠成。此乃古今有志之士，成才成功之要道也！

北国天气寒冷，希望注意锻炼以适应环境。在我看来，首都的生活还是可以的。对你而言，要注意不要使肚子饿，伤了胃。看书学习，不能连续几个小时。看一小时左右，就要休息一下，起来走走，远视一番，然后再继续，使各器官张弛有度平衡工作。这不仅对身体有好处，对看书学习的收获也会更好。也可以练一些毛笔字，写一寸见方的字，画几笔画，陶冶性情，这对身心都有好处。希试行之。

　　家中各人均好，勿远念！

　　此祝健康！

炳桑

1984 年 9 月 4 日

* * * * * * * *

健荣：

　　两次来函都已收到。只因事忙及心情不佳，故迟迟未复。来函所谈各节简述如下。

　　一，各人身体如常，阿嘉很活泼。

　　二，据小姜说，她的调动问题现在还未有进展。

　　三，庆芬在她所在企业的干部调整中被提为厂办公室副主任。

　　四，《柳州日报》所发表的一篇关于我的通讯文章，主要是叙述我在 1949 年以来，从一个工商业者走上社会主义道路的过程，标题是《爱国、信念、力量》。这是市委统战部秘书科李科长写的。他的稿件投到三个地方，《柳州日报》、柳州广播电台和两会中央刊物《服务与学习》，三处都先后发表或广播。《服务与学习》发表在今年第 10 期，最先是柳州广播电台于 9 月 24 日广播。这对我是个鼓励。

　　五，黄业骐的住址是王府井东华门东皇城根南街 84 号，这地址也是民革中央所在地。他的电话是 554945 和 556389，传达室电话是 553462。黄业骐现年约 63 岁，是民革中央行政处长，是和我同村的五服外至七服的叔侄关系，你和他是同辈。他的妻子是北京市民革的处长，也是同一地址。你有时间找找他们联系，他们会热情接待你的。

　　冬天将到，希望注意健康。家中不必挂心。

　　祝健康！

炳桑

1984 年 10 月 27 日

＊＊＊＊＊＊＊＊

健荣：

　　本月 15 日来信收到，各情均悉。小姜说到你要在北大学习两年之事，这很好。这是求之不得的好机会。望努力学习，以求有成。但当要注意各方面平衡发展。

　　柳州民革谢副主委定于 12 月 13 日由柳赴京开会，小姜拟托他带一件厚呢大衣给你。我昨天问谢，他已答应。他到京住香山饭店，届时我再写信给你。他住店后再由他写信告知你房号，以便你去他处取衣物。我今天也接到两会中央来函，告知两会拟在本年底前后召开中央委员会议。会议内容主要是学习贯彻中共十二届三中全会关于经济体制改革的决定，具体时间未定。假如在谢未赴京之前，我已知道我到京开会的具体时间，我则不托他带，我带给你比较好些。

　　近来，除了在《柳州日报》发表的市统战部秘书科长李桂扬写我的访谈文章外，两会中央刊物《服务与学习》第 10 期发表了一篇我的署名文章，广西区两会《工作简讯》第 5 期也发表了一篇。这两篇都是在国庆征文栏目发表。《服务与学习》这篇的内容和《柳州日报》所发的通讯文章大体相同。区里发表这篇文章是我自己写的，类似但写法和内容有所不同。11 月 22 日，《柳州日报》还在第 1 版发表了我写的一篇关于如何兴建柳堤的建言论述文，约 800 字，题目是《柳堤建成风景堤是民心所向》。这篇文章是我近年来写得比较好的一篇。所以，在同类文章中我这篇被刊在一版显著位置发表。这对我是一个很大的鼓励。文章基本是按我原稿发表，编辑改动了个别字。

　　家中各人均好，希勿远念。北京谅已很冷，希你注意保暖，加强锻炼，使身体更健康些。

　　祝健康！

炳燊
1984 年 11 月 30 日

＊＊＊＊＊＊＊＊

健荣：

　　今天，我已叫市民革谢副主委给你带去一件呢子衣，据秀珍说，衣物包内还有一些录音带、奶粉等。谢主委确定本月 13 日乘 6 次车赴京开会，住香山饭店。你可于 16 日前后到他处取物。黄业骐是民革中央行政处长，估计他一定会到香山饭店参与会议工作，可就此与他会晤。谢主委 20 日即离京返柳，切勿超过时间前往取件，免他焦急。

由于谢主委住处离市区较远，他着你代他购体温计四支，要开发票。此事希你一定办妥。

昨天，《柳州日报》发表我写的题为《喜赋新建柳堤》七律诗一首：

> 方庆二桥通南北，又闻长堤传佳音。
> 柳侯兴利惠百姓①，魏伯勉力福斯民②。
> 众志成城千钧力，政通人和万事兴。
> 行见垂杨遮柳堤，龙城风貌更多情！

其余各情如常，各人均好。

祝健康！

炳燊

1984 年 12 月 10 日

* * * * * * * * *

健荣：

托谢主委带的衣物谅已收到。我昨天接两会中央通知："定于 1985 年元月 1 日至元月 8 日，在北京车公庄大街 21 号，北京市第四招待所（即大都饭店）召开两会中央委员会议。"接通知后，我已与有关方面联系，拟到南宁乘机赴京，初步定 30 日启航。柳州是我一个人前往，预计邕、桂等地约五六人一起前往。我到京后再写信给你。

现在天气已经很冷，希望你十分注意身体为要。家中各人均好，阿嘉很健康。希勿远念。

此祝愉快健康！

炳燊

1984 年 12 月 19 日

---

① 柳侯，即柳宗元。唐代文学家与思想家，唐宋八大家之一。唐元和十年（815 年）谪任柳州刺史。其间他兴利除弊，移风易俗，政声卓著。宋代先后追封柳宗元为文惠侯和文惠昭灵侯，故世人称之为柳侯。

② 魏伯是中华人民共和国建立后柳州首任市长，他勤政爱民，深得民心。最近中共柳州市委派员到京看望他时，他还关切地问及兴建柳堤之事。

我现在决定 29 日在柳州乘 6 次车前往北京。

* * * * * * * *

健荣：

回校后来信早已收到，只因事忙，无暇即复。

现在柳州一切如常。惟物价春节上涨后一直未能降下来，人民群众对此意见很大。我们 5 类地区工资比较低，而食品价格却高于 10 类地区。鱼、蛋类比羊城还高些。看来当局也颇感调控乏力。物价降不了，不正之风刹不住，"有令不行，有禁不止"的现象还普遍存在。肥了和珅，损了百姓。虽不至于怨声载道，但民众希望政府采取有力措施的呼声确实很高。中央一再三令五申，但地方执法不力；有些问题划线也不明确，这是许多地方还是我行我素的一个原因。更重要的是，一切朝钱看，以及权力过期作废的观念，能捞一把就捞一把的观念，在许多党员干部中还是相当严重。这是当前官场的通病，是党政的大伤。中央现正大力纠正，但很多东西仍然是平川放马，易放难收。当然，只要中央决心大，杀一儆百，令出必行，还是可以纠正过来的。现在就要看中央的决心和力量了。长期以来，应对这些问题还没有一套常态的形成长效机制的法规制度。或失之过严，或失之过宽；或旧法废止，新规不立。传统的行之有效的社会法则与道德观念在极"左"路线下被破坏殆尽。新的做法好不好，伦常观念伦理观点孰优孰劣等等，看来还在探索中。邓、彭、胡诸公力倡中国式社会主义经济规范正在广为宣传，但关于新时期的道德标准还未看到很多论述。

在家书中谈论此类事，我好像还是第一次。因为今天我是以柳州市人大常委会财经委员会委员的身份出席市财经问题探讨会议，在激烈的论争中颇多感受，故提笔写出这些话。

家中各人均好，阿嘉比你在家时健康得多。据与小姜一起在市委搞"文革"处遗工作，据现在调入人大常委财经委员会工作的小李说，小姜已定下在市委继续搞处遗工作。但小姜尚未对我说此事。我认为这也好，随遇而安便是。这对她的学习和照顾阿嘉都会比较方便。收入少些也不会少很多的，市委虽说是清水衙门，但想来也不至于太悬殊。

北京天气仍然寒冷，希望你能注意保暖防寒。看书要适度，用脑也不要过量。要保持强壮的体格，此乃事业之根本。处事要能够忍让，能忍则成大事，心平气和更是养生之道。希望能体味之，切勿以啰唆视之也！

祝健康愉快！

炳燊

1985 年 3 月 16 日

＊＊＊＊＊＊＊＊＊

健荣：

寄给丽娜的衣服已经收到多天，她穿起来很合适，很满意。

听小姜说，你在写一本关于欧洲中世纪城市的书，这很好。希你注意把它写好，多听听老师的意见。写书也不是轻松的事，望注意身体健康。

阿嘉出水痘一个星期，现在已经全好了。他很活泼健康，也很听话，并不像你在家时那么调皮。

我将在4月底或5月初到北京参加两会的全国支援少数民族地区工作表彰和经验交流会，会期一个星期。何时前往，届时再函告。广西共有6人前往，柳州只是我一人。

我的工作还是那样忙。落实协查工作还未做完，区政协委员视察工作今天又开始。我是一个方面的召集人。4月中下旬，区市政协人大也将召开，两会事务也很多。

我们都很好，望勿远念！

此祝健康愉快！

炳桑

1985 年 3 月 30 日

＊＊＊＊＊＊＊＊

健荣：

本月21日到武宣开展经济咨询工作，昨天才回来，即接到全国工商联和民建中央通知，定于5月8日至13日，在北京国谊宾馆举行全国两会支援少数民族地区工作经验交流会，会期6天。我定于4日由柳到南宁集中，乘5日6次特快或6日航班到京。规定报到时间是6、7两日。

国谊宾馆就是原来的国务院第一招待所，与我去年我住过的大都宾馆相距300米左右。如你有空，可在7日下午或者晚上出来找我。

家中各人均好。今天是星期天，小姜和阿嘉刚到来又去公园玩了，阿嘉很活泼。阿敏、阿毅和阿希等也到来。耀荣今天还加班，中午也到家里吃饭。松芬于本月15日往洛阳出差，已于24日返回柳州。她到洛阳时，那里正是牡丹盛开、繁花似锦的好时节。

怡芬今天说，她将于5月25日前往北京参加粘胶展览会，27日抵京。届时她会事先通知你的。

余如常。

祝健康！

炳燊

1985 年 4 月 28 日

＊＊＊＊＊＊＊＊

健荣：

由京来信收到。你参观过中南海否？如你未参观过，又有时间的话，你可以在 11 日下午 2：00 前到我住所。11 日的时间是这样安排，上午中央统战部和国家民委在统战部举行茶话会，下午 2：00 参观中南海。

12 日（星期天）不休息，全体会议。13 日下午闭幕，14 日参观长城。会议到此就全部结束。广西的与会代表拟 16 日晚乘火车回柳州。15、16 日有两天时间在此，我现在未做安排，待你来时我们再商量。11 日下午来否，希你来电话。

我的电话：总机 890681 转 685。我住 8 楼 825 房，分机电话 685。

祝好！

炳燊

1985 年 5 月 10 日早

＊＊＊＊＊＊＊＊

健荣：

本月 18 日上午正点返抵柳市。回来后工作也还是很忙，21—23 日市民建召开组织工作会议，改选各支部委员。我在会上做了两会中央支援少数民族地区工作经验交流和表彰大会的传达。6 月 31 日至 7 月 1 日，市人大政协召开每年一次的例会，此外还有其他一些工作，所以未能及时写信给你。

家里各人均好，阿嘉前几天出麻疹，现在好了。他此次出麻比较轻，比你们小时候出麻要轻得多。这几天阿嘉在我们家里，由你母亲带，预计明后天就可以到幼儿园去。他身体如往常一样好，很活泼。

怡芬刚从重庆、武汉采购原料回来。耀荣将于 7 月份往郑州进行一个月专业学习。

你既要注意功课，也要注意调节，要适时补充营养为宜。

祝好！

炳燊

1985 年 5 月 30 日

* * * * * * * *

健荣：

　　我于21日抵邕，22日参加区政协常委会议，讨论召开区政协全委会各项事宜。我要在此开会到7月7日或者再迟一些。我住邕州饭店3号楼3214房，居住条件比较好。

　　小姜说，她初步定于7月中旬携阿嘉往京探亲，但尚未得到领导批准。谅她已有函给你了。我已着她做好准备工作，以免临时匆忙。小姜刚考完试，据说考得颇好。此乃辛勤努力之结果，有志者事竟成。

　　北京气候四季分明，现在正是炎夏季节，希你注意调节。著书译文都是耗心力之事，较之体力劳动要辛苦得多。际此暑气逼人之季，宜应很好掌握，切莫过度辛劳。务必注意劳逸结合，工作适度，以保证有健康的身体和充沛的精力，然后事业方能有所成也。

　　家中各人均好。阿嘉很活泼。

　　祝好！

炳燊

1985年6月23日

* * * * * * * *

健荣：

　　前天由邕回柳，昨天始知小姜和阿嘉定于本月15日（星期一）乘车6次特快赴京。今天我到阿婆处找她，她说赴京探亲的各项准备工作都已妥当，车票已经托人代购，届时即可成行。她在市组织部的定级及请假手续也已经办好，她定为正科级。关于阿嘉秋季入公园幼儿园问题，小姜已经为他报名。为了能够更有把握进入该幼儿园，她请我去找该园负责人进一步落实此事。我准备这两天去找该园负责人梁主任问一下，她是市民进的常委。

　　正当大暑天气，乘车是很辛苦的，我已交代小姜各方面多加注意。近来小姜是很忙的，忙工作，忙考试，还要带小孩，一直很累。抵京后你们要好好度假，诸事互相体谅些，脾气要和顺，互相尊重，彼此将就是为至要。

　　我今年忙于工作又经常外出，有近一半的时间在外面开会，对阿嘉等是十分照顾不到的。加之你母亲考虑问题亦不够周全，对小姜阿嘉的关心确实是很不够的。

　　耀荣决定暂不往外地学习。怡芬从重庆回柳后又于本月初往西安开会，昨日才回柳。松芬拟于下周往桂林。其他各人都很好。柳州近来天气很热，气温比往年高很多。

时值大暑期，希望你能减少工作，适当休息为宜。

祝健康愉快！

炳燊

1985 年 7 月 13 日

* * * * * * * *

健荣、秀珍：

秀珍、阿嘉谅已按时抵达首都。天气如此炎热，路上定然辛苦。好在北京晚上放凉，较为宜人。

16 日，我找了公园幼儿园负责人之一的李副园长，承她热情接待。她说黄嘉已经研究录取，分配在小班一班，并说正式录取通知已经发出。她说，此次总共 400 多人报名，只录取了 80 人。阿嘉之所以能录取，是特别的照顾。本来，幼儿园是规定 7 月 25 日进行统一体检的，李副园长和张园长商量后告知，嘉嘉可以回柳州后补体检，不必在北京体检了。明天如仍未接录取通知，我即到李副主任处面取。情况如何，容后续告。

健荣就读广西师大历史系时的白同学（现在柳州西大分校任教），前天到市政协参加柳州市历史学会成立大会时，对我说他已经考取助教进修生，定于 9 月初往北师大就读一年，届时他定会去找你。我已写了你的地址给他。此人也非池中物，言谈颇有城府。

松芬今天由桂林回柳，辛苦了数日。耀荣拟在 9 月间往南京工程学院进修专业。

我的工作还是很忙。各人均好。暑天很热，希注意调节。

祝愉快！阿嘉好！

炳燊

1985 年 7 月 19 日

* * * * * * * *

健荣：

小姜回柳后，你的第一次来信早已收到。知你近期到清华大学朋友处住一段时间，这很好。可以调节一下环境，调节身心，对求学及工作都有好处。

小姜回柳后一切都好，阿嘉已经在公园幼儿园学习了。她们经常到来，身体都很好，希勿远念。

耀荣已接通知，定于 9 月中旬往南京工程学院进修三个月左右。本月 15 日乘车前往。其间可在节假日就便游览沪、杭、苏、无等地。

未知什么原因，你今天来了电报，我估计你是还未接到小姜回家后的信。为避免你牵挂，我今晚发了个电报给你，谅已收到。今天我把这事也告诉了小姜，她说回来后已发了两次信给你，一次是寄到学校，一次是寄到你的住处。为什么会收不到？不知何故。不然你也不会焦急到发电报的。

教师节即将来到，你和松芬都是从事教书育人工作，甚为光荣，我们也感高兴。祝贺你们的节日！

我定于本月 12 日前往南宁参加区两会召开的市、县两会负责人会议，会期约五、六天。会议的内容是解决两会组织和成员的老化问题。

此祝愉快！

炳燊

1985 年 9 月 8 日

* * * * * * * *

健荣：

你自 8 月底来过一电报后，还未见来信。谅学习很忙。据秀珍说，你给其妹夫带回的东西已收到，也未见你来信云云。

中秋节前一天，我让松芬分别送了月饼、水果等到秀华和秀珍住处，都见到了亲家和孩子，他们都很高兴。国庆期间因小姜三天上午都要上课，阿嘉来这里玩了三个半天。各人身体都很好，希无远念。

由于市政府从四川运回数千头生猪，所以这两个大节日，柳州的各种物价保持平稳。活鸡 2.8 元一斤，活鸭 1.5 元一斤，猪肉 2.1 元一斤，鱼 2 元一斤，菜花 2.5 元一斤。我们节日过得很愉快。

由市政协和统战部组织的前往广州、深圳和珠海等地的参观团本月 15 日左右启程，此团一行 20 人，我任该团秘书长。届时又将有一番忙碌。既是旅游，又是工作，这也好。忙一些也没关系，推是推不了的，那就愉快地接受任务，做好工作便是。此次行程预计要 20 天，中旬出发，下月初回柳州。

怡芬刚从西安回来，又即东行深圳，国庆节前已回到柳州。她承包项目挣了些钱。看她的精神面貌，确实有些冲劲，有些毅力，有些外交能力，有些男子气概。据小李说，他协助橡胶塑料厂安装机器的工作，可望月底成功。此设备是从国外引进的。

淑芬工作也很好，阿娜已经入景行小学学前班，学习也很好。小钟切除了肩膀的良性瘤，现已恢复上班。

家中各人都很好，希望你们既要努力学习，善于学习，又要爱护身体，更要锻炼身体。

此祝健康愉快！

炳燊

1985 年 10 月 4 日

* * * * * * * *

耀荣、健荣：

我们的柳州市政协参观团，经过 22 天的行程，参观了深圳、珠海两特区和广州、中山、佛山和肇庆四个开放城市，大开眼界，对以邓小平为首的党中央实行改革开放政策的正确性和必要性加深了认识。如果继续像以往那样闭关锁国，因循守旧，将会使中国陷入何等落后的境地？思之极为感慨！将来史家对邓小平的评价会大书特书的。

柳州市人大政协定在下月换届改选，现正紧锣密鼓地进行工作，我的工作还是十分忙，欲闲不能。职位如何安排尚未知，工资调整亦未见分晓。

松芬定于 9 日往常州学习 10 天左右。各人工作如常，阿敏、阿嘉等都很活泼。

天气渐冷，希注意御寒保暖，营养也必须注意，健康的身体是做好一切工作的根本。

此祝健康！

炳燊

1985 年 11 月 7 日

* * * * * * * *

健荣：

本月中旬来信收到，所谈各事言之有理，我当注意及之。你母亲近来病况似乎有所好转，但精神状态还是不够稳定，遇上气候还会复萌。希望你们回来时做些认真细致的工作。在我来说当尽量克制自己，多方开导她。我想，我们共同努力，有可能把问题解决得好一些。

柳州市人大代表会议已经闭幕，我被选为市人大常委会副主任，这对我来说是一个很大的鼓励。原来我也未料到会遴选我任此职。因为几个副主任中，党外人士只有一个席位，而仅此一个席位竟然安排到我，所以说是难得的。我一定要更好地做好工作，更多地思考问题，争取在任内有所建树。但这就得要更努力工作了。

预计耀荣会在月底回柳，怡芬前两天又往南宁，其他各人工作也都很忙。

阿嘉很活泼，李希也会讲话和走路了。你定何时回柳？来函告知。

此祝愉快！

炳燊

1985 年 12 月 27

* * * * * * * *

健荣：

我于 4 月 16 日由柳赴邕参加区政协常委会，到现在已经 20 天，会议定于三日结束，三日晚上便可回柳。由于到此后工作很忙，故未给及你写信。这次我是和你母亲一起来的。和她到医学院看了几次耳病，据医生诊断是神经性耳鸣，感应性耳聋，耳膜完好。经在这里打针服药，已略好些了。耳鸣减少些，听力增强了些。她住在中康侄处，中康妻子为她打针。他们都很热情。

中康母亲已获准赴港探亲，中康最近也获准陪同前往，已定于 5 月 2 日启行。将在港居住 4 个月。他们这次办手续很顺利，异常快捷地获得批准。中康的舅父在香港虽是一般市民，但也有一定的经济能力。中康妻子的阿姨也在香港。

我这次参加区政协常委会，获益良多。在两次常委会上，各位教授、学者等高级知识分子在辩论有关问题时都很认真，对文件字斟句酌，各抒己见，各陈其理，互不相让。你们广西师大的教授在常委中占了不少席位。

此祝健康！

炳燊

1986 年 5 月 1 日

* * * * * * * *

健荣：

连来两函均已收到。你热情邀请你母亲及庆芬等到京旅游，她们都很高兴。但由于现在正是高温天气，考虑到这个时节不太合适，所以她们决定暂不往北京，以后再说。这是你母亲和庆芬的本意，我认为也是有道理的。故就尊重她们的意见了。

　　这里各人均好。你在外面，处此炎夏，必须注意休息，读书和工作节奏可以放慢些。何时回柳，希先函告。

　　祝健康！

炳燊
1986 年 7 月 1 日

（四）寄往武汉大学教育部高校教师出国英语培训中心（柳州—武汉）

健荣、小姜：

　　健荣由武汉来信已收到，很好！能有机会继续深造，且为出国学习创造条件，这是学校对你的培养和关怀，当然也是为学校培育更好的师资。不论怎么说，都是学校领导对你们的重视。切莫自以为这些皆是理所当然，这一点你们比我感受更深，顺说两句。

　　武汉气候的特点是季节分明，冬天比广西冷，夏天比广西热。希望你注意调节。由于你的身体尚未完全恢复，更要小心谨慎，切勿大意。你读了几十年的书，已经具备比较好的基础，因此你现在求学不是苦读的时候，而是应该善读。要讲究方法，有重点地学习，轻松愉快地学习，达到求学和健康两丰收。

　　你母亲的病，经过这段时间的精心护理和服用中药治疗，似乎有些好转，但不显著，以后只有继续耐心护理和医治便是。我从上月14日不上班，到现在快一个月了，我拟从3月中旬起。上半日班双方兼顾，这样会比较恰当些。我现在的工作不能长期丢开。但我一定会做好你母亲的护理和医治工作。

　　其他情况，大体如常。怡芬前几天往南宁学习，松芬日内前往桂林听课。

　　阿嘉要听父母话，要努力学习。

　　祝健康！

炳燊

1989 年 3 月 5 日

＊＊＊＊＊＊＊＊

健荣：

　　5 月 13 日来函收到。知武大已能安定上课，甚慰。5 月中下旬以来，北京又复静坐游行，波及全国。希望你能保持冷静态度，好好读书为是。

　　我已经于 21 日搬入搬上 8 楼，过几天便可以出院。我身体各方面已恢复正常，食欲、体力等也和过去一样。我不想在医院多住，多住没有好处。耀荣等劝我多住一段时间，他们的心情可以理解。但此中情况，以及与此关联的其他问题，他们知之不多。

近来你兄妹他们都很辛苦，要照顾我，又要照顾母亲，还要工作。我从今天起早、中餐在这里吃，晚餐他们送来，这样就可以减少他们的一些麻烦。他们也不愿意，但我已决定这样做。

刚刚主治医师来查房，说要帮我全面检查一下。如果是这样，就得多住几天了。到了这里，必须要听医师的，他是权威。他说，凡是老干部到此，他们都要这样做的。必须对此负责。

柳州局面比较稳定。北京风波影响不大，人心也比较安稳。

此信阅后，请转寄小姜。并祝小姜、阿嘉好！

此祝好！

父字

1989 年 5 月 24 日

* * * * * * * * *

健荣：

来电欣悉。我等都很高兴！希按我前函所说，读书须善读。通过国家教委考试，从正途前进更是好事。这还是要感谢你们学校领导的栽培，当然自己的努力也是十分重要的。与朋辈与或同事交谈此事，要保持分寸，要谦虚谨慎。这些，你是定会如此做好的，在此顺提。

昨日国家教委发出通知，要求全国大学生复课，以便毕业分配及招生工作等。看来北京风潮有一定影响，至于你们有无影响，什么时候可以回桂林，也希望来函告知。

我在这里住得很好。虽然不是什么高级病房（因高级病房早已住满），但还比较雅洁清静。我与已离休的原市委秘书长、政协主席温侠同住一房，相处甚洽，获益良多。不过，因彼此交往人多，未免影响一些休息及看书时间。此亦无大碍，逐步就会减少的。

此祝愉快！

父字

1989 年 5 月 26 日

* * * * * * * *

（五）寄往北京语言学院出国部（柳州—北京）

健荣：

　　由桂林、北京来函均已收到，欣悉各情！

　　你出国深造的愿望很快就要实现，我们深为之喜。此固然是国家的培养，也是你多年努力的结果。同时，也是与小姜的支持与帮助分不开的。提几点意见如下。

　　一，我认为政治培训是十分重要的学习。政治是统辖一切的中心，指导人们的思想和行动，鼓舞人们前进，更关系到国家和人民的前途命运。因此，希望你在此次政治培训期间认真学习理论，并用于实践。要坚持四项基本原则。它日出国学习时，也须以此为指导。学成归来，更好为国出力，服务社会。

　　二，要进一步谦虚谨慎，戒骄戒躁。

　　三，在努力学习的同时，要注意身体健康，此点亦十分重要，要取得事业的成功必须要拥有健康的体格。

　　以上各点也是老生常谈，我知道你一定会重视并且做到的。

　　家里各人均好。耀荣已迁入新居，一切都很好。他说，每天上下班跑跑，比过去精神好多了。宁芬约在 8 月也可以搬进新居。

　　我的身体总的说来比以前好多，但有时也有些不适，不过无大问题。我自会善处，希勿远念。望常来信。

　　此祝好！

父字

1990 年 5 月 13 日

＊＊＊＊＊＊＊＊

健荣：

　　约 20 天没有接到你的来信了，可能是很忙吧！

　　5 月中旬以来，我就相当于正式上班了，每日 6：30 起床，8：30 到单位或参加各种会议，已能逐步适应。身体也比前段时间好，但较之过去，还是有一

五

父
爱
如
山

481

定的差距。我当在逐步适应的基础上多注意健康。

　　根据这个多月来的情况，我相信我的身体是一定能够恢复过去那样健康的。首先，在脑力智力上没有任何减退，睡眠也逐步正常，没有失眠情况。胃口也可以，只是牙力与胃力略差些，但相信这也是可以治理好的。如果闲在家中，感觉诸多不妥。"流水不腐"，生命在于运动。信不谬也！故退休之事以后再说。考虑到如无工作约束，随时休止，对身体及精神状态一定起不良作用。我从来笃信，工作有益于健康，只要掌握适度便行。

　　怡芬今天前往百色参加技术交流会议，来回约六、七天。

　　近况如何？希多来函。家中各人均好。

　　此祝好！

父字

1990 年 6 月 17 日

后记

《七地书》出版荣幸地得到中国大百科全书出版社的大力支持，作者谨致衷心感谢和敬意！特别感谢出版社总编室主任胡春玲编审。胡主任不仅慧眼识金，对本书的出版予以支持，而且对书稿文本处理提出了很好的建议。

出版社万象工作室主任陈光博士倾力协调和推进本书出版事务，其敬业精神、专业精神和工作效度令人感佩。出版社编审朱杰军博士一直热情地对本书出版予以鼓励和支持，助力良多。本书付梓之时，我对他们的努力和付出谨致诚挚的谢忱和敬意！

感谢南京大学98级校友，我的学生朱江女士为本书题写书名，为之添彩。

我的妻子姜秀珍女士不仅是本书信集的主要撰信者之一，而且承担了书稿大部分文本输入和校对等大量工作，我对她认真负责的工作精神和辛劳奉献表示衷心的感谢！

黄健荣 谨识

壬寅年初春于南京秦淮亦柳斋